U0640589

中华传世藏书

【图文珍藏版】

鲁迅全集

鲁迅⊙原著

姜涛⊙整理

第六册

线装书局

鲁迅全集

学术集

鲁迅全集

中国小说史略

本书1923年12月、1924年6月由北京大学新潮社以《中国小说史略》为题分上下册出版，是以作者在北京大学授课时的讲义为基础修订增补而成。1925年9月由北京北新书局合印为一册出版。1931年7月上海北新书局出版修订本初版，1935年6月第十版时又做了改订。以后各版均依十版。

题　　记

1930年的鲁迅

回忆讲小说史时，距今已垂十载，即印此梗概，亦已在七年之前矣。尔后研治之风，颇益盛大，显幽烛隐，时亦有闻。如盐谷节山教授之发现元刊全相平话残本及“三言”，并加考索，在小说史上，实为大事；即中国尝有论者，谓当有以朝代为分之小说史，亦殆非肤泛之论也。此种要略，早成陈言，惟缘别无新书，遂使尚有读者，复将重印，义当更张，而流徙以来，斯业久废，昔之所作，已如云烟，故仅能于第十四十五及二十一篇，稍施改订，余则以别无新意，大率仍为旧文。大器晚成，瓦釜以久，虽延年命，亦悲荒凉，校讫黯然，诚望杰构于来哲也。

一九三〇年十一月二十五日之夜，鲁迅记。

序　　言

中国之小说自来无史；有之，则先见于外国人所作之中国文学史中，而后中国人所作者中亦有之，然其量皆不及全书之什一，故于小说仍不详。

此稿虽专史，亦粗略也。然而有作者，三年前，偶当讲述此史，自虑不善言谈，听者或多不憭，则疏其大要，写印以赋同人；又虑钞者之劳也，乃复缩为文言，省其举例以成要略，至今用之。

然而终付排印者，写印已屡，任其事者实早劳矣，惟排字反较省，因以印也。

自编辑写印以来，四五友人或假以书籍，或助为校勘，雅意勤勤，三年如一，呜呼，于此谢之！

一九二三年十月七日夜，鲁迅记于北京。

第一篇　史家对于小说之著录及论述

小说之名，昔者见于庄周之云"饰小说以干县令"（《庄子》《外物》），然案其实际，乃谓琐屑之言，非道术所在，与后来所谓小说者固不同。桓谭言"小说家合残丛小语，近取譬喻，以作短书，治身理家，有可观之辞。"（李善注《文选》三十一引《新论》）始若与后之小说近似，然《庄子》云尧问孔子，《淮南子》云共工争帝地维绝，当时亦多以为"短书不可用"，则此小说者，仍谓寓言异记，不本经传，背于儒术者矣。后世众说，弥复纷纭，今不具论，而征之史：缘自来论断艺文，本亦史官之职也。

秦既燔灭文章以愚黔首，汉兴，则大收篇籍，置写官，成哀二帝，复先后使刘向及其子歆校书秘府，歆乃总群书而奏其《七略》。《七略》今亡，班固作《汉书》，删其要为《艺文志》，其三曰《诸子略》，所录凡十家，而谓"可观者九家"，小说则不与，然尚存于末，得十五家。班固于志自有注，其有某曰云云者，唐颜师古注也。

《伊尹说》二十七篇。（其语浅薄，似依托也。）

《鬻子说》十九篇。（后世所加。）

《周考》七十六篇。（考周事也。）

《青史子》五十七篇。（古史官记事也。）

《师旷》六篇。（见《春秋》，其言浅薄本与此同，似因托之。）

《务成子》十一篇。（称尧问，非古语。）

《宋子》十八篇。（孙卿道："宋子，其言黄老意。"）

《天乙》三篇。（天乙谓汤，其言者殷时，皆依托也。）

《黄帝说》四十篇。（迂诞依托。）

《封禅方说》十八篇。（武帝时。）

《待诏臣饶心术》二十五篇。（武帝时。师古曰，刘向《别录》云："饶，齐人也，不知其姓，武帝时待诏，作书，名曰《心术》。"）

《待诏臣安成未央术》一篇。（应劭曰，道家也，好养生事，为未央之术。）

《臣寿周纪》七篇。（项国圉人，宣帝时。）

《虞初周说》九百四十三篇。（河南人，武帝时以方士侍郎，号黄车使者。应劭曰：其说以《周书》为本。师古曰，《史记》云："虞初，洛阳人。"即张衡《西京赋》"小说九百，本自虞初"者也。）

《百家》百三十九卷。

右小说十五家，千三百八十篇。

小说家者流，盖出于稗官，街谈巷语，道听途说者之所造也。孔子曰，"虽小道，必有可观者焉，致远恐泥。"是以君子弗为也，然亦弗灭也，闾里小知者之所及，亦使缀而不忘，如或一言可采，此亦刍荛狂夫之议也。右所录十五家，梁时已仅存《青史子》一卷，至隋亦佚；惟据班固注，则诸书大抵或托古人，或记古事，托人者似子而浅薄，记事者近史而悠缪者也。

唐贞观中，长孙无忌等修《隋书》，《经籍志》撰自魏征，祖述晋荀勖《中经簿》而稍改变，为经史子集四部，小说故隶于子。其所著录，《燕丹子》而外无晋以前书，别益以记谈笑应对，叙艺术器物游乐者，而所论列则仍袭《汉书》《艺文志》（后略称《汉志》）：

小说者，街谈巷语之说也，《传》载舆人之颂，《诗》美询于刍荛，古者圣人在上，史为书，瞽为诗，工诵箴谏，大夫规诲，士传言而庶人谤；孟春，徇木铎以求歌谣，巡省，观人诗以知风俗，过则正之，失则改之，道听途说，靡不毕纪，周官诵训掌道方志以诏观事，道方慝以诏避忌，而职方氏掌道四方之政事与其上下之志，诵四方之传道而观其衣物是也。

孔子曰,"虽小道,必有可观者焉,致远恐泥。"

石晋时,刘昫等因韦述旧史作《唐书》《经籍志》(后略称《唐志》)则以毋煚等所修之《古今书录》为本,而意主简略,删其小序发明,史官之论述由是不可见。所录小说,与《隋书》《经籍志》(后略称《隋志》)亦无甚异,惟删其亡书,而增张华《博物志》十卷,此在《隋志》,本属杂家,至是乃入小说。

宋皇祐中,曾公亮等被命删定旧史,撰志者欧阳修,其《艺文志》(后略称《新唐志》)小说类中,则大增晋至隋时著作,自张华《列异传》戴祚《甄异传》至吴筠《续齐谐记》等志神怪者十五家一百十五卷,王延秀《感应传》至侯君素《旌异记》等明因果者九家七十卷,诸书前志本有,皆在史部杂传类,与耆旧高隐孝子良吏列女等传同列,至是始退为小说,而史部遂无鬼神传;又增益唐人著作,如李恕《诫子拾遗》等之垂教诫,刘孝孙《事始》等之数典故,李涪《刊误》等之纠讹谬,陆羽《茶经》等之叙服用,并入此类,例乃愈棼,元修《宋史》,亦无变革,仅增芜杂而已。

明胡应麟(《少室山房笔丛》二十八)以小说繁夥,派别滋多,于是综核大凡,分为六类:

一曰志怪:《搜神》,《述异》,《宣室》,《酉阳》之类是也;

一曰传奇:《飞燕》,《太真》,《崔莺》,《霍玉》之类是也;

一曰杂录:《世说》,《语林》,《琐言》,《因话》之类是也;

一曰丛谈:《容斋》,《梦溪》,《东谷》,《道山》之类是也;

一曰辩订:《鼠璞》,《鸡肋》,《资暇》,《辩疑》之类是也;

一曰箴规:《家训》,《世范》,《劝善》,《省心》之类是也。

清乾隆中,敕撰《四库全书总目提要》,以纪昀总其事,于小说别为三派,而所论列则袭旧志。

……迹其流别,凡有三派:其一叙述杂事,其一记录异闻,其一缀缉琐语也。唐宋而后,作者弥繁,中间诬谩失真,妖妄荧听者,固为不少,然寓劝诫,广见闻,资考证者,亦错出其中。班固称"小说家流盖出于稗官",如淳注谓"王者欲知闾巷风俗,故立稗官,使称说之"。然则博采旁搜,是亦古制,固不必以冗杂废矣。今甄录其近雅驯者,以广见闻,惟猥鄙荒诞,徒乱耳目者,则黜不载焉。

《西京杂记》六卷。《世说新语》三卷。……

右小说家类杂事之属……

《山海经》十八卷。《穆天子传》六卷。《神异经》一卷。……

《搜神记》二十卷。……《续齐谐记》一卷。……

右小说家类异闻之属……

《博物志》十卷。《述异记》二卷。《酉阳杂俎》二十卷,《续集》十卷。……

右小说家类琐语之属……

右三派者,校以胡应麟之所分,实止两类,前一即杂录,后二即志怪,第析叙事有条贯者为异闻,抄录细碎者为琐语而已。传奇不著录;丛谈辩订箴规三类则多改隶于杂家,小说范围,至是乃稍整洁矣。然《山海经》《穆天子传》又自是始退为小说,按语云,"《穆天子传》旧皆入起居注类,……实则恍惚无征,又非《逸周书》之比,……以为信史而录之,则史体杂,史例破矣。今退置于小说家,义求其当,无庸以变古为嫌也。"于是小说之志怪类中又杂入本非依托之史,而史部遂不容多含传说之书。

至于宋之平话,元明之演义,自来盛行民间,其书故当甚夥,而史志皆不录。惟明王圻作《续文献通考》,高儒作《百川书志》,皆收《三国志演义》及《水浒传》,清初钱曾作《也是园书目》,亦有通俗小说《三国志》等三种,宋人词话《灯花婆婆》等十六种。然《三国》《水浒》,嘉靖中有都察院刻本,世人视若官书,故得见收,后之书目,寻即不载,钱曾则专事收藏,偏重版本,缘为旧刊,始以入录,非于艺文有真知,遂离叛于曩例也。史家成见,自汉迄今盖略同:目录亦史之支流,固难有超其分际者矣。

第二篇　神话与传说

志怪之作,庄子谓有齐谐,列子则称夷坚,然皆寓言,不足征信。《汉志》乃云出于稗官,然稗官者,职惟采集而非创作,"街谈巷语"自生于民间,固非一谁某之所独造也,探其本根,则亦犹他民族然,在于神话与传说。

昔者初民,见天地万物,变异不常,其诸现象,又出于人力所能以上,则自造众说以解释之:凡所解释,今谓之神话。神话大抵以一"神格"为中枢,又推演为叙说,而于所叙说之神,之事,又从而信仰敬畏之,于是歌颂其威灵,致美于坛庙,久而愈进,文物遂繁。故神话不特为宗教之萌芽,美术所由起,且实为文章之渊源。惟神话虽生文章,而诗人则为神话之仇敌,盖当歌颂记叙之际,每不免有所粉饰,失其本来,是以神话虽托诗歌以光大,

以存留，然亦因之而改易，而消歇也。如天地开辟之说，在中国所留遗者，已设想较高，而初民之本色不可见，即其例矣。

天地混沌如鸡子，盘古生其中，一万八千岁。天地开辟，阳清为天，阴浊为地，盘古在其中，一日九变，神于天，圣于地。天日高一丈，地日厚一丈，盘古日长一丈，如此万八千岁，天数极高，地数极深，盘古极长。后乃有三皇。

（《艺文类聚》一引徐整《三五历记》）

天地，亦物也。物有不足，故昔者女娲氏炼五色石以补其阙，断鳌之足以立四极。其后共工氏与颛顼争为帝，怒而触不周之山，折天柱，绝地维，故天倾西北，日月星辰就焉，地不满东南，故百川水潦归焉。（《列子》《汤问》）

追神话演进，则为中枢者渐近于人性，凡所叙述，今谓之传说。传说之所道，或为神性之人，或为古英雄，其奇才异能神勇为凡人所不及，而由于天授，或有天相者，简狄吞燕卵而生商，刘媪得交龙而孕季，皆其例也。此外尚甚众。

尧之时，十日并出，焦禾稼，杀草木，而民无所食。猰貐凿齿九婴大风封豨脩蛇，皆为民害。尧乃使羿……上射十日而下杀猰貐。……万民皆喜，置尧以为天子。（《淮南子》《本经训》）

羿请不死之药于西王母，姮娥窃以奔月。（《淮南子》《览冥训》。高诱注曰，姮娥羿妻。羿请不死之药于西王母，未及服之。姮娥盗食之，得仙，奔入月中为月精。）昔尧殛鲧于羽山，其神化为黄熊以入于羽渊。（《春秋》《左氏传》）

瞽瞍使舜上涂廪，从下纵火焚廪，舜乃以两笠自扞而下，去，得不死。瞽瞍又使舜穿井，舜穿井为匿空，旁出。（《史记》《舜本纪》）

中国之神话与传说，今尚无集录为专书者，仅散见于古籍，而《山海经》中特多。《山海经》今所传本十八卷，记海内外山川神祇异物及祭祀所宜，以为禹益作者固非，而谓因《楚辞》而造者亦未是；所载祠神之物多用糈（精米），与巫术合，盖古之巫书也，然秦汉人亦有增益。其最为世间所知，常引为故实者，有昆仑山与西王母。

昆仑之丘，是实惟帝之下都，神陆吾司之，其神状虎身而九尾，人面而虎爪。是神也，司天之九部及帝之囿时。（《西山经》）

玉山，是西王母所居也。西王母其状如人，豹尾虎齿而善啸，蓬发戴胜，是司天之厉及五残。（同上）昆仑之墟方八百里，高万仞；上有木禾，长五寻，大五围；面有九井，以玉为槛；面有九门，门有开明兽守之。百神之所在。在八隅之岩，赤水之际，非仁羿莫能上。

(《海内西经》)

西王母梯几而戴胜杖(案此字当衍),其南有三青鸟,为西王母取食,在昆仑墟北。(《海内北经》)

大荒之中有山,名曰丰沮玉门,日月所入。有灵山,巫咸巫即巫肦巫彭巫姑巫真巫礼巫抵巫谢巫罗十巫从此升降,百药爰在。(《大荒西经》)

西海之南,流沙之滨,赤水之后,黑水之前,有大山,名曰昆仑之丘。有神人面虎身有尾皆白处之。其下有弱水之渊环之。其外有炎火之山,投物辄然。有人戴胜,虎齿豹尾,穴处,名曰西王母。此山万物尽有。(同上)

晋成宁五年,汲县民不準盗发魏襄王冢,得竹书《穆天子传》五篇,又杂书十九篇。《穆天子传》今存,凡六卷;前五卷记周穆王驾八骏西征之事,后一卷记盛姬卒于途次以至反葬,盖即杂书之一篇。传亦言见西王母,而不叙诸异相,其状已颇近于人王。

吉日甲子,天子宾于西王母,乃执白圭玄壁以见西王母。好献锦组百纯,组三百纯,西王母再拜受之。乙丑。天子觞西王母于瑶池之上。西王母为天子谣,曰,“白云在天,山陈自出,道里悠远,山川间之,将子无死,尚能复来。”天子答之曰,“予归东土,和治诸夏,万民平均,吾愿见汝,比及三年,将复而野。”天子遂驱升于弇山,乃纪丌迹于弇山之石,而树之槐,眉曰西王母之山。(卷三)

有虎在乎葭中。天子将至。七萃之士高奔戎请生捕虎,必全之,乃生捕虎而献之。天子命之为柙而畜之东虞,是为虎牢。天子赐奔戎畋马十驷,归之太牢,奔戎再拜旨首。(卷五)

汉应劭说,《周书》为虞初小说所本,而今本《逸周书》中惟《克殷》《世俘》《王会》《太子晋》四篇,记述颇多夸饰,类于传说,余文不然。至汲冢所出周时竹书中,本有《琐语》十一篇,为诸国卜梦妖怪相书,今佚,《太平御览》间引其文;又汲县有晋立《吕望表》,亦引《周志》,皆记梦验,甚似小说,或虞初所本者为此等,然别无显证,亦难以定之。

齐景公伐宋,至曲陵,梦见有短丈夫宾于前。晏子曰,“君所梦何如哉?”公曰,“其宾者甚短,大上小下,其言甚怒,好俯。”晏子曰,“如是,则伊尹也。伊尹甚大而短,大上小下,赤色而髯,其言好俯而下声。”公曰,“是矣。”晏子曰,“是怒君师,不如违之。”遂不果伐宋。(《太平御览》三百七十八)

文王梦天帝服玄禳以立于令狐之津。帝曰,“昌,赐汝望。”文王再拜稽首,太公于后亦再拜稽首。文王梦之之夜,太公梦之亦然。其后文王见太公而訓之曰,“而名为望乎?”

答曰，“唯，为望。”文王曰，“吾如有所见于汝。”太公言其年月与其日，且尽道其言，“臣以此得见也。”文王曰，“有之，有之。”遂与之归，以为卿士。（晋立《太公吕望表》石刻，以东魏立《吕望表》补阙字。）

他如汉前之《燕丹子》，汉杨雄之《蜀王本纪》，赵晔之《吴越春秋》，袁康，吴平之《越绝书》等，虽本史实，并含异闻。若求之诗歌，则屈原所赋，尤在《天问》中，多见神话与传说，如“夜光何德，死则又育？厥利惟何，而顾菟在腹？”“鲧何所营？禹何所成？康回凭怒，地何故以东南倾？”“昆仑县圃，其尻安在？增城九重，其高几里？”“鲮鱼何所？鬿堆焉处？羿焉弹日？乌焉解羽？”是也。王逸曰，“屈原放逐，彷徨山泽，见楚有先王之庙及公卿祠堂，图画天地山川神灵琦玮谲佹及古贤圣怪物行事，……因书其壁，何而问之。”（本书注）是知此种故事，当时不特流传人口，且用为庙堂文饰矣。其流风至汉不绝，今在墟墓间犹见有石刻神祇怪物圣哲士女之图。晋既得汲冢书，郭璞为《穆天子传》作注，又注《山海经》，作图赞，其后江灌亦有图赞，盖神异之说，晋以后尚为人士所深爱。然自古以来，终不闻有荟萃融铸为巨制，如希腊史诗者，第用为诗文藻饰，而于小说中常见其迹象而已。

中国神话之所以仅存零星者，说者谓有二故：一者华土之民，先居黄河流域，颇乏天惠，其生也勤，故重实际而黜玄想，不更能集古传以成大文。二者孔子出，以修身齐家治国平天下等实用为教，不欲言鬼神，太古荒唐之说，俱为儒者所不道，故其后不特无所光大，而又有散亡。

然详案之，其故殆尤在神鬼之不别。天神地祇人鬼，古者虽若有辨，而人鬼亦得为神祇。人神淆杂，则原始信仰无由蜕尽；原始信仰存则类于传说之言日出而不已，而旧有者于是僵死，新出者亦更无光焰也。如下例，前二为随时可生新神，后三为旧神有转换而无演进。

蒋子文，广陵人也，嗜酒好色，佻挞无度；常自谓骨青，死当为神。汉末为秣陵尉，逐贼至锺山下，贼击伤额，因解绶缚之，有顷遂死。及吴先主之初，其故吏见文于道，……谓曰，“我当为此土地神，以福尔下民，尔可宣告百姓，为我立庙，不尔，将有大咎。”是岁夏大疫，百姓辄相恐动，颇有窃祠之者矣。（《太平广记》二九三引《搜神记》）

世有紫姑神，古来相传云是人家妾，为大妇所嫉，每以秽事相次役，正月十五日感激而死。故世人以其日作其形，夜于厕间或猪栏边迎之。……投者觉重（案投当作捉，持也），便是神来，奠设酒果，亦觉貌辉辉有色，即跳躞不住；能占众事，卜未来蚕桑，又善射

钩;好则大僻,恶便仰眠。(《异苑》五)

沧海之中,有度朔之山,上有大桃木,……其枝间东北曰鬼门,万鬼所出入也。上有二神人,一曰神荼,一曰郁垒,主阅领万鬼,害恶之鬼,执以苇索而以食虎。于是黄帝乃作礼,以时驱之,立大桃人,门户画神荼郁垒与虎,悬苇索,以御凶魅。(《论衡》二十二引《山海经》,案今本中无之。)

东南有桃都山,……下有二神,左名隆,右名窔,并执苇索,伺不祥之鬼,得而煞之。今人正朝作两桃人立门旁,……盖遗象也。(《太平御览》二九及九一八引《玄中记》以《玉烛宝典》注补)

门神,乃是唐朝秦叔保胡敬德二将军也。按传,唐太宗不豫,寝门外抛砖弄瓦,鬼魅呼号。……太宗惧之,以告群臣。秦叔保出班奏曰,"臣平生杀人如剖瓜,积尸如聚蚁,何惧魍魉乎?愿同胡敬德戎装立门外以伺。"太宗可其奏,夜果无警,太宗嘉之,命画工图二人之形象,……悬于宫掖之左右门,邪祟以息。后世沿袭,遂永为门神。(《三教搜神大全》七)

第三篇　《汉书》《艺文志》所载小说

《汉志》之叙小说家,以为"出于稗官",如淳曰,"细米为稗。街谈巷说,甚细碎之言也。王者欲知里巷风俗,故立稗官,使称说之。"(本注)其所录小说,今皆不存,故莫得而深考,然审察名目,乃殊不似有采自民间,如《诗》之《国风》者。其中依托古人者七,曰:《伊尹说》,《鬻子说》,《师旷》,《务成子》,《宋子》,《天乙》,《黄帝》。记古事者二,曰:《周考》,《青史子》,皆不言何时作。明著汉代者四家,曰:《封禅方说》,《待诏臣饶心术》,《臣寿周纪》,《虞初周说》。《待诏臣安成未央术》与《百家》,虽亦不云何时作,而依其次第,自亦汉人。

《汉志》道家有《伊尹说》五十一篇,今佚;在小说家之二十七篇亦不可考,《史记》《司马相如传》注引《伊尹书》曰,"箕山之东,青鸟之所,有卢橘夏熟。"当是遗文之仅存者。《吕氏春秋》《本味篇》述伊尹以至味说汤,亦云"青鸟之所有甘栌",说极详尽,然文丰赡而意浅薄,盖亦本《伊尹书》。伊尹以割烹要汤,孟子尝所详辩,则此殆战国之士之所为矣。

《汉志》道家有《鬻子》二十二篇，今仅存一卷，或以其语浅薄，疑非道家言。然唐宋人所引逸文，又有与今本《鬻子》颇不类者，则殆真非道家言也。

武王率兵车以伐纣。纣虎旅百万，阵于商郊，起自黄鸟，至于赤斧，走如疾风，声如振霆。三军之士，靡不失色。武王乃命太公把白旄以麾之，纣军反走。（《文选李善注》及《太平御览》三百一）

青史子为古之史官，然不知在何时。其书隋世已佚，刘知几《史通》云"《青史》由缀于街谈"者，盖据《汉志》言之，非逮唐而复出也。遗文今存三事，皆言礼，亦不知当时何以入小说。

古者胎教，王后腹之七月而就宴室，太史持铜而御户左，太宰持斗而御户右，太卜持蓍龟而御堂下，诸官皆以其职御于门内。比及三月者，王后所求声音非礼乐，则太史缊瑟而称不习，所求滋味者非正味，则太宰倚斗而不敢煎调，而言曰，"不敢以待王太子。"太子生而泣，太史吹铜曰，"声中某律。"太宰曰，"滋味上某。"太卜曰，"命云某。"然后为王太子悬弧之礼义。……（《大戴礼记》《保傅篇》，《贾谊新书》《胎教十事》）

古者年八岁而出就外舍，学小艺焉，履小节焉；束发而就大学，学大艺焉，履大节焉。居则习礼文，行则鸣珮玉，升车则闻和鸾之声，是以非僻之心无自入也。……古之为路车也，盖圆以象天，二十八橑以象列星，轸方以象地，三十幅以象月。故仰则观天文，俯则察地理，前视则睹和鸾之声，侧听则观四时之运：此巾车教之道也。（《大戴礼记》《保傅篇》）

鸡者，东方之牲也。岁终更始，辨秩东作，万物触户而出，故以鸡祀祭也。（《风俗通义》八）

《汉志》兵阴阳家有《师旷》八篇，是杂占之书；在小说家者不可考，惟据本志注，知其多本《春秋》而已。《逸周书》《太子晋》篇记师旷见太子，聆声而知其不寿，太子亦自知"后三年当宾于帝所"，其说颇似小说家。

虞初事详本志注，又尝与丁夫人等以方祠诅匈奴大宛，见《郊祀志》，所著《周说》几及千篇，而今皆不传。晋唐人引《周书》者，有三事如《山海经》及《穆天子传》，与《逸周书》不类，朱右曾（《逸周书集训校释》十一）疑是《虞初说》。

岭山，神蓐收居之。是山也，西望日之所入，其气圆，神经光之所司也。（《太平御览》三）

天狗所止地尽倾，余光烛天为流星，长十数丈，其疾如风，其声如雷，其光如电。（《山

海经》注十六）穆王田，有黑鸟若鸠，翩飞而跱于衡，御者毙之以策，马佚，不克止之，蹶于乘，伤帝左股。（《文选李善注》十四）

《百家》者，刘向《说苑》叙录云，“《说苑杂事》，……其事类众多，……除去与《新序》复重者，其余者浅薄不中义理，别集以为《百家》。”《说苑》今存，所记皆古人行事之迹，足为法戒者，执是以推《百家》，则殆为故事之无当于治道者矣。

其余诸家，皆不可考。今审其书名，依人则伊尹鬻熊师旷黄帝，说事则封禅养生，盖多属方士假托。惟青史子非是。又务成子名昭，见《荀子》，《尸子》尝记其“避逆从顺”之教；宋子名钘，见《庄子》，《孟子》作宋牼，《韩非子》作宋荣子，《荀子》引子宋子曰，“明见侮之不辱，使人不斗”，则“黄老意”，然俱非方士之说也。

第四篇　今所见汉人小说

现存之所谓汉人小说，盖无一真出于汉人，晋以来，文人方士，皆有伪作，至宋明尚不绝。文人好逞狡狯，或欲夸示异书，方士则意在自神其教，故往往托古籍以衒人；晋以后人之托汉，亦犹汉人之依托黄帝伊尹矣。此群书中，有称东方朔班固撰者各二，郭宪刘歆撰者各一，大抵言荒外之事则云东方朔郭宪，关涉汉事则云刘歆班固，而大旨不离乎言神仙。

称东方朔撰者有《神异经》一卷，仿《山海经》，然略于山川道里而详于异物，间有嘲讽之辞。《山海经》稍显于汉而盛行于晋，则此书当为晋以后人作；其文颇有重复者，盖又尝散佚，后人钞唐宋类书所引逸文复作之也。有注，题张华作，亦伪。

南方有甘蔗之林，其高百丈，围三尺八寸，促节，多汁，甜如蜜。咋啮其汁，令人润泽，可以节蛔虫。人腹中蛔虫，其状如蚓，此消谷虫也，多则伤人，少则谷不消。是甘蔗能灭多益少，凡蔗亦然。（《南荒经》）

西南荒中出讹兽，其状若菟，人面能言，常欺人，言东而西，言恶而善。其肉美，食之，言不真矣。（原注，言食其肉，则其人言不诚。）一名诞。（《西南荒经》）

昆仑之山有铜柱焉，其高入天，所谓“天柱”也，围三千里，周圆如削。下有回屋，方百丈，仙人九府治之。上有大鸟，名曰稀有，南向，张左翼覆东王公，右翼覆西王母；背上小处无羽，一万九千里，西王母岁登翼上，会东王公也。（《中荒经》）

《十洲记》一卷，亦题东方朔撰，记汉武帝闻祖洲瀛洲玄洲炎洲长洲元洲流洲生洲凤麟洲聚窟洲等十洲于西王母，乃延朔问其所有之物名，亦颇仿《山海经》。

玄洲在北海之中，戌亥之地，方七千二百里，去南岸三十六万里。上有大玄都，仙伯真公所治。多丘山。又有风山，声响如雷电，对天西北门。上多太玄仙官宫室，宫室各异。饶金芝玉草。乃是三天君下治之处，甚肃肃也。

征和三年，武帝幸安定。西胡月支献香四两，大如雀卵，黑如桑葚。帝以香非中国所有，以付外库。……到后元元年，长安城内病者数百，亡者大半。帝试取月支神香烧之于城内，其死未三月者皆活，芳气经三月不歇，于是信知其神物也，乃更秘录余香，后一旦又失之。……明年，帝崩于五柞宫，已亡月支国人鸟山震檀却死等香也。向使厚待使者，帝崩之时，何缘不得灵香之用耶？自合殒命矣！

东方朔虽以滑稽名，然诞谩不至此。《汉书》《朔传》赞云，"朔之诙谐逢占射覆，其事浮浅，行于众庶，儿童牧竖，莫不炫耀，而后之好事者因取奇言怪语附著之朔。"则知汉世于朔，已多附会之谈。二书虽伪作，而《隋志》已著录，又以辞意新异，齐梁文人亦往往引为故实。《神异经》固亦神仙家言，然文思较深茂，盖文人之为。《十洲记》特浅薄，观其记月支国反生香，及篇首云，"方朔云：臣，学仙者也，非得道之人，以国家之盛美，将招名儒墨于文教之内，抑绝俗之道于虚诡之迹，臣故韬隐逸而赴王庭，藏养生而侍朱阙。"则但为方士窃虑失志，借以震眩流俗，且自解嘲之作而已。

称班固作者，一曰《汉武帝故事》，今存一卷，记武帝生于猗兰殿至崩葬茂陵杂事，且下及成帝时。其中虽多神仙怪异之言，而颇不信方士，文亦简雅，当是文人所为。《隋志》著录二卷，不题撰人，宋晁公武《郡斋读书志》始云"世言班固作"，又云，"唐张柬之书《洞冥记》后云，《汉武故事》，王俭造也。"然后人遂径属之班氏。

帝以乙酉年七月七日生于猗兰殿，年四岁，立为胶东王。数岁，长公主抱置膝上，问曰，"儿欲得妇不？"胶东王曰，"欲得妇。"长主指左右长御百余人，皆云不用。末指其女问曰，"阿娇好不？"于是乃笑对曰，"好。若得阿娇，当作金屋贮之也。"长主大悦，乃苦要上，遂成婚焉。

上尝辇至郎署，见一老翁，须鬓皓白，衣服不整。上问曰，"公何时为郎？何其老也？"对曰，"臣姓颜名驷，江都人也，以文帝时为郎。"上问曰，"何其老而不遇也？"驷曰，"文帝好文而臣好武，景帝好老而臣尚少，陛下好少而臣已老，是以三世不遇。"上感其言，擢拜会稽都尉。

七月七日，上于承华殿斋，日正中，忽见有青鸟从西方来。上问东方朔，朔对曰，"西王母暮必降尊像上。"……是夜漏七刻，空中无云，隐如雷声，竟天紫气。有顷，王母至，乘紫车，玉女夹驭；戴七胜；青气如云；有二青鸟，夹侍母旁。下车，上迎拜，延母坐，请不死之药。母曰，"……帝滞情不遣，欲心尚多，不死之药，未可致也。"因出桃七枚，母自瞰二枚，与帝五枚。帝留核著前。王母问曰，"用此何为？"上曰，"此桃美，欲种之。"母笑曰，"此桃三千年一著子，非下土所植也。"留至五更，谈语世事而不肯言鬼神，肃然便去。东方朔于朱鸟牖中窥母。母曰，"此儿好作罪过，疏妄无赖，久被斥逐，不得还天，然原心无恶，寻当得还，帝善遇之！"母既去，上惆怅良久。

其一曰《汉武帝内传》，亦一卷，亦记孝武初生至崩丧事，而于王母降特详。其文虽繁丽而浮浅，且窃取释家言，又多用《十洲记》及《汉武故事》中语，可知较二书为后出矣。宋时尚不题撰人，至明乃并《汉武故事》皆称班固作，盖以固名重，因连类依托之。

到夜二更之后，忽见西南如白云起，郁然直来，径趋宫廷，须臾转近。闻云中箫鼓之声，人马之响。半食顷，王母至也。县投殿前，有似鸟集，或驾龙虎，或乘白麟，或乘白鹤，或乘轩车，或乘天马，群仙数千，光曜庭宇。既至，从官不复知所在，唯见王母乘紫云之辇，驾九色斑龙。别有五十天仙，……咸住殿下。王母唯扶二侍女上殿。侍女年可十六七，服青绫之桂，容眸流盼，神姿清发，真美人也！王母上殿，东向坐，著黄金褡襹，文采鲜明，光仪淑穆，带灵飞大绶，腰佩分景之剑，头上太华髻，戴太真晨婴之冠，履玄璚凤文之舄，视之可年三十许，修短得中，天姿掩蔼，容颜绝世，真灵人也！

帝跪谢。……上元夫人使帝还坐。王母谓夫人曰，"卿之为戒，言甚急切，更使未解之人，畏于意志。"夫人曰，"若其志道，将以身投饿虎，忘躯破灭，蹈火履水，固于一志，必无忧也。……急言之发，欲成其志耳，阿母既有念，必当赐以尸解之方耳。"王母曰，"此子勤心已久，而不遇良师，遂欲毁其正志，当疑天下必无仙人，是故我发阆宫，暂舍尘浊，既欲坚其仙志，又欲令向化不惑也。今日相见，令人念之。至于尸解下方，吾甚不惜。后三年，吾必欲赐以成丹半剂，石象散一。具与之，则彻不得复停。当今匈奴未弥，边陲有事，何必令其仓促舍天下之尊，而便入林岫？但当问笃志何如。如其回改，吾方数来。"王母因拊帝背曰，"汝用上元夫人至言，必得长生，可不勖勉耶？"帝跪曰，"彻书之金简，以身佩之焉。"

又有《汉武洞冥记》四卷，题后汉郭宪撰。全书六十则，皆言神仙道术及远方怪异之事；其所以名《洞冥记》者，序云，"汉武帝明俊特异之主，东方朔因滑稽以匡谏，洞心于道教，使冥迹之奥，昭然显著。今籍旧史之所不载者，聊以闻见，撰《洞冥记》四卷，成一家之书，"则所凭借亦在东方朔。郭宪字子横，汝南宋人，光武时征拜博士，刚直敢言，有"关东觥觥郭子横"之目，徒以潠酒救火一事，遽为方士攀引，范晔作《后汉书》，遂亦不察而置之《方术列传》中。然《洞冥记》称宪作，实始于刘昫《唐书》，《隋志》但云郭氏，无名。六朝人虚造神仙家言，每好称郭氏，殆以影射郭璞，故有《郭氏玄中记》，有《郭氏洞冥记》。《玄中记》今不传，观其遗文，亦与《神异经》相类；《洞冥记》今全，文如下：

黄安，代郡人也，为代郡卒，……常服朱砂，举体皆赤，冬不著裘，坐一神龟，广二尺。人问"子坐此龟几年矣？"对曰，"昔伏羲始造网罟，获此龟以授吾；吾坐龟背已平矣。此虫畏日月之光，二千岁即一出头，吾坐此龟，已见五出头矣。"……（卷二）

天汉二年，帝升苍龙阁，思仙术，召诸方士言远国遐方之事。唯东方朔下席操笔跪而进。帝曰，"大夫为朕言乎？"朔曰，"臣游北极，至种火之山，日月所不照，有青龙衔烛火以照山之四极。亦有园圃池苑，皆植异木异草；有明茎草，夜如金灯，折枝为炬，照见鬼物之形。仙人甯封常服此草，于夜暝时，转见腹光通外。亦名洞冥草。"帝令锉此草为泥，以涂云明之馆，夜坐此馆，不加灯烛；亦名照魅草；以藉足，履水不沉。（卷三）

至于杂载人间琐事者，有《西京杂记》，本二卷，今六卷者宋人所分也。末有葛洪跋，言"其家有刘歆《汉书》一百卷，考校班固所作，殆是全取刘氏，小有异同，固所不取，不过二万许言。今钞出为二卷，以补《汉书》之阙。"然《隋志》不著撰人，《唐志》则云葛洪撰，可知当时皆不信为真出于歆。段成式（《酉阳杂俎》《语资篇》）云，"庾信作诗，用《西京杂记》事，旋自追改曰，'此吴均语，恐不足用。'"后人因以为均作。然所谓吴均语者，恐指文句而言，非谓《西京杂记》也，梁武帝敕殷芸撰《小说》，皆钞撮故书，已引《西京杂记》甚多，则梁初已流行世间，固以葛洪所造为近是。或又以文中称刘向为家君，因疑非葛洪作，然既托名于歆，则摹拟歆语，固亦理势所必至矣。书之所记，正如黄省曾序言，"大约有四：则猥琐可略，闲漫无归，与夫杳昧而难凭，触忌而须讳者。"然此乃判以史裁，若论文学，则此在古小说中，固亦意绪秀异，文笔可观者也。

司马相如初与卓文君还成都，居贫忧懑，以所著鹔鹴裘就市人阳昌贳酒，与文君为欢。既而文君抱颈而泣曰，"我生平富足，今乃以衣裘贳酒！"遂相与谋，于成都卖酒。相如亲着犊鼻裈涤器，以耻王孙。王孙果以为病，乃厚给文君，文君遂为富人。文君姣好，眉色如望远山，脸际常若芙蓉，肌肤柔滑如脂，为人放诞风流，故悦长卿之才而越礼焉。……（卷二）

郭威,字文伟,茂陵人也,好读书,以谓《尔雅》周公所制,而《尔雅》有"张仲孝友",张仲,宣王时人,非周公之制明矣。余尝以问杨子云,子云曰,"孔子门徒游夏之俦所记,以解释六艺者也"。家君以为《外戚传》称"史佚教其子以《尔雅》",《尔雅》,小学也。又记言"孔子教鲁哀公学《尔雅》",《尔雅》之出远矣,旧传学者皆云周公所记也,"张仲孝友"之类,后人所足耳。(卷三)

司马迁发愤作《史记》百三十篇,先达称为良史之才。其以伯夷居列传之首,以为善而无报也;为项羽本纪,以踞高位者非关有德也。及其序屈原贾谊,辞旨抑扬,悲而不伤,亦近代之伟才。(卷四)

(广川王去疾聚无赖发)栾书冢,棺柩明器,朽烂无余。有一白狐,见人惊走,左右击之,不能得,伤其左脚。其夕,王梦一丈夫须眉尽白,来谓王曰,"何故伤吾左脚?"乃以杖叩王左脚。王觉,脚肿痛生疮,至死不差。(卷六)

葛洪字稚川,丹阳句容人,少以儒学知名,究览典籍,尤好神仙导养之法,太安中,官伏波将军。以平贼功封关内侯。干宝深相亲善,荐洪才堪国史,而洪闻交趾出丹,自求为勾漏令,行至广州,为刺史所留,遂止罗浮,年八十一,兀然若睡而卒(约二九〇——三七〇),有传在《晋书》。洪著作甚多,可六百卷,其《抱朴子》(内篇三)言太丘长颍川陈仲弓有《异闻记》,且引其文,略云郡人张广定以避乱置其四岁女于古冢中,三年复归,而女以效龟息得不死。然陈实此记,史志既所不载,其事又甚类方士常谈,疑亦假托。葛洪虽去汉未远,而溺于神仙,故其言亦不足据。

又有《飞燕外传》一卷,记赵飞燕姊妹故事,题汉河东都尉伶玄子于撰,司马光尝取其"祸水灭火"语入《通鉴》,殆以为真汉人作,然恐是唐宋人所为。又有《杂事秘辛》一卷,记后汉选阅梁冀妹及册立事,杨慎序云,"得于安宁土知州万氏",沈德符(《野获编》二十三)以为即慎一时游戏之作也。

第五篇　六朝之鬼神志怪书(上)

中国本信巫,秦汉以来,神仙之说盛行,汉末又大畅巫风,而鬼道愈炽;会小乘佛教亦入中土,渐见流传。凡此,皆张皇鬼神,称道灵异,故自晋讫隋,特多鬼神志怪之书。其书有出于文人者,有出于教徒者。文人之作,虽非如释道二家,意在自神其教,然亦非有意

为小说，盖当时以为幽明虽殊途，而人鬼乃皆实有，故其叙述异事，与记载人间常事，自视固无诚妄之别矣。

《隋志》有《列异传》三卷，魏文帝撰，今佚。惟古来文籍中颇多引用，故犹得见其遗文，则正如《隋志》所言，“以序鬼物奇怪之事”者也。文中有甘露年间事，在文帝后，或后人有增益，或撰人是假托，皆不可知。两《唐志》皆云张华撰，亦别无佐证，殆后有悟其牴牾者，因改易之。惟宋裴松之《三国志注》，后魏郦道元《水经注》皆已征引，则为魏晋人作无疑也。

南阳宗定伯年少时，夜行逢鬼，问曰，“谁?”鬼曰，“鬼也。”鬼曰，“卿复谁?”定伯欺之，言我亦鬼也。鬼问欲至何所，答曰欲至宛市，鬼言我亦欲至宛市。共行数里，鬼言步行大亟，可共迭相担也。定伯曰大善。鬼便先担定伯数里，鬼言卿大重，将非鬼也？定伯言，我新死，故重耳。定伯因复担鬼，鬼略无重。如是再三。定伯复言，我新死，不知鬼悉何所畏忌？鬼曰，唯不喜人唾。……行欲至宛市，定伯便担鬼至头上，急持之。鬼大呼，声咋咋索下。不复听之，径至宛市中，著地化为一羊。便卖之。恐其便化，乃唾之，得钱千五百。(《太平御览》八百八十四，《法苑珠林》六)

神仙麻姑降东阳蔡经家，手爪长四寸。经意曰，“此女子实好佳手，愿得以搔背。”麻姑大怒。忽见经顿地，两目流血。(《太平御览》三百七十)

武昌新县北山上有望夫石，状若人立者。相传云，昔有贞妇，其夫从役，远赴国难，妇携幼子，饯送此山，立望而形化为石。(《太平御览》八百八十八)

晋以后人之造伪书，于记注殊方异物者每云张华，亦如言仙人神境者之好称东方朔。张华字茂先，范阳方城人，魏初举太常博士，入晋官至司空，领著作，封壮武郡公，永康元年四月赵王伦之变，华被害，夷三族，时年六十九(二三二——三〇〇)，传在《晋书》。华既通图纬，又多览方伎书，能识灾祥异物，故有博物洽闻之称，然亦遂多附会之说。梁萧绮所录王嘉《拾遗记》(九)言华尝“捃采天下遗逸，自书契之始，考验神怪，及世间闾里所说，造《博物志》四百卷，奏于武帝”，帝令芟截浮疑，分为十卷。其书今存，乃类记异境奇物及古代琐闻杂事，皆刺取故书，殊乏新异，不能副其名，或由后人缀辑复成，非其原本欤？今所存汉至隋小说，大抵此类。

《周书》曰，“西域献火浣布，昆吾氏献切玉刀，火浣布污则烧之则洁，刀切玉如蜡。”布汉世有献者，刀则未闻。(卷二《异产》)

取鳖锉令如棋子大，捣赤苋汁和合，厚以茅苞，五六月中作，投池中，经旬脔脔尽成鳖

也。(卷四《戏术》)

燕太子丹质于秦,……欲归,请于秦王。王不听。谬言曰,“令乌头白,马生角,乃可。”丹仰而叹,乌即头白,俯而嗟,马生角。秦王不得已而遣之,为机发之桥,欲陷丹,丹驱驰过之而桥不发。遁到关,关门不开,丹为鸡鸣,于是众鸡悉鸣,遂归。(卷八《史补》)

老子云,“万民皆付西王母;唯王,圣人,真人,仙人,道人之命,上属九天君耳。”(卷九《杂说》上)

新蔡干宝字令升,晋中兴后置史官,宝始以著作郎领国史,因家贫求补山阴令,迁始安太守,王导请为司徒右长史,迁散骑常侍(四世纪中)。宝著《晋纪》二十卷,时称良史;而性好阴阳术数,尝感于其父婢死而再生,及其兄气绝复苏,自言见天神事,乃撰《搜神记》二十卷。以“发明神道之不诬”(自序中语),见《晋书》本传。《搜神记》今存者正二十卷,然亦非原书,其书于神祇灵异人物变化之外,颇言神仙五行,又偶有释氏说。

汉下邳周式,尝至东海,道逢一吏,持一卷书,求寄载,行十余里,谓式曰,“吾暂有所过,留书寄君船中,慎勿发之!”去后,式盗发视,书皆诸死人录,下条有式名。须臾吏还,式犹视书。吏怒曰,“故以相告,而忽视之!”式叩头流血,良久,吏曰,“感卿远相载,此书不可除卿名,今日已去,还家三年勿出门,可得度也。勿道见吾书!”式还,不出已二年余,家皆怪之。邻人卒亡,父怒使往吊之,式不得已,适出门,便见此吏。吏曰,“吾令汝三年勿出,而今出门,知复奈何?吾求不见连累为鞭杖,今已见汝,可复奈何?后三日日中,当相取也。”……至三日日中,果见来取,便死。(卷五)

阮瞻字千里,素执无鬼论,物莫能难,每自谓此理足以辨正幽明。忽有客通名诣瞻,寒温毕,聊谈名理,客甚有才辨,瞻与之言良久,及鬼神之事,反复甚苦,客遂屈,乃作色曰,“鬼神古今圣贤所共传,君何得独言无?即仆便是鬼!”于是变为异形,须臾消灭。瞻默然,意色大恶,岁余而卒。(卷十六)

焦湖庙有一玉枕,枕有小坼。时单父县人杨林为贾客,至庙祈求,庙巫谓曰,“君欲好婚否?”林曰,“幸甚。”巫即遣林近枕边,因入坼中,遂见朱楼琼室。有赵太尉在其中,即嫁女与林,生六子,皆为秘书郎。历数十年,并无思归之志,忽如梦觉,犹在枕傍,林怆然久之。(今本无此条,见《太平寰宇记》一百二十六引)

续干宝书者,有《搜神后记》十卷。题陶潜撰。其书今具存,亦记灵异变化之事如前记,陶潜旷达,未必拳拳于鬼神,盖伪托也。

干宝字令升,其先新蔡人。父莹,有嬖妾。母至妒,宝父葬时,因生推婢著藏中,宝兄弟年小，不之审也。经十年而母丧，开墓，见其妾伏棺上，衣服如生，就视犹暖，舆还家，终日而苏，云宝父常致饮食，与之寝接，恩情如生。家中吉凶辄语之，校之悉验，平复数年后方卒。宝兄常病，气绝积日不冷，后遂寤，云见天地间鬼神事，如梦觉，不自知死。（卷四）

晋中兴后，谯郡周子文家在晋陵，少时喜射猎。常入山，忽山岫间有一人长五六丈，手捉弓箭，箭镝头广二尺许，白如霜雪，忽出声唤曰，“阿鼠！”（原注，子文小字）子文不觉应曰“喏”。此人便牵弓满镝向子文，子文便失魂厌伏。（卷七）

晋时，又有荀氏作《灵鬼志》，陆氏作《异林》，西戎主簿戴祚作《甄异传》，祖冲之作《述异记》，祖台之作《志怪》，此外作志怪者尚多，有孔氏殖氏曹毗等，今俱佚，间存遗文。至于现行之《述异记》二卷，称梁任昉撰者，则唐宋间人伪作，而袭祖冲之之书名者也，故唐人书中皆未尝引。

刘敬叔字敬叔，彭城人，少颖敏有异才，晋末拜南平国郎中令，入宋为给事黄门郎，数年，以病免，泰始中卒于家（约三九〇——四七〇），所著有《异苑》十余卷，行世。（详见明胡震亨所作小传，在汲古阁本《异苑》卷首）《异苑》今存者十卷，然亦非原书。

魏时，殿前大钟无故大鸣，人皆异之，以问张华，华曰，“此蜀郡铜山崩，故钟鸣应之耳。”寻蜀郡上其事，果如华言。（卷二）

义熙中，东海徐氏婢兰忽患羸黄，而拂拭异常，共伺察之，见扫帚从壁角来趋婢床，乃取而焚之，婢即平复。（卷八）

晋太元十九年，鄱阳桓阐杀犬祭乡里绥山，煮肉不熟。神怒，即下教于巫曰，“桓阐以肉生贻我，当谪令自食也。”其年忽变作虎，作虎之始，见人以斑皮衣之，即能跳跃噬逐。（卷八）

东莞刘邕性嗜食疮痂，以为味似鳆鱼。尝诣孟灵休，灵休先患灸疮，痂落在床，邕取食之，灵休大惊，痂未落者悉褫取饴邕。南康国吏二百许人，不问有罪无罪，递与鞭，疮痂落，常以给膳。（卷十）

临川王刘义庆（四〇三——四四四）为性简素，爱好文义，撰述甚多（详见《宋书》《宗室传》），有《幽明录》三十卷，见《隋志》史部杂传类，《新唐志》入小说。其书今虽不存，而他书征引甚多，大抵如《搜神》《列异》之类；然似皆集录前人撰作，非自造也。唐时尝盛行，刘知几（《史通》）云《晋书》多取之。

宋散骑侍郎东阳无疑有《齐谐记》七卷，亦见《隋志》，今佚。梁吴均作《续齐谐记》一卷，今尚存，然亦非原本。吴均字叔庠，吴兴故鄣人，天监初为吴兴主簿，旋兼建安王伟记室，终除奉朝请，以撰《齐春秋》不实免职，已而复召，使撰通史，未就，普通元年卒，年五十二（四六九——五二〇），事详《梁书》《文学传》。均夙有诗名，文体清拔，好事者或模拟之，称"吴均体"，故其为小说，亦卓然可观，唐宋文人多引为典据，阳羡鹅笼之记，尤其奇诡者也。

阳羡许彦于绥安山行，遇一书生，年十七八，卧路侧，云脚痛，求寄鹅笼中。彦以为戏言，书生便入笼，笼亦不更广，书生亦不更小，宛然与双鹅并坐，鹅亦不惊。彦负笼而去，都不觉重。前行息树下，书生乃出笼谓彦曰，"欲为君薄设。"彦曰，"善。"乃口中吐出一铜奁子，奁子中具诸肴馔。……酒数行，谓彦曰，"向将一妇人自随。今欲暂邀之。"彦曰，"善。"又于口中吐一女子，年可十五六，衣服绮丽，容貌殊绝，共坐宴。俄而书生醉卧，此女谓彦曰，"虽与书生结妻，而实怀怨，向亦窃得一男子同行，书生既眠，暂唤之，君幸勿言。"彦曰，"善。"女子于口中吐出一男子，年可二十三四，亦颖悟可爱，乃与彦叙寒温。书生卧欲觉，女子口吐一锦行障遮书生，书生乃留女子共卧。男子谓彦曰，"此女虽有情，心亦不尽，向复窃得一女人同行，今欲暂见之，愿君勿泄。"彦曰，"善。"男子又于口中吐一妇人，年可二十许，共酌，戏谈甚久，闻书生动声，男子曰，"二人眠已觉。"因取所吐女人，还纳口中。须臾，书生处女乃出谓彦曰，"书生欲起。"乃吞向男子，独对彦坐。然后书生起谓彦曰，"暂眠遂久，君独坐，当悒悒耶？日又晚，当与君别。"遂吞其女子，诸器皿悉纳口中，留大铜盘可二尺广，与彦别曰，"无以藉君，与君相忆也。"彦大元中为兰台令史，以盘饷侍中张散；散看其铭题，云是永平三年作。

然此类思想，盖非中国所故有，段成式已谓出于天竺，《酉阳杂俎》（《续集》《贬误篇》）云，"释氏《譬喻经》云，昔梵志作术，吐出一壶，中有女子与屏，处作家室。梵志少息，女复作术，吐出一壶，中有男子，复与共卧。梵志觉，次第互吞之，柱杖而去。余以吴均尝览此事，讶其说以为至怪也。"所云释氏经者，即《旧杂譬喻经》，吴时康僧会译，今尚存；而此一事，则复有他经为本，如《观佛三昧海经》（卷一）说观佛苦行时白毫毛相云，"天见毛内有百亿光，其光微妙，不可具宣。于其光中，现化菩萨，皆修苦行，如此不异。菩萨不小，毛亦不大。"当又为梵志吐壶相之渊源矣。魏晋以来，渐译释典，天竺故事亦流传世间，文人喜其颖异，于有意或无意中用之，遂蜕化为国有，如晋人荀氏作《灵鬼志》，亦记道人入笼子中事，尚云来自外国，至吴均记，乃为中国之书生。

太元十二年，有道人外国来，能吞刀吐火，吐珠玉金银，自说其所受师，即白衣，非沙门也。尝行，见一人担担，上有小笼子，可受升余，语担人云，"吾步行疲极，欲寄君担。"担人甚怪之,虑是狂人,便语之云,“自可耳。”……即入笼中,笼不更大,其人亦不更小,担之亦不觉重于先。既行数十里,树下住食,担人呼共食,云“我自有食”,不肯出。……食未半,语担人“我欲与妇共食”,即复口吐出女子,年二十许,衣裳容貌甚美,二人便共食。食欲竟,其夫便卧;妇语担人,“我有外夫,欲来共食,夫觉,君勿道之。”妇便口中出一年少丈夫,共食。笼中便有三人,宽急之事,亦复不异。有顷,其夫动,如欲觉,妇便以外夫内口中。夫起,语担人曰,“可去!”即以妇内口中,次及食器物。……(《法苑珠林》六十一,《太平御览》三百五十九)

第六篇　六朝之鬼神志怪书(下)

释氏辅教之书,《隋志》著录九家,在子部及史部,今惟颜之推《冤魂志》存,引经史以证报应,已开混合儒释之端矣,而余则俱佚。遗文之可考见者,有宋刘义庆《宣验记》,齐王琰《冥祥记》,隋颜之推《集灵记》,侯白《旌异记》四种,大抵记经像之显效,明应验之实有,以震耸世俗,使生敬信之心,顾后世则或视为小说。王琰者,太原人,幼在交趾,受五戒,于宋大明及建元(五世纪中)年,两感金像之异,因作记,撰集像事,继以经塔,凡十卷,谓之《冥祥》,自序其事甚悉(见《法苑珠林》卷十七)。《冥祥记》在《珠林》及《太平广记》中所存最多,其叙述亦最委曲详尽,今略引三事,以概其余。

汉明帝梦见神人,形垂二丈,身黄金色,项佩日光。以问群臣,或对曰,“西方有神,其号曰佛,形如陛下所梦,得无是乎?”于是发使天竺,写致经像。表之中夏,自天子王侯,咸敬事之,闻人死精神不灭,莫不惧然自失。初,使者蔡愔将西域沙门迦叶摩腾等赍优填王画释迦佛像,帝重之,如梦所见也,乃遣画工图之数本,于南宫清凉台及高阳门显节寿陵上供养。又于白马寺壁画千乘万骑绕塔三匝之像,如诸传备载。(《珠林》十三)

晋谢敷字庆绪,会稽山阴人也,……少有高操,隐于东山,笃信大法,精勤不倦,手写《首楞严经》,当在都白马寺中,寺为灾火所延,什物余经,并成煨尽,而此经止烧纸头界外而已,文字悉存,无所毁失。敷死时,友人疑其得道,及闻此经,弥复惊异。……(《珠林》十八)

晋赵泰字文和,清河贝丘人也,……年三十五时,尝卒心痛,须臾而死。下尸于地,心暖不已,屈伸随人。留尸十日,平旦,喉中有声如雨,俄而苏活。说初死之时,梦有一人来近心下，复有二人乘黄马，从者二人，扶泰腋径将东行，不知可几里，至一大城，崔巍高峻，城色青黑。将泰向城门入，经两重门，有瓦屋可数千间，男女大小亦数千人，行列而立。吏著皂衣，有五六人，条疏姓字，云“当以科呈府君”。泰名在三十，须臾，将泰与数千人男女一时俱进。府君西向坐，简视名簿讫，复遣泰南入黑门。有人著绛衣坐大屋下，以次呼名，问“生时所事？作何孽罪？行何福善？谛汝等辞，以实言也！此恒遣六部使者常在人间，疏记善恶，具有条状，不可得虚。”泰答“父兄仕宦，皆二千石。我少在家，修学而已，无所事也，亦不犯恶。”乃遣泰为水官将作。……后转泰水官都督知诸狱事，给泰兵马，令案行地狱。所至诸狱，楚毒各殊：或针贯其舌，流血竟体；或被头露发，裸形徒跣，相牵而行，有持大杖，从后催促，铁床铜柱，烧之洞然，驱迫此人，抱卧其上，赴即焦烂，寻复还生；……或剑树高广，不知限量，根茎枝叶，皆剑为之，人众相訾，自登自攀，若有欣竞，而身首割截，尺寸离断。泰见祖父母及二弟在此狱中，相见涕泣。泰出狱门，见有二人赍文书，来语狱吏，言有三人，其家为其于塔寺中悬幡烧香，救解其罪，可出福舍。俄见三人自狱而出，已有自然衣服，完整在身，南诣一门，云名开光大舍。……泰案行毕，还水官处。……主者曰，“卿无罪过，故相使为水官都督，不尔，与地狱中人无以异也。”泰问主者曰，“人有何行，死得乐报？”主者唯言“奉法弟子精进持戒，得乐报，无有谪罚也。”泰复问曰，“人未事法时所行罪过，事法之后，得以除不？”答曰，“皆除也。”语毕，主者开滕箧检泰年纪，尚有余算三十年在，乃遣泰还。……时晋太始五年七月十三日也……（《珠林》七，《广记》三百七十七）

佛教既渐流播，经论日多，杂说亦日出，闻者虽或悟无常而归依，然亦或怖无常而却走。此之反动，则有方士亦自造伪经，多作异记，以长生久视之道，网罗天下之逃苦空者，今所存汉小说，除一二文人著述外，其余盖皆是矣。方士撰书，大抵托名古人，故称晋宋人作者不多有，惟类书间有引《神异记》者，则为道士王浮作。浮，晋人，有浅妄之称，即惠帝时（三世纪末至四世纪初）与帛远抗论屡屈，遂改换《西域传》造老子《明威化胡经》者也（见唐释法琳《辩正论》六）。其记似亦言神仙鬼神，如《洞冥》《列异》之类。

陈敏，孙皓之世为江夏太守，自建业赴职，闻宫亭庙验（原注云言灵验），过乞在任安稳，当上银杖一枚。年限既满，作杖拟以还庙，捶铁以为干，以银涂之。寻征为散骑常侍，往宫亭送杖于庙中，讫即进路。日晚，降神巫宣教曰，“陈敏许我银杖，今以涂杖见与，便投水中，当以还之。欺蔑之罪，不可容也！”于是取银杖看之，剖视中见铁干，乃置之湖中。杖浮在水上，其疾如飞，遥到敏舫前，敏舟遂覆也。（《太平御览》）七百十）

丹丘生大茗,服之生羽翼。(《事类赋》注十六)

《拾遗记》十卷,题晋陇西王嘉撰,梁萧绮录。《晋书》《艺术列传》中有王嘉,略云,嘉字子年,陇西安阳人,初隐于东阳谷,后入长安,苻坚累征不起,能言未然之事,辞如谶记,当时鲜能晓之。姚苌入长安,逼嘉自随;后以答问失苌意,为苌所杀(约三九〇)。嘉尝造《牵三歌谶》,又著《拾遗录》十卷,其事多诡怪,今行于世。传所云《拾遗录》者,盖即今记,前有萧绮序,言书本十九卷,二百二十篇,当苻秦之季,典章散灭,此书亦多有亡,绮更删繁存实,合为一部,凡十卷。今书前九卷起庖牺迄东晋,末一卷则记昆仑等九仙山,与序所谓"事讫西晋之末"者稍不同。其文笔颇靡丽,而事皆诞谩无实,萧绮之录亦附会,胡应麟(《笔丛》三十二)以为"盖即绮撰而托之王嘉"者也。

少昊以金德王,母曰皇娥,处璇宫而夜织,或乘桴木而昼游,经历穷沧桑茫之浦。时有神童,容貌绝俗,称为白帝之子,即太白之精,降乎水际,与皇娥宴戏,奏便娟之乐,游漾忘归。穷桑者,西海之滨,有孤桑之树,直上千寻,叶红椹紫,万岁一实,食之后天而老。……帝子与皇娥并坐,抚桐峰梓瑟,皇娥倚瑟而清歌曰,"天清地旷浩茫茫,万象回薄化无方,浛天荡荡望沧沧,乘桴轻漾著日傍,当其何所至穷桑,心知和乐悦未央。"俗谓游乐之处为桑中也,《诗》《卫风》云"期我乎桑中",盖类此也。……及皇娥生少昊,号曰穷桑氏,亦曰桑丘氏。至六国时,桑丘子著阴阳书,即其余裔也。……(卷一)

刘向于成帝之末,校书天禄阁,专精覃思。夜,有老人著黄衣,植青藜杖,登阁而进,见向暗中独坐诵书,老父乃吹杖端,烟燃,因以见向,说开辟以前。向因受五行洪范之文,恐辞说繁广忘之,乃裂帛及绅,以记其言,至曙而去。向请问姓名,云"我是太一之精,天帝闻卯金之子有博学者,下而观焉"。乃出怀中竹牒,有天文地图之书,"余略授子焉"。至向子歆,从向授其术。向亦不悟此人焉。(卷六)

洞庭山浮于水上,其下有金堂数百间,玉女居之,四时闻金石丝竹之声,彻于山顶。楚怀王之时,举群才赋诗于水湄。……后怀王好进奸雄,群贤逃越。屈原以忠见斥,隐于沅湘,披蓁茹草,混同禽兽,不交世务,采柏实以和桂膏,用养心神,被王逼逐,乃赴清冷之水,楚人思慕,谓之水仙。其神游于天河,精灵时降湘浦,楚人为之立祠,汉末犹在。(卷十)

第七篇 《世说新语》与其前后

汉末士流，已重品目，声名成毁，决于片言，魏晋以来，乃弥以标格语言相尚，惟吐属则流于玄虚，举止则故为疏放，与汉之惟俊伟坚卓为重者，甚不侔矣。盖其时释教广被，颇扬脱俗之风，而老庄之说亦大盛，其因佛而崇老为反动，而厌离于世间则一致，相拒而实相扇，终乃汗漫而为清谈。渡江以后，此风弥甚，有违言者，惟一二枭雄而已。世之所尚，因有撰集，或者掇拾旧闻，或者记述近事，虽不过丛残小语，而俱为人间言动，遂脱志怪之牢笼也。

记人间事者已甚古，列御寇韩非皆有录载，唯其所以录载者，列在用以喻道，韩在储以论政。若为赏心而作，则实萌芽于魏而盛大于晋，虽不免追随俗尚，或供揣摩，然要为远实用而近娱乐矣。晋隆和(三六二)中，有处士河东裴启，撰汉魏以来迄于同时言语应对之可称者，谓之《语林》，时颇盛行，以记谢安语不实，为安所诋，书遂废(详见《世说新语》《轻诋篇》)。后仍时有，凡十卷，至隋而亡，然群书中亦常见其遗文也。

娄护字君卿，历游五侯之门，每旦，五侯家各遗饷之，君卿口厌滋味，乃试合五侯所饷之鲭而食，甚美。世所谓"五侯鲭"，君卿所致。(《太平广记》二百三十四)

魏武云，"我眠中不可妄近，近辄斫人不觉。左右宜慎之！"后乃阳冻眠，所幸小儿窃以被覆之，因便斫杀，自尔莫敢近。(《太平御览》七百七)

钟士季尝向人道，"吾年少时一纸书，人云是阮步兵书，皆字字生义，既知是吾，不复道也。" (《续谈助》四)

祖士言与钟雅语相调，钟语祖曰，"我汝颍之士利如锥，卿燕代之士钝如槌。"祖曰，"以我钝槌，打尔利锥。"钟曰，"自有神锥，不可得打。"祖曰，"既有神锥，必有神槌。"钟遂屈。(《御览》四百六十六)

王子猷尝暂寄人空宅住，使令种竹。或问暂住何烦尔？啸咏良久，直指竹曰，"何可一日无此君。"(《御览》三百八十九)

《隋志》又有《郭子》三卷，东晋中郎郭澄之撰，《唐志》云"贾泉注"，今亡。审其遗文，亦与《语林》相类。

宋临川王刘义庆有《世说》八卷，梁刘孝标注之为十卷，见《隋志》。今存者三卷曰

《世说新语》，为宋人晏殊所删并，于注亦小有剪裁，然不知何人又加新语二字，唐时则曰新书，殆以《汉志》儒家类录刘向所序六十七篇中，已有《世说》，因增字以别之也。《世说新语》今本凡三十八篇，自《德行》至《仇隙》，以类相从，事起后汉，止于东晋，记言则玄远冷俊，记行则高简瑰奇，下至缪惑，亦资一笑。孝标作注，又征引浩博。或驳或申，映带本文，增其隽永，所用书四百余种，今又多不存，故世人尤珍重之。然《世说》文字，间或与裴郭二家书所记相同，殆亦犹《幽明录》《宣验记》然，乃纂缉旧文，非由自造：《宋书》言义庆才词不多，而招聚文学之士，远近必至，则诸书或成于众手，未可知也。

阮光禄在剡，曾有好车，借者无不皆给。有人葬母，意欲借而不敢言。阮后闻之，叹曰，"吾有车而使人不敢借，何以车为？"遂焚之。（卷上《德行篇》）

阮宣子有令闻，太尉王夷甫见而问曰，"老庄与圣教同异？"对曰，"将无同。"太尉善其言，辟之为掾，世谓"三语掾"。（卷上《文学篇》）

祖士少好财，阮遥集好屐，并恒自经营，同是一累，而未判其得失。人有诣祖，见料视财物，客至，屏当未尽，余两小簏，著背后倾身障之，意未能平。或有诣阮，见自吹火蜡屐，因叹曰，"未知一生当著几量屐？"神色闲畅。于是胜负始分。（卷中《雅量篇》）

世目李元礼"谡谡如松下劲风"。（卷中《赏誉篇》）公孙度目邴原："所谓云中白鹤，非燕雀之网所能罗也。"（同上）

刘伶恒纵酒放达，或脱衣裸形在屋中。人见讥之。伶曰，"我以天地为栋宇，屋室为裈衣，诸君何为入我裈中？"（卷下《任诞篇》）

刘伶醉酒

石崇每要客燕集，常令美人行酒，客饮酒不尽者，使黄门交斩美人。王丞相与大将军尝共诣崇，丞相素不能饮，辄自勉强，至于沉醉。每至大将军，固不饮以观其变，已斩三人，颜色如故，尚不肯饮，丞相让之，大将军曰，"自杀伊家人，何预卿事？"（卷下《汰侈篇》）

梁沈约（四四一——五一三，《梁书》有传）作《俗说》三卷，亦此类，今亡。梁武帝尝敕安右长史殷芸（四七一——五二九，《梁书》有传）撰《小说》三十卷，至隋仅存十卷，明初尚存，今乃止见于《续谈助》及原本《说郛》中，亦采集书而成，以时代为次第，而特置帝王之事于卷首,继以周汉,终于南齐。

晋咸康中,有士人周谓者,死而复生,言天帝召见,引升殿,仰视帝,面方一尺。问左右曰,“是古张天帝耶?”答云,“上古天帝,久已圣去,此近曹明帝也。”(《绀珠集》二)

孝武未尝见驴,谢太傅问曰,“陛下想其形当何所似?”孝武掩口笑云,“正当似猪。”(《续谈助》四。原注云,出《世说》。案今本无之。)

孔子尝游于山,使子路取水。逢虎于水所,与共战,揽尾得之,内怀中;取水还。问孔子曰,“上士杀虎如之何?”子曰,“上士杀虎持虎头。”又问曰,“中士杀虎如之何?”子曰,“中士杀虎持虎耳。”又问,“下士杀虎如之何?”子曰,“下士杀虎捉虎尾。”子路出尾弃之,因恚孔子曰,“夫子知水所有虎,使我取水,是欲死我。”乃怀石盘欲中孔子,又问“上士杀人如之何?”子曰,“上士杀人使笔端。”又问曰,“中士杀人如之何?”子曰,“中士杀人用舌端。”又问“下士杀人如之何?”子曰,“下士杀人怀石盘。”子路出而弃之,于是心服。(原本《说郛》二十五。原注云,出《冲波传》。)

鬼谷先生与苏秦张仪书云,“二君足下,功名赫赫,但春华到秋,不得久茂。日数将冬,时讫将老。子独不见河边之树乎?仆御折其枝,波浪激其根;此木非与天下人有仇怨,盖所居者然。子见嵩岱之松柏,华霍之树檀?上叶干青云,下根通三泉,上有猿狖,下有赤豹麒麟,千秋万岁,不逢斧斤之伐:此木非与天下之人有骨肉,亦所居者然。今二子好朝露之荣,忽长久之功,轻乔松之求延,贵一旦之浮爵,夫‘女爱不极席,男欢不毕轮’,痛夫痛夫,二君二君!”(《续谈助》四。原注云,出《鬼谷先生书》。)

《隋志》又有《笑林》三卷,后汉给事中邯郸淳撰。淳一名竺,字子礼,颍川人,弱冠有异才,元嘉元年(一五一),上虞长度尚为曹娥立碑,淳者尚之弟子,于席间作碑文,操笔而成,无所点定,遂知名,黄初初(约二二一),为魏博士给事中,见《后汉书》《曹娥传》及《三国》《魏志》《王粲传》等注。《笑林》今佚,遗文存二十余事,举非违,显纰缪,实《世说》之一体,亦后来诽谐文字之权舆也。

鲁有执长竿入城门者,初,竖执之不可入,横执之亦不可入,计无所出。俄有老父至曰,“吾非圣人,但见事多矣,何不以锯中截而入!”遂依而截之。(《太平广记》二百六十二)

平原陶丘氏,取渤海墨台氏女,女色甚美,才甚令,复相敬,已生一男而归。母丁氏,年老,进见女婿。女婿既归而遣妇。妇临去请罪,夫曰,“曩见夫人年德已衰,非昔日比,亦恐新妇老后,必复如此,是以遣,实无他故。”(《太平御览》四百九十九)

甲父母在,出学三年而归。舅氏问其学何所得,并序别父久。乃答曰,"渭阳之思,过于秦康。"既而父数之,"尔学奚益。"答曰,"少失过庭之训,故学无益。"(《广记》二百六十二)

甲与乙争斗,甲啮下乙鼻,官吏欲断之,甲称乙自啮落。吏曰,"夫人鼻高而口低,岂能就啮之乎?"甲曰,"他踏床子就啮之。"(同上)

《笑林》之后,不乏继作,《隋志》有《解颐》二卷。杨松玢撰,今一字不存,而群书常引《谈数》,则《世说》之流也。《唐志》有《启颜录》十卷,侯白撰。白字君素,魏郡人,好学有捷才,滑稽善辩,举秀才为儒林郎,好为诽谐杂说,人多爱狎之,所在之处,观者如市。隋高祖闻其名,召令于秘书修国史,后给五品食,月余而死(约六世纪后叶)。见《隋书》《陆爽传》。《启颜录》今亦佚,然《太平广记》引用甚多,盖上取子史之旧文,近记一已之言行,事多浮浅,又好以鄙言调谑人,诽谐太过,时复流于轻薄矣。其有唐世事者,后人所加也;古书中往往有之,在小说尤甚。

开皇中,有人姓出名六斤,欲参(杨)素,赍名纸至省门,遇白,请为题其姓,乃书曰"六斤半"。名既人,素召其人,问曰,"卿姓六斤半?"答曰,"是出六斤。"曰,"何为六斤半?"曰,"向请侯秀才题之,当是错矣"即召白至,谓曰 "卿何为错题人姓名?"对云,"不错。"素曰,"若不错,何因姓出名六斤,请卿题之,乃言六斤半?"对曰,"白在省门,会卒无处觅称,既闻道是出六斤,斟酌只应是六斤半。"素大笑之。(《广记》二百四十八)

山东人娶蒲州女,多患瘿,其妻母项瘿甚大。成婚数月,妇家疑婿不慧,妇翁置酒盛会亲戚,欲以试之。问曰,"某郎在山东读书,应识道理。鸿鹤能鸣,何意?"曰,"天使其然。"又曰,"松柏冬青,何意?"曰,"天使其然。"又曰,"道边树有骴,何意?"曰,"天使其然。"妇翁曰,"某郎全不识道理,何因浪住山东?"因以戏之曰,"鸿鹤能鸣者颈项长,松柏冬青者心中强,道边树有骴者车拨伤:岂是天使其然?"婿曰,"虾蟆能鸣,岂是颈项长?竹亦冬青,岂是心中强?夫人项下瘿如许大,岂是车拨伤?"妇翁羞愧,无以对之。(同上)

其后则唐有何自然《笑林》,今亦佚,宋有吕居仁《轩渠录》,沈征《谐史》,周文玘《开颜集》,天和子《善谑集》,元明又十余种;大抵或取子史旧文,或拾同时琐事,殊不见有新意。惟托名东坡之《艾子杂说》稍卓特,顾往往嘲讽世情,讥刺时病,又异于《笑林》之无所为而作矣。

至于《世说》一流,仿者尤众,刘孝标有《续世说》十卷,见《唐志》,然据《隋志》,则殆即所注临川书。唐有王方庆《续世说新书》(见《新唐志》杂家,今佚),宋有王谠《唐语林》，孔平仲《续世说》，明有何良俊《何氏语林》，李绍文《明世说新语》，焦竑《类林》及《玉堂丛话》，张墉《廿一史识余》，郑仲夔《清言》等；然纂旧闻则别无疑异，述时事则伤于矫揉，而世人犹复为之不已，至于清，又有梁维枢作《玉剑尊闻》，吴肃公作《明语林》，章抚功作《汉世说》，李清作《女世说》，颜从乔作《僧世说》，王晫作《今世说》，汪琬作《说铃》而惠栋为之补注，今亦尚有易宗夔作《新世说》也。

第八篇　唐之传奇文(上)

小说亦如诗，至唐代而一变，虽尚不离于搜奇记逸，然叙述宛转，文辞华艳，与六朝之粗陈梗概者较，演进之迹甚明，而尤显者乃在是时则始有意为小说。胡应麟(《笔丛》三十六)云，“变异之谈，盛于六朝，然多是传录舛讹，未必尽幻设语，至唐人乃作意好奇，假小说以寄笔端。”其云“作意”，云“幻设”者，则即意识之创造矣。此类文字，当时或为丛集，或为单篇，大率篇幅曼长，记叙委曲，时亦近于俳谐，故论者每訾其卑下，贬之曰“传奇”，以别于“韩柳”辈之高文。顾世间则甚风行，文人往往有作，投谒时或用之为行卷，今颇有留存于《太平广记》中者(他书所收，时代及撰人多错误不足据)，实唐代特绝之作也。然而后来流派，乃亦不昌，但有演述，或者模拟而已，惟元明人多本其事作杂剧或传奇，而影响遂及于曲。

幻设为文，晋世固已盛，如阮籍之《大人先生传》，刘伶之《酒德颂》，陶潜之《桃花源记》《五柳先生传》皆是矣，然咸以寓言为本，文辞为末，故其流可衍为王绩《醉乡记》韩愈《圬者王承福传》柳宗元《种树郭橐驼传》等，而无涉于传奇。传奇者流，源盖出于志怪，然施之藻绘，扩其波澜，故所成就乃特异，其间虽亦或托讽喻以纾牢愁，谈祸福以寓惩劝，而大归则究在文采与意想，与昔之传鬼神明因果而外无他意者，甚异其趣矣。

隋唐间，有王度者，作《古镜记》(见《广记》二百三十，题曰《王度》)，自述获神镜于侯生，能降精魅，后其弟勣(当作绩)远游，借以自随，亦杀诸鬼怪，顾终乃化去。其文甚长，然仅缀古镜诸灵异事，犹有六朝志怪流风。王度，太原祁人，文中子通之弟，东皋子绩兄也，盖生于开皇初(宋晁公武《郡斋读书志》十云通生于开皇四年)，大业中为御史，罢归河东，复入长安为著作郎，奉诏修国史，又出兼芮城令，武德中卒(约五八五——六二五)，

史亦不成(见《古镜记》,《唐文粹》及《新唐书》《王绩传》,惟传云兄名凝,未详孰是),遗文仅存此篇而已。绩弃官归龙门后,史不言其游涉,盖度所假设也。

唐初又有《补江总白猿传》一卷,不知何人作,宋时尚单行,今见《广记》(四百四十四,题曰《欧阳纥》)中。传言梁将欧阳纥略地至长乐,深入溪洞,其妻遂为白猿所掠,逮救归,已孕,周岁生一子,"厥状肖焉"。纥后为陈武帝所杀,子询以江总收养成人,入唐有盛名,而貌类猕猴,忌者因此作传,云以补江总,是知假小说以施诬蔑之风,其由来亦颇古矣。

武后时,有深州陆浑人张鷟字文成,以调露初登进士第,为岐王府参军,屡试皆甲科,大有文誉,调长安尉,然性躁卞,傥荡无检,姚崇尤恶之;开元初,御史李全交劾鷟讪短时政,贬岭南,旋得内徙,终司门员外郎(约六六〇——七四〇,详见两《唐书》《张荐传》)。日本有《游仙窟》一卷,题宁州襄乐县尉张文成作,莫休符谓"鷟弱冠应举,下笔成章,中书侍郎薛元超特授襄乐尉"(《桂林风土记》),则尚其年少时所为。自叙奉使河源,道中夜投大宅,逢二女曰十娘五嫂,宴饮欢笑,以诗相调,止宿而去,文近骈俪而时杂鄙语,气度与所作《朝野佥载》《龙筋凤髓判》正同,《唐书》谓"鷟下笔辄成,浮艳少理致,其论著率诋诮芜秽,然大行一时,晚进莫不传记。……新罗日本使至,必出金宝购其文",殆实录矣。《游仙窟》中国久失传,后人亦不复效其体制,今略录数十言以见大概,乃升堂燕饮时情状也。

……十娘唤香儿为少府设乐,金石并奏,箫管间响:苏合弹琵琶,绿竹吹筚篥,仙人鼓瑟,玉女吹笙,玄鹤俯而听琴,白鱼跃而应节。清音哳叨,片时则梁上尘飞,雅韵铿锵,卒尔则天边雪落,一时忘味,孔丘留滞不虚,三日绕梁,韩娥余音是实。……两人俱起舞,共劝下官,……遂舞著词曰,"从来巡绕四边,忽逢两个神仙,眉上冬天出柳,颊中旱地生莲,千看千处妩媚,万看万种嫙妍,今宵若其不得,刺命过与黄泉。"又一时大笑。舞毕,因谢曰,"仆实庸才,得陪清赏,赐垂音乐,惭荷不胜。"十娘咏曰,"得意似鸳鸯,情乖若胡越,不向君边尽,更知何处歇?"十娘曰,"儿等并无可收采,少府公云'冬天出柳,旱地生莲',总是相弄也。"……

然作者蔚起,则在开元天宝以后。大历中有沈既济,苏州吴人,经学该博,以杨炎荐,召拜左拾遗史馆修撰。贞元时炎得罪,既济亦贬处州司户参军,既入朝,位礼部员外郎,卒(约七五〇——八〇〇)。撰《建中实录》,人称其能,《新唐书》有传。《文苑英华》(八百三十三)录其《枕中记》(亦见《广记》八十二,题曰《吕翁》)一篇,为小说家言,略谓开元七年，道士吕翁行邯郸道中，息邸舍，见旅中少年卢生侘傺叹息，乃探囊中枕授之。生梦娶清河崔氏，举进士，官至陕牧，人为京兆尹，出破戎虏，转吏部侍郎，迁户部尚书兼御史大夫，为时宰所忌，以飞语中之，贬端州刺史，越三年征为常侍，未几同中书门下平章事。

嘉谟密命，一日三接，献替启沃，号为贤相，同列害之，复诬与边将交结，所图不轨，下制狱，府吏引从至其门而急收之。生惶骇不测，谓妻子曰，"吾家山东有良田五顷，足以御寒馁，何苦求禄。而今及此，思衣短褐乘青驹行邯郸道中，不可得也！"引刃自刎，其妻救之获免。其罹者皆死，独生为中官保之，减罪死投驩州。数年，帝知冤，复追为中书令，封燕国公，恩旨殊异。生五子，……其姻媾皆天下望族，有孙十余人。……后年渐衰迈，屡乞骸骨，不许。病，中人候问，相踵于道，名医上药，无不至焉，……薨；生欠伸而悟，见其身方偃于旅舍，吕翁坐其旁，主人蒸黍未熟；触类如故。生蹶然而兴曰，"岂其梦寐也？"翁谓主人曰，"人生之适，亦如是矣。"生怃然良久，谢曰，"夫宠辱之道，穷达之运，得丧之理，死生之情，尽知之矣：此先生所以窒吾欲也。敢不受教！"稽首再拜而去。如是意想，在歆慕功名之唐代，虽诡幻动人，而亦非出于独创，干宝《搜神记》有焦湖庙祝以玉枕使杨林人梦事（见第五篇），大旨悉同，当即此篇所本，明人汤显祖之《邯郸记》，则又本之此篇。既济文笔简练，又多规诲之意，故事虽不经，尚为当时推重，比之韩愈《毛颖传》；间亦有病其俳谐者，则以作者尝为史官，因而绳以史法，失小说之意矣。既济又有《任氏传》（见《广记》四百五十二）一篇，言妖狐幻化，终于守志殉人，"虽今之妇人有不如者"，亦讽世之作也。

"吴兴才人"（李贺语）沈亚之字下贤，元和十年进士第，太和初为德州行营使者柏耆判官，耆以罪贬，亚之亦谪南康尉，终郢州掾（约八世纪末至九世纪中），集十二卷，今存。亚之有文名，自谓"能创窈窕之思"，今集中有传奇文三篇（《沈下贤集》卷二卷四，亦见《广记》二百八十二及二百九十八），皆以华艳之笔，叙恍惚之情，而好言仙鬼复死，尤与同时文人异趣。《湘中怨》记郑生偶遇孤女，相依数年，一旦别去，自云"蛟宫之娣"，谪限已满矣，十余年后，又遥见之画舻中，含嚬悲歌，而"风涛崩怒"，竟失所在。《异梦录》记邢凤梦见美人，示以"弓弯"之舞；及王炎梦侍吴王久，忽闻笳鼓，乃葬西施，因奉教作挽歌，王嘉赏之。《秦梦记》则自述道经长安，客橐泉邸舍，梦为秦官有功，时弄玉婿箫史先死，因尚公主，自题所居曰翠微宫。穆公遇亚之亦甚厚，一日，公主忽无疾卒，穆公乃不复欲见亚之，遣之归。

将去，公置酒高会，声秦声，舞秦舞，舞者击膊拊髀呜呜而音有不快，声甚怨。……

既，再拜辞去，公复命至翠微宫与公主侍人别，重入殿内时，见珠翠遗碎青阶下，窗纱檀点依然，宫人泣对亚之。亚之感咽良久，因题宫门诗曰，"君王多感放东归，从此秦宫不复期，春景自伤秦丧主，落花如雨泪胭脂。"竟别去，……觉卧邸舍。明日，亚之与友人崔九万具道；九万，博陵人，谙古，谓余曰，"《皇览》云，'秦穆公葬雍橐泉祈年宫下'，非其神灵凭乎？"亚之更求得秦时地志，说如九万云。呜呼！弄玉既仙矣。恶又死乎？

陈鸿为文，则辞意慷慨，长于吊古，追怀往事，如不胜情。鸿少学为史，贞元二十一年登太常第，始闲居遂志，乃修《大统纪》三十卷，七年始成（《唐文粹》九十五），在长安时，尝与白居易为友，为《长恨歌》作传（见《广记》四百八十六）。《新唐志》小说家类有陈鸿《开元升平源》一卷，注云，"字大亮，贞元主客郎中"，或亦其人也（约八世纪后半至九世纪中叶）。所作又有《东城老父传》（见《广记》四百八十五），记贾昌于兵火之后，忆念太平盛事，荣华苓落，两相比照，其语甚悲。《长恨歌传》则作于元和初，亦追述开元中杨妃入宫以至死蜀本末，法与《贾昌传》相类。杨妃故事，唐人本所乐道，然鲜有条贯秩然如此传者，又得白居易作歌，故特为世间所知，清洪昇撰《长生殿传奇》，即本此传及歌意也。传今有数本，《广记》及《文苑英华》（七百九十四）所录，字句已多异同，而明人附载《文苑英华》后之出于《丽情集》及《京本大曲》者尤异，盖后人（《丽情集》之撰者张君房？）又增损之。

天宝末，兄国忠盗丞相位，愚弄国柄，及安禄山引兵向阙，以讨杨氏为词。潼关不守，翠华南幸，出咸阳，道次马嵬亭，六军徘徊，持戟不进，从官郎吏伏上马前，请诛晁错以谢天下，国忠奉氂缨盘水，死于道周。左右之意未快，上问之，当时敢言者请以贵妃塞天下怨，上知不免，而不忍见其死，反袂掩面，使牵之而去；仓皇辗转，竟就死于尺组之下。（《文苑英华》所载）

天宝末，兄国忠盗丞相位，窃弄国柄，羯胡乱燕，二京连陷，翠华南幸，驾出都西门百余里，六师徘徊，拥戟不行，从官郎吏伏上马前，请诛错以谢之；国忠奉氂缨盘水，死于道周。左右之意未快，当时敢言者请以贵妃塞天下之怒，上惨容，但心不忍见其死，反袂掩面，使牵之而去。拜于上前，回眸血下，坠金钿翠羽于地，上自收之。呜呼，蕙心纨质，天王之爱，不得已而死于尺组之下，叔向母云"甚美必甚恶"，李延年歌曰"倾国复倾城"，此之谓也。（《丽情集》及《大曲》所载）

白行简字知退，其先盖太原人，后家韩城，又徙下邽，居易之弟也，贞元末进士第，累迁司门员外郎主客郎中，宝历二年（八二六）冬病卒，年盖五十余，两《唐书》皆附见《居易传》。有集二十卷，今不存，而《广记》(四百八十四)收其传奇文一篇曰《李娃传》，言荥阳巨族之子溺于长安倡女李娃，贫病困顿，至流落为挽郎，复为李娃所拯，勉之学，遂擢第，官成都府参军。行简本善文笔，李娃事又近情而耸听，故缠绵可观；元人已本其事为《曲江池》，明薛近兖则以作《绣襦记》。行简又有《三梦记》一篇(见原本《说郛》四)，举"彼梦有所往而此遇之者，或此有所为而彼梦之者，或两相通梦者"三事，皆叙述简质，而事特瑰奇，其第一事尤胜。

天后时，刘幽求为朝邑丞，尝奉使夜归，未及家十余里，适有佛寺，路出其侧，闻寺中歌笑欢洽。寺垣短缺，尽得睹其中。刘俯身窥之，见十数人儿女杂坐，罗列盘馔，环绕之而共食。见其妻在座中语笑。刘初愕然，不测其故，久之，且思其不当至此，复不能舍之。又熟视容止言笑无异，将就察之，寺门闭不得入，刘掷瓦击之，中其罍洗，破进散走，因忽不见。刘逾垣直入，与从者同视殿庑，皆无人，寺扃如故。刘讶益甚，遂驰归。比至其家，妻方寝，闻刘至，乃叙寒暄讫，妻笑曰，"向梦中与数十人同游一寺，皆不相识，会食于殿庭，有人自外以瓦砾投之，杯盘狼藉，因而遂觉。"刘亦具陈其见，盖所谓彼梦有所往而此遇之也。

第九篇　唐之传奇文(下)

然传奇诸作者中，有特有关系者二人：其一，所作不多而影响甚大，名亦甚盛者曰元稹；其二，多所著作，影响亦甚大而名不甚彰者曰李公佐。

元稹字微之，河南河内人，举明经，补校书郎，元和初应制策第一，除左拾遗，历监察御史，坐事贬江陵，又自虢州长史征入，渐迁至中书舍人承旨学士，进工部侍郎同平章事，未几罢相，出为同州刺史，又改越州，兼浙东观察使。太和初，入为尚书左丞检校户部尚书，兼鄂州刺史武昌军节度使，五年七月暴疾，一日而卒于镇，时年五十三(七七九——八三一)，两《唐书》皆有传。稹自少与白居易唱和，当时言诗者称元白，号为"元和体"，然所传小说，止《莺莺传》　(见《广记》四百八十八)一篇。

《莺莺传》者，即叙崔张故事，亦名《会真记》者也。略谓贞元中，有张生者，性貌温美，非礼不动，年二十三未尝近女色。时生游于蒲，寓普救寺，适有崔氏孀妇将归长安，过蒲，亦寓兹寺，绪其亲则于张为异派之从母。会浑瑊薨，军人因丧大扰蒲人，崔氏甚惧，而生与蒲将之党有善，得将护之，十余日后廉使杜确来治军，军遂戢。崔氏由此甚感张生，因招宴，见其女莺莺，生惑焉，托崔之婢红娘以《春词》二首通意，是夕得彩笺，题其篇曰《明月三五夜》，辞云，“待月西厢下，迎风户半开，隔墙花影动，疑是玉人来。”张喜且骇，已而崔至，则端服严容，责其非礼，竟去，张自失者久之，数夕后，崔又至，将晓而去，终夕无一言。

……张生辨色而兴，自疑曰，“岂其梦邪?”及明，睹妆在臂，香在衣，泪光莹莹然犹莹于茵席而已。是后又十余日，杳不复知。张生赋《会真诗》三十韵，未毕而红娘适至，因授之，以贻崔氏。自是复容之，朝隐而出，暮隐而入，同安于曩所谓西厢者几一月矣。张生常诘郑氏之情，则曰，“我不可奈何矣。”因欲就成之。无何，张生将至长安，先以情谕之，崔氏宛然无难词，然而愁怨之容动人矣。将行之夕，不可复见，而张生遂西下。……

明年，文战不利，张生遂止于京，贻书崔氏以广其意，崔报之，而生发其书于所知，由是为时人传说。杨巨源为赋《崔娘诗》，元稹亦续生《会真诗》三十韵，张之友闻者皆耸异，而张志亦绝矣。元稹与张厚，向其说，张曰：

“大凡天之所命尤物也，不妖其身，必妖于人。使崔氏子遇合富贵，秉娇宠，不为云为雨，则为蛟为螭，吾不知其变化矣。昔殷之辛，周之幽，据万乘之国，其势甚厚，然而一女子败之，溃其众，屠其身，至今为天下僇笑，予之德不足以胜妖孽，是用忍情。”

越岁余，崔已适人，张亦别娶，适过其所居，请以外兄见，崔终不出；后数日，张生将行，崔则赋诗一章以谢绝之云，“弃置今何道，当时且自亲，还将旧来意，怜取眼前人。”自是遂不复知。时人多许张为善补过者云。

元稹以张生自寓，述其亲历之境，虽文章尚非上乘，而时有情致，固亦可观，惟篇末文过饰非，遂堕恶趣，而李绅杨巨源辈既各赋诗以张之，稹又早有诗名，后秉节钺，故世人仍多乐道，宋赵德麟已取其事做《商调蝶恋花》十阕(见《侯鲭录》)，金则有董解元《弦索西厢》，元则有王实甫《西厢记》，关汉卿《续西厢记》，明则有李日华《南西厢记》，陆采《南西厢记》等，其他曰《竟》曰《翻》曰《后》曰《续》者尤繁，至今尚或称道其事。唐人传奇留遗不少，而后来煊赫如是者，唯此篇及李朝威《柳毅传》而已。

李公佐字颛蒙，陇西人，尝举进士，元和中为江淮从事，后罢归长安(见所作《谢小娥传》中)，会昌初，又为杨府录事，大中二年，坐累削两任官(见《唐书》《宣宗纪》)，盖生于代宗时，至宣宗初犹在(约七七〇——八五〇)，余事未详；《新唐书》《宗室世系表》有千牛备身公佐，则别一人也。其著作今存四篇，《南柯太守传》(见《广记》四百七十五，题

《淳于棼》，今据《唐语林》改正）最有名，传言东平淳于棼家广陵郡东十里，宅南有大槐一株，贞元七年九月因沉醉致疾，二友扶生归家，令卧东庑下，而自秣马濯足以俟之。生就枕，昏然若梦，见二紫衣使称奉王命相邀，出门登车，指古槐穴而去。使者驱车入穴，忽见山川，终入一大城，城楼上有金书题曰"大槐安国"。生既至，拜驸马，复出为南柯太守，守郡三十载，"风化广被，百姓歌谣，建功德碑，立生祠宇"，王甚重之，递迁大位，生五男二女，后将兵与檀萝国战，败绩，公主又薨。生罢郡，而威福日盛，王疑惮之，遂禁生游从，处之私第，已而送归。既醒，则"见家之童仆拥篲于庭，二客濯足于榻，斜日未隐于西垣，余樽尚湛于东牖，梦中倏忽，若度一世矣。"其立意与《枕中记》同，而描摹更为尽致，明汤显祖亦本之作传奇曰《南柯记》。篇末言命仆发穴，以究根源，乃见蚁聚，悉符前梦，则假实证幻，余韵悠然，虽未尽于物情，已非《枕中》之所及矣。

……有大穴，根洞然明朗，可容一榻。上有积土壤以为城郭殿台之状，有蚁数斛，隐聚其中。中有小台，其色若丹，二大蚁处之，素翼朱首，长可三寸，左右大蚁数十辅之，诸蚁不敢近，此其王矣：即槐安国都是也。又穷一穴，直上南枝可四丈，宛转方中，亦有土城小楼，群蚁亦处其中：即生所领南柯郡也。……追想前事，感叹于怀，……不欲令二客坏之，遽令掩塞如旧。……复念檀萝征伐之事，又请二客访迹于外，宅东一里有古涸涧，侧有大檀树一株，藤萝拥织，上不见日，旁有小穴，亦有群蚁隐聚其间。檀萝之国，岂非此耶？嗟乎！蚁之灵异犹不可穷，况山藏木伏之大者所变化乎？……

《谢小娥传》（见《广记》四百九十一）言小娥姓谢，豫章人，八岁丧母，后嫁历阳侠士段居贞。夫妇与父皆习贾，往来江湖间，为盗所杀，小娥亦折足堕水，他船拯起之，流转至上元县，依妙果寺尼以居。初，小娥尝梦父告以仇人为"車中猴東門草"，又梦夫告以仇人为"禾中走一日夫"，广求智者，皆不能解，至公佐乃辨之曰，"車中猴，車字去上下各一画，是申字，又申属猴，故曰車中猴；草下有門，門中有東，乃蘭字也。又禾中走是穿田过，亦是申字也；一日夫者，夫上更一画，下有日，是春字也。杀汝父是申蘭，杀汝夫是申春，足可明矣。"小娥乃变男子服为佣保，果遇二贼于浔阳，刺杀之，并闻于官，擒其党，而小娥得免死。解谜获贼，甚乏理致，而当时亦盛传，李复言已演其文入《续玄怪录》，明人则本之作平话。（见《拍案惊奇》十九）

所余二篇，其一未详原题，《广记》则题曰《庐江冯媪》（三百四十三），记董江妻亡更娶，而媪见有女泣路隅一室中，后乃知即亡人之墓，董闻则罪以妖妄，逐媪去之，其事甚简，故文亦不华。其一曰《古岳渎经》（见《广记》四百六十七，题曰《李汤》），有李汤者，永

泰时楚州刺史，闻渔人见龟山下水中有大铁锁，乃以人牛曳出之，风涛陡作，“一兽状有如猿，白首长鬐，雪牙金爪，闯然上岸，高五丈许，蹲踞之状若猿猴，但两目不能开，兀若昏昧，……久乃引颈伸欠，双目忽开，光彩若电，顾视人焉，欲发狂怒。观者奔走，兽亦徐徐引锁曳牛入水去，竟不复出。”当时汤与楚州知名之士，皆错愕不知其由。后公佐访古东吴，泛洞庭，登包山，入灵洞，探仙书，于石穴间得《古岳渎经》第八卷，乃得其故，而其经文字奇古，编次蠹毁，颇不能解，公佐与道士焦君共详读之，如下文：

“禹理水，三至桐柏山，惊风走雷，石号木鸣，土伯拥川，天老肃兵，功不能兴。禹怒，召集百灵，授命夔龙，桐柏等山君长稽首请命，禹因囚鸿濛氏，章商氏，兜卢氏，犁娄氏，乃获淮涡水神名无支祁，善应对言语，辨江淮之浅深，原隰之远近，形若猿猴，缩鼻高额，青躯白首，金目雪牙，颈伸百尺，力逾九象，搏击腾踔疾奔，轻利倏忽，闻视不可久。禹授之童律，不能制；授之乌木由，不能制；授之庚辰，能制。鸱脾桓胡木魅水灵山袄石怪奔号聚绕，以数千载，庚辰以战（一作戟）逐去，颈锁大索，鼻穿金铃，徙淮阴之龟山之足下，俾淮水永安流注海也。庚辰之后，皆图此形者，免淮涛风雨之难。”宋朱熹（《楚辞辨证》中）尝斥僧伽降伏无支祁事为俚说，罗泌（《路史》）有《无支祁辩》，元吴昌龄《西游记》杂剧中有“无支祁是他姊妹”语，明宋濂亦隐括其事为文，知宋元以来，此说流传不绝，且广被民间，致劳学者弹纠，而实则仅出于李公佐假设之作而已。惟后来渐误禹为僧伽或泗洲大圣，明吴承恩演《西游记》，又移其神变奋迅之状于孙悟空，于是禹伏无支祁故事遂以堙昧也。

传奇之文，此外尚夥，其较显著者，有陇西李朝威作《柳毅传》（见《广记》四百十九），记毅以下第将归湘滨，道经泾阳，遇牧羊女子言是龙女，为舅姑及婿所贬，托毅寄书于父洞庭君，洞庭君有弟钱塘君性刚暴，杀婿取女归，欲以配毅，因毅严拒而止。后毅丧妻，徙家金陵，娶范阳卢氏，则龙女也，又徙南海，复归洞庭，其表弟薛嘏尝遇之于湖中，得仙药五十丸，此后遂绝影响。金人已取其事为杂剧（语见董解元《弦索西厢》中），元尚仲贤则作《柳毅传书》，翻案而为《张生煮海》，清李渔又折中之而成《蜃中楼》。又有蒋防作《霍小玉传》（见《广记》四百八十七），言李益年二十擢进士第，入长安，思得名妓，乃遇霍小玉，寓于其家，相从者二年，其后年，生授郑县主簿，则坚约婚姻而别。及生觐母，始知已订婚卢氏，母又素严，生不敢拒，遂与小玉绝。小玉久不得生音问，竟卧病，踪迹招益，益亦不敢往。一日益在崇敬寺，忽有黄衫豪士强邀之，至霍氏家，小玉力疾相见，数其负心，长恸而卒。益为之缟素，旦夕哭泣甚哀，已而婚于卢氏，然为怨鬼所祟，竟以猜忌出其妻，至于三娶，莫不如是。杜甫《少年行》有云，“黄衫年少宜来数，不见堂前东逝波”，谓此也。又有许尧佐作《柳氏传》(见《广记》四百八十五),记诗人韩翃得李生艳姬柳氏,会安禄山反,因寄柳于法灵寺而自为淄青节度使书记,乱平复来,则柳已为蕃将沙叱利所取,淄青诸将中有侠士许虞候者,劫以还翃。其事又见于孟棨《本事诗》,盖亦实录矣。他如柳珵(《广记》二百七十五《上清传》)薛调(又四百八十六《无双传》)皇甫枚(又四百九十一《非烟传》)房千里(同上《杨娼传》)等,亦皆有造作。而杜光庭之《虬髯客传》(见《广记》一百九十三)流传乃独广,光庭为蜀道士,事王衍,多所著述,大抵诞谩,此传则记杨素妓人之执红拂者识李靖于布衣时,相约遁去,道中又逢虬髯客,知其不凡,推资财,授兵法,令佐太宗兴唐,而自率海贼入扶余国杀其主,自立为王云。后世乐此故事,至作画图,谓之三侠;在曲则明凌初成有《虬髯翁》,张凤翼张太和皆有《红拂记》。

上来所举之外,尚有不知作者之《李卫公别传》,《李林甫外传》,郭湜之《高力士外传》,姚汝能之《安禄山事迹》等,惟著述本意,或在显扬幽隐,非为传奇,特以行文枝蔓,或拾事琐屑,故后人亦每以小说视之。

第十篇 唐之传奇集及杂俎

造传奇之文,荟萃为一集者,在唐代多有,而煊赫莫如牛僧孺之《玄怪录》。僧孺字思黯,本陇西狄道人,居宛叶间,元和初以贤良方正对策第一,条指失政,鲠讦不避宰相,至考官皆调去,僧孺则调伊阙尉,穆宗即位,渐至御史中丞,后以户部侍郎同中书门下平章事,武宗时累贬循州长史,宣宗立,乃召还为太子少师,大中二年卒,赠太尉,年六十九(七八〇——八四八),谥曰文简,有传在两《唐书》。僧孺性坚僻,而颇嗜志怪,所撰《玄怪录》十卷,今已佚,然《太平广记》所引尚三十一篇,可以考见大概。其文虽与他传奇无甚异,而时时示人以出于造作,不求见信;盖李公佐李朝威辈,仅在显扬笔妙,故尚不肯言事状之虚,至僧孺乃并欲以构想之幻自见,因故示其诡设之迹矣。《元无有》即其一例:

宝应中,有元无有,常以仲春末独行维扬郊野。值日晚,风雨大至,时兵荒后,人户多逃,遂入路旁空庄。须臾霁止,斜月方出,无有坐北窗,忽闻西廊有行人声,未几见月中有四人,衣冠皆异,相与谈谐吟咏甚畅,乃云,"今夕如秋,风月若此,吾辈岂得不为一言,以展平生之事也?"……吟咏既朗,无有听之具悉。其一衣冠长人即先吟曰,"齐纨鲁缟如霜雪,嘹亮高声予所发。"其二黑衣冠短陋人诗曰,"嘉宾良会清夜时,煌煌灯烛我能持。"其三故弊黄衣冠人，亦短陋，诗曰，“清冷之泉候朝汲，桑绠相牵常出入。”其四故黑衣冠人诗曰，“爨薪贮泉相煎熬，充他口腹我为劳。”无有亦不以四人为异，四人亦不虞无有之在堂隍也，递相褒赏，观其自负，则虽阮嗣宗《咏怀》，亦若不能加矣。四人迟明乃归旧所；无有就寻之，堂中唯有故杵灯台水桶破铛：乃知四人即此物所为也。（《广记》三百六十九）

牛僧孺在朝，与李德裕各立门户，为党争，以其好作小说，李之门客韦瓘遂托僧孺名撰《周秦行纪》以诬之。记言自以举进士落第将归宛叶，经伊阙鸣皋山下，因暮失道，遂止薄太后庙中，与汉唐妃嫔燕饮。太后问今天子为谁？则对曰，“‘今皇帝先帝长子。’太真笑曰，‘沈婆儿作天子也。大奇！’”复赋诗，终以昭君侍寝，至明别去，“竟不知其何如”（详见《广记》四百八十九）。德裕因作论，谓僧孺姓应图谶，《玄怪录》又多造隐语，意在惑民，《周秦行纪》则以身与后妃冥遇，欲证其身非人臣相，“及至戏德宗为沈婆儿，以代宗皇后为沈婆，令人骨战，可谓无礼于其君甚矣！”作逆若非当代，必在子孙，故“须以‘太牢’少长咸置于法，则刑罚中而社稷安”也（详见《李卫公外集》四）。自来假小说以排陷人，此为最怪，顾当时说亦不行。惟僧孺既有才名，又历高位，其所著作，世遂盛传。而模拟者亦不鲜，李复言有《续玄怪录》十卷，“分仙术感应二门”，薛渔思有《河东记》三卷，“亦记谲怪事，序云续牛僧孺之书”（皆见宋晁公武《郡斋读书志》十三）；又有撰《宣室志》十卷，以记仙鬼灵异事迹者，曰张读字圣朋，则张鷟之裔而牛僧孺之外孙也（见《唐书》《张荐传》），后来亦疑为“少而习见，故沿其流波”（清《四库提要》子部小说家类三）云。

他如武功人苏鹗有《杜阳杂编》，记唐世故事，而多夸远方珍异，参寥子高彦休有《唐阙史》，虽间有实录，而亦言见梦升仙，故皆传奇，但稍迁变。至于康骈《剧谈录》之渐多世务，孙棨《北里志》之专叙狭邪，范摅《云溪友议》之特重歌咏，虽若弥近人情，远于灵怪。然选事则新颖，行文则逶迤，固仍以传奇为骨者也。迨裴铏著书，径称《传奇》，则盛述神仙怪谲之事，又多崇饰，以惑观者。铏为淮南节度副大使高骈从事，骈后失志，尤好神仙，卒以叛死，则此或当时谀导之作，非由本怀。聂隐娘胜妙手空空儿事即出此书（文见《广记》一百九十四），明人取以入伪作之段成式《剑侠传》，流传遂广，迄今犹为所谓文人者所乐道也。

段成式字柯古，齐州临淄人，宰相文昌子也，以荫为校书郎，累迁至吉州刺史，大中中归京，仕至太常少卿，咸通四年（八六三）六月卒，《新唐书》附见段志玄传末（余见《酉阳杂俎》及《南楚新闻》）。成式家多奇篇秘籍，博学强记，尤深于佛书，而少好畋猎，亦早有文名，词句多奥博，世所珍异，其小说有《庐陵官下记》二卷，今佚；《酉阳杂俎》二十卷凡三十篇，今具在，并有《续集》十卷：卷一篇，或录秘书，或叙异事，仙佛人鬼以至动植，弥不毕载，以类相聚，有如类书，虽源或出于张华《博物志》，而在唐时，则犹之独创之作矣。每篇各有题目，亦殊隐僻，如纪道术者曰《壶史》，钞释典者曰《贝编》，述丧葬者曰《尸穸》，志怪异者曰《诺皋记》，而抉择记叙，亦多古艳颖异足副其目也。

夏启为东明公，文王为西明公，邵公为南明公，季札为北明公，四时主四方鬼。至忠至孝之人，命终皆为地下主者，一百四十年，乃授下仙之教，授以大道。有上圣之德，命终受三官书，为地下主者，一千年乃转三官之五帝，复一千四百年方得游行太清，为九宫之中仙。（卷二《玉格》）

始生天者五相，一光覆身而无衣，二见物生希有心，三弱颜，四疑，五怖。（卷三《贝编》）

国初僧玄奘往五印取经，西域敬之。成式见倭国僧金刚三昧，言尝至中天寺，寺中多画玄奘麻屩及匙箸，以彩云乘之，盖西域所无者，每至斋日，辄膜拜焉。（同上）

天翁姓张，名坚，字刺渴，渔阳人，少不羁，无所拘谨。常张罗得一白雀，爱而养之，梦刘天翁责怒，每欲杀之，白雀辄以报坚，坚设诸方待之，终莫能害。天翁遂下观之，坚盛设宾主，乃窃骑天翁车，乘白龙，振策登天，天翁乘余龙追之，不及。坚既到玄宫，易百官，杜塞北门，封白雀为上卿侯，改白雀之胤不产于下土。刘翁失治，徘徊五岳作灾，坚患之，以刘翁为太山太守，主生死之籍。（卷十四《诺皋记》）

大历中，有士人庄在渭南，遇疾卒于京，妻柳氏因庄居。……士人祥斋日，暮，柳氏露坐逐凉，有胡蜂绕其首面，柳氏以扇击堕地，乃胡桃也。柳氏遽取，玩之掌中；遂长，初如拳，如椀，惊顾之际，已如盘矣。曝然分为两扇，空中轮转，声如分蜂，忽合于柳氏首。柳氏碎首，齿著于树。其物因飞去，竟不知何怪也。（同上）又有聚文身之事者曰《黥》，述养鹰之法者曰《肉攫部》，《续集》则有《贬误》以收考证，有《寺塔记》以志伽蓝，所涉既广，遂多珍异，为世爱玩，与传奇并驱争先矣。

成式能诗，幽涩繁缛如他著述，时有祁人温庭筠字飞卿，河内李商隐字义山，亦俱用是相夸，号“三十六体”。温庭筠亦有小说三卷曰《干𦠆子》，遗文见于《广记》，仅录事略，简率无可观，与其诗赋之艳丽者不类。李于小说无闻，今有《义山杂纂》一卷，《新唐志》不著录，宋陈振孙（《直斋书录解题》十一）以为商隐作，书皆集俚俗常谈鄙事，以类相从，虽止于琐缀，而颇亦穿世务之幽隐，盖不特聊资笑噱而已。

煞风景　　　　松下喝道　看花泪下　苔上铺席　斫却垂杨

花下晒裩　游春重载　石笋系马　月下把火

步行将军　背山起楼　果园种菜　花架下养鸡鸭

恶模样

做客与人相争骂……做客踏翻台桌……

对丈人丈母唱艳曲　嚼残鱼肉归盘上　对众倒卧

横箸在羹碗上

十诫

不得饮酒至醉　不得暗黑处惊人　不得阴损于人

不得独入寡妇人房　不得开人家书　不得戏取物不令人知　不得暗黑独自行　不得与无赖子弟往还　不得借人物用了经旬不还(原缺一则)

中和年间有李就今字衮求,为临晋令,亦号义山,能诗,初举时恒游倡家,见孙棨《北里志》,则《杂纂》之作,或出此人,未必定属商隐,然他无显证,未能定也。后亦时有仿作者,宋有续,称王君玉,有再续,称苏东坡,明有三续,为黄允交。

第十一篇　宋之志怪及传奇文

宋既平一宇内,收诸国图籍,而降王臣佐多海内名士,或宣怨言,遂尽招之馆阁,厚其廪饩,使修书,成《太平御览》《文苑英华》各一千卷;又以野史传记小说诸家成书五百卷,目录十卷,是为《太平广记》,以太平兴国二年(九七七)三月奉诏撰集,次年八月书成表进,八月奉敕送史馆,六年正月奉旨雕印版(据《宋会要》及《进书表》),后以言者谓非后学所急,乃收版贮太清楼,故宋人反多未见。《广记》采摭宏富,用书至三百四十四种,自汉晋至五代之小说家言,本书今已散亡者,往往赖以考见,且分类纂辑,得五十五部,视每部卷帙之多寡,亦可知晋唐小说所叙,何者为多,盖不特稗说之渊海,且为文心之统计矣。今举较多之部于下,其未有杂传记九卷,则唐人传奇文也。

神仙五十五卷　女仙十五卷　异僧十二卷　报应三十

三卷　征应(休咎也)十一卷　定数十五卷梦七

卷　神二十五卷　鬼四十卷　妖怪九卷　精怪六卷

再生十二卷　龙八卷　虎八卷　狐九卷

《太平广记》以李昉监修，同修者十二人，中有徐铉，有吴淑，皆尝为小说，今俱传。铉字鼎臣，扬州广陵人，南唐翰林学士，从李煜入宋，官至直学士院给事中散骑常侍，淳化二年坐累谪静难行军司马，中寒卒于贬所，年七十六（九一六——九九一），事详《宋史》《文苑传》。铉在唐时已作志怪，历二十年成《稽神录》六卷，仅一百五十事，比修《广记》，常希收采而不敢自专，使宋白问李昉，昉曰，"讵有徐率更言无稽者！"遂得见收。然其文平实简率，既失六朝志怪之古质，复无唐人传奇之缠绵，当宋之初，志怪又欲以"可信"见长，而此道于是不复振也。

广陵有王姥，病数日，忽谓其子曰，"我死，必生西溪浩氏为牛，子当赎之，而我腹下有'王'字是也。"顷之遂卒，其西溪者，海陵之西地名也；其民浩氏，生牛，腹有白毛成"王"字。其子寻而得之，以束帛赎之以归。（卷二）

瓜村有渔人，妻得劳瘦疾，转相传染，死者数人。或云：取病者生钉棺中，弃之，其病可绝。顷之，其女病，即生钉棺中，流之于江，至金山，有渔人见而异之，引之至岸，开视之，见女子犹活，因取置渔舍中，多得鳗鳌鱼以食之，久之病愈，遂为渔人之妻，至今尚无恙。（卷三）

吴淑，徐铉婿也，字正仪，润州丹阳人，少而俊爽，敏于属文，在南唐举进士，以校书郎直内史，从李煜归宋，仕至职方员外郎，咸平五年卒，年五十六（九四七——一〇〇二），亦见《宋史》《文苑传》。所著《江淮异人录》三卷，今有从《永乐大典》辑成本，凡二十五人，皆传当时侠客术士及道流，行事大率诡怪。唐段成式作《酉阳杂俎》，已有《盗侠》一篇，叙怪民奇异事，然仅九人，至荟萃诸诡幻人物，著为专书者，实始于吴淑，明人钞《广记》伪作《剑侠传》又扬其波，而乘空飞剑之说日炽；至今尚不衰。

成幼文为洪州录事参军，所居临通衢而有窗。一日坐窗下，时雨霁泥泞而微有路，见一小儿卖鞋，状甚贫窭，有一恶少年与儿相遇，絓鞋堕泥中。小儿哭求其价，少年叱之不与。儿曰，"吾家且未有食，待卖鞋营食，而悉为所污。"有书生过，悯之，为偿其值。少年怒曰，"儿就我求食，汝何预焉？"因辱骂之。生甚有愠色；成嘉其义，召之与语，大奇之，因留之宿。夜共话，成暂入内，及复出，则失书生矣，外户皆闭，求之不得，少顷复至前曰，"旦来恶子，吾不能容，已断其首。"乃掷之于地。成惊曰，"此人诚忤君子，然断人之首，流血在地，岂不见累乎？"书生曰，"无苦。"乃出少药，傅于头上，捽其发摩之，皆化为水，因谓成曰，"无以奉报，愿以此术授君。"成曰，"某非方外之士，不敢奉教。"书生于是长揖而去，重门皆锁闭，而失所在。

宋代虽云崇儒，并容释道，而信仰本根，夙在巫鬼，故徐铉吴淑而后，仍多变怪谶应之谈，张君房之《乘异记》（咸平元年序），张师正之《括异志》，聂田之《祖异志》（康定元年序），秦再思之《洛中纪异》，毕仲询之《幕府燕闲录》（元丰初作），皆其类也。迨徽宗惑于道士林灵素，笃信神仙，自号"道君"，而天下大奉道法。至于南迁，此风未改，高宗退居南内，亦爱神仙荒诞之书，时则有知兴国军历阳郭象字次象作《睽车志》五卷，翰林学士鄱阳洪迈字景卢作《夷坚志》四百二十卷，似皆尝呈进以供上览。诸书大都偏重事状，少所铺叙，与《稽神录》略同，顾《夷坚志》独以著者之名与卷帙之多称于世。

洪迈幼而强记，博览群书，然从二兄试博学宏词科独被黜，年五十始中第，为敕令所删定官。父皓曾忤秦桧，憾并及迈，遂出添差教授福州，累迁吏部郎兼礼部；尝接伴金使，颇折之，旋为报聘使，以争朝见礼不屈，几被抑留，还朝又以使金辱命论罢，寻起知泉州，又历知吉州，赣州，婺州，建宁及绍兴府，淳熙二年以端明殿学士致仕卒，年八十（一〇九六——一一七五），谥文敏，有传在《宋史》。迈在朝敢于谠言，又广见洽闻，多所著述，考订辨证，并越常流，而《夷坚志》则为晚年遣兴之书，始刊于绍兴末，绝笔于淳熙初，十余年中，凡成甲至癸二百卷，支甲至支癸三甲至三癸各一百卷，四甲四乙各十卷，卷帙之多，几与《太平广记》等，今惟甲至丁八十卷支甲至支戊五十卷三志若干卷，又摘抄本五十卷及二十卷存。奇特之事，本缘稀有见珍，而作者自序，乃甚以繁夥自憙，耄期急于成书，或以五十日作十卷，妄人因稍易旧说以投之，至有盈数卷者，亦不暇删润，径以入录（陈振孙《直斋书录解题》十一云），盖意在取盈，不能如本传所言"极鬼神事物之变"也。惟所作小序三十一篇，什九"各出新意，不相重复"，赵与旹尝撮其大略入所著《宾退录》（八），叹为"不可及"，则于此书可谓知言者已。

传奇之文，亦有作者：今讹为唐人作之《绿珠传》一卷，《杨太真外传》二卷，即宋乐史之撰也，《宋志》又有《滕王外传》《李白外传》《许迈传》各一卷，今俱不传。史字子正，抚州宜黄人，自南唐入宋为著作佐郎，出知陵州，以献赋召为三馆编修，又累献所著书共四百二十余卷，皆记叙科第孝弟神仙之事者，迁著作郎，直史馆，转太常博士，出知舒州，知黄州，又知商州，复职后再入文馆，掌西京勘磨司，赐金紫，景德四年卒，年七十八（九三〇——一〇〇七），事详《宋史》《乐黄目传》首。史又长于地理，有《太平寰宇记》二百卷，征引群书至百余种，而时杂以小说家言，至绿珠太真二传，本荟萃稗史成文，则又参以舆地志语；篇末垂诫，亦如唐人，而增其严冷，则宋人积习如是也，于《绿珠传》最明白：

……赵王伦乱常，孙秀使人求绿珠，……崇勃然曰，"他无所爱，绿珠不可得也！"秀自是谮伦族之。收兵忽至，崇谓绿珠曰，“我今为尔获罪。”绿珠泣曰，“愿效死于君前！”于是堕楼而死。崇弃东市，后人名其楼日绿珠楼。楼在步庚里，近狄泉；泉在正城之东。绿珠有弟子宋祎，有国色，善吹笛，后入晋明帝宫中。今白州有一派水，自双角山出，合容州江，呼为绿珠江，亦犹归州有昭君村昭君场，吴有西施谷脂粉塘，盖取美人出处为名。又有绿珠井，在双角山下，故老传云，汲此井饮者，诞女必多美丽，里闾有识者以美色无益于时，因以巨石镇之，尔后有产女端妍者，而七窍四肢多不完具。异哉，山水之使然！……

……其后诗人题歌舞妓者，皆以绿珠为名。……其故何哉？盖一婢子，不知书，而能感主恩，奋不顾身，志烈懔懔，诚足使后人仰慕歌咏也。至有享厚禄，盗高位，亡仁义之性，怀反复之情，暮四朝三，唯利是务，节操反不若一妇人，岂不愧哉？今为此传，非徒述美丽，窒祸源，且欲惩戒辜恩背义之类也。……

其后有亳州谯人秦醇字子复（一作子履），亦撰传奇，今存四篇，见于北宋刘斧所编之《青琐高议前集》及《别集》。其文颇欲规抚唐人，然辞意皆芜劣，惟偶见一二好语，点缀其间；又大抵托之古事，不敢及近，则仍由士习拘谨之所致矣，故乐史亦如此。一曰《赵飞燕别传》，序云得之李家墙角破筐中，记赵后入宫至自缢，复以冥报化为大鼋事，文中有“兰汤滟滟，昭仪坐其中，若三尺寒泉浸明玉”语，明人遂或击节诧为真古籍，与今人为杨慎伪造之汉《杂事秘辛》所惑正同。所谓汉伶玄撰之《飞燕外传》亦此类，但文辞殊胜而已。二曰《骊山记》，三曰《温泉记》，言张俞不第还蜀，于骊山下就故老问杨妃逸事，故老为具道；他日俞再经骊山，遇杨妃遣使相召，问人间事，且赐浴，明日敕吏引还，则惊起如梦觉，乃题诗于驿，后步野外，有牧童送酬和诗，云是前日一妇人之所托也。四曰《谭意歌传》，则为当时故事：意歌本良家子，流落长沙为娼，与汝州民张正字者相悦，婚约甚坚，而正字迫于母命，竟别娶；越三年妻殁，适有客来自长沙，责正字负义，且述意歌之贤，遂迎以归。后其子成进士，意歌“终身为命妇，夫妻偕老，子孙繁茂”，盖袭蒋防之《霍小玉传》，而结以“团圆”者也。

不知何人作者有《大业拾遗记》二卷，题唐颜师古撰，亦名《隋遗录》。跋言会昌年间得于上元瓦棺寺阁上，本名《南部烟花录》，乃《隋书》遗稿，惜多缺落，因补以传；末无名，盖与造本文者出一手。记起于炀帝将幸江都，命麻叔谋开河，次及途中诸纵恣事，复造迷楼，怠荒于内，时之人望，乃归唐公，宇文化及将谋乱，因请放官奴分直上下，诏许之，“是有焚草之变”。其叙述颇陵乱，多失实，而文笔明丽，情致亦时有绰约可观览者。

……长安贡御车女袁宝儿，年十五，腰肢纤堕，騃冶多态，帝宠爱之特厚。时洛阳进合蒂迎辇花，云得之嵩山坞中，人不知名，采者异而贡之。……帝令宝儿持之，号曰“司花女”。时虞世南草征辽指挥德音敕于帝侧，宝儿注视久之。帝谓世南曰，“昔传飞燕可掌上舞，朕常谓儒生饰于文字，岂人能若是乎？及今得宝儿，方昭前事；然多憨态，今注目于卿，卿才人，可便嘲之！”世南应诏为绝句曰，“学画鸦黄半未成，垂肩亸袖太憨生，缘憨却得君王惜：长把花枝傍辇行。”帝大悦。……

……帝昏湎滋深，往往为妖祟所惑，尝游吴公宅鸡台，恍惚间与陈后主相遇。……舞女数十许，罗侍左右，中一人迥美，帝屡目之。后主云，“殿下不识此人耶？即丽华也。每忆桃叶山前乘战舰与此子北渡，尔时丽华最恨，方倚临春阁试东郭䨲紫毫笔，书小砑红绡作答江令‘璧月’句，诗词未终，见韩擒虎跃青骢驹，拥万甲直来冲人，都不存去就，便至今日。”俄以绿文测海蠡酌红梁新酝劝帝，帝饮之甚欢，因请丽华舞“玉树后庭花”，丽华辞以抛掷岁久，自井中出来，腰肢依拒，无复往时姿态，帝再三索之，乃徐起终一曲。后主问帝，“萧妃何如此人？”帝曰，“春兰秋菊，各一时之秀也。”……

又有《开河记》一卷，叙麻叔谋奉隋炀诏开河，虐民掘墓，纳贿，食小儿，事发遂诛死；《迷楼记》一卷，叙炀帝晚年荒恣，因王义切谏，独居二日，以为不乐，复入宫，后闻童谣，自识运尽。《海山记》二卷，则始自降生，次及兴土木，见妖鬼，幸江都，询王义，以至遇害，无不具记。三书与《隋遗录》相类，而叙述加详，顾时杂俚语，文采逊矣。《海山记》已见于《青琐高议》中，自是北宋人作，余当亦同，今本有题唐韩偓撰者，明人妄增之。帝王纵恣，世人所不欲遭而所乐道，唐人喜言明皇，宋则益以隋炀，明罗贯中复撰集为《隋唐志传》，清褚人获又增改以为《隋唐演义》。

《梅妃传》一卷亦无撰人，盖见当时图画有把梅美人号梅妃者，泛言唐明皇时人，因造此传，谓为江氏名采苹，入宫因太真妒复见放，值禄山之乱，死于兵。有跋，略谓传是大中二年所写，在万卷朱遵度家，今惟叶少蕴与予得之；末不署名，盖亦即撰本文者，自云与叶梦得同时，则南渡前后之作矣。今本或题唐曹邺撰，亦明人妄增之。

第十二篇　宋之话本

宋一代文人之为志怪，既平实而乏文采，其传奇，又多托往事而避近闻，拟古且远不逮，更元独创之可言矣。然在市井间，则别有艺文兴起。即以俚语著书，叙述故事，谓之

“平话”，即今所谓“白话小说”者是也。

然用白话作书者，实不始于宋。清光绪中，敦煌千佛洞之藏经始显露，大抵运入英法，中国亦拾其余藏京师图书馆；书为宋初所藏，多佛经，而内有俗文体之故事数种，盖唐末五代人钞，如《唐太宗入冥记》，《孝子董永传》，《秋胡小说》则在伦敦博物馆，《伍员入吴故事》则在中国某氏，惜未能目睹，无以知其与后来小说之关系。以意度之，则俗文之兴，当由二端，一为娱心，一为劝善，而尤以劝善为大宗，故上列诸书，多关惩劝，京师图书馆所藏，亦尚有俗文《维摩》《法华》等经及《释迦八相成道记》《目连入地狱故事》也。

《唐太宗入冥记》首尾并阙，中间仅存，盖记太宗杀建成元吉，生魂被勘事者；讳其本朝之过，始盛于宋，此虽关涉太宗，故当仍为唐人之作也，文略如下：

……判官懆恶，不敢道名字。帝曰，“卿近前来。”轻道，“姓崔，名子玉。”“朕当识。”言讫，使人引皇帝至院门，使人奏曰，“伏惟陛下且立在此，容臣入报判官速来。”言讫，使来者到厅拜了，“启判官：奉大王处，太宗是生魂到，领判官推勘，见在门外，未敢引。”判官闻言，惊忙起立，……

宋有《梁公九谏》一卷（在《士礼居丛书》中），文亦朴陋如前记，书叙武后废太子为庐陵王，而欲传位于侄武三思，经狄仁杰极谏者九，武后始感悟，召还复立为太子。卷首有范仲淹《唐相梁公碑文》，乃贬守番阳时作，则书出当在明道二年（一〇三三）以后矣。

第六谏

则天睡至三更，又得一梦，梦与大罗天女对手着棋，局中有子，旋被打将，频输天女，忽然惊觉。来日受朝，问诸大臣，其梦如何？狄相奏曰，“臣圆此梦，于国不祥。陛下梦与大罗天女对手着棋，局中有子，旋被打将，频输天女：盖谓局中有子，不得其位，旋被打将，失其所主。今太子庐陵王贬房州千里，是谓局中有子，不得其位，遂感此梦。臣愿东宫之位，速立庐陵王为储君，若立武三思，终当不得！”

然据现存宋人通俗小说观之，则与唐末之主劝惩者稍殊，而实出于杂剧中之“说话”。说话者，谓口说古今惊听之事，盖唐时亦已有之，段成式《酉阳杂俎》（《续集》四《贬误篇》）有云，“予太和末，因弟生日观杂戏，有市人小说，呼扁鹊作‘褊鹊’字，上声。……”李商隐《骄儿诗》（集一）亦云，“或谑张飞胡，或笑邓艾吃。”似当时已有说三国故事者，然未详。宋都汴，民物康阜，游乐之事甚多，市井间有杂伎艺，其中有“说话”，执此业者曰“说话人”。说话人又有专家，孟元老（《东京梦华录》五）尝举其目，曰小说，曰合生，曰说诨话，曰说三分，曰说《五代史》。南渡以后，此风未改，据吴自牧（《梦粱录》二十）所记载则有四科如下：说话者，谓之舌辨，虽有四家数，各有门庭：且“小说”名“银字儿”，如烟粉灵怪传奇公案扑刀杆棒发迹变态之事。……谈论古今，如水之流。“谈经”者，谓演说佛书，“说参请”者，谓宾主参禅悟道等事。……又有“说诨经”者。“讲史书”者，谓讲说《通鉴》汉唐历代书史文传兴废战争之事。

“合生”，与起令随令相似，各占一事也。灌园耐得翁（《都城纪胜》）述临安盛事，亦谓说话有四家，曰小说，曰说经说参请，曰说史，曰合生，而分小说为三类，即“一者银字儿，如烟粉灵怪传奇；说公案，皆是搏拳提刀赶棒及发迹变态之事；说铁骑儿，谓士马金鼓之事”是也。周密之书（《武林旧事》六），叙四科又略异，曰演史，曰说经诨经，曰小说，曰说诨话，无合生；且谓小说有雄辩社（卷三），则其时说话人不惟各守家数，且有集会以磨炼其技艺者矣。

说话之事，虽在说话人各运匠心，随时生发，而仍有底本以作凭依，是为“话本”。《梦粱录》（二十）影戏条下云，“其话本与讲史书者颇同，大抵真假相半。”又小说讲经史条下云，“盖小说者，能讲一朝一代故事，顷刻间捏合。”《都城纪胜》所说同，惟“捏合”作“提破”而已。是知讲史之体，在历叙史实而杂以虚辞，小说之体，在说一故事而立知结局，今所存《五代史平话》及《通俗小说》残本，盖即此二科话本之流，其体式正如此。

《新编五代史平话》者，讲史之一，孟元老所谓“说《五代史》”之话本，此殆近之矣。其书梁唐晋汉周每代二卷，各以诗起，次入正文，又以诗终。惟《梁史平话》始于开辟，次略叙历代兴亡之事，立论颇奇，而亦杂以诞妄之因果说。

龙争虎战几春秋，五代梁唐晋汉周，
兴废风灯明灭里，易君变国若传邮。

粤自鸿荒既判，风气始开，伏羲画八卦而文籍生，黄帝垂衣裳而天下治。……那时诸侯皆已顺从，独蚩尤共炎帝侵暴诸侯，不服王化。黄帝乃帅诸侯，兴兵动众，……遂杀死炎帝，活捉蚩尤，万国平定。这黄帝做这个厮杀的头脑，教天下后世习用干戈。……汤伐桀，武王伐纣，皆是以臣弑君，篡夺了夏殷的天下。汤武不合做了这个样子，后来周室衰微，诸侯强大，春秋之世二百四十年之间，臣弑其君的也有，子弑其父的也有。孔子圣人为见三纲沦，九法斁，秉那直笔，做一卷书，唤作《春秋》，褒奖他善的，贬罚他恶的，故孟子道是“孔子作《春秋》而乱臣贼子惧”。只有汉高祖姓刘字季，他取秦始皇天下不用篡弑之谋，真个是：

手拿三尺龙泉剑，夺却中原四百州。

刘季杀了项羽，立着国号曰汉，只因疑忌功臣，如韩王信彭越陈豨之徒，皆不免族灭诛夷。这三个功臣抱屈衔冤，诉于天帝，天帝可怜见三个功臣无辜被戮，令他每三个托生做三个豪杰出来：韩信去曹家托生做这个曹操，彭越去孙家托生做这个孙权，陈豨去那宗室家托生做这个刘备。这三个分了他的天下，……三国各有史，道是《三国志》是也。……于是更自晋及唐，以至黄巢变乱，朱氏立国，其下卷今阙，必当讫于梁亡矣。全书叙述，繁简颇不同，大抵史上大事，即无发挥，一涉细故，便多增饰，状以骈俪，证以诗歌，又杂诨词，以博笑噱，如说黄巢下第，与朱温等为盗，将劫侯家庄马评事时途中情景，即其例也：

……黄巢道，"若去劫他时，不消贤弟下手，咱有桑门剑一口，是天赐黄巢的，咱将剑一指，看他甚人，也抵敌不住。"道罢便去，行过一个高岭，名做悬刀峰，自行了半个日头，方得下岭。好座高岭！是：根盘地角，顶接天涯，苍苍老桧拂长空，挺挺孤松侵碧汉，山鸡共日鸡齐斗，天河与涧水接流，飞泉飘雨脚廉纤，怪石与云头相轧。怎见得高？

几年攧下一樵夫，至今未曾攧到底。

黄巢兄弟四人过了这座高岭，望见那侯家庄。好座庄舍！但见：石惹闲云，山连溪水，堤边垂柳，弄风袅袅拂溪桥，路畔闲花，映日丛丛遮野渡。那四个兄弟望见庄舍远不出五里田地，天色正晡，同入个树林中弹了，待晚西却行到那马家门首去。……

《京本通俗小说》不知本几卷，今存卷十至十六，每卷一篇，曰《碾玉观音》，曰《菩萨蛮》，曰《西山一窟鬼》，曰《志诚张主管》，曰《拗相公》，曰《错斩崔宁》，曰《冯玉梅团圆》等，每篇各具首尾，顷刻可了，与吴自牧所记正同。其取材多在近时，或采之他种说部，主在娱心，而杂以惩劝。体制则什九先以闲话或他事，后乃缀合，以入正文。如《碾玉观音》因欲叙咸安郡王游春，则辄举春词至十余首：

山色晴岚景物佳，暖烘回雁起平沙，东郊渐觉花供眼，南陌依稀草吐芽。 堤上柳，未藏鸦，寻芳趁步到山家，陇头几树红梅落，红杏枝头未着花。这首《鹧鸪天》说孟春景致，原来又不如仲春词做得好：

……

这三首词，都不如王荆公看见花瓣儿片片风吹下地来，原来这春归去是东风断送的。有诗道：

春日春风有时好，春日春风有时恶，

不得春风花不开，花开又被风吹落。

苏东坡道，不是东风断送春归去，是春雨断送春归去。有诗道：

雨前初见花间蕊，雨后全无叶底花，
蜂蝶纷纷过墙去，却疑春色在邻家。

秦少游道，也不干风事，也不干雨事，是柳絮飘将春色去。有诗道：

三月柳花轻复散，飘扬淡荡送春归，
此花本是无情物，一向东飞一向西。

……

王岩叟道，也不干风事，也不干雨事，也不干柳絮事，也不干蝴蝶事，也不干黄莺事，也不干杜鹃事，也不干燕子事，是九十日春光已过春归去。曾有诗道：

怨风怨雨两俱非，风雨不来春亦归，
腮边红褪青梅小，口角黄消乳燕飞，
蜀魄健啼花影去，吴蚕强食柘桑稀，
直恼春归无觅处，江湖辜负一蓑衣。

说话的因甚说这春归词？绍兴年间，行在有个关西延州延安府人，本身是三镇节度使咸安郡王，当时怕春归去，将带着许多钧眷游春，……

此种引首，与讲史之先叙天地开辟者略异，大抵诗词之外，亦用故实，或取相类，或取不同，而多为时事。取不同者由反入正。取相类者较有浅深，忽而相牵，转入本事，故叙述方始，而主意已明，耐得翁之所谓“提破”，吴自牧之所谓“捏合”，殆指此矣。凡其上半，谓之“得胜头回”，头回犹云前回，听说话者多军民，故冠以吉语曰得胜，非因进讲宫中，因有此名也。至于文式，则与《五代史平话》之铺叙琐事处颇相似，然较详。《西山一窟鬼》述吴秀才一为鬼诱，至所遇无一非鬼，盖本之《鬼董》(四)之《樊生》，而描写委曲琐细，则虽明清演义亦无以过之，如其记订婚之始云：

……开学堂后，有一年之上，也罪过，那街上人家都把孩子们来与它教训，颇有些趱足。当日正在学堂里教书，只听得青布帘儿上铃声响，走将一个人入来。吴教授看那进来的人：不是别人，却是十年前搬去的邻舍王婆。原来那婆子是个“撮合山”，专靠做媒为生。吴教授相揖罢，道，“多时不见。而今婆婆在那里住？”婆子道，“只道教授忘了老媳妇，如今老媳妇在钱塘门里沿城住。”教授问，“婆婆高寿？”婆子道，“老媳妇犬马之年七十有五。教授青春多少?"教授道,"小子二十有二。"婆子道,"教授方才二十有二,却像三十以上人,想教授每日价费多少心神;据我媳妇愚见,也少不得一个小娘子相伴。"教授道,"我这里也几次问人来,却没这般头脑。"婆子道,"这个'不是冤家不聚会'。好教官人得知,却有一头好亲在这里,一千贯钱房计,带一个从嫁,又好人才,却有一床乐器都会,又写得算得,又是咋嗻大官府第出身,只要嫁个读书官人。教授却是要也不?"教授听得说罢,喜从天降,笑逐颜开,道,"若还真个有这人时,可知好哩!只是这个小娘子如今在哪里?"……

南宋亡,杂剧消歇,说话遂不复行,然后本盖颇有存者,后人目染,仿以为书,虽已非口谈,而犹存曩体,小说者流有《拍案惊奇》《醉醒石》之属,讲史者流有《列国演义》《隋唐演义》之属,惟世间于此二科,渐不复知所严别,遂俱以"小说"为通名。

第十三篇　宋元之拟话本

说话既盛行,则当时若干著作,自亦蒙话本之影响。北宋时,刘斧秀才杂辑古今稗说为《青琐高议》及《青琐摭遗》,文辞虽拙俗,然尚非话本,而文题之下,已各系以七言,如

《流红记》(红叶题诗娶韩氏)

《赵飞燕外传》(别传叙飞燕本末)

《韩魏公》(不罪碎盏烧须人)

《王榭》(风涛飘入乌衣国)

等,皆一题一解,甚类元人剧本结末之"题目"与"正名",因疑汴京说话标题,体裁或亦如是,习俗浸润,乃及文章。至于全体被其变易者,则今尚有《大唐三藏法师取经记》及《大宋宣和遗事》二书流传,皆首尾与诗相始终,中间以诗词为点缀,辞句多俚,顾与话本又不同,近讲史而非口谈,似小说而无捏合。钱曾于《宣和遗事》,则并《灯花婆婆》等十五种并谓之"词话"(《也是园书目》十),以其有词有话也,然其间之《错斩崔宁》《冯玉梅团圆》两种,亦见《京本通俗小说》中,本说话之一科,传自专家,谈吐如流,通篇相称,殊非《宣和遗事》所能企及。盖《宣和遗事》虽亦有词有说,而非全出于说话人,乃由作者掇拾故书,益以小说,补缀联属,勉成一书,故形式仅存,而精彩遂逊,文辞又多非己出,不足以云创作也。《取经记》尤苟简。惟说话消亡,而话本终蜕为著作,则又赖此等为其枢纽

而已。

《大唐三藏法师取经记》三卷，旧本在日本，又有一小本曰《大唐三藏取经诗话》，内容悉同，卷尾一行云"中瓦子张家印"，张家为宋时临安书铺，世因以为宋刊，然逮于元朝，张家或亦无恙，则此书或为元人撰，未可知矣。三卷分十七章，今所见小说之分章回者始此；每章必有诗，故曰诗话。首章两本俱阙，次章则记玄奘等之遇猴行者。

行程遇猴行者处第二

僧行六人，当日起行。……偶于一日午时，见一白衣秀才，从正东而来，便揖和尚，"万福万福！和尚今往何处，莫不是再往西天取经否?"法师合掌曰："贫道奉敕，为东土众生未有佛教，是取经也。"秀才曰："和尚生前两回去取经，中路遭难，此回若去，千死万死！"法师云："你如何得知?"秀才曰："我不是别人，我是花果山紫云洞八万四千铜头铁额猕猴王。我今来助和尚取经，此去百万程途，经过三十六国，多有祸难之处。"法师应曰："果得如此，三世有缘，东土众生，获大利益。"当便改呼为猴行者。僧行七人，次日同行，左右伏事。猴行者因留诗曰：

百万程途向那边，今来佐助大师前，
一心祝愿逢真教，同往西天鸡足山。

三藏法师诗答曰：

此日前生有宿缘，今朝果遇大明仙，
前途若到妖魔处，望显神通镇佛前。

于是借行者神通，偕入大梵天王宫，法师讲经已，得赐"隐形帽一顶，金镮锡杖一条，钵盂一只，三件齐全"，复反下界，经香林寺，履大蛇岭九龙池诸危地，俱以行者法力，安稳进行；又得深沙神身化金桥，渡越大水，出鬼子母国女人国而达王母池处，法师欲桃，命猴行者往窃之。

入王母池之处第十一

……法师曰："愿今日蟠桃结实，可偷三五个吃。"猴行者曰："我因八百岁时偷吃十颗，被王母捉下，左肋判八百，右肋判三千铁棒，配在花果山紫云洞，至今肋下尚痛，我今定是不敢偷吃也。"……前去之间，忽见石壁高岑万丈，又见一石盘，阔四五里地，又有两池，方广数十里，弥弥万丈，鸦鸟不飞。七人才坐，正歇之次，举头遥望，万丈石壁之中，有数株桃树，森森耸翠，上接青天，枝叶茂浓，下浸池水。……行者曰："树上今有十余颗，为地神专在彼处守定，无路可去偷取。"师曰："你神通广大，去必无妨。"说由未了，攧下三颗蟠桃入池中去，师甚敬惶，问此落者是何物？答曰："师不要敬(惊字之略)，此是蟠桃正熟，撷下水中也。"师曰："可去寻取来吃！"……行者以杖击石，先后现二童子，一云三千岁，一五千岁，皆挥去。

……又敲数下，偶然一孩儿出来，问曰："你年多少？"答曰："七千岁。"行者放下金杖，叫取孩儿人手中，问和尚你吃否？和尚闻语，心敬便走。被行者手中旋数下，孩儿化成一枚乳枣。当时吞入口中，后归东土唐朝，遂吐出于西川，至今此地中生人参是也。空中见有一人，遂吟诗曰：

花果山中一子才，小年曾此作场乖，
而今耳热空中见，前次偷桃客又来。

由是竟达天竺，求得经文五千四百卷，而阙《多心经》，回至香林寺，始由定光佛见授。七人既归，则皇帝郊迎，诸州奉法，至七月十五日正午，天宫乃降采莲舡，法师乘之，向西仙去；后太宗复封猴行者为铜筋铁骨大圣云。

《大宋宣和遗事》世多以为宋人作，而文中有吕省元《宣和讲篇》及南儒《咏史诗》，省元南儒皆元代语，则其书或出于元人，抑宋人旧本，而元时又有增益，皆不可知，口吻有大类宋人者，则以钞撮旧籍而然，非著者之本语也。书分前后二集，始于称述尧舜而终以高宗之定都临安，案年演述，体裁甚似讲史。惟节录成书，未加融会，故先后文体，致为参差，灼然可见。其剽取之书当有十种。前集先言历代帝王荒淫之失者其一，盖犹宋人讲史之开篇；次述王安石变法之祸者其二，亦北宋末士论之常套；次述安石引蔡京入朝至童贯蔡攸巡边者其三，首一为语体，次二为文言而并杂以诗者；其四，则梁山泺聚义本末，首述杨志卖刀杀人，晁盖劫生日礼物，遂邀约二十人，同入太行山梁山泺落草，而宋江亦以杀阎婆惜出走，伏屋后九天玄女庙中，见官兵已退，出谢玄女。

……则见香案上一声响亮，打一看时，有一卷文书在上。宋江才展开看了，认得是个天书；又写着三十六个姓名；又题著四句道：

破国因山木，兵刀用水工，
一朝充将领，海内耸威风。

宋江读了，口中不说，心下思量：这四句分明是说了我里姓名；又把开天书一卷，仔细看觑，见有三十六将的姓名。那三十六人道个甚底？

智多星吴加亮　玉麒麟李进义　青面兽杨志　混江龙李海　九纹龙史进　入云龙公孙胜　浪里白条张顺　霹雳火秦明　活阎罗阮小七　立地太岁阮小五　短命二郎阮

进　大刀关必胜　豹子头林冲　黑旋风李逵　小旋风柴进　金枪手徐宁　扑天雕李应　赤发鬼刘唐　一直撞董平　插翅虎雷横　美髯公朱同　神行太保戴宗　赛关索王雄　病尉迟孙立　小李广花荣　没羽箭张青　没遮拦穆横　浪子燕青　花和尚鲁智深　行者武松　铁鞭呼延绰　急先锋索超　拚命三郎石秀　火船工张岑　摸着云拼命三郎杜千　铁天王晁盖

宋江看了人名，末后有一行字写道："天书付天罡院三十六员猛将，使呼保义宋江为帅，广行忠义，殄灭奸邪。"

于是江率朱同等九人亦赴山寨，会晁盖已死，遂被推为首领，"各人统率强人，略州劫县，放火杀人，攻夺淮阳，京西，河北三路二十四州八十余县，劫掠子女玉帛，掳掠甚众"，已而鲁智深等亦来投，遂足三十六人之数。

一日，宋江与吴加亮商量，"俺三十六员猛将，并已登数，休要忘了东岳保护之恩，须索去烧香赛还心愿则个。"择日起行，宋江题了四句放旗上道：

来时三十六，去后十八双，

若还少一个，定是不归乡！

宋江统率三十六将往朝东岳，赛取金炉心愿。朝廷不奈何，只得出榜招谕宋江等。有那元帅姓张名叔夜的，是世代将门之子，前来招诱；宋江和那三十六人归顺宋朝，各受大夫诰敕，分注诸路巡检使去也；因此三路之寇，悉得平定。后遣宋江收方腊有功，封节度使。

其五，为徽宗幸李师师家，曹辅进谏及张天觉隐去；其六，为道士林灵素进用及其死葬之异；其七，为腊月预赏元宵及元宵看灯之盛，皆平话体。其叙元宵看灯云：

宣和六年正月十四日夜，去大内门直上一条红绵绳上，飞下一个仙鹤儿来，口内衔一道诏书，有一员中使接得展开，奉圣旨：宣万姓。有那快行家手中把着金字牌，喝道，"宣万姓！"少刻，京师民有似云浪，尽头上戴着玉梅，雪柳，闹蛾儿，直到鳌山下看灯。却去宣德门直上有三四个贵官，……得了圣旨，交撒下金钱银钱，与万姓抢金钱。那教坊大使袁陶曾作词，名做《撒金钱》：

频瞻礼，喜升平又逢元宵佳致。鳌山高耸翠，对端门珠玑交制，似嫦娥，降仙宫，乍临凡世。恩露匀施，凭御阑圣颜垂视。撒金钱，乱抛坠，万姓推抢没理会；告官里，这失仪，且与免罪。

是夜撒金钱后，万姓各各遍游市井，可谓是：

灯火荧煌天不夜，笙歌嘈杂地长春。

后集则始自金人来运粮，以至京城陷为第八种；又自金兵入城，帝后北行受辱，以至高宗定都临安为第九第十种，即取《南烬纪闻》《窃愤录》及《续录》而小有删节，二书今俱在，或题辛弃疾作，而宋人已以为伪书。卷末复有结论，云"世之儒者谓高宗失恢复中原之机会者有二焉：建炎之初失其机者，潜善伯彦偷安于目前误之也；绍兴之后失其机者，秦桧为虏用间误之也。失此二机，而中原之境土未复，君父之大仇未报，国家之大耻不能雪，此忠臣义士之所以扼腕，恨不食贼臣之肉而寝其皮也欤！"则亦南宋时桧党失势后士论之常套也。

第十四篇　元明传来之讲史（上）

宋之说话人，于小说及讲史皆多高手（名见《梦粱录》及《武林旧事》），而不闻有著作；元代扰攘，文化沦丧，更无论矣。日本内阁文库藏元至治（一三二——一三二三）间新安虞氏刊本全相（犹今所谓绣像全图）平话五种，曰《武王伐纣书》，曰《乐毅图齐七国春秋后集》，曰《秦并六国》，曰《吕后斩韩信前汉书续集》，曰《三国志》，每集各三卷（《斯文》第八编第六号，盐谷温《关于明的小说"三言"》），今惟《三国志》有印本（盐谷博士影印本及商务印书馆翻印本），他四种未能见。其《全相三国志平话》分为上下二栏，上栏为图，下栏述事，以桃园结义始，孔明病殁终。而开篇亦先叙汉高祖杀戮功臣，玉皇断狱，令韩信转生为曹操，彭越为刘备，英布为孙权，高祖则为献帝，立意与《五代史平话》无异。惟文笔则远不逮，词不达意，粗具梗概而已，如述"赤壁鏖兵"云：

却说武侯过江到夏口，曹操舡上高叫"吾死矣！"众军曰，"皆是蒋干。"众官乱刀锉蒋干为万段。曹操上舡，荒速夺路，走出江口，见四面舡上，皆为火也。见数十只舡，上有黄盖言曰，"斩曹贼，使天下安若太山！"曹相百官，不通水战，众人发箭相射。却说曹操措手不及，四面火起，前又相射。曹操欲走，北有周瑜，南有鲁肃，西有陵统甘宁，东有张昭吴苞，四面言杀。史官曰："倘非曹公家有五帝之分，孟德不能脱。"曹操得命，西北而走，至江岸，众人撮曹公上马。却说黄昏火发，次日斋时方出，曹操回顾，尚见夏口舡上烟焰张天，本部军无一万。曹相望西北而走，无五里，江岸有五千军，认得是常山赵云，拦住，众官一齐攻击，曹相撞阵过去。……至晚，到一大林。……曹公寻滑荣路去，行无二十里，

见五百校刀手，关将拦住。曹相用美言告云长，“看操亭侯有恩。”关公曰：“军师严令。”曹公撞阵却过。说话间，面生尘雾，使曹公得脱。关公赶数里复回，东行五十五里，见玄德，军师。是走了曹贼，非关公之过也。言使人小着玄德（案此句不可解）。众问为何。武侯曰，“关将仁德之人，往日蒙曹相恩，其此而脱矣。”关公闻言，忿然上马，告主公复追之。玄德曰，“吾弟性匪石，宁奈不倦。”军师言，“诸葛赤（亦？）去，万无一失。”……（卷中十八至十九页）观其简率之处，颇足疑为说话人所用之话本，由此推演，大加波澜，即可以愉悦听者，然页必有图，则仍亦供人阅览之书也。余四种恐亦此类。

说《三国志》者，在宋已甚盛，盖当时多英雄，武勇智术，瑰伟动人，而事状无楚汉之简，又无春秋列国之繁，故尤宜于讲说。东坡（《志林》六）谓“王彭尝云，途巷中小儿薄劣，其家所厌苦，辄与钱，令聚坐听说古话，至说三国事，闻刘玄德败，频蹙眉，有出涕者，闻曹操败，即喜唱快。以是知君子小人之泽，百世不斩。”在瓦舍，“说三分”为说话之一专科，与“说《五代史》”并列（《东京梦华录》五）。金元杂剧亦常用三国时事，如《赤壁鏖兵》《诸葛亮秋风五丈原》《隔江斗智》《连环计》《复夺受禅台》等，而今日搬演为戏文者尤多，则为世之所乐道可知也。其在小说，乃因有罗贯中本而名益显。

贯中，名本，钱唐人（明郎瑛《七修类稿》二十三田汝成《西湖游览志余》二十五胡应麟《少室山房笔丛》四十一），或云名贯，字贯中（明王圻《续文献通考》一百七十七），或云越人，生洪武初（周亮工《书影》），盖元明间人（约一三三〇——一四〇〇）。所著小说甚夥，明时云有数十种（《志余》），今存者《三国志演义》之外，尚有《隋唐志传》《残唐五代史演义》《三遂平妖传》《水浒传》等；亦能词曲，有杂剧《龙虎风云会》（目见《元人杂剧选》）。然今所传诸小说，皆屡经后人增损，真面殆无从复见矣。

罗贯中本《三国志演义》，今得见者以明弘治甲寅（一四九四）刊本为最古，全书二十四卷，分二百四十回，题曰“晋平阳侯陈寿史传，后学罗本贯中编次”。起于汉灵帝中平元年“祭天地桃园结义”，终于晋武帝太康元年“王濬计取石头城”，凡首尾九十七年（一八四——二八〇）事实，皆排比陈寿《三国志》及裴松之注，间亦仍采平话，又加推演而作之；论断颇取陈裴及习凿齿孙盛语，且更盛引“史官”及“后人”诗。然据旧史即难于抒写，杂虚辞复易滋混淆，故明谢肇淛（《五杂组》十五）既以为“太实则近腐”，清章学诚（《丙辰札记》）又病其“七实三虚惑乱观者”也。至于写人，亦颇有失，以致欲显刘备之长厚而似伪，状诸葛之多智而近妖；惟于关羽，特多好语，义勇之概，时时如见矣。如叙羽之出身丰采及勇力云：

……阶下一人大呼出曰，“小将愿往，斩华雄头献于帐下！”众视之：见其人身长九尺五寸，髯长一尺八寸，丹凤眼，卧蚕眉，面如重枣，声似巨钟，立于帐前。绍问何人。公孙瓒曰，“此刘玄德之弟关某也。”绍问见居何职。瓒曰，“跟随刘玄德充马弓手。”账上袁术大喝曰，“汝欺吾众诸侯无大将耶？量一弓手，安敢乱言。与我乱棒打出！”曹操急止之曰，“公路息怒，此人既出大言，必有广学；试教出马，如其不胜，诛亦未迟。”……关某曰“如不胜，请斩我头。”操教酾热酒一杯，与关某饮了上马。关某曰，“酒且斟下，某去便来。”出帐提刀，飞身上马。众诸侯听得寨外鼓声大震，喊声大举，如天摧地塌，岳撼山崩。众皆失惊，却欲探听。鸾铃响处，马到中军，云长提华雄之头，掷于地上；其酒尚温。……（第九回《曹操起兵伐董卓》）又如曹操赤壁之败，孔明知操命不当尽，乃故使羽扼华容道，俾得纵之，而又故以军法相要，使立军令状而去，此叙孔明止见狡狯，而羽之气概则凛然，与元刊本平话，相去远矣：

罗贯中

……华容道上，三停人马，一停落后，一停填了坑堑，一停跟随曹操过险峻，路稍平妥。操回顾，只有三百余骑随后，并无衣甲袍铠整齐者。……又行不到数里，操在马上加鞭大笑。众将问丞相笑者何故。操曰，“人皆言诸葛亮周瑜足智多谋，吾笑其无能为也。今此一败，吾自是欺敌之过，若使此处伏一旅之师，吾等皆束手受缚矣。”言未毕，一声炮响，两边五百校刀手摆列，当中关云长提青龙刀，跨赤兔马，截住去路。操军见了，亡魂丧胆，面面相觑，皆不能言。操在人丛中曰，“既到此处，只得决一死战。”众将曰：“人纵然不怯，马力乏矣：战则必死。”程昱曰：“某知云长傲上而不忍下，欺强而不凌弱，人有患难，必须救之，仁义播于天下。丞相旧日有恩在彼处，何不亲自告之，必脱此难矣。”操从其说，即时纵马向前，欠身与云长曰：“将军别来无恙？”云长亦欠身答曰，“关某奉军师将令，等候丞相多时。”操曰，“曹操兵败势危，到此无路，望将军以昔日之言为重。”云长答曰，“昔日关某虽蒙丞相厚恩，某曾解白马之危以报之。今日奉命，岂敢为私乎？”操曰，“五关斩将之时，还能记否？古之人大丈夫处世，必以信义为重；将军深明《春秋》，岂不知庾公之斯追子濯孺子者乎？”云长闻之，低首良久不语。当时曹操引这件事，说犹未了，云长是个

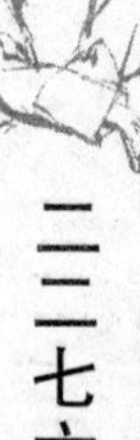

义重如山之人，又见曹军惶惶，皆欲垂泪，云长思起五关斩将放他之恩，如何不动心，于是把马头勒回，与众军曰，“四散摆开!”这个分明是放曹操的意。操见云长勒回马，便和众将一齐冲将过去，云长回身时，前面众将已自护送操过去了。云长大喝一声，众皆下马，哭拜于地，云长不忍杀之，正犹豫中，张辽纵马至，云长见了，亦动故旧之心，长叹一声，并皆放之。后来史官有诗曰：

彻胆长存义，终身思报恩，威风齐日月，名誉震乾坤，忠勇高三国，神谋陷七屯，至今千古下，军旅拜英魂。(第一百回《关云长义释曹操》)

弘治以后，刻本甚多，即以明代而论，今尚未能详其凡几种(详见《小说月报》二十卷十号郑振铎《三国志演义的演化》)。迨清康熙时，茂苑毛宗岗字序始师金人瑞改《水浒传》及《西厢记》成法，即旧本遍加改窜，自云得古本，评刻之，亦称“圣叹外书”，而一切旧本乃不复行。凡所改定，就其序例可见，约举大端，则一曰改，如旧本第百五十九回《废献帝曹丕篡汉》本言曹后助兄斥献帝，毛本则云助汉而斥丕。二曰增，如第百六十七回《先主夜走白帝城》本不涉孙夫人，毛本则云“夫人在吴闻猇亭兵败，讹传先主死于军中，遂驱兵至江边，望西遥哭，投江而死”。三曰削，如第二百五回《孔明火烧木栅寨》本有孔明烧司马懿于上方谷时，欲并烧魏延，第二百三十四回《诸葛瞻大战邓艾》有艾贻书劝降，瞻览毕狐疑，其子尚诘责之，乃决死战，而毛本皆无有。其余小节，则一者整顿回目，二者修正文辞，三者削除论赞，四者增删琐事，五者改换诗文而已。

《隋唐志传》原本未见，清康熙十四年(一六七五)长洲褚人获有改订本，易名《隋唐演义》，序有云，“《隋唐志传》创自罗氏，纂辑于林氏，可谓善矣。然始于隋宫剪彩，则前多阙略，厥后补缀唐季一二事，又零星不联属，观者犹有议焉。”其概要可识矣。

《隋唐演义》计一百回，以隋主伐陈开篇，次为周禅于隋，隋亡于唐，武后称尊，明皇幸蜀，杨妃缢于马嵬，既复两京，明皇退居西内，令道士求杨妃魂，得见张果，因知明皇杨妃为隋炀帝朱贵儿后身，而全书随毕。凡隋唐间英雄，如秦琼窦建德单雄信王伯当花木兰等事迹，皆于前七十回中穿插出之。其明皇杨妃再世姻缘故事，序言得之袁于令所藏《逸史》，喜其新异，因以入书。此他事状，则多本正史纪传，且益以唐宋杂说，如隋事则《大业拾遗记》《海山记》《迷楼记》《开河记》，唐事则《隋唐嘉话》《明皇杂录》《常侍言旨》《开天传信记》《次柳氏旧闻》《长恨歌传》《开元天宝遗事》及《梅妃传》《太真外传》等，叙述多有来历，殆不亚于《三国志演义》。唯其文笔，乃纯如明季时风，浮艳在肤，沉著不足，罗氏轨范，殆已荡然，且好嘲戏，而精神反萧索矣。今举一例：

……一日玄宗于昭庆宫闲坐，禄山侍坐于侧旁，见他腹垂过膝，因指着戏说道，"此儿腹大如抱瓮，不知其中藏的何所有？"禄山拱手对道，"此中并无他物，唯有赤心耳；臣愿尽此赤心，以事陛下。"玄宗闻禄山所言，心中甚喜。那知道：

人藏其心，不可测识。自谓赤心，心黑如墨！

玄宗之待安禄山，真如腹心；安禄山之对玄宗，却纯是贼心狼心狗心，乃真是负心丧心。有心之人，方切齿痛心，恨不得即剖其心，食其心；亏他还哄人说是赤心。可笑玄宗还不觉其狼子野心，却要信他是真心，好不痴心。闲话少说。且说当日玄宗与安禄山闲坐了半晌，回顾左右，问妃子何在，此时正当春深时候，天气向暖，贵妃方在后宫坐兰汤洗浴。宫人回报玄宗说道，"妃子洗浴方完。"玄宗微笑说道："美人新浴，正如出水芙蓉。"令宫人即宣妃子来，不必更洗梳妆。少顷，杨妃来到。你道他新浴之后，怎生模样？有一曲《黄莺儿》说得好：

皎皎如玉，光嫩如莹，体愈香，云鬓慵整偏娇样。罗裙厌长，轻衫取凉，临风小立神骀宕。细端详：芙蓉出水，不及美人妆。（第八十三回）

《残唐五代史演义》未见，日本《内阁文库书目》云二卷六十回，题罗本撰，汤显祖批评。

《北宋三遂平妖传》原本亦不可见，较先之本为四卷二十回，序云王慎修补，记贝州王则以妖术变乱事。《宋史》（二百九十二《明镐传》）言则本涿州人，岁饥，流至恩州（唐为贝州），庆历七年僭号东平郡王，改元得圣，六十六日而平。小说即本此事，开篇为汴州胡浩得仙画，其妇焚之，灰绕于身，因孕，生女，曰永儿，有妖狐圣姑姑授以道法，遂能为纸人豆马。王则则贝州军排，后娶永儿，术人弹子和尚张鸾卜吉左黜皆来见，云则当王，会知州贪酷，遂以术运库中钱米买军倡乱。已而文彦博率师讨之，其时张鸾卜吉弹子和尚见则无道，皆先去，而文彦博军尚不能克。幸得弹子和尚化身诸葛遂智助文，镇伏邪法；马遂诈降击则裂其唇，使不能持咒；李遂又率掘子军作地道入城；乃擒则及永儿。奏功者三人皆名遂，故曰《三遂平妖传》也。

《平妖传》今通行本十八卷四十回，有楚黄张无咎序，云是龙子犹所补。其本成于明泰昌元年（一六二〇），前加十五回，记袁公受道法于九天玄女，复为弹子和尚所盗，及妖狐圣姑姑炼法事。他五回则散入旧本各回间，多补述诸怪民道术。事迹于意造而外，亦采取他杂说，附会入之。如第二十九回叙杜七圣卖符，并呈幻术，断小儿首，覆以衾即复续，而偶作大言，为弹子和尚所闻，遂摄小儿生魂，入面店覆楪子下，杜七圣咒之再三，儿

竟不起。

杜七圣慌了，看着那看的人道，“众位看官在上，道路虽然各别，养家总是一般，只因家火相逼。适间言语不到处，望看官们恕罪则个。这番教我接了头，下来吃杯酒，四海之内，皆相识也。”杜七圣伏罪道，“是我不是了，这番接上了。”只顾口中念咒，揭起卧单看时，又接不上。杜七圣焦躁道，“你教我孩儿接不上头，我又求告你再三，认自己的不是，要你恕饶，你却直恁的无理。”便去后面笼儿内取出一个纸包儿来，就打开，撮出一颗葫芦子，去那地上，把土来掘松了，把那颗葫芦子埋在地下，口中念念有词，喷上一口水，喝声“疾！”可霎作怪：只见地下生出一条藤儿来，渐渐地长大，便生枝叶，然后开花，便见花谢，结一个小葫芦儿。一伙人见了，都喝彩道，“好！”杜七圣把那葫芦儿摘下来，左手提着葫芦儿，右手拿着刀，道，“你先不近道理，收了我孩儿的魂魄，教我接不上头，你也休想在世上活了！”向着葫芦儿，拦腰一刀，剁下半个葫芦儿来。却说那和尚在楼上，拿起面来却待要吃；只见那和尚的头从腔子上骨碌碌滚将下来。一楼上吃面的人都吃一惊，小胆的丢了面跑下楼去了，大胆的立住了脚看。只见那和尚慌忙放下碗和箸，起身去那楼板上摸，一摸摸着了头，双手捉住两只耳朵，掇那头安在腔子上，安得端正，把手去摸一摸。和尚道：“我只顾吃面，忘还了他的儿子魂魄，”伸手去揭起楪儿来。这里却好揭得起楪儿，那里杜七圣的孩儿早跳起来；看的人发声喊。杜七圣道，“我从来行这家法术，今日撞着师父了。”……（第二十九回下《杜七圣狠行续头法》）

此盖相传旧话，尉迟偓（《中朝故事》）云在唐咸通中，谢肇淛（《五杂组》六）又以为明嘉靖隆庆间事，惟术人无姓名，僧亦死，是书略改用之。马遂击贼被杀则当时事实，宋郑獬有《马遂传》。

第十五篇　元明传来之讲史（下）

《水浒》故事亦为南宋以来流行之传说，宋江亦实有其人。《宋史》（二十二）载徽宗宣和三年“淮南盗宋江等犯淮阳军，遣将讨捕，又犯京东，江北，入楚海州界，命知州张叔夜招降之”。降后之事，则史无文，而稗史乃云“收方腊有功，封节度使”（见十三篇）。然擒方腊者盖韩世忠（《宋史》本传），于宋江辈无与，惟《侯蒙传》（《宋史》三百五十一）又云，“宋江寇京东，蒙上书，言宋江以三十六人横行齐魏，官军数万，无敢抗者，不若赦江，使讨方腊以自赎。"似即稗史所本。顾当时虽有此议,而实未行,江等且竟见杀。洪迈《夷坚乙志》(六)言,"宣和七年,户部侍郎蔡居厚罢,知青州,以病不赴,归金陵,疽发于背,卒。未几,其所亲王生亡而复醒,见蔡受冥谴,嘱生归告其妻,云'今只是理会郓州事'。夫人恸哭曰,'侍郎去年帅郓时,有梁山泺贼五百人受降,既而悉诛之,吾屡谏,不听也。……'"《乙志》成于乾道二年,去宣和六年不过四十余年,耳目甚近,冥谴固小说家言,杀降则不容虚造,山泺健儿终局,盖如是而已。

然宋江等啸聚梁山泺时,其势实甚盛,《宋史》(三百五十三)亦云"转略十郡,官军莫敢撄其锋"。于是自有奇闻异说,生于民间,辗转繁变,以成故事,复经好事者掇拾粉饰,而文籍以出。宋遗民龚圣与作《宋江三十六人赞》,自序已云"宋江事见于街谈巷语,不足采著,虽有高如李嵩辈传写,士大夫亦不见黜"(周密《癸辛杂识》续集上)。今高李所作虽散失,然足见宋末已有传写之书。《宣和遗事》由钞撮旧籍而成,故前集中之梁山泺聚义始末,或亦为当时所传写者之一种,其节目如下:

杨志等押花石纲阻雪违限　杨志途贫卖刀杀人刺配卫州　孙立等夺杨志往太行山落草　石碣村晁盖伙劫生辰纲　宋江通信晁盖等脱逃　宋江杀阎婆惜题诗于壁　宋江得天书有三十六将姓名　宋江奔梁山泺寻晁盖　宋江三十六将共反　宋江朝东岳赛还心愿　张叔夜招宋江三十六将降　宋江收方腊有功封节度使

惟《宣和遗事》所载,与龚圣与赞已颇不同:赞之三十六人中有宋江,而《遗事》在外;《遗事》之吴加亮李进义李海阮进关必胜王雄张青张岑,赞则作吴学究卢进义李俊阮小二关胜杨雄张清张横;诨名亦偶异。又元人杂剧亦屡取水浒故事为资材,宋江燕青李逵尤数见,性格每与在今本《水浒传》中者差违,但于宋江之仁义长厚无异词,而陈泰(茶陵人,元延祐乙卯进士)记所闻于篙师者,则云"宋之为人勇悍狂侠"(《所安遗集补遗》《江南曲序》),与他书又正反。意者此种故事,当时载在人口者必甚多,虽或已有种种书本,而失之简略,或多舛迕,于是又复有人起而荟萃取舍之,缀为巨袟,使较有条理,可观览,是为后来之大部《水浒传》。其缀集者,或曰罗贯中(王圻田汝成郎瑛说),或曰施耐庵(胡应麟说),或曰施作罗编(李贽说),或曰施作罗续(金人瑞说)。

原本《水浒传》今不可得,周亮工(《书影》一)云"故老传闻,罗氏为《水浒传》一百回,各以妖异语引其首,嘉靖时郭武定重刻其书,削其致语,独存本传"。所削者盖即"灯花婆婆等事"(《水浒传全书》发凡),本亦宋人单篇词话(《也是园书目》十),而罗氏袭用之,其他不可考。

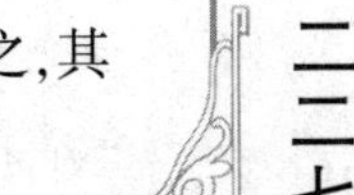

现存之《水浒传》则所知者有六本，而最要者四：

一曰一百十五回本《忠义水浒传》。前署“东原罗贯中编辑”，明崇祯末与《三国演义》合刻为《英雄谱》，单行本未见。其书始于洪太尉之误走妖魔，而次以百八人渐聚山泊，已而受招安，破辽，平田虎王庆方腊，于是智深坐化于六和，宋江服毒而自尽，累显灵应，终为神明。惟文辞蹇拙，体制纷纭，中间诗歌，亦多鄙俗，甚似草创初就，未加润色者，虽非原本，盖近之矣。其记林冲以忤高俅断配沧州，看守大军草场，于大雪中出危屋觅酒云：

……却说林冲安下行李，看那四下里都崩坏了，自思曰，“这屋如何过得一冬，待雪晴了叫泥水匠来修理。”在土炕边向了一回火，觉得身上寒冷，寻思“却才老军说(五里路外有市井)，何不去沽些酒来吃？”便把花枪挑了酒葫芦出来，信步投东，不上半里路，看见一所古庙，林冲拜曰，“愿神明保祐，改日来烧纸。”却又行一里，见一簇店家，林冲径到店里。店家曰，“客人那里来？”林冲曰，“你不认得这个葫芦？”店家曰，“这是草场老军的。既是大哥来此，请坐，先待一席以作接风之礼。”林冲吃了一回，却买一腿牛肉，一葫芦酒，把花枪挑了便回，已晚，奔到草场看时，只叫得苦。原来天理昭然，庇护忠臣义士，这场大雪，救了林冲性命：那两间草厅，已被雪压倒了。……(第九回《豹子头刺陆谦富安》)

又有一百十回之《忠义水浒传》，亦《英雄谱》本，“内容与百十五回本略同”(《胡适文存》三)。别有一百二十四回之《水浒传》，文辞脱略，往往难读，亦此类。

二曰一百回本《忠义水浒传》。前署“钱塘施耐庵的本，罗贯中编次”(《百川书志》六)。即明嘉靖时武定侯郭勋家所传之本，“前有汪太函序，托名天都外臣者”(《野获编》五)。今未见。别有本亦一百回，有李贽序及批点，殆即出郭氏本，而改题为“施耐庵集撰，罗贯中纂修”。然今亦难得，惟日本尚有享保戊申(一七二八)翻刻之前十回及宝历九年(一七五九)续翻之十一至二十回，亦始于误走妖魔而继以鲁达林冲事迹，与百十五回本同；第五回于鲁达有“直教名驰塞北三千里，证果江南第一州”之语，即指六和坐化故事，则结束当亦无异。惟于文辞，乃大有增删，几乎改观，除去恶诗，增益骈语；描写亦愈入细微，如述林冲雪中行沽一节，即多于百十五回本者至一倍余：

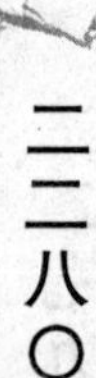

……只说林冲就床上放了包裹被卧，就坐下生些焰火起来，屋边有一堆柴炭，拿几块来生在地炉里；仰面看那草屋时，四下里崩坏了，又被朔风吹撼摇振得动。林冲道，“这屋如何过得一冬，待雪晴了，去城中唤个泥水匠来修理。”向了一回火，觉得身上寒冷，寻思“却才老军所说五里路外有那市井，何不去沽些酒来吃？”便去包里取些碎银子，把花枪挑了酒葫芦，将火炭盖了，取毡笠子戴上，拿了钥匙出来，把草厅门拽上，出到大门首，把两扇草场门反拽上，锁了，带了钥匙，信步投东，雪地里踏着碎琼乱玉，迤逦背着北风而行，——那雪正下得紧。行不上半里多路，看见一所古庙，林冲顶礼道，"神明庇佑，改日来烧钱纸。"又行了一回，望见一簇人家，林冲住脚看时，见篱笆中挑着一个草帚儿在露天里。林冲径到店里；主人道，"客人那里来？"林冲道，"你认得这个葫芦吗？"主人看了，道，"这葫芦是草料场老军的。"林冲道，"如何？便认的。"店主道，"既是草料场看守大哥，且请少坐，天气寒冷，且酌三杯权当接风。"店家切一盘熟牛肉，烫一壶热酒，请林冲。又自买了些牛肉，又吃了数杯，就又买了一葫芦酒，包了那两块牛肉，留下些碎银子，把花枪挑了酒葫芦，怀内揣了牛肉，叫声"相扰"，便出篱笆门，依旧迎着朔风回来。看那雪，到晚越下的紧了。古时有个书生，做了一个词，单题那贫苦的恨雪：

广莫严风刮地，这雪儿下的正好，扯絮挦绵，裁几片大如栲栳，见林间竹屋茅茨，争些儿被他压倒。富室豪家，却道是"压瘴犹嫌少"，向的是兽炭红炉，穿的是棉衣絮袄，手拈梅花，唱道"国家祥瑞"，不念贫民些小。高卧有幽人，吟咏多诗草。再说林冲踏着那瑞雪，迎着北风，飞也似奔到草场门口，开了锁，入内看时，只叫得苦。原来天理昭然，佑护善人义士，因这场大雪，救了林冲的性命：那两间草厅，已被雪压倒了。……（第十回《林教头风雪山神庙》）

三曰一百二十回本《忠义水浒全书》。亦题"施耐庵集撰，罗贯中纂修"，与李贽序百回本同。首有楚人杨定见序，自云事李卓吾，因袁无涯之请而刻此传；次发凡十条；次为《宣和遗事》中之梁山泺本末及百八人籍贯出身。全书自首至受招安，事略全同百十五回本，破辽小异，且少诗词，平田虎王庆则并事略亦异，而收方腊又悉同。文辞与百回本几无别，特于字句稍有更定，如百回本中"林冲道，'如何？便认的。'"此则作"林冲道，'原来如此。'"诗词又较多，则为刊时增入，故发凡云，"旧本去诗词之烦芜，一虑事绪之断，一虑眼路之谜，颇直截清明，第有得此以形容人态，颇挫文情者，又未可尽除，兹复为增定，或撺原本而进所有，或逆古意而益所无，惟周劝惩，兼善戏谑"也。亦有李贽评，与百回本不同，而两皆弇陋，盖即叶昼辈所伪托（详见《书影》一）。

发凡又云，"古本有罗氏致语，相传灯花婆婆等事，既不可复见，乃后人有因'四大寇'之拘而酌损之者，有嫌一百二十回之繁而淘汰之者，皆失。郭武定本即旧本移置阎婆事，甚善，其于寇中去王田而加辽国，犹是小家照应之法，不知大手笔者正不尔尔。"是知《水浒》有古本百回，当时"既不可复见"；又有旧本，似百二十回，中有"四大寇"，盖谓王田方及宋江,即柴进见于白屏风上御书者(见百十五回本之六十七回及《水浒全书》七十二回)。郭氏本始破其拘,削王田而加辽国,成百回;《水浒全书》又增王田,仍存辽国,复为百二十回,而宋江乃始退居于四寇之外。然《宣和遗事》所谓"三路之寇"者,实指攻夺淮阳京西河北三路强人,皆宋江属,不知何人误读,遂以王庆田虎辈当之。然破辽故事虑亦非始作于明,宋代外敌凭陵,国政弛废,转思草泽,盖亦人情,故或造野语以自慰,复多异说,不能合符,于是后之小说,既以取舍不同而分歧,所取者又以话本非一而违异,田虎王庆在百回本与百十七回本名同而文迥别,殆亦由此而已。惟其后讨平方腊,则各本悉同,因疑在郭本所据旧本之前,当又有别本,即以平方腊接招安之后,如《宣和遗事》所记者,于事理始为密合,然而证信尚缺,未能定也。

总上五本观之,知现存之《水浒传》实有两种,其一简略,其一繁缛。胡应麟(《笔丛》四十一)云,"余二十年前所见《水浒传》本尚极足寻味,十数载来,为闽中坊贾刊落,止录事实,中间游词余韵神情寄寓处一概删之,遂既不堪覆瓿,复数十年,无原本印证,此书将永废。"应麟所见本,今莫知如何,若百十五回简本,则成就殆当先于繁本,以其用字造句,与繁本每有差违,倘是删存,无烦改作也。又简本撰人,止题罗贯中,周亮工闻于故老者亦第云罗氏,比郭氏本出,始着耐庵,因疑施乃演为繁本者之托名,当是后起,非古本所有。后人见繁本题施作罗编,未及悟其依托,遂或意为敷衍,定耐庵与贯中同籍,为钱塘人(明高儒《百川书志》六),且是其师。胡应麟(《笔丛》四十一)亦信所见《水浒传》小序,谓耐庵"尝入市肆细阅故书,于敝楮中得宋张叔夜禽贼招语一通,备悉其一百八人所由起,因润饰成此编"。且云"施某事见田叔禾《西湖志余》",而《志余》中实无有,盖误记也。近吴梅著《顾曲麈谈》,云"《幽闺记》为施君美作。君美,名惠,即作《水浒传》之耐庵居士也。"案惠亦杭州人,然其为耐庵居士,则不知本于何书,故亦未可轻信矣。

四曰七十回本《水浒传》。正传七十回楔子一回,实七十一回,有原序一篇,题"东都施耐庵撰",为金人瑞字圣叹所传,自云得古本,止七十回,于宋江受天书之后,即以卢俊义梦全伙被缚于嵇叔夜终,而指招安以下为罗贯中续成,斥曰"恶札"。其书与百二十回本之前七十回无甚异,惟刊去骈语特多,百廿回本发凡有"旧本去诗词之繁累"语,颇似圣叹真得古本,然文中有因删去诗词,而语气遂稍参差者,则所据殆仍是百回本耳。周亮工(《书影》一)记《水浒传》云,"近金圣叹自七十回之后,断为罗所续,因极口诋罗,复伪为施序于前,此书遂为施有矣。"二人生同时,其说当可信。惟字句亦小有佳处,如第五回叙鲁智深诘责瓦官寺僧一节云:

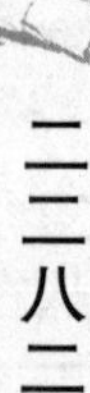

……智深走到面前，那和尚吃了一惊，跳起身来，便道，“请师兄坐，同吃一盏。”智深提着禅杖道，“你这两个，如何把寺来废了？”那和尚便道，“师兄请坐，听小僧……”智深睁着眼道，“你说你说！”“……说：在先敝寺，十分好个去处，田庄又广，僧众极多，只被廊下那几个老和尚吃酒撒泼，将钱养女，长老禁约他们不得，又把长老排告了出去，因此把寺来都废了。……”

圣叹于“听小僧……”下注云“其语未毕”，于“……说”下又多所申释，而终以“章法奇绝从古未有”誉之，疑此等“奇绝”，正圣叹所为，其批改《西厢记》亦如此。此文在百回本，为“那和尚便道，‘师兄请坐，听小僧说。’智深睁着眼道，‘你说你说！’那和尚道，‘在先敝寺，十分好个去处，田庄广有，僧众极多……’”云云，在百十五回本，则并无智深睁眼之文，但云“那和尚曰，‘师兄听小僧说：在先敝寺，田庄广有，僧众也多……’”而已。

至于刊落之由，什九常因于世变，胡适（《文存》三）说，“圣叹生在流贼遍天下的时代，眼见张献忠李自成一班强盗流毒全国，故他觉得强盗是不能提倡的，是应该口诛笔伐的。”故至清，则世异情迁，遂复有以为“虽始行不端，而能幡然悔悟，改弦易辙，以善其修，斯其意固可嘉，而其功诚不可泯”者，截取百十五回本之六十七回至结末，称《后水浒》，一名《荡平四大寇传》，附刊七十回之后以行矣。其卷首有乾隆壬子（一七九二）赏心居士序。

清初，有《后水浒传》四十回，云是“古宋遗民著，雁宕山樵评”，盖以续百回本。其书言宋江既死，余人尚为宋御金，然无功，李俊遂率众浮海，王于暹罗，结末颇似杜光庭之《虬髯传》。古宋遗民者，本书卷首《论略》云“不知何许人，以时考之，当去施罗未远，或与之同时，不相为下，亦未可知”。然实乃陈忱之托名；忱字遐心，浙江乌程人，生平著作并佚，唯此书存，为明末遗民（《两浙輶轩录》补遗一《光绪嘉兴府志》五十三），故虽游戏之作，亦见避地之意矣。然至道光中，有山阴俞万春作《结水浒传》七十回，结子一回，亦名《荡寇志》，则立意正相反，使山泊首领，非死即诛，专明“当年宋江并没有受招安平方腊的话，只有被张叔夜擒拿正法一句话”，以结七十回本。俞万春字仲华，别号忽来道人，尝随其父宦粤。瑶民之变，从征有功议叙，后行医于杭州，晚年乃奉道释，道光己酉（一八四九）卒。《荡寇志》之作，始于丙戌而迄于丁未，首尾凡二十二年，“未遑修饰而殁”，咸丰元年（一八五一），其子龙光始修润而刻之（本书识语）。书中造事行文，有时几欲摩前传之垒，采录景象，亦颇有施罗所未试者，在纠缠旧作之同类小说中，盖差为佼佼者矣。

此外讲史之属，为数尚多。明已有荒古虞夏（周游《开辟演义》锺惺《开辟唐虞传》及

《有夏志传》），东西周（《东周列国志》《西周志》《四友传》），两汉（袁宏道评《两汉演义传》），两晋（《西晋演义》《东晋演义》），唐（熊锺谷《唐书演义》），宋（尺蠖斋评释《两宋志传》）诸史事平话，清以来亦不绝，且或总揽全史（《二十四史通俗演义》），或订补旧文（两汉两晋隋唐等），然大抵效《三国志演义》而不及，虽其上者，亦复拘牵史实，袭用陈言，故既拙于措辞，又颇惮于叙事，蔡奡《东周列国志读法》云，“若说是正经书，却毕竟是小说样子，……但要说他是小说，他却件件从经传上来。”本以美之，而讲史之病亦在此。

至于叙一时故事而特置重于一人或数人者，据《梦粱录》（二十）讲史条下云，“有王六大夫，于咸淳年间敷衍《复华篇》及《中兴名将传》，听者纷纷。”则亦当隶于讲史。《水浒传》即其一，后出者尤夥。较显著有《皇明英烈传》一名《云合奇踪》，武定侯郭勋家所传，记明开国武烈，而特扬其先祖郭英之功；后有《真英烈传》，则反其事而詈之。有《宋武穆王演义》，熊大本编，有《岳王传演义》，余应鳌编，又有《精忠全传》，邹元标编，皆记宋岳飞功绩及冤狱；后有《说岳全传》，则就其事而演之。清有《女仙外史》，作者吕熊（刘廷玑《在园杂志》云），述青州唐赛儿之乱；有《祷杌闲评》，无作者名，记魏忠贤客氏之恶。其于武勇，则有叙唐之薛家（《征东征西全传》），宋之杨家（《杨家将全传》）及狄青辈（《五虎平西平南传》）者，文意并拙，然盛行于里巷间。其他托名故实，而借以腾谤报怨之作亦多，今不复道。

第十六篇　明之神魔小说（上）

奉道流羽客之隆重，极于宋宣和时，元虽归佛，亦甚崇道，其幻惑故遍行于人间，明初稍衰，比中叶而复极显赫，成化时有方士李孜，释继晓，正德时有色目人于永，皆以方伎杂流拜官，荣华熠耀，世所企羡，则妖妄之说自盛，而影响且及于文章。且历来三教之争，都无解决，互相容受，乃曰“同源”，所谓义利邪正善恶是非真妄诸端，皆混而又析之，统于二元，虽无专名，谓之神魔，盖可赅括矣。其在小说，则明初之《平妖传》已开其先，而继起之作尤夥。凡所敷叙，又非宋以来道士造作之谈，但为人民间巷间意，芜杂浅陋，率无可观。然其力之及于人心者甚大，又或有文人起而结集润色之，则亦为鸿篇巨制之胚胎也。

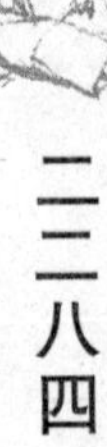

汇此等小说成集者，今有《四游记》行于世，其书凡四种，著者三人，不知何人编定，惟观刻本之状，当在明代耳。一曰《上洞八仙传》，亦名《八仙出处东游记传》，二卷五十六

回,题"兰江吴元泰著"。传言铁拐(姓李名玄)得道,度钟离权,权度吕洞宾,二人又共度韩湘曹友,张果蓝采和何仙姑则别成道,是为八仙。一日俱赴蟠桃大会,归途各履宝物渡海,有龙子爱蓝采和所踏玉版,摄而夺之,遂大战,八仙"火烧东洋",龙王败绩,请天兵来助,亦败,后得观音和解,乃各谢去,而"天渊迥别天下太平"之候,白此始矣。书中文言俗语间出,事亦往往不相属,盖杂取民间传说作之。

二曰《五显灵官大帝华光天王传》,即《南游记》,四卷十八回,题"三台山人仰止余象斗编"。象斗为明末书贾,《三国志演义》刻本上,尚见其名。书言有妙吉祥童子以杀独火鬼忤如来,贬为马耳娘娘子。是曰三眼灵光,具五神通,报父仇,游灵虚,缘盗金枪,为帝所杀;复生炎魔天王家,是为灵耀,师事天尊,又诈取其金刀,炼为金砖以作法宝,终闹天宫,上界鼎沸;玄天上帝以水服之,使走人间,托生萧氏,是为华光,仍有神通,与神魔战,中界亦鼎沸,帝乃赦之。华光因失金砖,复欲制炼,寻求金塔,遂遇铁扇公主,擒以为妻,又降诸妖,所向无敌,以忆其母,访于地府,复因争执,大闹阴司,下界亦鼎沸。已而知生母实妖也,名吉芝陀圣母,食萧长者妻,幻作其状,而生华光,然仍食人,为佛所执,方在地狱,受恶报也,华光乃救以去。

……却说华光三下酆都,救得母亲出来,十分欢悦。那吉芝陀圣母曰,"我儿你救得我出来,道好,我要讨岐娥吃。"华光问,"岐娥是什么子,我儿媳俱不晓得。"母曰,"岐娥不晓得,可去问千里眼顺风耳。"华光即问二人。二人曰,"那岐娥是人,他又思量吃人。"华光听罢,对娘曰,"娘,你住酆都受苦,我孩儿用尽计较,救得你出来,如何又要吃人,此事万不可为。"母曰,"我要吃!不孝子,你没有岐娥与我吃,是谁要救我出来?"华光无奈,只推曰,"容两日讨与你吃。"……(第十七回《华光三下酆都》)于是张榜求医,有言惟仙桃可治者,华光即幻为齐天大圣状,窃而奉之,吉芝陀乃始不思食人。然齐天被嫌,询于佛母,知是华光,则来讨,为火丹所烧,败绩;其女月孛有骷髅骨,击之敌头即痛,二日死。华光被术,将不起,火炎王光佛出而议和,月孛削骨上击痕,华光始愈,终归佛道云。

明谢肇淛(《五杂组》十五)以华光小说比拟《西游记》,谓"皆五行生克之理,火之炽也,亦上天下地,莫之扑灭,而真武以水制之,始归正道"。又于吉芝陀出狱即思食人事,则致慨于迁善之难,因知在万历时,此书已有。沈德符论剧曲(《野获编》二十五),亦有"华光显圣则太妖诞"语,是此种故事,当时且演为剧本矣。

其三曰《北方真武玄天上帝出身志传》,即《北游记》,四卷二十四回,亦余象斗编,记真武本身及成道降妖事。上帝为玄天之说,在汉已有(《周礼》《大宗伯》郑氏注),然与后来之玄帝，实又不同。此玄帝真武者，盖起于宋代羽客之言，即《元洞玉历记》(《三教搜神大全》一引)所谓元始说法于玉清，下见恶风弥塞，乃命周武伐纣以治阳，玄帝收魔以治阴，“上赐玄帝披发跣足，金甲玄袍，皂纛玄旗，统领丁甲，下降凡世，与六天魔王战于洞阴之野，是时魔王以坎离二炁，化苍龟巨蛇，变现方成，玄帝神力摄于足下，锁鬼众于酆都大洞，人民治安，宇内清肃”者是也，元尝加封，明亦崇奉。此传所言，间符旧说，但亦时窃佛传，杂以鄙言，盛夸感应，如村巫庙祝之见。初谓隋炀帝时，玉帝当宴会之际，而忽思凡，遂以三魂之一，为刘氏子，如来三清并来点化，乃隐蓬莱；又以凡心，生哥阇国，次生西霞，皆是王子，蒙天尊教，舍国出家，功行既完，上谒玉帝，封荡魔天尊，令收天将；于是复生为净洛国王子，得斗母元君点化，入武当山成道。玄帝方升天宫，忽见妖气起于中界，知即天将，扰乱人间，乃复下凡，降龟蛇怪，服赵公明，收雷神，获月孛及他神将，引以朝天。玉帝即封诸神为玄天部将，计三十六员。然扬子江有锅及竹缆二妖，独逸去不可得，真武因指一化身，复入人世，于武当山镇守之。篇末则记永乐三年玄天助国却敌事，而下有“至今二百余载”之文，颇似此书流行，当在明季，然旧刻无后一语，可知有者乃后来增订之本矣。

四曰《西游记传》，四卷四十一回，“题齐云杨志和编，天水赵景真校”，叙孙悟空得道，唐太宗入冥，玄奘应诏求经，途中遇难，终达西土，得经东归者也。太宗之梦，唐人已言，张鷟《朝野佥载》云，“太宗至夜半奄然入定，见一人云，‘陛下暂合来，还即去也。’帝问‘君是何人？’对曰，‘臣是生人判冥事。’太宗入见判官，问六月四日事，即令还，向见者又送迎引导出。”又有俗文，亦记斯事，有残卷从敦煌千佛洞得之(详见第十二篇)。至玄奘入竺，实非应诏，事具《唐书》(百九十一《方伎传》)，又有专传曰《大慈恩寺三藏法师传》，在《佛藏》中，初无诸奇诡事，而后来稗说，颇涉灵怪。《大唐三藏取经诗话》已有猴行者深沙神及诸异境；金人院本亦有《唐三藏》(陶宗仪《辍耕录》)；元杂剧有吴昌龄《唐三藏西天取经》(锺嗣成《录鬼簿》)，一名《西游记》(今有日本盐谷温校印本)，其中收孙悟空，加戒箍，沙僧，猪八戒，红孩儿，铁扇公主等皆已见。似取经故事，自唐末以至宋元，乃渐渐演成神异，且能有条贯，小说家因亦得取为记传也。

全书之前九回为孙悟空得仙至被降故事，言有石猴，寻得水源，众奉为王，而复出山，就师悟道，以大神通，搅乱天地，玉帝不得已，封为齐天大圣，复扰蟠桃大会，帝命灌口二郎真君讨之，遂大战，悟空为所获，其叙当时战斗变化之状云：

……那小猴见真君到，急急报知猴王。猴王即掣起金箍棒，步上云履。二人相见，各

言姓名，遂排开阵势，来往三百余合。二人各变身万丈，战入云端，离却洞口。……大圣正在开战，忽见本山众猴惊散，抽身就走；真君大步赶上，急走急迫。大圣慌忙将身一变，入水中。真君道，“这猴入水必变鱼虾，待我变作鱼鹰逐他。”大圣见真君赶来，又变一鸨鸟，飞在树上，被真君拽弓一弹，打下草坡，遍寻不见，回转天王营中去说猴王败阵等事，又赶不见踪迹。天王把照妖镜一照，急云“妖猴往你灌口去了”。真君回灌口；猴王急变做真君模样，座在中堂，被二郎用一神枪，猴王让过，变出本相，二人对较手段，意欲回转花果山，奈四面天将围住念咒。忽然真君与菩萨在云端观看，见猴王精力将疲，老君掷下金刚圈，与猴王脑上一打。猴王跌倒在地，被真君神犬咬住胸肚子，又拖跌一跤，却被真君兄弟等神枪刺住，把铁索绑缚。……（第七回《真君收捉猴王》）然斫之无伤，炼之不死，如来乃压之五行山下，令待取经人。次四回即魏征斩龙，太宗入冥，刘全进瓜，及玄奘应沼西行：为求经之所由起。十四回以下则玄奘道中收徒及遇难故事，而以见佛得经东归证果终。徒有三，曰孙行者，猪八戒，沙僧，并得龙马；灾难三十余，其大者五庄观，平顶山，火云洞，通天河，毒敌山，六耳猕猴，小雷音寺等也。凡所记述，简略者多，但亦偶杂游词，以增笑乐，如写火云洞之战云：

……那山前山后土地，皆来叩头报名，“此处叫作枯松涧，涧边有一座山洞，叫作火云洞，洞有一位魔王，是牛魔王的儿子，叫作红孩儿。他有三昧真火，甚是利害。”行者听说，斥退土神，……与八戒同进洞中去寻，……那魔王吩咐小妖，推出五轮小车，摆下五方，遂提枪杀出，与行者战经数合，八戒助阵，魔王走转，把鼻子一捶，鼻中冒出火来，一时五轮车子，烈火齐起。八戒道，“哥哥快走！少刻把老猪烧得囫囵，再加香料，尽他受用。”行者虽然避得火烧，却只怕烟，二人只得逃转。……（第三十二回《唐三藏收妖过黑河》）

复请观世音至，化刀为莲台，诱而执之，既降复叛，则环以五金箍，洒以甘露，乃始两手相合，归落伽山云。《西游记》杂剧中《鬼母皈依》一出，即用揭钵盂救幼子故事者，其中有云，“告世尊，肯发慈悲力。我着唐三藏西游便回，火孩儿妖怪放生了他。到前面，须得二圣郎救了你。”（卷三）而于此乃改为牛魔王子，且与参善知识之善财童子相混矣。

第十七篇　明之神魔小说（中）

又有一百回本《西游记》，盖出于四十一回本《西游记传》之后，而今特盛行，且以为元初道士邱处机作。处机固尝西行，李志常记其事为《长春真人西游记》，凡二卷，今尚存《道藏》中，唯因同名，世遂以为一书；清初刻《西游记》小说者，又取虞集撰《长春真人西游记》之序文冠其首，而不根之谈乃愈不可拔也。

然至清乾隆末，钱大昕跋《长春真人西游记》《潜研堂文集》二十九）已云小说《西游演义》是明人作；纪昀（《如是我闻》三）更因"其中祭赛国之锦衣卫，朱紫国之司礼监，灭法国之东城兵马司，唐太宗之大学士翰林院中书科，皆同明制"，决为明人依托，惟尚不知作者为何人。而乡邦文献，尤为人所乐道，故是后山阳人如丁晏（《石亭记事续编》）阮葵生（《茶余客话》）等，已皆探索旧志，知《西游记》之作者为吴承恩矣。吴玉搢（《山阳志遗》）亦云然，而尚疑是演邱处机书，犹罗贯中之演陈寿《三国志》者，当由未见二卷本，故其说如此；又谓"或云有《后西游记》，为射阳先生撰"，则第志俗说而已。

吴承恩字汝忠，号射阳山人，性敏多慧，博览群书，复善谐剧，著杂记数种，名震一时，嘉靖甲辰岁贡生，后官长兴县丞，隆庆初归山阳，万历初卒（约一五一〇——一五八〇）。杂记之一即《西游记》 （见《天启淮安府志》一六及一九《光绪淮安府志》贡举表），余未详。又能诗，其"词微而显，旨博而深"（陈文烛序语），为有明一代淮郡诗人之冠，而贫老乏嗣，遗稿多散佚，邱正纲收拾残缺为《射阳存稿》四卷《续稿》一卷，吴玉搢尽收入《山阳耆旧集》中（《山阳志遗》四）。然同治间修《山阳县志》者，于《人物志》中去其"善谐剧著杂记"语，于《艺文志》又不列《西游记》之目，于是吴氏之性行遂失真，而知《西游记》之出于吴氏者亦愈少矣。

《西游记》全书次第，与杨志和作四十一回本殆相等。前七回为孙悟空得道至被降故事，当杨本之前九回；第八回记释迦造经之事，与佛经言阿难结集不合；第九回记玄奘父母遇难及玄奘复仇之事，亦非事实，杨本皆无有，吴所加也。第十至十二回即魏征斩龙至玄奘应诏西行之水，当杨本之十至十三回；第十四回至九十九回则俱记入竺途中遇难之事，九者究也，物极于九，九九八十一，故有八十一难；而一百回以东返成真终。

惟杨志和本虽大体已立，而文辞荒率，仅能成书；吴则通才，敏慧淹雅，其所取材，颇极广泛，于《四游记》中亦采《华光传》及《真武传》，于西游故事亦采《西游记杂剧》及《三藏取经诗话》（？），翻案挪移则用唐人传奇（如《异闻集》《酉阳杂俎》等），讽刺揶揄则取当时世态，加以铺张描写，几乎改观，如灌口二郎之战孙悟空，杨本仅有三百余言，而此十倍之，先记二人各现"法象"，次则大圣化雀，化"大鹚老"，化鱼，化水蛇，真君化雀鹰，化大海鹤，化鱼鹰，化灰鹤，大圣复化为鸨，真君以其贱鸟，不屑相比，即现原身，用弹丸击下之。

……那大圣趁着机会，滚下山崖，伏在那里又变，变一座土地庙儿：大张着口，似个庙门；牙齿变作门扇；舌头变做菩萨；眼睛变做窗棂；只有尾巴不好收拾，竖在后面，变做一根旗杆。真君赶到崖下，不见打倒的鸨鸟，只有一间小庙，急睁凤眼，仔细看之，见旗杆立在后面，笑道，"是这猢狲了。他今又在那里哄我。我也曾见庙宇，更不曾见一个旗杆竖在后面的。断是这畜生弄喧。他若哄我进去，他便一口咬住。我怎肯进去？等我掣拳先捣窗棂，后踢门扇。"大圣听得，……扑的一个虎跳，又冒在空中不见。真君前前后后乱赶，……起在半空，见那李天王高擎照妖镜，与哪吒伫立云端。真君道，"天王，曾见那猴王吗？"天王道，"不曾上来，我这里照着他哩。"真君把那赌变化，弄神通，拿群猴一事说毕，却道，"他变庙宇，正打处，就走了。"李天王闻言，又把照妖镜四方一照，呵呵地笑道，"真君，快去快去，那猴子使了个隐身法，走出营围，往你那灌江口去也。"……却说那大圣已至灌江口，摇身一变，变作二郎爷爷的模样，按下云头，径入庙里。鬼判不能相认，一个个磕头迎接。他坐在中间，点查香火：见李虎拜还的三牲，张龙许下的保福，赵甲求子的文书，钱丙告病的良愿。正看处，有人报"又一个爷爷来了"。众鬼判急急观看，无不惊心。真君却道，"有个什么齐天大圣，才来这里否？"众鬼判道，"不曾见什么大圣，只有一个爷爷在里面查点哩。"真君撞进门；大圣见了，现出本相道，"郎君，不消嚷，庙宇已姓孙了！"这真君即举三尖两刃神锋，劈脸就砍。那猴王使个身法，让过神锋，掣出那绣花针儿，幌一幌，碗来粗细，赶到前，对面相还。两个嚷嚷闹闹，打出庙门，半雾半云，且行且战，复打到花果山。慌得那四大天王等众堤防愈紧；这康张太尉等迎着真君，合心努力，把那美猴王围绕不题……（第六回下《小圣施威降大圣》）

然作者构思之幻，则大率在八十一难中，如金岘山之战（五十至五二回），二心之争（五七及五八回），火焰山之战（五九至六一回），变化施为，皆极奇恣，前二事杨书已有，后一事则取杂剧《西游记》及《华光传》中之铁扇公主以配《西游记传》中仅见其名之牛魔王，裨益增其神怪艳异者也。其述牛魔王既为群神所服，令罗刹女献芭蕉扇，灭火焰山火，俾玄奘等两行情状云：

……那老牛心惊胆战，……望上便走。恰好有托塔李天王并哪吒太子领鱼肚药叉巨灵神将幔住空中。……牛王急了，依前摇身一变，还变做一只大白牛，使两只铁角去触天王，天王使刀来砍。随后孙行者又到，……道，"这厮神通不小，又变作这等身躯，却怎奈何？"太子笑道，"大圣勿疑，你看我擒他。"这太子即喝一声"变！"变得三头六臂，飞身跳

在牛王背上,使斩妖剑望颈项上一挥,不觉得把个牛头斩下。天王丢刀,却才与行者相见。那牛王腔子里又钻出一个头来,口吐黑气,眼放金光。被哪吒又砍一剑,头落处,又钻出一个头来;一连砍了十数剑,随即长出十数个头。哪吒取出火轮儿,挂在老牛的角上,便吹真火,闹闹哄哄,把牛王烧得张狂哮吼,摇头摆尾。才要变化脱身,又被托塔天王将照妖镜照住本像,腾挪不动,无计逃生,只叫"莫伤我命,情愿归顺佛家也!"哪吒道,"既惜生命,快拿扇子出来!"牛王道,"扇子在我山妻处收着哩。"哪吒见说,将缚妖索子解下,……穿在鼻孔里,用手牵来,……回至芭蕉洞口。老牛叫道,"夫人,将扇子出来,救我性命!"罗刹听叫,急卸了钗环,脱了色服,挽青丝如道姑,穿缟素似比丘,双手捧那柄丈二长短的芭蕉扇子,走出门;又见金刚众圣与天王父子,慌忙跪在地下,磕头礼拜道,"望菩萨饶我夫妻之命,愿将此扇奉承孙叔叔成功去也。"……

……孙大圣执着扇子,行近山边,尽气力挥了一扇,那火焰山平平息焰,寂寂除光;又扇一扇,只闻得习习潇潇,清风微动;第三扇,满天云漠漠,细雨落霏霏。有诗为证:

火焰山遥八百程,火光大地有声名。火煎五漏丹难熟,火燎三关道不清。特借芭蕉施雨露,幸蒙天将助神功。牵牛归佛休颠劣,水火相联性自平。(第六十一回下《孙行者三调芭蕉扇》)

又作者禀性,"复善谐剧",故虽述变幻恍惚之事,亦每杂解颐之言,使神魔皆有人情,精魅亦通世故,而玩世不恭之意寓焉(详见胡适《西游记考证》)。如记孙悟空大败于金峣洞兕怪,失金箍棒,因谒玉帝,乞发兵收剿一节云:

……当时四天师传奏灵霄,引见玉陛,行者朝上唱个大喏,道,"老官儿,累你累你。我老孙保护唐僧往西天取经,一路凶多吉少,也不消说。于今来在金峣山,金峣洞,有一兕怪,把唐僧拿在洞里,不知是要蒸,要煮,要晒。是老孙寻上他们,与他交战,那怪神通广大,把我金箍棒抢去,因此难缚妖魔。那怪说有些认得老孙,我疑是天上凶星思凡下界,为此特来启奏,伏乞天尊垂慈洞鉴,降旨查勘凶星,发兵收剿妖魔,老孙不胜战栗屏营之至。"却又打个深躬道,"以闻。"旁有葛仙翁笑道,"猴子是何前倨后恭?"行者道,"不敢不敢。不是甚前倨后恭,老孙于今是没棒弄了。"……(第五十一回上《心猿空用千般计》)

评议此书者有清人山阴悟一子陈士斌《西游真诠》(康熙丙子尤侗序),西河张书绅《西游正旨》(乾隆戊辰序)与悟元道人刘一明《西游原旨》(嘉庆十五年序),或云劝学,或云谈禅,或云讲道,皆阐明理法,文辞甚繁。然作者虽儒生,此书则实出于游戏,亦非语道，故全书仅偶见五行生克之常谈，尤未学佛，故末回至有荒唐无稽之经目，特缘混同之教，流行来久，故其著作，乃亦释迦与老君同流，真性与元神杂出，使三教之徒，皆得随宜附会而已。假欲勉求大旨，则谢肇淛（《五杂组》十五）之“《西游记》蔓延虚诞，而其纵横变化，以猿为心之神，以猪为意之驰，其始之放纵，上天下地，莫能禁制，而归于紧箍一咒，能使心猿驯伏，至死靡他，盖亦求放心之喻，非浪作也”数语，已足尽之。作者所说，亦第云“众僧们议论佛门定旨，上西天取经的缘由，……三藏箝口不言，但以手指自心，点头几度，众僧们莫解其意，……三藏道，‘心生种种魔生，心灭种种魔灭，我弟子曾在化生寺对佛说下誓愿，不由我不尽此心，这一去，定要到西天见佛求经，使我们法轮回转，皇图永固’”（十三回）而已。

《后西游记》六卷四十回，不题何人作。中谓花果山复生石猴，仍得神通，称为小圣，辅大颠和尚赐号半偈者复往西天，虔求真解。途中收猪一戒，得沙弥，且遇诸魔，屡陷危难，顾终达灵山，得解而返。其谓儒释本一，亦同《西游》，而行文造事并逊，以吴承恩诗文之清绮推之，当非所作矣。又有《续西游记》，未见，《西游补》所附杂记有云，“《续西游》模拟逼真，失于拘滞，添出比丘灵虚，尤为蛇足”也。

第十八篇　明之神魔小说（下）

《封神传》一百回，今本不题撰人。梁章钜（《浪迹续谈》六）云，“林樾亭（案名乔荫）先生尝与余谈，《封神传》一书是前明一名宿所撰，意欲与《西游记》《水浒传》鼎立而三，因偶读《尚书》《武成》篇‘唯尔有神尚克相予’语，衍成此传。其封神事则隐据《六韬》（《旧唐书》《礼仪志》引）《阴谋》（《太平御览》引）《史记》《封禅书》《唐书》《礼仪志》各书，铺张俶诡，非尽无本也。”然名宿之名未言。日本藏明刻本，乃题许仲琳编（《内阁文库图书第二部汉书目录》），今未见其序，无以确定为何时作，但张无咎作《平妖传》序，已及《封神》，是殆成于隆庆万历间（十六世纪后半）矣。书之开篇诗有云，“商周演义古今传”，似志在于演史，而侈谈神怪，什九虚造，实不过假商周之争，自写幻想，较《水浒》固失之架空，方《西游》又逊其雄肆，故迄今未有以鼎足视之者也。

《史记》《封禅书》云，“八神将，太公以来作之。”《六韬》《金匮》中亦间记太公神术；妲己为狐精，则见于唐李瀚《蒙求》注，是商周神异之谈，由来旧矣。然“封神”亦明代巷

语，见《真武传》，不必定本于《尚书》。《封神传》即始自受辛进香女娲宫，题诗黩神，神因

武王伐纣

命三妖惑纣以助周。第二至三十回则杂叙商纣暴虐，子牙隐显，西伯脱祸，武成反商，以成殷周交战之局。此后多说战争，神佛错出，助周者为阐教即道释，助殷者为截教。截教不知所谓，钱静方（《小说丛考》上）以为《周书》《克殷篇》有云，"武王遂征四方，凡憝国九十有九国，馘魔亿有十万七千七百七十有九，俘人三亿万有二百三十。"（案此文在《世俘篇》，钱偶误记）魔与人分别言之，作者遂由此生发为截教。然"摩罗"梵语，周代未翻，《世俘篇》之魔字又或作磨，当是误字，所未详也。其战各逞道术，互有死伤，而截教终败。于是以纣王自焚，周武入殷，子牙归国封神，武王分封列国终。封国以报功臣，封神以妥功鬼，而人神之死，则委之于劫数。其间时出佛名，偶说名教，混合三教，略如《西游》，然其根柢，则方士之见而已。在诸战事中，惟截教之通天教主设万仙阵，阐教群仙合破之，为最烈：

话说老子与元始冲入万仙阵内，将通天教主裹住。金灵圣母被三大士围在当中，……用玉如意招架三大士多时，不觉把顶上金冠落在尘埃，将头发散了。这圣母披发大战，正战之间，遇着燃灯道人，祭起定海珠打来，正中顶门。可怜！正是：

封神正位为星首，北阙香烟万载存。

燃灯将定海珠把金灵圣母打死。广成子祭起诛仙剑，赤精子祭起戮仙剑，道行天尊祭起陷仙剑，玉鼎真人祭起绝仙剑，数道黑气冲空，将万仙阵罩住。凡封神台上有名者，就如砍瓜切菜一般，俱遭杀戮。子牙祭起打神鞭，任意施为。万仙阵中，又被杨任用五火扇扇起烈火千丈，黑烟迷空。……哪吒现三首八臂，往来冲突。……通天教主见万仙受

此屠戮，心中大怒，急呼曰，“长耳定光仙快取六魂幡来！”定光仙因见接引道人白莲裹体，舍利现光；又见十二代弟子玄都门人俱有璎络金灯，光华罩体，知道他们出身清正，截教毕竟差讹。他将六魂幡收起，轻轻地走出万仙阵，径往芦蓬下隐匿。正是：

根深原是西方客，躲在芦蓬献宝幡。

话说通天教主……无心恋战，……欲要退后，又恐教下门人笑话，只得勉强相持。又被老子打了一拐，通天教主着了急，祭起紫电锤来打老子。老子笑曰，“此物怎能近我？”只见顶上现出玲珑宝塔；此锤焉能下来？……只见二十八宿星官已杀得看看殆尽；止邱引见势不好了，借土遁就走。被陆压看见，唯恐追不及，急纵至空中，将葫芦揭开，放出一道白光，上有一物飞出；陆压打一躬，命“宝贝转身”，可怜邱引，头已落地。……且说接引道人在万仙阵内将乾坤袋打开，尽收那三千红气之客。有缘往极乐之乡者，俱收入此袋内。准提同孔雀明王在阵中现二十四头，十八只手，执定璎络，伞盖，花贯，鱼肠，金弓，银戟，白钺，幡，幢，加持神杵，宝锉，银瓶等物，来战通天教主。通天教主看见准提，顿起三昧真火，大骂曰，“好泼道！焉敢欺吾太甚，又来搅吾此阵也！”纵奎牛冲来，仗剑直取，准提将七宝妙树架开。正是：

西方极乐无穷法，俱是莲花一化身。（第八十四回）《三宝太监西洋记通俗演义》亦一百回，题“二南里人编次”。前有万历丁酉（一五九七）菊秋之吉罗懋登叙，罗即撰人。书叙永乐中太监郑和王景宏服外夷三十九国，咸使朝贡事。郑和者，《明史》（三百四《宦官传》）云，“云南人，世所谓三保太监者也。永乐三年，命和及其侪王景宏等通使西洋，将士卒二万七千八百余人，多赍金帛，造大舶，……自苏州刘家河泛海至福建，复自福建五虎门扬帆，首达占城，以次遍历诸国，宣天子诏，因给赐其君长，不服则以武慑之。先后七奉使，所历凡三十余国，所取无名宝物不可胜计，而中国耗费亦不赀。自和后，凡将命海表者，莫不盛称和以夸外蕃，故俗传‘三保太监下西洋’为明初盛事云。”盖郑和之在明代，名声赫然，为世人所乐道，而嘉靖以后，倭患甚殷，民间伤今之弱，又为故事所囿，遂不思将帅而思黄门，集俚俗传闻以成此作，故自序云，“今者东事倥偬，何如西戎即序，不得比西戎即序，何可令王郑二公见”也。唯书则侈谈怪异，专尚荒唐，颇与序言之慷慨不相应，其第一至七回为碧峰长老下生，出家及降魔之事；第八至十四回为碧峰与张天师斗法之事；第十五回以下则郑和挂印，招兵西征，天师及碧峰助之，斩除妖孽，诸国入贡，郑和建祠之事也。所述战事，杂窃《西游记》《封神传》，而文辞不工，更增支蔓，特颇有里巷传说，如“五鬼闹判”“五鼠闹东京”故事，皆于此可考见，则亦其所长矣。五鼠事似脱胎于

《西游记》二心之争；五鬼事记外夷与明战后，国殇在冥中受谳，多获恶报，遂大哄，纵击判官，其往复辩难之词如下：

……五鬼道，“纵不是受私卖法，却是查理不清。”阎罗王道，“那一个查理不清？你说来我听着。”劈头就是姜老星说道，“小的是金莲象国一个总兵官，为国忘家，臣子之职，怎么又说到我该送罚恶分司去？以此说来，却不是错为国家出力了吗？”崔判官道，“国家苦无大难，怎叫作为国家出力？”姜老星道，“南人宝船千号，战将千员，雄兵百万，势如累卵之危，还说是国家苦无大难？”崔判官道，“南人何曾灭人社稷，吞人土地，贪人财货，怎见得势如累卵之危？”姜老星道，“既是国势不危，我怎肯杀人无厌？”判官道，“南人之来，不过一纸降书，便自足矣，他何曾威逼于人，都是你们偏然强战，这不是杀人无厌吗？”咬海干道，“判官大王差矣。我爪哇国五百名鱼眼军一刀两断，三千名步卒煮做一锅，这也是我们强战吗？”判官道，“都是你们自取的。”圆眼帖木儿说道，“我们一个人劈作四架，这也是我们强战吗？”判官道，“也是你们自取的。”盘龙三太子说道，“我举刀自刎，岂不是他的威逼吗？”判官道，“也是你们自取的。”百里雁说道，“我们烧做一个柴头鬼儿，岂不是他的威逼吗？”判官道，“也是你们自取的。”五个鬼一齐吆喝起来，说道，“你说什么自取，自古道‘杀人的偿命，欠债的还钱’，他枉刀杀了我们，你怎么替他们曲断？”判官道，“我这里执法无私，怎叫作曲断？”五鬼说道，“既是执法无私，怎么不断他填还我们人命？”判官道，“不该填还你们！”五鬼说道，“但只‘不该’两个字，就是私弊。”这五个鬼人多口多，乱吆乱喝，嚷做一驮，闹做一块。判官看见他们来得凶，也没奈何，只得站起来喝声道，“哇，什么人敢在这里胡说！我有私，我这管笔可是容私的？”五个鬼齐齐地走上前去，照手一抢，把管笔夺将下来，说道，“铁笔无私。你这蜘蛛须儿扎的笔，牙齿缝里都是私(丝)，敢说得个不容私？”……(第九十回《灵曜府五鬼闹判》)

《西游补》十六回，天目山樵序云南潜作；南潜者，乌程董说出家后之法名也。说字若雨，生于万历庚申(一六二〇)，幼即颖悟，自愿先诵《圆觉经》，次乃读四书及五经，十岁能文，十三入泮，逮见中原流寇之乱，遂绝意进取。明亡，祝发于灵岩，名曰南潜，号月函，其他别字尚甚夥，三十余年不履城市，惟友渔樵，世推为佛门尊宿，有《上堂晚参唱酬语录》（钮琇《觚賸续编》之江抱阳生《甲申朝事小记》)及《丰草庵杂著》十种诗文集若干卷。《西游补》云以入“三调芭蕉扇”之后，叙悟空化斋，为鲭鱼精所迷，渐入梦境，拟寻秦始皇借驱山铎，驱火焰山，徘徊之间，进万镜楼，乃大颠倒，或见过去，或求未来，忽化美人，忽化阎罗，得虚空主人一呼，始离梦境，知鲭鱼本与悟空同时出世，住于“幻部”，自号

"青青世界",一切境界,皆彼所造,而实无有,即"行者情",故"悟通大道,必先空破情根,破情根必先走入情内,走入情内见得世界情根之虚,然后走出情外认得道根之实"(本书卷首《答问》)。其云鲭鱼精,云青青世界,云小月王者,即皆谓情矣。或以中有"杀青大将军""倒置历日"诸语,因谓是鼎革之后,所寓微言,然全书实于讥弹明季世风之意多,于宗社之痛之迹少,因疑成书之日,尚当在明亡以前,故但有边事之忧,亦未入释家之奥,主眼所在,仅如时流,谓行者有三个师父,一是祖师,二是唐僧,三是穆王(岳飞):"凑成三教全身"(第九回)而已。唯其造事遣辞,则丰赡多姿,恍忽善幻,奇突之处,时足惊人,间以俳谐,亦常俊绝,殊非同时作手所敢望也。

行者(时化为虞美人与绿珠辈宴后辞出)即时现出原身,抬头看看,原来正是女娲门前。行者大喜道,"我家的天,被小月王差一班踏空使者碎碎凿开,昨日反拖罪名在我身上。……闻得女娲久惯补天,我今日竟央女娲替我补好,方才哭上灵霄,洗个明白,这机会甚妙。"走近门边细细观看,只见两扇黑漆门紧闭,门上贴一纸头,写着"二十日到轩辕家闲话,十日乃归,有慢尊客,先此布罪"。行者看罢,回头就走,耳朵中只听得鸡唱三声,天已将明,走了数百万里,秦始皇只是不见。(第五回)

忽见一个黑人坐在高阁之上,行者笑道,"古人世界也有贼哩,满面涂了乌煤在此示众。"走了几步,又道,"不是逆贼。原来倒是张飞庙。"又想想道,"既是张飞庙,该戴一顶包巾。……带了皇帝帽,又是玄色面孔,此人决是大禹玄帝。我便上前见他,讨些治妖斩魔秘诀,我也不消寻着秦始皇了。"看看走到面前,只见台下立一石竿,竿上插一首飞白旗,旗上写六个紫色字:

"先汉名士项羽。"

行者看罢,大笑一场,道,"真个是'事未来时休去想,想来到底不如心'。老孙疑来疑去,……谁想一些不是,倒是我绿珠楼上的强遥丈夫。"当时又转一念道,"哎哟,吾老孙专为寻秦始皇,替他借个驱山铎子,所以钻入古人世界来,楚伯王在他后头,如今已见了,他却为何不见?我有一个道理:径到台上见了项羽,把始皇消息问他,倒是个着脚信。"行者即时跳起细看,只见高阁之下,……坐着一个美人,耳朵边只听得叫"虞美人虞美人"。……行者登时把身子一摇,仍前变做美人模样,竟上高阁,袖中取出一尺冰罗,不住的掩泪,单单露出半面,望着项羽,似怨似怒。项羽大惊,慌忙跪下,行者背转,项羽又飞趋跪在行者面前,叫"美人,可怜你枕席之人,聊开笑面"。行者也不作声;项羽无奈,只得陪哭。行者方才红着桃花脸儿,指着项羽道,"顽贼!你为赫赫将军,不能庇一女子,有何

颜面坐此高台?”项羽只是哭,也不敢答应。行者微露不忍之态,用手扶起道,“常言道,‘男儿两膝有黄金。’你今后不可乱跪!”……(第六回)

第十九篇　明之人情小说(上)

当神魔小说盛行时,记人事者亦突起,其取材犹宋市人小说之“银字儿”,大率为离合悲欢及发迹变态之事,间杂因果报应,而不甚言灵怪,又缘描摹世态,见其炎凉,故或亦谓之“世情书”也。

诸“世情书”中,《金瓶梅》最有名。初惟钞本流传,袁宏道见数卷,即以配《水浒传》为“外典”(《觞政》),故声誉顿盛;世又益以《西游记》,称三大奇书。万历庚戌(一六一〇),吴中始有刻本,计一百回,其五十三至五十七回原阙,刻时所补也(见《野获编》二十五)。作者不知何人,沈德符云是嘉靖间大名士(亦见《野获编》),世因以拟太仓王世贞,或云其门人(康熙乙亥谢颐序云)。由此复生谰言,谓世贞造作此书,乃置毒于纸,以杀其仇严世蕃,或云唐顺之者,故清康熙中彭城张竹坡评刻本,遂有《苦孝说》冠其首。

《金瓶梅》全书假《水浒传》之西门庆为线索,谓庆号四泉,清河人,“不甚读书,终日闲游浪荡”,有一妻三妾,又交“帮闲抹嘴不守本分的人”,结为十弟兄,复悦潘金莲,酖其夫武大,纳以为妾,武松来报仇,寻之不获,误杀李外傅,刺配孟州。而西门庆故无恙,于是日益放恣,通金莲婢春梅,复私李瓶儿,亦纳为妾,“又得两三场横财,家道营盛”。已而李瓶儿生子;庆则因赂蔡京得金吾卫副千户,乃愈肆,求药纵欲受赇枉法无不为。然潘金莲妒李有子,屡设计使受惊,子终以瘈疭死;李痛子亦亡。潘则力媚西门庆,庆一夕饮药逾量,亦暴死。金莲春梅复通于庆婿陈敬济,事发被斥卖,金莲遂出居王婆家待嫁,而武松适遇赦归,因见杀;春梅则卖为周守备妾,有宠,又生子,竟册为夫人。会孙雪娥以遇拐复获发官卖,春梅憾其尝“唆打陈敬济”,则买而折辱之,旋卖于酒家为娼;又称敬济为弟,罗致府中,仍与通。已而守备征宋江有功,擢济南兵马制置,敬济亦列名军门,升为参谋。后金人入寇,守备阵亡,春梅夙通其前妻之子,因亦以淫纵暴卒。比金兵将至清河,庆妻携其遗腹子孝哥欲奔济南,途遇普净和尚,引至永福寺,以因果现梦化之,孝哥遂出家,法名明悟。

作者之于世情,盖诚极洞达,凡所形容,或条畅,或曲折,或刻露而尽相,或幽伏而含讯，或一时并写两面，使之相形，变幻之情，随在显见，同时说部，无以上之，故世以为非王世贞不能作。至谓此书之作，专以写市井间淫夫荡妇，则与本文殊不符，缘西门庆故称世家，为搢绅，不惟交通权贵，即士类亦与周旋，著此一家，即骂尽诸色，盖非独描摹下流言行，加以笔伐而已。

……妇人(潘金莲)道，“怪奴才，可可儿的来，想起一件事来，我要说又忘了。”因令春梅，“你取那只鞋来与他瞧。”“你认的这鞋是谁的鞋?”西门庆道，“我不知是谁的鞋。”妇人道，“你看他还打张鸡儿哩。瞒着我黄猫黑尾，你干的好茧儿。来旺媳妇子的一只臭蹄子，宝上珠也一般收藏在藏春坞雪洞儿里拜帖匣子内，搅着些字纸和香儿，一处放着。什么罕稀物件，也不当家化化的，怪不得那贼淫妇死了堕阿鼻地狱。”又指着秋菊骂道，“这奴才当我的鞋，又翻出来，教我打了几下。”吩咐春梅，“趁早与我掠出去。”春梅把鞋掠在地下，看着秋菊说道，“赏与你穿了罢。”那秋菊拾着鞋儿说道，“娘这个鞋，只好盛我一个脚指头儿罢。”那妇人骂道，“贼奴才，还叫什么□娘哩。他是你家主子前世的娘！不然，怎的把他的鞋这等收藏的娇贵？到明日好传代。没廉耻的货!”秋菊拿着鞋就往外走，被妇人又叫回来，吩咐“取刀来，等我把淫妇鞋剁作几截子，掠到茅厕里去，叫贼淫妇阴山背后永世不得超生”。因向西门庆道，“你看着越心疼，我越发偏剁个样儿你瞧。”西门庆笑道，“怪奴才，丢开手罢了，我那里有这个心。”……(第二十八回)

……掌灯时分，蔡御史便说，“深扰一日，酒告止了罢。”因起身出席。左右便欲掌灯，西门庆道，“且休掌烛。请老先生后边更衣。”于是……让至翡翠轩，……关上角门，只见两个唱的，盛装打扮，立于阶下，向前插烛也似磕了四个头。……蔡御史看见，欲进不能，欲退不舍，便说道，“四泉，你如何这等厚爱？恐使不得。”西门庆笑道，“与昔日东山之游，又何异乎?”蔡御史道，“恐我不如安石之才，而君有王右军之高致矣。”……因进入轩内，见文物依然，因索纸笔，就欲留题相赠。西门庆即令书童将端溪砚研的墨浓浓的，拂下锦笺。这蔡御史终是状元之才，拈笔在手，文不加点，字走龙蛇，灯下一挥而就，作诗一首。……(第四十九回)

明小说之宣扬秽德者，人物每有所指，盖借文字以报宿仇，而其是非，则殊难揣测。沈德符谓《金瓶梅》亦斥时事，“蔡京父子则指分宜，林灵素则指陶仲文，朱勔则指陆炳，其他亦各有所属。”则主要如西门庆，自当别有主名，即开篇所谓“有一处人家，先前怎的富贵，到后来煞甚凄凉，权谋术智，一毫也用不着，亲友兄弟，一个也靠不着，享不过几年的荣华，倒做了许多的话靶。内中又有几个斗宠争强迎奸卖俏的，起先好不妖娆妩媚，到后来也免不得尸横灯影，血染空房"（第一回）者是矣。结末梢进，用释家言，谓西门庆遗腹子孝哥方睡在永福寺方丈，普净引其母及众往，指以禅杖，孝哥"翻过身来，却是西门庆，项带沉枷，腰系铁索。复用禅杖只一点，依旧还是孝哥儿睡在床上。……原来孝哥儿即是西门庆托生"（第一百回）。此之事状，固若玮奇，然亦第谓种业留遗，累世如一，出离之道，唯在"明悟"而已。若云孝子衔酷，用此复仇，虽奇谋至行，足为此书生色，而证佐盖阙，不能信也。

故就文辞与意象以观《金瓶梅》，则不外描写世情，尽其情伪，又缘衰世，万事不纲，爰发苦言，每极峻急，然亦时涉隐曲，猥黩者多。后或略其他文，专注此点，因予恶谥，谓之"淫书"；而在当时，实亦时尚。成化时，方士李孜僧继晓已以献房中术骤贵，至嘉靖间而陶仲文以进红铅得幸于世宗，官至特进光禄大夫柱国少师少傅少保礼部尚书恭诚伯。于是颓风渐及士流，都御史盛端明布政使参议顾可学皆以进士起家，而俱借"秋石方"致大位。瞬息显荣，世俗所企羡，侥幸者多竭智力以求奇方，世间乃渐不以纵谈闺帏方药之事为耻。风气既变，并及文林，故自方士进用以来，方药盛，妖心兴，而小说亦多神魔之谈，且每叙床笫之事也。

然《金瓶梅》作者能文，故虽间杂猥辞，而其他佳处自在，至于末流，则著意所写，专在性交，又越常情，如有狂疾，惟《肉蒲团》意想颇似李渔，较为出类而已。其尤下者则意欲媟语，而未能文，乃作小书，刊布于世，中经禁断，今多不传。

万历时又有名《玉娇李》者，云亦出《金瓶梅》作者之手。袁宏道曾闻大略，谓"与前书各设报应因果，武大后世化为淫夫，上蒸下报；潘金莲亦作河间妇，终以极刑；西门庆则一騃憨男子，坐视妻妾外遇，以见轮回不爽"。后沈德符见首卷，以为"秽黩百端，背伦蔑理，……其帝则称完颜大定，而贵溪（夏言）分宜（严嵩）相构，亦暗寓焉。至嘉靖辛丑庶常诸公，则直书姓名，尤可骇怪。……然笔锋恣横酣畅，似尤胜《金瓶梅》"（皆见《野获编》二十五）。今其书已佚，虽或偶有见者，而文章事迹，皆与袁沈之言不类，盖后人影撰，非当时所见本也。

《续金瓶梅》前后集共六十四回，题"紫阳道人编"。自言东汉时辽东三韩有仙人丁令威；后五百年而临安西湖有仙人丁野鹤，临化遗言，"说'五百年后又有一人名丁野鹤，是我后身，来此相访'。后至明末，果有东海一人，名姓相同，来此罢官而去，自称紫阳道人。"（六十二回）卷首有《太上感应篇阴阳无字解》，署"鲁诸邑丁耀亢参解"，序有云，"自奸杞焚予《天史》于南都，海桑既变，不复讲因果事，今见圣天子钦颁《感应篇》，自制御序,戒谕臣工。”则《续金瓶梅》当成于清初,而丁耀亢即其撰人矣。耀亢字西生,号野鹤,山东诸城人,弱冠为诸生,走江南与诸名士联文社,既归,郁郁不得志,作《天史》十卷。清顺治四年入京,由顺天籍拔贡,充镶白旗教习,诗名甚盛。后为容城教谕,迁惠安知县,不赴,六十后病目,自称木鸡道人,年七十二卒(约一六二〇、——一六九一),所著有诗集十余卷,传奇四种(乾隆《诸城志》十三及三六)。《天史》者,类历代吉凶诸事而成,焚于南都,未详其实,《诸城志》但云“以献益都钟羽正,羽正奇之”而已。

《续金瓶梅》主意殊单简,前集谓普净是地藏菩萨化身,一日施食,以轮回大簿指点众鬼,俾知将来恶报,后悉如言。西门庆为汴京富室沈越子,名曰金哥,越之妻弟袁指挥居对门,有女常姐,则李瓶儿后身,尝在沈氏宅打秋千,为李师师所见,艳其美,矫旨取之,改名银瓶。金人陷汴,民众流离,金哥遂沦为乞丐;银瓶则为娼,通郑玉卿,后嫁为翟员外妾,又与郑偕遁至扬州,为苗青所赚,乃自经死。后集则叙东京孔千户女名梅玉者,以艳羡富贵,自甘为金人金哈木儿妾,而大妇“凶妒”,篡取虐使之,梅玉欲自裁,因梦自知是春梅后身,大妇则孙雪娥再世,遂长斋念佛,不生嗔恨,竟得脱离。至潘金莲则转生为山东黎指挥女,名金桂,夫曰刘瘸子,其前生实为陈敬济,以夙业故,体貌不全,金桂怨愤,因招妖蛊,又缘受惊,终成痼疾也。

余文俱述他人牵缠孽报,而以国家大事,穿插其间,又杂引佛典道经儒理,详加解释,动辄数百言,顾什九以《感应篇》为归宿,所谓“要说佛说道说理学,先从因果说起,因果无凭,又从《金瓶梅》说起”(第一回)也。明之“淫书”作者,本好以阐明因果自解,至于此书,则因见“只有夫妇一伦,变故极多,……造出许多冤业,世世偿还,真是爱河自溺,欲火自煎,一部《金瓶梅》说了个色字,一部《续金瓶梅》说了个空字,从色还空,即空是色,乃自果报,转入佛法”(四十三回)矣。然所谓佛法,复甚不纯,仍混儒道,与神魔小说诸作家意想无甚异,惟似较重力行,又欲无所执著,故亦颇讥当时空谈三教一致及妄分三教等差者之弊,如述李师师旧宅收没入官,立为大觉尼寺,儒道又出而纷争,即其例也:

……这里大觉寺兴隆佛事不题。后因天坛道官并阖学生员争这块地,上司断决不开,各在兀朮太子营里上了一本,说道“这李师师府地宽大,僧妓杂居,单给尼姑盖寺,恐久生事端,宜作公所。其后半花园,应分割一半,作三教堂,为儒释道三教讲堂。”王爷准了,才息了三处争讼。那道官见自己不独得,又是三分四裂的,不来照管。这开封府秀才吴蹈理卜守分两个无耻生员,借此为名,也就贴了公帖,每人三钱,倒敛了三四百两分资。不日盖起三间大殿,原是释迦佛居中,老子居左,孔子居右,只因不肯倒了自家门面,便把

孔夫子居中，佛老分为左右，以见贬黜异端外道的意思。把那园中台榭池塘，和那两间妆阁，当日银瓶做过卧房的，改作书房。……这些风流秀士，有趣文人，和那浮浪子弟们，也不讲禅，也不讲道，每日在三教堂饮酒赋诗，倒讲了个色字，好个快活所在。题曰三空书院，无非说三教俱空之意。……（第三十七回上《三教堂青楼成净土》）

又有《隔帘花影》四十八回，世亦以为《金瓶梅》后本，而实乃改易《续金瓶梅》中人名（如以西门庆为南宫吉之类）及回目，并删略其絮说因果语而成，书末不完，盖将续作，然未出。一名《三世报》，殆包举将来拟续之事；或并以武大被酰，亦为夙业，合数之得三世也。

第二十篇　明之人情小说（下）

《金瓶梅》《玉娇李》等既为世所艳称，学步者纷起，而一面又生异流，人物事状皆不同，惟书名尚多蹈袭，如《玉娇梨》《平山冷燕》等皆是也。至所叙述，则大率才子佳人之事，而以文雅风流缀其间，功名遇合为之主，始或乖违，终多如意，故当时或亦称为“佳话”。察其意旨，每有与唐人传奇近似者，而又不相关，盖缘所述人物，多为才人，故时代虽殊，事迹辄类，因而偶合，非必出于仿效矣。《玉娇梨》《平山冷燕》有法文译，又有名《好逑传》者则有法德文译，故在外国特有名，远过于其在中国。

《玉娇梨》今或改题《双美奇缘》，无撰人名氏。全书仅二十回，叙明正统间有太常卿白玄者，无子，晚年得一女曰红玉，甚有文才，以代父作菊花诗为客所知，御史杨廷诏因求为子杨芳妇，玄招芳至家，属妻弟翰林吴珪试之。

……吴翰林陪杨芳在轩子边立着。杨芳抬头，忽见上面横着一个匾额，题的是“弗告轩”三字。杨芳自恃认得这三个字，便只管注目而视。吴翰林见杨芳细看，便说道，“此三字乃是聘君吴与弼所书，点画遒劲，可称名笔。”杨芳要卖弄识字，因答道，“果是名笔，这轩字也还平常，这弗告二字写得入神。”却将告字读了去声，不知弗告二字，盖取《诗经》上“弗谖弗告”之义，这“告”字当读与“谷”字同音。吴翰林听了，心下明白，便模糊答应。……（第二回）

白玄遂不允。杨以为怨，乃荐玄赴乜先营中迎皇上，玄托其女于吴翰林而去。吴珪即挈红玉归金陵，偶见苏友白题壁诗，爱其才，欲以红玉嫁之。友白误相新妇，竟不从。

珪怒，嘱学官革友白秀才，学官方踌躇，而白玄还朝加官归乡之报适至，即依黜之。友白被革，将入京就其叔，于道中见数少年苦吟，乃方和白红玉新柳诗；谓有能步韵者，即嫁之也。友白亦和两首，而张轨如遽窃以献白玄，玄留之为西宾。已而有苏有德者又冒为友白，请婚于白氏，席上见张，互相攻讦，俱败。友白见红玉新柳诗，慕之，遂渡江而北，欲托吴珪求婚；途次遇盗，暂舍于李氏，偶遇一少年曰卢梦梨，甚服友白之才，因以其妹之终身相托。友白遂入京以监生应试，中第二名；再访卢，则已以避祸远徙，乃大失望。不知卢实白红玉之中表，已先赴金陵依白氏也。白玄难于得婿，易姓名游山阴，于禹迹寺见一少年姓柳，才识非常，次日往访，即字以己女及甥女，归而说其故云：

……"……忽遇一个少年，姓柳，也是金陵人。他人物风流，真个是'谢家玉树'。……我看他神清骨秀，学博才高，旦暮间便当飞腾翰苑。……意欲将红玉嫁他，又恐甥女说我偏心；欲要配了甥女，又恐红玉说我矫情。除了柳生，若要再寻一个，却万万不能。我想娥皇女英同事一舜，古圣人已有行之者；我又见你姊妹二人互相爱慕，不啻良友，我也不忍分开：故当面一口就都许他了。

这件事我做得甚是快意。"……（第十九回）

而二女皆慕友白，闻之甚怏怏。已而柳至白氏，自言实苏友白，盖尔时亦变姓名游山阴也。玄亦告以真姓名，皆大惊喜出意外，遂成婚。而卢梦梨实女子，其先乃改装自托于友白者云。

《平山冷燕》亦二十回，题云"荻岸山人编次"。清盛百二（《柚堂续笔谈》）以为嘉兴张博山十四五时作，其父执某续成之。博山名劭，清康熙时人，"少有成童之目，九龄作《梅花赋》惊其师。"（阮元《两浙輶轩录》七引李方湛语）盖早慧，故世人并以此书附著于彼，然文意陈腐，殊不类童子所为。书叙"先朝"隆盛时事，而又不云何时作，故亦莫详"先朝"为何帝也。其时钦天监正堂官奏奎壁流光，散满天下，天子则大悦，诏求真才，又适见白燕盘旋，乃命百官赋白燕诗，众谢不能，大学士山显仁乃献其女山黛之作，诗云：

夕阳凭吊素心稀，遁入梨花无是非，淡去羞从鸦借色，瘦来只许雪添肥，飞回夜黑还留影，衔尽春红不涴衣，多少朱门夸富贵，终能容我洁身归。（第一回）

天子即召见，令献箴，称旨，赐玉尺一条，"以此量天下之才"；金如意一执，"文可以指挥翰墨，武可以扞御强暴，长成择婿，有妄人强求，即以此击其首，击死勿论"；又赐御书匾额一方曰"弘文才女"。时黛方十岁；其父筑楼以贮玉尺，谓之玉尺楼，亦即为黛读书之所，于是才女之名大著，求诗文者云集矣。后黛以诗嘲一贵介子弟，被怨，托人诬以诗文

皆非己出，又奉旨令文臣赴玉尺楼与黛较试，文臣不能及，诬者获罪而黛之名益扬。其时又有村女冷绛雪者，亦幼即能诗，忤山人宋信，信以计陷之，俾官买送山氏为侍婢。绛雪于道中题诗而遇洛阳才人平如衡，然指顾间又相失；既至山氏，自显其才，则大得敬爱，且亦以题诗为天子所知也。平如衡至云间访才士，得燕白颔，家世富贵而有大才，能诗。长官俱荐于朝，二人不欲以荐举出身，乃皆入都应试，且改姓名求见山黛。黛早见其讥刺诗，因与绛雪易装为青衣，试以诗，唱和再三，二人竟屈，辞去。又有张寅者，亦以求婚至山氏，受试于玉尺楼下，张不能文，大受愚弄，复因奔突登楼，几被如意击死，至拜祷始免。张乃嘱礼官奏于朝，谓黛与少年唱和调笑，有伤风化。天子即拘讯；张又告发二人实平燕托名，而适榜发，平中会元，燕会魁。于是天子大喜，谕山显仁择之为婿，遂以山黛嫁燕白颔，冷绛雪嫁平如衡。成婚之日，凡事无不美满：

……二女上轿，随妆侍妾足有上百，一路火炮与鼓乐喧天，彩旗共花灯夺目，真个是天子赐婚，宰相嫁女，状元探花娶妻：一时富贵，占尽人间之盛。……若非真正有才，安能如此？至今京城中俱传平山冷燕为四才子；闲窗阅史，不胜钦慕而为之立传云。（第二十回）

二书大旨，皆显扬女子，颂其异能，又颇薄制艺而尚词华，重俊髦而嗤俗士，然所谓才者，唯在能诗，所举佳篇，复多鄙倍，如乡曲学究之为；又凡求偶必经考试，成婚待于诏旨，则当时科举思想之所牢笼，倘作者无不羁之才，固不能冲决而高翥矣。

《好逑传》十八回，一名《侠义风月传》，题云“名教中人编次”。其立意亦略如前二书，惟文辞较佳，人物之性格亦稍异，所谓“既美且才，美而又侠”者也。书言有秀才铁中玉者，北直隶大名府人，

……生得丰姿俊秀，就像一个美人，因此里中起个诨名，叫作“铁美人”。若论他人品秀美，性格就该温存。不料他人虽生得秀美，性子就似生铁一般，十分执拗；又有几分膂力，动不动就要使气动粗；等闲也不轻易见他言笑。……更有一段好处，人若缓急求他，……慨然周济；若是谀言谄媚，指望邀惠，他却只当不曾听见：所以人都感激他，又都不敢无故亲近他。……（第一回）

其父铁英为御史，中玉虑以耿直得祸，入都谏之。会大夬侯沙利夺韩愿妻，即施智计夺以还愿，大得义侠之称。然中玉亦惧祸，不敢留都，乃至山东游学。历城退职兵部侍郎水居一有一女曰冰心，甚美，而才识胜男子。同县有过其祖者，大学士之子，强来求婚，水居一不敢拒，然以侄女易冰心嫁之，婚后始觉，其祖大恨，计陷居一，复百方图女，而冰心

皆以智免。过其祖又托县令假传朝旨逼冰心，而中玉适在历城，遇之，斥其伪，计又败。冰心因此甚服铁中玉，当中玉暴病，乃邀寓其家护视，历五日始去。此后过其祖仍再三图娶冰心，皆不得。而中玉卒与冰心成婚，然不合卺，已而过学士托御史万谔奏二氏婚媾，先以"孤男寡女，共处一室，不无暧昧之情，今父母徇私，招摇道路而纵成之，实有伤于名教"。有旨查复。后皇帝知二人虽成礼而未同居，乃召冰心令皇后验试，果为贞女，于是诬蔑者皆被诘责，而誉水铁为"真好逑中出类拔萃者"，令重结花烛，以光名教，且云"汝归宜益懋后德以彰风化"也。

又有《铁花仙史》二十六回。题"云封山人编次"。言钱唐蔡其志与好友王悦共游于祖遗之埋剑园，赏芙蓉，至花落方别。后入都又相遇，已各有儿女在襁褓，乃约为婚姻，往来愈密。王悦子曰儒珍，七岁能诗，与同窗陈秋麟皆十三四入泮，尝借寓埋剑园，邀友赏花赋诗。秋麟夜遇女子，自称符剑花，后屡至，一夕暴风雨拔去玉芙蓉，乃绝。后王氏衰落，儒珍又不第，蔡嫌其穷困，欲以女改适夏元虚，时秋麟已中解元，急谋于密友苏紫宸，托媒得之，拟临时归儒珍，而蔡女若兰竟逸去，为紫宸之叔诚斋所收养。夏元虚为世家子而无行，怒其妹瑶枝时加讥讪，因荐之应点选；瑶枝被征入都，中途舟破，亦为诚斋所救。诚斋又招儒珍为西宾，而蔡其志晚年孤寂，亦屡来迎王，养以为子，亦发解，娶诚斋之女馨如。秋麟求婚夏瑶枝，诚斋未许，一夕女自来，乃偕遁。时紫宸已平海寇，成神仙，忽遗王陈二人书，言真瑶枝故在苏氏，偕遁者实花妖，教二人以五雷法治之，妖即逸去，诚斋亦终以真瑶枝许之。一日儒珍至苏氏，忽睹若兰旧婢，甚惊；诚斋乃确知所收蔡女，故为儒珍聘妇，亦以归儒珍。后来两家夫妇皆年逾八十，以服紫宸所赠金丹，一夕无疾而终，世以为尸解云。

《铁花仙史》较后出，似欲脱旧来窠臼，故设事力求其奇。作者亦颇自负，序言有云，"传奇家摹绘才子佳人之悲欢离合，以供人娱目悦心者也。然其成书而命之名也，往往略不加意。如《平山冷燕》则皆才子佳人之姓为颜，而《玉娇梨》者又至各摘其人名之一字以传之，草率若此，非真有心唐突才子佳人，实图便于随意扭捏成书而无所难耳。此书则有特异焉者，……令人以为铁为花为仙者读之，而才子佳人之事掩映乎其间。"然文笔拙涩，事状纷繁，又混入战争及神仙妖异事，已轶出于人情小说范围之外矣。

第二十一篇　明之拟宋市人小说及后来选本

宋人说话之影响于后来者，最大莫如讲史，著作迭出，如第十四十五篇所言。明之说话人亦大率以讲史事得名，间亦说经诨经，而讲小说者殊稀有。惟至明末，则宋市人小说之流复起，或存旧文，或出新制，顿又广行世间，但旧名湮昧，不复称市人小说也。

此等书之繁富者，最先有《全像古今小说》四十卷，书肆天许斋告白云，"本斋购得古今名人演义一百二十种，先以三之一为初刻"，绿天馆主人序则谓"茂苑野史家藏古今通俗小说甚富，因贾人之请，抽其可以嘉惠里耳者，凡四十种，俾为一刻"，而续刻无闻。已而有"三言"，"三言"云者，一曰《喻世明言》，二曰《警世通言》，今皆未见，仅知其序目。《明言》二十四卷，其二十一篇出《古今小说》，三篇亦见于《通言》及《醒世恒言》中，似即取《古今小说》残本作之。《通言》则四十卷，有天启甲子（一六二四）豫章无碍居士序，内收《京本通俗小说》七篇（见盐谷温《关于明的小说"三言"》及《宋明通俗小说流传表》），因知此等汇刻，盖亦兼采故书，不尽为拟作。三即《醒世恒育》，亦四十卷，天启丁卯（一六二七）陇西可一居士序云，"六经国史而外，凡著述，皆小说也，而尚理或病于艰深，修辞或伤于藻绘，则不足以触里耳而振恒心，此《醒世恒言》所以继《明言》《通言》而作也。"是知《恒言》之出，在"三言"中为最后，中有《十五贯戏言成巧祸》一事，即《京本通俗小说》卷十五之《错斩崔宁》，则此亦兼存旧作，为例盖同于《通言》矣。

松禅老人序《今古奇观》云，"墨憨斋增补《平妖》。穷工极变，不失本来。……至所纂《喻世》《醒世》《警世》'三言'，极摹世态人情之岐，备写悲欢离合之致。"《平妖传》有张无咎序，云"盖吾友龙子犹所补也"，首页有题名，则曰"冯犹龙先生增定"，因知"三言"亦冯犹龙作，其曰龙子犹者，'即错综"犹龙"字作之。犹龙名梦龙，长洲人（《曲品》作吴县人，《顽潭诗话》作常熟人），故绿天馆主人称之曰茂苑野史，崇祯中，由贡生选授寿宁知县，于诗有《七乐斋稿》，而"善为启颜之辞，间入打油之调，不得为诗家"（朱彝尊《明诗综》七十一云）。然擅词曲，有《双雄记传奇》，又刻《墨憨斋传奇定本十种》，颇为当时所称，其中之《万事足》《风流梦》《新灌园》皆己作；亦嗜小说，既补《平妖传》，复纂"三言"，又尝劝沈德符以《金瓶梅》钞付书坊板行，然不果（《野获编》二十五）。

《京本通俗小说》所录七篇，其五为高宗时事，最远者神宗时，耳目甚近，故铺叙易于逼真。《醒世恒言》乃变其例，杂以汉事二，隋唐事十一，多取材晋唐小说（《续齐谐记》《博异志》《酉阳杂俎》《隋遗录》等），而古今风俗，迁变已多，演以虚词，转失生气。宋事十一篇颇生动，疑《错斩崔宁》而外，或尚有采自宋人话本者，然未详。明事十五篇则所写皆近闻，世态物情，不待虚构，故较高谈汉唐之作为佳。第九卷《陈多寿生死夫妻》一篇，叙朱陈二人以棋友成儿女亲家，陈氏子后病癞，朱欲悔婚，女不允，终归陈氏侍疾，阅三年，夫妇皆仰药卒。其述二人订婚及女母抱怨诸节，皆不务装点，而情态反如画：

……王三老和朱世远见那小学生行步舒徐，语音清亮，且作揖次第甚有礼数，口中夸奖不绝。王三老便问，"令郎几岁了？"陈青答应道，"是九岁。"王三老道，"想着昔年汤饼会时，宛如昨日，倏忽之间，已是九年，真个光阴似箭，争教我们不老？"又问朱世远道，"老汉记得宅上令爱也是这年生的。"朱世远道，"果然，小女多福，如今也是九岁了。"王三老道，"莫怪老汉多口，你二人做了一世的棋友，何不扳做儿女亲家。古时有个朱陈村，一村中只有二姓，世为婚姻，如今你二人之姓适然相符，应是天缘。况且好男好女，你知我见，有何不美？"朱世远已自看上了小学生，不等陈青开口，先答应道，"此事最好，只怕陈兄不愿，若肯俯就，小子再无别言。"陈青道，"既蒙朱兄不弃寒微，小子是男家，有何推托？就请三老作伐。"王三老道，"明日是重阳日，阳九不利；后日大好个日子，老夫便当登门。今日一言为定，出自二位本心；老汉只图吃几杯见成喜酒，不用谢媒。"陈青道，"我说个笑话你听：玉皇大帝要与人皇对亲，商量道，'两亲家都是皇帝，也须得个皇帝为媒才好。'乃请灶君皇帝往下界去说亲。人皇见了灶君，大惊道，'那个做媒的怎的这般样黑？'灶君道，'从来媒人，那有白做的？'"王三老同朱世远都笑起来。朱陈二人又下棋至晚方散。

只因一局输赢子，定下三生男女缘。

……

……朱世远的浑家柳氏，闻知女婿得个恁般的病症，在家里哭哭啼啼。抱怨丈夫道，"我女儿又不髓臭起来，为甚忙忙的九岁上就许了人家？如今却怎么好？索性那癞蛤蟆死了，也出脱了我女儿，如今死不死，活不活，女孩儿看看年纪长成，嫁又嫁他的不得，赖又赖他的不得。终不然，看着那癞子守活孤孀不成？这都是王三那老乌龟一力撺掇，害了我女儿终身。"……朱世远原有怕婆之病，凭他夹七夹八，自骂自止，并不插言，心中纳闷。一日，柳氏偶然收拾厨柜子，看见了象棋盘和那棋子，不觉勃然发怒，又骂起丈夫来道，"你两个只为这几著象棋上说得着，对了亲，赚了我女儿。还要留这祸胎怎的？"一头说，一头走到门前，将那象棋子乱撒在街上，棋盘也掼做几片。朱世远是本分之人，见浑家发性，拦他不住，洋洋地躲开去了，女儿多福又怕羞，不好来劝。任他絮聒个不耐烦，方才罢休。……

时又有《拍案惊奇》三十六卷，卷为一篇，凡唐六，宋六，元四，明二十，亦兼收古事，与“三言”同。首有即空观主人序云，“龙子犹氏所辑《喻世》等诸言，颇存雅道，时著良规，一破今时陋习，如宋元旧种，亦被搜括殆尽。……因取古今来杂碎事，可新听睹，佐谈谐者，演而畅之，得如干卷。”既而有《二刻》三十九卷，凡春秋一，宋十四，元三，明十六，不明者（明?）五，附《宋公明闹元宵杂剧》一卷，于崇祯壬申（一六三二）自序，略云“丁卯之秋……偶戏取古今所闻，一二奇局可纪者，演而成说，……得四十种。……其为柏梁余材，武昌剩竹，颇亦不少，意不能恝，聊复缀为四十则。……”丁卯为天启七年，即《醒世恒言》版行之际，此适出而争奇，然叙述平板，引证贫辛，不能及也。即空观主人为凌濛初别号，濛初，字初成，乌程人，著有《言诗翼》《诗逆》《国门集》，杂剧《虬髯翁》等（《明的小说“三言”》）。

《西湖二集》三十四卷附《西湖秋色》一百韵，题“武林济川子清原甫纂”。每卷一篇，亦杂演古今事，而必与西湖相关。观其书名，当有初集，然未见。前有湖海士序，称清原为周子，尝作《西湖说》，余事未详。清康熙时有太学生周清原字浣初，然为武进人（《国子监志》八十二《鹤征录》一）；乾隆时有周昱字清原，钱塘人（《两浙輶轩录》二十三），而时代不相及，皆别一人也。其书亦以他事引出本文，自名为“引子”。引子或多至三四，与他书稍不同；文亦流利，然好颂帝德，垂教训，又多愤言，则殆所谓“司命之厄我过甚而狐鼠之侮我无端”（序述清原语）之所致矣。其假唐诗人戎昱而发挥文士不得志之恨者如下：

……且说韩公部下一个官，姓戎名昱，为浙西刺史。这戎昱有潘安之貌，子建之才，下笔惊人，千言立就，自恃有才，生性极是傲睨，看人不在眼里。但那时是离乱之世，重武不重文，若是有数百斤力气，……不要说十八般武艺件件精通，就是晓得一两件的，……少不得也摸顶纱帽在头上戴戴。……马前喝道，前呼后拥，好不威风气势，耀武扬威，何消得晓得“天地玄黄”四字。那戎昱自负才华，到这时节重武之时，却不道是大市里卖平天冠兼挑虎刺，这一种生意，谁人来买，眼见得别人不作兴你了。你自负才华，却去吓谁？就是写得千百篇诗出，上不得阵，杀不得战，退不得虏，压不得贼，要他何用？戎昱负了这个诗袋子，没处发卖，却被一个妓者收得。这妓者是谁？姓金名凤，年方一十九岁，容貌无双，善于歌舞，体性幽娴，再不喜那喧哗之事，一心只爱的是那诗赋二字。他见了戎昱这个诗袋子，好生欢喜。戎昱正没处发卖，见金凤喜欢他这个诗袋子，便把这袋子抖将开来，就像个开杂货店的，件件搬出。两个甚是相得，你贪我爱，再不相舍；从此金凤更不接客。正是：

悲莫悲兮生别离，乐莫乐兮新相知。

自此戎昱政事之暇，游于西湖之上，每每与金凤盘桓行乐。……（卷九《韩晋公人奁两赠》）

《醉醒石》十五回，题“东鲁古狂生编辑”。所记惟李微化虎事在唐时，余悉明代，且及崇祯朝事，盖其时之作也。文笔颇刻露，然以过于简练，故平话习气，时复逼人；至于垂教诫，好评议，则尤甚于《西湖二集》。宋市人小说虽亦间参训喻，然主意则在述市井间事，用以娱心；及明人拟作末流，乃诰诫连篇，喧而夺主，且多艳称荣遇，回护士人，故形式仅存而精神与宋迥异矣。如第十四回记淮南莫翁以女嫁苏秀才，久而女嫌苏贫，自求去，再醮为酒家妇。而苏即联捷成进士，荣归过酒家前，见女当垆，下轿揖之，女貌不动而心甚苦，又不堪众人笑骂，遂自经死，即所谓大为寒士吐气者也。

……见柜边坐着一个端端正正袅袅婷婷妇人，却正是莫氏。苏进士见了道，“我且去见他一见，看他怎生待我。”叫住了轿，打着伞，穿着公服，竟到店中。那店主人正在那厢数钱，穿着两截衣服，见个官来，躲了。那莫氏见下轿，已认得是苏进士了，却也不羞不恼，打着脸。苏进士向前，恭恭敬敬地做上一揖。他道，“你做你的官，我卖我的酒。”身也不动。苏进士一笑而去。覆水无收日，去妇无还时，相逢但一笑，且为立迟迟。

我想莫氏之心岂能无动，但做了这绝性绝义的事，便做到满面欢容，欣然相接，讨不得个喜而复合；更做到含悲饮泣，牵衣自咎，料讨不得个怜而复收，倒不如硬著，一束两开，倒也干净。他那心里，未尝不悔当时造次，总是无可奈何：

心里悲酸暗自嗟，几回悔是昔时差，

移将上苑琳琅树，却作门前桃李花。

结末有论，以为“生前贻讥死后贻臭”，“是朱买臣妻子之后一人”。引论稍恕，科罪似在男子之“不安贫贱”者之下，然亦终不可宥云：

若论妇人，读文字，达道理甚少，如何能有大见解，大矜持？况且或至饥寒相逼，彼此相形，旁观嘲笑难堪，亲族炎凉难耐，抓不来榜上一个名字，洒不去身上一件蓝皮，激不起一个惯淹蹇不遭际的夫婿，尽堪痛哭，如何叫他不要怨嗟。但“饿死事小失节事大”，眼睁睁这个穷秀才尚活在，更去抱了一人，难道没有旦夕恩情？忒杀蔑去伦理！这朱买臣妻，

所以贻笑千古。

《喻世》等三言在清初盖尚通行，王士祯（《香祖笔记》十）云“《警世通言》有《拗相公》一篇，述王安石罢相归金陵事，极快人意，乃因卢多逊谪岭南事而稍附益之”。其非异书可知。后乃渐晦，然其小分，则又由选本流传至今。其本曰《今古奇观》，凡四十卷四十回，序谓“三言”与《拍案惊奇》合之共二百事，观览难周，故抱瓮老人选刻为此本。据《宋明通俗小说流传表》，则取《古今小说》者十八篇，取《醒世恒言》者十一篇（第一，二，七，八，十五至十七，二十五至二十八回），取《拍案惊奇》者七篇（第九，十，十八，二十九，三十七，三十九，四十回），二刻三篇。三言二拍，印本今颇难觏，可借此窥见其大略也。至成书之顷，当在崇祯时，其与三言二拍之时代关系，盐谷温曾为之立表（《明的小说“三言”》）如下：

天启1辛酉 | 4甲子	古今小说 喻世明言 警世通言		
5			
6			
7丁卯	醒世恒言	拍案惊奇（初）	
崇祯1			
2			
3			
4			
5壬申		拍案惊奇（二）	
| 17			今古奇观

《今古奇闻》二十二卷，卷一事，题“东壁山房主人编次”。其所录颇陵杂，有《醒世恒言》之文四篇（《十五贯戏言成大祸》，《陈多寿生死夫妻》，《张淑儿巧智脱杨生》，《刘小官雌雄兄弟》），另一篇为《西湖佳话》之《梅屿恨迹》，余未详所从出。文中有“发逆”字，故当为清咸丰同治时书。

《续今古奇观》三十卷，亦一卷一事，无撰人名。其书全收《今古奇观》选余之《拍案惊奇》二十九篇。而以《今古奇闻》一篇（《康友仁轻财重义得科名》）足卷数，殆不足称选本，同治七年（一八六八）江苏巡抚丁日昌尝严禁淫词小说，《拍案惊奇》亦在禁列，疑此书即书贾于禁后作之。

第二十二篇　清之拟晋唐小说及其支流

唐人小说单本，至明什九散亡；宋修《太平广记》成，又置不颁布，绝少流传，故后来偶见其本，仿以为文，世人辄大耸异，以为奇绝矣。明初，有钱唐瞿佑字宗吉，有诗名，又作小说曰《剪灯新话》，文题意境，并抚唐人，而文笔殊冗弱不相符，然以粉饰闺情，拈掇艳语，故特为时流所喜，仿效者纷起，至于禁止，其风始衰。迨嘉靖间，唐人小说乃复出，书估往往刺取《太平广记》中文，杂以他书，刻为丛集，真伪错杂，而颇盛行。文人虽素与小说无缘者，亦每为异人侠客童奴以至虎狗虫蚁作传，置之集中。盖传奇风韵，明末实弥漫天下，至易代不改也。

而专集之最有名者为蒲松龄之《聊斋志异》。松龄字留仙，号柳泉，山东淄川人，幼有轶才，老而不达，以诸生授徒于家，至康熙辛卯始成岁贡生(《聊斋志异》序跋)，越四年遂卒，年八十六(一六三〇——一七一五)，所著有《文集》四卷，《诗集》六卷，《聊斋志异》八卷(文集附录张元撰墓表)，及《省身录》，《怀刑录》，《历字文》，《日用俗字》，《农桑经》等(李桓《耆献类征》四百三十一)。其《志异》或析为十六卷，凡四百三十一篇，年五十始写定，自有题辞，言“才非干宝，雅爱搜神，情同黄州，喜人谈鬼，闲则命笔，因以成编。久之，四方同人又以邮筒相寄，因而物以好聚，所积益夥”。是其储蓄收罗者久矣。然书中事迹，亦颇有从唐人传奇转化而出者(如《凤阳士人》《续黄粱》等)，此不自白，殆抚古而又讳之也。至谓作者搜采异闻，乃设烟茗于门前，邀田夫野老，强之谈说以为粉本，则不过委巷之谈而已。

《聊斋志异》虽亦如当时同类之书，不外记神仙狐鬼精魅故事，然描写委曲，叙次井然，用传奇法，而以志怪，变幻之状，如在目前；又或易调改弦，别叙畸人异行，出于幻域，顿入人间；偶述琐闻，亦多简洁，故读者耳目，为之一新。又相传渔洋山人(王士祯)激赏其书，欲市之而不得，故声名益振，竞相传钞。然终著者之世，竟未刻，至乾隆末始刊于严州；后但明伦吕湛恩皆有注。

明末志怪群书，大抵简略，又多荒怪，诞而不情，《聊斋志异》独于详尽之外，示以平常，使花妖狐魅，多具人情，和易可亲，妄为异类，而又偶见鹘突，知复非人。如《狐谐》言博兴万福于济南娶狐女，而女雅善诙谐，倾倒一坐，后忽别去，悉如常人；《黄英》记马子才

得陶氏黄英为妇，实乃菊精，居积取盈，与人无异，然其弟醉倒，忽化菊花，则变怪即骤现也。

……一日，置酒高会，万居主人位，孙与二客分左右座，下设一榻屈狐。狐辞不善酒，咸请坐谈，许之。酒数行，众掷骰为瓜蔓之令；客值瓜色，会当饮，戏以觥移上座曰，“狐娘子大清醒，暂借一觞。”狐笑曰，“我故不饮，愿陈一典以佐诸公饮。”……客皆言曰，“骂人者当罚。”狐笑曰，“我骂狐何如？”众曰，“可。”于是倾耳共听。狐曰，“昔一大臣，出使红毛国，著狐腋冠见国王，国王视而异之，问‘何皮毛，温厚乃尔？’大臣以‘狐’对。王言‘此物生平未尝得闻。狐字字画何等？’使臣书空而奏曰，‘右边是一大瓜，左边是一小犬。’”主客又复哄堂。……居数月，与万偕归。……逾年，万复事于济，狐又与俱。忽有数人来，狐从与语，备极寒暄；乃语万曰，“我本陕中人，与君有夙因，遂从尔许时，今我兄弟至，将从以归，不能周事。”留之，不可，竟去。（卷五）

……陶饮素豪，从不见其沉醉。有友人曾生，量亦无对，适过马，马使与陶较饮，二人……自辰以讫四漏，计各尽百壶，曾烂醉如泥，沉睡坐间，陶起归寝，出门践菊畦，玉山倾倒，委衣于侧，即地化为菊：高如人，花十余朵皆大于拳。马骇绝，告黄英；英急往，拔置地上，曰，“胡醉至此？”复以衣，要马俱去，戒勿视。既明而往，则陶卧畦边，马乃悟姊弟菊精也，益爱敬之。而陶白露迹，饮益放，……值花朝，曾来造访，以两仆舁药浸白酒一坛，约与共尽。……曾醉已惫，诸仆负之去。陶卧地又化为菊；马见惯不惊，如法拔之，守其旁以观其变，久之，叶益憔悴，大惧，始告黄英。英闻，骇曰，“杀吾弟矣！”奔视之，根株已枯；痛绝，掐其梗埋盆中，携入闺中，日灌溉之。马悔恨欲绝，甚恶曾。越数日，闻曾已醉死矣，盆中花渐萌，九月，既开，短干粉朵，嗅之有酒香，名之“醉陶”，浇以酒则茂。……黄英终老，亦无他异。（卷四）

又其叙人间事，亦尚不过为形容，致失常度，如《马介甫》一篇述杨氏有悍妇，虐遇其翁，又慢客，而兄弟祗畏，至对客皆失措云：

……约半载，马忽携僮仆过杨，直杨翁在门外曝阳扪虱，疑为佣仆，通姓氏使达主人；翁被絮去，或告马，“此即其翁也。”马方惊讶，杨兄弟岸帻出迎，登堂一揖，便请朝父，万石辞以偶恙，捉坐笑语，不觉向夕。万石屡言具食，而终不见至，兄弟迭互出入，始有瘦奴持壶酒来，俄顷引尽，坐伺良久，万石频起催呼，额颊间热汗蒸腾。俄瘦奴以馔具出，脱粟失饪，殊不甘旨。食已，万石草草便去；万钟襆被来伴客寝。……（卷十）

至于每卷之末，常缀小文，则缘事极简短，不合于传奇之笔，故数行即尽，与六朝之志怪近矣。又有《聊斋志异拾遗》一卷二十七篇，出后人掇拾；而其中殊无佳构，疑本作者所自删弃，或他人拟作之。

乾隆末，钱唐袁枚撰《新齐谐》二十四卷，续十卷，初名《子不语》，后见元人说部有同名者，乃改今称；序云"妄言妄听，记而存之，非有所感也"，其文屏去雕饰，反近自然，然过于率意，亦多芜秽，自题"戏编"，得其实矣。若纯法《聊斋》者，时则有吴门沈起凤作《谐铎》十卷（乾隆五十六年序），而意过俳，文亦纤仄；满洲和邦额作《夜谭随录》十二卷（亦五十六年序），颇借材他书（如《佟觭角》《夜星子》《疡医》皆本《新齐谐》），不尽己出，词气亦时失之粗暴，然记朔方景物及市井情形者特可观。他如长白浩歌子之《萤窗异草》三编十二卷（似乾隆中作，别有四编四卷，乃书估伪造），海昌管世灏之《影谈》四卷（嘉庆六年序），平湖冯起凤之《昔柳摭谈》八卷（嘉庆中作），近至金匮邹弢之《浇愁集》八卷（光绪三年序），皆志异，亦俱不脱《聊斋》窠臼。惟黍余裔孙《六合内外琐言》二十卷（似嘉庆初作）一名《璅蛣杂记》者，故作奇崛奥衍之辞，伏藏讽喻，其体式为在先作家所未尝试，而意浅薄；据金武祥（《江阴艺文志》下）说，则江阴屠绅字贤书之所作也。绅又有《鹗亭诗话》一卷，文辞较简，亦不尽记异闻，然审其风格，实亦此类。

《聊斋志异》风行逾百年，模仿赞颂者众，顾至纪昀而有微词。盛时彦（《姑妄听之》跋）述其语曰，"《聊斋志异》盛行一时，然才子之笔，非著书者之笔也。虞初以下天宝以上古书多佚矣；其可见完帙者，刘敬叔《异苑》陶潜《续搜神记》，小说类也，《飞燕外传》《会真记》，传记类也。《太平广记》事以类聚，故可并收；今一书而兼二体，所未解也。小说既述见闻，即属叙事，不比戏场关目，随意装点；……今燕昵之词，媟狎之态，细微曲折，摹绘如生，使出自言，似无此理，使出作者代言，则何从而闻见之，又所未解也。"盖即訾其有唐人传奇之详，又杂以六朝志怪者之简，既非自叙之文，而尽描写之致而已。昀字晓岚，直隶献县人；父容舒，官姚安知府。昀少即颖异，年二十四领顺天乡试解额，然三十一始成进士，由编修官至侍读学士，坐泄机事谪戍乌鲁木齐，越三年召还，授编修，又三年擢侍读，总纂四库全书，绾书局者十三年，一生精力，悉注于《四库提要》及《目录》中，故他撰著甚少。后累迁至礼部尚书，充经筵讲官，自是又为总宪者五，长礼部者三（李元度《国朝先正事略》二十）。乾隆五十四年，以编排秘籍至热河，"时校理久竟，特督视官吏题签庋架而已，昼长无事"，乃追录见闻，作稗说六卷，曰《滦阳消夏录》。越二年，作《如是我闻》，次年又作《槐西杂志》，次年又作《姑妄听之》，皆四卷；嘉庆三年夏复至热河，又成《滦阳续录》六卷，时年已七十五。后二年，其门人盛时彦合刊之，名《阅微草堂笔记五种》(本书)。十年正月,复调礼部,拜协办大学士,加太子少保,管国子监事;二月十四日卒于位,年八十二(一七二四——一八〇五),谥"文达"(《事略》)。

《阅微草堂笔记》虽"聊以遣日"之书,而立法甚严,举其体要,则在尚质黜华,追踪晋宋;自序云,"缅昔作者如王仲任应仲远引经据古,博辨宏通,陶渊明刘敬叔刘义庆简淡数言,自然妙远,诚不敢妄拟前修,然大旨期不乖于风教"者,即此之谓。其轨范如是,故与《聊斋》之取法传奇者途径自殊,然较以晋宋人书,则《阅微》又过偏于论议。盖不安于仅为小说,更欲有益人心,即与晋宋志怪精神,自然违隔;且末流加厉,易堕为报应因果之谈也。

唯纪昀本长文笔,多见秘书,又襟怀夷旷,故凡测鬼神之情状,发人间之幽微,托狐鬼以抒己见者,隽思妙语,时足解颐;间杂考辨,亦有灼见。叙述复雍容淡雅,天趣盎然,故后来无人能夺其席,固非仅借位高望重以传者矣。今举其较简者三则于下:

刘乙斋廷尉为御史时,尝租西河沿一宅,每夜有数人击柝,声琅琅彻晓,……视之则无形,聒耳至不得片刻睡。乙斋故强项,乃自撰一文,指陈其罪,大书粘壁以驱之,是夕遂寂。乙斋自诧不减昌黎之驱鳄也。余谓"君文章道德,似尚未敌昌黎,然性刚气盛,平生尚不做暧昧事,故敢悍然不畏鬼;又拮据迁此宅,力竭不能再徙,计无复之,唯有与鬼以死相持:此在君为'困兽犹斗',在鬼为'穷寇勿追'耳。……"乙斋笑击余背曰,"魏收轻薄哉!然君知我者。"(《滦阳消夏录》六)

田白岩言,"尝与诸友扶乩,其仙自称真山民,宋末瘾君子也,倡和方洽,外报某客某客来,乩忽不动。他日复降,众叩昨遽去之故,乩判曰,'此二君者,其一世故太深,酬酢太熟,相见必有谀辞数百句,云水散人拙于应对,不如避之为佳;其一心思太密,礼数太明,其与人语,恒字字推敲,责备无已,闲云野鹤岂能耐此苛求,故逋逃尤恐不速耳。'"后先姚安公闻之曰,"此仙究狷介之士,器量未宏。"(《槐西杂志》一)

李义山诗"空闻子夜鬼悲歌",用晋时鬼歌《子夜》事也;李昌谷诗"秋坟鬼唱鲍家诗",则以鲍参军有《蒿里行》,幻窅其词耳。然世间固往往有是事。田香沁言,"尝读书别业,一夕风静月明,闻有度昆曲者,亮折清圆,凄心动魄,谛审之,乃《牡丹亭》《叫画》一出也。忘其所以,倾听至终。忽省墙外皆断港荒陂,人迹罕至,此曲自何而来?开户视之,惟芦荻瑟瑟而已。"(《姑妄听之》三)

昀又"天性孤直,不喜以心性空谈,标榜门户"(盛序语),其处事贵宽,论人欲恕,故于宋儒之苛察,特有违言,书中有触即发,与见于《四库总目提要》中者正等。且于不情之论，世间习而不察者，亦每设疑难，揭其拘迂，此先后诸作家所未有者也，而世人不喻，哓哓然竟以劝惩之佳作誉之。

吴惠叔言，"医者某生素谨厚，一夜，有老媪持金钏一双就买堕胎药，医者大骇，峻拒之；次夕，又添持珠花两枝来，医者益骇，力挥去。越半载余，忽梦为冥司所拘，言有诉其杀人者。至，则一披发女子，项勒红巾，泣陈乞药不与状。医者曰，'药以活人，岂敢杀人以渔利。汝自以奸败，于我何尤！'女子曰，'我乞药时，孕未成形，倘得堕之，我可不死：是破一无知之血块，而全一待尽之命也。既不得药，不能不产，以致子遭扼杀，受诸痛苦，我亦见逼而就缢：是汝欲全一命，反戕两命矣。罪不归汝，反谁归乎？'冥官喟然曰，'汝之所言，酌乎事势；彼之所执者则理也。宋以来固执一理而不揆事势之利害者，独此人也哉？汝且休矣！'拊几有声，医者悚然而寤。"（《如是我闻》三）

东光有王莽河，即胡苏河也，旱则涸，水则涨，每病涉焉。外舅马公周箓言，"雍正末有丐妇一手抱儿一手扶病姑涉此水，至中流，姑蹶而仆，妇弃儿于水，努力负姑出。姑大诟曰，'我七十老妪，死何害？张氏数世待此儿延香火，尔胡弃儿以拯我？斩祖宗之祀者，尔也！'妇泣不敢语，长跪而已。越两日，姑竟以哭孙不食死；妇呜咽不成声，痴坐数日，亦立槁。……有著论者，谓儿与姑较则姑重，姑与祖宗较则祖宗重。使妇或有夫，或尚有兄弟，则弃儿是；既两世穷嫠，止一线之孤子，则姑所责者是：妇虽死，有余悔焉。姚安公曰，'讲学家责人无已时。夫急流汹涌，稍纵即逝，此岂能深思长计时哉？势不两全，弃儿救姑，此天理之正而人心之所安也。使姑死而儿存，……不又有责以爱儿弃姑者耶？且儿方提抱，育不育未可知，使姑死而儿又不育，悔更何如耶？此妇所为，超出恒情已万万，不幸而其姑自殒，以死殉之，亦可哀矣。犹沾沾焉而动其喙，以为精义之学，毋乃白骨衔冤，黄泉赍恨乎？孙复作《春秋尊王发微》，二百四十年内有贬无褒；胡致堂作《读史管见》，三代以下无完人，辨则辨矣，非吾之所欲闻也。'"（《槐西杂志》二）

《滦阳消夏录》方脱稿，即为书肆刊行，旋与《聊斋志异》峙立；《如是我闻》等继之，行益广。其影响所及，则使文人拟作，虽尚有《聊斋》遗风，而摹绘之笔顿减，终乃类于宋明人谈异之书。如同时之临川乐钧《耳食录》十二卷（乾隆五十七年序）《二录》八卷（五十九年序），后出之海昌许秋垞《闻见异辞》二卷（道光二十六年序），武进汤用中《翼駉稗编》八卷（二十八年序）等，皆其类也。迨长洲王韬作《遁窟谰言》（同治元年成）《淞隐漫录》（光绪初成）《淞滨琐话》（光绪十三年序）各十二卷，天长宣鼎作《夜雨秋灯录》十六卷（光绪二十一年序），其笔致又纯为《聊斋》者流，一时传布颇广远，然所记载，则已狐鬼渐稀，而烟花粉黛之事盛矣。

体式较近于纪氏五书者，有云间许元仲《三异笔谈》四卷（道光七年序），德清俞鸿渐《印雪轩随笔》四卷（道光二十五年序），后者甚推《阅微》，而云“微嫌其中排击宋儒语过多”卷二），则旨趣实异。光绪中，德清俞樾作《右台仙馆笔记》十六卷，止述异闻，不涉因果；又有羊朱翁（亦俞樾）作《耳邮》四卷，自署“戏编”，序谓“用意措辞，亦似有善恶报应之说，实则聊以遣日，非敢云意在劝惩”。颇似以《新齐谐》为法，而记叙简雅，乃类《阅微》，但内容殊异，鬼事不过什一而已。他如江阴金捧阊之《客窗偶笔》四卷（嘉庆元年序），福州梁恭辰之《池上草堂笔记》二十四卷（道光二十八年序），桐城许奉恩之《里乘》十卷（似亦道光中作），亦记异事，貌如志怪者流，而盛陈祸福，专主劝惩，已不足以称小说。

第二十三篇　清之讽刺小说

寓讥弹于稗史者，晋唐已有，而明为盛，尤在人情小说中。然此类小说，大抵设一庸人，极形其陋劣之态，借以衬托俊士，显其才华，故往往大不近情，其用才比于“打诨”。若较胜之作，描写时亦刻深，讥刺之切，或逾锋刃，而《西游补》之外，每似集中于一人或一家，则又疑私怀怨毒，乃逞恶言，非于世事有不平，因抽毫而抨击矣。其近于呵斥全群者，则有《钟馗捉鬼传》十回，疑尚是明人作，取诸色人，比之群鬼，一一抉剔，发其隐情，然词意浅露，已同嫚骂，所谓“婉曲”，实非所知。迨吴敬梓《儒林外史》出，乃秉持公心，指擿时弊，机锋所向，尤在士林；其文又感而能谐，婉而多讽：于是说部中乃始有足称讽刺之书。

吴敬梓字敏轩，安徽全椒人，幼即颖异，善记诵，稍长补官学弟子员，尤精《文选》，诗赋援笔立成。然不善治生，性又豪，不数年挥旧产俱尽，时或至于绝粮，雍正乙卯，安徽巡抚赵国麟举以应博学鸿词科，不赴，移家金陵，为文坛盟主，又集同志建先贤祠于雨花山麓，祀泰伯以下二百三十人，资不足，售所居屋以成之，而家益贫。晚年自号文木老人，客扬州，尤落拓纵酒，乾隆十九年卒于客中，年五十四（一七〇一——一七五四）。所著有《诗说》七卷，《文木山房集》五卷，诗七卷，皆不甚传（详见新标点本《儒林外史》卷首）。

吴敬梓著作皆奇数，故《儒林外史》亦一例，为五十五回；其成殆在雍正末，著者方侨

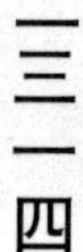

居于金陵也。时距明亡未百年，士流盖尚有明季遗风，制艺而外，百不经意，但为矫饰，云希圣贤。敬梓之所描写者即是此曹，既多据自所闻见，而笔又足以达之，故能烛幽索隐，物无遁形，凡官师，儒者，名士，山人，间亦有市井细民，皆现身纸上，声态并作，使彼世相，如在目前，唯全书无主干，仅驱使各种人物，行列而来，事与其来俱起，亦与其去俱讫，虽云长篇，颇同短制；但如集诸碎锦，合为帖子，虽非巨幅，而时见珍异，因亦娱心，使人刮目矣。敬梓又爱才士，“汲引如不及，独嫉‘时文士’如仇，其尤工者，则尤嫉之。”（程晋芳所作传云）故书中攻难制艺及以制艺出身者亦甚烈，如令选家马二先生自述制艺之所以可贵云：

“……‘举业’二字，是从古及今，人人必要做的。就如孔子生在春秋时候，那时用‘言扬行举’做官，故孔子只讲得个‘言寡尤，行寡悔，禄在其中’：这便是孔子的举业。到汉朝，用贤良方正开科，所以公孙弘董仲舒举贤良方正：这便是汉人的举业。到唐朝，用诗赋取士；他们若讲孔孟的话，就没有官做了，所以唐人都会做几句诗：这便是唐人的举业。到宋朝，又好了，都用的是些理学的人做官，所以程朱就讲理学：这便是宋人的举业。到本朝，用文章取士，这是极好的法则。就是夫子在而今，也要念文章，做举业，断不讲那‘言寡尤，行寡悔’的话。何也？就日日讲究‘言寡尤，行寡悔’，那个给你官做？孔子的道，也就不行了。”（第十三回）

《儒林外史》所传人物，大都实有其人，而以象形谐声或廋词隐语寓其姓名，若参以雍乾间诸家文集，往往十得八九（详见本书上元金和跋）。此马二先生字纯上，处州人，实即全椒冯粹中，为著者挚友，其言真率，又尚上知春秋汉唐，在“时文士”中实犹属诚笃博通之士，但其议论，则不特尽揭当时对于学问之见解，且洞见所谓儒者之心肝者也。至于性行，乃亦君子，例如西湖之游，虽全无会心，颇煞风景，而茫茫然大嚼而归，迂儒之本色固在：

马二先生独自一个，带了几个钱，步出钱塘门，在茶亭里吃了几碗茶，到西湖沿上牌楼跟前坐下，见那一船一船乡下妇女来烧香的，……后面都跟着自己的汉子，……上了岸，散往各庙里去了。马二先生看了一遍，不在意里。起来又走了里把多路，望着湖沿上接连着几个酒店，……马二先生没有钱买了吃，……只得走进一个面店，十六个钱吃了一碗面，肚里不饱，又走到间壁一个茶室吃了一碗茶，买了两个钱“处片”嚼嚼，到觉有些滋味。吃完了出来，……往前走，过了六桥。转个湾，便像些村庄地方。又有人家的棺材，厝基中间，走也走不清，甚是可厌。马二先生欲待回去，遇着一个走路的，问道“前面可还有好玩的所在?”那人道,“转过去便是净慈,雷峰。怎么不好玩?”马二先生于是又往前走。……过了雷峰,远远望见高高下下许多房子盖着琉璃瓦,……马二先生走到跟前,看见一个极高的山门,一个金字直匾,上写“敕赐净慈禅寺”;山门旁边一个小门。马二先生走了进去;……那些富贵人家女客,成群结队,里里外外,来往不绝。……马二先生身子又长,戴一顶高方巾,一幅乌黑的脸,腆着个肚子,穿着一双厚底破靴,横着身子乱跑,只管在人窝子里撞。女人也不看他,他也不看女人。前前后后跑了一跤,又出来坐在那茶亭内,……吃了一碗茶。柜上摆着许多碟子:饺饼,芝麻糖,粽子,烧饼,处片,黑枣,煮栗子,马二先生每样买了几个钱,不论好歹,吃了一饱。马二先生觉得倦了,直着脚跑进清波门;到了下处,关门睡了。因为多走了路,在下处睡了一天;第三日起来,要到城隍山走走。……(第十四回)至叙范进家本寒微,以乡试中式暴发,旋丁母忧,翼翼尽礼,则无一贬词,而情伪毕露,诚微辞之妙选,亦狙击之辣手矣:

……两人(张静斋及范进)进来,先是静斋谒过,范进上来叙师生之礼。汤知县再三谦让,奉坐吃茶。同静斋叙了些阔别的话;又把范进的文章称赞了一番,问道“因何不去会试?”范进方才说道,“先母见背,遵制丁忧。”汤知县大惊,忙叫换去了吉服。拱进后堂,摆上酒来。……知县安了席坐下,用的都是银镶杯箸。范进退前缩后的不举杯箸,知县不解其故。静斋笑道,“世先生因遵制,想是不用这个杯箸。”知县忙叫换去。换了一个瓷杯,一双象牙箸来,范进又不肯举动。静斋道,“这个箸也不用。”随即换了一双白颜色竹子的来,方才罢了。知县疑惑:“他居丧如此尽礼,倘或不用荤酒,却是不曾备办。”落后看见他在燕窝碗里拣了一个大虾圆子送在嘴里,方才放心。……(第四回)

此外刻画伪妄之处尚多,掊击习俗者亦屡见。其述王玉辉之女既殉夫,玉辉大喜,而当入祠建坊之际,“转觉心伤,辞了不肯来”,后又自言“在家日日看见老妻悲恸,心中不忍”(第四十八回),则描写良心与礼教之冲突,殊极刻深(详见本书钱玄同序);作者生清初,又束身名教之内,而能心有依违,托稗说以寄慨,殆亦深有会于此矣。以言君子,尚亦有人,杜少卿为作者自况,更有杜慎卿(其兄青然),有虞育德(吴蒙泉),有庄尚志(程绵庄),皆贞士,其盛举则极于祭先贤。迨南京名士渐已消磨,先贤祠亦荒废;而奇人幸未绝于市井,一为“会写字的”,一为“卖火纸筒子的”,一为“开茶馆的”,一为“做裁缝的”。末一尤恬淡,居三山街,曰荆元,能弹琴赋诗,缝纫之暇,往往以此自遣;间亦访其同人。

一日,荆元吃过了饭,思量没事,一径踱到清凉山来。……他有一个老朋友姓于,住在山背后。这于老者也不读书,也不做生意,……督率着他五个儿子灌园。……这日,荆元步了进来，于老者迎着道，“好些时不见老哥来，生意忙得紧？”荆元道，“正是。今日才打发清楚些。特来看看老爹。”于老者道，“恰好烹了一壶现成茶，请用一杯。”斟了送过来。荆元接了，坐着吃，道，“这茶，色香味都好。老爹却是那里取来的这样好水？”于老者道，“我们城西不比你们城南，到处井泉都是吃得的。”荆元道，“古人动说‘桃源避世’，我想起来，那里要什么桃源。只如老爹这样清闲自在，住在这样‘城市山林’的所在，就是现在的活神仙了。”于老者道，“只是我老拙一样事也不会做，怎的如老哥会弹一曲琴，也觉得消遣些。近来想是一发弹的好了，可好几时请教一回？”荆元道，“这也容易，老爹不嫌污耳，明日携琴来请教。”说了一会，辞别回来。次日，荆元自己抱了琴，来到园里，于老者已焚下一炉好香，在那里等候。……于老者替荆元把琴安放在石凳上，荆元席地坐下，于老者也坐在旁边。荆元慢慢地和了弦，弹起来，铿铿锵锵，声振林木。……弹了一会，忽作变徵之音，凄清宛转。于老者听到深微之处，不觉凄然泪下。自此，他两人常常往来。当下也就别过了。（第五十五回）　然独不乐与士人往还，且知士人亦不屑与友：固非“儒林”中人也。至于此后有无贤人君子得入《儒林外史》，则作者但存疑问而已。

《儒林外史》初惟传钞，后刊木于扬州，已而刻本非一。尝有人排列全书人物，作“幽榜”，谓神宗以水旱偏灾，流民载道，冀“旌沉抑之人才”以祈福利，乃并赐进士及第，并遣礼官就国子监祭之；又割裂作者文集中骈语，襞积之以造诏表（金和跋云），统为一回缀于末：故一本有五十六回。又有人自作四回，事既不伦，语复猥陋，而亦杂入五十六回本中，印行于世：故一本又有六十回。

是后亦鲜有以公心讽世之书如《儒林外史》者。

第二十四篇　清之人情小说

乾隆中（一七六五年顷），有小说曰《石头记》者忽出于北京，历五六年而盛行，然皆写本，以数十金鬻于庙市。其本止八十回，开篇即叙本书之由来，谓女娲补天，独留一石未用，石甚自悼叹，俄见一僧一道，以为“形体倒也是个宝物了，还只没有实在好处，须得再镌上数字，使人一见便知是奇物方妙。然后好携你到隆盛昌明之邦，诗礼簪缨之族，花柳繁华之地，温柔富贵之乡，去安身乐业”。于是袖之而去。不知更历几劫，有空空道人见此大石，上镌文辞，从石之请，钞以问世。道人亦“因空见色，由色生情，传情入色，自色悟空，遂易名为情僧，改《石头记》为《情僧录》；东鲁孔梅溪则题曰《风月宝鉴》；后因曹雪芹于悼红轩中披阅十载，增删五次，纂成目录，分出章回，则题曰《金陵十二钗》，并题一绝云：'满纸荒唐言，一把辛酸泪。都云作者痴，谁解其中味？'"（戚蓼生所序八十回本之第一回）

本文所叙事则在石头城（非即金陵）之贾府，为宁国荣国二公后。宁公长孙曰敷，早死；次敬袭爵，而性好道，又让爵于子珍，弃家学仙；珍遂纵恣，有子蓉，娶秦可卿。荣公长孙日赦，子琏，娶王熙凤；次曰政；女曰敏，适林海，中年而亡，仅遗一女曰黛玉。贾政娶于王，生子珠，早卒；次生女曰元春，后选为妃；次复得子，则衔玉而生，玉又有字，因名宝玉，人皆以为"来历不小"，而政母史太君尤钟爱之。宝玉既七八岁，聪明绝人，然性爱女子，常说，"女儿是水做的骨肉，男人是泥做的骨肉。"人于是又以为将来且为"色鬼"；贾政亦不甚爱惜，驭之极严，盖缘"不知道这人来历。……若非多读书识字，加以致知格物之功，悟道参玄之力者，不能知也"（戚本第二回贾雨村云）。而贾氏实亦"闺阁中历历有人"，主从之外，姻连亦众，如黛玉宝钗，皆来寄寓，史湘云亦时至，尼妙玉则习静于后园。右即贾氏谱大要，用虚线者其姻连，著×者夫妇，著＊者在"金陵十二钗"之数者也。

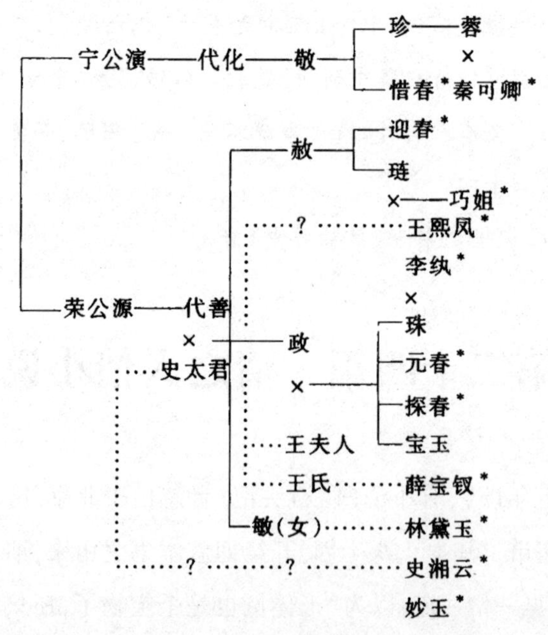

事即始于林夫人（贾敏）之死，黛玉失恃，又善病，遂来依外家，时与宝玉同年，为十一岁。已而王夫人女弟所生女亦至，即薛宝钗，较长一年，颇极端丽。宝玉纯朴，并爱二人无偏心，宝钗浑然不觉，而黛玉稍恚。一日，宝玉倦卧秦可卿室，遽梦入太虚境，遇警幻

仙,阅《金陵十二钗正册》及《副册》,有图有诗,然不解。警幻命奏新制《红楼梦》十二支,其末阕为《飞鸟各投林》,词有云:

“为官的,家业凋零;富贵的,金银散尽。有恩的,死里逃生;无情的,分明报应。欠命的命已还,欠泪的泪已尽!……看破的,遁入空门;痴迷的,枉送了性命。好一似,食尽鸟投林:落了片白茫茫大地真干净!”(戚本第五回)然宝玉又不解,更历他梦而寤。迨元春被选为妃,荣公府愈贵盛,及其归省,则辟大观园以宴之,情亲毕至,极天伦之乐。宝玉亦渐长,于外昵秦钟蒋玉函,归则周旋于姊妹中表以及侍儿如袭人晴雯平儿紫鹃辈之间,昵而敬之,恐拂其意,爱博而心劳,而忧患亦日甚矣。

这日,宝玉因见湘云渐愈,然后去看黛玉。正值黛玉才歇午觉,宝玉不敢惊动。因紫鹃正在回廊上手里做针线,便上来问他,“昨日夜里咳嗽的可好些?”紫鹃道,“好些了。”(宝玉道,“阿弥陀佛,宁可好了罢。”紫鹃笑道,“你也念起佛来,真是新闻。”)宝玉笑道,“所谓‘病笃乱投医’了。”一面说,一面见他穿着弹墨绫子薄棉袄,外面只穿着青缎子夹背心,宝玉便伸手向他身上抹了一抹,说,“穿的这样单薄,还在风口里坐着。春风才至,时气最不好。你再病了,越发难了。”紫鹃便说道,“从此咱们只可说话,别动手动脚的。一年大二年小的,叫人看着不尊重;又打着那起混账行子们背地里说你。你总不留心,还只管合小时一般行为,如何使得?姑娘常常吩咐我们,不叫合你说笑。你近来瞧他,远着你,还恐远不及呢。”说着,便起身,携了针线,进别房去了。宝玉见了这般景况,心中忽觉浇了一盆冷水一般,只看着竹子发了回呆。因祝妈正来挖笋修竿,便忙忙走了出来,一时魂魄失守,心无所知,随便坐在一块石上出神,不觉滴下泪来。直呆了五六顿饭工夫,千思万想,总不知如何是好。偶值雪雁从王夫人房中取了人参来,从此经过,……便走过来,蹲下笑道,“你在这里做什么呢?”宝玉忽见了雪雁,便说道,“你又做什么来招我?你难道不是女儿?他既防嫌,总不许你们理我,你又来寻我,倘被人看见,岂不又生口舌?你快家去吧。”雪雁听了,只当他又受了黛玉的委屈,只得回至房中,黛玉未醒,将人参交与紫鹃。……雪雁道,“姑娘还没醒呢,是谁给了宝玉气受?坐在那里哭呢。”……紫鹃听说,忙放下针线,……一直来寻宝玉。走到宝玉跟前,含笑说道,“我不过说了两句话,为的是大家好。你就赌气,跑了这风地里来哭,作出病来唬我。”宝玉忙笑道,“谁赌气了?我因为听你说得有理,我想你们既这样说,自然别人也是这样说,将来渐渐的都不理我了。我所以想着自己伤心。”……(戚本第五十七回,括弧中句据程本补。)

然荣公府虽煊赫,而“生齿日繁,事务日盛,主仆上下,安富尊荣者尽多,运筹谋划者

无一，其日用排场，又不能将就省俭”，故“外面的架子虽未甚倒，内囊却也尽上来了。”（第二回）颓运方至，变故渐多；宝玉在繁华丰厚中，且亦屡与“无常”觌面，先有可卿自经；秦钟夭逝；自又中父妾厌胜之术，几死；继以金钏投井；尤二姐吞金，而所爱之侍儿晴雯又被遣，随殁。悲凉之雾，遍被华林，然呼吸而领会之者，独宝玉而已。

……他便带了两个小丫头到一石后，也不怎么样，只问他二人道，“自我去了，你袭人姐姐可打发人瞧晴雯姐姐去了不曾？”这一个答道，“打发宋妈妈瞧去了。”宝玉道，“回来说什么？”小丫头道，“回来说晴雯姐姐直着脖子叫了一夜，今儿早起就闭了眼，住了口，人事不知，也出不得一声儿了，只有倒气的分儿了。”宝玉忙问道，“一夜叫的是谁？”小丫头子道，（“一夜叫的是娘。”宝玉拭泪道，“还叫谁？”小丫头说，）“没有听见叫别人。”宝玉道，“你糊涂，想必没听真。”（……因又想：）“虽然临终未见，如今且去灵前一拜，也算尽这五六年的情肠。”……遂一径出园，往前日之处来，意为停柩在内。谁知他哥嫂见他一咽气，便回了进去，希图得几两发送例银。王夫人闻知，便赏了十两银子；又命“即刻送到外头焚化了罢。‘女儿痨’死的，断不可留！”他哥嫂听了这话，一面就雇了人来入殓，抬往城外化人厂去了。……宝玉走来扑了个空，……自立了半天，别没法儿，只得翻身进入园中，待回自房，甚觉无趣，因乃顺路来找黛玉，偏他不在房中。……又到蘅芜院中，只见寂静无人。……仍往潇湘馆来，偏黛玉尚未回来。……正在不知所以之际，忽见王夫人的丫头进来找他，说，“老爷回来了，找你呢。又得了好题目来了，快走快走！”宝玉听了，只得跟了出来。……彼时贾政正与众幕友谈论寻秋之胜；又说，“临散时忽然谈及一事，最是千古佳谈，‘风流俊逸忠义慷慨，八字皆备。倒是个好题目，大家都要作一首挽词。”众人听了，都忙请教是何等妙题。贾政乃说，“近日有一位恒王，出镇青州。这恒王最喜女色，且公余好武，因选了许多美女，日习武事。……其姬中有一姓林行四者，姿色既冠，且武艺更精，皆呼为林四娘。恒王最得意，遂超拔林四娘统辖诸姬，又呼为姽婳将军。”众清客都称“妙极神奇！竟以‘姽婳’下加‘将军’二字，更觉妩媚风流，真绝世奇文！想这恒王也是第一风流人物了。”……（戚本第七十八回，栝弧中句据程本补。）

《石头记》结局，虽早隐现于宝玉幻梦中，而八十回仅露“悲音”，殊难必其究竟。比乾隆五十七年（一七九二），乃有百二十回之排印本出，改名《红楼梦》，字句亦时有不同，程伟元序其前云，“……然原本目录百二十卷，……爰为竭力搜罗，自藏书家甚至故纸堆中，无不留心。数年以来，仅积有二十余卷。一日，偶于鼓担上得十余卷，遂重价购之。……然漶漫不可收拾，乃同友人细加厘剔，截长补短，钞成全部，复为镌板以公同好。

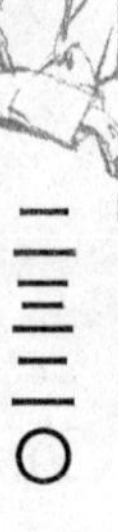

《石头记》全书至是始告成矣。”友人盖谓高鹗，亦有序，末题“乾隆辛亥冬至后一日”，先于程序者一年。

后四十回虽数量止初本之半，而大故迭起，破败死亡相继，与所谓“食尽鸟飞独存白地”者颇符，惟结末又稍振。宝玉先失其通灵玉，状类失神。会贾政将赴外任，欲于宝玉娶妇后始就道，以黛玉羸弱，乃迎宝钗。姻事由王熙凤谋划，运行甚密，而卒为黛玉所知，咯血，病日甚，至宝玉成婚之日遂卒。宝玉知将婚，自以为必黛玉，欣然临席，比见新妇为宝钗，乃悲叹复病。时元妃先薨；贾赦以“交通外官倚势凌弱”革职查抄，累及荣府；史太君又寻亡；妙玉则遭盗劫，不知所终；王熙凤既失势，亦郁郁死。宝玉病亦加，一日垂绝，忽有一僧持玉来，遂苏，见僧复气绝，历噩梦而觉；乃忽改行，发愤欲振家声，次年应乡试，以第七名中式。宝钗亦有孕，而宝玉忽亡去。贾政既葬母于金陵，将归京师，雪夜泊舟毗陵驿，见一人光头赤足，披大红猩猩毡斗篷，向之下拜，审视知为宝玉。方欲就语，忽来一僧一道，挟以俱去，且不知何人作歌，云“归大荒”，追之无有，“只见白茫茫一片旷野”而已。“后人见了这本传奇，亦曾题过四句，为作者缘起之言更进一竿云：‘说到酸辛事，荒唐愈可悲，由来同一梦，休笑世人痴。’”（第一百二十回）

全书所写，虽不外悲喜之情，聚散之迹，而人物事故，则摆脱旧套，与在先之人情小说甚不同。如开篇所说：

空空道人遂向石头说道，“石兄，你这一段故事，……据我看来：第一件，无朝代年纪可考；第二件，并无大贤大忠，理朝廷治风俗的善政。其中只不过几个异样女子——或情，或痴，或小才微善——亦无班姑蔡女之德能。我纵钞去，恐世人不爱看呢。”

石头笑曰，“我师何太痴也！若云无朝代可考，今我师竟假借汉唐等年纪添缀，又有何难？但我想历来野史，皆蹈一辙；莫如我不借此套，反倒新鲜别致，不过只取其事体情理罢了。……历来野史，或讪谤君相，或贬人妻女，奸淫凶恶，不可胜数。……至若才子佳人等书，则又千部共出一套，且其中终不能不涉于淫滥，以致满纸‘潘安子建’，‘西子文君’；……且环婢开口，即‘者也之乎’，非文即理，故逐一看去，悉皆自相矛盾，大不近情理之说。竟不如我半世亲睹亲闻的这几个女子，虽不敢说强似前代所有书中之人，但事迹原委，亦可以消愁破闷也。……至若离合悲欢，兴衰际遇，则又追踪蹑迹，不敢稍加穿凿，徒为哄人之目，而反失其真传者。……”（戚本第一回）盖叙述皆存本真，闻见悉所亲历，正因写实，转成新鲜。而世人忽略此言，每欲别求深义，揣测之说，久而遂多。今汰去悠谬不足辩，如谓是刺和珅（《谭瀛室笔记》）藏谶纬（《寄蜗残赘》）明易象（《金玉缘》评语）

之类，而著其世所广传者于下：

一，纳兰成德家事说。　自来信此者甚多。陈康祺(《燕下乡脞录》五)记姜宸英典康熙己卯顺天乡试获咎事，因及其师徐时栋(号柳泉)之说云，"小说《红楼梦》一书，即记故相明珠家事，金钗十二，皆纳兰侍御所奉为上客者也，宝钗影高澹人；妙玉即影西溟先生：'妙'为'少女'，'姜'亦妇人之美称；'如玉"如英'，义可通假。……"侍御谓明珠之子成德，后改名性德，字容若。张维屏(《诗人征略》)云，"贾宝玉盖即容若也；《红楼梦》所云，乃其髫龄时事。"俞樾(《小浮梅闲话》)亦谓其"中举人止十五岁，于书中所述颇合"。然其他事迹，乃皆不符；胡适作《红楼梦考证》(《文存》三)，已历正其失。最有力者，一为姜宸英有《祭纳兰成德文》，相契之深，非妙玉于宝玉可比；一为成德死时年三十一，时明珠方贵盛也。

二，清世祖与董鄂妃故事说。王梦阮沈瓶庵合著之《红楼梦索隐》为此说。其提要有云，"盖尝闻之京师故老云，是书全为清世祖与董鄂妃而作，兼及当时诸名王奇女也。……"而又指董鄂妃为即秦淮旧妓嫁为冒襄妾之董小宛，清兵下江南，掠以北，有宠于清世祖，封贵妃，已而夭逝；世祖哀痛，乃遁迹五台山为僧云。孟森作《董小宛考》(《心史丛刊》三集)，则历摘此说之谬，最有力者为小宛生于明天启甲子，若以顺治七年入宫，已二十八岁矣，而其时清世祖方十四岁。

三，康熙朝政治状态说。此说即发端于徐时栋，而大备于蔡元培之《石头记索隐》。开卷即云，"《石头记》者，清康熙朝政治小说也。作者持民族主义甚挚，书中本事，在吊明之亡，揭清之失，而尤于汉族名士仕清者寓痛惜之意。……"于是比拟引申，以求其合，以"红"为影"朱"字；以"石头"为指金陵；以"贾"为斥伪朝；以"金陵十二钗"为拟清初江南之名士：如林黛玉影朱彝尊，王熙凤影余国柱，史湘云影陈维崧，宝钗妙玉则从徐说，旁征博引，用力甚勤。然胡适既考得作者生平，而此说遂不立，最有力者即曹雪芹为汉军，而《石头记》实其自叙也。

然谓《红楼梦》乃作者自叙，与本书开篇契合者，其说之出实最先，而确定反最后。嘉庆初，袁枚(《随园诗话》二)已云，"康熙中，曹练亭为江宁织造，……其子雪芹撰《红楼梦》一书，备记风月繁华之盛。中有所谓大观园者，即余之随园也。"末二语盖夸，余亦有小误(如以楝为练，以孙为子)，但已明言雪芹之书，所记者其闻见矣。而世间信者特少，王国维(《静庵文集》)且诘难此类，以为"所谓'亲见亲闻'者，亦可自旁观者之口言之，未必躬为剧中之人物"也，迨胡适作考证，乃较然彰明，知曹雪芹实生于荣华，终于苓落，半生经历，绝似“石头”，著书西郊，未就而没；晚出全书，乃高鹗续成之者矣。

雪芹名霑，字芹溪，一字芹圃，正白旗汉军。祖寅，字子清，号楝亭，康熙中为江宁织造。清世祖南巡时，五次以织造署为行宫，后四次皆寅在任。然颇嗜风雅，尝刻古书十余种，为时所称；亦能文，所著有《楝亭诗钞》五卷《词钞》一卷（《四库书目》），传奇二种（《在园杂志》）。寅子頫，即雪芹父，亦为江宁织造，故雪芹生于南京。时盖康熙末。雍正六年，頫卸任，雪芹亦归北京，时约十岁。然不知何因，是后曹氏似遭巨变，家顿落，雪芹至中年，乃至贫居西郊，啜饘粥，但犹傲兀，时复纵酒赋诗，而作《石头记》盖亦此际。乾隆二十七年，子殇，雪芹伤感成疾，至除夕，卒，年四十余（一七一九？——一七六三）。其《石头记》尚未就，今所传者止八十回（详见《胡适文选》）。

言后四十回为高鹗作者，俞樾（《小浮梅闲话》）云，“《船山诗草》有《赠高兰墅鹗同年》一首云，‘艳情人自说《红楼》。’注云，‘《红楼梦》八十回以后，俱兰墅所补。’然则此书非出一手。按乡会试增五言八韵诗，始乾隆朝，而书中叙科场事已有诗，则其为高君所补可证矣。”然鹗所作序，仅言“友人程子小泉过予，以其所购全书见示，且曰，‘此仆数年铢积寸累之辛心，将付剞劂，公同好。子闲且惫矣，盍分任之。’予以是书……尚不背于名教，……遂襄其役。”盖不欲明言己出，而寮友则颇有知之者。鹗即字兰墅，镶黄旗汉军，乾隆戊申举人，乙卯进士，旋入翰林，官侍读，又尝为嘉庆辛酉顺天乡试同考官。其补《红楼梦》当在乾隆辛亥时，未成进士，“闲且惫矣”，故于雪芹萧条之感，偶或相通。然心志未灰，则与所谓“暮年之人，贫病交攻，渐渐地露出那下世光景来”（戚本第一回）者又绝异。是以续书虽亦悲凉，而贾氏终于“兰桂齐芳”，家业复起，殊不类茫茫白地，真成干净者矣。

续《红楼梦》八十回本者，尚不止一高鹗。俞平伯从戚蓼生所序之八十回本旧评中抉剔，知先有续书三十回，似叙贾氏子孙流散，宝玉贫寒不堪，“悬崖撒手”，终于为僧；然其详不可考（《红楼梦辨》下有专论）。或谓“戴君诚夫见一旧时真本，八十回之后，皆与今本不同，荣宁籍没后，皆极萧条；宝钗亦早卒，宝玉无以作家，至沦于击柝之流。史湘云则为乞丐，后乃与宝玉仍成夫妇。……闻吴润生中丞家尚藏有其本。”（蒋瑞藻《小说考证》七引《续阅微草堂笔记》）此又一本，盖亦续书。二书所补，或俱未契于作者本怀，然长夜无晨，则与前书之伏线亦不背。

此他续作，纷纭尚多，如《后红楼梦》，《红楼后梦》，《续红楼梦》，《红楼复梦》，《红楼梦补》，《红楼补梦》，《红楼重梦》，《红楼再梦》，《红楼幻梦》，《红楼圆梦》，《增补红楼》，《鬼红楼》，《红楼梦影》等。大率承高鹗续书而更补其缺陷，结以“团圆”；甚或谓作者本

以为书中无一好人,因而钻刺吹求,大加笔伐。但据本书自说,则仅乃如实抒写,绝无讥弹,独于自身,深所忏悔。此固常情所嘉,故《红楼梦》至今为人爱重,然亦常情所怪,故复有人不满,奋起而补订圆满之。此足见人之度量相去之远,亦曹雪芹之所以不可及也。仍录彼语,以结此篇:

……作者自云:因曾历过一番梦幻之后,故将真事隐去,而借"通灵"之说,撰此《石头记》一书也。……自又云:今风尘仆仆,一事无成,忽念及当日所有之女子,一一细考校去,觉其行止见识,皆出于我之上。何我堂堂须眉,诚不若彼裙钗女子?实愧则有余,悔又无益,是大无可如何之日也。当此,则自欲将已往所赖天恩祖德,锦衣纨绔之时,饫甘餍肥之日,背父兄教育之恩,负师友规训之德,以致今日一技无成,半生潦倒之罪,编述一集,以告天下人。我之罪固不免,然闺阁中本自历历有人,万不可因我之不肖,自己护短,一并使其泯灭。虽今日之茅椽蓬牖,瓦灶绳床,其晨夕风露,阶柳庭花,亦未有妨我之襟怀,束笔阁墨;虽我未学,下笔无文,又何妨用俚语村言,敷衍出一段故事来,亦可使闺阁照传,复可悦世之目,破人愁闷,不亦宜乎?……(戚本第一回)

第二十五篇　清之以小说见才学者

以小说为庋学问文章之具,与寓惩劝同意而异用者,在清盖莫先于《野叟曝言》。其书光绪初始出,序云康熙时江阴夏氏作,其人"以名诸生贡于成均,既不得志,乃应大人先生之聘,辄祭酒帷幕中,遍历燕晋秦陇。……继而假道黔蜀,自湘浮汉,溯江而归。所历既富,于是发为文章,益有奇气,……然首已斑矣。(自是)屏绝进取,壹意著书",成《野叟曝言》二十卷,然仅以示友人,不欲问世,迨印行时,已小有缺失;一本独全,疑他人补足之。二本皆无撰人名,金武祥(《江阴艺文志》凡例)则云夏二铭作。二铭,夏敬渠之号也;光绪《江阴县志》(十七《文苑传》)云,"敬渠,字懋修,诸生;英敏绩学,通史经,旁及诸子百家礼乐兵刑天文算数之学,靡不淹贯。……生平足迹几遍海内,所交尽贤豪。著有《纲目举正》,《经史余论》,《全史约编》,《学古编》,诗文集若干卷。"与序所言者颇合,惟列于赵曦明之后,则乾隆中盖尚存。

《野叟曝言》庞然巨帙,回数多至百五十四回,以"奋武揆文天下无双正士熔经铸史人间第一奇书"二十字编卷,即作者所以浑括其全书。至于内容,则如凡例言,凡"叙事,说

理，谈经，论史，教孝，劝忠，运筹，决策，艺之兵诗医算，情之喜怒哀惧，讲道学，辟邪说，……”无所不包，而以文白为之主。白字素臣，“是铮铮铁汉，落落奇才，吟遍江山，胸罗星斗。说他不求宦达，却见理如漆雕；说他不会风流，却多情如宋玉。挥毫作赋，则颉颃相如；抵掌谈兵，则伯仲诸葛，力能扛鼎，退然如不胜衣；勇可屠龙，凛然若将陨谷。旁通历数，下视一行；闲涉岐黄，肩随仲景。以朋友为性命；奉名教若神明。真是极有血性的真儒，不识炎凉的名士。他平生有一段大本领，是止崇正学，不信异端；有一副大手眼，是解人所不能解，言人所不能言”（第一回）。然而明君在上，君子不穷，超擢飞腾，莫不如意。书名辟鬼，举手除妖，百夷慑于神威，四灵集其家囿。文功武烈，并萃一身，天子崇礼，号曰“素父”。而仍有异术，既能易形，又工内媚，姬妾罗列，生二十四男。男又大贵，且生百孙；孙又生子，复有云孙。其母水氏年百岁，既见“六世同堂”，来献寿者亦七十国；皇帝赠联，至称为“镇国卫圣仁孝慈寿宣成文母水太君”（百四十四回）。凡人臣荣显之事，为士人意想所能及者，此书几毕载矣，惟尚不敢希帝王。至于排斥异端，用力尤劲，道人释子，多被诛夷，坛场荒凉，塔寺毁废，独有“素父”一家，乃嘉祥备具，为万流宗仰而已。

《野叟曝言》云是作者“抱负不凡，未得黼黻休明，至老经猷莫展”，因而命笔，比之“野老无事，曝日清谈”（凡例云）。可知衒学寄慨，实其主因，圣而尊荣，则为抱负，与明人之神魔及佳人才子小说面目似异，根柢实同，惟以异端易魔，以圣人易才子而已。意既夸诞，文复无味，殊不足以称艺文，但欲知当时所谓“理学家”之心理，则于中颇可考见。雍正末，江阴人杨名时为云南巡抚，其乡人拔贡生夏宗澜尝从之问《易》，以名时为李光地门人，故并宗光地而说益怪。乾隆初，名时入为礼部尚书，宗澜亦以经学荐授国子监助教，又历主他讲席，仍终身师名时（《四库书目》六及十《江阴志》十六及十七）。稍后又有诸生夏祖熊，亦“博通群经，尤笃好性命之学，患二氏说蔓延，因复考辨以归于正”（《江阴志》十七）。盖江阴自有杨名时（卒赠太子太傅谥文定）而影响颇及于其乡之士风；自有夏宗澜师杨名时而影响又颇及于夏氏之家学，大率与当时当道名公同意，崇程朱而斥陆王，以“打僧骂道”为唯一盛业，故若文白者之言行际遇，固非独作者一人之理想人物矣。文白或云即作者自寓，析“夏”字作之；又有时太师，则杨名时也，其崇仰盖承夏宗澜之绪余，然因此遂或误以《野叟曝言》为宗澜作。

欲于小说见其才藻之美者，则有屠绅《蟫史》二十卷。绅字贤书，号笏岩，亦江阴人，世业农。绅幼孤，而资质聪敏，年十三即入邑庠，二十成进士，寻授云南师宗县知县，迁寻甸州知州，五校乡闱，颇称得士，后为广州同知。嘉庆六年以候补在北京，暴疾卒于客舍，

年五十八（一七四四——一八〇一）。绅豪放嫉俗，生平慕汤显祖之为人，而作吏颇酷，又好内，姬侍众多（已上俱见《鹗亭诗话》附录）；为文则务为古涩艳异，晦其义旨，志怪有《六合内外琐言》，杂说有《鹗亭诗话》（见第二十二篇），皆如此。《蟫史》为长篇，署"磊砢山房原本"，金武祥（《粟香随笔》二）云是绅作。书中有桑蠋生，盖作者自寓，其言有云，"予，甲子生也。"与绅生年正同。开篇又云，"在昔吴侬官于粤岭，行年大衍有奇，海隅之行，若有所得，辄就见闻传闻之异辞，汇为一编。"且假傅鼐扞苗之事（在乾隆六十年）为主干，则始作当在嘉庆初，不数年而毕；有五年四月小停道人序。次年，则绅死矣。

《蟫史》首即言闽人桑蠋生海行，舟败堕水，流至甲子石之外澳，为捕鱼人所救，引以见甘鼎。鼎官指挥，方奉檄筑城防寇，求地形家，见生大喜，如其图依甲子石为垣，遂成神奇之城，敌不能瞰。又于地穴中得三箧书，其一凡二十卷，"题曰'彻土作稼之文，归墟野凫氏画'。又一箧为天人图，题曰'眼藏须弥僧道作'。又一箧为方书，题曰'六子携持极老人口授'。蠋生谓指挥曰，'此书明明授我主宾矣。何言之？彻土，桑也；作稼，甘也。'……营龛于秘室，置之；行则藏枕中；有所求发明，则拜而同启视；两人大悦。"（第一回）已而有邝天龙者为乱，自署广州王，其党娄万赤有异术，则翊辅之。甘鼎进讨，有龙女来助，擒天龙，而万赤逸去。鼎以功晋位镇抚，仍随石珏协剿海寇，又破交人；万赤在交址，则仍不能得。旋擢兵马总帅，赴楚蜀黔广备九股苗，遂与诸苗战，多历奇险，然皆胜，其一事云：

……须臾，苗卒大呼曰，"汉将不敢见阵耶？"季孙引五百人，翼而进。两旗忽下，地中飞出滴血鸡六，向汉将啼；又六犬皆火色，亦嚎声如豺。军士面灰死，木立，仅倚其械。矩儿飞椎凿六犬脑，皆裂。木兰袖蛇医，引之啄一鸡，张喙死；五鸡连栖而不鸣。唯见瓦片所图鸡犬形，狼藉于地，实非有二物也。……复至金大都督营中，则癞牛病马各六，均有皮无毛；士卒为角触足踏者皆死，一牛龁金大都督之足，已齿陷于骨；矩儿挥两戚落牛首，齿仍不脱；木兰急遣虎头神凿去其齿，足骨亦折焉，令左右舁归大营。牛马奔突无所制，木兰以鲤鳞帕撒之，一鳞露一剑，并斫一十牛马。其物各吐火四五尺，鳞剑为之焦灼，火大延烧，牛马皆叫嚣自得。见猕猴掷身入，举手作霹雳声，暴雨灭火，平地起水丈余，牛马俱浸死。木兰喜曰，"吾固知乐王子能传灭火真人衣钵矣。"水退，见牛马皆无有，乃砌壁之破瓮朱书牛马字：是为蠡妖之"穷袖尽化"云。……（卷九）娄万赤亦在苗中，知交址将有事，潜归。甘鼎至广州，与抚军区星进击交址。区用犷儿策，疾薄宣京，斩关而入，擒其王，交民悉降；甘则由水道进，列营于江桥北。

……娄万赤与其师李长脚斗法于江桥南。……李长脚变金井给万赤，即坠入，忽有铁树挺出，井阑撑欲破。犷儿引庆喜至，出白罗巾掷树巅，砉然有声，铁树不复见，李长脚复其形，觅万赤，卧桥畔沙石间。遂袖出白壶子一器，持向万赤顶骨咒曰，……咒毕，举手振一雷。万赤精气已铄，跃入江中，将随波出海。木兰呼鳞介士百人追之飘浮，所在必见呶喝，乃变为璅蛣。乘海蟹空腹，入之，以为"藏身之固"矣，交址人善捞蟹者，得是物如箕，大喜，刳蟹将取其腹腴，一虫随手出，倏坠地化为人形，俄顷长大，固俨然盲僧焉，询之不复语。有屠者携刀来视，咄咄曰，"蟹腹自有'仙人'，一名'和尚'，要是谑语；断无别肠容此妖物，不诛戮之，吾南交祸未已也。"挥刀斫其首。时甘君已入城，与区抚军议班师矣；常越所部卒持盲僧首以献，转告两元戎。桑长史进曰，"斯必万赤头也。记天人第二图为大蟹浮海中，篆云'横行自毙'。某当初疑万赤先亡，乃今始验。"适李长脚入辞，视其头笑曰，"此贼以水火阴阳，为害中国，不死于黄钺而死于屠刀，固犬豕之流耳。仙骨何有哉？……"……（卷二十）自是交址平。桑蠋生还闽；甘鼎亦弃官去，言将度庾岭云。

《蟫史》神态，仿佛甚奇，然探其本根，则实未离于神魔小说；其缀以亵语，固由作者禀性，而一面亦尚承明代"世情书"之流风。特缘勉造硬语，力拟古书，成诘屈之文，遂得掩凡近之意。洪亮吉（《北江诗话》）评其诗云，"如栽盆红药，蓄沼文鱼。"汪瑔序其《鹗亭诗话》云，"貌渊奥而实平易，……然笔致遒峭可喜。"即谓虽华艳而乏天趣，徒奇崛而无深意也。《蟫史》亦然，惟以其文体为他人所未试，足称独步而已。

以排偶之文试为小说者，则有陈球之《燕山外史》八卷。球字蕴斋，秀水诸生，家贫，以卖画自给，工骈俪，喜传奇，因有此作（《光绪嘉兴府志》五十二）。自谓"史体从无以四六为文，自我作古，极知僭妄，……第行于稗乘，当希末减"。盖未见张鷟《游仙窟》（见第八篇），遂自以为独创矣。其本成于嘉庆中（约一八一〇），专主词华，略以寄慨，故即取明冯梦桢所撰《窦生传》为骨干，加以敷衍，演为三万一千余言。传略谓永乐时有窦绳祖，本燕人，就学于嘉兴，悦贫女李爱姑，迎以同居；久之，父迫令就婚淄川宦族，遂绝去。爱姑复为金陵鹾商所给，辗转落妓家，得侠士马遴之助，终复归窦，而大妇甚妒，虐遇之，生不能堪，偕爱姑遁去，会有唐赛儿之乱，又相失。比生复归，则资产已空，妇亦求去，孑然止存一身，而爱姑忽至，自言当日匿尼庵中，今遂返矣。是年窦生及第，累官至山东巡抚；迎爱姑入署如命妇。未几生男，求乳媪，有应者，则前大妇也，再嫁后夫死子殇，遂困顿为贱役，而生仍优容之。然妇又设计害马遴，生亦牵连得罪；顾终竟昭雪复官，后与爱姑皆仙去。其事殊庸陋，如一切佳人才子小说常套，而作者奋然有取，则殆缘转折尚多，足以示行文手腕而已，然语必四六，随处拘牵，状物叙情，俱失生气，姑勿论六朝俪语，即较之张鷟之作，虽无其俳谐，而亦逊其生动也。仍录其叙窦生为父促归，爱姑怅怅失所之辞，以备一格：

……其父内存爱犊之思，外作搏牛之势，投鼠奚遑忌器，打鸭未免惊鸳；放豇之豚，追来入笠，丧家之犬，叱去还家。疾驱而身弱如羊，遂作补牢之计，严锢而人防似虎，终无出柙之时；所虞龙性难驯，拴于铁柱，还恐猿心易动，辱以蒲鞭。由是姑也蔷薇架畔，青黛将颦，薜荔墙边，红花欲悴，托意丁香枝上，其意谁知，寄情豆蔻梢头，此情自喻。而乃莲心独苦，竹沥将枯，却嫌柳絮何情，漫漫似雪，转恨海棠无力，密密垂丝。才过迎春，又经半夏，采葑采葛，只自空期，投李投桃，俱为陈迹，依稀梦里，徒栽待女之花，抑郁胸前，空带宜男之草。未能蠲忿，安得忘忧？鼓残瑟上桐丝，奚时续断，剖破楼头菱影，何日当归？岂知去者益远，望乃徒劳，昔虽音问久疏，犹同乡井，后竟梦魂永隔，忽阻山川。室迩人遐，每切三秋之感，星移物换，仅深两地之思。……（卷二）

至光绪初（一八七九），有永嘉傅声谷注释之，然于本文反有删削。

雍乾以来，江南人士惕于文字之祸，因避史事不道，折而考证经子以至小学，若艺术之微，亦所不废；惟语必征实，忌为空谈，博识之风，于是亦盛。逮风气既成，则学者之面目亦自具，小说乃"道听途说者之所造"，史以为"无可观"，故亦不屑道也；然尚有一李汝珍之作《镜花缘》。汝珍字松石，直隶大兴人，少而颖异，不乐为时文，乾隆四十七年随其兄之海州任，因师事凌廷堪，论文之暇，兼及音韵，自云"受益极多"，时年约二十。其生平交游，颇多研治声韵之士；汝珍亦特长于韵学，旁及杂艺，如壬遁星卜象纬，以至书法弈道多通。顾不得志，盖以诸生终老海州，晚年穷愁，则作小说以自遣，历十余年始成，道光八年遂有刻本。不数年，汝珍亦卒，年六十余（约一七六三——一八三〇）。于音韵之著述有《音鉴》，主实用，重今音，而敢于变古（以上详见新标点本《镜花缘》卷首胡适《引论》）。盖惟精声韵之学而仍敢于变古，乃能居学者之列，博识多通而仍敢于为小说也；惟于小说又复论学说艺，数典谈经，连篇累牍而不能自已，则博识多通又害之。

《镜花缘》凡一百回，大略叙武后于寒中欲赏花，诏百花齐放；花神不敢抗命，从之，然又获天谴，谪于人间，为百女子。时有秀才唐敖，应试中探花，而言官举劾，谓与叛人徐敬业辈有旧，复被黜，因慨然有出尘之想，附其妇弟林之洋商舶遨游海外，跋涉异域，时遇畸人，又多睹奇俗怪物，幸食仙草，"入圣超凡"，遂入山不复返。其女小山又附舶寻父，仍历诸异境，且经众险，终不遇；但从山中一樵父得父书，名之曰闺臣，约其"中过才女"后可相见;更进,则见荒冢,曰镜花冢;更进,则入水月村;更进,则见泣红亭,其中有碑,上镌百人名姓,首史幽探,终毕全贞,而唐闺臣在第十一。人名之后有总论,其文有石:

泣红亭主人曰:以史幽探哀萃芳冠首者,盖主人自言穷探野史,尝有所见,惜湮没无闻,而哀群芳之不传,因笔志之。……结以花再芳毕全贞者,盖以群芳沦落,几至澌灭无闻,今赖斯而不朽,非若花之重芳乎?所列百人,莫非琼林琪树,合璧骈珠,故以全贞毕焉。(第四十八回)闺臣不得已,遂归;值武后开科试才女,得与试,且亦入选,名次如碣文。于是同榜者百人大会于宗伯府,又连日宴集,弹琴赋诗,围棋讲射,蹴鞠斗草,行令论文,评韵谱,解《毛诗》,尽觞咏之乐。已而有两女子来,自云考列四等才女,而实风姨月姊化身,旋复以文字结嫌,弄风惊其坐众。魁星则现形助诸女;麻姑亦化为道姑,来和解之,于是即席诵诗,皆包含坐中诸人身世,自过去及现在,以至将来,间有哀音,听者黯淡,然不久意解,欢笑如初。末则文芸起兵谋匡复,才女或亦在军,有死者;而武家军终败。于是中宗复位,仍尊太后武氏为则天大圣皇帝。未几,则天下诏,谓来岁仍开女试,并命前科众才女重赴"红文宴",而《镜花缘》随毕。然以上仅全局之半,作者自云欲知"镜中全影,且待后缘",则当有续书,然竟未作。

作者命笔之由,即见于《泣红亭记》,盖于诸女,悲其消沉,爰托稗官,以传芳烈。书中关于女子之论亦多,故胡适以为"是一部讨论妇女问题的小说,他对于这个问题的答案,是男女应该受平等的待遇,平等的教育,平等的选举制度"(详见本书《引论》四)。其于社会制度,亦有不平,每设事端,以寓理想;惜为时势所限,仍多迂拘,例如君子国民情,甚受作者叹羡,然因让而争,矫伪已甚,生息此土,则亦劳矣,不如作诙谐观,反有启颜之效也。

……说话间,来到闹市,只见一隶卒在那里买物,手中拿着货物道,"老兄如此高货,却讨恁般贱价,教小弟买去,如何能安?务求将价加增,方好遵教。若再过谦,那是有意不肯赏光交易了。"……只听卖货人答道,"既承照顾,敢不仰体。但适才妄讨大价,已觉厚颜;不意老兄反说货高价贱,岂不更教小弟惭愧?况敝货并非'言无二价',其中颇有虚头。俗云'漫天要价,就地还钱'。今老兄不但不减,反要加增,如此克己,只好请到别家交易,小弟实难遵命。"唐敖道,"'漫天要价,就地还钱',原是买物之人向来俗谈;至'并非言无二价,其中颇有虚头',亦是买者之话。不意今皆出于卖者之口,倒也有趣。"只听隶卒又说道,"老兄以高货讨贱价,反说小弟'克己',岂不失了忠恕之道?凡事总要彼此无欺,方为公允。试问'那个腹中无算盘',小弟又安能受人之愚哩?"谈之许久,卖货人执意不增。隶卒赌气，照数付价，拿了一半货物，刚要举步。卖货人哪里肯依，只说"价多货少"，拦住不放。路旁走过两个老翁，作好作歹，从公评定，令隶卒照价拿了八折货物，这才交易而去。……唐敖道，"如此看来，这几个交易光景，岂非'好让不争'的一幅行乐图吗？我们还打听什么？且到前面再去畅游。如此美地，领略领略风景，拓广见识，也是好的。"……（第十一回《观雅化闲游君子邦》）

又其罗列古典才艺，亦殊繁多，所叙唐氏父女之游行，才女百人之聚宴，几占全书什七，无不广据旧文（略见钱静方《小说丛考》上），历陈众艺，一时之事，或亘数回。而作者则甚自喜，假林之洋之打诨，自论其书云，"这部'少子'，乃圣朝太平之世出的；是俺天朝读书人做的。这人就是老子的后裔。老子做的是《道德经》，讲的都是元虚奥妙。他这'少子'虽以游戏为事，却暗寓劝善之意，不外风人之旨。上面载着诸子百家，人物花鸟，书画琴棋，医卜星相，音韵算法，无一不备。还有各样灯谜，诸般酒令，以及双陆马吊，射鹄蹴毬，斗草投壶，各种百戏之类。件件都可解得睡魔，也可令人喷饭。"（二十三回）盖以为学术之汇流，文艺之列肆，然亦与《万宝全书》为邻比矣。惟经作者匠心，剪裁运用，故亦颇有虽为古典所拘，而尚能绰约有风致者，略引如下：

……多九公道，"林兄如饿，恰好此地有个充饥之物。"随向碧草丛中摘了几枝青草。……林之洋接过，只见这草宛如韭菜，内有嫩茎，开着几朵青花，即放入口内，不觉点头道，"这草一股清香，倒也好吃。请问九公，他叫什么名号？……"唐敖道，"小弟闻得海外鹊山有青草，花如韭，名'祝余'，可以疗饥。大约就是此物了。"多九公连连点头。于是又朝前走。……只见唐敖忽然路旁折了一枝青草，其叶如松，青翠异常，叶上生着一子，大如芥子，把子取下，手执青草道，"舅兄才吃祝余，小弟只好以此奉陪了。"说罢，吃入腹内。又把那个芥子放在掌中，吹气一口，登时从那子中生出一枝青草来，也如松叶，约长一尺，再吹一口，又长一尺，一连吹气三口，共有三尺之长，放在口边，随又吃了。林之洋笑道，"妹夫要这样很嚼，只怕这里青草都被你吃尽哩。这芥子忽变青草，这是甚故？"多九公道，"此是'蹑空草'，又名'掌中芥'。取子放在掌中，一吹长一尺，再吹又长一尺，至三尺止。人若吃了，能立空中，所以叫作蹑空草。"林之洋道，"有这好处，俺也吃他几枝，久后回家，倘房上有贼，俺蹑空追他，岂不省事。"于是各处寻了多时，并无踪影。多九公道，"林兄不必找了。此草不吹不生。这空山中有谁吹气栽他？刚才唐兄吃的，大约此子因鸟雀啄食，受了呼吸之气，因此落地而生，并非常见之物，你却从何寻找？老夫在海外多年，今日也是初次才见。若非唐兄吹他，老夫还不知就是蹑空草哩。"……（第九回）

第二十六篇　清之狭邪小说

唐人登科之后，多作冶游，习俗相沿，以为佳话，故伎家故事，文人间亦著之篇章，今尚存者有崔令钦《教坊记》及孙棨《北里志》。自明及清，作者尤夥，明梅鼎祚之《青泥莲花记》，清余怀之《板桥杂记》尤有名。是后则扬州，吴门，珠江，上海诸艳迹，皆有录载；且伎人小传，亦渐侵入志异书类中，然大率杂事琐闻，并无条贯，不过偶弄笔墨，聊遣绮怀而已。若以狭邪中人物事故为全书主干，且组织成长篇至数十回者，盖始见于《品花宝鉴》，惟所记则为伶人。

明代虽有教坊，而禁士大夫涉足，亦不得挟妓，然独未云禁招优。达官名士以规避禁令，每呼伶人侑酒，使歌舞谈笑；有文名者又揄扬赞叹，往往如狂酲，其流行于是日盛。清初，伶人之焰始稍衰，后复炽，渐乃愈益猥劣，称为"像姑"，流品比于娼女矣。《品花宝鉴》者，刻于咸丰二年(一八五二)，即以叙乾隆以来北京优伶为专职，而记载之内，时杂猥辞，自谓伶人有邪正，狎客亦有雅俗，并陈妍媸，固犹劝惩之意，其说与明人之凡为"世情书"者略同。至于叙事行文，则似欲以缠绵见长，风雅为主，而描摹儿女之书，昔又多有，遂复不能摆脱旧套，虽所谓上品，即作者之理想人物如梅子玉杜琴言辈，亦不外伶如佳人，客为才子，温情软语，累牍不休，独有佳人非女，则他书所未写者耳。其叙"名旦"杜琴言往梅子玉家问病时情状云：

却说琴言到梅宅之时，心中十分害怕，满拟此番必有一场羞辱。及至见过颜夫人之后，不但不加呵责，倒有怜恤之心，又命他去安慰子玉，却也意想不到，心中一喜一悲。但不知子玉病体轻重，如何慰之？只好遵夫人之命，老着脸走到子玉房里。见帘帏不卷，几案生尘，一张小楠木床挂了轻绡帐。云儿先把帐子掀开，叫声"少爷，琴言来看你了"。子玉正在梦中，模模糊糊应了两声。琴言就坐在床沿，见那子玉面庞黄瘦，憔悴不堪。琴言凑在枕边，低低叫了一声，不绝泪涌下来，滴在子玉的脸上。只见子玉忽然呵呵一笑道：

"七月七日长生殿，夜半无人私语时。"

子玉吟了之后，又接连笑了两笑。琴言见他梦魔如此，十分难忍，在子玉身上掀了两掀，因想夫人在外，不好高叫，改口叫声"少爷"。子玉犹在梦中想念，候到七月七日，到素兰处，会了琴言，三人又好诉衷谈心，这是子玉刻刻不忘，所以念出这两句唐曲来。魂梦

既酣，一时难醒。又见他大笑一会，又吟道：

“我道是黄泉碧落两难寻，……”

歌罢，翻身向内睡着。琴言看他昏到如此，泪越多了，只好呆怔怔看着，不好再叫。……（第二十九回）

《品花宝鉴》中人物，大抵实有，就其姓名性行，推之可知。惟梅杜二人皆假设，字以“玉”与“言”者，即“寓言”之谓，盖著者以为高绝，世已无人足供影射者矣。书中有高品，则所以自况，实为常州人陈森书（作者手稿之《梅花梦传奇》上，自署毘陵陈森，则“书”字或误衍），号少逸，道光中寓居北京，出入菊部中，因拾闻见事为书三十回，然又中辍，出京漫游，己酉（一八四九）自广西复至京，始足成后半，共六十回，好事者竞相传钞，越三年而有刻本（杨懋建《梦华琐簿》）。

至作者理想之结局，则具于末一回，为名士与名旦会于九香园，画伶人小像为花神，诸名士为赞；诸伶又书诸名士长生禄位，各为赞，皆刻石供养九香楼下。时诸伶已脱梨园，乃“当着众名士之前”，熔化钗钿，焚弃衣裙，将烬时，“忽然一阵香风，将那灰烬吹上半空，飘飘点点，映着一轮红日，像无数的花朵与蝴蝶飞舞，金迷纸醉，香气扑鼻，越旋越高，到了半天，成了万点金光，一闪不见”云。

其后有《花月痕》十六卷五十二回，题“眠鹤主人编次”，咸丰戊午年（一八五八）序，而光绪中始流行。其书虽不全写狭邪，顾与伎人特有关涉，隐现全书中，配以名士，亦如佳人才子小说定式。略谓韦痴珠韩荷生皆伟才硕学，游幕并州，极相善，亦同游曲中，又各有相眷妓，韦者曰秋痕，韩者曰采秋。韦风流文采，倾动一时，而不遇，困顿羁旅中；秋痕虽倾心，亦终不得嫁韦。已而韦妾先殁，韦亦寻亡，秋痕殉焉。韩则先为达官幕中上客，参机要，旋以平寇功，由举人保升兵科给事中，复因战绩，累迁至封侯。采秋久归韩，亦得一品夫人封典。班师受封之后，“高宴三日，自大将军以至走卒，无不雀忭。”（第五十回）而韦乃仅一子零丁，扶棺南下而已。其布局盖在使升沉相形，行文亦唯以缠绵为主，但时复有悲凉哀怨之笔，交错其间，欲于欢笑之时，并见黯然之色，而诗词简启，充塞书中，文饰既繁，情致转晦。符兆纶评之云，“辞赋名家，却非说部当行，其淋漓尽致处，亦是从辞赋中发泄出来，哀感顽艳。……”虽稍谀，然亦中其失。至结末叙韩荷生战绩，忽杂妖异之事，则如情话未央，突来鬼语，尤为通篇芜累矣。

……采秋道，“……妙玉称个‘槛外人’，宝玉称个‘槛内人’；妙玉住的是栊翠庵，宝玉住的是怡红院。……书中先说妙玉怎样清洁，宝玉常常自认浊物。不见将来清者转浊，浊者极清？”痴珠叹一口气，高吟道，“‘一失足成千古恨，再回头已百年身。’”随说道，“……就书中‘贾雨村言’例之：薛者，设也；黛者，代也。设此人代宝玉以写生，故‘宝玉’二字，宝字上属于钗，就是宝钗；玉字下系于黛，就是黛玉。钗黛直是个‘子虚乌有’，算不得什么。倒是妙玉，真是做宝玉的反面镜子，故名之为妙。一僧一尼，暗暗影射，你道是不是呢？”采秋答应。……痴珠随说道，“‘色即是空，空即是色。’”便敲着案子朗吟道：

“银字筝调心字香，英雄的事不柔肠？我来一切观空处，也要天花做道场。采莲曲里猜莲子，丛桂开时又见君，何必摇鞭背花去，十年心已定香熏。”

荷生不待痴珠吟完，便哈哈大笑道，“算了，喝酒罢。”说笑一回，天就亮了。痴珠用过早点，坐着采秋的车先去了。午间，得荷生柬帖云：

“顷晤秋痕，泪随语下，可怜之至。弟再四慰解，令作缓图。临行，嘱弟转致阁下云，‘好自静养。耿耿此心，必有以相报也。知关锦念，率此布闻。并呈小诗四章，求和。”诗是七绝四首。……痴珠阅毕，便次韵和云：“无端花事太凌迟，残蕊伤心剩折枝，我欲替他求净境，转嫌风恶不全吹。蹉跎恨在夕阳边，湖海浮沉二十年，骆马杨枝都去也，……”

正往下写，秃头回道，“菜市街李家着人来请，说是刘姑娘病得不好。”痴珠惊讶，便坐车赴秋心院来。秋痕头上包着绉帕，趺坐床上，身边放着数本书，凝眸若有所思，突见痴珠，便含笑低声说道，“我料得你挨不上十天。其实何苦呢？”痴珠说道，“他们说你病着，叫我怎忍不来呢？”秋痕叹道，“你如今一请就来，往后又是纠缠不清。”痴珠笑道，“往后再商量罢。”自此，痴珠又照旧往来了。是夜，痴珠续成和韵诗，末一章有“博得蛾眉甘一死，果然知己属倾城”之句，至今犹诵人口。……（第二十五回）

长乐谢章铤《赌棋山庄诗集》有《题魏子安所著书后》五绝三首，一为《石经考》，一为《陔南山馆诗话》，一即《花月痕》（蒋瑞藻《小说考证》八引《雷颠笔记》），因知此书为魏子安作。子安名秀仁，福建侯官人，少负文名，而年二十余始入泮，即连举丙午（一八四六）乡试，然屡应进士试不第，乃游山西陕西四川，终为成都芙蓉书院院长，因乱逃归，卒，年五十六（一八一九——一八七四），著作满家，而世独传其《花月痕》（《赌棋山庄文集》五）。秀仁寓山西时，为太原知府保眠琴教子，所入颇丰，且多暇，而苦无聊，乃作小说，以韦痴珠自况，保偶见之，大喜，力奖其成，遂为巨帙云（谢章铤《课余续录》一）。然所托似不止此，卷首有太原歌妓《刘栩凤传》，谓“倾心于逋客，欲委身焉”，以索值昂中止，将抑郁憔悴死矣。则秋痕盖即此人影子，而逋客实魏。韦韩，又逋客之影子也，设穷达两途，各拟想其所能至，穷或类韦，达当如韩，故虽自寓一己，亦遂离而二之矣。

全书以妓女为主题者，有《青楼梦》六十四回，题"釐峰慕真山人著"，序则云俞吟香。吟香名达，江苏长洲人，中年颇作冶游，后欲出离，而世事牵缠，又不能遽去，光绪十年（一八八四）以风疾卒，所著尚有《醉红轩笔话》《花间棒》《吴中考古录》及《闲鸥集》等（邹弢《三借庐笔谈》四）。《青楼梦》成于光绪四年，则取吴中倡女，以发挥其"游花国，护美人，采芹香，掇巍科，任政事，报亲恩，全友谊，敦琴瑟，抚子女，睦亲邻，谢繁华，求慕道"（第一回）之大理想，所写非实，从可知矣。略谓金挹香字企真，苏州府长洲县人，幼即工文，长更慧美，然不娶，谓欲得"有情人"，而"当世滔滔，斯人谁与？竟使一介寒儒，怀才不遇，公卿大夫竟无一识我之人，反不若青楼女子，竟有慧眼识英雄于未遇时也"（本书《题纲》）。故挹香游狭邪，特受伎人爱重，指挥如意，犹南面王。例如：

……（挹香与二友及十二妓女）至轩中，三人重复观玩，见其中修饰，别有巧思。轩外名花绮丽，草木精神。正中摆了筵席，月素定了位次，三人居中，众美人亦序次而坐：

第一位鸳鸯馆主人褚爱芳　第二位烟柳山人王湘云　第三位铁笛仙袁巧云　第四位爱雏女史朱素卿　第五位惜花春起早使者陆丽春　第六位探梅女士郑素卿　第七位浣花仙史陆文卿……第十一位梅雪争先客何月娟

末位护芳楼主人自己坐了；两旁四对侍儿斟酒。众美人传杯弄盏，极尽绸缪。挹香向慧琼道，"今日如此盛会，宜举一觞令，庶不负此良辰。"月素道，"君言诚是，即请赐令。"挹香说道，"请主人自己开令。"月素道，"岂有此理，还请你来。"挹香被推不过，只得说道，"有占了。"众美人道，"令官必须先饮门面杯起令，才是。"于是十二位美人俱各斟酒一杯，奉与挹香；挹香一饮而尽，乃启口道，"酒令胜于军令，违者罚酒三巨觥！"众美人唯唯听命。……（第五回）挹香亦深于情，侍疾服劳不厌，如：

……一日，挹香至留香阁，爱卿适发胃气，饮食不进。挹香十分不舍，忽想着过青田著有《医门宝》四卷，尚在馆中书架内，其中胃气丹方颇多，遂到馆取而复至，查到"香郁散"最宜，令侍儿配了回来，亲侍药炉茶灶；又解了几天馆，朝夕在留香阁陪伴。爱卿更加感激，乃口占一绝，以报挹香。……（第二十一回）

后乃终"掇巍科"，纳五妓，一妻四妾。又为养亲计，捐职仕余杭，即迁知府，则"任政事"矣。已而父母皆在府衙中跨鹤仙去；挹香亦悟道，将入山，

……心中思想道，"我欲看破红尘，不能明告他们知道，只得一个私自瞒了他们，踱了出去的了。"次日写了三封信，寄予拜林梦仙仲英，无非与他们留书志别的事情，又嘱拜林早日代吟梅完其姻事。过了几天，挹香又带了几十两银子，自己去置办了道袍道服草帽

凉鞋，寄在人家，重归家里。又到梅花馆来，恰巧五美俱在，挹香见他们不识不知，仍旧笑嘻嘻在着那里，觉心中还有些对他们不起的念头。想了一会，叹道，“既解情关，有何恋恋！”……（第六十回）

遂去，羽化于天台山，又归家，悉度其妻妾，于是“金氏门中两代白日升天”（第六十一回）。其子则早抡元；旧友亦因挹香汲引，皆仙去；而曩昔所识三十六伎，亦一一“归班”，缘此辈“多是散花苑主坐下司花的仙女，因为偶触思凡之念，所以谪降红尘，如今尘缘已满，应该重入仙班”（第六十四回）也。

《红楼梦》方板行，续作及翻案者即奋起，各竭智巧，使之团圆，久之，乃渐兴尽，盖至道光末而始不甚做此等书。然其余波，则所被尚广远，惟常人之家，人数鲜少，事故无多，纵有波澜，亦不适于《红楼梦》笔意，故遂一变，即由叙男女杂沓之狭邪以发泄之。如上述三书，虽意度有高下，文笔有妍媸，而皆摹绘柔情，敷陈艳迹，精神所在，实无不同，特以谈钗黛而生厌，因改求佳人于倡优，知大观园者已多，则别辟情场于北里而已。然自《海上花列传》出，乃始实写妓家，暴其奸谲，谓“以过来人现身说法”，欲使阅者“按迹寻踪，心通其意，见当前之媚于西子，即可知背后之泼于夜叉，见今日之密于糟糠，即可卜他年之毒于蛇蝎”（第一回）。则开宗明义，已异前人，而《红楼梦》在狭邪小说之泽，亦自此而斩也。

《海上花列传》今有六十四回，题“云间花也怜侬著”，或谓其人即松江韩子云，善弈棋，嗜鸦片，旅居上海甚久，曾充报馆编辑，所得笔墨之资，悉挥霍于花丛中，阅历既深，遂洞悉此中伎俩（《小说考证》八引《谈瀛室笔记》）；而未详其名，自署云间，则华亭人也。其书出于光绪十八年（一八九二），每七日印二回，遍鬻于市，颇风行。大略以赵朴斋为全书线索，言赵年十七，以访母舅洪善卿至上海，遂游青楼，少不更事，沉溺至大困顿，旋被洪送令还。而赵又潜返，愈益沦落，至“拉洋车”。书至此为第二十八回，忽不复印。作者虽目光始终不离于赵，顾事迹则仅此，唯因赵又牵连租界商人及浪游子弟，杂述其沉湎征逐之状，并及烟花，自“长三”至“花烟间”具有；略如《儒林外史》，若断若续，缀为长篇。其訾倡女之无深情，虽责善于非所，而记载如实，绝少夸张，则固能自践其“写照传神，属辞比事，点缀渲染，跃跃如生”（第一回）之约者矣。如述赵朴斋初至上海，与张小村同赴“花烟间”时情状云：

……王阿二一见小村，便撺上去嚷道，“耐好啊！骗我，阿是？耐说转去两三个月啘，直到仔故歇坎坎来。阿是两三个月嗄？只怕有两三年哉！……”小村忙赔笑央告道，“耐

勠动气，我搭耐说。"便凑着王阿二耳朵边，轻轻地说话。说不到四句，王阿二忽跳起来，沉下脸道，"耐倒乖杀哚。耐想拿件湿布衫拨来别人着仔，耐末脱体哉，阿是？"小村发急道，"勿是呀，耐也等我说完仔了哩。"王阿二便又爬在小村怀里去听，也不知咕咕唧唧说些什么，只见小村说着，又努嘴，王阿二即回头把赵朴斋瞟了一眼，接着小村又说了几句。王阿二道，"耐末那价呢？"小村道，"我是原照旧碗。"王阿二方才罢了；立起身来，剔亮了灯台；问朴斋尊姓；又自头至足，细细打量。朴斋别转脸去，装作看单条。只见一个半老娘姨，一手提水铫子，一手托两盒烟膏，……蹭上楼来，……把烟盒放在烟盘里，点了烟灯，冲了茶碗，仍提铫子下楼自去。王阿二靠在小村身旁烧起烟来，见朴斋独自坐着，便说，"榻床浪来䠀䠀哩。"朴斋巴不得一声，随向烟榻下手躺下，看着王阿二烧好一口烟，装在枪上，授予小村，飕飗飗则直吸到底。……至第三口，小村说，"勠吃哉。"王阿二调过枪来，授予朴斋。朴斋吸不惯，不到半口，斗门噎住。……王阿二将签子打通烟眼，替他把火。朴斋趁势捏他手腕，王阿二夺过手，把朴斋腿膀尽力摔了一把，摔得朴斋又疫又痛又爽快。朴斋吸完烟，却偷眼去看小村，见小村闭着眼，朦朦胧胧，似睡非睡光景，朴斋低声叫"小村哥"。连叫两声，小村只摇手，不答应。王阿二道，"烟迷呀，随俚去吧。"朴斋便不叫了。……（第二回）

至光绪二十年，则第一至六十回俱出，进叙洪善卿于无意中见赵拉车，即寄书于姊，述其状。洪氏无计；唯其女曰二宝者颇能，乃与母赴上海来访，得之，而又皆流连不遽返。洪善卿力劝令归，不听，乃绝去。三人资斧渐尽，驯至不能归，二宝遂为倡，名甚噪。已而遇史三公子，云是巨富，极爱二宝，迎之至别墅消夏，谓将娶以为妻，特须返南京略一屏当，始来迓，遂别。二宝由是谢绝他客，且资金盛制衣饰，备作嫁资，而史三公子竟不至。使朴斋往南京询得消息，则云公子新订婚，方赴扬州亲迎去矣。二宝闻信昏绝，救之始苏，而负债至三四千金，非重理旧业不能偿，于是复揽客，见噩梦而书止。自跋谓将续作，然不成。后半于所谓海上名流之雅集，记叙特详，但稍失实；至描写他人之征逐，挥霍，及互相欺谩之状，乃不稍逊于前三十回。有述赖公子赏女优一节，甚得当时世态：

……文君改装登场，一个门客凑趣，先喊声"好！"不料接接连连，你也喊好，我也喊好，一片声嚷得天崩地塌，海搅江翻。……只有赖公子捧腹大笑，极其得意。唱过半出，就令当差地放赏。那当差的将一卷洋钱散放在巴斗内，呈赖公子过目，望台上只一撒，但闻索郎一声响，便见许多晶莹焜耀的东西，满台乱滚；台下这些帮闲门客又齐声一号。文君揣知赖公子其欲逐逐，心上一急，倒急出个计较来，当场依然用心地唱，唱罢落场，……

含笑入席。不提防赖公子一手将文君揽入怀中；文君慌地推开立起，佯作怒色，却又爬在赖公子肩膀，悄悄地附耳说了几句，赖公子连连点头道，"晓得哉。"……（第四十四回）

书中人物，亦多实有，而悉隐其真姓名，惟不为赵朴斋讳。相传赵本作者挚友，时济以金，久而厌绝，韩遂撰此书以谤之，印卖至第二十八回，赵急致重赂，始辍笔，而书已风行；已而赵死，乃续作贸利，且放笔至写其妹为倡云。然二宝沦落，实作者豫定之局，故当开篇赵朴斋初见洪善卿时，即叙洪问"耐有个令妹，……阿曾受茶？"答则曰，"勿曾。今年也十五岁哉。"已为后文伏线也。光绪末至宣统初，上海此类小说之出尤多，往往数回辄中止，殆得赂矣；而无所营求，仅欲摘发伎家罪恶之书亦兴起，惟大都巧为罗织，故作已甚之辞，冀震耸世间耳目，终未有如《海上花列传》之平淡而近自然者。

第二十七篇　清之侠义小说及公案

明季以来，世目《三国》《水浒》《西游》《金瓶梅》为"四大奇书"，居说部上首，比清乾隆中，《红楼梦》盛行，遂夺《三国》之席，而尤见称于文人。惟细民所嗜，则仍在《三国》《水浒》。时势屡更，人情日异于昔，久亦稍厌，渐生别流，虽故发源于前数书，而精神或至正反，大旨在揄扬勇侠，赞美粗豪，然又必不背于忠义。其所以然者，即一缘文人或有憾于《红楼》，其代表为《儿女英雄传》；一缘民心已不通于《水浒》，其代表为《三侠五义》。

《儿女英雄传评话》本五十三回，今残存四十回，题"燕北闲人著"。马从善序云出文康手，盖定稿于道光中。文康，费莫氏，字铁仙，满洲镶红旗人，大学士勒保次孙也，"以资为理藩院郎中，出为郡守，洊擢观察，丁忧旋里，特起为驻藏大臣，以疾不果行，卒于家。"家本贵盛，而诸子不肖，遂中落且至困惫。文康晚年块处一室，笔墨仅存，因著此书以自遣。升降盛衰，俱所亲历，"故于世运之变迁，人情之反复，三致意焉。"（并序语）荣华已落，怆然有怀，命笔留辞，其情况盖与曹雪芹颇类。惟彼为写实，为自叙，此为理想，为叙他，加以经历复殊，而成就遂迥异矣。书首有雍正甲寅观鉴我斋序，谓为"格致之书"，反《西游》等之"怪力乱神"而正之；次乾隆甲寅东海吾了翁识，谓得于春明市上，不知作者何人，研读数四，"更于没字处求之"，始知言皆有物，因补其阙失，弁以数言云云：皆作者假托。开篇则谓"这部评话……初名《金玉缘》；因所传的是首善京都一桩公案，又名《日下新书》。篇中立旨立言，虽然无当于文，却还一洗秽语淫词，不乖于正，因又名《正法眼藏五十三参》，初非释家言也。后来东海吾了翁重订，题曰《儿女英雄传评话》。……”（首回）多立异名，摇曳见态，亦仍为《红楼梦》家数也。

所谓“京都一桩公案”者，为有侠女曰何玉凤，本出名门，而智慧骁勇绝世，其父先为人所害，因奉母避居山林，欲伺间报仇。其怨家曰纪献唐，有大勋劳于国，势甚盛。何玉凤急切不得当，变姓名曰十三妹，往来市井间，颇拓弛玩世；偶于旅次见孝子安骥困厄，救之，以是相识，后渐稔。已而纪献唐为朝廷所诛，何虽未手刃其仇而父仇则已报，欲出家，然卒为劝沮者所动，嫁安骥。骥又有妻曰张金凤，亦尝为玉凤所拯，乃相睦如姊妹，后各有孕，故此书初名《金玉缘》。

书中人物亦常取同时人为蓝本；或取前人，如纪献唐，蒋瑞藻（《小说考证》八）云，“吾之意，以为纪者，年也；献者，《曲礼》云，‘犬名羹献’；唐为帝尧年号：合之则年羹尧也。……其事迹与本传所记悉合。”安骥殆以自寓，或者有慨于子而反写之。十三妹未详，当纯出作者意造，缘欲使英雄儿女之概，备于一身，遂致性格失常，言动绝异，矫揉之态，触目皆是矣。如叙安骥初遇何于旅舍，虑其入室，呼人抬石杜门，众不能动，而何反为之运以入，即其例也：

……那女子又说道，“弄这块石头，何至于闹的这等马仰人翻的呀？”张三手里拿着镢头，看了一眼，接口说，“怎么‘马仰人翻’呢？瞧这家伙，不这么弄，问得动他吗？打谅顽儿呢。”那女子走到跟前，把那块石头端相了端相，……约莫也有个二百四五十斤重，原是一个碾粮食的碌碡；上面靠边，却有个凿通了的关眼儿。……他先挽了挽袖子，……把那石头撂倒在平地上，用右手推着一转，找着那个关眼儿，伸进两个指头去勾住了，往上只一悠，就把那两百多斤的石头碌碡，单撒手儿提了起来。向着张三李四说道，“你们两个也别闲着，把这石头上的土给我拂落净了。”两个屁滚尿流，答应了一声，连忙用手拂落了一阵，说，“得了。”那女子才回过头来，满面含春地向安公子道，“尊客，这石头放在那里？”安公子羞得面红过耳，眼观鼻鼻观心地答应了一声，说，“有劳，就放在屋里罢。”那女子听了，便一手提着石头，款动一双小脚儿，上了台阶儿，那只手撩起了布帘，跨进门去，轻轻地把那块石头放在屋里南墙根儿底下；回转头来，气不喘，面不红，心不跳。众人伸头探脑地向屋里看了，无不诧异。……（第四回）

结末言安骥以探花及第，复由国子监祭酒简放乌里雅苏台参赞大臣，未赴，又“改为学政，陛辞后即行赴任，办了些疑难大案，政声载道，位极人臣，不能尽述”。因此复有人作续书三十二回，文意并拙，且未完，云有二续，序题“不计年月无名氏”，盖光绪二十年顷北京书估之所造也。

《三侠五义》出于光绪五年(一八七九),原名《忠烈侠义传》,百二十回,首署"石玉昆…述",而序则云问竹主人原藏,入迷道人编订,皆不详为何如人。凡此流著作,虽意在叙勇侠之士,游行村市,安良除暴,为国立功,而必以一名臣大吏为中枢,以总领一切豪俊,其在《三侠五义》者曰包拯。拯字希仁,以进士官至礼部侍郎,其间尝除天章阁待制,又除龙图阁学士,权知开封府,立朝刚毅,关节不到,世人比之阎罗,有传在《宋史》(三百十六)。而民间所传,则行事率怪异,元人杂剧中已有包公"断立太后"及"审乌盆鬼"诸异说;明人又作短书十卷曰《龙图公案》,亦名《包公案》,记拯借私访梦兆鬼语等以断奇案六十三事,然文意甚拙,盖仅识文字者所为。后又演为大部,仍称《龙图公案》,则组织加密,首尾通连,即为《三侠五义》蓝本矣。

《三侠五义》开篇,即叙宋真宗未有子,而刘李二妃俱娠,约立举子者为正宫。刘乃与宫监郭槐密谋,俟李生子,即易以剥皮之狸猫,谓生怪物。太子则付宫人寇珠,命缢而弃诸水,寇珠不忍,窃授陈林,匿八大王所,云是第三子,始得长育。刘又谗李妃去之,忠宦多死。真宗无子,既崩,八王第三子乃入承大统,即仁宗也。书由是即进叙包拯降生,惟以前案为下文伏线而已。复次,则述拯婚宦及断案事迹,往往取他人故事,并附著之。比知开封,乃于民间遇李妃,发"狸猫换子"旧案,时仁宗始知李为真母,迎以归。拯又以忠诚之行,感化豪客,如三侠,即南侠展昭,北侠欧阳春,双侠丁兆兰,丁兆蕙,以及五鼠,为钻天鼠卢方,彻地鼠韩彰,穿山鼠徐庆,翻江鼠蒋平,锦毛鼠白玉堂等,率为盗侠,纵横江湖间,或则偶入京师,戏盗御物,人亦莫能制,顾皆先后倾心,投诚受职,协诛强暴,人民大安。后襄阳王赵珏谋反,匿其党之盟书于冲霄楼,五鼠从巡按颜查散探访,而白玉堂遽独往盗之,遂坠铜网阵而死;书至此亦完。其中人物之见于史者,惟包拯八王等数人;故事亦多非实有,五鼠虽明人之《龙图公案》及《西洋记》皆载及,而并云物怪,与此之为义士者不同,宗藩谋反,仁宗时实未有,此殆因明宸濠事而影响附会之矣。至于构设事端,颇伤稚弱,而独于写草野豪杰,辄奕奕有神,间或衬以世态,杂以

狸猫换太子

诙谐，亦每令莽夫分外生色。值世间方饱于妖异之说，脂粉之谈，而此遂以粗豪脱略见长，于说部中露头角也。

……马汉道，“喝酒是小事，但不知锦毛鼠是怎么个人？”……展爷便将陷空岛的众人说出，又将绰号儿说与众人听了。公孙先生在旁，听得明白，猛然省悟道，“此人来找大哥，却是要与大哥合气的。”展爷道，“他与我素无仇隙，与我合什么气呢？”公孙策道，“大哥，你自想想，他们五人号称‘五鼠’，你却号称‘御猫’，焉有猫儿不捕鼠之理？这明是嗔大哥号称御猫之故，所以知道他要与大哥合气。”展爷道，“贤弟所说，似乎有理。但我这‘御猫’，乃圣上所赐，非是劣兄有意称‘猫’，要欺压朋友。他若真个为此事而来，劣兄甘拜下风，从此后不称御猫，也未为不可。”众人尚未答言，惟赵虎正在豪饮之间，……却有些不服气，拿着酒杯，立起身来道，“大哥，你老素昔胆量过人，今日何自馁如此？这‘御猫’二字，乃圣上所赐，如何改得？傥若是那个什么白糖咧，黑糖咧，他不来便罢，他若来时，我烧一壶开开的水，把他冲着喝了，也去去我的滞气。”展爷连忙摆手说，“四弟悄言。岂不闻‘窗外有耳’？”刚说至此，只听得啪的一声，从外面飞进一物，不偏不歪，正打在赵虎擎的那个酒杯之上，只听当啷啷一声，将酒杯打了个粉碎。赵爷吓了一跳，众人无不惊骇。只见展爷早已出席，将隔扇虚掩，回身复又将灯吹灭，便把外衣脱下，里面却是早已结束停当的。暗暗将宝剑拿在手中，却把隔扇假做一开，只听啪的一声，又是一物打在隔扇上。展爷这才把隔扇一开，随着劲一伏身蹿将出去。只觉得迎面一股寒风，嗖的就是一刀，展爷将剑扁着，往上一迎，随招随架，用目在星光之下仔细观瞧，见来人穿着簇青的夜行衣靠，脚步伶俐：依稀是前在苗家集见的那人。二人也不言语，惟听刀剑之声，叮当乱响。展爷不过招架，并不还手，见他刀刀逼紧，门路精奇，南侠暗暗喝彩；又想道，“这朋友好不知进退。我让着你，不肯伤你。又何必赶尽杀绝？难道我还怕你不成？”暗道，“也叫他知道知道。”便把宝剑一横，等刀临近，用个“鹤唳长空势”，用力往上一削。只听得噌的一声，那人的刀已分为两段，不敢进步，只见他将身一纵，已上了墙头。展爷一跃身，也跟上去。……（第三十九回）

当俞樾寓吴下时，潘祖荫归自北京，出示此本，初以为寻常俗书耳，及阅毕，乃叹其“事迹新奇，笔意酣恣，描写既细入毫芒，点染又曲中筋节，正如柳麻子说‘武松打店’，初到店内无人，蓦地一吼，店中空缸空甏，皆嗡嗡有声：闲中着色，精神百倍”（俞序语）。而颇病开篇“狸猫换太子”之不经，乃别撰第一回，“援据史传，订正俗说。”又以书中南侠北侠双侠，其数已四，非三能包，加小侠艾虎，则又成五，“而黑妖狐智化者，小侠之师也，小诸葛沈仲元者，第一百回中盛称其从游戏中生出侠义来，然则此两人非侠而何？”因复改名《七侠五义》，于光绪己丑（一八八九）序而传之，乃与初本并行，在江浙特盛。

其年五月，复有《小五义》出于北京，十月，又出《续小五义》，皆一百二十四回。序谓与《三侠五义》皆石玉昆原稿，得之其徒。“本三千多篇，分上中下三部，总名《忠烈侠义传》，原无大小之说，因上部三侠五义为创始之人，故谓之大五义，中下二部五义即其后人出世，故谓之小五义。”《小五义》虽续上部，而又自白玉堂盗盟单起，略当上部之百一回；全书则以襄阳王谋反，义侠之士竟谋探其隐私为线索。是时白玉堂早被害，余亦渐衰老，而后辈继起，并有父风。卢方之子珍，韩彰之子天锦，徐庆之子良，白玉堂之侄芸生，皆意外凑聚于客舍，益以小侠艾虎，遂结为兄弟。诸人奔走道路，颇诛豪强，终集武昌，拟共破铜网阵，未陷而书毕。《续小五义》即接叙前案，铜网先破，叛王遂逃，而诸侠仍在江湖间诛锄盗贼。已而襄阳王成擒，天子论功，侠义之士皆受封赏，于是全书完。序虽云二书皆石玉昆旧本，而较之上部，则中部荒率殊甚，入下又稍细，因疑草创或出一人，润色则由众手，其伎俩有工拙，故正续遂差异也。

且说徐庆天然的性气一冲的性情，永不思前想后，一时不顺，他就变脸，把桌子一扳，哗啦一声，碗盏皆碎。钟雄是泥人，还有个土性情，拿住了你们，好眼相看，摆酒款待，你倒如此，难怪他怒发。指着三爷道，“你这是怎样了？”三爷说，“这是好的哪。”寨主说，“不好便当怎样？”三爷说，“打你！”话言未了，就是一拳。钟雄就用指尖往三爷肋下一点。“哎哟！”扑通！三爷就躺于地下。焉知晓钟寨主用的是“十二支讲关法”，又叫“闭血法”，俗语就叫“点穴”。三爷心里明白，不能动转。钟雄拿脚一踢，吩咐绑起来。三爷周身这才活动，又教人捆上了五花大绑。展南侠自己把两臂往后一背，说，“你们把我捆上！”众人有些不肯，又不能不捆。钟雄传令，推在丹凤桥枭首。内中有人嚷道，“刀下留人！”……（《小五义》第十七回）

且说黑妖狐智化与小诸葛沈仲元二人暗地商议，独出己见，要去上王府盗取盟单。……（智化）爬伏在悬龛之上，晃千里火照明：下面是一个方匣子，……上头有一个长方的硬木匣子，两边有个如意金环。伸手揪住两个金环，往怀中一带，只听上面嗑叹一声，下来了一口月牙式铡刀。智化把眼睛一闭，也不敢往前蹿，也不敢往后缩，正在腰脊骨中当啷的一声。智化以为是腰断两截，慢慢睁开眼睛一看，却不觉着疼痛，就是不能动转。列公，这是什么缘故？皆因他是月牙式样；若要是铡草的铡刀，那可就把人铡为两段。此刀当中有一个过陇儿，也不至于甚大；又对着智爷的腰细；又对着解了百宝囊，底

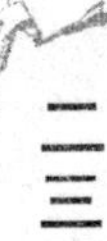

下没有东西垫着；又有背后背着这一口刀，连皮鞘带刀尖，正把腰脊骨护住。……总而言之：智化命不该绝。可把沈仲元吓了个胆裂魂飞。……（《续小五义》第一回）

大小五义之书既尽出，乃即见《正续小五义全传》刊行，凡十五卷六十回，前有光绪壬辰（一八九二）绣谷居士序。其本即取《小五义》及续书，合为一部，去其复重，又汰其铺叙，省略成十三卷五十二回。末二卷八回则谓襄阳王将就擒，而又逸去，至红罗山，举兵复战，乃始败亡，是二书之所无，实为蛇足。行文叙事，亦虽简明有加，而原有之游词余韵，刊落甚多，故神采则转逊矣。

包拯颜查散而外，以他人为全书枢轴者，在先亦已尝有。道光十八年（一八三八），有《施公案》八卷九十七回，一名《百断奇观》，记康熙时施仕纶（当作世纶）为泰州知州至漕运总督时行事，文意俱拙，略如明人之《包公案》，而稍加曲折，一案或亘数回；且断案之外，又有遇险，已为侠义小说先导。至光绪十七年（一八九一），则有《彭公案》二十四卷一百回，为贪梦道人作，述彭朋（当作鹏）于康熙中为三河县知县，洊擢河南巡抚，回京出查大同要案等故事，亦不外贤臣微行，豪杰盗宝之类，而字句拙劣，几不成文。

其他类似《三侠五义》之书尚甚夥，通行者有《永庆升平》九十七回，为潞河郭广瑞录哈辅源演说，叙康熙帝变装私访，及除邪教，平逆匪诸案；寻有续一百回，亦贪梦道人作。又有《圣朝鼎盛万年青》八集，共七十六回，无撰人名，则记康熙帝以大政付刘墉陈宏谋，自游江南，历遇奸徒骫法，英杰效忠之事。余如《英雄大八义》《英雄小八义》《七剑十三侠》《七剑十八义》等，其类尚多，大率出光绪二十年顷。后又有《刘公案》（刘墉），《李公案》（李丙寅当作秉衡）；而《施公案》亦续至十集，《彭公案》续至十七集；《七侠五义》则续至二十四集，千篇一律，语多不通，甚至一人之性格，亦先后顿异，盖历经众手，共成恶书，漫不加察，遂多矛盾矣。

《三侠五义》及其续书，绘声状物，甚有平话习气，《儿女英雄传》亦然。郭广瑞序《永庆升平》云，“余少游四海，常听评词演《永庆升平》一书，……国初以来，有此实事流传，咸丰年间有姜振名先生，乃评谈今古之人，尝演说此书，未能有人刊刻，传流于世。余长听哈辅源先生演说，熟记在心，闲暇之时，录成四卷。……”《小五义》序亦谓与《三侠五义》皆石玉昆原稿，得之其徒，则石玉昆殆亦咸丰时说话人，与姜振名各专一种故事。文康习闻说书，拟其口吻，于是《儿女英雄传》遂亦特有“演说”流风。是侠义小说之在清，正接宋人话本正脉，固平民文学之历七百余年而再兴者也。惟后来仅有拟作及续书，且多滥恶，而此道又衰落。

清初，流寇悉平，遗民未忘旧君，遂渐念草泽英雄之为明宣力者，故陈忱作《后水浒传》，则使李俊去国而王于暹罗（见第十五篇）。历康熙至乾隆百三十余年，威力广被，人民慑服，即士人亦无贰心，故道光时俞万春作《结水浒传》，则使一百八人无一幸免（亦见第十五篇），然此尚为僚佐之见也。《三侠五义》为市井细民写心，乃似较有《水浒》余韵，然亦仅其外貌，而非精神。时去明亡已久远，说书之地又为北京，其先又屡平内乱，游民辄以从军得功名，归耀其乡里，亦甚动野人歆羡，故凡侠义小说中之英雄，在民间每极粗豪，大有绿林结习，而终必为一大僚隶卒，供使令奔走以为宠荣，此盖非心悦诚服，乐为臣仆之时不办也。然当时于此等书，则以为"善人必获福报，恶人总有祸临，邪者定遭凶殃，正者终逢吉庇，报应分明，昭彰不爽，使读者有拍案称快之乐，无废书长叹之时……"（《三侠五义》及《永庆升平》序）云。

而其时欧人之力又侵入中国。

第二十八篇　清末之谴责小说

光绪庚子（一九〇〇）后，谴责小说之出特盛。盖嘉庆以来，虽屡平内乱（白莲教，太平天国，捻，回），亦屡挫于外敌（英，法，日本），细民暗昧，尚啜茗听平逆武功，有识者则已幡然思改革，凭敌忾之心，呼维新与爱国，而于"富强"尤致意焉。戊戌变政既不成，越二年即庚子岁而有义和团之变，群乃知政府不足与图治，顿有掊击之意矣。其在小说，则揭发伏藏，显其弊恶，而于时政，严加纠弹，或更扩充，并及风俗。虽命意在于匡世，似与讽刺小说同伦，而辞气浮露，笔无藏锋，甚且过甚其辞，以合时人嗜好，则其度量技术之相去亦远矣，故别谓之谴责小说。其作者，则南亭亭长与我佛山人名最著。

南亭亭长为李宝嘉，字伯元，江苏武进人，少擅制艺及诗赋，以第一名入学，累举不第，乃赴上海办《指南报》，旋辍，别办《游戏报》，为俳谐嘲骂之文，后以"铺底"售之商人，又别办《海上繁华报》，记注倡优起居，并载诗词小说，殊盛行。所著有《庚子国变弹词》若干卷，《海天鸿雪记》六本，《李莲英》一本，《繁华梦》《活地狱》各若干本。又有专意斥责时弊者曰《文明小史》，分刊于《绣像小说》中，尤有名。时正庚子，政令倒行，海内失望，多欲索祸患之由，责其罪人以自快，宝嘉亦应商人之托，撰《官场现形记》，拟为十编，编十二回，自光绪二十七至二十九年中成三编，后二年又成二编，三十二年三月以瘵卒，

年四十(一八六七——一九〇六),书遂不完;亦无子,伶人孙菊仙为理其丧,酬《繁华报》之揄扬也。尝被荐应经济特科,不赴,时以为高;又工篆刻,有《芋香印谱》行于世(见周桂笙《新庵笔记》三,李祖杰致胡适书及顾颉刚《读书杂记》等)。

《官场现形记》已成者六十回,为前半部,第三编印行时(一九〇三)有自序,略谓"亦尝见夫官矣,送迎之外无治绩,供张之外无材能,忍饥渴,冒寒暑,行香则天明而往,禀见则日昃而归,卒不知其何所为而来,亦卒不知其何所为而去。"岁或有凶灾,行振恤,又"皆得援救助之例,邀奖励之恩,而所谓官者,乃日出而未有穷期"。及朝廷议汰除,则"上下蒙蔽,一如故旧,尤其甚者,假手宵小,授意私人,因苞苴而通融,缘贿赂而解释:是欲除弊而转滋之弊也"。于是群官搜括,小民困穷,民不敢言,官乃愈肆,"南亭亭长有东方之谐谑,与淳于之滑稽,又熟知夫官之龌龊卑鄙之要凡,昏瞶糊涂之大旨",爰"以含蓄蕴酿存其忠厚,以酣畅淋漓阐其隐微,……穷年累月,殚精竭诚,成书一帙,名曰《官场现形记》。……凡神禹所不能铸之于鼎,温峤所不能烛之以犀者,无不毕备也"。故凡所叙述,皆迎合,钻营,蒙混,罗掘,倾轧等故事,兼及士人之热心于作吏,及官吏闺中之隐情。头绪既繁,脚色复夥,其记事遂率与一人俱起,亦即与其人俱讫,若断若续,与《儒林外史》略同。然臆说颇多,难云实录,无自序所谓"含蓄蕴酿"之实,殊不足望文木老人后尘。况所搜罗,又仅"话柄",联缀此等,以成类书;官场伎俩,本小异大同,汇为长编,即千篇一律。特缘时势要求,得此为快,故《官场现形记》乃骤享大名;而袭用"现形"名目,描写他事,如商界学界女界者亦接踵也。今录南亭亭长之作八百余言为例,并以概余子:

……却说贾大少爷,……看看已到了引见之期,头天赴部演礼,一切照例仪注,不庸细述。这天贾大少爷起了一个半夜,坐车进城,……一直等到八点钟,才有带领引见的司官老爷把他带了进去,不知走到一个什么殿上,司官把袖一摔,他们一班几个人在台阶上一溜跪下,离着上头约莫有二丈远,晓得坐在上头的就是"当今"了。……他是道班,又是明保的人员,当天就有旨,叫他第二天预备召见。……贾大少爷虽是世家子弟,然而今番乃是第一遭见皇上,虽然请教过多少人,究竟放心不下。当时引见了下来,先看见华中堂。华中堂是收过他一万银子古董的,见了面问长问短,甚是关切。后来贾大少爷请教他道,"明日朝见,门生的父亲是现任臬司,门生见了上头,要碰头不要碰头?"华中堂没有听见上文,只听得"碰头"二字,连连回答道,"多碰头,少说话:是做官的秘诀。"贾大少爷忙分辨道,"门生说的是上头问着门生的父亲,自然要碰头;倘不问,也要碰头不要碰头?"华中堂道,"上头不问你,你千万不要多说话;应该碰头的地方,又万万不要忘记不碰,就是不该碰，你多磕头，总没有处分的。”一席话说得贾大少爷格外糊涂，意思还要问，中堂已起身送客了。贾大少爷只好出来，心想华中堂事情忙，不便烦他，不如去找黄大军机，……或者肯赐教一二。谁知见了面，贾大少爷把话才说完，黄大人先问“你见过中堂没有？他怎么说的？”贾大少爷照述一遍，黄大人道，“华中堂阅历深，他叫你多碰头少说话，老成人之见，这是一点儿不错的。”……贾大少爷无法，只得又去找徐大军机。这位徐大人，上了年纪，两耳重听，就是有时候听得两句，也装作不知。他平生最讲究养心之学，有两个诀窍：一个是“不动心”，一个是“不操心”。……后来他这个诀窍被同寅中都看穿了，大家就送他一个外号，叫他做“琉璃蛋”。……这日贾大少爷……去求教他，见面之后，寒暄了几句，便题到此事。徐大人道，“本来多碰头是顶好的事。就是不碰头，也使得。你还是应得碰头的时候，你碰头；不必碰的时候，还是不必碰的为妙。”贾大少爷又把华黄二位的话述了一遍，徐大人道，“他两位说的话都不错。你便照他二位的话，看事行事，最妥。”说了半天，仍旧说不出一毫道理，只得又退了下来。后来一直找到一位小军机，也是他老人家的好友，才把仪注说清。第二天召见上去，居然没有出岔子。……（第二十六回）

我佛山人为吴沃尧，字茧人，后改趼人，广东南海人也，居佛山镇，故自称“我佛山人”。年二十余至上海，常为日报撰文，皆小品；光绪二十八年新会梁启超印行《新小说》于日本之横滨，月一册，次年（一九〇三），沃尧乃始学为长篇，即以寄之，先后凡数种，曰《电术奇谈》，曰《九命奇冤》，曰《二十年目睹之怪现状》，名于是日盛，而末一种尤为世间所称。后客山东，游日本，皆不得意，终复居上海；三十二年，为《月月小说》主笔，撰《劫余灰》，《发财秘诀》，《上海游骖录》；又为《指南报》作《新石头记》。又一年，则主持广志小学校，甚尽力于学务，所作遂不多。宣统纪元，始成《近十年之怪现状》二十回，二年九月遽卒，年四十五（一八六六——一九一〇）。别有《恨海》《胡宝玉》二种，先皆单行；又尝应商人之托，以三百金为撰《还我灵魂记》颂其药，一时颇被訾议，而文亦不传（见《新庵笔记》三，《近十年之怪现状》自序，《我佛山人笔记》汪维甫序）。短文非所长，后因名重，亦有人缀集为《趼廛笔记》，《趼人十三种》，《我佛山人笔记四种》，《我佛山人滑稽谈》，《我佛山人札记小说》等。

《二十年目睹之怪现状》本连载于《新小说》中，后亦与《新小说》俱辍，光绪三十三年乃有单行本甲至丁四卷，宣统元年又出戊至辛四卷，共一百八回。全书以自号“九死一生”者为线索，历记二十年中所遇，所见，所闻天地间惊听之事，缀为一书，始自童年，末无结束，杂集“话柄”，与《官场现形记》同。而作者经历较多，故所叙之族类亦较夥，官师士商，皆著于录，搜罗当时传说而外，亦贩旧作（如《钟馗捉鬼传》之类），以为新闻。自云“只因我出来应世的二十年中，回头想来，所遇见的只有三种东西：第一种是蛇虫鼠蚁；第二种是豺狼虎豹；第三种是魑魅魍魉。”（第一回）则通本所述，不离此类人物之言行可知也。相传吴沃尧性强毅，不欲下于人，遂坎坷没世，故其言殊慨然。惜描写失之张皇，时或伤于溢恶，言违真实，则感人之力顿微，终不过连篇“话柄”，仅足供闲散者谈笑之资而已。其叙北京同寓人符弥轩之虐待其祖云：

……到了晚上，各人都已安歇，我在枕上隐隐听得一阵喧嚷的声音出在东院里。……嚷了一阵，又静了一阵，静了一阵，又嚷一阵，虽是听不出所说的话来，却只觉得耳根不清净，睡不安稳。……直等到自鸣钟报了三点之后，方才蒙眬睡去；等到一觉醒来，已是九点多钟了。连忙起来，穿好衣服，走出客堂，只见吴亮臣李在兹和两个学徒，一个厨子，两个打杂，围在一起窃窃私语。我忙问是什么事。……亮臣正要开言，在兹道，“叫王三说罢，省了我们费嘴。”打杂王三便道，“是东院符老爷家的事。昨天晚上半夜里我起来解手，听见东院里有人吵嘴，……就摸到后院里，……往里面偷看：原来符老爷和符太太对坐在上面，那一个到我们家里讨饭的老头儿坐在下面，两口子正骂那老头子呢。那老头子低着头哭，只不作声。符太太骂得最出奇，说道，‘一个人活到五六十岁，就应该死的了，从来没见过八十多岁人还活着的。’符老爷道，‘活着倒也罢了。无论是粥是饭，有得吃吃点，安分守己也罢了；今天嫌粥了，明天嫌饭了，你可知道要吃得好，喝的好，穿得好，是要自己本事挣来的呢。’那老头子道，‘可怜我并不求好吃好喝，只求一点儿咸菜罢了。’符老爷听了，便直跳起来，说道，‘今日要咸菜，明日便要咸肉，后日便要鸡鹅鱼鸭，再过些时，便燕窝鱼翅都要起来了。我是个没补缺的穷官儿，供应不起！’说到那里，拍桌子打板凳的大骂。……骂够了一回，老妈子开上酒菜来，摆在当中一张独脚圆桌上。符老爷两口子对坐着喝酒，却是有说有笑的。那老头子坐在底下，只管抽抽咽咽地哭。符老爷喝两杯，骂两句；符太太只管拿骨头来逗巴儿狗顽。那老头子哭丧着脸，不知说了一句什么话，符老爷登时大发雷霆起来，把那独脚桌子一掀，訇訇一声，桌上的东西翻了个满地，大声喝道，‘你便吃去！’那老头子也太不要脸，认真就爬在地下拾来吃。符老爷忽地站了起来，提起坐的凳子，对准了那老头子摔去。幸亏站着的老妈子抢着过来接了一接，虽然接不住，却挡去势子不少。那凳子虽然还摔在那老头子的头上，却只摔破了一点头皮。倘不是那一挡，只怕脑子也磕出来了。”我听了这一番话，不觉吓了一身大汗，默默

自己打主意。到了吃饭时，我便叫李在兹赶紧去找房子，我们要搬家了。……（第七十四回）

吴沃尧之所撰著，惟《恨海》，《劫余灰》，及演述译本之《电术奇谈》等三种，自云是写情小说，其他悉此类，而谴责之度稍不同。至于本旨，则缘借笔墨为生，故如周桂笙（《新庵笔记》三）言，亦“因人，因地，因时，各有变态”，但其大要，则在“主张恢复旧道德”（见《新庵译屑》评语）云。

又有《老残游记》二十章，题“洪都百炼生”著，实刘鹗之作也，有光绪丙午（一九〇六）之秋于海上所作序；或云本未完，末数回乃其子续作之。鹗字铁云，江苏丹徒人，少精算学，能读书，而放旷不守绳墨，后忽自悔，闭户岁余，乃行医于上海，旋又弃而学贾，尽丧其资。光绪十四年河决郑州，鹗以同知投效于吴大澂，治河有功，声誉大起，渐至以知府用。在北京二年，上书请敷铁道；又主张开山西矿，既成，世俗交谪，称为“汉奸”。庚子之乱，鹗以贱值购太仓储粟于欧人，或云实以振饥困者，全活甚众；后数年，政府即以私售仓粟罪之，流新疆死（约一八五〇——一九一〇，详见罗振玉《五十日梦痕录》）。其书即借铁英号老残者之游行，而历记其言论闻见，叙景状物，时有可观，作者信仰，并见于内，而攻击官吏之处亦多。其记刚弼误认魏氏父女为谋毙一家十三命重犯，魏氏仆行贿求免，而刚弼即以此证实之，则摘发所谓清官者之可恨，或尤甚于赃官，言人所未尝言，虽作者亦甚自憙，以为“赃官可恨，人人知之，清官尤可恨，人多不知。盖赃官自知有病，不敢公然为非；清官则自以为不要钱，何所不可？刚愎自用，小则杀人，大则误国，吾人亲目所见，不知凡几矣。试观徐桐李秉衡，其显然者也。……历来小说，皆揭赃官之恶。有揭清官之恶者，自《老残游记》始”也。

……那衙役们早将魏家父女带到，却都是死了一半的样子。两人跪到堂上，刚弼便从怀里摸出那个一千两银票并那五千五百两凭据，……叫差役送与他父女们看。他父女回说“不懂，这是什么缘故？”……刚弼哈哈大笑道，“你不知道，等我来告诉你，你就知道了。昨儿有个胡举人来拜我，先送一千两银子，道，你们这案，叫我设法儿开脱；又说，如果开脱，银子再要多些也肯。……我再详细告诉你，倘若人命不是你谋害的，你家为什么肯拿几千两银子出来打点呢？这是第一据。……倘人不是你害的，我告诉他，‘照五百两一条命计算，也应该六千五百两。’你那管事的就应该说，‘人命实不是我家害的，如蒙委员代为昭雪，七千八千俱可，六千五百两的数目却不敢答应。’怎么他毫无疑义，就照五百两一条命算账呢？这是第二据。我劝你

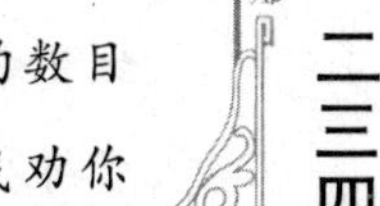

们，早迟总得招认，免得饶上许多刑具的苦楚。”那父女两个连连叩头说，“青天大老爷。实在是冤枉。”刚弼把桌子一拍，大怒道，“我这样开导，你们还是不招？再替我夹拶起来！”底下差役炸雷似的答应了一声“嗄！”……正要动刑。刚弼又道，“慢着。行刑的差役上来，我对你说。……你们伎俩，我全知道。你们看那案子是不要紧的呢，你们得了钱，用刑就轻，让犯人不甚吃苦。你们看那案情重大，是翻不过来的了，你们得了钱，就猛一紧，把犯人当堂治死，成全他个整尸首，本官又有个严刑毙命的处分。我是全晓得的。今日替我先拶贾魏氏，只不许拶得他发昏，但看神色不好就松刑，等他回过气来再拶。预备十天工夫，无论你什么好汉，也不怕你不招！”……（第十六章）

《孽海花》以光绪三十三年载于《小说林》，称“历史小说”，署“爱自由者发起，东亚病夫编述”。相传实常熟举人曾朴字孟朴者所为。第一回犹楔子，有六十回全目，自金沟抡元起，即用为线索，杂叙清季三十年间遗闻逸事；后似欲以豫想之革命收场，而忽中止，旋合辑为书十卷，仅二十回。金沟谓吴县洪钧，尝典试江西，丁忧归，过上海，纳名妓傅彩云为妾，后使英，携以俱去，称夫人，颇多话柄。比洪殁于北京，傅复赴上海为妓，称曹梦兰，又至天津，称赛金花，庚子之乱，为联军统帅所暱，势甚张。书于洪傅特多恶谑，并写当时达官名士模样，亦极淋漓，而时复张大其词，如凡谴责小说通病；惟结构工巧，文采斐然，则其所长也。书中人物，几无不有所影射；使撰人诚如所传，则改称李纯客者实其师李慈铭字莼客（见曾之撰《越缦堂骈体文集序》），亲炙者久，描写当能近实，而形容时复过度，亦失自然，盖尚增饰而贱白描，当日之作风固如此矣。即引为例：

……却说小燕便服轻车，叫车夫径到城南保安寺街而来。那时秋高气爽，尘软蹄轻，不一会，已到了门口。把车停在门前两棵大榆树阴下。家人方要通报，小燕摇手说“不必”，自己轻跳下车。正跨进门，瞥见门上新贴一副淡红朱砂笺的门对，写得英秀瘦削，历落倾斜的两行字，道：

保安寺街藏书十万卷

户部员外补阙一千年

小燕一笑。进门一个影壁；绕影壁而东，朝北三间倒厅；沿倒厅廊下一直进去，一个秋叶式的洞门；洞门里面，方方一个小院落。庭前一架紫藤，绿叶森森，满院种着木芙蓉，红艳娇酣，正是开花时候。三间静室，垂着湘帘，悄无人声。那当儿恰好一阵微风，小燕觉得在帘缝里透出一股药烟，清香沁鼻。掀帘进去，却见一个椎结小童，正拿着把破蒲扇，在中堂东壁边煮药哩。见小燕进来，正要起立。只听房里高吟道，“淡墨罗巾灯畔字，小风铃佩梦中人。”小燕一脚跨进去，笑道，“‘梦中人’是谁呢？”一面说，一面看，只见纯客穿着件半旧熟罗半截衫，踏着草鞋，本来好好儿，一手捋着短须，坐在一张旧竹榻上看书。看见小燕进来，连忙和身倒下，伏在一部破书上发喘，颤声道，“呀，怎么小翁来，老夫病体竟不能起迓，怎好怎好？”小燕道，“纯老清恙，几时起的？怎么兄弟连影儿也不知？”纯客道，“就是诸公定议替老夫做寿那天起的。可见老夫福薄，不克当诸公盛意。云卧园一集，只怕今天去不成了。”小燕道，“风寒小疾，服药后当可小痊。还望先生速驾，以慰诸君渴望。”小燕说话时，却把眼偷瞧，只见榻上枕边拖出一幅长笺，满纸都是些抬头。那抬头却奇怪，不是“阁下”“台端”，也非“长者”“左右”，一迭连三，全是“妄人”两字。小燕觉得诧异，想要留心看他一两行，忽听秋叶门外有两个人，一路谈话，一路蹑手蹑脚地进来。那时纯客正要开口，只听竹帘子啪的一声。正是：十丈红尘埋侠骨，一帘秋色养诗魂。不知来者何人，且听下回分解。（第十九回）

《孽海花》亦有他人续书（《碧血幕》，《续孽海花》），皆不称。

此外以抉摘社会弊恶自命，撰作此类小说者尚多，顾什九学步前数书，而甚不逮，徒作谯呵之文，转无感人之力，旋生旋灭，亦多不完。其下者乃至丑诋私敌，等于谤书；又或有嫚骂之志而无抒写之才，则遂堕落而为“黑幕小说”。

后　　记

右中国小说史略二十八篇其第一至第十五篇以去年十月中印讫已而于朱彝尊明诗综卷八十知雁宕山樵陈忱字遐心胡适为后水浒传序考得其事尤众于谢无量平民文学之两大文豪第一编知说唐传旧本题庐陵罗本撰粉妆楼相传亦罗贯中作惜得见在后不及增修其第十六篇以下草稿则久置案头时有更定然识力俭隘观览又不周洽不特于明清小说阙略尚多即近时作者如魏子安韩子云辈之名亦缘他事相牵未遑博访况小说初刻多有序跋可借知成书年代及其撰人而旧本希觏仅获新书贾人草率于本文之外大率刊落用以编录亦复依据寡薄时虑讹谬惟更历岁月或能小小妥帖耳而时会交迫当复印行乃任其不备辄付排印顾畴昔所怀将以助听者之聆察释写生之烦劳之志愿则于是乎毕矣一千九百二十四年三月三日校竟记

中国小说的历史的变迁

我所讲的是中国小说的历史的变迁。许多历史家说,人类的历史是进化的,那么,中国当然不会在例外。但看中国进化的情形,却有两种很特别的现象:一种是新的来了好久之后而旧的又回复过来,即是反复;一种是新的来了好久之后而旧的并不废去,即是羼杂。然而就并不进化吗?那也不然,只是比较的慢,使我们性急的人,有一日三秋之感罢了。文艺,文艺之一的小说,自然也如此。例如虽至今日,而许多作品里面,唐宋的,甚而至于原始人民的思想手段的糟粕都还在。今天所讲,就想不理会这些糟粕——虽然它还很受社会欢迎——而从倒行的杂乱的作品里寻出一条进行的线索来,一共分为六讲。

第一讲　从神话到神仙传

考小说之名,最古是见于庄子所说的"饰小说以干县令"。"县"是高,言高名;"令"是美,言美誉。但这是指他所谓琐屑之言,不关道术的而说,和后来所谓的小说并不同。因为如孔子,杨子,墨子各家的学员,从庄子看来,都可以谓之小说;反之,别家对庄子,也可称他的著作为小说。至于《汉书》《艺文志》上说:"小说者,街谈巷语之说也。"这才近似现在的所谓小说了,但也不过古时稗官采集一般小民所谈的小活,借以考察国之民情,风俗而已,并无现在所谓小说之价值。

小说是如何起源的呢?据《汉书》《艺文志》上说:"小说家者流,盖出于稗官。"稗官采集小说的有无,是另一问题;即使真有,也不过是小说书之起源,不是小说之起源。至于现在一班研究文学史者,却多认小说起源于神话。因为原始民族,穴居野处,见天地万物,变化不常——如风,雨,地震等——有非人力所可捉摸抵抗,很为惊怪,以为必有个主宰万物者在,因之拟名为神;并想象神的生活,动作,如中国有盘古氏开天辟地之说,这便成功了"神话"。从神话演进,故事渐近于人性,出现的大抵是"半神",如说古来建大功的英雄，其才能在凡人以上，由于天授的就是。例如简狄吞燕卵而生商，尧时“十日并出”，尧使羿射之的话，都是和凡人不同的。这些口传，今人谓之“传说”。由此再演进，则正事归为史；逸史即变为小说了。

我想，在文艺作品发生的次序中，恐怕是诗歌在先，小说在后的。诗歌起于劳动和宗教。其一，因劳动时，一面工作，一面唱歌，可以忘却劳苦，所以从单纯的呼叫发展开去，直到发挥自己的心意和感情，并偕有自然的韵调；其二，是因为原始民族对于神明，渐因畏惧而生敬仰，于是歌颂其威灵，赞叹其功烈，也就成了诗歌的起源。至于小说，我以为倒是起于休息的。人在劳动时，既用歌吟以自娱，借它忘却劳苦了，则到休息时，亦必要寻一种事情以消遣闲暇。这种事情，就是彼此谈论故事，而这谈论故事，正就是小说的起源。——所以诗歌是韵文，从劳动时发生的；小说是散文，从休息时发生的。

但在古代，不问小说或诗歌，其要素总离不开神话。印度，埃及，希腊都如此，中国亦然。只是中国并无含有神话的大著作；其零星的神话，现在也还没有集录为专书的。我们要寻求，只可从古书上得到一点，而这种古书最重要的，便推《山海经》。不过这书也是无系统的，其中最重要的，和后来有关系的记述，有西王母的故事，现在举一条出来：

玉山，是西王母所居也。西王母其状如人，豹尾虎齿而善啸，蓬发戴胜，是司天之厉及五残。如此之类还不少。这个古典，一直流行到唐朝，才被骊山老母夺了位置去。此外还有一种《穆天子传》，讲的是周穆王驾八骏西征的故事，是汲郡古冢中杂书之一篇。——总之中国古代的神话材料很少，所有者，只是些断片的，没有长篇的，而且似乎也并非后来散亡，是本来的少有。我们在此要推求其原因，我以为最要的有两种：

一、太劳苦　因为中华民族先居在黄河流域，自然界的情形并不佳，为谋生起见，生活非常勤苦，因之重实际，轻玄想，故神话就不能发达以及流传下来。劳动虽说是发生文艺的一个源头，但也有条件：就是要不过度。劳逸均适，或者小觉劳苦，才能发生种种的诗歌，略有余暇，就讲小说。假使劳动太多，休息时少，没有消除疲劳的余裕，则眠食尚且不暇，更不必提什么文艺。

二、易于忘却　因为中国古时天神，地底，人，鬼，往往殽杂，则原始的信仰存于传说者，日出不穷，于是旧者僵死，后人无从而知。如神荼，郁垒，为古之大神，传说上是手执一种苇索，以缚虎，且御凶魅的，所以古代将他们当作门神。但到后来又将门神改为秦琼，尉迟敬德，并引说种种事实，以为佐证，于是后人单知道秦琼和尉迟敬德为门神，而不复知神荼，郁垒，更不消说造作他们的故事了。此外这样的还很不少。

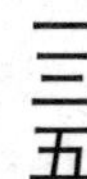

中国的神话既没有什么长篇的，现在我们就再来看《汉书》《艺文志》上所载的小说：《汉书》《艺文志》上所载的许多小说目录，现在一样都没有了，但只有些遗文，还可以看见。如《大戴礼》《保傅篇》中所引《青史子》说：

古者年八岁而出就外舍，学小艺焉，履小节焉；束发而就大学，学大艺焉，履大节焉。居则习礼文，行则鸣佩玉，升车则闻和鸾之声，是以非僻之心无自入也。……

《青史子》这种话，就是古代的小说；但就我们看去，同《礼记》所说是一样的，不知何以当作小说？或者因其中还有许多思想和儒家的不同之故吧。至于现在所有的所谓汉代小说，却有称东方朔所做的两种：一、《神异经》；二、《十洲记》。班固做的，也有两种：一、《汉武故事》；二、《汉武帝内传》。此外还有郭宪做的《洞冥记》，刘歆做的《西京杂记》。《神异经》的文章，是仿《山海经》的，其中所说的多怪诞之事。现在举一条出来：

西南荒山中出讹兽，其状若菟，人面能言，常欺人，言东而西，言恶而善。其肉美，食之，言不真矣。(《西南荒经》)

《十洲记》是记汉武帝闻十洲于西王母之事，也仿《山海经》的，不过比较《神异经》稍微庄重些。《汉武故事》和《汉武帝内传》，都是记武帝初生以至崩葬的事情。《洞冥记》是说神仙道术及远方怪异的事情。《西京杂记》则杂记人间琐事。然而《神异经》，《十洲记》，为《汉书》《艺文志》上所不载，可知不是东方朔做的，乃是后人假造的。《汉武故事》，《汉武帝内传》则与班固别的文章，笔调不类，且中间夹杂佛家语，——彼时佛教尚不盛行，且汉人从来不喜说佛语——可知也是假的。至于《洞冥记》，《西京杂记》又已经为人考出是六朝人做的。——所以上举的六种小说，全是假的。唯此外有刘向的《列仙传》是真的。晋的葛洪又作《神仙传》，唐宋更多，于后来的思想及小说，很有影响。但刘向的《列仙传》，在当时并非有意作小说，乃是当作真实事情做的，不过我们以现在的眼光看去，只可作小说观而已。《列仙传》，《神仙传》中片段的神话，到现在还多拿它做儿童读物的材料。现在常有一问题发生：即此种神话，可否拿它做儿童的读物？我们顺便也说一说。在反对一方面的人说：以这种神话教儿童，只能养成迷信，是非常有害的；而赞成一方面的人说：以这种神话教儿童，正合儿童的天性，很感趣味，没有什么害处的。在我以为这要看社会上教育的状况怎样，如果儿童能继续更受良好的教育，则将来一学科学，自然会明白，不至迷信，所以当然没有害的；但如果儿童不能继续受稍深的教育，学识不再进步，则在幼小时所教的神话，将永信以为真，所以也许是有害的。

第二讲　六朝时之志怪与志人

上次讲过：一、神话是文艺的萌芽。二、中国的神话很少。三、所有的神话，没有长篇的。四、《汉书》《艺文志》上载的小说都不存在了。五、现存汉人的小说，多是假的。现在我们再看六朝时的小说怎样？中国本来信鬼神的，而鬼神与人乃是隔离的，因欲人与鬼神交通，于是乎就有巫出来。巫到后来分为两派：一为方士；一仍为巫。巫多说鬼，方士多谈炼金及求仙，秦汉以来，其风日盛，到六朝并没有息，所以志怪之书特多，像《博物志》上说：

燕太子丹质于秦，……欲归，请于秦王。王不听，谬言曰，“令乌头白，马生角，乃可。”丹仰而叹，乌即头白，俯而嗟，马生角。秦王不得已而遣之……（卷八《史补》）

这全是怪诞之说，是受了方士思想的影响。再如刘敬叔的《异苑》上说：

义熙中，东海徐氏婢兰忽患羸黄，而拂拭异常，共伺察之，见扫帚从壁角来趋婢床，乃取而焚之，婢即平复。（卷八）

这可见六朝人视一切东西，都可成妖怪，这正就是巫的思想，即所谓“万有神教”。此种思想，到了现在，依然留存，像：常见在树上挂着“有求必应”的匾，便足以证明社会上还将树木当神，正如六朝人一样的迷信。其实这种思想，本来是无论何国，古时候都有的，不过后来渐渐地没有罢了。但中国还很盛。

六朝志怪的小说，除上举《博物志》《异苑》而外，还有干宝的《搜神记》，陶潜的《搜神后记》。但《搜神记》多已佚失，现在所存的，乃是明人辑各书引用的话，再加别的志怪书而成，是一部半真半假的书籍。至于《搜神后记》，亦记灵异变化之事，但陶潜旷达，未必做此，大约也是别人的托名。

此外还有一种助六朝人志怪思想发达的，便是印度思想之输入。因为晋，宋，齐，梁四朝，佛教大行，当时所译的佛经很多，而同时鬼神奇异之谈也杂出，所以当时合中，印两国底鬼怪到小说里，使它更加发达起来，如阳羡鹅笼的故事，就是：

阳羡许彦于绥安山行，遇一书生，……卧路侧，云脚痛，求寄鹅笼中。彦以为戏言，书生便入笼，……宛然与双鹅并坐，鹅亦不惊。彦负笼而去，都不觉重。前行息树下，书生乃出笼谓彦曰：“欲为君薄设。”彦曰：“善。”乃口中吐出一铜奁子，中具肴馔。……酒数行，谓彦曰："向将一妇人自随，今欲暂邀之。"……又于口中吐一女子，……共坐宴。俄而书生醉卧，此女谓彦曰："……向亦窃得一男子同行，……暂唤之……"……女子于口中吐出一男子……此种思想，不是中国所故有的，乃完全受了印度思想的影响。就此也可知六朝的志怪小说，和印度怎样相关的大概了。但须知六朝人之志怪，却大抵一如今日之记新闻，在当时并非有意做小说。

六朝时志怪的小说，既如上述，现在我们再讲志人的小说。六朝志人的小说，也非常简单，同志怪的差不多，这有宋刘义庆做的《世说新语》，可以做代表。现在待我举出一两条来看：

阮光禄在剡，曾有好车，借者无不皆给。有人葬母，意欲借而不敢言。阮后闻之，叹曰："吾有车而使人不敢借，何以车为？"遂焚之。（卷上《德行篇》）

刘伶恒纵酒放达，或脱衣裸形在屋中。人见讥之，伶曰："我以天地为栋宇，屋室为㡓衣，诸君何为入我㡓中？"（卷下《任诞篇》）

这就是所谓晋人的风度。以我们现在的眼光看去，阮光禄之烧车，刘伶之放达，是觉得有些奇怪的，但在晋人却并不以为奇怪，因为那时所贵的是奇特的举动和玄妙的清谈。这种清谈，本从汉之清议而来。汉末政治黑暗，一般名士议论政事，其初在社会上很有势力，后来遭执政者之嫉视，渐渐被害，如孔融，祢衡等都被曹操设法害死，所以到了晋代底名士，就不敢再议论政事，而一变为专谈玄理；清议而不谈政事，这就成了所谓清谈了。但这种清谈的名士，当时在社会上却仍旧很有势力，若不能玄谈的，好似不够名士底资格；而《世说》这部书，差不多就可以看作一部名士底教科书。

前乎《世说》尚有《语林》，《郭子》，不过现在都没有了。而《世说》乃是纂辑自后汉至东晋底旧文而成的。后来有刘孝标给《世说》作注，注中所引的古书多至四百余种，而今又不多存在了；所以后人对于《世说》看得更贵重，到现在还很通行。

此外还有一种魏邯郸淳做的《笑林》，也比《世说》早。它的文章，较《世说》质朴些，现在也没有了，不过在唐宋人的类书上所引的遗文，还可以看见一点，我现在把它也举一条出来：

甲父母在，出学三年而归，舅氏问其学何所得，并序别父久。乃答曰："渭阳之思，过于秦康。"（秦康父母已死）既而父数之，"尔学奚益。"答曰："少失过庭之训，故学无益。"（《广记》二百六十二）

就此可知《笑林》中所说，大概不外俳谐之谈。

上举《笑林》,《世说》两种书,到后来都没有什么发达,因为只有模仿,没有发展。如社会上最通行的《笑林广记》,当然是《笑林》的支派,但是《笑林》所说的多是知识上的滑稽;而到了《笑林广记》,则落于形体上的滑稽,专以鄙言就形体上谑人,涉于轻薄,所以滑稽的趣味,就降低多了。至于《世说》,后来模仿的更多,从刘孝标的《续世说》——见《唐志》——一直到清之王晫所做的《今世说》,现在易宗夔所做的《新世说》等,都是仿《世说》的书。但是晋朝和现代社会的情状,完全不同,到今日还模仿那时的小说,是很可笑的。因为我们知道从汉末到六朝为篡夺时代,四海骚然,人多抱厌世主义;加以佛道二教盛行一时,皆讲超脱现世,晋人先受其影响,于是有一派人去修仙,想飞升,所以喜服药;有一派人欲永游醉乡,不问世事,所以好饮酒。服药者——晋人所服之药,我们知道的有五石散,是用五种石料做的,其性躁烈——身上常发炎,适于穿旧衣——因新衣容易擦坏皮肤——又常不洗,虱子生得极多,所以说:"扪虱而谈。"饮酒者,放浪形骸之外,醉生梦死。——这就是晋时社会的情状。而生在现代的人,生活情形完全不同了,却要去模仿那时社会背景所产生的小说,岂非笑话?

我在上面说过:六朝人并非有意作小说,因为他们看鬼事和人事,是一样的,统当作事实;所以《旧唐书》《艺文志》,把那种志怪的书,并不放在小说里,而归入历史的传记一类,一直到了宋欧阳修才把它归到小说里。可是志人的一部,在六朝时看得比志怪的一部更重要,因为这和成名很有关系;像当时乡间学者想要成名,他们必须去找名士,这在晋朝,就得去拜访王导,谢安一流人物,正所谓"一登龙门,则身价十倍"。但要和这流名士谈话,必须要能够合他们的脾胃,而要合他们的脾胃,则非看《世说》,《语林》这一类的书不可。例如:当时阮宣子见太尉王夷甫,夷甫问老庄之异同,宣子答说:"将毋同。"夷甫就非常佩服他,给他官做,即世所谓"三语掾"。但"将毋同"三字,究竟怎样讲?有人说是"殆不同"的意思;有人说是"岂不同"的意思——总之是一种两可、缥缈恍惚之谈罢了。要学这一种缥缈之谈,就非看《世说》不可。

第三讲　唐之传奇文

小说到了唐时,却起了一个大变迁。我前次说过:六朝时之志怪与志人的文章,都很简短,而且当作记事实;及至唐时,则为有意识的作小说,这在小说史上可算是一大进步。

而且文章很长，并能描写得曲折，和前之简古的文体，大不相同了，这在文体上也算是一大进步。但那时作古文的人，见了很不满意，叫它做“传奇体”。“传奇”二字，当时实是訾贬的意思，并非现代人意中的所谓“传奇”。可是这种传奇小说，现在都没有了，只有宋初的《太平广记》——这书可算是小说的大类书，是搜集六朝以至宋初的小说而成的——我们于其中还可以看见唐时传奇小说的大概；唐之初年，有王度做的《古镜记》，是自述得一神镜的异事，文章虽很长，但仅缀许多异事而成，还不脱六朝志怪的流风。此外又有无名氏做的《白猿传》，说的是梁将欧阳纥至长乐，深入溪洞，其妻为白猿掠去，后来得救回去，生一子，“厥状肖焉”。纥后为陈武帝所杀，他的儿子欧阳询，在唐初很有名望，而貌像猕猴，忌者因做此传；后来假小说以攻击人的风气，可见那时也就流行了。

到了武则天时，有张鷟做的《游仙窟》，是自叙他从长安走河湟去，在路上天晚，投宿一家，这家有两个女人，叫十娘，五嫂，和他饮酒作乐等情。事实不很繁复，而是用骈体文做的。这种以骈体做小说，是从前所没有的，所以也可以算一种特别的作品。到后来清之陈球所做的《燕山外史》，是骈体的，而作者自以为用骈体做小说是由他别开生面的，殊不知实已开端于张鷟了。但《游仙窟》中国久已佚失；唯在日本，现尚留存，因为张鷟在当时很有文名，外国人到中国来，每以重金买他的文章，这或者还是那时带去的一种。其实他的文章很是佻巧，也不见得好，不过笔调活泼些罢了。

唐至开元，天宝以后，作者蔚起，和以前大不同了。从前看不起小说的，此时也来做小说了，这是和当时的环境有关系的，因为唐时考试的时候，甚重所谓“行卷”：就是举子初到京，先把自己得意的诗钞成卷子，拿去拜谒当时的名人，若得称赞，则“声价十倍”，后来便有及第的希望，所以行卷在当时看得很重要。到开元，天宝以后，渐渐对于诗，有些厌气了，于是就有人把小说也放在行卷里去，而且竟也可以得名。所以从前不满意小说的，到此时也多做起小说来，因之传奇小说，就盛极一时了。大历中，先有沈既济做的《枕中记》——这书在社会上很普通，差不多没有人不知道的——内容大略说：有个卢生，行邯郸道中，自叹失意，乃遇吕翁，给他一个枕头，生睡去，就梦娶清河崔氏；——清河崔属大姓；所以得娶清河崔氏，也是极荣耀的。——并由举进士，一直升官到尚书兼御史大夫。后为时宰所忌，害他贬到端州。过数年，又追他为中书令，封燕国公。后来衰老有病，呻吟床次，至气断而死。梦中死去，他便醒来，却尚不到煮熟一锅饭的时候。——这是劝人不要躁进，把功名富贵，看淡些的意思。到后来明人汤显祖做的《邯郸记》，清人蒲松龄所做《聊斋》中的《续黄粱》，都是本这《枕中记》的。

此外还有一个名人叫陈鸿的，他和他的朋友白居易经过安史之乱以后，杨贵妃死了，美人已入黄土，凭吊古事，不胜伤情，于是白居易作了《长恨歌》；而他便做了《长恨歌传》。此传影响到后来，有清人洪昇所做的《长生殿》传奇，是根据它的。当时还有一个著名的，是白居易之弟白行简，做了一篇《李娃传》，说的是：荥阳巨族之子，到长安来，溺于声色，贫病困顿，竟流落为挽郎。——挽郎是人家出殡时，挽棺材者，并须唱挽歌。——后为李娃所救，并勉他读书，遂得擢第，官至参军。行简的文章本好，叙李娃的情节，又很是缠绵可观。此篇对于后来的小说，也很有影响，如元人的《曲江池》，明人薛近兖的《绣襦记》，都是以它为本的。

再唐人的小说，不甚讲鬼怪，间或有之，也不过点缀点缀而已。但也有一部分短篇集，仍多讲鬼怪的事情，这还是受了六朝人的影响，如牛僧孺的《玄怪录》，段成式的《酉阳杂俎》，李复言的《续玄怪录》，张读的《宣室志》，苏鹗的《杜阳杂编》，裴铏的《传奇》等，都是的。然而毕竟是唐人做的，所以较六朝人做的曲折美妙得多了。

唐之传奇作者，除上述以外，于后来影响最大而特可注意者，又有二人：其一著作不多，而影响很大，又很著名者，便是元微之；其一著作多，影响也很大，而后来不甚著名者，便是李公佐。现在我把他两人分开来说一说：

一、元微之的著作元微之名稹，是诗人，与白居易齐名。他做的小说，只有一篇《莺莺传》，是讲张生与莺莺之事，这大概大家都是知道的，我可不必细说。微之的诗文，本是非常有名的，但这篇传奇，却并不怎样杰出，况且其篇末叙张生之弃绝莺莺，又说什么“……德不足以胜妖，是用忍情”。文过饰非，差不多是一篇辩解文字。可是后来许多曲子，却都由此而出，如金人董解元的《弦索西厢》，——现在的《西厢》，是扮演；而此则弹唱——元人王实甫的《西厢记》，关汉卿的《续西厢记》，明人李日华的《南西厢记》，陆采的《南西厢记》，……等等，非常之多，全导源于这一篇《莺莺传》。但和《莺莺传》原本所叙的事情，又略有不同，就是：叙张生和莺莺到后来终于团圆了。这因为中国人的心理，是很喜欢团圆的，所以必至于如此，大概人生现实的缺陷，中国人也很知道，但不愿意说出来；因为一说出来，就要发生“怎样补救这缺点”的问题，或者免不了要烦闷，要改良，事情就麻烦了。而中国人不大喜欢麻烦和烦闷，现在倘在小说里叙了人生的缺陷，便要使读者感着不快。所以凡是历史上不团圆的，在小说里往往给他团圆；没有报应的，给他报应，互相骗骗。——这实在是关于国民性的问题。

二、李公佐的著作李公佐向来很少人知道，他做的小说很多，现在只存有四种：(一)

《南柯太守传》:此传最有名,是叙东平淳于棼的宅南,有一棵大槐树,有一天棼因醉卧东庑下,梦见两个穿紫色衣服的人,来请他到了大槐安国,招了驸马,出为南柯太守;因有政绩,又累升大官。后领兵与檀萝国战争,被打败,而公主又死了,于是仍送他回来。及醒来则刹那之梦,如度一世;而去看大槐树,则有一蚂蚁洞,蚂蚁正出入乱走着,所谓大槐安国,南柯郡,就在此地。这篇立意,和《枕中记》差不多,但其结穴,余韵悠然,非《枕中记》所能及。后来明人汤显祖作《南柯记》,也就是从这传演出来的。(二)《谢小娥传》:此篇叙谢小娥的父亲,和她的丈夫,皆往来江湖间,做买卖,为盗所杀。小娥梦父告以仇人为"車中猴東門草";又梦夫告以仇人为"禾中走一日夫";人多不能解,后来李公佐乃为之解说:"車中猴,東門草"是"申蘭"二字;"禾中走,一日夫"是"申春"二字。后果然因之得盗。这虽是解谜获贼,无大理致,但其思想影响于后来之小说者甚大:如李复言演其文人《续玄怪录》,题曰《妙寂尼》,明人则本之作平话。他若《包公案》中所叙,亦多有类此者。(三)《李汤》:此篇叙的是楚州刺史李汤,闻渔人见龟山下,水中有大铁锁,以人,牛之力拉出,则风涛大作;并有一像猿猴之怪兽,雪牙金爪,闯上岸来,观者奔走,怪兽仍拉铁锁入水,不再出来。李公佐为之解说:怪兽是淮涡水神无支祁。"力逾九象,搏击腾踔疾奔,轻利倏忽。"大禹使庚辰制之,颈锁大索,徙到淮阴的龟山下,使淮水得以安流。这篇影响也很大,我以为《西游记》中的孙悟空正类无支祁。但北大教授胡适之先生则以为是由印度传来的;俄国人钢和泰教授也曾说印度也有这样的故事。可是由我看去:1,作《西游记》的人,并未看过佛经;2.中国所译的印度经论中,没有和这相类的话;3.作者——吴承恩——熟于唐人小说,《西游记》中受唐人小说的影响的地方很不少。所以我还以为孙悟空是袭取无支祁的。但胡适之先生仿佛并以为李公佐就受了印度传说的影响,这是我现在还不能说然否的话。(四)《庐江冯媪》:此篇叙事很简单,文章也不大好,我们现在可以不讲它。

唐人小说中的事情,后来都移到曲子里。如"红线","红拂","虬髯"……等,皆出于唐之传奇,因此间接传遍了社会,现在的人还知道。至于传奇本身,则到唐亡就随之而绝了。

第四讲　宋人之"说话"及其影响

上次讲过:传奇小说,到唐亡时就绝了。至宋朝,虽然也有作传奇的,但就大不相同。

因为唐人大抵描写时事；而宋人则极多讲古事。唐人小说少教训；而宋则多教训。大概唐时讲话自由些，虽写时事，不至于得祸；而宋时则讳忌渐多，所以文人便设法回避，去讲古事。加以宋时理学极盛一时，因之把小说也多理学化了，以为小说非含有教训，便不足道。但文艺之所以为文艺，并不贵在教训，若把小说变成修身教科书，还说什么文艺。宋人虽然还作传奇，而我说传奇是绝了，也就是这意思。然宋之士大夫，对于小说之功劳，乃在编《太平广记》一书。此书是搜集自汉至宋初的琐语小说，共五百卷，亦可谓集小说之大成。不过这也并非他们自动的，乃是政府召集他们做的。因为在宋初，天下统一，国内太平，因招海内名士，厚其廪饩，使他们修书，当时成就了《文苑英华》，《太平御览》和《太平广记》。此在政府的目的，不过利用这事业，收养名人，以图减其对于政治上之反动而已，固未尝有意于文艺；但在无意中，却替我们留下了古小说的林薮来。至于创作一方面，则宋之士大夫实在并没有什么贡献。但其时社会上却另有一种平民的小说，代之而兴了。这类作品，不但体裁不同，文章上也起了改革，用的是白话，所以实在是小说史上的一大变迁。因为当时一般士大夫，虽然都讲理学，鄙视小说，而一般人民，是仍要娱乐的；平民的小说之起来，正是无足怪讶的事。

宋建都于汴，民物康阜，游乐之事，因之很多，市井间有种杂剧，这种杂剧中包有所谓"说话"。"说话"分四科：一、讲史；二、说经诨经；三、小说；四、合生。"讲史"是讲历史上的事情，及名人传记等；就是后来历史小说之起源。"说经诨经"，是以俗话演说佛经的。"小说"是简短的说话。"合生"，是先念含混的两句诗，随后再念几句，才能懂得意思，大概是讽刺时人的。这四科后来于小说有关系的，只是"讲史"和"小说"。那时操这种职业的人，叫作"说话人"；而且他们也有组织的团体，叫作"雄辩社"。他们也编有一种书，以作说话时之凭依，发挥，这书名叫"话本"。南宋初年，这种话本还流行，到宋亡，而元人入中国时，则杂剧消歇，话本也不通行了。至明朝，虽也还有说话人，——如柳敬亭就是当时很有名的说话人——但已不是宋人的面目；而且他们已不属于杂剧，也没有什么组织了。到现在，我们几乎已经不能知道宋时的话本究竟怎样。——幸而现在翻刻了几种书，可以当作标本看。

一种是《五代史平话》，是可以做讲史看的。讲史的体例，大概是从开天辟地讲起，一直到了要讲的朝代。《五代史平话》也是如此；它的文章，是各以诗起，次入正文，又以诗结，总是一段一段的有诗为证。但其病在于虚事铺排多，而于史事发挥少。至于诗，我以为大约是受了唐人的影响：因为唐时很重诗，能诗者就是清品；而说话人想仰攀他们，所

以话本中每多诗词，而且一直到现在许多人所做的小说中也还没有改。再若后来历史小说中每回的结尾上，总有“不知后事如何？且听下回分解”的话，我以为大概也起于说话人，因为说话必希望人们下次再来听，所以必得用一个惊心动魄的未了事拉住他们。至于现在的章回小说还来模仿它，那可只是一个遗迹罢了，正如我们腹中的盲肠一样，毫无用处。一种是《京本通俗小说》，已经不全了，还存十多篇。在“说话”中之所谓小说，并不像现在所谓的广义的小说，乃是讲的很短，而且多用时事的。起首先说一个冒头，或用诗词，或仍用故事，名叫“得胜头回”——“头回”是前回之意；“得胜”是吉利语。——以后才入本文，但也并不冗长，长短和冒头差不多，在短时间内就完结。可见宋代说话中的所谓小说，即是“短篇小说”的意思，《京本通俗小说》虽不全，却足够可以看见那类小说的大概了。

除上述两种之外，还有一种《大宋宣和遗事》，首尾皆有诗，中间杂些俚句，近于“讲史”而非口谈；好似“小说”而不简洁；惟其中已叙及梁山泊的事情，就是《水浒》之先声，是大可注意的事。还有现在新发现的一部书，叫《大唐三藏法师取经诗话》，——此书中国早没有了，是从日本拿回来的——这所谓“诗话”，又不是现在人所说的诗话，乃是有诗，有话；换句话说：也是注重“有诗为证”的一类小说的别名。这《大唐三藏法师取经诗话》，虽然是《西游记》的先声，但又颇不同：例如“盗人参果”一事，在《西游记》上是孙悟空要盗，而唐僧不许；在《取经诗话》里是仙桃，孙悟空不盗，而唐僧使命去盗。——这与其说时代，倒不如说是作者思想之不同处。因为《西游记》之作者是士大夫，而《取经诗话》之作者是市人。士大夫论人极严，以为唐僧岂应盗人参果，所以必须将这事推到猴子身上去；而市人评论人则较为宽恕，以为唐僧盗几个区区仙桃有何要紧，便不再经心作意地替他隐瞒，竟放笔写上去了。

总之，宋人之“说话”的影响是非常之大，后来的小说，十分之九是本于话本的。如一、后之小说如《今古奇观》等片段的叙述，即仿宋之“小说”。二、后之章回小说如《三国志演义》等长篇的叙述，皆本于“讲史”。其中讲史之影响更大，并且从明清到现在，“二十四史”都演完了。作家之中，又出了一个著名人物，就是罗贯中。

罗贯中名本，钱唐人，大约生活在元末明初。他做的小说很多，可惜现在只剩了四种。而此四种又多经后人乱改，已非本来面目了。——因为中国人向来以小说为无足轻重，不似经书，所以多喜欢随便改动它——至于贯中生平之事迹，我们现在也无从而知；有的说他因为做了水浒，他的子孙三代都是哑巴，那可也是一种谣言。贯中的四种小说，就是:一、《三国演义》;二、《水浒传》;三、《隋唐志传》;四、《北宋三遂平妖传》。《北宋三遂平妖传》,是记贝州王则借妖术作乱的事情,平他的有三个人,其名字皆有一"遂"字,所以称"三遂平妖"。《隋唐志传》,是叙自隋禅位,以至唐明皇的事情。——这两种书的构造和文章都不甚好,在社会上也不盛行;最盛行,而且最有势力的,是《三国演义》和《水浒传》。

一、《三国演义》 讲三国的事情的,也并不自罗贯中起始,宋时里巷中说古话者,有"说三分",就讲的是三国故事。苏东坡也说:"王彭尝云:'途巷中小儿,……坐听说古话,至说三国事,闻刘玄德败,频蹙眉,有出涕者;闻曹操败,即喜唱快。以是知君子小人之泽,百世不斩。'"可见在罗贯中以前,就有《三国演义》这一类的书了。因为三国的事情,不像五代那样纷乱;又不像楚汉那样简单;恰是不简不繁,适于作小说。而且三国时的英雄,智术武勇,非常动人,所以人都喜欢取来做小说的材料。再有裴松之注《三国志》,甚为详细,也足以引起人之注意三国的事情。至罗贯中之《三国演义》是否出于创作,还是继承,现在固不敢草草断定;但明嘉靖时本题有"晋平阳侯陈寿史传,明罗本编次"之说,则可见是直接以陈寿的《三国志》为蓝本的。但是现在的《三国演义》却已多经后人改易,不是本来面目了。若论其书之优劣,则论者以为其缺点有三:(一)容易招人误会。因为中间所叙的事情,有七分是实的,三分是虚的;惟其实多虚少,所以人们或不免并信虚者为真。如王渔洋是有名的诗人,也是学者,而他有一个诗的题目叫"落凤坡吊庞士元",这"落凤坡"只有《三国演义》上有,别无根据,王渔洋却被它闹昏了。(二)描写过实。写好的人,简直一点坏处都没有;而写不好的人,又是一点好处都没有。其实这在事实上是不对的,因为一个人不能事事全好,也不能事事全坏。譬如曹操他在政治上也有他的好处;而刘备,关羽等,也不能说毫无可议,但是作者并不管它,只是任主观方面写去,往往成为出乎情理之外的人。(三)文章和主意不能符合——这就是说作者所表现的和作者所想象的,不能一致。如他要写曹操的奸,而结果倒好像是豪爽多智;要写孔明之智,而结果倒像狡猾。——然而究竟它有很好的地方,像写关云长斩华雄一节,真是有声有色;写华容道上放曹操一节,则义勇之气可掬,如见其人。后来做历史小说的很多,如《开辟演义》,《东西汉演义》,《东西晋演义》,《前后唐演义》,《南北宋演义》,《清史演义》……都没有一种跟得住《三国演义》。所以人都喜欢看它;将来也仍旧能保持其相当价值的。

二、《水浒传》《水浒传》是叙宋江等的事情,也不自罗贯中起始;因为宋江是实有其

人的，为盗亦是事实，关于他的事情，从南宋以来就成社会上的传说。宋元间有高如，李嵩等，即以水浒故事作小说；宋遗民龚圣与又作《宋江三十六人赞》；又《宣和遗事》上也有讲"宋江擒方腊有功，封节度使"等说话，可见这种故事，早已传播人口，或早有种种简略的书本，也未可知。到后来，罗贯中荟萃诸说或小本《水浒》故事，而取舍之，便成了大部的《水浒传》。但原本之《水浒传》，现在已不可得，所通行的《水浒传》有两类：一类是七十回的；一类是多于七十回的。多于七十回的一类是先叙洪太尉误走妖魔，而次以百八人渐聚梁山泊，打家劫舍，后来受招安，用以破辽，平田虎，王庆，擒方腊，立了大功。最后朝廷疑忌，宋江服毒而死，终成神明。其中招安之说，乃是宋末到元初的思想，因为当时社会扰乱，官兵压制平民，民之和平者忍受之，不和平者便分离而为盗。盗一面与官兵抗，官兵不胜，一面则掳掠人民，民间自然亦时受其骚扰；但一到外寇进来，官兵又不能抵抗的时候，人民因为仇视外族，便想用较胜于官兵的盗来抵抗他，所以盗又为当时所称道了。至于宋江服毒的一层，乃明初加入的，明太祖统一天下之后，疑忌功臣，横行杀戮，善终的很不多，人民为对于被害之功臣表同情起见，就加上宋江服毒成神之事去。——这也就是事实上缺陷者，小说使他团圆的老例。

《水浒传》有许多人以为是施耐庵做的。因为多于七十回的《水浒传》就有繁的和简的两类，其中一类繁本的作者，题着施耐庵。然而这施耐庵恐怕倒是后来演为繁本者的托名，其实生在罗贯中之后。后人看见繁本题耐庵作，以为简本倒是节本，便将耐庵看作更古的人，排在贯中以前去了。到清初，金圣叹又说《水浒传》到"招安"为止是好的，以后便很坏；又自称得着古本，定"招安"为止是耐庵作，以后是罗贯中所续，加以痛骂。于是他把"招安"以后都删了去，只存下前七十回——这便是现在的通行本。他大概并没有什么古本，只是凭了自己的意见删去的，古本云云，无非是一种"托古"的手段罢了。但文章之前后有些参差，却确如圣叹所说，然而我在前边说过：《水浒传》见集合许多口传，或小本《水浒》故事而成的，所以当然有不能一律处。况且描写事业成功以后的文章，要比描写正做强盗时难些，一大部书，结末不振，是多有的事，也不能就此便断定是罗贯中所续作。至于金圣叹为什么要删"招安"以后的文章呢？这大概也就是受了当时社会环境的影响。胡适之先生说："圣叹生于流贼遍天下的时代，眼见张献忠，李自成一般强盗流毒全国，故他觉强盗是不应该提倡的，是应该口诛笔伐的。"这话很是。就是圣叹以为用强盗来平外寇，是靠不住的，所以他不愿听宋江立功的谣言。

但到明亡之后，外族势力全盛了，几个遗民抱亡国之痛，便把流寇之痛苦忘却，又与强盗表起同情来。如明遗民陈忱，就托名雁宕山樵作了一部《后水浒传》。他说：宋江死了以后，余下的同志，尚为宋御金，后无功，李俊率众浮海到暹罗做了国王。——这就是因为国家为外族所据，转而与强盗又表同情的意思。可是到后来事过境迁，连种族之感都又忘掉了，于是道光年间就有俞万春作《结水浒传》，说山寇宋江等，一个个皆为官兵所杀。他的文章，是漂亮的，描写也不坏，但思想实在未免煞风景。

第五讲　明小说之两大主潮

上次已将宋之小说，讲了个大概。元呢，它的词曲很发达，而小说方面，却没有什么可说。现在我们就讲到明朝的小说去。明之中叶，即嘉靖前后，小说出现的很多，其中有两大主潮：一、讲神魔之争的；二、讲世情的。现在再将它分开来讲：

一、讲神魔之争的　此思潮之起来，也受了当时宗教，方士之影响的。宋宣和时，即非常崇奉道流；元则佛道并奉，方士的势力也不小；至明，本来是衰下去的了，但到成化时，又抬起头来，其时有方士李孜，释家继晓，正德时又有色目人于永，都以方技杂流拜官，因之妖妄之说日盛，而影响及于文章。况且历来三教之争，都无解决，大抵是互相调和，互相容受，终于名为“同源”而后已。凡有新派进来，虽然彼此目为外道，生些纷争，但一到认为同源，即无歧视之意，须俟后来另有别派，它们三家才又自称正道，再来攻击这非同源的异端。当时的思想，是极模糊的，在小说中所写的邪正，并非儒和佛，或道和佛，或儒道释和白莲教，单不过是含糊的彼此之争，我就总括起来给他们一个名目，叫作神魔小说。此种主潮，可作代表者，有三部小说：（一）《西游记》；（二）《封神传》；（三）《三宝太监西洋记》。

（一）《西游记》　《西游记》世人多以为是元朝的道士邱长春做的，其实不然。邱长春自己另有《西游记》三卷，是纪行，今尚存《道藏》中：唯因书名一样，人们遂误以为是一种。加以清初刻《西游记》小说者，又取虞集所做的《长春真人西游记序》冠其首，人更信这《西游记》是邱长春所做的了。——实则做这《西游记》者，乃是江苏山阳人吴承恩。此见于明时所修的《淮安府志》；但到清代修志却又把这记载删去了。《西游记》现在所见的，是一百回，先叙孙悟空成道，次叙唐僧取经的由来，后经八十一难，终于回到东土。这部小说，也不是吴承恩所创作，因为《大唐三藏法师取经诗话》——在前边已经提及

过——已说过猴行者，深河神，及诸异境。元朝的杂剧也有用唐三藏西天取经做材料的著作。此外明时也别有一种简短的《西游记传》——由此可知玄奘西天取经一事，自唐末以至宋元已渐渐演成神异故事，且多作成简单的小说，而至明吴承恩，便将它们汇集起来，以成大部的《西游记》。承恩本善于滑稽，他讲妖怪的喜，怒，哀，乐，都近于人情，所以人都喜欢看！这是他的本领。而且叫人看了，无所容心，不像《三国演义》，见刘胜则喜，见曹胜则恨；因为《西游记》上所讲的都是妖怪，我们看了，但觉好玩，所谓忘怀得失，独存赏鉴了——这也是他的本领。至于说到这书的宗旨，则有人说是劝学；有人说是谈禅；有人说是讲道；议论很纷纷。但据我看来，实不过出于作者之游戏，只因为他受了三教同源的影响，所以释迦，老君，观音，真性，元神之类，无所不有，使无论什么教徒，皆可随宜附会而已。如果我们一定要问它的大旨，则我觉得明人谢肇淛所说的“《西游记》……以猿为心之神，以猪为意之驰，其始之放纵，上天下地，莫能禁制，而归于紧箍一咒，能使心猿驯伏，至死靡他，盖亦求放心之喻。”这几句话，已经很足以说尽了。后来有《后西游记》及《续西游记》等，都脱不了前书窠臼。至董说的《西游补》，则成了讽刺小说，与这类没有大关系了。

（二）《封神传》 《封神传》在社会上也很盛行，至为何人所作，我们无从而知。有人说：作者是一穷人，他把这书做成卖了，给他女儿作嫁资，但这不过是没有凭据的传说。它的思想，也就是受了三教同源的模糊的影响；所叙的是受辛进香女娲宫，题诗黩神，神因命三妖惑纣以助周。上边多说战争，神佛杂出，助周者为阐教；助殷者为截教。我以为这“阐”是明的意思，“阐教”就是正教；“截”是断的意思，“截教”或者就是佛教中所谓断见外道。——总之是受了三教同源的影响，以三教为神，以别教为魔罢了。

（三）《三宝太监西洋记》 《三宝太监西洋记》，是明万历间的书，现在少见：这书所叙的是永乐中太监郑和服外夷三十九国，使之朝贡的事情。书中说郑和到西洋去，是碧峰长老助他的，用法术降服外夷，收了全功。在这书中，虽然所说的是国与国之战，但中国近于神，而外夷却居于魔的地位，所以仍然是神魔小说之流。不过此书之作，则也与当时的环境有关系，因为郑和之在明代，名声赫然，为世人所乐道；而嘉靖以后，东南方面，倭寇猖獗，民间伤今之弱，于是便感昔之盛，做了这一部书。但不思将帅，而思太监，不恃兵力，而恃法术者，乃是一则为传统思想所囿；一则明朝的太监的确常做监军，权力非常之大。这种用法术打外国的思想，流传下来一直到清朝，信以为真，就有义和团实验了一次。

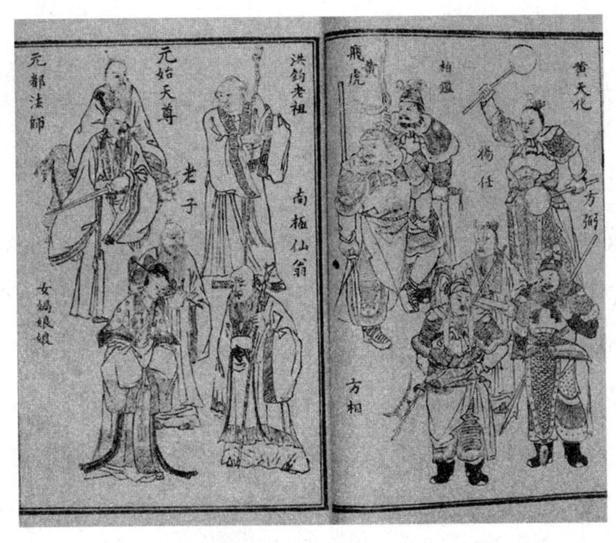

《封神演义》人物插画

二、讲世情的　当神魔小说盛行的时候，讲世情的小说，也就起来了，其原因，当然也离不开那时的社会状态，而且有一类，还与神魔小说一样，和方士是有很大的关系的。这种小说，大概都叙述些风流放纵的事情，间于悲欢离合之中，写炎凉的世态。其最著名的，是《金瓶梅》，书中所叙，是借《水浒传》中之西门庆做主人，写他一家的事迹。西门庆原有一妻三妾，后复爱潘金莲，酖其夫武大，纳她为妾；又通金莲婢春梅；复私了李瓶儿，也纳为妾了。后来李瓶儿，西门庆皆先死，潘金莲又为武松所杀，春梅也因淫纵暴亡。至金兵到清河时，庆妻携其遗腹子孝哥，欲到济南去，路上遇着普净和尚，引至永福寺，以佛法感化孝哥，终于使他出了家，改名明悟。因为这书中的潘金莲，李瓶儿，春梅，都是重要人物，所以书名就叫《金瓶梅》。明人小说之讲秽行者，人物每有所指，是借文字来报宿仇的，像这部《金瓶梅》中所说的西门庆，是一个绅士，大约也不外作者的仇家，但究属何人，现在无可考了。至于作者是谁，我们现在也还未知道。有人说：这是王世贞为父报仇而做的，因为他的父亲王忬为严嵩所害，而严嵩之子世蕃又势盛一时，凡有不利于严嵩的奏章，无不受其压抑，不使上闻。王世贞探得世蕃爱看小说，便作了这部书，使他得沉湎其中，无暇他顾，而参严嵩的奏章，得以上去了。所以清初的翻刻本上，就有《苦孝说》冠其首。但这不过是一种推测之辞，不足信据。《金瓶梅》的文章做得尚好，而王世贞在当时最有文名，所以世人遂把作者之名嫁给他了。后人之主张此说，并且以《苦孝说》冠其首，也无非是想减轻社会上的攻击的手段，并不是确有什么王世贞所做的凭据。

此外叙放纵之事，更甚于《金瓶梅》者，为《玉娇李》。但此书到清朝已经佚失，偶有见者，也不是原本了。还有一种山东诸城人丁耀亢所做的《续金瓶梅》，和前书颇不同，乃是对于《金瓶梅》的因果报应之说，就是武大后世变成淫夫，潘金莲也变为河间妇，终受极刑；西门庆则变成一个騃憨男子，只坐视着妻妾外遇。——以见轮回是不爽的。从此以后世情小说，就明明白白的，一变而为说报应之书——成为劝善的书了。这样的讲到后世的事情的小说，如果推演开去，三世四世，可以永远做不完工，实在是一种奇怪而有趣的做法。但这在古代的印度却是曾经有过的，如《鸯堀摩罗经》就是一例。

如上所讲，世情小说在一方面既有这样的大讲因果的变迁，在他方面也起了另一种反动。那是讲所谓"温柔敦厚"的，可以用《平山冷燕》，《好逑传》，《玉娇梨》来做代表。不过这类的书名字，仍多袭用《金瓶梅》式，往往摘取书中人物的姓名来做书名；但内容却不是淫夫荡妇，而变了才子佳人了。所谓才子者，大抵能作些诗，才子和佳人之遇合，就每每以题诗为媒介。这似乎是很有悖于"父母之命，媒妁之言"的婚姻，对于旧习惯是有些反对的意思的，但到团圆的时节，又常是奉旨成婚，我们就知道作者是寻到了更大的帽子了。那些书的文章也没有一部好，而在外国却很有名。一则因为《玉娇梨》，《平山冷燕》，有法文译本；《好逑传》有德，法文译本，所以研究中国文学的人们都知道，给中国做文学史就大概提起它；二则因为若在一夫一妻制的国度里，一个以上的佳人共爱一个才子便要发生极大的纠纷，而在这些小说里却毫无问题，一下子便都结了婚了，从他们看起来，实在有些新奇而目有趣。

第六讲　清小说之四派及其末流

清代的小说之种类及其变化，比明朝比较多，但因为时间关系，我现在只可分作四派来说一个大概。这四派便是：一、拟古派；二、讽刺派；三、人情派；四、侠义派。

一、拟古派所谓拟古者，是指拟六朝之志怪，或拟唐朝之传奇者而言。唐人的小说单本，到明时什九散亡了，偶有看见模仿的，世间就觉得新异。元末明初，先有钱唐瞿佑仿了唐人传奇，作《剪灯新话》，文章虽没有力，而用些艳语来描画闺情，所以特为时流所喜，仿效者很多，直到被朝廷禁止，这风气才渐渐的衰歇。但到了嘉靖间，唐人的传奇小说盛行起来了，从此模仿者又比比皆是，文人大抵喜欢做几篇传奇体的文章；其专做小说，合为一集的，则《聊斋志异》最有名。《聊斋志异》是山东淄川人蒲松龄做的。有人说他作书以前，天天在门口设备茗烟，请过路的人讲说故事，作为著作的材料；但是多由他的朋友那里听来的，有许多是从古书尤其是从唐人传奇变化而来的——如《凤阳士人》，《续黄粱》等就是——所以列他于拟古。书中所叙，多是神仙，狐鬼，精魅等故事，和当时所出同类的书差不多，但其优点在：（一）描写详细而委曲，用笔变幻而熟达。（二）说妖鬼多具人情，通世故，使人觉得可亲，并不觉得很可怕。不过用古典太多，使一般人不容易看下去。

《聊斋志异》出来之后，风行约一百年，这其间模仿和赞颂它的非常之多。但到了乾隆末年，有直隶献县人纪昀出来和他反对了，纪昀说《聊斋志异》之缺点有二：（一）体例太杂。就是说一个人的一个作品中，不当有两代的文章的体例，这是因为《聊斋志异》中有长的文章是仿唐人传奇的，而又有些短的文章却像六朝的志怪。（二）描写太详。这是说他的作品是述他人的事迹的，而每每过于曲尽细微，非自己不能知道，其中有许多事，本人未必肯说，作者何从知之？纪昀为避此两缺点起见，所以他所做的《阅微草堂笔记》就完全模仿六朝，尚质黜华，叙述简古，力避唐人的做法。其材料大抵自造，多借狐鬼的话，以攻击社会。据我看来，他自己是不信狐鬼的，不过他以为对于一般愚民，却不得不以神道设教。但他很有可以佩服的地方：他生在乾隆年间法纪最严的时代，竟敢借文章以攻击社会上不通的礼法，荒谬的习俗，以当时的眼光看去，真算得很有魄力的一个人。可是到了末流，不能了解他攻击社会的精神，而只是学他的以神道设教一面的意思，于是这派小说差不多又变成劝善书了。

拟古派的作品，自从以上二书出来以后，大家都学它们；一直到了现在，即如上海就还有一群所谓文人在那里模仿它。可是并没有什么好成绩，学到的大抵是糟粕，所以拟古派也已经被踏死在它的信徒的脚下了。

二、讽刺派　小说中寓讥讽者，晋唐已有，而在明之人情小说为尤多。在清朝，讽刺小说反少有，有名而几乎是唯一的作品，就是《儒林外史》。《儒林外史》是安徽全椒人吴敬梓做的。敬梓多所见闻，又工于表现，故凡所有叙述，皆能在纸上见其声态；而写儒者之奇形怪状，为独多而独详。当时距明亡没有百年，明季的遗风，尚留存于士流中，八股而外，一无所知，也一无所事。敬梓身为士人，熟悉其中情形，故其暴露丑态，就能格外详细。其书虽是断片的叙述，没有线索，但其变化多而趣味浓，在中国历来作讽刺小说者，再没有比他更好的了。一直到了清末，外交失败，社会上的人们觉得自己的国势不振了，极想知其所以然，小说家也想寻出原因的所在；于是就有李宝嘉归罪于官场，用了南亭亭

长的假名字，做了一部《官场现形记》。这部书在清末很盛行，但文章比《儒林外史》差得多了；而且作者对于官场的情形也并不很透彻，所以往往有失实的地方。嗣后又有广东南海人吴沃尧归罪于社会上旧道德的消灭，也用了我佛山人的假名字，做了一部《二十年目睹之怪现状》。这部书也很盛行，但他描写社会的黑暗面，常常张大其词，又不能穿入隐微，但照例的慷慨激昂，正和南亭亭长有同样的缺点。这两种书都用断片凑成，没有什么线索和主角，是同《儒林外史》差不多的，但艺术的手段，却差得远了；最容易看出来的就是《儒林外史》是讽刺，而那两种都近于谩骂。

讽刺小说是贵在旨微而语婉的，假如过甚其辞，就失了文艺上的价值，而它的末流都没有顾到这一点，所以讽刺小说从《儒林外史》而后，就可以谓之绝响。

三、人情派　此派小说，即可以著名的《红楼梦》做代表。《红楼梦》其初名《石头记》，共有八十回，在乾隆中年忽出现于北京。最初皆抄本，至乾隆五十七年，才有程伟元刻本，加多四十回，共一百二十回，改名叫《红楼梦》。据伟元说：乃是从旧家及鼓担上收集而成全部的。至其原本，则现在已少见，惟现有一石印本，也不知究是原本与否。《红楼梦》所叙为石头城中——未必是今之南京——贾府的事情。其主要者为荣国府的贾政生子宝玉，聪明过人，而绝爱异性；贾府中实亦多好女子，主从之外，亲戚也多，如黛玉，宝钗等，皆来寄寓，史湘云亦常来。而宝玉与黛玉爱最深；后来政为宝玉娶妇，却迎了宝钗，黛玉知道以后，吐血死了。宝玉亦郁郁不乐，悲叹成病。其后宁国府的贾赦革职查抄，累及荣府，于是家庭衰落，宝玉竟发了疯，后又忽而改行，中了举人。但不多时，忽又不知所往了。后贾政因葬母路过毗陵，见一人光头赤脚，向他下拜，细看就是宝玉；正欲问话，忽来一僧一道，拉之而去。追之无有，但见白茫茫一片荒野而已。

《红楼梦》的作者，大家都知道是曹雪芹，因为这是书上写着的。至于曹雪芹是何等样人，却少有人提起过；现经胡适之先生的考证，我们可以知道大概了。雪芹名霑，一字芹圃，是汉军旗人。他的祖父名寅，康熙中为江宁织造。清世祖南巡时，即以织造局为行宫。其父頫，亦为江宁织造。我们由此就知道作者在幼时实在是一个大世家的公子。他生在南京。十岁时，随父到了北京。此后中间不知因何变故，家道忽落。雪芹中年，竟至穷居北京之西郊，有时还不得饱食。可是他还纵酒赋诗，而《红楼梦》的创作，也就在这时候。可惜后来他因为儿子夭殇，悲恸过度，也竟死掉了——年四十余——《红楼梦》也未得做完，只有八十回。后来程伟元所刻的，增至一百二十回，虽说是从各处搜集的，但实则其友高鹗所续成，并不是原本。

对于书中所叙的意思，推测之说也很多。举其较为重要者而言：(一)是说记纳兰性德的家事，所谓金钗十二，就是性德所奉为上客的人们。这是因为性德是词人，是少年中举，他家后来也被查抄，和宝玉的情形相仿佛，所以猜想出来的。但是查抄一事，宝玉在生前，而性德则在死后，其他不同之点也很多，所以其实并不很相像。(二)是说记顺治与董鄂妃的故事，而又以鄂妃为秦淮旧妓董小宛。清兵南下时，掠小宛到北京，因此有宠于清世祖，封为贵妃；后来小宛夭逝，清世祖非常哀痛，就出家到五台山做了和尚。《红楼梦》中宝玉也做和尚，就是分明影射这一段故事。但是董鄂妃是满洲人，并非就是董小宛，清兵下江南的时候，小宛已经二十八岁了；而顺治方十四岁，绝不会有把小宛做妃的道理。所以这一说也不通的。(三)是说叙康熙朝政治的状态的；就是以为石头记是政治小说，书中本事，在吊明之亡，而揭清之失。如以"红"影"朱"字，以"石头"指"金陵"，以"贾"斥伪朝——即斥"清"，以金陵十二钗讥降清之名士。然此说未免近于穿凿，况且现在既知道作者既是汉军旗人，似乎不至于代汉人来抱亡国之痛的。(四)是说自叙；此说出来最早，而信者最少，现在可是多起来了。因为我们已知道雪芹自己的境遇，很和书中所叙相合。雪芹的祖父，父亲，都做过江宁织造，其家庭之豪华，实和贾府略同；雪芹幼时又是一个佳公子，有似于宝玉；而其后突然穷困，假定是被抄家或近于这一类事故所致，情理也可通——由此可知《红楼梦》一书，说是大部分为作者自叙，实是最为可信的一说。

至于说到《红楼梦》的价值，可是在中国的小说中实在是不可多得的。其要点在敢于如实描写，并无讳饰，和从前的小说叙好人完全是好，坏人完全是坏的，大不相同，所以其中所叙的人物，都是真的人物。总之自有《红楼梦》出来以后，传统的思想和写法都打破了。——它那文章的旖旎和缠绵，倒是还在其次的事。但是反对者却很多，以为将给青年以不好的影响。这就因为中国人看小说，不能用赏鉴的态度去欣赏它，却自己钻入书中，硬去充一个其中的角色。所以青年看《红楼梦》，便以宝玉，黛玉自居；而年老人看去，又多占据了贾政管束宝玉的身份，满心是利害的打算，别的什么也看不见了。

《红楼梦》而后，续作极多：有《后红楼梦》，《续红楼梦》，《红楼后梦》，《红楼复梦》，《红楼补梦》，《红楼重梦》，《红楼幻梦》，《红楼圆梦》……大概是补其缺陷，结以团圆。直到道光年中，《红楼梦》才谈厌了。但要叙常人之家，则佳人又少，事故不多，于是便用了《红楼梦》的笔调，去写优伶和妓女之事情，场面又为之一变。这有《品花宝鉴》，《青楼梦》可作代表。《品花宝鉴》是专叙乾隆以来北京的优伶的。其中人物虽与《红楼梦》不同，而仍以缠绵为主；所描写的伶人与狎客，也和佳人与才子差不多。《青楼梦》全书都讲妓女，但情形并非写实的，而是作者的理想。他以为只有妓女是才子的知己，经过若干周折，便即团圆，也仍脱不了明末的佳人才子这一派。到光绪中年，又有《海上花列传》出现，虽然也写妓女，但不像《青楼梦》那样的理想，却以为妓女有好，有坏，较近于写实了。一到光绪末年，《九尾龟》之类出，则所写的妓女都是坏人，狎客也像了无赖，与《海上花列传》又不同。这样，作者对于妓家的写法凡三变，先是溢美，中是近真，临末又溢恶，并且故意夸张，谩骂起来；有几种还是诬蔑，讹诈的器具。人情小说的末流至于如此，实在是很可以诧异的。

四、侠义派　侠义派的小说，可以用《三侠五义》做代表。这书的起源，本是茶馆中的说书，后来能文的人，把它写出来，就通行于社会了。当时的小说，有《红楼梦》等专讲柔情，《西游记》一派，又专讲妖怪，人们大概也很觉得厌气了，而《三侠五义》则别开生面，很是新奇，所以流行也就特别快，特别盛。当潘祖荫由北京回吴的时候，以此书示俞曲园，曲园很赞许，但嫌其太背于历史，乃为之改正第一回；又因书中的北侠，南侠，双侠，实已四人，三不能包，遂加上艾虎和沈仲元；索性改名为《七侠五义》。这一种改本，现在盛行于江浙方面。但《三侠五义》，也并非一时创作的书，宋包拯立朝刚正，《宋史》有传；而民间传说，则行事多怪异；元朝就传为故事，明代又渐演为小说，就是《龙图公案》。后来这书的组织再加密些，又成为大部的《龙图公案》，也就是《三侠五义》的蓝本了。因为社会上很欢迎，所以又有《小五义》，《续小五义》，《英雄大八义》，《英雄小八义》，《七剑十三侠》，《七剑十八义》等等都跟着出现。——这等小说，大概是叙侠义之士，除盗平叛的事情，而中间每以名臣大官，总领一切。其先又有《施公案》，同时则有《彭公案》一类的小说，也盛行一时。其中所叙的侠客，大半粗豪，很像《水浒》中的人物，故其事实虽然来自《龙图公案》，而源流则仍出于《水浒》。不过《水浒》中人物在反抗政府；而这一类书中的人物，则帮助政府，这是作者思想的大不同处，大概也因为社会背景不同之故罢。这些书大抵出于光绪初年，其先曾经有过几回国内的战争，如平长毛，平捻匪，平教匪等，许多市井中人，粗人无赖之流，因为从军立功，多得顶戴，人民非常羡慕，愿听"为王前驱"的故事，所以茶馆中发生的小说，自然也受了影响了。现在《七侠五义》已出到二十四集，《施公案》出到十集，《彭公案》十七集，而大抵千篇一律，语多不通，我们对此，无多批评，只是很觉得作者和看者，都能够如此之不惮其烦，也算是一件奇迹罢了。

上边所讲的四派小说，到现在还很通行。此外零碎小派的作品也还有，只好都略去了它们。至于民国以来所发生的新派的小说，还很年幼——正在发达创造之中，没有很大的著作，所以也姑且不提起它们了。

我讲的《中国小说的历史的变迁》在今天此刻就算终结了。在此两星期中，匆匆地只讲了一个大概，挂一漏万，固然在所难免，加以我的知识如此之少，讲话如此之拙，而天气又如此之热，而诸位有许多还始终来听完我的讲，这是我所非常之抱歉而且感谢的。

汉文学史纲要

本书是根据鲁迅1926年在厦门大学担任中国文学史课程时编写的讲义整理而成的,原系分篇刻印,前三篇名为“中国文学史略”;第四至第十篇名为“汉文学史纲要”。1938年编入《鲁迅全集》首次正式出版时以“汉文学史纲要”为书名,此后各版均同。

第一篇　自文字至文章

在昔原始之民,其居群中,盖唯以姿态声音,自达其情意而已。声音繁变,寖成言辞,言辞谐美,乃兆歌咏。时属草昧,庶民朴淳,心志郁于内,则任情而歌呼,天地变于外,则祇畏以颂祝,踊跃吟叹,时越侪辈,为众所赏,默识不忘,口耳相传,或逮后世。复有巫觋,职在通神,盛为歌舞,以祈灵贶,而赞颂之在人群,其用乃愈益广大。试察今之蛮民,虽状极狂狉,未有衣服宫室文字,而颂神抒情之什,降灵召鬼之人,大抵有焉。吕不韦云,“昔葛天氏之乐,三人操牛尾,投足以歌八阕。”(《吕氏春秋》《仲夏纪》《古乐》)郑玄则谓“诗之兴也,谅不于上皇之世。”(《诗谱序》)虽荒古无文,并难征信,而证以今日之野人,揆之人间之心理,固当以吕氏所言,为较近于事理者矣。

然而言者,犹风波也,激荡既已,余踪杳然,独恃口耳之传,殊不足以行远或垂后。诗人感物,发为歌吟,吟已感漓,其事随讫。倘将记言行,存事功,则专凭言语,大惧遗忘,故古者尝结绳而治,而后之圣人易之以书契。结绳之法,今不能知;书契者,相传“古者庖牺氏之王天下也,仰则观象于天,俯则观法于地,观鸟兽之文与地之宜,近取诸身,远取诸物,于是始作八卦。”(《易》《下系辞》)“神农氏复重之为六十四爻。”(司马贞《补史记》)颇似为文字所由始。其文今具存于《易》,积画成象,短长错综,变易有穷,与后之文字不相系属。故许慎复以为“黄帝之史仓颉,见鸟兽蹄迒之迹,知分理之可相别异也,初造书契”(《说文解字序》)。要之文字成就,所当绵历岁时,且由众手,全群共喻,乃得流行,谁为作者，殊难确指，归功一圣，亦凭臆之说也。

许慎云，"仓颉之初作书，盖依类象形，故谓之文。其后形声相益，即谓之字。字者，言孳乳而浸多也。著于竹帛谓之书。书者，如也。……周礼八岁入小学，保氏教国子，先以六书。一曰指事，指事者，视而可识，察而可见，上下是也；二曰象形，象形者，画成其物，随体诘诎，日月是也；三曰形声，形声者，以事为名，取譬相成，江河是也；四曰会意，会意者，比类合谊，以见指撝，武信是也；五曰转注，转注者，建类一首，同意相受，考老是也；六曰假借，假借者，本无其字，依声托事，令长是也。"（《说文解字序》）指事象形会意为形体之事，形声假借为声音之事，转注者，训诂之事也。虞夏书契，今不可见，岣嵝禹书，伪造不足论，商周以来，则刻于骨甲金石者多有，下及秦汉，文字弥繁，而摄以六事，大抵弭合。意者文字初作，首必象形，触目会心，不待授受，渐而演进，则会意指事之类兴焉。今之文字，形声转多，而察其缔构，什九以形象为本柢，诵习一字，当识形音义三：口诵耳闻其音，目察其形，心通其义，三识并用，一字之功乃全。其在文章，则写山曰崚增嵯峨，状水曰汪洋澎湃，蔽芾葱茏，恍逢丰木，鳟鲂鳗鲤，如见多鱼。故其所函，遂具三美：意美以感心，一也；音美以感耳，二也；形美以感目，三也。

连属文字，亦谓之文。而其兴盛，盖亦由巫史乎。巫以记神事，更进，则史以记人事也，然尚以上告于天；翻今之《易》与《书》，间能得其仿佛。至于上古实状，则荒漠不可考，君长之名，且难审知，世以天皇地皇人皇为三皇者，列三才开始之序，继以有巢燧人伏羲神农者，明人群进化之程，殆皆后人所命，非真号矣。降及轩辕，遂多传说，逮于虞夏，乃有箸于简策之文传于今。

巫史非诗人，其职虽止于传事，然厥初亦凭口耳，虑有愆误，则练句协音，以便记诵。文字既作，固无愆误之虞矣，而简策繁重，书削为劳，故复当俭约其文，以省物力，或因旧习，仍作韵言。今所传有黄帝《道言》（见《吕氏春秋》），《金人铭》（《说苑》），颛顼《丹书》（《大戴礼记》），帝喾《政语》（《贾谊新书》），虽并出秦汉人书，不足凭信，而大抵协其音，偶其词，使读者易于上口，则殆犹古之道也。

由前言更推度之，则初始之文，殆本与语言稍异，当有藻韵，以便传诵，"直言曰言，论难曰语"，区以别矣。然汉时已并称凡箸于竹帛者为文章（《汉书》《艺文志》），后或更拓其封域，举一切可以图写，接于目睛者皆属之。梁之刘勰，至谓"人文之元，肇自太极"（《文心雕龙》《原道》），三才所显，并由道妙，"形立则章成矣，声发则文生矣"，故凡虎斑霞绮，林籁泉韵，俱为文章。其说汗漫，不可审理。稍隘之义，则《易》有曰，"物相杂，故日文。"《说文解字》曰，"文，错画也。"可知凡所谓文，必相错综，错而不乱，亦近丽尔之象。至刘熙云"文者，会集众彩以成锦绣，会集众字以成辞义，如文绣然也"（《释名》）。则确然以文章之事，当具辞义，且有华饰，如文绣矣。《说文》又有彣字，云："䤵也"；"䤵，彣彰也"。盖即此义。然后来不用，但书文章，今通称文学。

刘勰虽于《原道》一篇，以人"为五行之秀，实天地之心，心生而言立，言立而文明，自然之道也。傍及万品，动植皆文。……"而晋宋以来，文笔之辨又甚峻。其《总术篇》即云，"今之常言：有文有笔。以为无韵者笔也，有韵者文也。"萧绎所诠，尤为昭晰，曰："今之门徒，转相师受，通圣人之经者谓之儒；屈原宋玉枚乘长卿之徒，止于辞赋则谓之文。……至如不便为诗如阎纂，善为章奏如伯松，若是之流，泛谓之笔。吟咏风谣，流连哀思者谓之文。"又曰，"笔，退则非谓成篇，进则不云取义，神其巧惠，笔端而已。至如文者，唯须绮縠纷披，宫徵靡曼，唇吻遒会，精灵荡摇。而古之文笔今之文笔，其源又异。"（《金楼子》《立言篇》）盖其时文章界域，极可弛张，纵之则包举万汇之形声；严之则排摈简质之叙记，必有藻韵，善移人情，始得称文。其不然者，概谓之笔。

辞笔或诗笔对举，唐世犹然，逮及宋元，此义遂晦，于是散体之笔，并称曰文，且谓其用，所以载道，提挈经训，诛锄美辞，讲章告示，高张文苑矣。清阮元作《文言说》，其子福又作《文笔对》，复昭古谊，而其说亦不行。

第二篇　《书》与《诗》

《周礼》，外史掌三皇五帝之书，今已莫知其书为何等。假使五帝书诚为五典，则今惟《尧典》在《尚书》中。"尚者，上也。上所为，下所书也。"（王充《论衡》《须颂篇》）或曰："言此上代以来之书。"（孔颖达《尚书正义》）纬书谓"孔子求书，得黄帝玄孙帝魁之书，迄于秦穆公，凡三千二百四十篇。断远取近，定可为世法者百二十篇：以百二篇为《尚书》，十八篇为《中候》。去三千一百二十篇。"（《尚书璇玑钤》）乃汉人侈大之言，不可信。《尚书》盖本百篇：《虞夏书》二十篇，《商书》《周书》各四十篇。今本有序，相传孔子所为，言其作意（《汉书》《艺文志》），然亦难信，以其文不类也。秦燔烧经籍，济南伏生抱书藏山中，又失之。汉兴，景帝使晁错往从口授，而伏生旋老死，仅得自《尧典》至《秦誓》二十八篇；故汉人尝以拟二十八宿。

《书》之体例有六：曰典，曰谟，曰训，曰诰，曰誓，曰命，是称六体。然其中有《禹贡》，颇似记，余则概为训下与告上之词，犹后世之诏令与奏议也。其文质朴，亦诘屈难读，距以藻韵为饰，俾便颂习，便行远之时，盖已远矣。晋卫宏则云，“伏生老，不能正言，言不可晓，使其女传言教错。齐人语多与颍川异，错所不知，凡十二三，略以其意属读而已。”故难解之处多有。今即略录《尧典》中语，以见大凡：

“……帝曰：畴咨若时，登庸。放齐曰：胤子朱，启明。帝曰：吁！嚚讼，可乎？帝曰：畴咨若予采？驩兜曰：都！共工，方鸠僝工。帝曰：吁！静言庸违，象恭，滔天！帝曰：咨，四岳！汤汤洪水方割，荡荡怀山襄陵，浩浩滔天，下民其咨。有能，俾乂。佥曰：於，鲧哉！帝曰：吁，咈哉！方命，圮族。岳曰：异哉！试可，乃已。帝曰：往，钦哉！九载，绩用弗成。帝曰：咨，四岳！朕在位七十载，汝能庸命，巽朕位。岳曰：否德，忝帝位。曰：明明，扬侧陋！师锡帝曰：有鳏在下，日虞舜。帝曰：俞！予闻。如何？岳曰：瞽子。父顽，母嚚，象傲。克谐以孝，烝烝乂，不格奸。帝曰：我其试哉。女于时观厥刑于二女，釐降二女于妫油，嫔于虞。”

扬雄曰，“昔之说《书》者序以百，……《虞》《夏》之书浑浑尔，《商书》灏灏尔，《周书》噩噩尔。”(《法言》《问神》)虞夏禅让，独饶治绩，敷扬休烈，故深大矣；周多征伐，上下相戒，事危而言切，则峻肃而不阿借；惟《商书》时有哀激之音，若缘厓而失其援，以为夷旷，所未详也。如《西伯戡黎》：

“西伯既戡黎，祖伊恐，奔告于王曰：天子！天既讫我殷命，格人元龟，罔敢知吉。非先王不相我后人，惟王淫戏用自绝。故天弃我，不有康食。不虞天性，不迪率典。今我民罔弗欲丧，曰，天曷不降威，大命不挚？今王其如台。王曰：呜呼！我生不有命在天？祖伊反曰：呜呼！乃罪多参在上，乃能责命于天？殷之即丧，指乃功，不无戮于尔邦！”

武帝时，鲁共王坏孔子旧宅，得其末孙惠所藏之书，字皆古文。孔安国以今文校之，得二十五篇，其五篇与伏生所诵相合，因并依古文，开其篇第，以隶古字写之，合成五十八篇。会巫蛊事起，不得奏上，乃私传其业于生徒，称《尚书》古文之学(《隋书》《经籍志》)。而先伏生所口授者，缘其写以汉隶，遂反称今文。

孔氏所传，既以值巫蛊不行，遂有张霸之徒，伪造《舜典》《汨作》等二十四篇，亦称古文书，而辞义芜鄙，不足取信于世。若今本孔传《古文尚书》，则为晋豫章梅赜所奏上，独失《舜典》；至隋购募，乃得其篇，唐孔颖达疏之，遂大行于世。宋吴棫始以为疑；朱熹更比较其词，以为“今文多艰涩，而古文反平易”，“却似晋宋间文章”，并书序亦恐非安国作也。明梅鷟作《尚书考异》，尤力发其复，谓"《尚书》惟今文传自伏生口诵者为真古文。出孔壁中者，尽后儒伪作，大抵依约诸经《论》《孟》中语，并窃其字句而缘饰之"云。

诗歌之起，虽当早于记事，然葛天《八阕》，黄帝乐词，仅存其名。《家语》谓舜弹五弦之琴，造《南风》之诗曰："南风之熏兮，可以解吾民之愠兮；南风之时兮，可以阜吾民之财兮。"《尚书大传》又载其《卿云歌》云："卿云烂兮，糺缦缦兮，日月光华，旦复旦兮！"辞仅达意，颇有古风，而汉魏始传，殆亦后人拟作。其可征信者，乃在《尚书》《皋陶谟》，（伪孔传《尚书》分之为《益稷》）曰：

"……夔曰：於！予击石拊石，百兽率舞，庶尹允谐。帝庸作歌曰：敕天之命，惟时惟几。乃歌曰：股肱喜哉，元首起哉，百工熙哉！皋陶拜手稽首扬言曰：念哉！率作兴事，慎乃宪，钦哉！屡省乃成，钦哉！乃赓载歌曰：元首明哉，股肱良哉，庶事康哉！又歌曰：元首丛脞哉，股肱惰哉，万事堕哉！帝曰：俞，往，钦哉！"

以体式言，至为单简，去其助字，实止三言，与后之"汤之《盘铭》曰：苟日新，日日新，又日新"同式；又虽亦偶字履韵，而朴陋无华，殊无以胜于记事。然此特君臣相勗，冀各慎其法宪，敬其职事而已，长言咏叹，故命曰歌，固非诗人之作也。

自商至周，诗乃圆备，存于今者三百五篇，称为《诗经》。其先虽遭秦火，而人所讽诵，不独在竹帛，故最完。司马迁始以为"古者《诗》三千余篇，及至孔子，去其重，取其可施于礼义，上采契后稷，中述殷周之盛，至幽厉之缺。"然唐孔颖达已疑其言；宋郑樵则谓诗皆商周人作，孔子得于鲁太师，编而录之。朱熹于诗，其意常与郑樵合，亦曰："人言夫子删诗，看来只是采得许多诗，夫子不曾删去，只是刊定而已。"

《书》有六体，《诗》则有六义焉：一曰风，二曰赋，三曰比，四曰兴，五曰雅，六曰颂。风雅颂以性质言：风者，闾巷之情诗；雅者，朝廷之乐歌；颂者，宗庙之乐歌也。是为《诗》之三经。赋比兴以体制言：赋者直抒其情；比者借物言志；兴者托物兴辞也。是为《诗》之三纬。风以《关雎》始，雅有大小，小雅以《鹿鸣》始，大雅以《文王》始；颂以《清庙》始；是为四始。汉时，说《诗》者众，鲁有申培，齐有辕固，燕有韩婴，皆尝列于学官，而其书今并亡。存者独有赵人毛苌诗传，其学自谓传自子夏；河间献王尤好之。其诗每篇皆有序，郑玄以为首篇大序即子夏作，后之小序则子夏毛公合作也。而韩愈则云，"子夏不序诗。"朱熹解诗，亦但信诗不信序。然据范晔说，则实后汉卫宏之所为尔。

毛氏《诗序》既不可信，三家《诗》又失传，作诗本义遂难通晓。而《诗》之篇目次第，又不甚以时代为先后，故后来异说滋多。明何楷作《毛诗世本古义》，乃以诗编年，谓上起于夏少康时(《公刘》,《七月》等)而讫于周敬王之世(《下泉》),虽与孟子知人论世之说合,然亦非必其本义矣。要之《商颂》五篇,事迹分明,词劝诘屈,与《尚书》近似,用以上续舜皋陶之歌,或非诬欤?今录其《玄鸟》一篇;《毛诗》序曰:祀高宗也。

“天命玄鸟,降而生商,宅殷土芒芒。古帝命武汤,正域彼四方,方命厥后,奄有九有。商之先后,受命不殆,在武丁孙子。武丁孙子,武王靡不胜,龙旗十乘,大糦是承。邦畿千里,维民所止,肇域彼四海,四海来假。来假祁祁,景员维河,殷受命咸宜,百禄是何。”至于二《雅》,则或美或刺,较足见作者之情,非如《颂》诗,大率叹美。如《小雅》《采薇》,言征人远戍,虽劳而不敢息云:

“采薇采薇,薇亦作止。曰归曰归,岁亦莫止。靡室靡家,玁狁之故;不遑启居,玁狁之故。……彼尔维何?维常之华。彼路斯何?君子之车。戎车既驾,四牡业业;岂敢定居,一月三捷。……昔我往矣,杨柳依依;今我来思,雨雪霏霏,行道迟迟,载渴载饥。我心伤悲,莫知我哀!”

此盖所谓怨诽而不乱,温柔敦厚之言矣。然亦有甚激切者,如《大雅》《瞻卬》:

“瞻卬昊天,则不我惠,孔填不宁,降此大厉。邦靡有定,士民其瘵。蟊贼蟊疾,靡有夷届;罪罟不收,靡有夷瘳!人有土田,女反有之;人有民人,女复夺之。此宜无罪,女反收之;彼宜有罪,女复说之!哲夫成城,哲妇倾城。……觱沸槛泉,维其深矣;心之忧矣,宁自今矣。不自我先,不自我后。藐藐昊天,无不克巩;无忝皇祖,式救尔后!”

《国风》之词,乃较平易,发抒情性,亦更分明。如:

“野有死麕,白茅包之;有女怀春,吉士诱之。林有朴樕;野有死鹿,白茅纯束;有女如玉。舒而脱脱兮;无感我帨兮;无使尨也吠!”(《召南》《野有死麕》)

“溱与洧,方涣涣兮;士与女,方秉蕑兮。女曰观乎,士曰既且。且往观乎,洧之外,洵訏且乐。维士与女,伊其相谑,赠之以勺药。……”(《郑风》《溱洧》)

“山有枢,隰有榆。子有衣裳,弗曳弗娄;子有车马,弗驰弗驱;宛其死矣,他人是愉。山有栲,隰有杻。子有廷内,弗洒弗扫;子有钟鼓,弗鼓弗考,宛其死矣,他人是保。山有漆,隰有栗。子有酒食,何不日鼓瑟?且以喜乐,且以永日。宛其死矣,他人入室。”(《唐风》《山有枢》)《诗》之次第,首《国风》,次《雅》,次《颂》。《国风》次第,则始周召二南,次邶鄘卫王郑齐魏唐秦陈桧曹而终以豳。其序列先后,宋人多以为即孔子微旨所寓,然古诗流传来久,篇次未必一如其故,今亦无以定之。惟《诗》以平易之《风》始,而渐及典重之《雅》与《颂》;《国风》又以所尊之周室始,次乃旁及于各国,则大致尚可推见而已。

《诗》三百篇，皆出北方，而以黄河为中心。其十五国中，周南召南王桧陈郑在河南，邶鄘卫曹齐魏唐在河北，豳秦则在泾渭之滨，疆域概不越今河南山西陕西山东四省之外。其民厚重，故虽直抒胸臆，犹能止乎礼义，忿而不戾，怨而不怒，哀而不伤，乐而不淫，虽诗歌，亦教训也。然此特后儒之言，实则激楚之言，奔放之词，《风》《雅》中亦常有，而孔子则曰："《诗》三百，一言以蔽之，曰：思无邪。"后儒因孔子告颜渊为邦，曰"放郑声"。又曰："恶郑声之乱雅乐也。"遂亦疑及《郑风》，以为淫逸，失其旨矣。自心不净，则外物随之，嵇康曰："若夫郑声，是音声之至妙，妙音感人，犹美色惑志，耽槃荒酒，易以丧业，自非至人，孰能御之。"（本集《声无哀乐论》）世之欲捐窈窕之声，盖由于此，其理亦并通于文章。参考书：

《尚书正义》（唐孔颖达）

《毛诗正义》（同上）

《经义考》（清朱彝尊）卷七十二至七十六　卷九十八至一百

《支那文学史纲》（日本儿岛献吉郎）第二篇二至四章

《诗经研究》（谢无量）

第三篇　老庄

周室寖衰，风人辍采；故曰："王者之迹熄而诗亡。"志士欲救世弊，则穷竭神虑，举其知闻。而诸侯又方并争，厚招游学之士；或将取合世主，起行其言，乃复力斥异家，以自所执持者为要道，骋辩腾说，著作云起矣。然当时足称"显学"者，实止三家，曰道，曰儒，曰墨。

道家书据《汉书》《艺文志》所录有《伊尹》，《太公》，《辛甲》等，今皆不传；《鬻子》《筦子》亦后人作，故存于今者莫先于《老子》。老子名耳，字聃，姓李氏，楚人，盖生于周灵王初（约西历纪元前五七〇），尝为守藏室之史，见周之衰，遂去，至关，为关令尹喜著书上下篇，言道德之意五千余言而去，莫知其所终也。今书又离为八十一章，亦后人妄分，本文实惟杂述思想，颇无条贯；时亦对字协韵，以便记诵，与秦汉人所传之黄帝《金人铭》，颛顼《丹书》等（见第一篇）同：

"视之不见名曰夷，听之不闻名曰希，搏之不得名曰微。此三者不可致诘，故混而为一。其上不皦，其下不昧，绳绳不可名，复归于无物。是谓无状之状，无物之象，是谓惚恍。迎之不见其首，随之不见其后，执古之道，以御今之有。能知古始，是谓道纪。”

“执大象，天下往。往而不害，安平太。乐与饵，过客止；道之出口，淡乎其无味，视之不足见，听之不足闻，用之不足既。”

老子尝为周室守书，博见文典，又阅世变，所识甚多，班固谓“道家者流，盖出于史官，历记成败存亡祸福古今之道，然后知秉要执本，清虚以自守，卑弱以自持”者盖以此。然老子之言亦不纯一，戒多言而时有愤辞，尚无为而仍欲治天下。其无为者，以欲“无不为”也。

“大道废，有仁义。智慧出，有大伪。六亲不和有孝慈，国家昏乱有忠臣。”

“民之饥，以其上食税之多，是以饥。民之难治，以其上之有为，是以难治。民之轻死，以其求生之厚，是以轻死。夫唯无以生为者，是贤于贵生。”

“……圣人处无为之事，行不言之教，万物作焉而不辞，生而不有，为而不恃，功成而弗居。夫唯弗居，是以不去。”

“为学日益，为道日损。损之又损，以至于无为。无为而无不为。取天下常以无事；及其有事，不足以取天下。”

儒墨二家起老氏之后，而各欲尽人力以救世乱。孔子以周灵王二十一年（前五五一）生于鲁昌平乡陬邑，年三十余，尝问礼于老聃，然祖述尧舜，欲以治世弊，道不行，则定《诗》《书》，订《礼》《乐》，序《易》，作《春秋》。既卒（敬王四十一年=前四七九），门人又相与辑其言行而论纂之，谓之《论语》。墨子亦鲁人，名翟，盖后于孔子百三四十年（约威烈王一至十年生），而尚夏道，兼爱尚同，非古之礼乐，亦非儒，有书七十一篇，今存者作十五卷。然儒者崇实，墨家尚质，故《论语》《墨子》，其文辞皆略无华饰，取足达意而已。时又有杨朱，主“为我”，殆未尝著书，而其说亦盛行于战国之世。孟子名轲（前三七二生二八九卒）者，邹人，受学于子思，亦崇唐虞，说仁义，于杨墨则辞而辟之，著书七篇曰《孟子》。生当周季，渐有繁辞，而叙述则时特精妙，如墦间乞食一段，宋吴氏（《林下偶谈》）极推称之：

“齐人有一妻一妾而处室者。其良人出，则必餍酒食而后反；其妻问所与饮食者，尽富贵也。其妻告其妾曰：良人出，则必餍酒食而后反，问其与饮食者，尽富贵也，而未尝有显者来，吾将瞯良人之所之也。蚤起，施从良人之所之。遍国中无与立谈者，卒之东郭墦间之祭者，乞其余，不足，又顾而之他。此其为餍足之道也。其妻归，告其妾曰：良人者，

所仰望而终身也,今若此。与其妾讪其良人,而相泣于中庭。而良人未之知也,施施从外来,骄其妻妾。"

然文辞之美富者,实惟道家,《列子》《鹖冠子》书晚出,皆后人伪作;今存者有《庄子》。庄子名周,宋之蒙人,盖稍后于孟子,尝为蒙漆园吏。著书十余万言,大抵寓言,人物土地,皆空言无事实,而其文则汪洋辟阖,仪态万方,晚周诸子之作,莫能先也。今存三十三篇,《内篇》七,《外篇》十五,《杂篇》十一;然《外篇》《杂篇》疑亦后人所加。于此略录《内篇》之文,以见大概:

"啮缺问乎王倪曰:子知物之所同是乎?曰:吾恶乎知之。子知子之所不知邪?曰:吾恶乎知之。然则物无知邪?曰:吾恶乎知之。虽然,尝试言之:庸讵知吾所谓知之非不知邪?庸讵知吾所谓不知之非知邪?且吾尝试问乎女:民湿寝则要疾偏死,鳝然乎哉?木处则惴栗恂惧,猿猴然乎哉?三者孰知正处。……自我观之:仁义之端,是非之途,樊然淆乱。吾恶能知其辩。啮缺曰:子不知利害,则至人固不知利害乎?王倪曰:至人神矣,大泽焚而不能热,河汉冱而不能寒,疾雷破山,风振海而不能惊。若然者乘云气,骑日月,而游乎四海之外。死生无变于己,而况利害之端乎?"(《齐物论》第二)

"泉涸,鱼相与处于陆,相呴以湿,相濡以沫,不如相忘于江湖。与其誉尧而非桀也,不如两忘而化其道。夫大块载我以形,劳我以生,佚我以老,息我以死,故善吾生者,乃所以善吾死也。"(《大宗师》第六)

"南海之帝为儵,北海之帝为忽,中央之帝为混沌。儵与忽时与相遇于混沌之地,混沌待之甚善。儵与忽谋报混沌之德,曰:人皆有七窍以视听食息,此独无有。尝试凿之。日凿一窍,七日而混沌死。"(《应帝王》第七)末有《天下》一篇(胡适谓非庄周作),则历评"天下之治方术者",最推关尹老子,以为"古之博大真人",而自述其文与意云:

"芴漠无形,变化无常。死与生与?天地并与?神明往与?芒乎何之,忽乎何适?万物毕罗,莫足以归。古之道术,有在于是者。庄周闻其风而悦之,以谬悠之说,荒唐之言,无端崖之辞,时纵恣而不傥,不以觭见之也。以天下为沉浊不可与庄语,以卮言为蔓延,以重言为真,以寓言为广。独与天地精神往来,而不敖倪于万物;不谴是非,以与世俗处。其书虽瑰玮,而连犿无伤也。其辞虽参差,而諔诡可观。彼其充实,不可以已。上与造物者游,而下与外死生无终始者为友。其于本也,弘大而辟,深闳而肆;其于宗也,可谓稠适而上遂矣。……"

故自史迁以来,均谓周之要本,归于老子之言。然老子尚欲言有无,别修短,知白黑,

而措意于天下；周则欲并有无修短白黑而一之，以大归于“混沌”，其“不谴是非”，“外死生”，“无终始”，胥此意也。中国出世之说，至此乃始圆备。

察周季之思潮，略有四派。一邹鲁派，皆诵法先王，标榜仁义，以备世之急，儒有孔孟，墨有墨翟。二陈宋派，老子生于苦县，本陈地也，言清净之治，迨庄周生于宋，则且以“天下为沉浊不可与庄语”，自无为而入于虚无。三曰郑卫派，郑有邓析申不害，卫有公孙鞅，赵有慎到公孙龙，韩有韩非，皆言名法。四曰燕齐派，则多作空疏迂怪之谈，齐之驺衍，驺奭，田骈，接子等，皆其卓者，亦秦汉方士所从出也。

参考书

《老子》（晋王弼注）

《庄子》（晋郭象注）

《史记》（《孔子世家》，孟、老、庄列传等）

《汉书》（《艺文志》）

《子略》（宋高似孙）

《支那文学史纲》（日本儿岛献吉郎）第二篇第六章

《中国大文学史》（谢无量）卷二第七章

《中国哲学史大纲》（胡适）上卷

第四篇　屈原及宋玉

战国之世，言道术既有庄周之蔑诗礼，贵虚无，尤以文辞，陵轹诸子。在韵言则有屈原起于楚，被谗放逐，乃作《离骚》。逸响伟辞，卓绝一世。后人惊其文采，相率仿效，以原楚产，故称“楚辞”。较之于《诗》，则其言甚长，其思甚幻，其文甚丽，其旨甚明，凭心而言，不遵矩度。故后儒之服膺诗教者，或訾而绌之，然其影响于后来之文章，乃甚或在三百篇以上。

屈原，名平，楚同姓也，事怀王为左徒，博闻强志，明于治乱，娴于辞令，王令原草宪令，上官大夫欲夺其稿，不得，谗之于王，王怒而疏屈原。原彷徨山泽，见先王之庙及公卿祠堂，图画天地山川神灵，琦玮僪佹，及古贤圣怪物行事。因书其壁，呵而问之，以抒愤懑，曰《天问》。辞句大率四言；以所图故事，今多失传，故往往难得其解：

"……雄虺九首，儵忽焉在？何所不死，长人何守？靡蓱九衢，枲华安居？一蛇吞象，厥大何如？黑水玄趾，三危安在？延年不死，寿何所止？鲮鱼何所，鬿堆焉处？羿焉弹日，乌焉解羽？……"

"……中央共牧后何怒？蜂蚁微命力何固？惊女采薇鹿何祐？北至回水萃何喜？兄有噬犬弟何欲，易之以百两卒无禄？……"

后盖又召还，尝欲联齐拒秦，不见用。怀王与秦婚，子兰劝王入秦，屈原止之，不听，卒为秦所留。长子顷襄王立，子兰为令尹，亦谗屈原，王怒而迁之。原在湘沅之间九年，行吟泽畔，颜色憔悴，作《离骚》，终怀石自投汨罗以死，时盖顷襄王十四五年（前二八五或六）也。

《离骚》者，司马迁以为"离忧"，班固以为"遭忧"，王逸释以离别之愁思，扬雄则解为"牢骚"，故作《反离骚》，又作《畔牢愁》矣。其辞述己之始生，以至壮大，迄于将终，虽怀内美，重以修能，正道直行，而罹谗贼，于是放言遐想，称古帝，怀神山，呼龙虬，思佚女，申纾其心，自明无罪，因以讽谏。其文几二千言，中有云：

"……跪敷衽以陈辞兮，耿吾既得此中正。驷玉虬以乘鹥兮，溘埃风余上征。朝发轫于苍梧兮，夕余至乎县圃，欲少留此灵琐兮，日忽忽其将暮。吾令羲和弭节兮，望崦嵫而勿迫，路曼曼其修远兮，吾将上下而求索。饮余马于咸池兮，总余辔乎扶桑，折若木以拂日兮，聊逍遥以相羊。……览相观于四极兮，周流乎天余乃下，望瑶台之偃蹇兮，见有娀之佚女。吾令鸩为媒兮，鸩告余以不好；雄鸠之鸣逝兮，余犹恶其佻巧。……理弱而媒拙兮，恐导言之不固；时混浊而嫉贤兮，好蔽美而称恶。闺中既以邃远兮，哲王又不寤。怀朕情而不发兮，余焉能忍与此终古！……"

次述占于灵氛，问于巫咸，无不劝其远游，毋怀故宇，于是驰神纵意，将翱将翔，而睠怀宗国，终又宁死而不忍去也：

"……抑志而弭节兮，神高驰之邈邈；奏《九歌》而舞《韶》兮，聊假日以媮乐。陟升皇之赫戏兮，忽临睨夫旧乡；仆夫悲余马怀兮，蜷局顾而不行。乱曰：已矣哉！国无人，莫我知兮，又何怀乎故都？既莫足与为美政兮，吾将从彭咸之所居！"

今所传《楚辞》中有《九章》九篇，亦屈原作。又有《卜居》，《渔父》，述屈原既放，与卜者及渔人问答之辞，亦云自制，然或后人取故事仿作之，而其设为问难，履韵偶句之法，则颇为词人则效，近如宋玉之《风赋》，远如相如之《子虚》，《上林》，班固之《两都》皆是也。

《离骚》之出，其沾溉文林，既极广远，评隲之语，遂亦纷繁，扬之者谓可与日月争光，抑之者且不许与狂狷比迹，盖一则达观于文章，一乃局蹐于诗教，故其裁决，区以别矣。实则《离骚》之异于《诗》者，特在形式藻采之间耳。时与俗异，故声调不同；地异，故山川神灵动植皆不同；惟欲婚简狄，留二姚，或为北方人民所不敢道，若其怨愤责数之言，则三百篇中之甚于此者多矣。楚虽蛮夷，久为大国，春秋之世，已能赋诗，风雅之教，宁所未习？幸其固有文化，尚未沦亡，交错为文，遂生壮采。刘勰取其言辞，校之经典，谓有异有同，固雅颂之博徒，实战国之风雅，"虽取熔经义，亦自铸伟辞。……故能气往轹古，辞来切今，惊采绝艳，难与并能。"(《文心雕龙》《辨骚》)可谓知言者已。

形式文采之所以异者，由二因缘，曰时与地。古者交接邻国，揖让之际，盖必诵诗，故孔子曰："不学《诗》，无以言。"周室既衰，聘问歌咏，不行于列国，而游说之风寖盛，纵横之士，欲以唇吻奏功，遂竞为美辞，以动人主。如屈原同时有苏秦者，其说赵司寇李兑也，曰："雒阳乘轩里苏秦，家贫亲老，无罢车驽马，桑轮蓬箧，羸縢担囊，触尘埃，蒙霜露，越漳、河，足重茧，日百而舍，造外阙，愿造于前，口道天下之事。"(《赵策》一)自叙其来，华饰至此，则辩说之际，可以推知。余波流衍，渐及文苑，繁辞华句，固已非《诗》之朴质之体式所能载矣。况《离骚》产地，与《诗》不同，彼有河渭，此则沅湘，彼惟朴樕，此则兰茝；又重巫，浩歌曼舞，足以乐神，盛造歌辞，用于祀祭。《楚辞》中有《九歌》，谓"楚南郢之邑，沅湘之间，其俗信鬼而好祀，……屈原放逐，……愁思怫郁，出见俗人祭祀之礼，歌舞之乐，其词鄙俚，因为作《九歌》之曲"。而绮靡杳渺，与原他文颇不同，虽曰"为作"，固当有本。俗歌俚句，非不可沾溉词人，句不拘于四言，圣不限于尧舜，盖荆楚之常习，其所由来者远矣。今略录其《湘夫人》：

"帝子降兮北渚，目眇眇兮愁余。袅袅兮秋风，洞庭波兮木叶下。登白苹兮骋望，与佳期兮夕张。鸟何萃兮苹中，罾何为兮木上？沅有芷兮澧有兰，思公子兮未敢言；慌惚兮远望，观流水兮潺湲。麋何食兮庭中，蛟何为兮水裔？朝驰余马兮江皋，夕济兮西澨。闻佳人兮召予，将腾驾兮偕逝。筑室兮水中，葺之以荷盖。荪壁兮紫坛，播芳椒兮盈堂，桂栋兮兰橑，辛夷楣兮药房。……芷葺兮荷盖，缭之兮杜衡，合百草兮实庭，建芳馨兮庑门。九疑缤兮并迎，灵之来兮如云。捐余袂兮江中，遗余褋兮澧浦，搴汀洲兮杜若，将以遗兮远者。时不可兮骤得，聊逍遥兮容与。"

同时有儒者赵人荀况(约前三一五至二三〇)，年五十始游学于齐，三为祭酒；已而被谗适楚，春申君以为兰陵令。亦作赋，《汉书》云十篇，今有五篇在《荀子》中，曰《礼》，曰《知》，曰《云》，曰《蚕》，曰《箴》，臣以隐语设问，而王以隐语解之，文亦朴质，概为四言，与楚声不类。又有《佹诗》，实亦赋，言天下不治之意，即以遗春申君者，则词甚切激，殆不下于屈原，岂身临楚邦，居移其气，终亦生牢愁之思乎？

"天下不治，请陈佹诗：天地易位，四时易乡。列星殒坠，旦暮晦盲。……仁人绌约，敖暴擅强。天下幽险，恐失世英。螭龙为蝘蜓，鸱枭为凤凰。比干见刳，孔子拘匡。昭昭乎其知之明也，郁郁乎其遇时之不祥也。……圣人共手，时几将矣，与愚以疑，愿闻反辞。其小歌曰：念彼远方，何其塞矣。仁人绌约，暴人衍矣。忠臣危殆，谗人般矣。璇玉瑶珠，不知佩也。杂布与锦，不知异也。……以盲为明；以聋为聪；以危为安；以吉为凶。呜呼上天，曷维其同！"

稍后，楚又有宋玉唐勒景差之徒，皆好辞，而以赋见称。然虽学屈原之文辞，终莫敢直谏，盖掇其哀愁，猎其华艳，而"九死未悔"之概失矣。宋玉者，王逸以为屈原弟子；事怀王之子襄王，为大夫，然不得志。所作本十六篇，今存十一篇，殆多后人拟作，可信者有《九辩》。《九辩》本古辞，玉取其名，创为新制，虽驰神逞想，不如《离骚》，而凄怨之情，实为独绝。如：

"皇天平分四时兮，窃独悲此凛秋。白露既下降百草兮，奄离披此梧楸。去白日之昭昭兮，袭长夜之悠悠。离芳蔼之方壮兮，余萎约而悲愁。秋既先戒以白露兮，冬又申之以严霜。……岁忽忽而遒尽兮，恐余寿之弗将。悼余生之不时兮，逢此世之俇攘。澹容与而独倚兮，蟋蟀鸣此西堂。心怵惕而震荡兮，何所忧之多方？卬明月而太息兮，步列星而极明。"

又有《招魂》一篇，外陈四方之恶，内崇楚国之美，欲召魂魄，来归修门。司马迁以为屈原作，然辞气殊不类。其文华靡，长于敷陈，言险难则天地间皆不可居，述逸乐则饮食声色必极其致，后人作赋，颇学其夸。句末俱用"些"字，亦为创格，宋沈存中云，"今夔峡湖湘及南北江獠人，凡禁咒句尾皆称些，乃楚人旧俗"也。

"……魂兮归来，南方不可以止些。雕题黑齿，得人肉以祀，以其骨为醢些。蝮蛇蓁蓁，封狐千里些。雄虺九首，往来倏忽，吞人以益其心些。魂兮归来，不可以久淫些。……魂兮归来，君无上天些。虎豹九关，啄害下人些。一夫九首，拔木九千些。豺狼从目，往来侁侁些。悬人以娭，投之深渊些。致命于帝，然后得瞑些。归来归来，往恐危身些。……魂兮归来，入修门些。……室家遂宗，食多方些。稻粢穱麦，挐黄粱些。大苦醎酸，辛甘行些。肥牛之腱，臑若芳些。和酸若苦，陈吴羹些。胹鳖炮羔，有柘浆些。……肴羞未通，女乐罗些。敶钟按鼓，造新歌些。涉江采菱，发扬荷些。美人既醉，朱颜酡些。娭光眇视，目曾波些。被文服纤，丽而不奇些。长发曼鬋，艳陆离些。……”

其称为赋者则九篇，(《文选》四篇；《古文苑》六篇，然《舞赋》实傅毅作)大率言玉与唐勒景差同侍楚王，即事兴情，因而成赋，然文辞繁缛填委，时涉神仙，与玉之《九辩》《招魂》及当时情景颇违异，疑亦犹屈原之《卜居》《渔父》，皆后人依托为之。又有《对楚王问》，(见《文选》及《说苑》)自辩所以不见誉于士民众庶之故，先征歌曲，次引鲸凤，以明俗士之不能知圣人。其辞甚繁，殆如游说之士所谈辩，或亦依托也。然与赋当并出汉初。刘勰谓赋萌于《骚》，荀卿宋玉，乃锡专名，与诗划境，蔚成大国；又谓“宋玉含才，始造‘对问’”，于是枚乘《七发》，扬雄《连珠》，抒愤之文，郁然盛起。然则《骚》者，固亦受三百篇之泽，而特由其时游说之风而恢宏，因荆楚之俗而奇伟；赋与对问，又其长流之漫于后代者也。

唐勒景差之文，今所传尤少。《楚辞》中有《大招》，欲效《招魂》而甚不逮，王逸云，“屈原之所作也；或曰景差。”审其文辞，谓差为近。

参考书：

《楚辞集注》(宋朱熹)

《荀子》卷十八

《史记》卷八十四《屈原贾生列传》

《文心雕龙讲疏》　(范文澜)卷一《辨骚》，卷二《诠赋》，卷三

《杂文》

《支那文学之研究》(日本铃木虎雄)卷一《骚赋之生成》

《楚辞新论》(谢无量)

《楚辞概论》(游国恩)

第五篇　李斯

秦始皇帝即位之初，相国吕不韦以列国常下士喜宾客，且多辩士，如荀况之徒，著书布天下，乃亦厚养士，使人人著其所知，集以为书，凡二十余万言，号曰《吕氏春秋》，布咸阳市门，延诸侯游士宾客，有能增损一字者予千金。始皇既壮，绌不韦；又渐并兼列国，虽亦召文学，置博士，而终则焚烧《诗》《书》，杀诸生甚众，重任丞相李斯，以法术为治。

李斯，楚上蔡人，少与韩非俱从荀况学帝王之术，成而入秦，为吕不韦舍人，说始皇，拜为长史，渐进至左丞相，二世二年（前二〇八）宦者赵高诬以谋反，杀之，具五刑，夷三族。斯虽出荀卿之门，而不师儒者之道，治尚严急，然于文字，则有殊勋，六国之时，文字异形，斯乃立意，罢其不与秦文合者，画一书体，作《仓颉》七章，与古文颇不同，后称秦篆；又始造隶书，盖起于官狱多事，苟趋简易，施之于徒隶也。法家大抵少文采，惟李斯奏议，尚有华辞，如上书《谏逐客》云：

"……必秦国所生然后可，则是夜光之璧，不饰朝廷；犀象之器，不为玩好；郑卫之女，不充后宫；而骏良駃騠，不实外厩；江南金锡不为用，西蜀丹青不为采。

……夫击瓮叩缻，弹筝搏髀，而歌呼呜呜快耳目者，真秦之声也。郑卫桑间，《昭虞》《武象》者，异国之乐也。今弃击瓮叩缻而就郑卫，退弹筝而取《昭虞》。若是者，何也？快意当前，适观而已矣。今取人则不然：不问可否，不论曲直，非秦者去，为客者逐。然则是所重者在乎色乐珠玉，而所轻者在乎人民也。此非所以跨海内，制诸侯之术也。……"

二十八年，始皇始东巡郡县，群臣乃相与诵其功德，刻于金石，以垂后世。其辞亦李斯所为，今尚有流传，质而能壮，实汉晋碑铭所从出也。如《泰山刻石文》：

"皇帝临位，作制明法，臣下修饬。二十六年，初并天下，罔不宾服。亲巡天下黎民，登兹泰山，周览东极。从臣思迹，本原事业，祗诵功德。治道运行，诸产得宜，皆有法式。大义休明，垂于后世，顺承勿革。皇帝躬圣，既平天下，不懈于治。……昭隔内外，靡不清净，施于后嗣。化及无穷，遵奉遗诏，永承重戒。"

三十六年，东郡民刻陨石以诅始皇，案问不服，尽诛石旁居人。始皇终不乐，乃使博士作《仙真人诗》；及行所游天下，传令乐人歌弦之。其诗盖后世游仙诗之祖，然不传。《汉书》《艺文志》著秦时杂赋九篇；《礼乐志》云周有《房中乐》，至秦名曰《寿人》，今亦俱佚。故由现存者而言，秦之文章，李斯一人而已。

参考书：

《史记》卷六《秦始皇帝本纪》，卷八十五《吕不韦》，八十七《李斯列传》

《全秦文》（清严可均辑）

《中国大文学史》（谢无量）第二编第八章

第六篇　汉宫之楚声

秦既焚烧《诗》《书》，坑诸生于咸阳，儒者乃往往伏匿民间，或则委身于敌以舒愤怨。故陈涉起匹夫，旬月王楚，而鲁诸儒持孔氏之礼器归之；孔甲则为涉博士，与俱败死。汉兴，高祖亦不乐儒术，其佐又多刀笔之吏，惟郦食其，陆贾，叔孙通文雅，有博士余风。然其厕足汉廷，亦非尽因文术，陆贾虽称说《诗》《书》，顾特以辩才见赏，郦生固自命儒者，而高祖实以说客视之；至叔孙通，则正以曲学阿世取容，非重其能定朝仪，知典礼也。即位之后，过鲁，虽曾以中牢祀孔子，盖亦英雄欺人，将借此收揽人心，俾知一反秦之所为而已。高祖崩，儒者亦不见用，《汉书》《儒林传》云："孝惠高后时，公卿皆武力功臣。孝文本好刑名之言。及至孝景，不任儒；窦太后又好黄老术，故诸博士具官待问，未有进者。"

故在文章，则楚汉之际，诗教已熄，民间多乐楚声，刘邦以一亭长登帝位，其风遂亦被宫掖。盖秦灭六国，四方怨恨，而楚尤发愤，誓虽三户必亡秦，于是江湖激昂之士，遂以楚声为尚。项籍困于垓下，歌曰："力拔山兮气盖世，时不利兮骓不逝！骓不逝兮可奈何？虞兮虞兮奈若何？"楚声也。高祖既定天下，因征黥布过沛，置酒沛宫，召故人父老子弟佐酒，自击筑歌曰："大风起兮云飞扬。威加海内兮归故乡。安得猛士兮守四方！"亦楚声也。且发沛中儿百二十人教之歌，群儿皆和习之。其后欲立戚夫人子赵王如意，因而废太子，不果，戚夫人泣涕，亦令作楚舞，而自为楚歌：

"鸿鹄高飞，一举千里，羽翼已就，横绝四海。横绝四海，又可奈何？虽有矰缴，尚安所施？"

《房中乐》始于周，以乐祖先。汉初，高帝姬唐山夫人作乐词，以从帝所好，亦楚声。至孝惠二年（前一九三）使乐府令夏侯宽备其箫管，更名《安世乐》，凡十六章，今录其二：

"丰草葽，女罗施。善何如，谁能回？大莫大，成教德；长莫长，被无极。"

"都荔遂芳，窅窊桂华。孝奏天仪，若日月光。乘玄四龙，回驰北行。羽旄殷盛，芬哉芒芒。孝道随世，我署文章。"

又以沛宫为原庙，令歌儿吹习高帝《大风》之歌，遂用百二十人为常员。文景相嗣，礼官肄之。楚声之在汉宫，其见重如此，故后来帝王仓卒言志，概用其声，而武帝词华，实为独绝。当其行幸河东，祠后土，顾视帝京，忻然中流，与群臣醼饮，自作《秋风辞》，缠绵流

丽,虽词人不能过也:

“秋风起兮白云飞,草木黄落兮雁南归。兰有秀兮菊有芳,怀佳人兮不能忘。泛楼船兮济汾河,横中流兮扬素波,箫鼓鸣兮发棹歌。欢乐极兮哀情多,少壮几时兮奈老何。”

降及少帝,将为董卓所酖,与妻唐姬别,悲歌云:“天道易兮我何艰,弃万乘兮退守藩。逆臣见迫兮命不延,逝将去汝兮适幽玄!”唐姬歌曰:“皇天崩兮后土颓,身为帝兮命夭摧。死生路异兮从此乖,奈我茕独兮中心哀!”虽临危抒愤,词意浅露,而其体式,亦皆楚歌也。

参考书:

《汉书》(《帝纪》,《礼乐志》)

《全汉诗》(丁福保辑)

《中国大文学史》(谢无量)第三编第一章

第七篇　贾谊与晁错

汉初善言治道,亦擅文章者,先有陆贾佐高祖,每称说《诗》《书》;高帝命著书言秦所以失天下及古今成败,每奏一篇,帝未尝不称善,名其书曰《新语》;今存。文帝时则有颍川贾山,尝借秦为喻,言治乱之道,名曰《至言》;其后每上书,言多激切,善指事意,然不见用。所言今多亡失,惟《至言》见于《汉书》本传。

贾谊,雒阳人,尝从秦博士张苍受《春秋左氏传》。年十八,以能诵《诗》《书》属文称于郡中,廷尉吴公荐于文帝,召为博士,时年二十余,而善于答诏令,诸生莫能及。文帝悦之,一岁中超迁至大中大夫,且拟以任公卿。绛灌冯敬等毁之曰:“雒阳之人年少初学,专欲擅权,纷乱诸事。”于是帝亦疏之,不用其议;后以谊为长沙王太傅。谊既以谪去,意不自得,及渡湘水,为赋吊屈原,亦以自谕也:

“恭承嘉惠兮俟罪长沙,侧闻屈原兮自湛汨罗。造托湘流兮敬吊先生,遭世罔极兮乃殒厥身。呜呼哀哉兮逢时不祥,鸾凤伏窜兮鸱枭翱翔。阘茸尊显兮谗谀得志,贤圣逆曳兮方正倒植。……吁嗟默默,生之无故兮。斡弃周鼎,宝康瓠兮。腾驾罢牛,骖蹇驴兮。骥垂两耳,服盐车兮。章甫荐履,渐不可久兮。嗟苦先生,独离此咎兮。讯曰:已矣,国其莫我知兮,独壹郁其谁语。凤漂漂其高逝兮,夫固自引而远去。袭九渊之神龙兮,沕深潜以自珍;偭蟂獭以隐处兮,夫岂从虾与蛭螾。所贵圣人之神德兮,远浊世而自藏;使骐骥可得系而羁兮，岂云异夫犬羊。般纷纷其离此尤兮，亦夫子之故也；历九州而相其君兮，何必怀此都也！凤凰翔于千仞兮，览德辉而下之；见细德之险征兮，遥曾击而去之。彼寻常之污渎兮，岂能容夫吞舟之巨鱼；横江湖之鳣鲸兮，固将制于蝼蚁。”

三年，有鸮飞入谊舍，止于坐隅。长沙卑湿，谊自惧不寿，因作《服赋》以自广，服者，楚人之谓鸮也。大意谓祸福纠缠，吉凶同域，生不足悦，死不足患，纵躯委命，乃与道俱，见服细故，无足疑虑。其外死生，顺造化之旨，盖得之于庄生。岁余，文帝征谊，问鬼神之本，自叹为不能及。顷之，拜为帝少子梁怀王太傅。时复封淮南厉王子四人为列侯，谊上疏以谏；又以诸侯王僭拟，地或连数郡，非古之制，乃屡上书陈政事，请稍削之。其治安之策，洋洋至六千言，以为天下“事势，有可为痛哭者一，可为流涕者二，可为长太息者六，若其它悖理而伤道者，难遍以疏举”，因历指其失，颇切事情，然不见听。居数年，怀王堕马死，无后；谊自伤为傅无状，哭泣岁余，亦死，年三十三（前二〇〇至一六八）。

晁错，颍川人，少学申商刑名于轵张恢所，文帝时以文学为太常掌故，被遣从济南伏生受《尚书》，还，因上便宜事，以《书》称说，诏以为太子舍人、门大夫，迁博士，拜太子家令。又以辩得幸太子，太子家号曰智囊。举贤良文学，对策高第，又数上书文帝，言削诸侯事及法令可更定者，帝不听，然奇其材，迁中大夫。景帝即位，以为内史，言事辄听，始宠幸倾九卿，法令多所更定，袁盎申屠嘉皆弗善之，而错愈贵，迁为御史大夫。又请削诸侯之地，收其支郡。其说削吴云：

“昔高帝初定天下，昆弟少，诸子弱，大封同姓，故孽子悼惠王王齐七十二城，庶弟元王王楚四十城，兄子王吴五十余城。封三庶孽，分天下半。今吴王前有太子之隙，诈称病不朝，于古法当诛。文帝不忍，因赐几杖，德至厚也。不改过自新，乃益骄恣，公即山铸钱，煮海为盐，诱天下亡人，谋作乱逆。今削之亦反，不削亦反。削之，其反亟，祸小；不削之，其反迟，祸大。”

错请削地之奏，诸贵人皆不敢难，唯窦婴争之，由是与错有隙。诸侯亦先疾其所更法令三十章，于是吴楚七国遂反，以诛错为名；窦婴袁盎又说文帝，令晁错衣朝衣，斩于东市（前一五四年）。

晁贾性行，其初盖颇同，一从伏生传《尚书》，一从张苍受《左氏》。错请削诸侯地，且更定法令；谊亦欲改正朔，易服色；又同被功臣贵幸所谮毁。为文皆疏直激切，尽所欲言；司马迁亦云：“贾生晁错明申商。”惟谊尤有文采，而沉实则稍逊，如其《治安策》，《过秦论》，与晁错之《贤良对策》，《言兵事疏》，《守边劝农疏》，皆为西汉鸿文，沾溉后人，其泽甚远；然以二人之论匈奴者相较，则可见贾生之言，乃颇疏阔，不能与晁错之深识为伦比矣。

惟其后之所以绝异者，盖以文帝守静，故贾生所议，皆不见用，为梁王傅，抑郁而终。晁错则适遭景帝，稍能改革，于是大获宠幸，得行其言，卒召变乱，斩于东市；又夙以刑名著称，遂复来"为人陗直刻深"之谤。使易地而处，所遇之主不同，则其晚节末路，盖未可知也。但贾谊能文章，平生又坎壈，司马迁哀其不遇，以与屈原同传，遂尤为后世所知闻。

参考书：

《史记》（卷八十四，一百一）

《汉书》（卷四十八，四十九）

《全汉文》（清严可均辑）

《中国大文学史》（第三编第二章）

《支那文学史纲》（第三篇第四章）

第八篇　藩国之文术

汉高祖虽不喜儒，文景二帝，亦好刑名黄老，而当时诸侯王中，则颇有倾心养士，致意于文术者。楚，吴，梁，淮南，河间五王，其尤著者也。

楚元王交为高祖同父少弟，好书多材艺，少时，与鲁穆生，白生，申公，俱受《诗》于孙卿门人浮丘伯。故好《诗》，既王楚，诸子亦皆读《诗》；申公始为《诗》传，号"鲁诗"；元王亦自为传，号"元王诗"。汉初治《诗》大师，皆居于楚；申公，白公之外，又有韦孟，为元王傅，傅子夷王，及孙王戊。戊荒淫不遵道，孟乃作诗讽谏；后遂去位，徙家于邹，又作诗一篇，其叙事布词，自为一体，皆有风雅遗韵。魏晋以来，逮相师法，用以叙先烈，述祖德，故任昉《文章缘起》以为"四言诗起于前汉楚王傅韦孟《谏楚夷王戊》诗"也。

吴王濞者，高祖兄仲之子。文帝时，吴太子入见，与皇太子争博道，皇太子引博局提杀之。吴王由是怨望，藏亡匿死，积三十余年，故能使其众。然所用多纵横游说之士；亦有并擅文辞者，如严忌，邹阳，枚乘等。吴既败，皆游梁。

梁孝王名武，文帝窦皇后少子也。七国之叛，梁距吴楚最有功，又最为大国，卤簿拟天子；招延四方豪杰，自山东游士莫不至。传《易》者有丁宽，以授田王孙，田授施仇，孟喜，梁丘贺，由是《易》有施孟梁丘三家之学。又有羊胜，公孙诡，韩安国，各以辩智著称。吴败，吴客又皆游梁；司马相如亦尝游梁，皆辞赋高手，天下文学之盛，当时盖未有如梁者也。

汉高祖

严忌本姓庄，后避明帝讳，称严，会稽吴人。好辞赋，哀屈原忠贞不渝，作词曰《哀时命》。遭景帝不好辞赋，无所得志，乃游吴；吴败，徒步入梁，受知孝王，与邹阳，枚乘同见尊重，而忌名尤盛，世称庄夫子。《汉志》有《庄夫子赋》二十四篇；今仅存《哀时命》一篇，在《楚辞》中。

邹阳，齐人，初与严忌，枚乘等俱仕吴，皆以文辩著名。吴王将叛，阳作书以谏，不见用，乃去而之梁，从孝王游。其为人有智略，慷慨不苟合，为羊胜，公孙诡所谗，孝王怒，下阳于狱，将杀之。阳在狱中，上书自明：

"……语曰：有白头如新，倾盖如故。何则？知与不知也。故樊於期逃秦之燕，借荆轲首以奉丹事；王奢去齐之魏，临城自刭，以却齐而存魏。夫王奢樊於期，非新于齐秦而故于燕魏也，所以去二国，死两君者，行合于志而慕义无穷也。……今人主诚能去骄傲之心，怀可报之意，披心腹，见情素，隳肝胆，施德厚，终与之穷达，无爱于士，则桀之犬可使吠尧，而跖之客可使刺由。何况因万乘之权，假圣王之资乎？然则荆轲湛七族，要离燔妻子，岂足为大王道哉？……"

书奏，孝王立出之，卒为上客。后羊胜公孙诡以罪死，阳独为梁王解深怒于天子。盖吴蓄深谋，偏好策士，故文辩之士，亦常有纵横家遗风，辞令文章，并长辟阖，犹战国游士之口说也。《汉志》纵横家，有《邹阳》七篇，而不录其辞赋，似阳之在汉，固以权略见称。《西京杂记》云：梁孝王游于忘忧之馆，集诸游士，使各为赋。枚乘《柳赋》，路乔如《鹤赋》，公孙诡《文鹿赋》，邹阳《酒赋》，公孙乘《月赋》，羊胜《屏风赋》，韩安国作《几赋》不成，邹阳代作。邹阳安国罚酒三升；赐枚乘路乔如绢，人五匹。《西京杂记》为晋葛洪作，托之刘歆，则诸赋或亦洪之所为耳。

枚乘，字叔，淮阴人，为吴王濞郎中。吴王谋为逆，乘上书以谏，吴王不纳，乃去而之

梁。汉既平七国，乘由是知名，景帝召拜弘农都尉。乘久为大国上宾，不乐郡吏，以病去官；复游梁。梁客皆善属词，乘尤高。梁孝王薨，乘归淮阴。武帝自为太子闻乘名，及即位，乘年老，乃以安车蒲轮征乘，道死（前一四〇）。

《汉志》有《枚乘赋》九篇；今惟《梁王菟园赋》存。《临灞池远诀赋》仅存其目，《柳赋》盖伪托。然乘于文林，业绩之伟，乃在略依《楚辞》《七谏》之法，并取《招魂》《大招》之意，自造《七发》。借吴楚为客主，先言舆辇之损，宫室之疾，食色之害，宜听妙言要道，以疏神导体。于是说以声色逸游之乐等等，凡六事，最末为观涛于广陵：

“……其始起也，洪淋淋焉若白鹭之下翔；其少进也，浩浩溰溰，如素车白马帷盖之张。其波涌而云乱，扰扰焉如三军之腾装。其旁作而奔起也，飘飘焉如轻车之勒兵。六驾蛟龙，附从太白。纯驰浩蜺，前后骆驿。颙颙卬卬，椐椐强强，莘莘将将。壁垒重坚，沓杂似军行。訇隐匈礚，轧盘涌裔，原不可当。观其两傍，则滂渤怫郁，暗漠感突，上击下律。有似勇壮之卒，突怒而无畏，蹈壁冲津，穷曲随隈，逾岸出追，遇者死，当者坏。……”其说皆不入，则云：

“将为太子奏方术之士，有资略者，若庄周，魏牟，杨朱，墨翟，便娟，詹何之伦，使之论天下之精微，理万物之是非；孔老览观，孟子持筹而算之，万不失一。此亦天下要言妙道也，太子岂欲闻之乎？于是太子据几而起，曰：涣乎若一听圣人辩士之言。涊然汗出，霍然病已。”由是遂有“七”体，后之文士，仿作者众，汉傅毅有《七激》，刘广有《七兴》，崔骃有《七依》，……凡十余家；递及魏晋，仍多拟造。谢灵运有《七集》十卷，卞景有《七林》十二卷，梁又有《七林》三十卷，盖即集众家此体为之，今俱佚；惟乘《七发》及曹植《七启》，张协《七命》，在《文选》中。

《文选》又有《古诗十九首》，皆五言，无撰人名。唐李善曰：“并云古诗，盖不知作者；或云枚乘，疑不能明也。”然陈徐陵所集《玉台新咏》，则其中九首，明题乘名。审如是，乘乃不特始创七体，且亦肇开五古者矣，今录其三：

“西北有高楼，上与浮云齐，交疏结绮窗，阿阁三重阶。上有弦歌声，音响一何悲，谁能为此曲，无乃杞梁妻。清商随风发，中曲正徘徊，一弹再三叹，慷慨有余哀。不惜歌者苦，但伤知音稀。愿为双鸿鹄，奋翅起高飞。”

“……相去日已远，衣带日已缓。浮云蔽白日，游子不复返。思君令人老，岁月忽已晚。弃捐勿复道，努力加餐饭。”

“迢迢牵牛星，皎皎河汉女。纤纤濯素手，札札弄机杼，终日不成章，泣涕零如雨。河汉清且浅，相处复几许，盈盈一水间，脉脉不得语。”

其词随语成韵，随韵成趣，不假雕琢，而意志自深，风神或近楚《骚》，体式实为独造，诚所谓“畜神奇于温厚，寓感怆于和平，意愈浅愈深，词愈近愈远”者也。稍后李陵与苏武赠答，亦为五言，盖文景以后，渐多此体，而天质自然，终当以乘为独绝矣。

淮南王安为文帝所封，好书，鼓琴；招致宾客方术之土数千人，作为《内书》二十一篇，《外书》甚众；又有《中篇》八卷，言神仙黄白之术，亦二十余万言。时武帝方好艺文，以安为诸父，辩博善文辞，甚尊重之。尝使为《离骚传》，旦受诏，日食时上。传今亡；所传者惟《淮南》二十一篇，亦曰《鸿烈》。其书盖与诸游士讲论，掇拾旧文而成。其诸游士著者，则为苏飞，李尚，左吴，田由，雷被，毛被，伍被，晋昌等八人，是日八公；又分造辞赋，以类相从，或称《大山》，或称《小山》，其义犹《诗》之有《大雅》《小雅》也。小山之徒有《招隐士》之赋，其源虽出《离骚》《招魂》等，而不泥于迹象，为汉代楚辞之新声：

“桂树丛生兮山之幽，偃蹇连蜷兮枝相缭。山气巃嵸兮石嵯峨；溪谷崭岩兮水曾波。猿狖群啸兮虎豹嗥，攀援桂枝兮聊淹留。王孙游兮不归，春草生兮萋萋，岁暮兮不自聊，蟪蛄鸣兮啾啾。坱兮轧，山曲岪，心淹留兮恫慌忽；罔兮沕，憭兮栗，虎豹穴，丛薄深林兮人上栗。嵚岑碕礒兮硱磳磈硊，树轮相纠兮林木茷骫；青莎杂树兮薠草靃靡；白鹿麏麚兮或腾或倚，状皃崟崟兮峨峨，凄凄兮漇漇。猕猴兮熊罴，慕类兮以悲。攀援桂枝兮聊淹留，虎豹斗兮熊罴咆，禽兽骇兮亡其曹。王孙兮归来，山中兮不可以久留。”

河间献王德为景帝子，亦好书，而所得皆古文先秦旧书。又立《毛氏诗》，《左氏春秋》博士；山东诸儒，多从而游。其所好盖与楚元王交相类。惟吴梁淮南三国之客，较富文辞，梁客之上者，多来自吴，甚有纵横家余韵；聚淮南者，则大抵浮辩方术之士也。参考书：

《史记》(卷一百六，一百十八)

《汉书》(卷三十六，四十四，四十七，五十一，五十三)

《全汉文》(清严可均辑)

《中国大文学史》(第三编第三章)

第九篇　武帝时文术之盛

武帝有雄才大略，而颇尚儒术。即位后，丞相卫绾即请奏罢郡国所举贤良治申商韩

非苏秦张仪之言者。又以安车蒲轮征申公枚乘等;议立明堂;置“五经”博士。元光间亲策贤良,则董仲舒公孙弘等出焉。又早慕辞赋,喜“楚辞”,尝使淮南王安为《离骚》作传。其所自造,如《秋风辞》(见第六篇)《悼李夫人赋》(见《汉书》《外戚传》)等,亦入文家堂奥。复立乐府,集赵代秦楚之讴,以李延年为协律都尉,多举司马相如等数十人作诗颂,用于天地诸祠,是为《十九章》之歌。延年辄承意弦歌所造诗,谓之“新声曲”,实则楚声之遗,又扩而变之者也。其《郊祀歌》十九章,今存《汉书》《礼乐志》中,第三至第六章,皆题“邹子乐”。

“朱明盛长,旉与万物。桐生茂豫,靡有所诎。敷华就实,既阜既昌,登成甫田,百鬼迪尝。广大建祀,肃雍不忘。神若宥之,传世无疆。”《朱明》四“邹子乐”

“日出入安穷,时世不与人同。故春非我春,夏非我夏,秋非我秋,冬非我冬。泊如四海之池,遍观是邪谓何。吾知所乐,独乐六龙。六龙之调,使我心若。訾,黄其何不来下!”《日出入》九

是时河间献王以为治道非礼乐不成,因献所集雅乐;大乐官亦肄习之以备数,然不常用,用者皆新声。至遨游醮饮之时,则又有新声变曲。曲亦昉于李延年。延年中山人,身及父母兄弟皆故倡,坐法腐刑,给事狗监中。性知音,善歌舞,武帝爱之,每为新声变曲,闻者莫不感动。尝侍武帝,起舞,歌曰:“北方有佳人,绝世而独立,一顾倾人城,再顾倾人国。宁不知倾城与倾国,佳人难再得。”因进其女弟,得幸,号李夫人,早卒。武帝思念不已,方士齐人少翁言能致其魂,乃夜张烛设账,而令帝居他帐遥望,见一好女,如李夫人之貌,然不得就视。帝愈益相思悲感,作为诗曰:“是耶非耶?立而望之,偏何姗姗其来迟。”令乐府诸音家弦歌之。随事兴咏,节促意长,殆即所谓新声变曲者也。

文学之士,在武帝左右者劝甚众。先有严助,会稽吴人,严忌子也,或云族家子,以贤良对策高第,擢为中大夫。助荐吴人朱买臣召见,说《春秋》,言“楚词”,亦拜中大夫,与严助俱侍中。又有吾丘寿王,司马相如,主父偃,徐乐,严安,东方朔,枚皋,胶仓,终军,严葱奇等;而东方朔,枚皋,严助,吾丘寿王,司马相如尤见亲幸。相如文最高,然常称疾避事;朔皋持论不根,见遇如俳优,惟严助与寿王见任用。助最先进,常与大臣辩论国家便宜,有奇异亦辄使为文及作赋颂数十篇。寿王字子赣,赵人,年少以善格五召待诏。迁侍中中郎;有赋十五篇,见《汉志》。

东方朔字曼倩,平原厌次人也。武帝初即位,征天下举方正贤良文学材力之士,待以不次之位,四方士多上书言得失,自衒鬻者以千数。朔初来,上书曰:“臣朔少失父母,长

养兄嫂。年十二学书，三冬，文史足用。十五学击剑。十六学诗书，诵二十二万言。十九学孙吴兵法，战阵之具，钲鼓之教，亦诵二十二万言。凡臣朔固已诵四十四万言。又常服子路之言。臣朔年二十二；长九尺三寸，目若悬珠，齿若编贝；勇若孟贲，捷若庆忌，廉若鲍叔，信若尾生。若此，可以为天子大臣矣。臣朔昧死，再拜以闻。"其文辞不逊，高自称誉。帝伟之，令待诏公车；渐以奇计俳辞得亲近，诙达多端，不名一行，然时观察颜色，直言切谏，帝亦常用之。尝至太中大夫，与枚皋郭舍人俱在左右，但诙啁而已，不得大官，因以刑名家言求试用，辞数万言，指意放荡，颇复诙谐，终不见用，乃作《答客难》（见《汉书》本传）以自慰谕。又有《七谏》（见《楚辞》），则言君子失志，自古而然。临终诫子云："明者处世，莫尚于中，优哉游哉，与道相从。首阳为拙，柳下为工。饱食安步，以仕代农。依隐玩世，诡时不逢。……圣人之道，一龙一蛇，形见神藏，与物变化，随时之宜，无有常家。"又黄老意也。朔盖多所通晓，然先以自衒进身，终以滑稽名世，后之好事者因取奇言怪语，附著之朔；方士又附会以为神仙，作《神异经》《十洲记》，托为朔造，其实皆非也。

枚皋者字少孺，枚乘孽子也。武帝征乘，道死，诏问乘子，无能为文者。皋上书自陈，得见，诏使作《平乐观赋》，善之，拜为郎，使匈奴。然皋好诙笑，为赋颂多嫚戏，故不得尊显，见视如倡，才比东方朔郭舍人。作文甚疾，故所赋甚多，自谓不及司马相如，而颇诋娸东方朔，又自诋娸。班固云："其文骫骳，曲随其事，皆得其意，颇诙笑，不甚闲靡。凡可读者百二十篇，其尤嫚戏不可读者尚数十篇。"

至于儒术之士，亦擅文词者，则有菑川薛人公孙弘，字次卿，元光中贤良对策第一，拜博士，终为丞相，封平津侯，于是天下学士，靡然向风矣。广川董仲舒与公孙弘同学，于经术尤著，景帝时已为博士，武帝即位，举贤良对策，除江都相，迁胶西相，卒。尝作《士不遇赋》（见《古文苑》），有云：

"……观上世之清辉兮，廉士亦茕茕而靡归。殷汤有卞随与务光兮，周武有伯夷与叔齐；卞随务光遁迹于深山兮，伯夷叔齐登山而采薇。使彼圣贤其繇周遑兮，舛举世而同迷。若伍员与屈原兮，固亦无所复顾。亦不能同彼数子兮，将远游而终古。……"

终则谓不若反身素业，归于一善，托声楚调，结以中庸，虽为猝然儒者之言，而牢愁狷狭之意尽矣。

小说家言，时亦兴盛。洛阳人虞初，以方士侍郎，号黄车使者，作《周说》九百四十三篇。齐人饶，不知其姓，为待诏，作《心术》二十五篇。又有《封禅方说》十八篇，不知何人作，然今俱亡。

诗之新制，亦复蔚起。《骚》《雅》遗声之外，遂有杂言，是为“乐府”。《汉书》云东方朔作八言及七言诗，各有上下篇，今虽不传，然元封三年作柏梁台，诏群臣二千石有能为七言诗，乃得上坐，则其辞今具存，通篇七言，亦联句之权舆也：

“日月星辰和四时皇帝，骖驾驷马从梁来梁王，郡国士马羽林材大司马，总领天下诚难治丞相，和抚四夷不易哉大将军，刀笔之吏臣执之御史大夫。（中略）蛮夷朝贺常会期典属国，柱枅欂栌相枝持大匠，枇杷橘栗桃李梅太官令，走狗逐兔张罘罳上林令，啮妃女唇甘如饴郭舍人，迫窘诘屈几穷哉东方朔。”

褚少孙补《史记》云：“东方朔行殿中，郎谓之曰：人皆以先生为狂。朔曰：如朔等，所谓避世于朝廷间者也。古之人乃避世于深山中。时座席中酒酣，乃据地歌曰——

陆沉于俗，避世金马门。宫殿中，可以避世全身；何必深山之中，蒿庐之下。”

亦新体也，然或出后人附会。

五言有枚乘开其先，而是时苏李别诗，亦称佳制。苏武字子卿，京兆杜陵人，天汉元年，以中郎将使匈奴，留不遣。李陵字少卿，陇西成纪人，天汉二年击匈奴，兵败降虏，单于以女妻之，立为右校王；汉夷其族。至元始六年，苏武得归，故与陵以诗赠答：

“携手上河梁，游子暮何之。徘徊蹊路侧，悢悢不能辞。行人难久留，各言长相思。安知非日月，弦望自有时。努力崇明德，皓首以为期。”李陵与苏武诗三首之一

“二凫俱北飞，一凫独南翔。子当留斯馆，我当归故乡。一别如秦胡，会见何讵央。怆恨切中怀，不觉泪沾裳。愿子长努力，言笑莫相忘。”苏武别李陵。见《初学记》卷十八，然疑是后人拟作武归后拜典属国；宣帝即位，赐爵关内侯，神爵二年（前六十）卒，年八十余。陵则在匈奴二十余年，卒，有集二卷。诗以外，后世又颇传其书问，在《文选》及《艺文类聚》中。参考书：

《史记》（卷一百二十六）

《汉书》（卷六，二十二，五十一，五十四，六十五，九十三）

《乐府诗集》（宋郭茂倩编）

《全汉文》（清严可均辑）

《全汉诗》(丁福保辑)

《中国大文学史》(第三编第四章)

第十篇　司马相如与司马迁

武帝时文人,赋莫若司马相如,文莫若司马迁,而一则寂寥,一则被刑。盖雄于文者,常桀骜不欲迎雄主之意,故遇合常不及凡文人。

司马相如字长卿,蜀郡成都人。少时好读书,学击剑,故其亲名之曰犬子;既学,慕蔺相如之为人,更名相如。以訾为郎,事景帝。帝不好辞赋,时梁孝王来朝,游说之士邹阳枚乘严忌等皆从,相如见而悦之,因病免,游梁,与诸侯游士居,数岁,作《子虚赋》。武帝立,读而善之,曰:“朕独不得与此人同时哉?”蜀人杨得意为狗监侍帝,因言是其邑人司马相如作,乃召问相如。相如曰:有是。然此乃诸侯之事,未足观,请为天子游猎之赋。帝令尚书给笔札。相如以“子虚”,虚言也,为楚称;“乌有先生”者,乌有此事也,为齐难;“亡是公”者,亡是人也,欲明天子之义。故虚借此三人为辞,以推天子诸侯之苑囿。其卒章归之于节俭,因以讽谏。其文具存《史记》及《汉书》本传中:《文选》则以后半为《上林赋》,或召问后之所续欤?

相如既奏赋,武帝大悦,以为郎;数岁,作《喻巴蜀檄》,旋拜中郎将,赴蜀,通西南夷,以蜀父老多言此事无益,大臣亦以为然,乃作《难蜀父老》文。其后,人有上书言相如使时受金,遂失官,岁余,复召为郎。然常闲居,不慕官爵,亦往往托辞讽谏,于游猎信谗之事,皆有微辞。拜孝文园令。武帝既以《子虚赋》为善,相如察其好神仙,乃曰:“上林之事,未足美也,尚有靡者。臣尝为《大人赋》,未就;请具而奏之。”意以为列仙之儒,居山泽间,形容甚臞,非帝王之仙意。惟彼大人,居于中州,悲世迫隘,于是轻举,乘虚无,超无友,亦忘天地,而乃独存也。中有云:

“……屯余车而万乘兮,粹云盖而树华旗。使句芒其将行兮,吾欲往乎南娭。……纷湛湛其差错兮,杂遝胶輵以方驰。骚扰冲苁其纷拏兮,滂濞泱轧丽以林离。攒罗列聚丛以茏茸兮,蔓延流烂痑以陆离。径人雷室之砰磷郁律兮,洞出鬼谷之掘礨崴魁。……时若暧暧将混浊兮,召屏翳,诛风伯,刑雨师。西望昆仑之轧沕荒忽兮,直径驰乎三危。排阊阖而入帝宫兮,载玉女而与之俱归。登阆风而遥集兮,亢鸟腾而壹止。低徊阴山翔以

纡曲兮，吾乃今日睹西王母，暠然白首戴胜而穴处兮，亦幸有三足乌为之使。必长生若此而不死兮，虽济万世不足以喜。……”

既奏，武帝大悦，飘飘有凌云之气，似游天地之间意。盖汉兴好楚声，武帝左右亲信，如朱买臣等，多以楚辞进，而相如独变其体，益以玮奇之意，饰以绮丽之辞，句之短长，亦不拘成法，与当时甚不同。故扬雄以为使孔门用赋，则贾谊升堂，相如入室。班固以为西蜀自相如游宦京师，而文章冠天下。盖后之扬雄，王褒，李尤，固皆蜀人也。然相如亦作短赋，则繁丽之词较少，如《哀二世赋》，《长门赋》。独《美人赋》颇靡丽，殆即扬雄所谓"劝百而讽一，犹骋郑卫之音，曲终而奏雅"者乎？

"……途出郑卫，道由桑中，朝发溱洧，暮宿上宫。上宫闲馆，寂寥空虚，门閤昼掩，暧若神居。臣排其户而造其堂，芳香芬烈，黼帐高张；有女独处，婉然在床，奇葩逸丽，淑质艳光，睹臣迁延，微笑而言曰：'上客何国之公子，所从来无乃远乎？'遂设旨酒，进鸣琴。臣遂抚弦为《幽兰》《白雪》之曲。女乃歌曰：'独处室兮廓无依，思佳人兮情伤悲。有美人兮来何迟？日既暮兮华色衰，敢托身兮长自私。'玉钗挂臣冠，罗袖拂臣衣。时日西夕，玄阴晦冥，流风惨冽，素雪飘零，闲房寂谧，不闻人声。……臣乃脉定于内，心正于怀，信誓旦旦，秉志不回，幡然高举，与彼长辞。"

相如既病免，居茂陵，武帝闻其病甚，使所忠往取书，至则已死（前一一七）。仅得一卷书，言封禅事。盖相如尝从胡安受经。故少以文辞游宦，而晚年终奏封禅之礼矣。于小学，则有《凡将篇》，今不存。然其专长，终在辞赋，制作虽甚迟缓，而不师故辙，自摅妙才，广博闳丽，卓绝汉代，明王世贞评《子虚》《上林》，以为材极富，辞极丽，运笔极古雅，精神极流动，长沙有其意而无其材，班张潘有其材而无其笔，子云有其笔而不得其精神流动之处云云，其为历代评隲家所倾倒，可谓至矣。

司马迁字子长，河内人，生于龙门，年十岁诵古文，二十而南游吴会，北涉汶泗，游邹鲁，过梁楚以归，仕为郎中。父谈，为太史令，元封初卒。迁继其业，天汉中李陵降匈奴，迁明陵无罪，遂下吏，指为诬上，家贫不能自赎，交游莫救，卒坐宫刑。被刑后为中书令，因益发愤，据《左氏》，《国语》；采《世本》，《战国策》；述《楚汉春秋》，终成《史记》一百三十篇，始于黄帝，中述陶唐，而至武帝获白麟止，盖自谓其书所以继《春秋》也。其友益州刺史任安，尝责以古贤臣之义，迁报书有云。

"……所以隐忍苟活，函粪土之中而不辞者，恨私心有所不尽，鄙没世而文采不表于后也。古者富贵而名摩灭不可胜记，唯倜傥非常之人称焉。盖西伯拘而演《周易》；仲尼厄而作《春秋》；屈原放逐，乃赋《离骚》；左丘失明，厥有《国语》；孙子膑脚，《兵法》修列。……《诗》三百篇，大抵贤圣发愤之所为作也。此人皆意有所郁结，不得通其道，故述往事，思来者。及如左丘明无目，孙子断足，终不可用，退论书策，以舒其愤，思垂空文以自见。仆窃不逊，近自托于无能之辞，网罗天下放失旧闻，考之行事，稽其成败兴衰之理，凡百三十篇。亦欲以究天人之际，通古今之变，成一家之言。草创未就，适会此祸，惜其不成，是以就极刑而无愠色。仆诚已著此书，藏之名山，传之其人，通邑大都，则仆偿前辱之责，虽万被戮，岂有悔哉？然此可为智者道，难为俗人言也！

……

迁死后，书乃渐出；宣帝时，其外孙杨恽祖述其书，遂宣布焉。班彪颇不满，以为"采经摭传，分散数家之事，甚多疏略，或有抵梧。亦其涉略者广博，贯穿经传，驰骋古今上下数千载间，斯以勤矣。又其是非颇缪于圣人：论大道则先黄老而后六经，序游侠则退处士而进奸雄，述货殖则崇埶利而羞贫贱，此其所蔽也。"汉兴，陆贾作《楚汉春秋》，是非虽多本于儒者，而太史职守，原出道家，其父谈亦崇尚黄老，则《史记》虽缪于儒术，固亦能远绍其旧业者矣。况发愤著书，意旨自激，其与任安书有云："仆之先人，非有剖符丹书之功，文史星历，近乎卜祝之间，固主上所戏弄，倡优畜之，流俗之所轻也。假令仆伏法受诛，若九牛亡一毛，与蝼蚁何异。"恨为弄臣，寄心楮墨，感身世之戮辱，传畸人于千秋，虽背《春秋》之义，固不失为史家之绝唱，无韵之《离骚》矣。惟不拘于史法，不囿于字句，发于情，肆于心而为文，故能如茅坤所言："读游侠传即欲轻生，读屈原，贾谊传即欲流涕，读庄周，鲁仲连传即欲遗世，读李广传即欲立斗，读石建传即欲俯躬，读信陵，平原君传即欲养士"也。

然《汉书》已言《史记》有缺，于是续者纷起，如褚先生，冯商，刘歆等。《汉书》亦有出自刘歆者，故崔适以为《史记》之文有与全书乖，与《汉书》合者，亦歆所续也；至若年代悬隔，章句割裂，则当是后世妄人所赠予钞胥所脱云。

迁雄于文，而亦爱赋，颇喜纳之列传中。于《贾谊传》录其《吊屈原赋》及《服赋》，而《汉书》则全载《治安策》，赋无一也。《司马相如传》上下篇，收赋尤多，为《子虚》（合《上林》），《哀二世》，《大人》等。自亦造赋，《汉志》云八篇，今仅传《士不遇赋》一篇，明胡应麟以为伪作。

至宣帝时，仍修武帝故事，讲论六艺群书，博尽奇异之好；征能为楚辞者，于是刘向，张子侨，华龙，柳褒等皆被召，待诏金马门。又得蜀人王褒字子渊，诏之作《圣主得贤臣颂》，与张子侨等并待诏。褒能为赋颂，亦作俳文，后方士言益州有金马碧鸡之宝，宣帝诏褒往祀，于道病死。参考书：

《史记》（卷一百十七，一百三十）

《汉书》（卷五十七，六十二，六十四）

《史记探源》（崔适）

《中国大文学史》（第三编第四及第五章）

《支那文学史纲》（第三篇第六章）

《支那文学之研究》（日本铃木虎雄）第一卷

嵇康集

序

魏中散大夫《嵇康集》，在梁有十五卷，《录》一卷。至隋佚二卷。唐世复出，而失其《录》。宋以来，乃仅存十卷。郑樵《通志》所载卷数，与唐不异者，盖转录旧记，非由目见。王楙已尝辨之矣。至于椠刻，宋、元者未尝闻，明则有嘉靖乙酉黄省曾本，汪士贤《二十一名家集》本，皆十卷。在张溥《汉魏六朝百三名家集》中者，合为一卷，张燮所刻者又改为六卷，盖皆从黄本出，而略正其误，并增逸文。张燮本更变乱次弟，弥失其旧。惟程荣刻十卷本，较多异文，所据似别一本，然大略仍与他本不甚远。清诸家藏书簿所记，又有明吴宽丛书堂钞本，谓源出宋椠，又经匏庵手校，故虽移录，校文者亦为珍秘。予幸其书今在京师图书馆，乃亟写得之，更取黄本雠对，知二本根源实同，而互有讹夺。唯此所阙失，得由彼书补正，兼具二长，乃成较胜。旧校亦不知是否真出匏庵手？要之盖不止一人。先为墨校，增删最多，且常灭尽原文，至不可辨；所据又仅刻本，并取彼之讹夺，以改旧钞。后又有朱校二次，亦据刻本，凡先所幸免之字，辄复涂改，使悉从同。盖经朱墨三校，而旧钞之长，且泯绝矣。今此校定，则排摈旧校，力存原文。其为浓墨所灭，不得已而从改本者，则曰："字从旧校"，以著可疑。义得两通，而旧校辄改从刻本者，则曰："各本作某"，以存其异。既以黄省曾、汪士贤、程荣、张溥、张燮五家刻本比勘讫，复取《三国志》注，《晋书》，《世说新语》注，《野客丛书》，胡克家翻宋尤袤本《文选》李善注，及所著《考异》，宋本《文选》六臣注，相传唐钞《文选集注》残本，《乐府诗集》，《古诗纪》，及陈禹谟刻本《北堂书钞》，胡缵宗本《艺文类聚》，锡山安国刻本《初学记》，鲍崇城刻本《太平御览》等所引，著其同异。姚莹所编《乾坤正气集》中，亦有中散文九卷，无所正定，亦不复道，而严可均《全三国文》，孙星衍《续古文苑》所收，则间有勘正之字，因并录存，以备省览。若其集作如此,而刻本已改者,如"僁"为"愆","寤"为"悟";或刻本较此为长,如"遊"为"游","泰"为"太","慾"为"欲","樽"为"尊","殉"为"徇","饬"为"饰","闲"为"閒","蹔"为"暂","脩"为"修","壹"为"一","途"为"塗","返"为"反","捨"为"舍","弦"为"紘";或此较刻本为长,如"饑"为"饥","陵"为"淩","熟"为"孰","玩"为"翫","災"为"灾";或虽异文而俱得通,如"迺"与"乃","𠫤"与"吝","强"与"彊","于"与"於","无""毋"与"無",其数甚众,皆不复著,以省烦累。又审旧钞原亦不足十卷,其第一卷有阙叶,第二卷佚前,有人以《琴赋》足之。第三卷佚后,有人以《养生论》足之。第九卷当为《难宅无吉凶摄生论》下,而全佚,则分第六卷中之《自然好学论》等二篇为第七卷,改第七、第八卷为八、九两卷,以为完书。黄、汪、程三家本皆如此,今亦不改。盖较王楙所见之缮写十卷本,卷数无异,而实佚其一卷及两半卷矣。原又有目录在前,然是校后续加,与黄本者相似。今据本文,别造一卷代之,并作《逸文考》《著录考》各一卷,附于末。恨学识荒陋,疏失盖多,亦第欲存留旧文,得稍流布焉尔。

中华民国十有三年六月十一日会稽　序。

第一卷

五言古律一首

(各本皆作《赠公穆诗》。《艺文类聚》卷九十引前六句,亦云《嵇叔夜赠秀才诗》也)

双鸾匿景曜,戢翼太山崖。抗(字从旧校)首嗽(各本作漱)朝露,晞阳振羽仪。长鸣戏云中,时下息兰池。自谓绝尘埃,终始永不亏。何意世多艰,虞人来我维(维一作仪。四字旧注。各本及《诗纪》,维作疑,无注)。云粤(各本作网,《诗纪》同)塞四区,高罗正参差。奋迅势不便,六翮无所施。隐姿就长缨,卒为时所羁。单雄翩(各本作翻,《诗纪》同)独(《诗纪》作孤)逝,哀吟伤生离。徘徊恋俦侣,慷慨高山陂。鸟尽良弓藏,谋极(极一作损。四字旧注。各本及《诗纪》俱无)身必(各本作心,《诗纪》同)危。吉凶虽在己,世(字从旧校)路多险巇。安得反初服,抱玉宝六奇。逍遥游太清,携手相追随(一作长相随。五字旧注。各本及《诗纪》文同一作,无注)。

四言十八首赠兄秀才入军

(兄秀才公穆入军赠诗,刘义庆曰:"嵇喜字公穆,举秀才。"已上旧注。各本并前一首为《赠兄秀才公穆入军十九首》,无注)

鸳鸯于飞,肃肃其羽。朝游高原,夕宿兰渚。邕邕(《艺义类聚》九十二引作嗈嗈)和鸣,顾盼(《类聚》作眄,黄本及《诗纪》并作眄)俦侣。俯仰慷慨,优游容与。

鸳鸯于飞,啸侣命俦。朝游高原,夕宿中洲。交颈振翼,容与清流。咀嚼兰蕙,俯仰优游。

泳彼长川,言息其浒;陟彼高冈,言刈其楚。嗟我征迈,独行踽踽;仰彼凯风,泣涕如雨!

沐(各本作泳,《诗纪》同。案作沐亦通,泳或反误也)彼长川,言息其沚;陟彼(黄本误陂)高冈,言刈其杞。嗟我独征,靡瞻靡恃;仰彼凯风,载坐载起。

穆穆惠风,扇彼轻尘;奕奕素波,转此游鳞。伊我之劳,有怀遐(各本作佳,《诗纪》同)人。寤言永思,实钟所亲。

所亲安在?舍我远迈。弃此荪芷,袭彼萧艾。虽曰幽深,岂无颠沛?言念君子,不遐有害。

人生寿促,天地长久。百年之期,孰云其寿?思欲登仙,以济(程本、汪本作跻)不朽。揽辔踟蹰,仰顾我友。

我友焉之?隔兹山梁(各本作冈,《诗纪》同)。谁谓河广?一苇可航。徒恨永离,逝彼路长。瞻仰弗及,徙倚彷徨。

良马既闲,丽服有晖。左揽繁若,右接忘归。风驰电(五臣注《文选》作雷)逝,蹑景(五臣本《文选》作影)追飞。凌厉中原,顾盼(各本作眄。《文选》及《太平御览》三百二十八引作盼。五臣作眄)生姿。(《文选》合下篇为一首)

携我好仇,载我轻车。南凌长阜,北厉清渠。仰落惊鸿,俯引渊鱼。槃游于田(各本作般于游田,《诗纪》同,《文选》槃作盘。黄本田作畋),其乐只且。

凌高远眄,俯仰咨嗟:宛(各本作怨。《诗纪》同)彼幽絷,室迩(各本作邈尔,《诗纪》同)路遐。虽有好音,谁与清歌?虽有朱(各本作姝。《诗纪》同)颜,谁与发华?仰诉(各本作讯,《诗纪》同)高云,俯托清(黄本作轻)波。乘流远遁,抱恨山阿。

轻车迅迈，息彼长林。春木载荣，布叶垂阴。习习谷风，吹我素琴。咬咬（各本作交交，《诗纪》同）黄鸟，顾畴（各本作俦。《诗纪》同）弄音。感寤（《文选》作悟，《诗纪》同，注云集作寤）驰情，思我所钦。心之忧矣，永啸长吟。

浩浩洪流，带我邦畿；萋萋绿林，奋荣扬辉。鱼龙瀺灂，山鸟群飞；驾言游之（各本作出游，《文选》《诗纪》同），日夕忘归。思我良朋，如渴如饥；愿言不获，怆矣其悲。

息徒兰圃，秣马华山。流磻平皋，垂纶长川。目送归鸿，手挥五弦（《文选》作絃）。俯仰自得，游心泰玄。嘉彼钓叟，得鱼忘筌。郢人逝矣，谁可（张燮本作与。《文选》《诗纪》及《初学记》卷十八引同）尽言？

闲夜肃清，朗月照轩，微风动袿，组帐高褰。旨酒盈樽，莫与交欢。琴瑟（张溥本作鸣琴，《文选》同他本作瑟琴）在御，谁与鼓弹？仰慕同趣，其馨若兰。佳人不存（五臣本《文选》作在），能不永叹！

乘风高逝（各本作游。《诗纪》同），远登灵丘。结（各本作托，《诗纪》同）好松乔，携手俱游。朝发泰华，夕宿神洲（黄本作州）。弹琴咏诗，聊以忘忧。

琴诗可（各本作自，《诗纪》同）乐，远游可珍。舍（黄、汪、程本作含，《诗纪》同，二张本作舍）道独往，弃智遗身。寂乎无累，何求于人？长寄灵岳，怡志养神。

流代（各本作俗，《诗纪》同）难寤，逐物不还。至人远鉴，归之自然。万物为一，四海为（各本及《诗纪》皆作同）宅。与彼共之，予何所惜。生若浮寄，暂见忽终。世故纷纭，弃之八戎（黄本、二张本作八成，《诗纪》同。程本、汪本作无成）。泽雉虽饥，不愿园林。安能服御，劳形苦（字从旧校）心。身贵名贱，荣辱何在？贵得肆志，纵心无悔。

秀才答四首（附）

华堂临浚沼，灵芝茂清泉；仰瞻春（各本作青。《诗纪》同）禽翔，俯察绿水滨。逍遥步兰渚，感物怀古人；李叟寄周朝，庄生游漆园；时至忽蝉蜕，变化无常端。

君子体通变，否泰非常理。当流则蚁（黄、程、二张本作义。《诗纪》同，惟汪本与此合）行，时逝（各本作游，《诗纪》同）则鹊起。达者鉴通机（各本作塞，《诗纪》同），盛衰为表里。列仙殉生命，松乔安足齿？纵躯任世度，至人不私己。

达人与物化，无俗不可安（各本作世俗安可论，《诗纪》同）。都邑可优游，何必栖山原？孔父策良驷，不云世路难。出处因时资，潜跃无常端。保心守道居，睹（各本作视，《诗纪》同）变安能迁？

饬车驻驷，驾言出游。南厉伊渚，北登邙丘。青林华茂（案秀才诗止此，已下当是中散诗也。原本盖每叶二十二行，行二十字，而阙第四叶。钞者不察，写为一篇，后来众家刻本，遂并承其误。《诗纪》移此为第一首，尤谬），青鸟群嬉。感寤长怀，能不永思？永思伊何？思齐大仪。凌云轻迈，托身灵螭。遥集玄（各本作芝，《诗纪》同）圃，释辔华池，华木夜光，沙棠离离。俯漱神泉，仰叽（程本作采）琼（各本作璃，《诗纪》同）枝；栖（各本作结，《诗纪》同）心浩（各本作皓，《诗纪》同）素，终始不亏。

幽愤诗一首

嗟余薄祜（五臣本《文选》作祐），少遭不造；哀茕靡识，越在襁褓（《晋书》及李善本《文选》作繦緥）。母兄鞠（张燮本作鞫。《诗纪》同）育，有慈无威；恃爱肆姐（《晋书》作好，尤袤本《文选》李善注作姐。旧写本《文选集注》残卷引李善注仍作姐），不训不师。爰及冠带，冯（《晋书》作凭）宠自放（李善本《文选》无此二句），抗心希古，任其所尚（善作上）。托好老庄（《晋书》作庄老），贱物贵身，志在守朴，养素全真。曰予（《文选》作余）不敏，好善暗人，子玉之败，屡增惟尘。大人含弘，藏垢怀耻；民之多僻，政不由己。唯此褊心，显明臧否；感寤思愆，怛若创痏。欲寡其过，谤议沸腾。性不伤物，频致怨憎。昔惭柳下（各本作柳惠，《晋书》本传《文选》《诗纪》同。《世说新语·栖逸篇》注引《文士传》作下惠。惟《三国·魏志·王粲传》注引《魏氏春秋》及《晋书·孙登传》引皆作柳下，与此合），今愧孙登；内负宿心，外恧（《魏志·王粲传》注引作赧）良朋。仰慕严郑，乐道闲居；与世无营，神气晏如。咨余不淑，缨（各本作婴。《晋书》《文选》《诗纪》同）累多虞。匪降白天，实由顽疏。理弊（六臣注《文选》作蔽，注云"善作弊"）患结，卒致囹圄。对答鄙讯，絷此幽阻。实耻讼冤（二张本亦作冤，《晋书》同。他本及李善本《文选》皆作免，注云："免，或为冤，非也"），时不我与。虽曰义直，神辱志沮。澡身沧浪，岂（《晋书》作曷）云能补？雍雍（各本作嗈嗈。《文选》《诗纪》同。五臣雝雝，李善嗈嗈）鸣雁，厉（各本作奋，李善本《文选》及《诗纪》同。五臣作励）翼北游。顺时而动，得意无（各本作忘，《晋书》《文选》《诗纪》同）忧。嗟我愤叹，曾莫能俦（《晋书》作畴）。事与愿违，遘兹淹留。穷达有命，亦又何求？古人有言，善莫近名。奉时恭默，咎悔不生。万石周慎，安亲保荣。世务纷纭，祗搅予（五臣本《文选》作子）情。安乐必戒（《晋书》《文选》作诫），乃终利贞。煌煌灵芝，一年三秀。予（五臣本

《文选》作子）独何人（各本作为，《晋书》《文选》《诗纪》同），有志不就。惩难思复，心焉内疚。庶勖将来，无馨无臭。采薇山阿，散发岩岫。永啸长吟，颐性（《晋书》作神，颜师古《匡谬正俗》卷八引同）养寿。

述志诗二首

潜龙育神躯，跃（各本作濯。《诗纪》同）鳞戏兰池。延颈慕大庭，寝足俟皇羲。庆云未垂降（黄本作景），盘桓朝阳陂。悠悠非我俦（各本作匹，《诗纪》同），□步（各本作畴肯。《诗纪》同）应俗宜。殊类难遍周，鄙议纷流离。轗轲丁悔𠫤，雅志不得施。耕耨感宁越，马席激张仪。逝将离群侣，杖策追洪崖。焦朋（各本作鹏，案当作明。程本并改焦为鸥，尤谬）振六翮，罗者安所羁？浮游泰清中，更求新相知。比翼翔云汉，饮露食（各本作餐，《诗纪》同）琼枝。多谢（各本作念，《诗纪》同）世间人，息（各本作夙。《诗纪》同）驾惑（各本作咸，《诗纪》同）驰驱。冲静得自然，荣华何（黄本作安）足为。

斥鷃檀（各本作擅，《诗纪》同）蒿林，仰笑鸾（各本作神，《诗纪》同）风飞（张燮本此下有注云："一作姿。"《诗纪》同）。坎井蝤蛙（各本作蛭，《诗纪》同）宅，神龟安所归？恨自用身拙，任意多永思。远实与世殊，义誉非所希。往事既已缪（各本作谬。《诗纪》同），来者犹可追。何为人事间，自令心不夷？慷慨思古人，梦想见容辉。愿与知己过（各本作遇，《诗纪》同），舒愤启幽（各本作其，《诗纪》同）微。岩穴多隐逸，轻举求吾师。晨登箕山岭（各本作巅，张溥本有注云："箕，拾遗作西。"《诗纪》同），日夕不知饥。玄居养营魄，千载长自绥。

游仙诗一首

遥望山上松，隆谷郁青葱。自遇一何高，独立边无丛（各本作迥无双，《诗纪》同）。愿想游其下，蹊路绝不通。王乔弃（各本作弃，《诗纪》同。案弃当为异说文云，举也）我去，乘云驾六龙。飘摇戏玄圃，黄老路相逢。授我自然道，旷若发童蒙。采药钟山嵎（各本作隅，《诗纪》同），服食改姿容。蝉蜕弃秽累，结交（各本作友）家梧（各本作板，《诗纪》同）桐。临觞奏《九韶》，雅歌何邕邕？长与俗人别，谁能睹其踪？

六言诗十首

（各本取每首之第一句，别立一行为子目。《诗纪》亦然）

惟上古尧舜，二人功德齐均，不以天下私亲。高尚简朴慈（各本作兹）顺，宁济四海蒸民。

唐虞世道治，万国穆亲无事，贤愚各自得志，晏然逸豫内忘，佳哉尔时可意（即喜字，三字旧注。各本及《诗纪》径作喜，无注）。

智慧用有（各本及《诗纪》脱此字，案当作何）为，法令（各本及《诗纪》脱此字）滋章寇生，自（各本作纷）然相召不停，大人玄寂无声，镇之以静自正。

名与身孰亲？哀哉世俗殉荣！驰骛竭力丧精，得失相纷忧惊，自贪（黄本、二张本作是，《诗纪》同）勤苦不宁。

生生厚招咎，金玉满屋（各本作堂，《诗纪》同）莫守，古人安此粗丑，独以道德为友，故能延期不朽。

名行显患滋，位高势（黄本作世）重祸基，美色伐性不疑，厚味腊毒难治。如何贪人不思？

东方朔至清，外似（黄、汪二张本作以，惟程本作似，与此合。《诗纪》同）贪污内贞，秽身滑稽隐名，不为世累所缨（各本作撄，《诗纪》同）。所以知（各本作欲不，《诗纪》同）足无营。

楚子文善士（各本作仕，《诗纪》同），三为令尹不喜，柳下降身蒙耻，不以爵禄为己。靖恭（二字从旧校）古惟二子。

老莱妻贤明（各本作名），不愿（黄本、汪本作顾）夫子相荆。将身（各本作相将）避禄隐耕，乐道闲居采蓱（各本作萍，《诗纪》同），终厉高节不倾。

嗟古贤原宪，弃背膏粱（各本作梁）朱颜，乐此屡空饥寒，形陋体逸心宽，得志一世无患。

重做六言诗十首代秋胡歌诗七首

（旧校改为《重做四言诗七首》。注云："一作《秋胡行》。黄本、程本、汪本、张溥本并同，惟张燮本

作《秋胡行七首》。案六言诗十首盖已逸，仅存其题。今所有者《代秋胡行》也，旧校甚误）

富贵尊荣，忧患谅独多（各本及《乐府诗集》引首二句，皆重言下放此）。古人所惧，丰屋蔀家。人害其上，兽恶网罗。唯有贫贱，可以无他。歌以言之，富贵忧患多。

《秋胡行》插图

贫贱易居，贵盛难为工。耻接（各本作佞。《乐府诗集》《诗纪》同）直言，与祸相逢。变故万端，俾吉作凶。思牵黄犬，其志莫从（各本志作计，《诗纪》同。《乐府诗集》作其莫之从）。歌以言之，贵盛难为工。

劳谦无（各本及《诗纪》作寡，《乐府诗集》作有）悔，忠信可久安。天道害盈（张燮本有注云："害一作恶。"《诗纪》同），好胜者残。强梁致灾，多事招患（张燮本及《诗纪》招下有祸字，注云："一无事字。"案《乐府诗集》引无）。欲得安乐，独有无憾。歌以言之，忠信可久安。

役神者弊，极欲令人（二字各本作疾，《诗纪》同）枯。颜回短折，下（各本作不，《诗纪》同）及童乌。纵体淫恣，莫不早徂。酒色何物，自令（各本作令自，《乐府诗集》《诗纪》同）不辜。歌以言之，酒色令人枯。

绝智弃学，游心于玄默。过而复悔（各本作遇过而悔，《诗纪》同），当不自得。垂钓一壑，好（各本作所，《诗纪》同）乐一国。被发行歌，和气（各本作者，《诗纪》同）四塞。歌以言之，游心于玄默。

思与王乔，乘云游八极。陵厉五岳，忽行万亿。授我神药，自生羽翼。呼吸太和，练形易色。歌以言之，思行游八极。

徘徊钟山，息驾于层城。上荫华盖，下采若英。受道王母，遂升紫庭。逍遥天衢，千载长生。歌以言之，徘徊于层城。

思亲诗一首

奈何愁兮愁无聊，恒恻恻兮心若抽。愁奈何兮悲思多，情郁结兮不可化。奄无（各本作失,《诗纪》同)恃兮孤茕茕,内自悼兮欷(各本作啼,《诗纪》同)失声;思报德兮邈已绝,感鞠育兮情剥裂。嗟母兄兮永潜藏,想形容兮内摧伤!感阳春兮思慈亲,欲一见兮路无因。望南山兮发哀叹,感机杖兮涕汍澜。念畴昔兮母兄在,心逸豫兮寿四海。忽已逝兮不可追,心穷约兮但有悲。上空堂兮廓无依,睹遗物兮心崩摧。中夜悲兮当谁告(张燮本作告谁,《诗纪》同)?独抆(二张本作收)泪兮抱哀戚(旧校作伤怀抱,未详所本)。亲日远兮思日深(各本作日远迈兮思予心,《诗纪》同),恋(旧校作念)所生兮泪流襟(各本作不禁,《诗纪》同)。慈母没兮谁予(二张本作与)骄?顾自怜兮心忉忉。诉苍天兮远(各本作天,《诗纪》同)不闻,泪如雨兮叹成云(各本成作青,《诗纪》同。旧校作凝成冰,未详所据);欲弃忧兮寻复来,痛殷殷兮不可裁。

诗三首郭遐周赠(附)

亮(各本作吾,《诗纪》同)无佐世才,时俗所不(各本作不可,《诗纪》同)量。归我北山阿,逍遥以相(各本作倡,《诗纪》同。旧校为倘)佯。同气自相求,虎啸谷风凉。惟余与嵇生,未面分好章(原作面分好文章,据各本及《诗纪》改)。古人美倾盖,方此何不臧?援筝执鸣琴,携手游空房。栖迟衡门下,何愿于姬姜?甘(各本作予,《诗纪》同)心好永年,年永怀乐康。我友不斯(各本作期,《诗纪》同)卒,改计适他方。严车感(各本作岩东成,《诗纪》岩仍为严)发日,皤然将高翔。离别在旦夕,惆怅以增伤。

风人重离别,行道(黄本作遒)犹迟迟。宋玉(汪本作王)哀登山,临水送将归。伊此往昔事,言之以增悲。叹(字从旧校)我与嵇生,忽然(黄本、汪本作倏忽,《诗纪》同)将永离(各本作违,《诗纪》同)。俯察渊鱼游,仰观双鸟飞;厉翼太清中,徘徊于丹池。钦哉得其所,令我心独(程本作之)违。言别在斯须,惄(程本作督)焉如朝(各本作调,《诗纪》同)饥。

离别自古有,人非比目鱼。君子不怀土(程本、汪本作上),岂更得安居?四海皆兄弟,何患无彼姝?岩穴隐傅说,空(各本作寒,《诗纪》同)谷纳白驹。方各以类聚,物亦以群殊。所在有智贤,何忧不此(各本作此不,《诗纪》同)如?所贵身名存,功烈在简书,年(各本作岁)时已过(案黄本,汪本作易)历,日月忽其除。勖哉乎嵇生,敬德以(各本作在)慎躯!

诗五首郭遐叔赠(附)

每念遘会,惟曰(各本作日,《诗纪》同)不足。昕往宵归,常苦其速。欢接无厌,如川赴谷。如何忽尔,将适他俗。言驾有日,巾车命仆。思言(各本作念,《诗纪》同)君子,温其如玉。心之忧矣,视丹如绿。

(案当有脱文)如何忽尔,超将远游。情以怵惕,惟思维忧。辗转反侧,寤寐追求。驰情运想,神往形留。心之忧矣,增其劳愁。

不见可欲,使心不乱;譬彼造化,抗无崖畔。封疆画界,事利任难。惟予与子,本(黄本汪本字阙。程本作实。张溥本作蔑。张燮本作鲜,注云"一作籍。"《诗纪》同)不同贯。交重情亲,欲面无算。如何忽尔,时适他馆。明发不寐,耿耿极旦。心之忧矣,增其愤叹(黄、汪二张本作怨,《诗纪》同)。

天地悠长,人生若忽。苟非知命,安保旦夕?思与君子。穷年卒岁;优哉逍遥,幸无陨越。如何君子(案当作忽尔),超将远迈。我情愿关,我言(汪本、二张本作心,《诗纪》同)愿结。心之忧矣,良以忉怛。

君子交有义,不必常相从。天地有明理,远近无异同。三仁不齐迹,贵在等贤踪。众鸟群相追,鸷鸟独无双。何必相呴濡,江海自从(各本作可,《诗纪》同。旧校作兼)容?愿各保遐年(各本作心,《诗纪》同),有缘复来东。

五言诗三首答二郭

天下悠悠者,不能(各本作下京,《诗纪》同)趋上京。二郭怀不群,超然来北征。乐道托蓬(各本作莱,《诗纪》同)庐,雅志无所营。良时遘其愿,遂结欢爱情。君子义是亲,恩好笃平生。寡智自生灾,屡使众衅成。豫子匿梁侧(《诗纪》注云,子一作让),聂政变其形。顾此怀怛惕,虑在苟自宁。今当寄他域,严驾不得停。本图终宴婉,今更不克并。二(黄木、张溥本作三)子赠嘉诗,馥如幽兰馨。恋土思所亲,能不(各本作不知,《诗纪》同)气愤盈?

昔蒙父兄祚,少得离负荷;因疏遂成懒,寝迹北山阿。但愿养性命,终已靡有他。良辰不我期,当年值纷华。坎懔(程本作凛,他本并作壈,《诗纪》同)趣世教(各本作务,《诗纪》同),

常恐缨(各本作婴,《诗纪》同)网罗。羲农(汪本、程本作皇)邈以(各本作已,《诗纪》同)远,拊膺独咨嗟(程本作获治正)。明(各本作朔,《诗纪》同)戒贵尚用(各本作容,《诗纪》同),渔父好扬波。虽(程本作难)逸亦以(二张本作已)难,非余心所嘉。岂若翔区外,飧琼漱朝霞。遗(程本作迁)物弃鄙累,逍遥游太和。结友集灵岳,弹琴登清歌。有能从我(各本作此,《涛纪》同)者,古人何(二张本作岂)足多?

详观凌世务,屯险多忧虞。施报更相市,大道匿不舒。夷路殖(各本作值)枳棘,心安(各本作安步,《诗纪》同)将焉如?权智相倾夺,名位不可居。鸾凤避罻罗,远托昆仑墟。庄周悼灵龟,越稷(二张本作穆,注云:"一作稷。"《诗纪》同)畏(各本作嗟,《诗纪》同)王舆。至人存诸己,隐朴(各本作璞)乐玄虚。功名何足殉,乃欲列简书。所好亮若兹,杨氏叹交衢。去去从所志,敢谢道不俱。

五言诗一首与阮德如

含哀还旧庐,感切伤心肝。良时遘吾(各本作数,《诗纪》同)子,谈慰臭如兰。畴昔恨不早,既面侔旧欢。不悟卒永离,念隔怅增叹(黄、汪、程本作怅忧叹,二张本作增忧叹)。事故无不有,别易良会(各本作会良)难。郢人忽以(各本作已)逝,匠石寝不言。泽雉穷野草,灵龟乐泥蟠。荣名秽人身,高位多灾患。未若捐外累(《诗纪》注云:"《拾遗》作虑"),肆志养浩然。颜氏希有虞,隰子慕黄轩;涓彭独何人,唯在志(各本作志在,《诗纪》同)所安。渐渍殉近欲,一往不可攀。生生在豫积,勿以休(各本作怵,《诗纪》同)自宽。南土埤(各本作旱,《诗纪》同)不凉,衿计宜早看(各本作完,《诗纪》同)。君其爱德素,行路慎风寒。自力致所怀,临文情辛酸。

五言诗二首阮德如(张燮本作阮侃)答(附)

旦(各本作早,《诗纪》同)发温泉庐,夕宿宣阳(程本作畅)城。顾眄(各本作眄,《诗纪》同)怀惆怅,言思我友生。会遇一何幸,及子遘欢情。交际虽未久,思我爱发诚(各本作恩爱发中诚,《诗纪》同。张燮本恩仍为思)。良玉须切磋,玙璠就其形。随珠岂不曜,雕莹启光荣。

与子犹兰石，坚芳互相成。庶几弘（各本作行，《诗纪》同）古道，伐檀俟河清。不谓中离别，飘飘然远征。临舆执手诀（黄本、汪本作决），良诲一何精。佳言盈我身（各本作耳，《诗纪》同），援带以自铭。唐虞旷千载，三代不我（各本作可，《诗纪》同）并。洙泗久以（各本作已，《诗纪》同）往，微言谁为（各本作共，《诗纪》同）听。曾参易箦毙，仲由结其缨；晋楚安足慕？屡空以守（各本作守以，《诗纪》同）贞。潜龙尚泥蟠，神龟隐其灵。庶保吾子言，养真以全生。东野多所患，暂往不久停。幸子无损思，逍遥以自宁。

双美不易居，嘉会故难常。爰自（各本作处）憩斯土，与子遘兰芳。常愿永游集，拊翼同回翔。不悟卒永离，一别为异乡。四牡一何速，征人去（各本作告）路长。步顾怀想像（各本作象），游目屡大（各本作太，《诗纪》同）行。抚轸（各本作軨，《诗纪》同）增叹息，念子安能忘。恬和为道基，老氏恶强梁。患至有身灾，荣子知所康。蟠（各本作神）龟实可乐，明戒在刳肠。新诗何笃穆，申咏增恺忼（张燮本作慷）。舒检（字从刻本。旧校为矜，原字灭尽，疑亦检字）诏（各本作话，《诗纪》同）良讯。终然永（旧校为未，原字灭尽，今从刻本）厌藏。还誓必不食，复得（各本作与，《诗纪》同）同林（各本作故，《诗纪》同）房。愿子荡忧虑，无以情自伤。候（各本作俟，《诗纪》同）路忘所次（各本作以，《诗纪》同），聊以酬来章。

酒会诗

（各本并后四言诗之第一至第六篇题为《酒会诗七首》。旧校同）

乐哉菀（各本作苑，《诗纪》同）中游，周览无穷已。百卉吐芳华，崇台（各本作基）邈高跱。林木纷交错，玄池戏鲂鲤。轻丸毙飞（各本作翔）禽，纤纶出鳣鲔。坐（原钞作研。依各本及旧校改）中发美赞，异气同音轨。临川献清酤，微歌发皓齿。素琴挥雅操，清声随风起。斯会岂不乐？恨无东野子。酒中念幽人，守故弥终始。但当体七弦，寄心在知己。

四言

（各本及旧校均以前六篇为《酒会诗》，而削其第七至第十篇；复于第十一篇之前，题云《杂诗一首》）

淡淡（《太平御览》七百七十引作渊渊）流水，沧胥（《御览》作滑）而逝；泛泛柏（《御览》作虚）

舟，载浮（《御览》作亭）载滞。微啸清风，鼓楫容裔。放棹投竿，优游卒岁。

婉彼鸳鸯，戢翼而游。俯唼（原字灭尽，今从旧校及刻本为唼。《艺文类聚》九十二引作吮）绿藻，托身洪流。朝翔素濑，夕栖灵洲。摇荡清波，与之沉浮。

藻汜（二字黄本空，他本作流咏，旧校同）兰沚，和声激朗。操缦清商，游心大象。倾（汪本作顷）昧修身，惠音遗响。钟期不存，我志谁赏！

敛弦散思，游钓九渊。重流千仞，或（张燮本作惑。《诗纪》同）饵者悬。猗与庄老，栖迟永年；实惟龙化，荡志浩然。

肃肃苓（原钞作冷，今依《诗纪》及张溥本改，他本皆作筌）风，分生江湄。却背华林，俯溯丹坻（各本作坻，《诗纪》同。注云，一作漪）。含阳吐英，履霜不衰。嗟我殊观，百卉俱腓。心之忧矣，孰识玄机？

猗猗兰蔼（黄、汪、二张本作蔼），殖彼中原：绿叶幽茂，丽藻丰（各本作藻秾）繁。馥馥蕙芳，顺风而宣。将御椒房，吐薰龙轩。瞻彼秋草，怅矣惟骞！

泆泆白云，顺风而回。渊渊绿水，盈坎而颓。乘流远逝，自（案或息字之误）躬兰隈。杖策答诸，纳之素怀。长啸清原，唯以告哀。

抄抄（案或眇眇之误）翔鸾，舒翼太清；俯眺紫辰，仰看素庭。凌蹑玄虚，浮沉无形。将游区外，啸侣长鸣。神□不存，谁与独征？

有舟浮覆（案当是误字），绋缅是维。栝楫松棹，有若龙微。□津经险，越济不归。思友长林，抱朴山嵋。守器殉业，不能奋飞。

羽化华岳，超游清霄。云盖习习，六龙飘飘。左佩椒桂，右缀兰苕。凌阳赞路，王子奉轺。婉娈名山，真人是要。齐物养生，与道逍遥。

微风轻（《诗纪》五臣本《文选》均作清）扇，云气四除。皦皦（各本作皎皎）朗（《文选》作亮）月，丽于高隅。兴命公子，携手同车。龙骧翼翼，扬镳踟蹰。肃肃宵征，造我友庐。光灯吐耀（各本作辉，《文选》同。五臣作曜），华幔长舒。鸾觞酌醴，神鼎烹鱼。弦（汪本作玄）超子野，叹过绵驹。流咏太素，俯赞玄虚。畴（各本作孰，《文选》《诗纪》同）克英贤？与尔剖符。

五言诗

（各本无此三篇，旧校亦乙去）

人生譬朝露，世变多百罗。苟必有终极，彭聃不足多。仁义浇淳朴，前识丧道华。留弱丧自然，天真难可和。郢人审匠石，钟子识伯牙；真人不屡存，高唱谁当和？

修夜家（疑当作寂，由家而误）无为，独步光庭侧。仰首看天衢，流光曜八极。抚心悼季世，遥念大道逼。飘飘当路士，悠悠进自棘。得失自己来，荣辱相蚕食。朱紫虽（疑当作杂）玄黄，太素贵无色。渊淡体至道，色（案当误）化同消息。

俗人不可亲，松乔是可邻。何为秽浊间，动摇增垢尘？慷慨之远游，整驾俟良辰。轻举翔区外，濯翼扶桑津。徘徊戏灵岳，弹琴咏泰真。沧水澡五藏，变化忽若神。恒娥进妙药，毛羽翕光新。一纵发开阳，俯视当路人。哀哉世间人（疑当作人间世），何足久托身！

第二卷

琴赋（有序，《文选》作并序）

余少好音声，长而玩之。以为物有盛衰，而此无变；滋味有厌，而此不倦。可以导养神气，宣和情志，处穷独而不闷者，莫近于音声也。是故复之而不足，则吟咏以肆志；吟咏之不足，则寄言以广意。然八音之器（五臣本《文选》作气），歌舞之象，历世（五臣本作代）才士，并为之赋颂，其体制，风流，莫不相袭：称其材干，则以危苦为上；赋其声音，则以悲哀为主；美其感化，则以垂涕为贵。丽则丽矣，然未尽其理也。推其所由，似元不解音声（五臣本《文选》作声音，善作声音者）；览其旨趣，亦未达礼乐之情也。众器之中，琴德最优。故缀叙所怀，以为之赋。其辞曰：

惟椅梧之所生兮，托峻嶽（《北堂书钞》百九，《艺文类聚》四十四引并作岳）之崇冈。披重壤以诞载兮，参辰极而高骧。含（五臣本《文选》作合）天地之醇和兮，吸日月之休光。郁纷纭以独茂兮，飞英蕤于昊苍。夕纳景于虞渊兮，旦晞幹（五臣本作榦）于九阳。经千载以待价兮，寂神跱而永康。且其山川形势，则盘纡隐深，璀嵬岑嵓。互（六臣注《文选》作玄）岭巉岩，岞崿（五臣本作硌）岖崟。丹崖崄巇，青壁万寻。若乃重巇增起，偃蹇云覆。邈隆崇以极壮，崛巍巍（五臣本作嵬嵬）而特秀。蒸灵液以播云，据神渊（五臣本作泉）而吐溜。尔乃颠波奔突，狂赴争流。触岩抵隈，郁怒彪休。汹涌滕（各本作腾，《文选》同）薄，奋沫扬涛。汴汩澎湃，蟠蟺相纠。放肆大川，济乎中州。安回(《文选》作迴)徐迈，寂尔长浮。淡乎洋洋，萦抱山丘。详观其区土之所产毓，奥宇之所宝殖，珍怪琅玕，瑶瑾翕赩。丛集累积，奂(五臣本作涣)衍于其侧。若乃春兰被其东，沙棠殖(五臣本作植)其西。涓子宅其阳，玉醴涌其前，玄云荫其上，翔鸾集其巅。清露(《文选》李善本作雾)润其肤，惠风流其间。竦肃肃以静谧，密微微其清闲。夫所以经营其左右者，固以自然神丽，而足思愿爱乐矣。于是遁世(五臣本作俗)之士，荣期绮季之俦(黄本、二张本作畴，《文选》及《书钞》二百九引同)，乃相与登飞梁，越幽壑；援琼枝，陟峻崿；以游乎其下。周旋永望，邈若凌(五臣本作淩)飞。邪睨昆仑，俯瞰海湄。指苍梧之迢递，临回江之威夷。悟时俗之多累，仰箕山之余辉。羡斯岳之弘敞，心慷慨(《文选考异》云："当作恺慷。"善引《尔雅》："恺慷，乐也。慷即康字，是其本作恺慷甚明")以忘归。情舒放而远览，接轩辕之遗音。慕老童于騩(五臣本作隗)隅，钦泰容之高吟。顾兹梧(五臣本作桐)而兴虑，思假物以托心。乃斫(《书钞》一百九引作断)孙枝，准量所任；至人摅思，制为雅琴。乃使离子督墨，匠石奋斤；夔襄荐法，般(《文选》李善本作班)倕骋神。锼会裛厕，朗密调均。华绘雕琢(五臣本作瑑)，布藻垂文。错以犀象，藉以翠绿。弦以园客之丝，徽以钟山之玉。爰有龙凤之象，古人之形。伯牙挥手，钟期听声。华容灼爚(张燮本作烁，《文选》五臣本及《艺文类聚》四十四引同)，发采扬明。何其丽也。伶伦比律，田连操张。进御君子，新声嘐(黄本作熮，二张本作憀，《文选》同，程本作嘹，《类聚》引同)亮。何其伟也。及其初调，则角羽俱起，宫徵相证。参发并趣，上下累应。踸踔磥(各本作累，惟张溥本作磥，《文选》同)硌，美声将兴。固以和昶而足耽矣。尔乃理正声，奏妙曲；扬白雪(《书钞》作日)，发清角。纷淋浪以流离，奂(五臣本作涣)淫衍而优渥。粲奕奕而高逝，驰岌岌以相属。沛腾遌而竞趣，翕铧晔(五臣本作哗烨)而繁缛。状若崇山，又象流波。浩兮汤汤，郁兮峨峨(《书钞》两兮字皆作乎)。怫愲烦冤，纡余婆娑。陵(五臣本作淩)纵播逸，霍濩纷葩。检容授节，应变合度。竞名擅业，安轨徐步。洋洋习习，声烈遐布。含(五臣本《文选》作合)显媚以送终，流(黄本作飘，《文选》同)余响于(黄、汪、程本作乎，李善本《文选》同二张本与此合)泰素。若乃高轩飞观，广厦闲房。冬夜(《书钞》作夜色)肃清，朗(《书钞》作明)月垂光。新衣翠粲，缨徽流芳。于是器冷(《文选》李善本作泠，《书钞》引同)弦调，心闲手敏。触挽如志，唯意所拟。初涉渌(五臣本作绿)水，中奏清徵。雅昶唐尧，终咏微子。宽明弘润，优游躇跱。拊(《文选》李善本作持)弦安歌，新声代起。歌曰：凌(五臣本作陵)扶摇兮憩瀛洲，要列子兮为好仇。餐沆瀣兮带朝霞，眇翩翩兮薄天游。齐万物兮超自得，委性命兮任去留。激清响以赴会，何弦歌之绸缪。于是曲引向阑，众音将歇。改韵易调，奇弄乃发。扬和颜，攘皓腕；飞纤指以驰骛，纷偃(《书钞》讹掍)嘉以流漫。或徘徊顾慕，拥郁抑按；盘桓毓养，从容秘玩。闼尔奋逸，风骇云乱，牢落凌厉，布濩半散。丰融披离，斐韡奂(五臣本作帏涣)烂；英声发越，采采粲粲。或闲声错糅，状若诡赴；双美并进，骈驰翼驱。初若将乖，后卒同趣。或曲而不屈(张燮本屈下有或字，五臣本《文选》同)，直而不倨。或相凌而不乱，或相离而不殊。时(张燮本仍作或)劫掎以慷慨，或怨嫿(五臣本作沮)而踌躇。忽飘摇(各本作飘飘，《文选》同)以轻迈，乍留联而扶疏。或参谭繁促，复叠攒仄，从横骆驿，奔遁相逼。拊嗟累赘，间不容息。瑰艳奇伟，殚不可识。若乃闲舒都雅，洪纤有宜。清和条昶，案衍陆离。穆温柔以怡怿，婉顺叙而委蛇。或乘险投会，邀隙趋危。嚶(《文选》作嘤)若离鹍鸣清池，翼若浮(二张本作游，《文选》同)鸿翔层(黄、汪、二张本作曾，《文选》同。《类聚》作增)崖。纷文斐尾，慊(张燮本作綝，五臣本《文选》同)缪离缅。微风余音，靡靡猗猗。或搂揽捺捋(黄、汪、程本搂栎并从木，《文选》捺作栎)，缥缭潎冽。轻行浮弹，明婳睩慧(《文选》作惠)。疾(张燮本作集)而不速，留而不滞。翩绵飘邈，微音迅逝。远而听之，若鸾凤和鸣戏云中；迫而察之，若众葩敷荣曜春风。既丰赡以多姿，又善始而令终。嗟姣妙以弘丽，何变态之无穷。若夫三春之初，丽服以时，乃携友生，以遨以嬉。涉兰圃，登重基；背长林，翳华芝，临清流，赋新诗。嘉鱼龙之逸豫，乐百卉之荣滋。理重华之遗操，慨远慕而常(各本作长，《文选》同)思。若乃华堂曲宴，密友近宾，兰肴兼御，旨酒清醇。进南荆，发西秦，绍陵阳，度巴人。变用杂而并起，竦众听而骇神。料殊功而比操，岂笙籥之能伦。若次其曲引所宜，则广陵止息，东武太山，飞龙鹿鸣，鹍鸡游弦。更唱迭奏(《书钞》作和)，声若自然，流楚窈窕，惩躁雪烦。下逮谣俗，蔡氏五曲。王昭楚妃，千里别鹤。犹(《书钞》百九两引皆作乃)有一切，承间簉乏，亦有可观者焉。然非夫旷远者(《文选考异》云："茶陵本无夫字，下非夫至精者同"。今案各本并有，惟张燮本放达者上无夫字)，不能与之嬉游。非夫渊静者，不能与之闲止。非夫(《文选》字无)放达者，不能与之无吝；非夫(《文选》字无)至精者，不能与之析理也。若论其体势，详其风声；器和故响逸，张急故声清；间辽故音庳(各本作痹，《文选》同。《类聚》作埤)，弦长故徽鸣。性洁(黄本、汪本作洁，《文选》《类聚》同)静以端理，含至德之和平。诚可以感荡心志，而发泄幽(《书钞》作机)情矣。是故怀戚(李善本作戚，《书钞》作感)者闻之，则(黄、汪、二张本字无，《文选》同)莫不憯懔(《书钞》作傈)惨凄，愀怆伤心。含哀懊咿，不能自禁。其康乐者闻之，则欨愉欢释，抃舞踊溢。留连澜漫，咀噱(黄本讹唬)终日。若和平者听之，则怡养悦愉(《文选》作悆。程本作愉，误)，淑穆玄真。恬虚乐古，弃事遗身。是以伯夷以之廉，颜回以之仁，比干以之忠，尾生以之信，惠施以之辩给，万石以之讷慎。其余触类而长(五臣本《文

选》长下有之字),所致非一;同归殊途,或文或质。总(李善本作揔)中和以统物,咸日用而不失。其感人动物,盖亦弘矣。于时也(此三字《书钞》作于是),金石寝声,匏竹屏气。王豹辍讴,狄牙丧味。天吴踊跃于重渊,王乔披云而下坠。舞鸑鷟于庭阶,游女飘焉而来萃。感天地以致和,况蚑行之众类。嘉斯器之懿茂,咏兹文以自慰。永服御而不厌,信古今之所贵。乱曰:愔愔琴德,不可测兮,体清心远,邈难极兮。良质美手,遇今世兮,纷纶翕响,冠众艺兮,识音者希,孰(二张本作谁,五臣本《文选》同)能珍兮。能尽雅琴,惟至人兮!

与山巨源绝交书

康白(二张本无此二字):足下昔称吾于颍川,吾常(五臣本《文选》作尝)谓之知言。然经怪此意,尚未熟悉于足下,何从便得之也。前年从河东还,显宗阿都说足下议以吾自代,事虽不行,知足下故(五臣本《文选》字无)不知之(《晋书》康传引之下有也字)。足下傍通,多可而少怪。吾直性狭中,多所不堪,偶与足下相知耳。间闻足下迁,惕然不喜。恐足下羞庖人之独割,引尸祝以自助;手荐鸾(五臣本《文选》作銮)刀,谩(各本作漫,《文选》同)之膻腥。故具为足下陈其可否。吾昔读书,得并介之人;或谓无之,今乃信其真有耳。性有所不堪,真不可强。今空语同知有达人而(黄本字无,《文选》同)无所不堪,外不殊俗,而内不失正;与一世同其波流,而悔吝不生耳。老子庄周,吾之师也,亲居贱职;柳下惠东方朔,达人也,安乎卑位;吾岂敢短之哉。又仲尼兼爱,不羞执鞭;子文无欲卿相,而三登(《晋书》作为)令尹;是乃君子思济物之意也。所谓达(五臣本《文选》达下有人字)则(各本作能,《晋书》、《文选》同)兼善而不渝;穷则自得而无闷。以此观之,故(各本故下有知字)尧舜之君(各本作居,《晋书》同)世,许由之岩棲(五臣本《文选》作栖),子房之佐汉,接舆之行歌,其揆一也。仰瞻数君,可谓能遂其志者也。故君子百行,殊途而同致。循性而动,各附所安。故有处朝廷而不出,入山林而不返(《文选》作反)之论。且延陵高子臧之风,长卿慕相如之节。志气所托(《晋书》作意气所托,注云:“一作先。”《文选》及《类聚》二十一引与此合),亦(各本字无,《文选》同《晋书》有)不可夺也。吾(五臣本《文选》无吾字)每读尚子平台台孝威传,慨然慕之,想其为人。加少(各本作少加,《文选》同《晋书》及《御览》四百九十引皆作加少)孤露,母兄见骄(《海录碎事》卷九上,引作见侨。《晋书》作骄恣),不涉经学。性复疏懒,筋驽肉缓。头面常一月十五日不洗(《御览》作浣)。不(《御览》作非)大闷痒,不能沐(《御览》作梳)也。每常(《御览》作当)

小便而忍不起，令胞中略转乃起耳。又纵逸来久，情意（《御览》作志）傲散，简与礼相背，懒与慢相成，而为侪类见宽，不攻其过。又读庄老（《晋书》作老庄，《御览》同），重增其放，故使荣进之心日颓，任实（《晋书》作逸，《类聚》《御览》引皆作实）之情转笃。此犹（各本作由，《文选》《类聚》同）禽鹿，少见驯育，则服从教制；长而见羁，则狂顾顿缨，赴蹈汤火。虽饰以金镳（黄本作镜），飨以佳肴，愈（各本作逾，李善本《文选》同。唐写本《文选集注》残本中存此篇作愈，《类聚》引亦作愈）思长林，而志在丰草也。阮嗣宗口不论人过，吾每师之，而未能及。至性过人，与物无伤，唯饮（《海录碎事》卷七下引无饮字）酒过（《海录碎事》引无过字，唐本《文选》亦无，注云："五家本有"）差耳。至为礼法之士所绳，疾之如（《晋书》如下有仇字）雠，幸赖大将军保持之耳（唐本《文选》注云："案钞陆善经本无赖字，又无耳字"）。吾（李善本《文选》字无）以（各本无以字，五臣本《文选》同，唐本《文选》有）不如嗣宗之贤（《晋书》作资，唐本《文选》同，今本亦误贤），而有慢驰之阙。又不识人（《晋书》作物）情，闇（五臣本《文选》作暗）于机宜，无万石之慎，而有好尽之累。久与事接，疵衅日兴，虽欲无患，其可得乎。又人伦有礼（唐本《文选》注云："案钞陆善经本礼为体"），朝廷有法；自惟（唐本《文选》注云："案钞惟为省"）至熟，有必不堪者七，甚不可者二。卧喜（唐本《文选》作意）晚起，而当关呼之不置：一不堪也。抱琴行吟，弋钓草野，而吏卒守之，不得妄动；二不堪也。危坐一时，痹不得摇，性复多虱（《类聚》作风），把搔（《类聚》作搔虱）无已；而当裹以章服（唐本《文选》无而字，注云："案钞章服为服章也"），揖拜上官，三不堪也。素不便书，又不喜作书（五字原夺，旧校所加。《文选考异》云："袁本，茶陵本无又字"，案旧校殆即据尤袤本加也。六臣注本亦无又字，唐本同。喜作熹，《类聚》引无又字及作字），而人间多事，堆（唐本《文选》作推，注云："案钞推为堆也"）案盈机（汪，程，张燮本作几）。不相酬答，则犯教伤义；欲自勉强，则不能之（各本作久，《文选》同。《类聚》二十一引作及，又五十八引作久堪）。四不堪也。不喜（唐本《文选》作憙）吊丧，而人道以此为重，已为未见恕者（旧校改皆）所怨，至欲见中伤者。虽惧（各本作瞿，《文选》唐本及五臣本皆作惧，《类聚》同）然自责，然性不可化。欲降心顺俗，则诡故不情，亦终不能获无咎无誉，如此，五不堪也。不喜（唐本《文选》作意）俗人，而（唐本《文选》注云："案钞而为所"）当与之共事。或宾客盈坐，鸣声（原作琴，依各本及《文选》《类聚》改）聒耳，尘嚣臭处，千变百伎（原作万数，依各本及《类聚》改。《文选》五臣本伎为技，唐本《文选》伎为妓），在人目前，六不堪也。心不耐烦，而官事鞅掌，万机（《文选》作机务，《类聚》同。唐本作万机，注云："五家本为机务"）缠其心，世故烦（尤袤本《文选》作繁，《类聚》同唐本作烦）其虑，七不堪也。又每非汤武而薄周孔，在人间不止，此事会显，世教所不容，此甚不可一也。刚肠嫉恶，轻肆直言，遇事便发，此甚不可二也。以促中小心之性，统此九患；不有外难，当有内病，宁可久处人间邪？又闻道士遗言，饵术黄精，令人久(《类聚》作益)寿，意甚信之。游山泽，观鱼鸟，心甚乐之。一行作吏，此事便废。安能舍(五臣本《文选》作捨)其所乐，而从其所惧哉？夫人之相知，贵识其天性，因而(唐本《文选》字无)济之。禹不迫(黄、程、二张本作倡，尤袤本文选同。汪本作逼，《晋书》及唐本《文选》同)伯(唐本《文选》作柏)成子高，全其节(《晋书》作长)也。仲尼不假盖于(唐本《文选》字无)子夏，护其短也。近诸葛孔明，不逼(二张本作迫，《晋书》同。他本皆作倡。尤袤本《文选》同，惟唐本作逼)元直以入蜀，华子鱼不强幼安以卿相，此可谓能相终始，真相知(各本知下有者字，《晋书》及李善本《文选》同。旧校亦加)也。足下见直木(黄、汪、程本下有必字，五臣本《文选》同)不可(唐本《文选》字无)以为轮，曲木(各本作者，《类聚》及五臣本《文选》同，者下亦有必字，李善本无)不可(唐本《文选》字无)以为桷，盖不欲(二张本欲下有以字，《类聚》及《文选》同)枉其天才，令得其所也。故四民有业，各以得(五臣本《文选》得下有其字)志为乐。唯达者为能通之。此似(各本字无，李善本《文选》同。唐本作以，注云："陆善经本似下有在字。"则本为似，传写讹也，五臣本亦有)足下度内耳。不可自见好章甫，强越人以文冕也。自以(二字各本作已，李善本《文选》同。唐本，五臣本作自以)嗜臭腐，养鸳雏以死鼠也。吾顷(唐本《文选》注云："案钞顷为比")学养生之术，方外荣华，去滋味，游(唐本《文选》作逝)心于寂寞(张燮本作漠，《文选》同)，以无为为贵。纵无九患，尚不顾足下所好者；又有心闷疾，顷转增笃。私意自试，必(各本字元，李善本《文选》同。五臣及唐本有)不能堪其(唐本《文选》字无，注云："五家本堪下有甚字")所不乐，自卜已审。若道尽途穷(《晋书》作殚)，斯(《晋书》《文选》作则)已耳。足下无事冤之，令转于沟壑也(唐本《文选》字无，注云："案钞转下有死字")。吾新失母兄之欢，意常冤(各本作凄，《晋书》及《文选》同)切。女年十三，男儿(各本作年，《晋书》及《文选》同。惟唐本与此合)八岁，未及成人；况复多病(《晋书》作疾)。顾此悢悢，如何可言。今但愿(《晋书》作欲)守陋巷，教养(《类聚》字无)子孙(旧校灭此字，各本及《晋书》《文选》并有)，时(五臣本《文选》重有时字)与亲旧叙离(黄、汪、程本字无，《类聚》同。《晋书》及五臣本《文选》有)阔，陈说平生。浊酒一杯(《文选》作盃)，弹琴一曲，志愿(《晋书》作意)毕矣。足下若嬲之不置，不过欲为官得人，以益时用耳。足下旧知吾潦倒粗疏，不切事情，自惟亦皆不如今日之贤能也。若以俗人皆喜(唐本《文选》作憙)荣华，独能离之以(各本以下有此字，《文选》同)为快，此最近之可得(五臣本《文选》得下有而字)言耳(唐本《文选》注云："案钞耳为尔")，然后(唐本《文选》字无，注云："五家本有")使长才广度，无所不淹，而能不营，乃可贵耳。若吾多病，因(《文选》作困)欲离事自全，以保余年，此真所乏耳；岂可见黄门而称(唐本《文选》作偁)贞哉。若趣欲共登王途，期于相致，共(《晋书》作时，《文选》同）为欢（张燮本作懽，李善本《文选》同）益，一旦迫之，必发（各本发下有其字，唐本《文选》亦有，《晋书》无）狂疾。自非重怨（《晋书》作仇），不至（《文选》至下有于字，《晋书》无）此也。野人有快炙背（各本背下有而字，唐本《文选》无）美芹子者，欲献之至尊，虽有区区之意，亦已疏矣。愿足下勿似之。其意如此，既以解足下，并以为别。嵇康白。

与吕长悌绝交书

康白：昔与足下年时相比，以（各本以下有故字，旧校亦加。案此即因下文数字讹衍也，无者是）数面相亲。足下笃意，遂成大好。犹（各本作由）是许足下以至交。虽出处殊途，而欢爱不衰也。及中间少知阿都，志力开悟（《文选》《与山巨源绝交书》李善注引作闲华。王楙《野客丛书》二十七引与此合），每喜足下家复有此弟。而（各本而下有阿字）都去年向吾（张燮本作我）有言，诚忿足下，意欲发举，吾深抑之，亦自恃每谓足下不得（各本作足）迫之，故从吾言。间令足下，因其顺吾，与之（四字各本夺，旧校亦册）顺亲，盖惜足下门户，欲令彼此无恙也。又足下许吾终不击（各本讹系，旧校亦遂改为系）都，以子父交（交字各本作六人，《野客丛书》同）为誓。吾乃慨然感足下重言，慰解都。都遂释然，不复兴意，足下阴自阻疑，密表击（各本讹系，旧校同。《野客丛书》引作击）都，先首服诬都。此为都故信吾，又手（疑当作非，各本无，旧校亦删）无言，何意足下包藏祸心邪？都之含忍足下，实由吾言。今都获罪，吾为负之。吾之负都，由足下之负吾也。怅然失图，复何言哉！若此，无心复与足下交矣。古人（二字各本作古之君子）绝交不出丑言，从此别矣！临书（各本作别）恨恨。嵇康白。

第三卷

卜疑（各本疑下有集字）

有宏达先生者，恢廓其度，寂寥疏阔。方而不制，廉而不割。超世独步，怀玉被褐。交不苟合，仕不期达。常以为忠、信、笃、敬，直道而行之；可以居九夷，游八蛮，浮沧海，践河源。甲兵不足忌，猛兽不为患。是以机心不存，泊然纯素；从容纵肆，遗忘好恶。以天

道为一指，不识品物之细故也。然而大道既隐，智巧滋繁，世俗胶加，人情万端。利之所在，若鸟之逐(各本作追)鸾。富为积蠹，贵为聚怨。动者多累，静者鲜患。尔乃思丘中之德士，乐川上之执竿也。于是远念长想，超然自失。郢人既没，谁为吾质？圣人吾不得见，冀闻之于数术。乃适太史贞父之庐而访之，曰："吾有所疑，愿子卜之。"贞父乃危坐揲(黄本作操)蓍，拂占(各本作几)陈龟，曰："君何以命之？"先生曰："吾宁发愤陈诚，谠言帝廷(各本作庭)，不屈王公乎？将卑懦委随，承旨倚靡，为面从乎？宁恺悌弘覆，施而不德乎？将进趋世利，苟容偷合乎？宁隐居行义，推至诚乎？将崇饰矫诬，养虚名乎？宁斥逐凶佞，守正不倾，明否臧乎？将傲谐(二张本作睨，他本作倪)滑稽，挟智佯迷(各本作任术)，为智囊乎？宁与王乔赤松为侣乎？将追(各本作进)伊挚而友尚父乎？宁隐鳞藏彩，若渊中之龙乎？将(原钞字夺，依二张本补。他本作宁，旧校同)舒翼扬声，若云间之鸿乎？宁外化其形，内隐其情，屈身随时，陆沉无名，虽若(案各本作在)人间，实处冥冥乎？将激昂为清，锐思为精，行与世异，心与俗并，所在必闻，恒荧荧(各本作营营)乎？宁寥落闲(黄本作閒)放，无所矜尚，彼我为一，不争不让，游心皓素，忽然坐忘，追羲农而不及，行中路而惆怅(黄本作怆)乎？将慷慨为壮，感概为亮(各本两为字上均有以字，慨作概)；上千万乘，下凌将相，尊严其容，高自度(各本作矫)抗，常如失职，怀恨怏怏乎？宁聚货千亿，击钟鼎食；枕藉芬芳，婉娈美色乎？将苦身竭力，剪除荆棘，山居谷饮，倚嵒(各本作岩)而息乎？宁如伯奋仲堪，二八为偶；排摈共骸(各本作鲧)，令失所乎？将如箕山之夫，□水之女(各本作颍水之父，旧校从之，水上一字为所灭不可辨。案盖白字也。两神女浣白水之上，禹过之而趋云云，见《文选》司马长卿《难蜀父老》李善注，及《御览》六十三引《庄子》，旧校甚非)，轻贱唐虞而笑大禹乎？宁如泰伯(各本讹山)之隐德潜让，而不扬乎？将如季札之显节义慕为子臧乎？宁如老聃之清净微妙，守玄抱一乎？将如庄周之齐物变化，洞达而放逸乎？宁如夷吾之不吝束缚，而终立(二张本作成，他本作在)霸功乎？将如鲁连之轻世肆志，高谈从容乎？宁如市南子之神勇内固，山泉(各本作渊)其志乎？将如毛公蔺生之龙骧虎步，慕为壮士乎？此谁得谁失？何凶何吉？时移俗易，好贵慕名，臧文不让位于柳季，公孙不归美于董生，贾谊一当于明主，绛灌作色而扬声。况今千龙并驰，万骥俱(各本作徂)征，纷纭交竟，逝若流星。敢不惟思，谋于老成哉！"太史贞父曰："吾闻志(各本作至)人不相，达人不卜。若先生者，文明在中，见素抱朴(各本作表璞)。内不愧心，外不负俗。交不为利，仕不谋禄。鉴乎古今，涤情荡欲。夫如是，吕梁可以游，阳(各本作汤)谷可以浴；方将观大鹏于南溟，又何忧于人间之委曲！"

嵇荀录(亡)

养生论

世或有谓神仙可以学得,不死可以力致者。或云上寿(《类聚》七十五引寿下有一字)百二十,古今所同;过此以往,莫非妖(五臣本《文选》作夭)妄者(《类聚》字无)。此皆两失其情。请(五臣本《文选》字无,《类聚》同)试粗(《类聚》二字倒)论之。夫神仙虽不目(五臣本《文选》二字倒)见,然记籍所载,前史所传,较而论之,其有必矣。似特受异气,禀之自然,非积学所能致也。至于导养得理,以尽性命,上获千余岁,下可数百年,可有之耳。而世皆不精,故莫能得之。何以言之?夫服药求汗,或有弗获,而愧情一集,涣然流离。终朝未餐,则嚣然思食,而曾子衔哀,七日不饥。夜分而坐,则低迷思寝,内怀殷忧,则达旦不瞑。劲刷理鬓,醇醴发颜,仅乃得之;壮士之怒,赫然殊观,植发冲冠。由此言之,精神之于形骸,犹国之有君也。神躁于中,而形丧于外,犹君昏于上,国(黄、汪、程本注云:“一作臣”)乱于下也。夫为稼于汤之(二张本字无,《文选》同,他本有,注云:“一无之字”)世,偏有一溉之功者,虽终归于(黄、汪、程本字无。注云:“一有于字”,案二张本及六臣本《文选》均有)焦烂,必一溉者后枯,然则一溉之益,固不可诬也。而世常谓一怒不足以侵性,一哀不足以伤身,轻而肆(原作试,据各本及《文选》《御览》七百二十引改)之,是犹不识一溉之益,而望嘉谷于旱苗者也。是以君子知形恃神以立,神须形以存。悟生理之易失,知一过(六臣本《文选》一过作一理,据注,作过是也)之害生。故修性以保神,安心以全身。爱憎不栖于情,忧喜不留于意(《御览》七百二十引作心)。泊然无感,而体气和平。又呼吸吐纳,服食养身,使形神相亲,表里俱济也。夫田种者,一亩十(黄、汪、程本注云:“十下一有二字”)斛,谓之良田。此天下之通称也。不知区种,可百余斛(《文选考异》云:“茶陵本此下有也字,云:‘五臣无。’”袁本云:“善有。”今案《御览》引亦无,王楙《野客丛书》八引同。又以斛当作斗,因旧书斗为㪷传写而误。六臣本十下有一字,天下下无之字,斛下有也字)田种一也,至于树养不同,则功收相县。谓商无十倍之利(各本作价,《文选》、《御览》同),农无百斛之望,此守常而不变者也。且豆令人重,榆令人瞑,合欢蠲忿,萱草忘忧。愚智所共(二张本字无,五臣本《文选》同)知也。薰辛害目,豚鱼不养,常世所识也。虱处头而黑,麝食柏而香,颈处险而瘿,齿居晋(原讹唇,程本同,今依他本及《文选》《世说新语·文学篇》注引正)而黄。推此而言,凡所食之气,蒸性染身,莫不相应。岂惟蒸之使重,而无使轻,害之使暗,而无使明(两无使《类聚》均作无所,《御览》与此同);薰之使黄,而无使坚;芬之使香,而无使延哉?故神农曰:上药养命,中药养性者,诚知性命之理,因辅养以通也。而世人不察,惟(二张本字无。五臣本从口)五谷是见(《御览》作嗜)。声色是耽;目惑玄黄,耳务淫哇。滋味煎其府藏,醴醪煮()《《御览》作鬻,黄、汪、程本讹鬻,注云:"一作煮")其肠胃,香芳腐其骨髓,喜怒悖其正气,思虑销(《御览》作消:五臣消)其精神,哀乐殃其平粹。夫以蕞尔之躯,攻之者非一途;易竭之身,而外内(李善本《文选》作内外,《御览》同)受敌;身非木石,其能久乎?其自用甚者,饮食不节,以生百病。好色不倦,以致乏绝。风寒所灾,百毒所伤。中道夭于众难,世皆知笑悼,谓之不善持生也。至于措身失理,亡之于微,积微成损,积损成衰,从衰得白,从白得老,从老得终,闷若无端。中智以下,谓之自然。纵少觉悟,咸叹恨于所遇之初,而不知慎众险于未兆。是由(五臣作犹)桓侯抱将死之疾,而怒扁鹊之先见;以觉痛之日(五臣本《文选》日下有而字),为受(李善本《文选》无受字)病之始也。害成于微,而救之于著,故有无功之治(五臣本《文选》作理)。驰骋常人之域,故有一切之寿。仰观俯察,莫不皆然。以多自证,以同自慰,谓天地之理,尽此而已矣。纵闻养生(李善本《文选》作性)之事,则断以所见,谓之不然。其次狐疑,虽少庶几,莫知所由。其次自力服药,半年一年,劳而未验,志以厌衰,中路复废。或益之以沟(各本作畎,《文选》同,《御览》七十五引作甽)浍,而泄之以尾闾(张溥本于此有而字,五臣本《文选》同);欲坐望显报者。或抑情忍欲,割弃荣愿,而嗜好常在耳目之前,所希在数十年之后。又恐两失,内怀犹豫,心战于内,物诱于外,交赊(《文选》赊作赊)相倾,如此复败者。夫至物微妙,可以理知,难以目(五臣本《文选》作自)识。譬之(各本作犹,《文选》同)豫章,生七年然后可觉耳。今以躁竞之心,涉希静之途,意速而事迟,望近而应远,故莫能相终。夫悠悠者既以未效不求,而求者以不专丧业,偏恃者以不兼无功,追术者以小道自溺;凡若此类,故欲之者,万无一能成也。善养生者,则不然矣。清虚静泰,少私寡欲。知名位之伤德,故忽而不营,非欲而强禁也。识厚味之害性,故弃而弗顾,非贪而后抑也。外物以累心不存,神气以醇白(二张本作泊,五臣本《文选》同)独著。旷然无忧患,寂然无思虑。又守之以一,养之以和。和理日济,同乎大顺。然后蒸以灵芝,润以醴泉,晞以朝阳,绥以五弦。无为自得,体妙心玄。忘欢而后乐足,遗生而后身存。若此以往,庶(二张本作恕。《文选》同,《世说新语·文学篇》注引与此合)可(《世说》注引字无)与羡门比寿,王乔争年。何为其无有(三字《世说》注引作不可养生)哉?

第四卷

黄门郎向子期难养生论

（原钞夺向子期难四字，从黄本及旧校加。张燮本作《向秀难养生论》。案本或为《答向子期难养生论》，黄门郎即答向期之讹，而夺子字难字，康之所答，亦不别为一篇也）

黄门郎向子期（各本无此六字）难曰：若夫节哀乐，和喜怒，适饮食，调寒暑，亦古人之所修也。至于绝五谷，去滋味，窒（各本作寡）情欲，抑富贵，则未之敢许也。何以言之？夫人受形于造化，与万物并存，有生之最灵者也。异于草木（各本重有草木二字），不能避风雨，辞斧斤（黄本作斤斧）；殊于鸟兽（各本重鸟兽），不能远网罗，而逃寒暑。有动以接物，有智以自辅。此有心之益，有智之功也。若闭而默之，则与无智同。何贵于有智哉？有生则有情，称情则自然得（各本字无，旧校亦删）若绝而外之，则与无生同。何贵于有生哉？且夫嗜欲，好荣恶辱，好逸恶劳，皆生于自然。夫天地之大德曰生，圣人之大宝曰位，崇高莫大于宝贵。然则（各本字夺）富贵，天地之情也。贵则人顺己（各本已下有以字）行义于下；富则所欲得，以（各本以下有有字）财聚人，此皆先王所重，开（各本作关）之自然，不得相外也。又曰：富与贵，是人之所欲也。但当求之以道，不苟非（各本三字夺，旧校亦删）义。在上以不骄无患，持满以损敛（各本作俭）不溢，若此何为其伤德邪？或睹富贵之过，因惧而背之，是犹见食之有噎，因终身不餐耳。神农唱（程本作倡）粒食之始，后稷纂播殖（各本作植）之业。鸟兽以之飞走，生民以之视息。周孔以之穷神，颜冉以之树德。贤圣珍其业，历百代而不废。今一旦云：五谷非养命（各本作生）之宜，肴醴非便性之物，则亦有和羹，黄耇无疆，为此春酒，以介眉寿，皆虚言也。博硕肥腯，上帝是飨，黍稷惟馨，实降神祇，神祇且犹重之，而况于人乎？肴粮入体，不逾旬而充，此自然之符，宜生之验也。夫人含五行而生，口思五味，目思五色，感而思室，饥而求食，自然之理也。但当节之以礼耳。令（各本作今）五色虽陈，目不敢视，五味虽存，口不得尝，以言争而获胜则可。焉有芍药为荼蓼，西施为嫫母，忽而不欲哉？苟心识可欲而不得从，性气困于防闲，情志郁而不通，而言养之以和，未之闻也。又云：导养得理，以尽性命，上获千余岁，下可数百年。未尽（已上二十字原钞夺，依各本及旧校加）善也。若信可然，当有得者。此人何在，目之未（各本作未之）见。此殆景响之论，何言而不（各本不下有可字）得。纵时有耆寿（原钞二字无。依各本及旧校加）耇老，此自特受一气，犹木之有松柏，非导养之所致（原作上愿，依各本及旧校改）。若性命以巧拙为长短，则圣人穷理尽性，宜享遐期；而尧舜禹汤文武周孔，上获百年，下者七十，岂复疏于导养邪？顾天命有限，非物所加耳。且生之为乐，以恩爱相接。天理人伦，燕婉娱心，荣华悦志。服飨滋味，以宣五情。纳御声色，以达性气。此天理自然，人之所宜，三王所不易也。今舍圣轨而恃区种，离亲弃欢，约己苦心，欲积尘露以望山海，恐此功在身后，实不可冀也。纵令勤求，少有所获。则顾景尸居，与木石为邻，所谓不病而自灸，无忧而自默，无丧而蔬（黄本作疏）食，无罪而自（汪本讹目）幽。追虚侥幸，功不答劳。于以（各本作以此）养生，未闻其宜。故相如曰：必若长生而不死，虽济万世犹不足以喜。言背情失性，而不本天理也。长生且犹无欢，况以短生守之邪？若有显验，且更论之。

答难养生论

（原钞无此五字，据各本及旧校加。案无者是也。《文选》江文通杂体诗李善注引养生有五难云云，十一句为康答文，而称向秀难嵇康《养生论》即为唐时旧本。亦二篇连写之证）

答曰："所以贵智而尚动者，以其能益生而厚身也。然欲动则悔吝生，智行则前识立；前识立则心（各本作志）开而物遂，悔吝生则患积而身危。二者不藏之于内，而接于外，只足以灾身，非所以厚生也。夫嗜欲虽出于人（日本丹波宿称康赖《医心方》二十七引人下有情字），而非道德（各本字夺，程本及《医心方》有）之正。犹木之有蝎（程本作蚕，下蝎盛句同），虽木之所生，而非木之所（黄本字无）宜也。故蝎盛则木朽，欲胜则身枯。然则欲与生（原作身，依各本及《医心方》改）不并久（一云木与蝎不并生。已上八字原是正文，今定为注，各本无。又久作立，《医心方》同），名与身不俱存，略可知矣。而世未之悟，以顺欲为得生，虽有厚（各本讹后）生之情，而不识生生之理，故动之死地也。是以古之人，知酒色（各本作肉）为甘鸩，弃之如遗；识名位为香饵，逝而不顾。使动足资生，不滥于物，知正其身，不营于外。背其所凶，守（各本作害向）其所吉（各本作利）。此所以用智遂生，养一示盖（疑当作不尽，各本无上四字，旧校亦删）之道也。故智之所美（黄本作为），美其养（各本作益）生而不羡；生之为贵，贵其乐和而不交，岂可疾智静、（各本字夺，旧校亦删）而轻身，勤欲□（各本字夺，案当是动字。原钞为旧校所灭不可辨）而贱生哉。且圣人宝位，以富贵为崇高者，盖谓人君贵为天子，富有天下也（三字各本作四海）。富（各本作民）不可无主而存，主不能无遵（各本作尊）而立。故为天下而尊君位，不为一人而重富贵也。又曰：富与贵是人之所欲者，盖为季世恶贫贱，而好富贵也。未能外荣华而安贫贱，且抑使由其道。犹（各本作而）不争不可令（各本令下有其力争三字，旧校亦加。案不争不可令，与下中庸不可得为对文，无者是也），故许其心竟。中庸不可得，故与其狂狷。此俗之（各本字无）谈耳。不言至人当贪富贵也。至（各本作圣）人不得已而临天下，以万物为心，在宥群生，由身以道，与天下同于自得。穆然以无事为业，坦尔以天下为公。虽居君位，飨万国，恬若素士接宾客也。虽建龙旗，服华衮，忽若布衣（各本衣下有之字）在身也（各本字无）。故君臣相忘于上，蒸民家足于下。岂劝百姓之尊己，割天下以自私，以富贵为崇高，心欲之而不已哉？且子文三显，色不加悦；柳惠三黜，容不加戚。何者？令尹之尊，不若德义之贵；三黜之贱，不伤冲粹之美。二人（各本作子）尝得富贵于其身，中（各本作终）不以人爵婴（旧校于婴下加其字，各本无）心也（各本字无）。故视荣辱如一。由此言之，岂云欲富贵之情哉？请问锦衣绣裳，不陈于暗室，何必顾众，而动以毁誉为欢戚也？夫然，则欲之患其得，得之惧其失，苟患失之，无所不至矣。在上何得不骄？持满何得不溢？求之何得不苟？得之何得不失邪？且君子出其言善，则千里之外应之，岂患（各本作在）于多犯（各本字无，旧校亦删），欲以贵得哉？奉法循理，不絓世网，以无罪自尊，以不任（各本作仕）为逸。游心乎道义，偃息乎卑室。恬愉无逻（原作选，程本作逆，今依他本及旧校改），而神气条达。岂须荣华，然后乃贵哉？耕而为食，蚕而为衣，衣食周身，则余天下之财。犹渴者饮河，快然以足，不羡洪流。岂待积敛，然后乃富哉？君子之用心若此。盖将以名位为赘瘤（旧校作旒），资财为尘垢也。安用富贵乎？故世之难得者，非财也，非荣也，患意之不足耳！意足者，虽耦耕甽亩，被褐啜菽，莫（各本讹岂）不自得。不足者，虽养以天下，委以万物，犹未惬然。则足者不须外，不足者无外之不须也。无不须，故无往而不乏。无所须，故无适而不足。不以荣华肆志，不以隐约趋俗。混乎与万物并行，不可宠辱，此真有富贵也。故遗贵，欲贵者贱及之（黄本仍有故字）；忘富，欲富者贫得之。理之然也。今居荣华而忧，虽与荣华偕老，亦所以终身长愁耳。故老子曰：乐莫大于无忧，富莫大于知足。此之谓也。"

难曰："感而思室，饥而求食，自然之理也。诚哉是言！今不使不室不食，但欲令室食得理耳。夫不虑而欲，性之动（黄本作勤）也；识而后感，智之用也。性动者，遇物而当，足则无余。智用者，从感而求，倦而不已。故世之所患，祸之所由，常在于智用，不在于性动。今使瞽者遇室，则西施与嫫母同情。聩者忘味，则糟糠与精稗等甘。岂识贤愚好丑，以爱憎乱心哉？君子识智以无恒（字从旧校，各本同）伤生，欲以逐物害性。故智有则收之以恬，欲（案业书堂钞本作情。黄、汪、二张本作性）动则纠之以和。使智止（各本讹上）于恬，性足于和。然后神以默醇，体以和成，去累除害，与彼（字从旧校）更生。所谓不见可欲，使心不乱者也。纵令滋味尝染于口，声色已开于心，则可以至理遣之，多算（字从旧校）胜之。何以言之也？夫欲官不识君位，思室不拟亲戚，何者？知（黄本作止）其所不得，则未（各本作不）当生心也。故嗜酒者自抑于鸩醴，贪食者忍饥于漏脯。知吉凶之理，故背之不惑，弃之不疑也。岂恨（各本恨下有向字）不得酣饮与大嚼哉？且逆旅之妾，恶者以自恶为贵，美者以自美得贱。美恶之形在目，而贵贱不同，是非之情先著，故美恶不得（各本作能）移也。苟云理足于内，乘一以御外，何物之能默哉？由此言之，性气自和，则无所困于防闲；情志自平，则无郁而不通。世之多累，由见之不明也（黄本作耳）。及（各本作又）常人之情，远，虽大莫不忽之，近，虽小莫不存之。夫何故哉？诚以交赊相夺，识见异情也。三年丧不内御，礼之禁也，莫有犯者。酒色乃身之仇也，莫能弃之。由此言之，礼禁交（原讹文，今正。各本夺，旧校亦删）虽小不犯，身仇赊（各本字夺，旧校亦删）虽大不弃。然使左手据天下之图，右手旋害其身，虽愚夫不为。明天下之轻于其身。酒色之轻于天下（七字原钞夺，从旧校及各本加），又可知矣。而世人以身殉之，毙而不悔，此以所重而要所轻，岂非背赊而趣交邪？智者则不然矣。审轻重然后动，量得失以居身；交赊之理同，故备远如近（原钞近下有一四字，疑而之讹，各本无）。慎微如著，独行众妙之门（程本讹闲），故终始无虞。此与夫耽欲而快意者，何殊间哉？”

难曰：“圣人穷理尽性，宜享遐期，而尧孔上获百年，下者七十，岂复疏于导养乎？案论尧孔虽禀命有限，故导养以尽其寿。此则穷理之致，不为不养生得百年也。且仲尼穷理尽性，以至七十，田父以六弊蠢愚，有百二十者。若以仲尼之至妙，资田父之至拙，则千岁之论，奚所怪哉？且凡圣人，有损己为世，表行显功，使天下慕之，三徙成都者。或菲饮勤躬，经营四方，心劳形困，趣步失节者（各本字夺）。或奇谋潜遘（当作构，各本讹称），爰及干戈，威武杀伐，功利争夺（各本讹奋）者（各本字夺）。或修行（各本作身）以明污，显智以惊愚，借名高于一世，取准的于天下；又勤诲善诱，聚徒三千，口勌谈议，身疲磬折，形若救孺子，视若营四海。神驰于利害之端，心骛于荣辱之途，俯仰之间，已再抚宇宙之外者。若比之于内视反听，爱气啬精；明白四达，而无执无为；遗世坐忘，以宝性全真；吾所不能同也。今不言松柏不殊于榆柳也。然松柏之生，各以良殖遂性。若养松于灰壤（各本夺已上十六字），则中年枯陨；树之于（各本字夺）重崖，则荣茂日新。此亦毓形之一观也。窦公无所服御，而致百八十。岂非鼓其内（各本二字无，旧校亦删）琴和其心哉？此亦养神之（原钞字无，据各本加）一徵（黄本作微）也。火蚕十八日，寒蚕三十日余（《御览》八百二十五引作余日），以不得逾时之命，而将养有过倍之隆。温肥者早终，凉瘦者迟竭。断可识矣。思（各本字无，旧校亦删）圉马养而不乘用，皆六十岁。体疲者速雕，形全者难弊（各本作毙，旧校同，案当作敝）。又可知矣。富贵多残，伐之者众也。野人多寿，伤之者寡也。亦可见矣。今能使目与瞽者同功，口与聩者等味，远害生之具，御益性之物。则始可与言养性命矣。”

难曰：“神农唱粒食之始，鸟兽以之飞走，生民以之视息。今不言五谷非神农所唱也。既言上药，又唱五谷者；以上药希寡，艰而难致。五谷易殖，农而可久。所以济百姓而继天，故（二字各本作夭阏也）并而存之。唯贤者（各本字夺）志其大，不肖者志其小耳。此同出一人，至当归止痛，用之不已；耒耜垦辟，从之不辍；何至养命，蔑而不议。此殆玩所先习。怪于（各本于下有所字，旧校亦加，案无者为长）未知。且平原则有枣栗之属，池沼则有菱芡之类，虽非上药，犹（各本犹下空一格）于黍稷之笃（原作驾，从各本及旧校改）恭也（各本也下有岂云二字，旧校亦加）。视息之具，岂（各本字无，旧校亦删）唯立（疑即因下五字讹衍）五谷哉？又云：黍稷惟馨，实降神祇。苹繁荇（黄本作蕴）藻，非丰肴之匹；潢污行潦，非重酎之对。荐之宗庙，感灵降祉。是知神飨德之（原钞字无，据各本加）与信，不以所养为生。犹九土述职，各贡方物，以效诚耳。又曰：肴粮人体，益不逾旬，以明宜生之验。此所以困其体也。今不言肴粮无充体之益，但谓延生非上药之偶耳。请借以为难。夫所知麦之善于菽，稻之胜于稷，由有效而识之。假无稻稷之域，必以菽麦为珍养，谓不可尚矣。然则世人不知上药良于稻稷，犹守菽麦之贤于蓬蒿，而必天下之无稻稷也，若能杖（汪、程、二张本作仗）药以自掖（各本作永），则稻稷之贱，居然可知。君子知其如（黄本作若）此，故准性理之所宜，资妙物以养身。植贤（各本作玄）根于初九，吸朝露（各本作霞）以济神。今若以春（各本讹肴）酒为寿，则未闻高阳有黄发之叟也。若以充悦（各本作性）为贤，则未闻鼎食有百年之宾也。且冉生婴疾，颜子短折。穰岁多病，饥年少疾。故狄食米而生癞，创（黄、汪、二张本作疮）得谷而血浮，马秣粟而足重，雁食粒而身留。从此言之，鸟兽不足报功于五谷，生民不足受德于田畴也。而人竭力以营之，杀身以争之；养亲献尊，则唯（各本字阙）菊芬粱（各本作芤粱）稻（各本字夺）；聘享嘉会，则唯（各本字夺）肴馔旨酒。而不知皆淖溺筋液易糜速腐。初虽甘香，入身臭处（汪、程、二张本作腐），竭（原作独，或浊之讹，今依各本及旧校改）辱精神，染污六府。郁秽气蒸，自生灾蠹。饕淫所阶，百疾所附。味之者口爽，服之者短祚。岂若流泉甘醴，琼蕊玉英。留（各本作金）丹石菌，紫芝黄精。皆众灵含英，独发其（各本作奇）生。贞香难歇，和气充盈。澡雪五藏，疏彻开明。吮之者体轻。又练骸易气，染骨柔筋。涤垢泽秽，志凌青云。若此以往，何五谷之养哉？且螟蛉有子，果蠃（字从旧校）负之，性之变也。橘渡江为枳，易土而变，形之异也。纳所食之气，还质易性，岂不然（各本作能）哉？故赤斧以练丹赪发，涓子以术精久延，偓佺以松（《文选》郭璞《游仙诗》李善注引作柏）实方目，赤松以水（原作餐，从各本改，《文选》郭璞诗注引同）玉乘烟，务光以蒲韭长耳，邛疏以石髓驻年，方回以云母变化，昌容以蓬蔂易颜。若此之类，不可详载也。孰云五谷为最，而上药无益哉？又责千岁以来，目未之见，谓无其人。即问谈者，见千岁人，何以别之？欲校之以形，则与人不异；欲验之以年，则朝菌无以知晦朔，蜉蝣无以识灵龟。然则千岁虽在市朝，固非小年之所辨也。彭祖七百，安期千年。则狭见者谓书籍妄记。刘根遐（张燮本作霞）寝不食，或谓偶能忍饥，仲都冬倮而体温，夏袭而身凉，桓谭谓偶耐寒暑。李少君识桓公玉（黄本讹王）碗，则阮生谓之逢占而知。尧以天下禅许由，而杨雄谓好大为之。凡若此类，上以周孔为关键，毕志一诚；下以嗜欲为鞭策，欲罢不能。驰骤于世教之内，争巧于荣辱之间，以多同自减，思不出位，使奇事绝于所见，妙理断于常论。以言通变达微，未之闻也。久愠闲居，谓之无欢，深恨无肴，谓之自愁。以酒色为供养，谓长生为聊聊（各本作无聊）。然则于之所以为欢者，必结驷连骑，食方丈于前也。夫俟此而后为足，谓之天理自然者，皆役身以物，丧智（各本作志）于欲，原性命之情，有累于所论矣。夫渴者唯水之是见，酌者唯酒之是求。人皆知乎生于有疾也。今若以从欲为得性，则渴酌者非病，淫湎者非过，桀跖之徒皆得自然，非本论所以明至理之意也。夫至理诚微，善溺于世，然或可求诸身而后悟，校外物以知之（各本之下有者字，旧校亦加，案无者为长）。人从少至长，降（张燮本作隆）杀好恶，有盛衰，或稚年所乐，壮而弃之，始之所薄，终而重之。当其所悦，谓不可夺；值其所丑，谓不可欢；然还城（各本作成）易地，则情变于初也（各本字无）。苟嗜愿（各本作欲）有变，安知今之所耽，不为败（各本作臭）腐？曩之所贱，不为奇美邪？假令厮养暴登卿尹，则监门之类，蔑而遗之。由此言之，凡所区区，一域之情耳，岂必不易哉？又饥飧者，于将获所欲，则说（各本作悦）情注心；饱满之后，释然疏之（原钞五字夺，据各本及旧校加），或有厌恶。然则荣华酒色，有可疏之时。蚺蛇珍于越土，中国遇而恶之；黼黻贵于华（黄本讹毕）夏，裸国得而弃之。当其无用，皆中国之蚺蛇，裸国之黼黻也。若（各本字无）以大和为至乐，则荣华不足顾也。以恬淡为至味，则酒色不足钦也。苟得意有地，俗之所乐，皆粪土耳，何足恋哉？今谈者不睹至乐之情，甘减年残生，以从所愿；此则李斯背儒，以殉一朝之欲，主父发愤，思调五鼎之味耳。且鲍肆自玩，而贱兰茝；犹海鸟对太牢而长愁，文侯闻雅乐而塞耳。故以荣华为生具，谓济万世不足以喜耳。此皆无主于内，借外物以乐之；外物虽丰，哀亦备矣。有主于中，以内乐外；虽无钟鼓，乐已具矣。故得志者，非轩冕也；有至乐者，非充屈也。得失无以累之耳。且(原无此字，依各本及旧校加)父母有疾，在困而瘳，则忧喜并用矣。由此言之，不若无(原夺以上十一字，据各本及旧校加)喜可知也。然则(则下当有无字)乐岂非至乐邪？故被(各本作顺)天和以自言(当误，各本作然)，以道德为师友，玩阴阳之变化，乐(各本作得)长生之永久，因(各本作任)自然以托身，并天地而不朽者，孰享之哉？"

养生有五难："名利不灭(尤袤本《文选》江文通杂体诗注引作减，唐写本《文选集注》引李善曰作灭，尤本盖误。《医心方》作去，亦因下文声色不去而讹)，此一难也。喜怒不除，此二难也。声色不去，此三难也。滋味不绝，此四难也。神虚精散(各本作神虑转发，旧校同。尤袤本《文选》注引作神虑消散，《医心方》引作神虑精散，唐本《文选》注及《御览》七百二一引并与此同)，此五难也(尤袤本《文选》注引无五也字，唐本《选注》引李善注俱有，盖尤本有删略)。五者必存，虽心希难老，口诵至言，咀嚼英华，呼吸太(《医心方》引作大)阳，不能不回(各本作迴，《医心方》引作曲)其操(四字《御览》无)，不夭其年也。五者无于胸中，则信顺日济(《御览》作深)，玄德日全。不祈喜(《医心方》引作意)而有(《御览》作自)福，不求寿而自延。此养生大理之都所(各本作所效，旧校同。《御览》作所归，又无之字，《医心方》引作此亦养生之大经也)也。然或有行逾曾闵，服膺仁义，动由中和，无甚大之累，便(原钞字无，据各本及旧校加)谓人(黄、汪本作仁)理已毕，以此自臧。而不荡喜怒，平神气，而欲却老延年哉(各本作者)，未之闻也(《医心方》引云："无甚泰之累者，抑亦其亚也。"似即隐括已上七句作之，非原文)。或抗志希古，不荣名位，因自高于驰骛。或运智御世，不婴祸，故以此言(各本作自)贵。此于用身甫与乡党不(黄、汪、张溥本字阙，程本作同，张燮本作鲵)齿者(各木者作耆年)同耳。以言存生，盖阙如也。或弃世不群，志气和粹，不绝谷茹芝，无益于短期矣。或琼糇既储，六气并御，而(原钞而下有不字，各本无，旧校亦删。案不或非衍，则其下当有夺文)能含光内观，凝神复朴，栖心于玄冥之崖，含气于莫大之涘者。则有生(各本作老)可郄(各本作却)，可存(各本作年)可延也。凡此数者，合而为用，不可相无。犹辕轴轮辖，不可一乏于舆也。然人若(张燮本作皆)偏见，各备所患；单豹以营内忘外(各本作致毙)，张毅以趣外失中，齐以诫济西取败，秦以备戎狄自穷，此皆不兼之祸也。积善履信，世屡闻之；慎言语，节饮食，学者识之。过此以往，莫之或知。请以先觉，语将来之觉者。"

第五卷

声无哀乐论

有秦客问于东野主人曰:“闻之前论曰:治世之音安以乐,亡国之音哀以思。夫治乱在政,而音声应之。故哀思之情,表于金石;安乐之象,形于管弦也。又仲尼闻韶,识虞舜之德;季札听弦,识(黄本作知)众国之风。斯已然之事,先贤所不疑也。今子独以为声无

嵇康遗风

哀乐,其理何居?若有嘉讯(各本讯下有今字),请闻其说。”主人应之曰:“斯义久滞,莫肯拯救。故令(各本作念。二张本有注云:“或作令”)历世滥于名实。今蒙启导,将言其一隅焉。夫天地合德,万物资(各本讹贵)生。寒暑代往,五行以成(各本成下有故字,旧校亦加。案无者为长)。章为五色,发为五音。音声之作,其犹臭味,在于天地之间。其善与不善,虽遭(各本遭下有遇字)浊乱,其体自若,而无(各本作不)变也。岂以爱憎易操,哀乐改度哉?及宫商集比(各本讹化),声音克谐。此人心至愿,情欲之所钟。古人知情不可恣,欲不可极,故(各本字夺,旧校亦删)因其所用,每为之节。使哀不至伤,乐不至淫。因事与名,物有其号。哭谓之哀,歌谓之乐(各本以上十六字夺,旧校亦删)。斯其大较也。然乐云乐云,钟鼓云乎哉?哀云哀云,哭泣云乎哉?因兹而言,玉帛非礼敬之实,歌舞(字从旧校,案当作哭)非悲哀(疑当作哀乐)之主也。何以明之?夫殊方异俗,歌哭(《世说新语·文学篇》注引作笑)不同;使错而用之,或闻哭而欢,或听歌而戚(各本作感)。然其(各本作而)哀乐之怀(各本作情)均也。今用均同(原钞字夺,黄、汪、程本同,今据《世说》注引补,二张本作一)之情,而发万殊之声,斯非音声之无常哉(《世说》注引作乎)?然声音和比,感人之最深者也。劳者歌其事,乐者舞其

功。夫内有悲痛之心，则激哀切之言(各本作切哀，又夺之字)。言比成诗，声比成音。杂而咏之，聚而听之。心动于和声，情感于苦言。嗟叹未绝，而泣涕流涟矣。夫哀心藏于(黄、汪、程本于下有苦心二字，旧校亦加；二张本又于心下加之字，盖俱不当有)内，遇和声而后发；和声无象，而哀心有主。夫以有主之哀心，因乎无象之和声而后发(各本三字无，旧校亦删，案而上当夺一字，删之甚非)，其所觉悟，唯哀而已。岂复知吹万不同，而使其自已哉。风俗之流，遂成其政。是故国史明政教之得失，审国风之盛衰，吟咏情性，以讽其上。故曰：亡国之音哀以思也。夫喜怒哀乐，爱憎惭惧，凡此八者，生民所以接物传情，区别有属，而不可溢者也。夫味以甘苦为称，今以甲贤而心爱，以乙愚而情憎。则爱憎宜属我，而贤愚宜属彼也。可以我爱而谓之爱人，我憎则(各本作而)谓之憎人？所喜则谓之喜味，所怒则谓之怒味哉？由此言之，则外内(张燮本作内外)殊用，彼我异名。声音自当以善恶为主，则无关于哀乐。哀乐(原钞二字夺，据各本及旧校加)自当以感情而后发(各本无此三字，旧校亦删)，则无系于声音。名实俱去，则尽然可见矣。且季子在鲁，采诗观礼，以别风雅，岂徒任声以决臧否哉？又仲尼闻韶，叹其一致，是以咨嗟，何必因声以知虞舜之德，然后叹美邪？今粗明其一端，亦可思过半矣。"

秦客难曰："八方异俗，歌哭万殊，然其哀乐之情，不得不见也。夫心动于中，而声出于心。虽托之于他音，寄之于余声，善听察者，要自觉之，不使得过也。昔伯牙理琴，而钟子知其所至(各本作志)；隶人击磬，而子产识其心哀；鲁人晨哭，而颜渊察(各本作审)其生离；夫数子者，岂复假智于常音，借验于曲度哉？心戚者则形为之动，情悲者则声为之哀。此自然相应，不可得逃，唯神明者能精之耳。夫能者不以声众为难，不能者不以声寡为易。今不可以未遇善听，而谓之声无可察之理；见方俗之多变，而谓声音无哀乐也。又云：贤不宜言爱，愚不宜言憎。然则有贤然后爱生，有愚然后憎起(各本作成)，但不当其共(各本二字倒)名耳。哀乐之作，亦有由而然。此为声使我哀，音使我乐也。苟哀乐由声，更为有实，何得名实俱去邪？又云：季札(原作体，因札讹礼，礼又为体而讹也，今正，各本作子)采诗观礼，以别风雅；仲尼叹韶音之一致，是以咨嗟。是何言与？且师襄奏(黄、汪、二张本讹奉，下诸奏字同。程本不误)操，而仲尼睹文王之容；师涓进曲，而子野识亡国之音。宁复讲诗而后下言，习礼然后立评哉？斯皆神妙独见，不待留闻积日，而已综(原钞作终，据各本及旧校改)其吉凶矣。是以前史以为美谈。今子以区区之近知，齐所见而为限；无乃诬前贤之识微，负夫子之妙察邪？"

主人答曰："难云：虽歌哭殊万，善听察者，要自觉之，不假智于常音，不借验于曲度。钟子之徒云云是也。此为心哀(各本作悲)者，虽谈笑鼓舞，情欢者，虽拊膺咨嗟，犹不能御外形以自匿,诳察者于疑似也。尔为已就(四字各本作以为就令,旧校同)声音之无常,犹谓当有哀乐耳。又曰:季子听声,以知众国之风;师襄奏操,而仲尼睹文王之容。案如所云,此为文王之功德,与风俗之盛衰,皆可象之于声音。声之轻重,可移于后世,襄涓之巧,又(各本字夺)能得之于将来。若然者,三皇五帝,可不绝于今日,何独数事哉?若此果然也,则文王之操有常度,韶武之音有定数,不可杂以他变,操以余声也。则向所谓声音之无常,钟子之触类,于是乎踬矣。若音声之无常(原钞夺之字,常字,黄、汗本同,据程二张本加),钟子之(黄、汪本字夺)触类,其果然邪?则仲尼之识微,季札之善听,固亦诬矣。此皆俗儒妄记,欲神其事而追为耳。欲令天下(四字从旧校及各本)惑声音之道,不言理自。尽此而推(张燮本作惟),使神妙难知,恨不遇奇听于当时,慕古人而叹息(各本作自叹)。斯(二张本字无)所以大罔后生也。夫推类辨物,当先求之自然之理。理已足(黄、汪二张本作定),然后借古义以明之耳。今未得之于心,而多恃前言以为谈证,自此以往,恐巧历不能纪耳(各本字夺)。又难云:哀乐之作,犹爱憎之由贤愚,此为声使我哀,而音使我乐。苟哀乐由声,更为有实矣。夫五色有好丑,五声有善恶,此物之自然也。至于爱与不爱,喜与不喜(原钞下三字误入下文物字下,今移正,各本夺,旧校亦删),人情之变,统物之理,唯止于此。然皆无豫于内,待物而成耳。至夫哀乐自以事会,先遘于心,但因和声,以自显发;故前论已明其无常,今复假此谈以正其名号耳。不谓哀乐发于声音,如爱憎之生于贤愚也。然和声之感人心,亦犹酝酒(各本作酒醴)之发人性(各本作情)也。酒以甘苦为主,而醉者以喜怒为用。其见欢戚为声发,而谓声有哀乐,犹(各本字夺,旧校亦删)不可见喜怒为酒使,而谓酒有喜怒之理也。"

秦客难曰:"夫观气采色,天下之通用也。心变于内,而色应于外,较然可见。故吾子不疑。夫声音,气之激者也,心应感而动,声从变而发;心有盛衰,声亦降(张燮本作隆,答文中降杀字放此)杀。同见役于一身,何独于声,便当疑邪?夫喜怒章于□尔(各本作色诊,旧校同),哀乐亦宜形于声音。声音自当有哀乐,但暗者不能识之。至钟子之徒,虽遭无常(程本讹当)之声,则颖然独见矣。今矇瞽面墙而不悟,离娄照秋毫于百寻,以此言之,则明暗殊能矣。不可守咫尺之度,而疑离娄之察;执中庸之听,而猜钟子之聪。皆谓古人为妄记也。"

主人答曰:"难云:心应感而动,声从变而发,心有盛衰,乐(黄本作声)亦降杀。哀乐之情,必形于声音。钟子之徒,虽遭无常之声,则颖然独见矣。必若所言,则浊质之饱,首阳之饥,卞和之冤,伯奇之悲,相如之含怒,不赡(各本作占)之怖,祇千变百态。使各发一咏之歌,同启数弹之微,则钟子之徒,各审其情矣。尔为听声者,不以寡众易思?察情者,不以大小为异？同出一身者，斯(各本讹期)于识之也。设使从下出(黄汪二张本字夺，旧校亦删，程本有)，则子野之徒，亦当复操律鸣管，以考其音。知南风之盛衰，别雅郑之淫正也。夫食辛之与甚噱，熏目之与哀泣，同用出泪，使易牙尝之，必不言乐泪甜而哀泪苦。斯可知矣。何者？肌液肉汗，跛笮便出，无主于哀乐，犹蓰酒之囊漉，虽笮具不同，而酒味不变也。声俱一体之所出，何独当(各本二字作当独)含哀乐之理邪(黄本作也)？且夫咸池六茎，大章韶夏，此先王之至乐，所以动天地感鬼神者也(各本二字夺)。今必云声音，莫不象其体，而传其心；此必为至乐，不可托之于瞽史，必须圣人理其弦管，尔乃雅音得全也。舜命夔击石拊石，八音克谐，神人以和。以此言之，至乐虽待圣人而作，不必圣人自执也。何者？音声有自然之和，而无系于人情。克谐之音，成于金石；至和之声，得于管弦也。夫纤毫自有形可察，故离瞽以明暗异功耳。若以水济水，孰异之哉！"

秦客难曰："虽众喻有隐，足招攻难，然其大理，当有所就。若葛卢闻牛鸣，知其三生(各本作子下三，生字并同)为牺；师旷吹律，知南风不竞(字从旧校，各本作竟，疑原钞亦同)，楚师必败；羊舌母听闻儿啼，而知其丧家。凡此数事，皆效于上世，是以咸见录载。推此而言，而盛衰吉凶，莫不存乎声音矣。今若复谓之诬罔，则前言往记，皆为弃物，无用之也。以言通论，未之或安。若能明斯(张燮本作其)所以，显其所由，设二论俱济，愿重闻之。"

主人答曰："吾谓能反三隅者，得意而忘(各本字夺)言。是以前论略而未详。今复烦寻环之难，敢不自一竭邪。夫鲁牛能知牺历之丧生，哀三生之不存，含悲经年，诉怨葛卢。此为心与人同，异于兽形耳。此又吾之所疑也。且牛非人类，无道相通。若谓鸟(各本作鸣)兽皆能有□(旧校灭其原字，改作祸，程本作知，他本阙)，葛卢受性，独晓之；此为解(黄本作称)其语而论其事，犹传译异言耳。不为考声音而知其情，则非所以为难也。若为知者，为当触物而达，无所不知。今且先议其所易者。请问圣人卒入胡域，当知其所言不(各本作否)乎？难者必曰：知之。知之之理，何以明之？愿借子之难，以立鉴识之域焉(各本字夺)。或当与关接，识其言邪？将吹(黄本作次)律鸣管，校其音邪？观气采色，知其心邪？此为知心，自由气色；虽自不言，犹将知之。知之之道，可不待言也。若吹律校音，以知其心。假令心志于马，而误言鹿。察者故当由鹿以知(各本讹弘)马也。此为心不系于所言，言或不足以证心也。若当关接而知言，此为孺子学言于所师，然后知之，则何贵于聪明哉。夫言非自然一定之物，五方殊俗，同事异号。趣(各本字夺)举一名，以为标(各本作摽)识耳。夫圣人穷理，谓自然可寻，无微不照。苟无微不照(各本五字无，旧校亦删)，理蔽(原作数，据各本及旧校改)则虽近不见。故异域之言，不得强通。推(张燮本作信)此以往，葛卢之不知牛鸣，得不全乎？又难云：师旷吹律，知南风不竞，楚多死声，此又吾之所疑也。

请问师旷(《北堂书钞》一百十二引作子野)吹律之时,楚国之风邪?则相去千里,声不足达;若正识楚风(各本讹国),来入律中邪?则楚南有吴越,北有梁宋,苟不见其原,奚以识之哉?凡阴阳愤激,然后成风;气之相感,触地而发;何得发楚庭,来入晋乎?且又律吕分四时之气耳,时至而气动,律应而灰移。皆自然相待,不假人以为用也。上生下生,所以均五声之和,叙刚柔之分也。然律有一定之声,虽冬吹中吕,其音自满而无损也。今以晋人之气,吹无韵(案当作损)之律,楚风安得来入其中,与为盈缩邪?风无形,声与律不通,则校理之地,无取于风律,不其然乎?岂独师旷(已上四字《书钞》引作子野,案独字当衍)博物多识(各本作多识博物),自有以知胜败之形,欲固众心,而托以神微(《书钞》引作徵下有者也二字)。若伯常骞之许景公寿哉。又难云:羊舌母听闻儿啼,而审其丧家。复请问何由知之?为神心独悟,暗语而当邪?尝闻儿啼,若此其大而恶,今之啼声,似昔之啼声也(各本字夺)。故知其丧家邪?若神心独悟,暗语之当,非理之所得也。虽曰(原钞日,据各本及旧校改)听啼,无取验于儿声矣。若以尝闻之声为恶,故知今啼当恶,此为以甲声为度,以校乙之啼也。夫声之于音,犹形之于心也。有形同而情乖,貌殊而心均者;何以明之?圣人齐心等德,而形状不同也。苟心同而形异,则何言乎观形而知心哉?且口之激气为声,何异于籁筲纳气而鸣邪?啼声之善恶,不由儿口吉凶,犹琴瑟之清浊,不在操者之工拙也。心能辨理善谭(各本作谈),而不能令内(张燮本作籁)籥调利,犹瞽者能善其曲度,而不能令器必清和也。器不假妙瞽而良,籥不因慧(黄、汪、程张溥本作惠)心而调。然则心之与声,明为二物。二物(各本物下有之字)诚然,则求情者不留观于形貌,揆心者不借听于声音也。察者欲因声以知心,不亦外乎?今晋母未得之于考试(各本作老成,旧校同),而专信昨日之声,以证今日之啼;岂不误中于前世,好奇者从而称之哉!"

秦客难曰:"吾闻败者不羞走,所以全也。今(各本字无)吾心未厌,而言于(各本字无)难,复更从其余。今平和之人,听筝笛批把(各本作琵琶,下放此),则形躁而志越。闻琴瑟之音,则听静而心闲。同一器之中,曲用每殊,则情随之变。奏秦声则叹羡而慷慨,理齐楚则情一而思专,肆姣弄则欢放而欲惬。心为声变,若此其众。苟躁静由声,则何为限其哀乐?而但云至和之声,无所不感;托大同于声音,归众变于人情。得无知彼不明此哉?"

主人答曰:"难云:批把筝笛,令人躁越。又云:曲用每殊,而情随之变。此诚(张燮本作情)所以使人常感也。批把筝笛,间促而声高,变众而节数。以高声御数节,故使(各本讹更)形躁而志越。犹铃铎警耳,而(各本字无)钟(张燮本作锺)鼓骇心。故闻鼓鼙之音,则(各本字无)思将帅之臣;盖以声音有大小,故动人有猛静也。琴瑟之体,间(各本讹闻)辽而音埤,变希而声清,以埤音御希变,不虚心静听,则不尽清和之极,是以听静而心闲也。夫曲度(黄本作用)不同,亦犹殊器之音耳。齐楚之曲多重,故情一;变妙,故思专。姣弄之音,挹众声之美,会五音之和,其体赡而用博,故心役(各本讹侈)于众理。五音会,故欢放而欲惬。然皆以单、复、高、埤、善、恶为体,而人情以躁静专散为应。譬犹游观于都肆,则目滥而情放;留察于曲度,则思静(各本夺已以上二十五字)而容端。此为声音之体,尽于舒疾;情之应声;亦止于(张燮本作以)躁静耳。夫曲用每殊(原钞夺已以上十五字,依各本及旧校加),而情之处变,犹滋味异美,而口辄识之也。五味万殊,而大同于美;曲变虽众,亦大同于和。美有甘,和有乐;然随曲之情,尽乎(黄本作于)和域;应美之口,绝于甘境。安得哀乐于其间哉?然人情不自(各本字无)同,各(各本字夺)师所解,则发其所怀。若言平和哀乐正等,则无所先发,故终得躁静。若有所发,则是有主于内,不为平和也。以此言之,躁静者,声之功也;哀乐者,情之主也;不可见声有躁静之应,因谓哀乐皆由声音也。且声音虽有猛静(黄、汪、二张本重有猛静字,旧校亦加,程本无),各有一和,和之所感,莫不自发。何以明之?夫会宾盈堂,酒酣奏琴,或忻然而欢,或惨尔而泣。非进哀于彼,导乐于此也。其音无变于昔,而欢戚并用,斯非吹万不同邪?夫唯无主于喜怒,亦应(原作未应,今正,各本夺,旧校亦删)无主于哀乐,故欢戚俱见。若资不(各本作偏)固之音,含一致之声,其所发明,各当其分。则焉能兼御群理,总发众情邪?由是言之,声音以平和为体,而感物无常;心志以所俟为主,应感而发。然则声之与心,殊途异轨,不相经纬;焉得染太和于欢戚,缀虚名于哀乐哉?"

秦客难曰:"论云:猛静之音,各有一和。和之所感,莫不自发。是以酒酣奏琴,而欢戚并用。此言偏并(案当作重)之情,先积于内,故怀欢者值哀音而发,内戚者遇乐声而感也。夫声音自当有一定之哀乐,但声化迟缓,不可仓卒,不能对易。偏重之情,触物而作,故令哀乐同时而应耳。虽二情俱见,则何损于声音有定理邪?"

主人答曰:"难云:哀乐自有定声,但偏重之情,不可卒移,故怀戚者遇乐声而哀耳。即如所言,声有定分,假使《鹿鸣》重奏,是乐声也;而令戚者遇之,虽声化迟缓,但当不能便(各本作使)变令欢耳。何得更以哀邪?犹一爝之火,虽未能温一室,不宜复增其寒矣。夫火非隆寒之物,乐非增哀之具也。理弦高堂,而欢戚并用者,直至(各本讹真主)和之发滞导情,故令外物所感,得自尽耳。难云:偏重之情,触物而作,故令哀乐同时而应耳。夫言哀者,或见机(张溥本作几,汪本讹機,下机字放此)杖而泣,或睹舆服而悲。徒以感人亡而物存,痛事显而形潜。其所以会之,皆自有由,不为触地而生哀,当席而泪出也。今无(各本作见,案因无而讹)机杖以致感,听和声而流涕者,斯非和之所感,莫不自发也。"

秦客难曰:"论云:酒酣奏琴,而欢戚并用。欲通此言,故答以偏情感物而发耳。今且隐心而言，明之以成效。夫人心不欢则戚，不戚则欢，此情志之大域也。然泣是戚之伤，笑是欢之用也（各本字无）。盖闻齐楚之曲者，唯睹其哀涕之容，而未曾见笑噱之貌；此必齐楚之曲，以哀为体，故其所感，皆应其度（黄本度下有量字）。岂徒以多重而少变，则致精（各本作情）壹而思专邪？若诚能致泣，则声音之有哀乐，断可知矣。”

主人答曰：“虽人情感（黄本讹戚）于哀乐，哀乐各有多少。又哀乐之极，不必同致也。夫小哀容（程本讹密）坏，甚悲而泣；哀之方也。小欢颜悦，至乐而笑（各本作心愉），乐之理也。何以言（各本作明）之？夫至亲安豫，则怡然自若（各本作恬若自然），所猖狂（各本作自得）也。及在危急，仅然后济，则抃不及儛。由此言之，儛之不若向之自得，岂不然哉？至夫笑噱，虽出于欢情，然自以理成；又非（各本六字夺，旧校亦删）自然应声之具也。此为乐之应声，以自得为主；哀之应感，以垂涕为故。垂涕则形动而可觉，自得则神合而无变（各本作忧）。是以观其异，而不识其同（原钞四字夺，依各本及旧校加）；别其外，而未察其内耳。然笑噱之不显于声音，岂独齐楚之曲邪？今不求乐于自得之域，而以无笑噱谓齐楚体哀，岂不知哀而不识乐乎？”

秦客问曰：“仲尼有言：移风易俗，莫善于乐。即如所论，凡百哀乐，皆不在声，则（各本作即）移风易俗，果以何物邪？又古人慎靡靡之风，抑滔（各本作慆）耳之声。故曰：放郑声，远佞人。然则郑卫之音（案此下当有夺文），击鸣球以协神人，敢问郑雅之体，隆弊所极，风俗移易，奚由而济？愿（黄本作幸）重闻之，以悟所疑。”

主人应之曰：“夫言移风易俗者，必承衰（张燮本讹哀）弊之后也。古之王者，承天理物，必崇简易之教，御无为之治。君静于上，臣顺（原钞四字夺，依各本及旧校加）于下；玄化潜通，天人交泰。枯槁之类，浸育灵液，六合之内，沐浴鸿流，荡涤尘垢；群生安逸，自求多福；默然从道，怀忠抱义，而不觉其所以然也。和心足于内，和气见（原钞五字夺，依旧校及各本加）于外；故歌以叙志，儛以宣情。然后文之以采章，照之以风雅，播之以八音，感之以太和；导其神气，养而就之；迎其情性（张燮本作性情），致而明之；使心与理相顺，气（各本讹和）与声相应。合乎会通，以济其美。故凯乐之情，见于金石；含弘光大，显于音声也。若以往则万国同风，芳荣济茂，馥如秋兰；不期而信，不谋而成（各本作诚），穆然相爱；犹舒锦布彩（各本彩上夺布字，下衍而字，旧校依改，非），灿炳可观也。大道之隆，莫盛于兹，太平之业，莫显于此。故曰：移风易俗，莫善于乐。然（各本字无）乐之为体，以心为主。故无声之乐，民之父母也。至八音会谐，人之所悦，亦总谓之乐，然风俗移易，本（各本字夺）不在此也。夫音声和比（各本讹此），人情所不能已者也。是以古人知情（各本情下有之字）不可放，故抑其所遁；知欲（各本欲下有之字）不可绝，故自以为致（各本作因其所自）。故（各本字无）为可奉之礼，制可导之乐。口不尽味.乐不极音；揆终始之宜，度贤愚之中，为之检则，使远近同风，用而不竭，亦所以结忠信，著不迁也。故乡校庠塾亦随之。使（各本作变）丝竹与俎豆并存，羽毛与揖让俱用，正言与和声同发。使将听是声也，必闻此言；将观是容也，必崇此礼。礼犹宾主升降，然后酬酢行焉。于是言语之节，声音之度，揖让之仪，动止之数，进退相须，共为一体。君臣用之于朝，庶士用之于家。少而习之，长而不怠，心安志固，从善日迁，然后临之以敬，持之以（以下当夺一字）久而不变，然后化成。此又先王用乐之意也。故朝宴聘享，嘉乐必存；是以国史采风俗之盛衰，寄之乐工，宣之管弦，使言之者无罪，闻之者足以（各本以下有自字）诫。此又先王用乐之意也。若夫郑声，是音声之至妙。妙音感人，犹美色惑志，耽槃荒酒，易以丧业。自非至人，孰能御（黄本作禦）之？先王恐天下流而不反，故具其八音，不渎其声，绝其大和，不穷其变。捐窈窕之声，使乐而不淫。犹大羹不和，不极勺药之味也。若流浴浅近，则声不足悦，又非所欢也。若上失其道，国丧其纪；男女奔随，淫（各本作婬）荒无度；则风以此变，俗以好成。尚其所志，则群能肆之；乐其所习，则何以诛之？托于和声，配而长之，诚动于言，心感于和，风俗壹成，因而名（原钞字夺，据汪、程本及旧校加）之。然所名之声，无中（黄本空阙，张燮本作甚）于淫邪也。淫之与正同乎心，雅郑之体，亦足以观矣。”

第六卷

释（张溥本作无）私论

夫（原钞字无，据各本及《晋书》本传引加）称君子者：心无（《晋书》作不）措（原钞作惜，据各本及《晋书》改，下诸措字放此）乎是非，而行不违乎（原钞字无，据各本加，《晋书》引亦有）道者也。何以言之？夫气静神虚者，心不存乎（各本作于，《晋书》同）矜尚；体亮心达者，情不系于所欲。矜尚不存乎心，故能越名教而任自然；情不系于所欲，故能审贵贱而通物情。物情顺通，故大道无违；越名任心，故是非无措也。是故言君子，则以无措为主（张燮本作衷），以通物为美。言小人，则以匿情为非，以违道为阙。何者？匿情矜吝，小人之至恶；虚心无措，君子之笃行也。是以大道言，及吾无身。吾有（各本作又）何患。无以（当作以无）生为贵者，是贤于贵者（各本讹生，旧校亦改）也。由斯而言：夫至人之用心，固不存于（黄本字无）有措矣。是故伊尹不惜(各本讹借,旧校亦改)贤于殷汤,故世济而名显。周旦不顾嫌(各本讹贤)而隐行,故假摄而化隆。夷吾不匿善(各本作情)于齐桓,故国霸而主尊。其用心,岂为身而系乎私哉?故管子(《晋书》无此二字)曰:"君子行其(各本字无,《晋书》同)道,忘其为身。"斯言是矣。君子之行贤也,不察于有庆(各本作度,《晋书》同。后诸庆字放此)而后行也。任(各本讹仁)心无穷(各本作邪,《晋书》同),不识(各本作议,《晋书》同)于善而后正也。显情无措,不论于是而后为也。是故傲然忘贤,而贤与庆会;忽然任心,而心与善遇;傥然无措,而事与是俱也。故论公私者,虽云(各本云下有一作终于事与是俱而已十字。案当是注文,在前而事与是俱也句下)志道存善,心(黄、汪、张燮本字阙,张溥本作内,程本作而)无凶邪,无所怀而不匿者,不可谓无私。虽欲之伐善,情之违道,无所抱而不显者,不可谓不公。今执必公之理,以绳不公之情,使夫虽性(各本作为)善者,不(原钞字夺,据各本及旧校加)离于有私;虽欲之伐善,不陷于不公,重其名而贵其心,则是非之情,不得不显矣。夫是非必显,有善者无匿情之不是,有非者不加不公之大非,无不是则善莫不得,无大非则莫过其非,乃所以救其非也。非徒尽善,亦所以厉不善也。夫善以尽善,非以救非;而况乎以是非之至者。故善之与不善,物之至者也。若处二物之间,所往者,必以公成而私败。同用一器,而有成有败。夫公私者,成败之途,而吉凶之门也(各本作乎)。故物至而不移者寡,不至而在用者众。若质乎中人之体(各本作性),运乎在用之质,而栖心古烈,拟足公途,值心而言,则言无不是;触情而行,则事无不吉。于是乎同(疑当作情)之所措者,乃非所措也。欲(各本讹俗)之所私者,乃非所私也。言不计乎得失而遇善,行不准乎是非而遇吉,岂公成私败之数乎?夫如是也,又何措之有哉?故里凫显盗,晋文恺悌,勃(程本讹功)鞮号罪,忠立身存;缪贤吐衅,言纳名称;渐离告诫,一堂流涕。然斯数子,皆以投命之祸,临不测之机,表露心识,犹(各本讹独)以安全;况乎君子无彼人之罪,而有其善乎?措善之情,亦甚其所病也(各本亦甚二字夺,旧校乙甚字于所字下,非)。唯病病,是以不病;病而能疗,亦贤于病(各本讹疗)矣。然事亦有似非而非非,类是而非是者;不可不察也。故变通之机,或有矜以至让,贪以致廉,愚以成智,忍以济仁;然矜吝之时,不可谓无廉;猜(各本作情,注云:"一作猜")忍之形,不可谓无仁;此似非而非非者也。或谗言似信(四字原钞夺,据各本及旧校加),不可谓有诚;激盗似忠,不可谓无私;此类是而非是也。故乃论其用心,定其所趣,执其辞以(各本作而)准其理(各本讹礼),察其情以寻其变;肆乎所始,名其所终;则夫行私之情,不得因乎似非而容其非;淑亮之心,不得蹈乎似是而负其是。故实是以暂非而后显,实非以暂是而后明。公私交显,则行私者无所冀,而淑亮者无所负矣。行私者无所冀,则思改其非;立公(原钞讹功,各本同。依旧校改)者无所忌,则行之无疑;此大治之道也。

故主妾覆醴，以罪受戮；王陵庭争，而陈平顺旨。于是观之，非似非非（案非下当更有一非字）者乎？明君子之笃行，显公私之所在，阖堂盈阶，莫不寓目而曰：善人也。然背颜退讥（各本字无）议而含（原钞作舍，依各本改）私者，不复（各本复下有同字）耳。抱至（程本作怨，张溥本作隐，他本俱空阙）而匿情不改也（各本字无）者，诚（原作议，据各本及旧校改）神以丧于所感（各本作惑），而体以溺于常名。心已（各本作以）制于所慑，而情有所系（各本作情有系于所欲，旧校同。案疑当作情有□□所系。原钞于有下夺二字）。容管颙缵（四字当误，各本俱无，旧校亦删），咸自以为有是，而莫贤乎己。未有攻肌（各本作功期）之惨，骇心之祸，遂莫能收情以自反，弃名以任实。乃心有是焉，匿之以私；志有善焉，措之为恶，不措所措，而措所不措。不求所以不措之理，而求所以为措之道；故明（各本讹时）为措，而暗于措，是以不措为拙，以致（各本二字夺）措为工。唯惧隐之不微，唯患匿之不密；故有矜忤之容，以观常人；矫饰之言，以要俗誉。谓永年良规，莫盛于兹；终日驰思，莫窥其外；故能成其私之体，而丧其自然之质也。于是隐匿之情，必存乎心；伪怠之机，必形乎事。若是，则是非之议既明，赏罚之实又笃；不知冒阴（各本作廕）之可以无景，而患景之不匿。不知无措（《类聚》二十二引作惜，与原钞合，《御览》四百二十九引作情）之可以无患，而恨措（《类聚》引作惜，《御览》仍作情）之不以（《类聚》作巧，张燮本同），岂不哀哉！是以申侯苟顺，取弃楚恭（各本讹泰）；宰嚭耽私，卒享其祸。由是言之，未有抱隐（各本作伪，《类聚》《御览》同）顾私（二字原钞无，据各本及旧校补，《御览》亦无。《类聚》作怀奸，张燮本同），而身立清世；匿非（二字《御览》引无）藏情，而信著明名（张燮本作君）者也。是以（各本二字夺）君子既有其质，又睹其鉴；贵夫亮达，布（《类聚》《御览》作希）而存之，恶夫矜吝，弃而远（《御览》作违）之。所措一非，而内愧乎神；贱隐一阙，而外惭其形。言无苟讳，而行无（《御览》作不）苟隐。不以爱之而苟善，不以恶之而苟非。心无所矜，而情无所系，体清神正（《御览》作立），而是非允当。忠感明（《类聚》明下有于字，二张本同，《御览》无。案明即于之讹衍）天子，而信笃乎万民。寄胸怀于八荒，垂坦荡以永日。斯非贤人君子，高行之美异（黄、汪、程、张溥本讹冀，《御览》字无）者乎？或问曰：第五伦有私乎哉？曰：昔吾兄子有疾，吾一夕十往省，而反必（各本字夺）寐。自（各本自下有安字）吾子有疾，终朝不往视，而通夜不得眠。若是可谓私乎？非私也？答曰：是非（程本作公，误）也，非私也。夫私以不言为名，公以尽言为称，善以无吝（名本作名）为体，非以有措为负。今第五（各本第五下有伦字，后放此）显情，是非（案非字当衍）无私也；矜往不眠，是有非也。无私而有非者，无措之志也。夫言无措者，不齐于必（原作不，据各本改）尽也；言多吝者，不具于不言而已也（各本字无）。故多吝有非，无措有是。然无措之所以有是，以志无所尚，心无所欲，达乎大道之情，动以自然，则无道以至非也。抱一而无措，则无私。无非兼有二（程本

讹三)义,乃为绝美耳。若非而能言者,是贤于不言之私,非无情以非之大者也。今第五有非而能显,不可谓不公也。所显是非,不可谓有措也。有非而谓私,不可谓不惑;公私之理也。

管蔡论

或问曰:"案记,管蔡流言,叛戾东都。周公征讨,诛以凶逆。顽恶显著,流名千载(各本讹里)。且明父圣兄,曾不能鉴凶恶(各本作愚)于幼稚,觉无良之子弟;而乃使理乱殷之弊民,显荣爵于藩国;使恶积罪成,终遇祸害。于理不通,心所未(黄本作无所)安。愿闻其说。"

答曰:"善哉子之问也。昔文王(各本作武)之用管蔡以实,周公之诛(各本诛下有管蔡二字)以权。权事显,实理(张溥本作事)沉(各本讹沇,注云:"一作沉")。故令时人全谓管蔡为顽凶,方为吾子论之。夫管蔡皆服教殉义,忠诚自然,是以文父(各本作王)列而显之;发旦二圣,举而任之,非以情亲而相私也。乃所以崇德礼贤,济殷弊民,绥辅武庚,以兴顽俗,功业有绩,故旷世不废,名冠当时,列为藩臣。逮至武卒,嗣诵幼冲,周公践政,率朝诸侯。思光前载,以隆王业。而管蔡服教,不达圣权,卒遇大变,不能自通。忠于(各本讹疑)乃心,思在王室。遂乃抗言率众,欲除国患。翼存天(程本讹夫)子,甘心毁旦。斯乃愚诚愤发,所以徼祸(各本讹福)也。成王大寤,周公显复,一化齐俗,义以断恩;虽内信如心,外体不立,称兵叛乱,所惑者广。是以隐忍授刑,流涕行诛,示以赏罚,不避亲戚。荣爵所显,必钟盛德,戮挞(程本讹捷)所施,必加有罪。斯乃为教之正体,古今之明义也(已上七字各本夺,误为今之朝议四字)。管蔡虽怀忠抱诚,要为罪诛。罪诛已显,不得复理。内必(案当作心)幽伏,罪恶遂章。幽章之路大殊,故令奕世未蒙发起耳(各本字无)。然论者承(各本作诚)名信行,便谓(各本作以)管蔡为恶;不知管蔡之恶,乃所以令三圣为不明也。若三圣未为不明,则圣不祐恶(各本恶下有而字)任顽凶也。顽凶(各本夺此三字)不容于明(各本讹时)世,则管蔡无取私于父兄,而见任必以忠良,则二叔故为淑善矣。今若本三圣之用明,思显授之实理,推忠贤之暗权,论为国之大纪;则二叔之良乃显,三圣之用也有(各本字无)以,流言之故有缘(旧校删有字,缘改原),周公之诛是矣。且周公摄居,邵奭(各本作召公)不悦。推(黄本作惟)此言之(各本字夺),则管蔡怀疑,未为不贤,而忠贤可不达权;三圣未为用恶,而周公不得不诛。若此,三圣所用信良,周公之诛得宜;管蔡之心见理。尔乃大义得通，内外兼叙，无相伐负者；则时论亦将释然而大解也。”

明胆论

有吕子(《类聚》十七引子下有春字。案即因下者字讹衍)者，精义味道，研核(《类聚》作覈)是非。以为人有胆可无(黄、汪、程、张溥本讹乐)明，有明便有胆矣。嵇先生以为明胆殊用，不能相生。论曰："夫元气陶铄，众生禀焉。赋受有多少，故才性有昏明。唯至人特钟纯美，兼周外内，无不必(各本作毕，《类聚》同)备。降此已往，盖阙如也。或明于见物，或勇于决断。人情贪廉，各有所止。譬诸草木，区以别矣。兼之者博于物，偏受者守其分。故吾谓明胆异气，不能相生。明以见物(《类聚》作事)，胆以决断，专明无胆，则虽见不断，专胆无明(各本字夺)，则(各本字本)违(黄、汪、程、张溥本讹达)理失机。故子家软弱，陷于弑君；左师不断，见逼华臣；皆智及之而决不行也。此理坦然，非所宜(各本讹无疑)滞。故略举一隅，想不重疑。"

吕子曰(三字据二张本加，他本及原钞并无)："敬览来论，可谓诲(各本作海)亦不加者矣。夫(各本字无)折理贵约而尽情，何尚浮秽而迂诞哉？今子之论，乃引浑元以为喻，何辽辽而坦谩也。故直答以人事之切要焉。汉之贾生，陈切直之策，奋危言之至。行之无疑，明所察也。忌鹏作赋，暗所惑也。一人之(原钞字无，据各本加)胆，岂有盈缩乎？盖见与不见，故行之有果否也。子家左师，皆愚惑浅弊，明不彻达，故惑于暧昧，终丁祸害。岂明见照察而胆不断乎？故霍光怀沉勇之气，履上将之任，战乎王贺之事。延年文生，夙元武称，陈义奋辞，胆气凌云，斯其验与。及于期授首，陵母伏剑，明果之俦(黄、汪、本作畴)，若此万端，欲详而载之，不可胜言也。况有睹夷途而不敢投足，阶云路而疑于迄泰清者乎？若思弊(案当作愚蔽)之伦为能，自托幽昧之中，弃身陷阱之间，如盗跖窜躯(各本作身)于虎吻，穿窬先首于沟渎，而暴虎冯河，愚(张燮本讹果)敢之类，则能有之。是以余谓明无胆，无胆能偏守。易了之理，不在多喻。故不远引烦(各本作繁)言。若未反三隅，犹复有疑，思承后诲，得一骋辞。"

"夫论理情性(各本作性情)，折(程本作析)引异同，固当(各本字夺)寻所受之终始，推气分之所由。顺端极末，乃不悖耳。今子欲弃置浑元，捃摭所见，此为好理纲(案当作网，旧校改节，非)目，而恶持纲领也。本论二气不同，明不生胆，欲极论之，当令一人播无刺讽(二字依旧校，各本同)之胆，而有见事之明，故当有不果之害。非中人血气无之，而复资之以明二气，存一体，则明能运胆，贾谊是也。贾谊明胆，自足相经，故能济事。谁言殊无胆，独任明以行事者乎？子独自作此言，以合其论也。忌鹏暗惑，明所不周，何害于胆乎（各本乎下有明字，旧校亦加）？既已（各本作以）见物，胆能行之耳。明所不见，胆当何断？进退相扶，何谓盈缩？就如此言，贾生陈策，明所见也；忌鹏作赋，暗所惑也。尔为明彻于前，而暗惑于后，明（各本字夺，旧校亦删）有盈缩也。苟明有进退，胆亦何为不可偏乎？子（黄本讹孑）然霍光有沉勇，而战于废王，此勇（各本二字夺）有所挠也。而子言一人胆岂有盈缩，此则是也。贾生暗鹏，明有所塞也。光惧废立，勇有所挠也。夫唯至明能无所惑，至胆（已上七字各本夺）能无所亏尔（各本作耳）。自非若此，谁无弊损乎？但当总有无之大略，而致论之耳。夫物以实见为主，延年奋发，勇义凌云，此则胆也。而云夙无武称，此为信宿称而疑成事也。延年处议，明所见也；壮气腾厉，勇之决也，此足以观矣。又子言（各本作子又曰）：明无胆（各本重有无胆二字）能偏守。案子之言，此则有专胆之人，亦为胆特自一气，明（各本字无）矣。夫（各本字无）五才存体，各有所生。明以阳曜，胆以阴凝。岂可谓有阳而生阴，可无阳邪？虽相须以合德，要自异气也。凡余杂说，于期陵母暴虎云云，万言一致（各本作致一），欲以何明邪？幸更详思，不为辞费而已（各本有矣字）。”

第七卷

自然好学论张叔辽作（附）

（此四字原钞灭尽，今从旧校。各本张辽叔在自字上，无作字）

夫喜、怒、哀、乐、爱、恶、欲、惧，人情（黄本字无）之有也。得意则喜，见犯则怒，乖离则哀，听和则乐，生育则爱，违好则恶，饥则欲食，逼则恐（各本作欲）惧。凡此八者，不教而能；若论所云，即自然也。腥臊未化，饮血茹毛，以充其虚；食之始也。加（各本讹茹）之火齐，糁以兰橘；虽所未尝，尝必美之，适于口也。蒉桴土鼓，抚腹而吟；足之蹈之，以娱其喜，乐之质也。加之管弦，杂以羽毛，虽所未听，察之必乐，当其心也。民生也直，聚而勿教，肆心触意，八情必发。喜必欲与，怒必欲罚，无爪牙以奋其威，无爵赏以称其惠。爱无以奉，恶不能去。有言之且（四字疑当为古言云三字，且即下苴之坏字，旧校及各本作日，非），苴竹菅蒯，所以表哀。沟池岨峻（各本二字到），所以宽惧。弦木剡金，所以解愤。丰财殖货，所以施与。苟有肺肠，谁不欣然貌悦心释哉？尚何假于食胆蜚，而嗜昌蒲菹也？且昼坐夜寝，明作暗息；天道之常，人所服习。在于幽室之中，睹烝烛之光；虽不教告，亦皦(各本作皎)然喜于所见也。不以尚(各本作向非)有白日，与比朱门，旦则复晓，不揭(字从旧校，各本同)此明而减其欢也。况以长夜之冥，得照太阳，情变郁陶，而发其蒙也。故以为难。事以末来，而情以本应。即使六艺纷华，名利杂诡，计而后(原讹杂，旧校及各本作复，亦非，今据后文改正)学，亦无损于有自然之好也。

难自然好学论

夫民之性，好安而恶危，好逸而恶劳。故不扰，则其愿得；不逼，则其志从。昔(各本字无)鸿(各本作洪)荒之世，大樸(各本作朴)未亏，君无文于上，民无竞于下；物全理顺，莫不自得。饱则安寝，饥则求食，怡然鼓腹，不知为至德之世也。若此，则安知仁义之端，礼律之

竹林七贤

文？及至人不存，大道陵迟，乃始作文墨，以传其意。区别群物，使有类族(各本二字到)。造立仁义，以婴其心。制为(黄本作其)名分，以检其外。劝学讲文，以神其教。故六经纷错，百家繁炽，开荣利之(原作一，依各本改)途，故奔骛而不觉。是以贪生之禽，食园池之粱菽；求安之士，乃诡志以从俗。操笔执觚，足容苏息；积学明经，以代稼穑。是以困而后学，学以致荣；计而后习，好以(各本作而)习成，有似自然，故令吾子谓之自然耳。推其原也，六经以抑引为主，人性以从欲为欢。抑引则违其愿，从欲则得自然。然则自然之得，不由抑引之六经；全性之本，不须犯情之礼律，固知(二字各本作故)仁义务于理伪，非养真之要术；廉让生于争夺，非自然之所出也。由是言之：则鸟不毁(疑聚字之讹。旧校于下加类字，甚非)以求驯，兽不群(旧校于上加弃字，使与意改之毁类为对文，甚非)而求畜；则人之真性，无为正(当作不)当；自然耽此礼学矣。论又云：佳肴珍膳，虽未所尝，尝必美之，适于口也。处在暗室，睹烝烛之光，不教而悦得于心。况以长夜之冥，得照太阳，情变郁陶，而发其蒙

(原作朦,据各本及上文改)。虽事以末来,情以本应,则元损于自然好学。难曰:夫口之于甘苦,身之于痛痒,感物而动,应事而作。不须学而后能,不待借而后有。此必然之理,吾所不易也。今子以必然之理,喻未必然之好学,则恐似是而非之议,学如一粟之论,于是乎在也。今子立六经以为准,仰仁义以为主,以规矩为轩乘(张燮本作冕,他本作驾),以讲诲为哺乳;由其途则通,乖其路则滞。游心极视,不睹其外;终年驰骋,思不出位。聚族献议,唯学为贵。执书擿(张燮本作摘)句,俯仰咨嗟。使服膺其言,以为荣华。故吾子谓六经为太阳,不学为长夜耳。今若以明(黄,汪本字阙,程本作塾,二张本作讲)堂为丙舍,以讽诵为鬼语,以六经为芜秽,以仁义为臭腐,睹文籍则目瞧,修揖让则变伛,袭章服则转筋,谭礼典则齿龋;于是兼而弃之,与万物为更始,则吾子虽好学不倦,犹将阙焉。则向之不学,未必为长夜,六经未必为太阳也。俗语云:乞儿不辱马医,若遇上古(各本讹有)无文之治(各本讹始),可不学而获安,不懃(各本作勤)而得志;则何求于六经,何欲于仁义哉?以此言之:则今之学者,岂不先计而后学邪?苟计而后动,则非自然之应也。子之云云,恐故得昌蒲菹耳。

第八卷

宅无吉凶摄生论难上(各本无此二字,旧校亦删)

夫善求寿强者,必先知天(各本作灾。旧校同。案天疾与寿强为对文,原钞于义为长)疾之所自来,然后其至可防也。祸起于此,为防于彼,则祸无自瘳矣。世有安宅,葬埋,阴阳,度(原作步,据各本及旧校改)数,刑德之忌,是何所生乎?不见性命,不知祸福也。不见故妄求,不知故干(程本讹于)幸。是以善执生者,见性命之所宜,知祸福之所来,故求之实而防之信。夫多饮而走,则为澹支;数行而风,则为养(各本作痒)毒;久居于湿,则要疾偏枯;好内不怠,则昏丧女疾(各本讹文房)。若此之类,灾之所以来,寿之所以去也。而掘墓(各本作基)筑室(各本作宅),费日苦身以求之,疾生于形,而治加于土木,是疾无道瘳矣(各本字无)。《诗》云(各本作曰)"恺悌君子,求福不回"者,匪避谤议而为义然也,盖知回匪所求福也。故寿强,专(程本讹传)气致柔,少私寡欲,直行情性之所宜,而合于养生之正度,求之于怀抱之内而得之矣。尝有不知蚕者,出口动手,皆为忌祟;不(张燮本讹既)得蚕滋(原作丝，今正，各本丝下仍有滋字，非）甚，为忌祟滋多，犹自以犯之也。有教之知蚕者，其颛于桑火寒暑燥湿也，于是百忌自息，而为（原钞字无）利十倍。何者？先不知所以然，故忌祟之情繁；后知所以然者（各本字无），故求之之（原钞字无，据各本加）术正。故忌祟常（各本字无）生于不知，使知性命犹知（各本作如，非）蚕，则忌祟无所立矣。多食不消，含黄丸而筮祝（程本讹记）谴祟，或从乞胡求福者，凡人（各本人下有皆字）所笑之。何者？以智能达（原作迁。据各本改）其无祸也。故忌祟举生于不知，由知者言之，皆乞胡也。设为三公之宅，而令（《御览》一百八十引作命）愚民居之，必不为三公，可知也。夫寿夭之不可求，甚于贵贱。然则择百年之宫，而望殇子之寿；孤逆魁罡（各本作冈，《御览》作忌），以速彭祖之夭，必不几（二字《御览》作诬）矣。或曰：愚民必不得久居公侯宅。然则果无宅（五字原夺，据各本加）也，是性命自然，不可求矣。有贼方至，不疾逃，独安须臾，遂为所虏。然则避祸趣（程、张燮本作趋，旧校同）福，无过缘理。避贼之理，莫如速逃，则斯善矣。养生之道，莫如先知（二字从旧校，各本同），则为尽矣。夫避贼宜速章章然，故中人不难睹；避祸之理冥冥然，故明者不易见，其于理动，不可妄（原钞作妖，各本作要，今以意正）求，一也。孔子有疾，医（医下原有监字，旧校作者案即因医字讹衍也。今除去，各本亦无）曰：子居处适也，饮食药也，有疾天也，医焉能事？是以知命不忧，原始要（各本作反）终，遂知死生之说。夫时日谴祟，古之盛王无之，而季王之所好听也。制寿宫而得夭短，求百男而无立嗣，必占不启之陵，而陵不宿草。何者？高台深宫，以隔寒暑；靡色厚味，以毒其精；亡之于实，而求之于虚，故性命不遂也。或曰：所问之师不工，则天下无工师矣。夫一榛（《御览》一百十八引作同栖）之鸡，一阑（原作兰，今正。各本作栏，下诸阑字放此）之羊，宾至而有死者，岂居异哉？故命有制也。知命者则不滞于俗矣。若许负之相，条侯、英布之黥而后王，彭祖三百（各本作七百，旧校同，下诸三百字放此），殇子之夭，是皆性命也。若相宅质居，自东徂西而得，反此是灭性命之宜。孔子登东山而小鲁，登泰山而小天下。立丘而观居（各本立下有高字，观下有民字，旧校亦加），则知伯（疑徂之讹。各本作曰）东西非祸福矣。若乃忘地道之博岂（各本作爽垲），而心（各本作立）制于帷墙，则所见滋褊。从达者观之，则（字惟张燮本有。他本俱无。黄本亦有）夫乾确然示人易矣，夫坤隤然示人简矣。天地易简，而惧以细苛，是更所以为逆也。是以君子奉天明而事地察，世之工师，占成居则验，使造新则无征。世人多其占旧，思（各本作因）求其造新，是见舟之行于水，而欲推之于陆，是不明数也。夫旧新（各本讹断）之理，犹卜筮也。夫凿龟数筴，可以知吉凶，然不能为吉凶。何者？吉凶可知，而不可为也。夫先筮吉卦，而后名之无福，犹先筑利宅，而后居之无报也。占旧居以谴祟则可，安新居以求福则不可。即（各本作则）犹卜筮之说耳。俗有裁衣种谷皆择日，衣者伤寒，种者失泽。凡火流寒至，则当(黄本字无)授衣。时雨既降,则当下种。贼方至,则当疾走。今舍实趣虚,故三患随至。凡以忌祟治家者,求富(各本作福)而其极皆贫。故有"知星宿,衣不覆"之谚。古言无虚,不可不察也。

难宅无吉凶摄生论

(原作《难摄生中》,依各本及旧校改)。

夫神祇遐远,吉凶难明。虽中人自竭,莫得其端,而易以惑道。故夫子寝答于来问,终慎神怪而不言。是以吉人(各本作古人,下诸吉人字放此)显仁于物,藏用于身。知其不可众所共非,故隐之,彼非所明也。吾无意于庶几,而足下师心陋见,断然不疑。系决如此,足以独断。思省来论,旨多不通。谨因来言,以生此难。方推金木,未知所在,莫有食治。世无自理之道,法无独善之术。苟非其人,道不虚行,礼乐政刑,经常外事,犹有所疏,况乎幽微者邪?纵欲辩明神微,祛惑(程本讹感)起滞,立端以明所由(黄、汪、二张本由下空一字,程本作立,盖意加),断以检(各本检下有其字)要,乃为有征(黄、汪、二张本作□微,程本作阐微,俱误)。若但撮提群愚(黄、汪、二张本愚下空二字,程本作不察,亦意加),蚕种,忿而弃之,因谓无阴阳吉凶之理,得无似噎而怨粒稼,溺而责舟楫者邪?

论曰:百年之宫,不能令殇子寿;孤逆魁罡,不能令彭祖夭。又曰:许负之相条侯,英布之黥而后王,皆性命也。应曰:此为命有所定,寿有所在。其(各本字无)祸不可以智逃,福不可以力致。英布畏痛,卒罹刀锯。亚夫忌馁,终有饿患。万事万物,凡所遭遇,无非相命也。然唐虞之世,命何同延?长平之卒,命何同短?此吾之所疑也。即如所论,虽慎若曾颜,不得免祸;恶若桀跖,故当昌炽。吉凶素定,不可推移。则古人何言积善之家,必有余庆?履信思顺,自天佑之?必积善而后福应,信著而后佑来;犹罪之招罚,功之致赏也。苟先积而后受报,事理所得,不为暗自遇之也。若皆谓之是相,此为决相命于行事,定吉凶于智力,恐非本论之意。此又吾之所疑也。又云:多食不消,必须黄丸。苟命自当生,多食何畏?而服良药?若谓服药是相之所一,宅岂非是一邪?若谓虽命犹当须药自济,何知相不须宅以自辅乎?若谓药可论而宅不可说,恐天下或有说之者矣。既曰寿夭不可求,甚于贵贱;而复曰善求寿强者,必先知天(各本作灾,非)疾之所自来,然后可防也。然则寿夭果可求邪?不可求也?既日彭祖三百,殇子之夭,皆性命自然;而复日不知防疾,致寿去夭;求实于虚,故性命不遂。此为寿夭之来,生于用身,性命之遂,得于善求。

然则夭短者，何得不谓之愚？寿延者，何得不谓之智？苟寿夭成于愚智，则自然之命不可求之论，奚所措之？凡此数事（各本作者），亦雅论之矛戟（惟程荣本与此合，他本俱作楯，非）矣。

论曰：专气致柔，少私寡欲；直行情性之所宜，而合养生之正度。求之于怀抱之内，而得之矣。又曰：善养生者，和为尽矣。诚哉斯言！匪谓不然。但谓全生不尽此耳。夫危邦不入，所以避乱政之害。重门击柝，所以备（各本作避）狂暴之灾。居必爽垲，所以远气（各本作风）毒之患。凡事之在外能为害者，此未足以尽其数也。安在守一和（黄、汪、程本作利）而可以为尽乎？夫专静寡欲，莫过（各本作若）单豹，行年七十，而有童孺之色。可谓柔和之用矣；而一旦为虎所食，岂非恃内而忽外邪？若谓豹相正当给厨（二张本作虎），虽智不免，则寡欲何益？而云养生可得？若单豹以未尽善而致灾，则辅生之道，不止于一和。苟和（二字原夺。据各本补）未足保生，则外物之为患者，吾未知其所济（各本作齐）矣。

论曰：师占成居则有验，使造新则无征。请问占成居而有验者，为但占墙屋邪？占居者之吉凶也？若占居者而知盛衰，此自占人，非占成居也。占成居而知吉凶，此为宅自有善恶，而居者从之，故占者观表而得内也。苟宅能制人使从之，（已上十七字各本夺）则当吉之人，受灾于凶宅；妖逆无道，获福于吉居。尔为吉凶之致，唯宅而已。更令（原作全，依各本改）由人也，新便无征邪？若吉凶故当由人，则虽成居，何得而后（各本作云）有验邪？若此，果可占邪？不可占也？果有宅邪？其无宅也？

论曰：宅犹卜筮，可以知吉凶，而不能为吉凶也。应曰：此相似而不同。卜者吉凶无豫，待物而应，将来之兆（各本讹地）也。相宅不问居者之贤愚，唯睹已然。有传者，已成之形也。犹睹龙颜，而知当贵。见纵理，而知当饿（旧校于下加死字，各本亦有而无当字）。然各有由，不为暗中也。今见其同于得吉凶，因谓相宅，与卜不异，此犹见琴而谓之箜篌，非但不知琴也。纵如论宅与卜同，但能知而不能（四字原夺，据各本加）为，则吉凶已成，虽知何益？卜与不卜，了无所在；而吉人将有为，必曰问之龟筮吉，以定所由差，此岂徒也哉？此复吾之所疑也。武王营周，则云考卜唯王，宅是镐京。周公迁邑，乃卜涧湟，终惟洛食。又曰：卜其宅兆，而安厝之，古人修之，于昔如彼；足下非之于今，如此。不知谁定可从？

论曰：为三公宅，而愚民必不为三公，可知也。或曰：愚民必不得久居公侯宅。然则果无宅也？应曰：不谓吉宅，能独成福，但谓君子既有贤才，又卜其居，顺履（二字各本作复顺）积德，乃享元吉。犹夫良农既怀善艺，又择沃土，复加耘耔，乃有盈仓之报耳。今见愚民不能得福于吉居，便谓宅无善恶，何异睹种（各本作田）者之无十千，而谓田无壤墒邪？良田虽美，而稼不独茂；卜宅虽吉，而功不独成。相须之理诚然，则宅之吉凶，未可惑也。

今信征祥，则弃人理之所宜；守卜相，则绝阴阳之凶吉(各本二字到)；持智(原钞字夺，据旧校加，各本作知)，力则忘天道之所存；此何异识时雨之生物，因垂拱(程本讹持)而望嘉谷乎？是故疑怪之论生，偏是之议兴，所托不一，乌能相通？若夫兼而善之者，得无半非冢宅邪？

论曰：时日谴祟，古盛王无之，季王之所好听。此言善矣，顾其不尽然。汤祷桑林，周公秉圭，不知是谴祟非也？吉日惟戊，既伯既祷，不知是时日非也？此皆足下家事，先师所立，而一朝背之，必若汤周未为盛王，幸更思(各本作详)之。又当校(各本字夺，旧校亦删)知二贤，何如足下邪？

论曰：贼方至，以疾走为务，食不消，以黄丸为先。子徒知此为贤于安须臾，与求乞胡；而不知制贼病于无形，事功幽而无跌也。夫救火以水，虽自多于抱薪，而不知曲突之先物也(各本作矣)。况乎天下微事，言所不能及，数所不能分。是以古人存而不论，神而明之，遂知来物。故能独观于万化之前，收功于大顺之后。百姓谓之自然，而不知所以然。若此，岂常理之所逮邪？今形象著明，有数者犹尚滞之；天地广远，品物多方，智之所知，未若所不知者众也。今执避贼消谷(四字各本作辟谷)之术，谓养生已备，至理已尽；驰心极观，齐此而还，意所不及，皆谓无之。欲据所见，以定古人之所难言，得无似蟪蛄之议冰雪邪？欲以所识(识下当夺六字。黄，汪，二张本作而□□□之所，程本而下作求今人，旧校作决古人，盖皆意补)弃，得无似戎(原作终，据各本改)人问布于中国，睹麻种而不事邪？吾怯于专断，进不敢定祸福于卜相，退不敢谓家无吉凶也。

第九卷

释难宅无吉凶摄生论难中(各本无此二字，旧校亦删)

《易》曰："河出图，洛出书，圣人则之。"《孝(原钞字无，据各本加)经》曰："为之宗庙，以鬼享之。"其立本有如此者。子贡称：性与天道，不可得闻。仲由问神，而夫子不答。其饬(各本讹抑，旧校同)末有如彼者。是何也？兹所谓明有礼乐，幽有鬼神，人谋鬼谋，以成天下之亹亹也。是以墨翟著《明鬼》之篇，董无心设难墨之说。二贤之言，俱不免于殊途而两惑。是何也？夫甚有之则愚，甚无之则诞。故二(各本讹三，惟张燮本与此合)子者，皆偏辞也。子之言神，将为彼邪？唯吾亦不敢明也。夫私神立，则公神废；邪忌设，则正忌丧；

宅墓占，则家道苦；背向繁，则妖心兴。子之言神，其为此乎？则唯吾之所疾争也。夫苟(各本讹苟大)获其类，不患微细。是以面边(各本作见瓶)水而知天下之寒，察旋机而得日月之动。足下细蚕种之说，因忽而不察；是噎溺未知所在，亦莫便(各本作辨，非)有舟稼也。

夫命者，所禀之分也。信顺者，成命之理也。故曰："君子修身以俟命。""知命者不立乎岩墙之下。"何者？是夭遂之实宝(各本无实字。案有者是也，宝即实之讹衍，当删)也。犹食非命，而命必胥食。是(各本字无)故然矣。若(原钞字无，据各本加)吾论曰：居殆(黄本作怠)行逆，不能令彭祖夭，则足下举信顺之难是也。论之所说，信顺既修，则宅葬无贵(《续古文苑》作实)。故譬之寿宫无益殇子耳。足下不云：殇子以宅延，彭祖亦以宅寿，寿夭之说，使之灼然。若信顺之遂期，殆逆之天性，而徒曰天下或有能说之者；子而不言，谁与能之？夫多食伤性，良药已病，是相之所一也。诬彼实此，非所以相证也。夫寿夭不可求之宅，而可得之和(旧校作利)。故论有可(各本字无)不知。是(各本字阙，上有之字)足下忘于意，而责于文，抑不本也(各本作矣)。难曰：唐虞之世，命何同延；长平之卒，命何同短。今论命者，当辨有无，无疑众寡也。苟一人有命，则万千皆一也。若使此不得系命，将系宅邪？则唐虞之世，宅何同吉？长平之卒，居何同凶？亦复吾之所疑也。难曰：事之在外，而能为害者，不以数尽。单豹恃内(各本内下有而字)有虎害(各本字无)。按足下之言，是豹忘所宜惧，与惧所宜忘。故张毅修表，亦有内热之祸。虽内外不同，钧其非和，一睹(各本作曙)失之，终身弗复，是亦虎随其后矣。夫谨于邪者慢于正，详于宅者略于和。走(程本作卜，他本阙)以为先，亦非齐于所称也。今足下广之，望之久矣。

元亨利贞卜之吉繇，隆准龙颜，公侯之相者，以其数所遇，而形自然，不可为也。使准颜可假，则无相；繇吉可为，则无卜矣。今设为吉宅而幸福报，譬之无以异假颜准而望公侯也。是以子阳镂掌，巨君运魁，咸无益于败亡。故吾以无故而居者可占，何惑象数之理也。设吉而后居者不可，则何(原钞字无，依各本及旧校加)假为之说也。然则非宅制人，人实征宅邪？其无宅也？似未思其本耳(原钞字无，依各本及旧校加)。猎夫从林，其所遇者，或禽或虎，遇禽所吉，逢虎所凶。而虎也，善卜可以知之耳。是故知吉凶，非为吉凶也。故其称曰，无远迩(各本作近)幽深，遂知来物。不曰：遂为来物矣，然亦卜之，尽(各本于此有盖字。案即因上尽字讹衍也，旧校亦加，非)理。所以成相命者也。至乎卜世与年，则无益于周录矣。若地之吉凶，有虎禽之类，然则(各本字夺，旧校亦删)此地苟恶，则当所往皆凶。不得以西东有异，背向不同，宫姓无害，商则为灾。福德则吉至，刑祸则凶来也。故《诗》云："筑室百堵，西南其户。"古之营居，宗庙为先，厩库次之，居室为后，缘人理以从事，如此之著(四字各本作以此议之，旧校亦改)。即知无太岁(旧校于此加与字，未详所本，各本俱无)刑德也。

若修古无违,亦宜吾论(各本论下有如字)无所(各本所下空一字),不知谁从?难曰:不谓吉宅能独成福,犹夫良农既怀善艺,又择沃土,复加耘耔,乃有盈仓之报。此言当哉!若三者能修,则农事毕矣。若盛(各本盛作或尽)以邪用,求之于虚,则宋人所谓予助苗长,败农之道也。今以冢宅喻此,宜何比邪?为树艺乎?为耘耔也?若三者有比,则请事后说。若其无征,则愈见其诬矣。今卜相有征如彼,冢宅无验如此。非所以相半也。

按书:周公有请命之事,仲尼非子路之祷。今钧圣而钧疾,何事(各本事作是非二字)不同也?故知臣子之情(各本作心),尽斯心而已,所谓礼为情貌(黄本作儿,下诸貌字同)者耳(各本字无)。故于臣弟,则周公请命,亲其身,则尼父不祷。足下是(各本字夺)图宅,将为礼邪(各本作也)?其为实矣(各本作也)。为礼则事异于古,为实则未闻显理。如是未得,吾所(各本所下有以字)为遗,而足下失所愿矣。至时日先王所以诫不怠,而劝从(黄,汪,程,张溥本讹徒)事耳。俗之时日,顺妖忌而逆事理。时名虽同,其用适反。以三(当作二,各本俱误)贤校君,愈见其合,未知所异也。

难曰:智之所知,未若所不知者众。此较通世之常滞也。然智所不知,不可以妄求;智所能知,恶其以学哉?故古之君子,修身(原钞字夺,据旧校加,各本空阙)择术,成性存存,自尽焉而已矣。今处(各本作据)足下所言,在所知邪?则可辨也。所不知邪?则妄求也。二者宜有一于此矣。夫小知不及大知,故常(各本字夺)乃反于有。无为有者,亦蟪蛄矣。子尤吾之验于所齐,吾亦惧子游非其域,傥有忘归之累也。

答释难宅无吉凶摄生论

(原作《答释难日》,依各本及旧校改)

夫先王垂训,开制(各本讹端)中人,言之所树(黄本作封)。贤愚不违,事之所由,古今不忒,所以致教也。若夫机神玄妙(各本作玄机神妙,无夫字),不言之化,自非至精,孰能与之?故善求者,观物于微,触类而长,不以己为度也。案如所论,甚有则愚,甚无则诞。今使小有,便得不愚邪?了无乃得离之也?若小有则不愚,吾未知小有其所限止也。若了无乃得离之,则甚无者,无为谓之诞也。又曰:私神立,则公神废。然则唯(各本字无)恶夫私之害公,邪之伤正,不为无神也。向墨子立公神之城(各本作情),状不甚有之说,使董生托正忌之途,执不甚无之言,二贤雅趣(二字从旧校),可得合而一,两无不失邪?今之所辨,欲求实有实无,以明自然不诡(字从旧校),持论有工拙,议教有精粗也。寻雅论之指,谓河洛不神(各本作诚),借助鬼神,故为之宗庙,以神其本,不答子贡,以救其(各本救作求,旧校同。案难中云"子贡称性与天道不可得闻,仲由问神而夫子不答,其饬末有如彼者"云云,则救当作敕,下有末字)然则足下得不为托心无神鬼(各本作鬼□,下同),齐契于董生邪?而复顾(各本讹显)古人之言,惧无鬼神之弊;貌与情乖,立从公废私之论,欲弥缝两端,使不愚不诞;两讥(各本讹机)董墨,谓其中央可得而居。恐辞辨虽巧,难可俱通,又非所望于核论也。故吾谓古人合德天地,动应自然,经世所立,莫不有征。岂匿设宗庙,以期(当作欺)后嗣?空借鬼神,以罔(各本作調)将来邪?足下将谓吾与墨不殊,今不辞同有鬼,但不偏守一区,明所当然,使人鬼同谋,幽明并济。亦所以求衷,所以为异耳。

论曰:圣人(各本二字夺)钧疾,而祷不同,故于臣弟,则周公请命;亲其身,则尼父不祷;所谓礼为情貌者也。难曰;若于臣子,则宜修情貌;未闻舜禹,有请君父也。若于身则否,未闻武王阙祷之命也。汤祷桑林,复为君父邪?推此而言,宜以祷为益,则汤周用之;祷无所行,则尧孔(各本作孔子)不请。此其殊途同归,随时之义也。又曰:时日,先王所以诫不怠,而劝从事。足下前论云:时日非盛王所有,故吾问惟戊之事。今不答惟戊果是非,而曰所以(各本字夺)诫劝,此复两许之言也。纵令惟戊尽于诫劝,寻论案名,当言有日邪?无日也(各本作邪)?又曰:俗之时日,顺妖忌而逆事理。案此言为(各本作以)恶夫(程本讹天)妖逆,故去之,未为盛王了无日也。夫时日用于盛世,而来代袭以妖惑;犹先王制雅乐,而季世继以淫哇也。今忿(各本作愤)妖忌,因欲去日;何异恶郑卫,而灭《韶武》邪?不思其本,见其所弊,辄疾而欲除;得不为遇噎溺而迁怒邪?足下既已善卜矣,乾坤有六子,支干有刚柔;统以阴阳,错以五行;故吉凶可得,而时日是其所由;故古人顺之。焉有善其流,而恶其源者;吾未知其可也。至于河洛宗庙,则谓匿而不信。类杩祈祷,则谓伪而无实。时日刚柔,则谓假以为劝。此圣人专造虚诈,以欺天下。匹夫之谅,且犹耻之。今议古人,得元不可乃尔也?凡此数事,犹陷于(原钞字无,据各本及旧校加)诬妄。冢(原作家。据各本及旧校改)宅之见伐,不亦宜乎?前论曰:若许负之相条侯,英布之黥而后王;一阑之羊,宾至而有死者;皆(黄本字无)性命之自然也。今论曰:隆准龙颜,公侯之相,不可假求。此为相命,自有一定。相所当成,人不能坏;相所当败,智不能救。陷当(各本讹常)生于众险,虽可惧而无患;抑当贵于厮养,虽辱贱而必尊。薄姬之困而后昌,皆不可为不可求,而暗自遇之。全相之论,必当若此。乃一途得通,本论不滞耳。吾适以信顺为难,则便曰信顺者,成命之理,必若所言,命以信顺成,亦以不信顺败矣。若命之成败,取足于信顺,故是吾前难,寿夭成于愚智耳,安得有性命自然也!若信顺果成相命,请问亚夫由几恶以(各本作而)得饿?英布修何德以致王?生羊积几善而(各本作以)获存?死者负何罪以逢灾邪？既持相命，复惜（旧校作借）信顺。欲饰二论，使得并通（程本讹遇）；恐似矛楯，无俱立之势，非辩言所能两济也。

论曰：论相命当辨有无，无疑众寡。苟一人有命，则长平皆一矣。又曰：知命者不立岩墙之下。吾谓不（原钞字无。各本同，今据旧校加）知命者，偏当无不顺（疑当作惧），乃畏岩墙。知命有在，立之何惧？若岩墙果能为害，不择命之长短，则知与不知，立之有祸，避之无患也。则何知白起非长平之（程本讹曰）岩墙，而云千万皆命，无疑众寡邪？若谓长平虽同于岩墙，故是相命宜值之，则命所当至，期于必然；不立之诫，何所施邪？若此果有相邪？无相（各本三字夺）也？此复吾之所疑也。又曰：长平不得系于命，将系宅邪？则唐虞之世，宅何同吉？吾（案各本字无）本疑前论，无非相命，故借长平卒（各本字夺）之异同，以难相命之其（各本字无）必然。广求异端，以明事理，岂必吉宅以质之邪？又前论已明吉宅之不独行，今空抑此言，欲以谁难？又曰：长平之卒，宅何同凶？苟泰同足以致，则足下嫌多，不愚于吾也（已上十六字，各本作苟大同足嫌足下愚于吾也）。适至守相，便言千万皆一，校之以（黄，汪，二张本作以至）理，负情之对，于是乎见。既虚立吉凶字（句绝。各本字讹宅，又夺凶字），冀（各本字夺）而无获，欲救相命，而情以难显；故（各本故下空一字。张溥本作云）如此可谓善战（善字从旧校，各本同。案疑当作矛戟，旧校及刻本俱误）矣。

论曰：卜之，尽（各本有盖字，旧校亦加。案不当有也，说见卜）理所以成相命者也。此复吾所疑矣。前论既（各本字夺，程本有）以相命为主，而寻益以信顺，此一离娄也，今复以卜成之，成命之具三，而犹不知相命，竟须几个为足也？若唯信顺，于理尚少，何以谓成命之理邪？若是相济，则卜何所补于卜，复曰成命邪？且冒一诸错（五字疑衍，各本无），请问卜之成命，使单豹行卜，知将命（各本字无）有虎灾，则隐于（各本作居）深宫，严备自卫，若虎犹及之，为卜无所益也。若得无恙，为相败于卜（已上九字各本夺），何云成相邪？若谓豹卜而得脱，本自（各本字夺）无厄虎相也。卜为妄语，急在蠲除（四字各本作矣，旧校同）。若谓凡有所（各本字无）命，皆当由卜乃成，则世有终身不卜者，皆失相夭命邪？若谓卜亦相也，然则卜是相中一物也，安得云以成相邪？若此，不知卜筮，故当与相命通，相成为一（各本字夺），不当各自行也。

论曰：无故而居可占，犹龙颜可相也。设为吉宅而后居，而望（各本作以幸）福报，无异假颜准而望公侯也。然则人实征宅，非宅制人也。案如所言，无故而居可占者，必谓当吉之人，瞑目而前，推遇任命，以暗营宅，自然遇吉也。然则岂独吉人，凡有命者，皆可以暗动而自得。正是前论，命有自然，不可增减者也。骤以可为之信顺卜筮，成不可增减（汪本讹城）之命矣，奚独居（黄，汪，二张本作禁）可为之宅，今不善相（四字各本作不尽相命），唯有暗

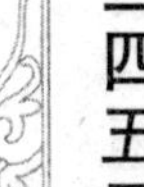

作,乃是真宅邪?若暝目可以得相,开目亦无以(各本作所)加也。智者愈当识(各本讹职)之。周公营居,何故踌躇于涧瀍,问龟筮而食洛邪?若龟筮果有助于为宅,则知暗作可有不尽善之理矣。苟暗作有不尽,则不暗岂非求之术邪?若必谓龟筮不能善(各本作尽)相于暗往,想亦不失相于考卜也。则卜与不卜,为与不为(四字原夺,据各本及旧校加),皆期于自得。自得苟全,则善卜(黄本作占)者所遇当识,何得无故则能知,有故则不知也?今疾夫设为,比之假颜(句绝。各本此九字讹夺为然贞宅之异假颜,旧校亦改,非)。贵夫无故,谓之贞宅(句绝。各本谓讹识,又夺下二字)。然(原钞字无,各本同,今依旧校加)贞宅之与设为,其形不异(各本字夺),同以功成,俱是吉宅也。但无故为设贞,有故为设宅(已上七字各本讹夺为贞宅二字,旧校亦改,非)。贞宅(二字原夺,依各本及旧校加)授吉干暗遇,设为减福于用知耳(各本作尔)。然则吉凶之形,故自有理。可以有(各本作为)故而得,故前论有占成之验也。然则占成之形,何以言之?必(各本有遂字,疑衍)远近得宜,堂廉有制,坦然殊观,可得而别,利人以福,故谓之吉。害人以祸,故谓之凶。但公(程本讹分)侯之相,暗与吉会耳(各本作尔)。然则宅与性命,虽各一物;犹农夫良田,合而成功也。设公侯迁后,方乐其吉,而往居之;吉宅岂选贤(各本作能)而后纳,择善而后福哉?苟宅无情于择贤,不惜吉于设为,则屋不辞人,田不让耕,其所以为吉凶厚薄(旧校除此二字,各本有),何得不钧?前吉者不求而遇,后闻吉而往,同于居吉宅,而有求与不求矣。何言诞而不可为邪(各本作也)?由此(各本作是)言之,非从人而征宅(案当重有宅字),亦成人,明矣。若挟颜状,则英布黥相,不减其贵;隆准见劓,不减公侯。是知颜准(四字原钞夺,据各本及旧校加)是公侯之标识,非所以为公侯(各本侯下有质字,旧校亦加,案有者盖衍)也。故标识者,非(原钞字夺,据各本及旧校加)公侯质也。吉(各本此下衍名字)宅字(原讹宇,各本同,今正)与吉者,宅实也。善宅(各本二字夺,旧校亦删)无吉征而字(各本讹自)吉(各本字夺)宅,以征假见难可也;若以非质之标识,难有征之吉宅,此吾所不敢许也。子阳无质而镂其掌,即知当字长耳。巨君篡宅而运其魁,既偏恃之祸,非所以为难也。至公侯之命,禀之自然,不可陶易。宅是外物,方圆由人,有可为(原钞字夺,据张溥本加,程本作陶,他本阙)之理;犹西施之洁不可为,而西施之服可为也。黼黻芳华所以助则,(案当误,程本作美,他本阙)吉宅(当夺一字,程本作善,他本阙)家所以成相。故世无作(各本字夺)人方,而有卜宅说(各本字夺)。是以知人宅不可相喻也。安得以不可作之人,绝可作之宅邪?至刑德皆同,此自一家,非本论占成居而得吉凶者也。且先了此,乃议其余。

论曰:猎夫从林,所遇或禽或虎,虎凶禽吉,卜者筮而知之,非能为。安知所言地之善恶,犹禽吉虎凶;猎夫先筮,故择而从禽,如择居,故避凶而从吉。吉地虽不可(案当有一可字，原钞及各本俱夺）为，而可择处。犹禽虎虽不可变，而可择从。苟卜筮所以成相，虎可卜，而地可择，何为半信而半不信邪？又云：地之吉凶，有若禽虎，不得宫姓则无害，商则为灾也。案此为怪所不解，而以为难，似未察宫商之理也。虽此地（各本讹理）之吉，而或长于养宫，短于毓商。犹良田虽美，而稼有所宜。何以言之？人姓有五音，五行有相生，故同姓不婚，恶不殖也。人诚有之，地亦宜然。故古人仰准阴阳，俯协刚柔，中识性理，使三才相善，同会于大通，所以穷理而尽物宜也。夫同声相应，同气相求，自然之分也。音不和，则比弦不动；声同，则虽远相应。此事虽著，而犹莫或识。苟有五音，各有宜，土（当作五）气有相生，则人宅犹禽虎之类，岂可见宫商之不同，而谓（黄，汪，二张本谓下有之字）地无吉凶也？

论曰：天下或有能说之者，子而不言，谁与能之？难曰：足下前论已（各本讹以）云：有能占成居者，此即能说之矣。故吾曰：天下当有能者。今不求之于前论，而复责吾难之于能言，亦当知冢宅有吉凶也。又曰：药之已病，为一也实；而宅之吉凶，为一也诬。既曰成居可占，而复曰诬（黄，汪，本字阙，程本作妄）邪？药之已病，其验交（原讹又，各本同，今正）见；故君子信之。宅之吉凶，其报赊遥；故君子疑之。今若以交赊为虚实（各本字夺），则恐所以求物之地鲜矣。吾见沟浍不疑江海之大，睹丘陵，则知有泰山之高也。若守药则弃宅，见交则非赊；是海人所以终身无山，山客白首（各本白误曰，夺首字）无大鱼也。

论曰：智之所知，未若所不知者众，此较通世之常滞。然智所不知（已上十四字各本夺），不可以妄求（各本作论）也。难曰：智所不知，相必（二字原钞作想，据各本改）亦未知也。今暗许便多于所知者，何邪？必生于本谓之无，而强以验有也。强有之验，将不盈于数矣。而并所成验者，谓之多于所知尔（各本作耳）。苟知然，果有未还之理，不因见求隐，寻端（各本讹论）究绪，系申（二字程本作由子午，他本作由□□。案系或求之讹，各本皆非是）而得卯，未失（各本讹夫）寻端之理，犹猎师以得禽也。纵使寻迹，时有无获，然得禽，曷尝不由之哉？今吉凶不先定，则谓不可求；何异（异下程本有猎字，他本空一字）兽不期，则不敢举（各本举上有讯字，下有气□二字，程本作气顿。案皆衍文）足，坐守无根也？由此而言，探赜索隐，何为（各本作谓）为妄。

第十卷

太师箴

浩浩太素,阳曜阴凝。二仪陶化,人伦肇兴。爰(各本作厥)初冥昧,不虑不营。欲以物开,患以事成。犯机触害,智不救生。宗长归仁,自然之情。故君道因(各本作自)然,必托贤明。芒芒(各本作茫茫)在昔,罔或不宁。华(各本作赫)胥既往,绍以皇羲。默静无文,大朴未亏。万物熙熙,不夭不离。降(各本作爰)及唐虞,犹笃其绪。体资易简,应天顺矩。絺褐其裳,土木其宇。物或失性,惧若在予。畴咨熙载,终禅舜禹。夫统之者劳,仰之者逸。至人重身,弃而不恤。故子州称疾(各本作疚),石户乘桴,许由鞠躬,辞长九州。先王仁爱,愍世忧时;哀万物之将颓,然后莅之。下逮德衰,大道沉沦。智惠(张溥本作慧)日用,渐私其亲。惧物乖离,攘臂立仁(黄,汪,张溥本作擘□□仁,程本作擘义去仁,张燮本作□□擘仁)。名利(各本作利巧)愈竞,繁礼屡陈。刑教争驰(各本作施),天性丧真。季世陵迟,继体承资。凭尊恃势,不友不师。宰割天下,以奉其私。故君位益侈,臣路生心。竭智谋国,不吝灰沉。赏罚虽存,莫劝莫禁。若乃骄盈肆志,阻兵擅权。矜威纵虐,祸崇(各本作蒙)丘山。刑本惩暴,今以胁贤。昔为天下,今为一身。下疾其上,君猜其臣。丧乱弘多,国乃陨颠。故殷辛不道,首缀素旗。周朝败度,彘人是谋。楚灵极暴,乾溪溃叛。晋厉残虐,栾书作难。主父弃礼,鷇胎不宰。秦皇荼毒,祸流四海。是以亡国继踵,古今相承。丑彼摧(原作催,据张燮本改,他本讹权)灭,而袭其亡征。初安若山,后败如崩。临刃振锋,悔何所增。故居帝王者,无曰我尊,慢尔德音;无日我强,肆于骄淫。弃彼佞幸,纳此遻颜。庚言顺耳,染德生患。悠悠庶类,我控我告。唯贤是授,何必亲戚?顺乃造好,民实肯(各本作胥)效。治乱之源,岂无昌教?穆穆天子,思闻(各本作问)其傥。虚心导人,允求傥言。师臣司训,敢献(黄本作告)在前。

家诫

人无志,非人也。但君子用心,所欲(《类聚》二十三引作有所)准行。自当量其善者,必拟议而后动。若志(《类聚》作心)之所之，则口与心誓，守死无贰(各本作二)。耻躬不逮，期于必济。若心疲体解(张燮本作懈)，或牵于外物，或累于内欲，不堪近患，不忍小情，则议于去就。议于去就，则二心交争。二心交争，则向所以(各本字无)见役之情胜矣。或有中道而废，或有不(《类聚》作未)成一匮(《类聚》二字无)而败之(张燮本字无，《类聚》同)。以之守则不固，以之攻则怯弱。与之誓则多违，与之谋则善泄。临乐则肆情，处逸则极意。故虽荣华熠耀(张燮本作熠，《类聚》同)，无结秀之勋；终年之勤，无一旦之功。斯君子所以叹息也。若夫申胥之长吟，夷叔(各本作齐，旧校同，《类聚》与此合)之全洁，展季之执信，苏武之守节；可谓固矣。故以无心守之，安而体之，若自然也，乃是守志之盛者(各本者下有可字，盖衍，《类聚》引无)耳(《类聚》作也)。所居长吏，但宜敬之而已矣；不当极亲密，不宜数往；往(旧校作来意改)当有时。其有(各本字夺)众人，又不当独在后(各本六字夺，旧校亦删)，又不当宿(各本宿下有留字，旧校亦加)。所以然者，长吏喜问外事，或时发举，则怨(各本怨下有或字，盖衍，旧校亦加)者谓人所说，无以自免也。若行寡言，慎备自守，则怨责之路解矣。其立身当清远。若有烦辱，欲人之尽命(已上十七字原钞夺，据各本及旧校加)，托人之请求，则当谦言(各本字无)辞(黄，汗，张燮本辞下空一字，程本作揖，张溥本作逊)谢。其素不豫此辈事，当相亮耳。若有怨急，心所不忍，可外违拒，密为济之。所以然者，上远宜适之几，中绝常人淫辈之求，下全束修无累(各本作玷)之称，此又秉志之一隅也。凡行事先自审其可；若(各本作不差二字)于宜，宜行此事，而人欲易之，当说宜易之理。若使彼语殊佳者，勿羞折遂非也。若其理不足，而更以情求来守人，虽复云云，当坚执所守，此又秉志之一隅也。不须行小小束修之意气，若见穷乏，而有可以赈济者，便见义而作。若人从我有所求欲者，先自思省；若有所损废多，于今日所济之义少，则当权其轻重而距(各本作拒)之。虽复守辱不已，犹当绝之。然大率人之告求，皆彼无我有，故来求我，此为与之多也。自不如此，而为轻竭，不忍面言，强副小情，未为有志也。夫言语，君子之机，机动物应，则是非之形著矣。故不可不慎。若于意不善了，而本意欲言，则当惧有不了之失，且权忍之。已(各本字无)后视向不言此事，无他不可，则向言或有不可，然则能不言全得其可矣。且俗人传吉迟，传(三字原夺，据各本及旧校加)凶疾，又好议人之过阙，此常人之议也。坐中(各本作言)所言，自非高议，但是动静消息，小小异同，但当高视，不足和答也。非义不言，详静敬道，岂非寡悔之谓？人有相与变争，未知得失所在，慎勿豫之(各本豫作预，无之字)也。且默以观之，其是(各本字夺)非行自可见。或有小是不足是，小非不足非，至竟可不言以待之。就有人问者，犹当辞以不解，近论议亦然。若会酒坐，见人争语，其形势似欲转盛，便当无何(二字各本作亟，《御览》四百九十六引无)舍去之(《御览》字无)。此将(《御览》字无)斗之兆也。

坐视必见曲直，傥(各本作党)不能不有言，有言必是在一人；其不是者方自谓为直，则谓曲我者有私于彼，便怨恶之情生矣；或便获悖辱之言，正坐视之，大(疑当作失)见是非，而争不了，则仁而无武，二(各本作于)义无可，故(黄，汪，二张本字无)当远之也。然大都(黄，汪，程，张溥本二字到)争讼者，小人耳，正复有是非，共济汗漫，虽胜何足称哉？就不得远，取醉为佳。若意中偶有所讳，而彼必欲知者，若守(各本守下有大字)不已，或劫以鄙情，不可惮此小辈，而为所搀(黄本作挽)引，以尽其言。今正坚语，不知不识，方为有志耳。自非知旧邻比，庶几以下，欲请呼者，当辞以他故，勿往也。外荣华则少欲，自非至急，终无求欲，上美也。不须作小小卑恭，当大谦裕；不须作小小廉耻，当全大让。若临朝让官，临义让生，若孔文举求代兄死，此忠臣烈士之节。凡人自有公私，慎勿强知人知。彼知我知之，则有忌于我；今知而不言，则便是不知矣。若见窃语私议，便舍起，勿使忌人也。或时逼迫，强与我共说，若其言邪险，则当正色以道义正之。何者？君子不容伪薄之言故也。及(各本字无)一旦事败，便言某甲昔知吾事，是(黄，汪，二张本字夺)以宜备之深也。凡人私语，无所不有，宜预以为意，见之而走(各本走下有者何哉三字，旧校亦加)。或偶知其私事，与同则不可，不同则彼恐事泄，思害人以灭迹也。非意所钦重者，而来戏调，蚩笑友(各本字无)人之阙者，但莫应，从小共转至于不共；亦勿大求(各本作冰)矜，趋以不言答之，势不得久(黄，汪，本讹人)，行自止也。自非(各本非下有所字)监临，相与无他宜适。有壶榼之意，束修之好，此人道所通，不须逆也。过此以往，自非通穆，匹帛之馈，车服之赠，当深绝之。何者？人皆薄义而重利，今以自竭者，必有为而作，损(各本作鬻)货徼欢，施而求报，其俗人之所甘愿，而君子之所大恶也(此下黄，二张本空七字，汪程本空十三字)。又慎(各本讹愦)不须离楼(各本讹搂)，强劝人酒，不饮自己；若人来劝已，辄当为持之，勿稍(各本作诮下，又有勿字)逆也。见醉熏熏(各本作薰薰)便止，慎不当至困醉，不能自裁也。

嵇康集跋

《中散集》十卷，吴匏庵先生家抄本，卷中讹误之字，皆先生亲手改定。自板本盛，而人始不复写书；即有书，不知较雠，与无书等。只供蠹损浥烂耳。观前贤于书籍，用心不苟如此，又可凭以证他本之失也。庚子六月入伏日记于顾南原之味道轩。

乾隆戊子冬日得于吴门汪伯子家。张燕昌。

六朝人集，存者寥寥。苟非善本，虽有如无。此《嵇康集》十卷，为丛书堂钞本。且匏庵手自雠校，尤足宝贵。历览诸家书目，无此集宋刻，则旧钞为尚矣。余得此于知不足斋，渌饮年老患病，思以去书为买参之资。去冬，曾作札询其旧藏残本《元朝秘史》，今果寄余；并以此集及元刻《契丹国志》，活本《范石湖集》为副。余赠之番饼四十枚。闲窗展玩，因记数语于此。观张芑堂征君跋，知此书旧出吴门，而时隔卅九年，又归故土。物之聚散，可惧可喜！特未知汪伯子为谁何耳。嘉庆丙寅寒食日，晨雨小润，夜风息狂。荛翁书。

四月望后一日，香严周丈，借此校黄省曾本，云是本胜于黄刻多矣。余家亦有黄刻，暇日当取校也。前不知汪伯子为谁何，今从他处记载，知其人乃浙籍，而寄居吴门者。家饶富，喜收藏古董。郡先辈如李克山，惠松崖，皆尝馆其家，则又好文墨者也。是书之出于其家，固宜。后人式微，物多散佚，可慨已！然使后人得其物，而思其人，俾知爱素好古，昔有其人。犹胜于良田良产，转徙他室；数十百年后，名字翳如，不更转悲为喜乎？伯子号念贻云。余友朱秋压，乃其内侄也，故稔知之。荛翁又记。

是书余用别本手校副本备阅，于丁卯岁为旧时西宾顾某借去，久假不归，遂致案头无副，殊为可惜。顷因启厨见此，复跋数语，俾知此本外，尚有余校本留于他所也。癸酉五月廿有六日复翁记。其去得书之日，已八阅岁矣。

嵇康集逸文考

嵇康《游仙诗》云：翩翩凤辖，逢此网罗。（《太平广记》四百引《续齐谐记》）嵇康有《白首赋》。（《文选》二十三谢惠连《秋怀诗》李善注）

嵇康《怀香赋序》曰：余以太簇之月，登于历山之阳，仰眺崇冈，俯察幽坂，乃睹怀香，生蒙楚之间；曾见斯草，植于广厦之庭，或被帝王之囿；怪其遐弃，遂迁而树于中唐。华丽则殊采阿那，芳实则可以藏书。又感其弃本高崖，委身阶庭，似傅说显殷，四叟归汉，故因事义赋之。（《艺文类聚》八十一。案《太平御览》九百八十三引嵇含《槐香赋》，文与此同，《类聚》以为康作，非也。严可均辑《全三国文》据《类聚》录之，张溥本亦存其目，并误）

嵇康《酒赋》云：重酎至清，渊凝冰洁，滋液兼备，芬芳□□。（《北堂书钞》一百四十八。案同卷又引嵇含《酒赋》云："浮蚁萍连"醪华鳞设。疑此四句亦嵇含之文）

嵇康《蚕赋》曰：食桑而吐丝，前乱而后治。（《太平御览》八百十四）

嵇康《琴赞》云：懿吾雅器，载璞灵山。体具德真，清和自然。澡以春雪，澹若洞泉。

温乎其仁，玉润外鲜。昔在黄农，神物以臻。穆穆重华，托心五弦（托心《书钞》作记以，据《初学记》十六引改）。闲邪纳正，亹亹其仙。宜和养气（《初学记》十六两引一作素），介乃遐年。（《北堂书钞》一百九）

嵇康《太师箴》曰：若会酒坐，见人争语，其形势似欲转盛，便当舍去，此斗之兆也。（《太平御览》四百九十六。严可均曰："此疑是序，未敢定之。"今案此《家诫》也，见本集第十卷，《御览》误题尔）

嵇康《灯铭》：肃肃宵征，造我友庐，光灯吐耀，华缦长舒。（见《全三国文》，不著所出。今案《杂诗》也，见本集第一卷，亦见《文选》）

《嵇康集目录》（《世说》注，《御览》引作《嵇康集序》）曰：孙登者，字公和，不知何许人。无家属，于汲县北山土窟中得之。夏则编草为裳，冬则被发自覆，好读《易》，鼓一弦琴，见者皆亲乐之。每所止家，辄给其衣服饮食，得无辞让。（《魏志·王粲传》注。《世说新语·栖逸》篇注。《御览》二十七，又九百九十九）

《嵇康文集录》注曰：河内山嵚，守颍川，山公族父。（《文选》嵇叔夜《与山巨源绝交书》李善注）

《嵇康文集录》注曰：阿都，吕仲悌，东平人也。（同上）

嵇康集著录考

《隋书·经籍志》：魏中散大夫《嵇康集》十三卷。（梁十五卷。录一卷）

《唐书·经籍志》：《嵇康集》十五卷。

《新唐书·艺文志》：《嵇康集》十五卷。

《宋史·艺文志》：《嵇康集》十卷。

《崇文总目》：《嵇康集》十卷。

郑樵《通志·艺文略》：魏中散大夫《嵇康集》十五卷。

晁公武《郡斋读书志》：《嵇康集》十卷。右魏嵇康叔夜也，谯国人。康美词气，有丰仪，不事藻饰。学不师受，博览该通。长好老庄，属文玄远。以魏宗室婚，拜中散大夫。景元初，钟会谮于晋文帝，遇害。

尤袤《遂初堂书目》：《嵇康集》。

陈振孙《直斋书录解题》：《嵇中散集》十卷。魏中散大夫谯嵇康叔夜撰。本姓奚，自会稽徙谯之铚县稽山，家其侧，遂氏焉；取稽字之上，志其本也。所著文论六七万言，今存于世者,仅如此;《唐志》犹有十五卷。

马端临《文献通考·经籍考》:《嵇康集》十卷。(案下全引晁氏《读书志》、陈氏《解题》,并已见)

杨士奇《文渊阁书目》:《嵇康文集》。(一部,一册,阙)

叶盛《菉竹堂书目》:《嵇康文集》一册。

焦竑《国史经籍志》:《嵇康集》十五卷。

钱谦益《绛云楼书目》:《嵇中散集》二册。(陈景云注云:"十卷,黄刻佳。")

钱曾《述古堂藏书目》:《嵇中散集》十卷。

《四库全书总目》:《嵇中散集》十卷(两江总督采进本)。旧本题晋嵇康撰。案康为司马昭所害,时当涂之祚未终,则康当为魏人,不当为晋人,《晋书》立传,实房乔等之舛误。本集因而题之,非也。《隋书·经籍志》载康文集十五卷。新旧《唐书》并同。郑樵《通志略》所载卷数,尚合。至陈振孙《书录解题》,则已作十卷。且称康所作文论,六七万言。其存于世者,仅如此。则宋时已无全本矣。疑郑樵所载亦因仍旧史之文,未必真见十五卷之本也。王楙《野客丛书》(见卷八)云:《嵇康传》曰,康喜谈名理,能属文,撰《高士传赞》,作《太师箴》,《声无哀乐论》,余(明刻本《野客丛书》作仆)得毗陵贺方回家所藏缮写《嵇康集》十卷,有诗六十八首,今《文选》所载(有康诗二字)才三数首。《选》惟载康《与山巨源绝交书》一首,不知又有《与吕长悌绝交》一书;《选》惟载《养生论》一篇,不知又有《与向子期论养生难答》一篇,四千余言,辩论甚悉。集又有《宅无吉凶摄生论难》上中下三篇,《难张辽》(辽下尚有一字,已泐)。《自然好学论》一首,《管蔡论》《释私论》《明胆论》等文。其词旨玄远,率根于理,读之可想见当时之风致。(文下有此十九字),《崇文总目》谓《嵇康集》十卷,正此本尔。唐《艺文志》谓《嵇康集》十五卷,不知五卷谓何?观楙所言,则樵之妄载,确矣。此本凡诗四十七篇,赋一篇,杂著二篇,论九篇,箴一篇,家诫一篇,而杂著中《嵇荀录》一篇,有录无书,实共诗文六十二篇。又非宋本之旧,盖明乙酉吴县黄省曾所重辑也。杨慎《丹铅总录》,尝辨阮籍卒于康后,而世传籍碑为康作。此本不载此碑,则其考核犹为精审矣。

《四库简明目录》:《嵇中散集》十卷,魏嵇康撰。《晋书》为康立传,旧本因题曰晋者,缪也。其集散佚,至宋仅存十卷。此本为明黄省曾所编,虽卷数与宋本同,然王楙《野客丛书》称康诗六十八首,此本仅诗四十二首,合杂文仅六十二首,则又多所散佚矣。

朱学勤《结一庐书目》:《嵇中散集》十卷。(计一本。魏嵇康撰。明嘉靖四年黄氏仿宋刊本)

洪颐煊《读书丛录》:《嵇中散集》十卷。每卷目录在前,前有嘉靖乙酉黄省曾序。《三国志·邴原传》裴松之注"张貔父邈,字叔辽,《自然好学论》在《嵇康集》。"今本亦有此篇。又诗六十六首,与王楙《野客丛书》本同。是从宋本翻雕,每叶廿二行,行廿字。

钱泰吉《曝书杂记》:平湖家梦庐翁天树,笃嗜古籍,尝于张氏爱日精庐藏书眉间,记其所见,犹随斋批注《书录解题》也。余曾手钞。翁下世已有年,平生所见,当不止此,录之以见梗概。《嵇中散集》,余昔有明初钞本,即《解题》所载本,多诗文数首,此或即明黄省曾所集之本欤?

莫友芝《郘亭知见传本书目》:《嵇中散集》十卷,魏嵇康撰。明嘉靖乙酉黄省曾仿宋本,每叶二十二行,行二十字,板心有南星精舍四字。程荣校刻本。汗士贤本。《百三名家集》本一卷。《乾坤正气集》本。静持室有顾沅以吴匏庵钞本校于汪本上。

江标《丰顺丁氏持静斋书目》:《嵇中散集》十卷,明汪士贤刊本。康熙间,前辈以吴匏庵手抄本详校,后经藏汪伯子,张燕昌,鲍渌饮,黄荛圃,顾湘舟诸家。

缪荃孙《清学部图书馆善本书目》:《嵇康集》十卷,魏嵇康撰。明吴匏庵丛书堂钞本。格心有丛书堂三字,有陈贞莲书画记朱方格界格方印。

陆心源《皕宋楼藏书志》:《嵇康集》十卷(旧抄本)。晋嵇康撰(案此下原本全录顾氏《记》及荛翁三《跋》,并已见)。余向年知王雨楼表兄家,藏《嵇中散集》,乃丛书堂校宋钞本,为藏书家所珍秘,从士礼居转归雨楼。今乙未冬,向雨楼索观,并出副录本见示。互校,稍有讹脱,悉为更正。朱改原字上者,抄人所误。标于上方者,己意所随正也。还书之日,附志于此。道光十五年十一月初九日,妙道人书。案魏中散大夫《嵇康集》,《隋志》十三卷,注云:梁有十五卷,录一卷。新旧《唐志》,并作十五卷,疑非其实。《宋志》及晁陈两家并十卷,则所佚又多矣。今世所通行者,惟明刻二本,一为黄省曾校刊本,一为张溥《百三家集》本。张本增多《怀香赋》一首,及原宪等赞六首,而不附赠答论难诸原作。其余大略相同。然脱误并甚,几不可读。昔年曾互勘一过,而稍以《文选》《类聚》诸书参校之,终未尽善。此本从明吴匏庵丛书堂抄宋本过录,其传钞之误,吴君志忠已据钞宋原本校正。今朱笔改者,是也。余以明刊本校之,知明本脱落甚多。《答难养生论》"不殊于榆柳也"下,脱"然松柏之生,各以良殖遂性,若养松于灰壤"三句。《声无哀乐论》"人情以躁静"下,脱"专散为应,譬犹游观于都肆,则目滥而情放。留察于曲度,则思静"二十五字。《明胆论》"夫惟至"下,脱"明能无所惑至胆"七字。《答释难宅无吉凶摄生论》"为卜无所益也"下,脱"若得无恙,为相败于卜,何云成相邪"二句。末脱"若所不知"下,脱"者众,此较通世之常滞,然智所不知"十四字,及"不可以妄求也"脱"以"字,误"求"为"论",

遂至不成文义。其余单辞只句，足以校补误字缺文者，不可条举。书贵旧抄，良有以也。

祁承㸁《淡生堂书目》：《稽中散集》三册（十卷嵇康），《稽中散集略》一册。（一卷）

孙星衍《平津馆鉴藏记》：（戊辰序）《嵇中散集》十卷。每卷目录在前，前有嘉靖乙酉黄省曾序，称"校次瑶编，汇为十卷"，疑此本为黄氏所定。然考王楙《野客丛书》，已称得毗陵贺方回家所藏缮写十卷本，又诗六十六首。与王楙所见本同。此本即从宋本翻雕；黄氏序文，特夸言之耳。每叶廿二行，行廿字，板心下方有南星精舍四字。收藏有世业堂印白文方印，绣翰斋朱文长方印。

赵琦美《脉望馆书目》：《嵇中散集》二本。（赵书后归绛云楼）

高儒《百川书志》：《嵇中散集》十卷。魏中散大夫谯人嵇康叔夜撰。诗四十七，赋十三，文十五，附四。

跋

右《嵇康集》十卷，从明吴宽丛书堂钞本写出，原钞颇多讹敚，经二三旧校，已可籀读。校者一用墨笔，补阙及改字最多。然删易任心，每每涂去佳字。旧跋谓出吴匏庵手，殆不然矣。二以朱校，一校新，颇谨慎不苟。第所是正，反据俗本。今于原字校佳及义得两通者，仍依原钞，用存其旧。其漫灭不可辨认者，则从校人，可惋惜也。细审此本，似与黄省曾所刻同出一祖。惟黄刻帅意妄改，此本遂得稍稍胜之。然经朱墨校后，则又渐近黄刻。所幸校不甚密，故留遗佳字尚复不少。中散遗文，世间已无更善于此者矣。癸丑十月二十日，周树人镫下记。

小说旧闻钞

再版序言

《小说旧闻钞》者，实十余年前在北京大学讲《中国小说史》时，所集史料之一部。时方困瘁，无力买书，则假之中央图书馆、通俗图书馆、教育部图书室等，废寝辍食，锐意穷搜，时或得之，瞿然则喜，故凡所采掇，虽无异书，然以得之之难也，颇亦珍惜。迨《中国小说史略》印成，复应小友之请，取关于所谓俗文小说之旧闻，为昔之史家所不屑道者，稍加次第，付之排印，特以见闻虽隘，究非转贩，学子得此，或足省其复重寻检之劳焉而已。而海上妄子，遂腾簧舌，以此为有闲之证，亦即为有钱之证也，则鞞腰曼舞，喷沫狂谈者尚已。然书亦不甚行，迄今十年，未闻再版，顾亦偶有寻求而不能得者，因图复印，略酬同流，惟于此道久未关心，得见古书之机会又日鲜，故除录《癸辛杂识》，《曲律》，《赌棋山庄集》三书而外，亦不能有所增益矣。此十年中，研究小说者日多，新知灼见，洞烛幽隐，如《三言》之统系，《金瓶梅》之原本，皆使历来凝滞，一旦豁然；自《续录鬼簿》出，则罗贯中之谜，为昔所聚讼者，遂亦冰解，此岂前人凭心逞臆之所能至哉！然此皆不录。所以然者，乃缘或本为专著，载在期刊，或未见原书，惮于转写，其详，则自有马廉郑振铎二君之作在也。

一九三五年一月二十四夜，鲁迅校讫记。

序言

昔尝治理小说，于其史实，有所钩稽。时蒋氏瑞藻《小说考证》已版行，取以检寻，颇获稗助；独惜其并收传奇，未曾理析，校以原本，字句又时有异同。于是凡值涉猎故记，偶得旧闻，足为参证者，辄复别行迻写。历时既久，所积渐多；而二年以前又复废置，纸札丛杂，委之蟫尘。其所以不即焚弃者，盖缘事虽猥琐，究尝用心，取舍两穷，有如鸡肋焉尔。今年之春，有所枨触，更发旧稿，杂陈案头。一二小友以为此虽不足以饷名家，或尚非无稗于初学，助之编定，斐然成章，遂亦印行，即为此本。自愧读书不多，疏陋殊甚，空灾楮墨，贻痛评坛。然皆摭自本书，未尝转贩；而通卷俱论小说，如《小浮梅闲话》《小说丛考》《石头记索引》《红楼梦辨》等，则以本为专著，无烦披拣，冀省篇幅，亦不复采也。凡所录载，本拟力汰复重，以便观览，然有破格，可得而言：在《水浒传》《聊斋志异》《阅微草堂笔记》下有复重者，著俗说流传之迹也；在《西游记》下有复重者，揭此书不著录于地志之渐也；在《源流篇》中有复重者，明札记臆说稗贩之多也。无稽甚者，亦在所删，而独留《消夏闲记》《扬州梦》各一则，则以见悠谬之谈，故书中盖常有，且复至于此耳。翻检之书，别为目录附于末；然亦有未尝通观全部者，如王圻《续文献通考》，实仅阅其《经籍考》而已。

一千九百二十六年八月一日，校讫记。鲁迅。

大宋宣和遗事

（《百川书志》五史部传记）《宣和遗事》二卷。载徽钦二帝北狩二百七十余事。虽宋人所记，辞近瞽史，颇伤不文。

（《古今书刻》上）福建书坊：《宣和遗事》。

（《也是园书目》十宋人词话）《宣和遗事》四卷。

（《七修类稿》四十六）宋徽钦北掳事迹，刊本则有《宣和遗事》，抄本则有《窃愤录》。二书较之，大事皆同，惟虏人侮慢之辞，丑污之事，则《窃愤》有之也。至于彼地之险，彼国之事，风俗之异，时序之乖，则《宣和》较《录》为少矣。二书皆无著书人名。且《遗事》虽以宣和为名，而上集乃北宋之事，下集则被掳之事，首起如小说院本之流，是盖当时之人著者也。《录》则窃《遗事》之下集造饰，其所多之事，必宣政间遭辱之徒，以发其胸中不逞之气而为之，是不足观也。观其年月地方死生大事俱同，惟多造饰之言可知矣。故《齐东野语》辨《南烬纪闻》之事为无有。予意《窃愤》或即《纪闻》，后人读之而愤之，故易此名也。观周草窗历辨之言，阿计替之事，似与相同。故予特揭宋家大事，录于左方，使人瞬目可知其概，余不必观也。靖康元年丙午二月初二日金人围汴城。三月初三日金人北

靖康之耻

去。十一月十九日,粘罕元帅再围京城。二十五日,京城陷,金人入城。二十六日,粘罕遣使入城求两宫幸彼营,议和割地事。二年正月十一日,粘罕遣使入城,请帝车驾诣军前议事。二月十一日车驾出城,幸彼营。十七日,帝还宫。三月初三日,再幸彼营;次早,帝见太上皇亦至彼。初四日至十五,皇族后妃诸王陆续到营。十六日,粘罕令以青袍易帝服,以常人女服易二后服;侍卫番奴以男女呼帝。十七日,金以张邦昌为帝,国号大楚。十八日,上皇及帝二后乘马北行。二十一日,次黄河岸。二十二日,入卫州。二十三日,入怀州。二十四日,至信安县。二十六日,至徐州。二十七日,至泉镇。四月一日,过真定府。五月二十一日,到燕京,见金主。六月二日,朱后死(方二十六岁)。十三日,至安肃听候。六月末,移居云州。绍兴二年,郑后崩(年四十七岁);二帝移居五国城。绍兴四年,金主死,孙完颜亶即位。五年,移居西均从州。六年,上皇崩于均州(年五十六岁);又移少帝往源昌州。八年,金人伪齐刘豫召少帝于源昌;本年十月九日少帝复至燕京,与契丹耶律延禧同拘管鸠翼府。十三年,赐帝居燕京之寺。十八年,岐王完颜亮杀金主亶并后,自即位。绍兴十五年,徙少帝出城东田玉观。二十年复徙少帝入城,囚于左院。二十二年春,帝崩,乃为彼奴射死马足之下(年六十岁)。

(《少室山房笔丛》四十一)世所传《宣和遗事》极鄙俚,然亦是胜国时闾阎俗说。中有南儒及省元等字面;又所记宋江三十六人,卢俊义作李俊义,杨雄作王雄,关胜作关必胜,自余俱小不同,并花石纲等事,皆似是《水浒》事本,倘出《水浒》后,必不更创新名。又郎瑛《类稿》记《点鬼簿》中亦具有诸人事迹,是元人钟继先所编。然则施氏此书所谓三十六人者,大概各本前人,独此外则附会耳。郎谓此书及《三国》并罗贯中撰,大谬。二书浅深工拙,若霄壤之悬,讵有出一手理?世传施号耐庵,名字竟不可考。友人王承父尝戏谓是编《南华》《太史》合成；余以非猾胥之魁，则剧盗之靡耳（施某事见田叔禾《西湖志余》）。

案：《西湖游览志余》以《水浒传》为罗贯中作，而不及施耐庵，胡盖误记。

水浒传

（《百川书志》六史部野史）《忠义水浒传》一百卷。钱塘施耐庵的本；罗贯中编次。宋寇宋江三十六人之事，并从副百有八人，当世尚之。周草窗《癸辛杂志》中具百八人混名。

（《续文献通考》一百七十七《经籍考》传记类）《水浒传》。罗贯著。贯字贯中，杭州人，编撰小说数十种，而《水浒传》叙宋江事，奸盗脱骗机械甚详。然变诈百端，坏人心术，说者谓子孙三代皆哑，天道好还之报如此。

（《古今书刻》上）都察院：《水浒传》。

（《也是园书目》十通俗小说）旧本罗贯中《水浒传》二十卷。

（《丙辰札记》）稗史记王圻《续文献通考》载《琵琶记》、《水浒传》，此亦别有一说，未可轻议。但余见《续通考》，只有《水浒传》，未见《琵琶记》也。又云，《通考》载罗贯中为《水浒传》，三世子弟皆哑。余见《续通考》题《水浒》为罗贯著，不名贯中；三世子弟皆哑，并无其文。岂刻本有互异耶，抑稗史之误识耶？

案：余所见《续文献通考》，为北京大学图书馆藏本；有三世子弟皆哑等语，是《续通考》刻本非一，且文亦详略不同也。

（《七修类稿》二十三）《三国》《宋江》二书，乃杭人罗本贯中所编。予意旧必有本，故曰编。《宋江》又曰钱塘施耐庵的本。昨于旧书肆中得抄本《录鬼簿》，乃元大梁钟继先作，载宋元传记之名，而于二书之事尤多。据此，见原亦有迹，因而增益编成之耳。

（《七修类稿》二十五）史称宋江三十六人横行齐、魏，官军莫抗，而侯蒙举讨方腊。周公瑾载其名赞于《癸辛杂志》；罗贯中演为小说，有替天行道之言；今扬子、济宁之地，皆为立庙。据是，逆料当时非礼之礼，非义之义，江必有之，自亦异于他贼也。但贯中欲成其书，以三十六为天罡，添地煞七十二人之名，又易尺八腿为赤发鬼，一直撞为双枪将，以至淫辞诡行，饰诈眩巧，耸动人之耳目，是虽足以溺人，而传久失其实也多矣。今特书其当时之名三十六于左——

宋江晁盖吴用卢俊义关胜史进柴进阮小二

阮小五阮小七刘唐张青燕青孙立 张顺张横

呼延绰 李俊花荣秦明李逵雷横戴宗索超杨志

杨雄 董平解珍解宝朱同穆横石秀徐宁李英

花和尚武松

案:周密所录赞,时为后人称道,今揭之于后,以备考览——

(《癸辛杂识续集》上)龚圣与作宋江三十六赞并序曰:宋江事见于街谈巷语,不足采著。虽有高如、李嵩辈传写,士大夫亦不见黜。余年少时壮其人,欲存之画赞,以未见信书载事实,不敢轻为。及异时见《东都事略》中载侍郎《侯蒙传》有书一篇,陈制贼之计云:"宋江以三十六人横行河朔,京东官军数万,无敢抗者,其材必有过人,不若赦过招降,使讨方腊,以此自赎,或可平东南之乱。"余然后知江辈真有闻于时者。于是即三十六,人为一赞,而箴体在焉。盖其本拨矣,将使一归于正,义勇不相戾,此诗人忠厚之心也。余尝以江之所为,虽不得自齿,然其识性超卓,有过人者。立号既不僭侈,名称俨然,犹循轨辙,虽托之记载可也。古称柳盗跖为盗贼之圣,以其守壹至于极处,能出类而拔萃。若江者,其殆庶几乎。虽然,彼跖与江,与之盗名而不辞,躬履盗迹而无讳者也。岂若世之乱臣贼子,畏影而自走,所为近在一身,而其祸未尝不流四海?呜呼,与其逢圣公之徒,孰若跖与江也!呼保义宋江

不假称王,而呼保义,岂若狂卓,专犯忌讳。智多星吴学究

古人用智,义国安民,惜哉所予,酒色粗人。玉麒麟卢俊义

白玉麒麟,见之可爱,风尘大行,皮毛终坏。大刀关胜

大刀关胜,岂云长孙?云长义勇,汝其后昆。活阎罗阮小七

地下阎罗,追魂摄魄,今其活矣,名喝太伯。尺八腿刘唐

将军下短,贵称侯王。汝岂非夫,腿尺八长?没羽箭张清

箭以羽行,破敌无颇,七札难穿,如游斜何。浪子燕青

平康巷陌,岂知汝名?大行春色,有一丈青。病尉迟孙立

尉迟壮士,以病自名,端能去病,国功可成。浪里白条张顺雪浪如山,汝能白跳,愿随忠魂,来驾怒潮。船火儿张横

大行好汉,三十有六,无此火儿,其数不足。短命二郎阮小二

灌口少年,短命何益,曷不监之,清源庙食。花和尚鲁智深

有飞飞儿,出家尤好,与尔同袍,佛也被恼。行者武松

汝优婆塞，五戒在身，酒色财气，更要杀人。铁鞭呼延绰

尉迟彦章，去来一身。长鞭铁铸，汝岂其人？混江龙李俊

乖龙混江，射之即济，武皇雄争，自惜神臂。九文龙史进

龙数肖九，汝有九文，盍从东皇，驾五色云。小李广花荣

中心慕汉，夺马而归，汝能慕广，何忧数奇。霹雳火秦明

霹雳有火，摧山破岳，天心无妄，汝孽自作。黑旋风李逵

风有大小，不辨雌雄，山谷之中，遇尔亦凶。小旋风柴进

风有大小，黑恶则惧，一噫之微，香满太虚。插翅虎雷横

飞而食肉，有此雄奇，生入玉关，岂伤令姿。神行太保戴宗

不疾而速，故神无方，汝行何之，敢离大行。先锋索超

行军出师，其锋必先，汝勿锐进，天兵在前。立地太岁阮小五

东家之西，即西家东，汝虽特立，何有吾宫。青面兽杨志

圣人治世，四灵在郊，汝兽何名，走圹劳劳。赛关索杨雄

关索之雄，超之亦贤，能持义勇，自命何全。一直撞董平

昔樊将军，鸿门直撞，斗酒肉肩，其言甚壮。两头蛇解珍

左啮右噬，其毒可畏，逢阴德人，杖之亦毙。美髯公朱同

长髯郁然，美哉丰姿，忍使尺宅，而见赤眉。没遮拦穆横

出没太行，茫无畔岸，虽没遮拦，难离火伴。拚命三郎石秀

石秀拚命，志在金宝，大似河鲀，腹果一饱。双尾蝎解宝

医师用蝎，其体贵全，反其常性，雷公汝嫌。铁天王晁盖

毗沙天人，证紫金躯，顽铁铸汝，亦出洪炉。金枪班徐宁

金不可辱，亦忌在秽，盍铸长殳，羽林是卫。扑天雕李应

鸷禽雄长，惟雕最狡，毋扑天飞，封狐在草。

此皆群盗之靡耳，圣与既各为之赞，又从而序论之，何哉？太史序游侠而进奸雄，不免异世之讥，然其首著胜广于列传，且为项籍作本纪，其意亦深矣。识者当自能辨之云。华不注山人戏书。

（《西湖游览志余》二十五）钱塘罗贯中本者，南宋时人，编撰小说数十种，而《水浒传》叙宋江等事，奸盗脱骗机械甚详。然变诈百端，坏人心术，其子孙三代皆哑，天道好还之报如此。

案：罗贯中子孙三代皆哑之说，始见于此。王圻《续文献通考》之所谓“说者”，殆即

指田叔禾。

(《少室山房笔丛》四十一)今世传街谈巷语,有所谓演义者,盖尤在传奇杂剧下。然元人武林施某所编《水浒传》,特为盛行;世率以其凿空无据,要不尽尔也。余偶阅一小说序,称施某尝入市肆,细阅故书,于敝楮中得宋张叔夜擒贼招语一通,备悉其一百八人所由起,因润饰成此编。其门人罗本亦效之为《三国志演义》,绝浅陋可嗤也。

杨用修《词品》云:《瓮天脞语》载宋江潜至李师师家,题一词于壁云,天南地北,问乾坤,何处可容狂客?借得山东烟水寨,来买凤城春色。翠袖围香,鲛绡笼玉,一笑千金值。神仙体态,薄幸如何销得?回想芦叶滩头,蓼花汀畔,皓月空凝碧。六六雁行连八九,只待金鸡消息。义胆包天,忠肝盖地,四海无人识。闲愁万种,醉乡一夜头白。小辞盛于宋,而剧贼亦工如此。案此即《水浒》词,杨谓《瓮天》,或有别据;第以江尝入洛,则太愦愦也。

《水浒》余尝戏以拟《琵琶》,谓皆不事文饰而曲尽人情耳。然《琵琶》自本色外,《长空万里》等篇,即词人中不妨翘举。而《水浒》所撰语,稍涉声偶者,辄呕哕不足观,信其伎俩易尽;第述情叙事,针工密致,亦滑稽之雄也。

今世人耽嗜《水浒传》,至缙绅文士亦间有好之者。第此书中间用意,非仓卒可窥。世但知其形容曲尽而已;至其排比一百八人,分量重轻,纤毫不爽,而中间抑扬映带,回护咏叹之工,真有超出语言之外者。余每惜斯人以如是心,用于至下之技。然自是其偏长,政使读书执笔,未必成章也。

此书所载四六语甚厌观,盖主为俗人说,不得不尔。余二十年前所见《水浒传》本,尚极足寻味,十数载来,为闽中坊贾刊落,止录事实,中间游词余韵,神情寄寓处,一概删之,遂几不堪覆瓿。复数十年,无原本印证,此书将永废。余因叹是编初出之日,不知当更何如也。

宋郑叔厚以《孙武子》配《论语》《易传》,明韩苑洛以关汉卿配司马子长,皆大是词场猛诨。因论《水浒》,得二事绝可作对:嘉隆间,一钜公案头无他书,仅左置《南华经》,右置《水浒传》各一部;又近一名士听人说《水浒》,作歌谓奄有丘明太史之长。二语本滑稽,与前意稍不同,然词若符节,信宇宙间未尝无对也。

(《野获编》五)武定侯郭勋,在世宗朝号好文,多艺能计数。今新安所刻《水浒传》善本,即其家所传,前有汪太函序,托名天都外臣者。

(《书影》一)故老传闻罗氏为《水浒传》一百回,各以妖异语引其首。嘉靖时,郭武定重刻其书,削其致语,独存本传。金坛王氏《小品》中亦云此书每回前各有楔子,今俱不传。予见建阳书坊中所刻诸书，节缩纸板，求其易售，诸书多被刊落。此书亦建阳书坊翻刻时刊落者。六十年前，白下、吴门、虎林三地书未盛行，世所传者，独建阳本耳。

（同上）予又见《续文献通考》以《琵琶记》《水浒传》列之《经籍志》中，虽稗官小说，古人不废，然罗列不伦，何以垂远？

（同上）《续文献通考》载罗贯中为《水浒传》，三世子弟皆哑。此书未大伤元气，尚受报如此，今人为种种宣淫导欲之书者，更当何如？可畏哉！

《水浒传》相传为洪武初越人罗贯中作，又传为元人施耐庵作，田叔禾《西湖游览志》又云此书出宋人笔。近金圣叹自七十回之后，断为罗所续，因极口诋罗，复伪为施序于前，此书遂为施有矣。予谓世安有为此等书人，当时敢露其姓名者，阙疑可也。定为耐庵作，不知何据？

案：尝见明刻百回本《忠义水浒传》，已题“施耐庵集撰罗贯中纂修”，盖在圣叹前。

（《识小录》一）《水浒传》有郓哥不忿闹茶肆，初谓是俗语耳。乃唐人李端《闺情》云：“月落星稀天欲明，孤灯未灭梦难成，披衣更向门前望，不忿朝来鹊喜声。”始知施耐庵之有所本。

（《居易录》七）稗官小说，不尽凿空，必有所本。如施耐庵《水浒传》，微独三十六人姓名见于龚圣予赞，而首篇叙高俅出身，与《挥麈后录》所载一一吻合。俅本东坡先生小史，工笔札，坡出帅中山，留以予曾子宣；辞之，以属王晋卿。晋卿一日遣俅送篦刀子于瑞王邸，值王在园中蹴鞠，俅睥睨之。王呼来前，询曰：“汝亦解此耶？”曰：“能之。”令对蹴，大喜，呼隶云：“往传语都尉，谢篦刀之贶，并送人皆辍留矣。”逾月，王登大宝，眷渥日厚，不次迁拜，数年间，持节至使相。父敦复，复为节度使；兄伸，亦登八座；子侄皆为郎。《传》所云小苏学士，即东坡而稍变其文耳；都尉，即诜也。俅富贵不忘苏氏，每子弟入都，问邺甚厚，亦有可取。时梁师成自诡东坡之子。二人皆嬖幸，擅权势；而叔党卒终于小官，可以知其贤矣。或谓二苏党禁方严，李公麟遇苏氏子弟，至以扇障面而过之。坡族孙元老上时相启，乃至云“念与党人，偶同高祖”，此辈愧俅师成，不亦多乎！（邹浩《道乡集》有《高俅转官制》）！

（《居易录》二十四）宋张忠文公叔夜招安梁山泺榜文云：“有赤身为国，不避凶锋，拿获宋江者，赏钱万万贯，双执花红。拿获李进义者，赏钱百万贯，双花红。拿获关胜，呼延绰，柴进，武松，张清等者，赏钱十万贯，花红。拿获董平，李进者，赏钱五万贯有差。”今斗叶子戏有万万贯，千万贯，百万贯花红递降等采，用叔夜榜文中语也。又《传》中方腊贼党吕师囊，台州仙居人，亦非杜撰。但贼所陷乃杭，睦，歙，处，衢，婺六州耳，详《泊宅编》。

又《七修类稿》言《录鬼簿》元汴梁钟继先作，载宋元传记之名，而于此传之事尤多。

（《香祖笔记》十二）徐神翁谓蔡京曰："天上方遣许多魔君下生人间，作坏世界。"蔡曰："安得识其人？"徐笑曰："太师亦是。"按《水浒传》传奇首述误走妖魔，意亦本此；然不识蔡京为是天罡，为是地煞耳。神翁语见《钱氏私志》。

（《浪迹丛谈》六）《水浒传》之作，亦依傍正史，而事迹不能相符。《宋史徽宗本纪》："宣和三年二月，淮南盗宋江等犯淮阳军，又犯京东，江北，入楚海州界，命知州张叔夜招降之。"《侯蒙传》："宋江寇京东，蒙上书言宋江以三十六人横行齐魏，官军数万，无敢抗者，其才必过人，今青溪盗起，不若赦江，使讨方腊以自赎。"《张叔夜传》："叔夜再知海州。宋江起河朔，转略十郡，官军莫敢撄其锋，声言将至。叔夜使间者觇所向，贼径趋海滨，劫巨舟十余载卤获，于是募死士得千人，设伏近城，而出轻兵距海诱之战，先匿壮卒海旁，伺兵合，举火焚其舟，贼闻之皆无斗志，伏兵乘之，擒其副贼，江乃降。"按《侯蒙传》虽有使讨方腊之语，事无可考。宋江以二月降，方腊以四月擒，或藉其力。但其时擒腊者，据《徽宗本纪》以为忠州防御使辛兴宗；据《童贯传》以为宣抚制使童贯；据《韩世忠传》则世忠以偏将穷追至青溪峒，问野妇得径，渡险数里，捣其穴，辛兴宗掠其俘以为己功，皆与宋江无涉也。陆次云《湖壖杂记》谓六和塔下旧有鲁智深像；又言江浒人掘地得石碣，题曰武松之墓。当时进征清溪，或用兵于此，稗乘所传不尽诬。惟汪韩门以为杭人附会为之，恐不足信。

（《茶香室丛钞》十七）《癸辛杂识》载龚圣与作宋江等三十六人赞，每人各四句，今不录。唯其名号与世所传小有异同，故备录于此："呼保义宋江，智多星吴学究，玉麒麟卢俊义，大刀关胜，活阎罗阮小七，尺八腿刘唐，没羽箭张清，浪子燕青，病尉迟孙立，浪里白条张顺，船火儿张横，短命二郎阮小二，花和尚鲁智深，行者武松，铁鞭呼延灼，混江龙李俊，九文龙史进，小李广花荣，霹雳火秦明，黑旋风李逵，小旋风柴进，插翅虎雷横，神行太保戴宗，先锋索超，立地太岁阮小五，青面兽杨志，赛关索杨雄，一直撞董平，两头蛇解珍，美髯公朱同，没遮拦穆横，拼命三郎石秀，双尾蝎解宝，铁天王晁盖，金枪班徐宁，扑天鹏李应。"按铁天王今作托塔天王，然其赞有顽铁铸汝之句，则当时固作铁矣。尺八腿，一直撞，亦与今异。

《大刀关胜赞》曰："大刀关胜，岂云长孙？云长义勇，汝其后昆。"则俗传关胜为关公之裔，亦非无因。今所传有一丈青扈三娘，此则无之。然《浪子燕青赞》云："平康巷陌，岂知汝名？大行春色，有一丈青。"未知何指。

案：翟灏《通俗编》（三十七）云："别籍言三十六人中，有一僧一妇人。龚所赞未见妇人，而其《燕青赞》云云，然则时固有一丈青者，而不在数中。果复有所谓七十二地煞乎？”

（同上）《莲社高贤佛驮邪舍传》云：“罗什在姑臧，遣信要之。师恐国人止其行，取清水，以药投之，咒数十言，与弟子洗足，即夜便发，比旦，行数百里。问弟子：‘何所觉邪？’答曰：‘唯闻疾风流响，两目有泪。’师又咒水洗足，乃止。”按小说书有神行之术，本此。

（《茶香室续钞》十六）宋洪迈《夷坚乙志》云：“宣和七年，户部侍郎蔡居厚罢，知青州，以病不赴，归金陵，疽发于背卒。未几，所亲王生暴亡，三日复苏，云如梦中有人相追，逮至公庭。俄西边小门开，狱卒护一囚，杻械联贯，立庭下；别有二人舁桶血，自头浇之；囚大叫，痛苦如不堪忍者。细视之，乃侍郎也。复押入小门，回望某云：‘汝今归，便与吾妻说，速营功果救我，今只是理会郓州事。’夫人恸哭曰：‘侍郎去年帅郓时，有梁山泺贼五百人受降，既而悉诛之。吾屡谏，不听也。泺乃作黄箓醮，为谢罪乞命。”按此梁山泺贼，即宋江等也。宋江事见《宋史张叔夜传》，但云擒其副贼，江乃降。至降后为蔡居厚所杀，而蔡居厚又以杀降获冥谴，则人所未知也。国朝施可斋《闽杂记》云：“《宋史陈文龙传》：‘先是，兴化有石手军，能投石中人，议者以为不足用，罢之，遂叛，文龙讨平之。’今兴化各乡人多善投石，志眉中眉，志目中目。闻其人多于正月至三月先聚空旷处，画地为圈，大经三四尺，去十步内，以石投之，屡中屡远，圈亦寖小，至远及百步，圈小如钱而止，故其技独精。《宋史》所言当即此。”按《水浒传》中有善投石者，盖亦有所本也。

续水浒传

（《通俗编》三十七）《瓮天脞语》载宋江潜至李师师家，题词于壁。钟嗣成《点鬼簿》康进之乐府有《梁山泊黑旋风负荆》，《黑旋风老收心》。按此等事今俱见《续传》中。又陆友仁题《宋江三十六人画赞》云：“睦州盗起尘连北，谁挽长江洗兵革。京东宋江三十六，悬赏招之使擒贼，后来报国收战功，捷书夜奏甘泉宫。”则江降后自有攻讨方腊等事，《续传》所演，皆不为无因。或谓《宋鉴》刘豫所害关胜，即大刀关胜，想亦有之。

三国志演义

（《百川书志》六史部野史）《三国志通俗演义》二百四卷。晋平阳侯陈寿史传，明罗

本贯中编次。据正史,采小说,证文辞,通好尚,非俗非虚,易观易入,非史氏苍古之文,去瞽传诙谐之气,陈叙百年,该括万事。

(《古今书刻》上)都察院:《三国志演义》。

(《也是园书目》十通俗小说)《古今演义三国志》十二卷。

(《交翠轩笔记》四)明人作《琵琶记传奇》,而陆放翁已有"满村都唱蔡中郎"之句。今世所传《三国演义》,亦明人所作。然《东坡集》记王彭论曹、刘之泽云:"涂巷小儿薄劣,为家所厌苦,辄与数钱,令聚听说古话。至说三国事,闻玄德败,则颦蹙,有涕者;闻曹操败,则喜唱快,以是知君子小人之泽,百世不斩"云云。是北宋时已有演说三国野史者矣,

(《七修续稿》四)《桑榆漫志》关侯听天师召,使受戒护法,乃陈妖僧智觊,宋佞臣王钦若附会私言;至于降神助兵诸怪诞事,又为腐儒收册,疑以传疑。予以既为神将,听法使矣;解州显圣,有录据矣;诸所怪诞,或黠鬼假焉,亦难必其无也。玉泉显圣,罗贯中欲伸公冤,既援作普净之事,复𨩇合《传灯录》中六祖以公为伽蓝之说,故僧家即妄以公与颜良为普安侍者。殊不知普净公之乡人,曾相遇以礼,而普安元僧,江西人(见《佛祖通载》),隔绝甚远,何相干涉?是因伽蓝为监从之神,普安因人姓之同,遂认为监坛门神侍者之流也。此特亵公之甚。

(《少室山房笔丛》四十一)古今传闻讹谬,率不足欺有识,惟关壮缪明烛一端,则大可笑。乃读书之士,亦什九信之,何也?盖繇胜国末村学究编魏、吴、蜀演义,因《传》有羽守下邳,见执曹氏之文,撰为斯说;而俚儒潘氏又不考而赞其大节,遂致谈者纷纷。案《三国志羽传》及裴松之注及《通鉴纲目》,并无此文,演义何所据哉?

(同上)赤壁破曹,玄德功最大。考《昭烈传》:"与曹公战于赤壁,大破之。"《操传》:"公至赤壁,与备战不利。"而不言周瑜及鲁肃。《传》俱言与备并力;陈寿书《诸葛传》后亦言"权遣兵三万助备,备得用与曹公交战,大破其军。"则当日战功可见。今率归重周瑜,与陈《志》不甚合。

(《通俗编》三十七)《三国志关羽传》:"先主与羽、飞二人,寝则同床,恩若兄弟,而稠人广坐,侍立终日。"又,羽谓曹公曰:"吾受刘将军厚恩,誓以共死,不可背之。"案世俗桃园结义之说,由此敷衍。

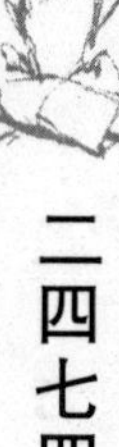

(同上)《三国志鲁肃传》:"备遣羽争三郡,肃住益阳相拒。肃邀羽相见,各驻兵百步上,但请将军单刀俱会。"此正史文原有单刀会三字也。

《升庵外集》:"世传吕布妻貂蝉,史传不载。唐李长吉《李将军歌》:'榼榼银龟摇白

马，傅粉女郎大旗下。’似有其人也。元人有《关公斩貂蝉》剧，事尤悠缪。然《羽传》注称：‘羽欲娶布妻，启曹公；公疑布妻有殊色，因自留之。’则亦非全无所自。”按原文，关所欲娶乃秦氏妇，难借为貂蝉证。

杜牧之《赤壁》诗：“东风不与周郎便，铜雀春深锁二乔。”按此诗人推拟之词，非曹氏当日果蓄此念也，演义附会之，有改二桥为二乔之说。据正史《周瑜传》：“桥公两女，皆国色；策自纳大桥，瑜纳小桥。”则乔字本当作桥。

（《随园诗话》五）崔念陵进士诗才极佳，惜有五古一篇责关公华容道上放曹操一事。此小说演义语也，何可入诗？何屺瞻作札，有生瑜生亮之语，被毛西河诮其无稽，终身惭悔。某孝廉作关庙对联，竟有用秉灯达旦者，俚俗乃尔。人可不解学耶？

（《丙辰札记》）《三国演义》固为小说，事实不免附会，然其取材则颇博赡。如武侯班师泸水，以面为人首，裹牛羊肉，以祭厉鬼，正史所无，往往出于稗记，不可尽以小说亡稽斥之。演义之最不可训者，桃园结义，甚至忘其君臣而直称兄弟。且其书似出《水浒传》后，叙昭烈，关，张，诸葛，俱以《水浒传》中萑苻啸聚行径拟之。诸葛丞相生平以谨慎自命，却因有祭风及制造木牛流马等事，遂撰出无数神奇诡怪；而于昭烈未即位前君臣僚寀之间，直似《水浒传》中吴用军师，何其陋耶。张桓侯史称其爱君子，是非不知礼者，演义直以拟《水浒》之李逵，则侮慢极矣。关公显圣，亦情理所不近。盖编演义者本亡知识，不脱传奇习气，固亦无足深责，却为其意欲尊正统，故于昭烈忠武，颇极推崇，而无如其识之陋耳。凡演义之书，如《列国志》，《东西汉》，《说唐》及《南北宋》，多纪实事；《西游记》，《金瓶梅》之类，全冯虚构，皆无伤也。唯《三国演义》则七分实事，三分虚构，以致观者往往为所惑乱。如桃园等事，学士大夫有作故事用者矣。故演义之属，虽无当于著述之伦，然流俗耳目渐染，实有益于劝惩。但须实则概从其实，虚则明著寓言，不可虚实错杂如《三国》之淆人耳。

（《浪迹续谈》六）《三国志演义》言王允献貂蝉于董卓，作连环计。正史中实无貂蝉之名；惟《董卓传》云：“卓尝使布守中阁，布与卓侍婢私通”云云。李长吉作《吕将军歌》云：“榼榼银龟摇白马，傅粉女郎大旗下。”盖即指貂蝉事，而小说从而演之也。黄右原告余曰：“《开元占经》卷三十三，荧惑犯须女占，注云：‘《汉书通志》：曹操未得志，先诱董卓，进刁蝉以惑其君。’此事异同不可考，而刁蝉之即貂蝉，则确有其人矣。”《汉书通志》今亦不传，无以断之。

案：今检《开元占经》卷三十三，注中未尝有引《汉书通志》之文。

《三国志演义》言关公裨将有周仓，甚勇；而正史中实无其人。惟《鲁肃传》云：“肃邀与关相见，各驻兵马百步上，但诸将军单刀俱会。肃因责数关云云，语未究竟，坐有一人曰：'夫土地者，惟德所在耳，何常之有？'肃厉声呵之，辞色甚切。关操刀起谓曰：'此自国家事，是人何知？'目之使去。"疑此人即周仓；明人小说似即因此而演，单刀二字，亦从此《传》中出也。然元人鲁贞作《汉寿亭侯碑》，已有"乘赤兔兮从周仓"语，则明以前已有其说矣。今《山西通志》云"周将军仓，平陆人。初为张宝将，后遇关公于卧牛山，遂相从；樊城之役，生擒庞德，后守麦城，死之。"亦见《顺德府志》，谓"与参军王甫同死"。则里居事迹，卓然可纪，未可以正史偶遗其名而疑之也。

（《归田琐记》七）《关西故事》载："蒲州解梁关公本不姓关，少时力最猛，不可检束，父母怒而闭之后园空室。一夕，启窗越出，闻墙东有女子啼哭甚悲，有老人相向而哭。怪而排墙询之，老者诉云：'我女已受聘，而本县舅爷闻女有色，欲娶为妾，我诉之尹，反受叱骂，以此相泣。'公闻大怒，仗剑径往县署，杀尹并其舅而逃。至潼关，闻关门图形捕之甚急，伏于水旁，掬水洗面，自照其形，颜色变苍赤，不复认识，挺身至关，关主诘问，随口指关为姓，后遂不易。东行至涿州，张翼德在州卖肉，其卖止于午，午后即将所存肉下悬井中，举五百斤大石掩其上，曰：'能举此石者与之肉。'公适至，举石轻如弹丸，携肉而行，张追及，与之角力，相敌莫能解，而刘玄德卖草履亦至，从而御止。三人共谈，意气相投，遂结桃园之盟"云云。语多荒诞不经，殆演义所由出欤？按今演义所载周仓事隐据《鲁肃传》，貂蝉事隐据《吕布传》，虽其名不见正史，而其事未必全虚，余近作《三国志旁证》，皆附著之。

（《竹叶亭杂记》七）《三国演义》不知作于何人？东坡尝谓儿童喜看《三国志》影戏，则其书已久。尝闻有谈《三国志》典故者，其事皆出于演义，不觉失笑。乃竟有引其事入奏者，《辍耕录》载院本名目，有《赤壁鏖兵骂吕布》之目，雍正间，札少宗伯因保举人才，引孔明不识马谡事，宪皇帝怒其不当以小说入奏，责四十，仍枷示焉。乾隆初，某侍卫擢荆州将军，人贺之，辄痛哭。怪问其故，将军曰："此地以关玛法尚守不住，今遣老夫，是欲杀老夫也。"闻者掩口。此又熟读演义而更加愦愦者矣。玛法，国语呼祖之称。

（《江州笔谈》下）《三国演义》可以通之妇孺，今天下无不知有关忠义者，演义之功也。忠义庙貌满天下，而有使其不安者，亦误于演义耳。演义结义本于昭烈遇关张，寝则同床，恩若兄弟。费诗亦曰："王与君侯，譬犹一体，同休等戚，祸福共之。"三义二字，何尝见于纪传？而竟庙题三义，像列君臣三人，以侯于未王未帝之前称为故主者，与之并坐，侯心安乎？士大夫且据演义而为之文，直不知有陈寿《志》者，可胜慨叹。

（《慧榜杂记》）演义传奇，其不足信一也，而文士亦有承讹袭用者。王文简《雍益集》

有《落凤坡吊庞士元》诗。士元死于落凤坡，自演义外更无确据。元人撰《汉寿庙碑》，其铭云："乘赤兔兮随周仓。"亦祖袭演义。

（《山阳志遗》二）郡城有都土地祠，其神封山阳公，本不必实有其人。俗人读《三国演义》，见曹丕奉汉献帝为山阳公，遂认以为实，书庙榜称之。不知《后汉书献帝本纪》注明言河内山阳，何得移置此地？《郡志》亦知此言不典，改云："汉世祖建武十五年，封子荆为山阳公，治山阳，十七年为王国；神乃世祖之子。"按此说见于郦道元《水经注》，宜为可据，然郦注亦误。光武时，此地郡县皆无山阳之名；建武十五年封皇子十人，如右翊，如楚，如东海，如济南，如东平，如淮阳，如临淮，如左翊，如琅邪。九处非郡即国，何独子荆乃封之以非郡非国之山阳乎？古人封国，无是例也。道元因《明帝本纪》水平元年徙山阳王荆为广陵王，山阳广陵，后世接壤，遂误认耳。荆所封实兖州山阳也。

（《燕下乡脞录》十）罗贯中《三国演义》多取材于陈寿习凿齿之书，不尽子虚乌有也。太宗崇德四年，命大学士达海译《孟子》，《通鉴》，《六韬》，兼及是书，未竣。顺治七年，演义告成，大学士范文肃公文程等，蒙赏鞍马银币有差。国初，满州武将不识汉文者，类多得力于此。嘉庆间，忠毅公额勒登保初以侍卫从海超勇公帐下，每战辄陷阵，超勇曰："尔将才可造，须略识古兵法。"以翻清《三国演义》授之，卒为经略，三省教匪平，论功第一。盖超勇亦追溯旧闻也。（明末，李定国初与孙可望并为贼，蜀人金公趾在军中，为说《三国演义》，每斥可望为董卓、曹操，而期定国以诸葛。定国大感，曰："孔明不敢望，关，张，伯约，不敢不勉。"自是遂与可望左。及受明桂王封爵，自誓努力报国，洗去贼名，百折不回，殉身缅海，为有明三百年忠臣之殿，则亦传习郢书之效矣。）

（《茶香室续钞》十六）宋洪迈《容斋二笔》云："关公手杀袁绍二将颜良，文丑于万众之中。"按《三国志》本传但有杀颜良事；文丑，非公所杀也。乃宋时即有此说，则今演义流传，亦有所本矣。

（《荀学斋日记》庚集下）诣广和楼观剧，演诸葛武侯金雁桥擒张任事。余素恶《三国志演义》，以其事多近似而乱真也。然此事则茫然。检陈《志》，惟《先主传》"建安十八年先主据涪城，刘璋遣刘璝，冷苞，张任，邓贤等，拒先主于涪，皆破败，退保绵竹，"仅一见姓名耳。裴注两引《益部耆旧杂记》曰："张任，蜀郡人，家世寒门，少有胆勇，有志节，仕州为从事。"又曰："刘璋遣张任，刘璝率精兵拒捍先主于涪，为先主所破，退与璋子循守雒城。任勒兵出于雁桥战，复败，擒任；先主闻任之忠勇，令军降之。任厉声曰：'老臣终不复事二主矣！'乃杀之。先主叹息焉。《华阳国志》《刘二牧志》与陈《志》同。《通鉴》："建安十八年，刘璝，张任与璋子循退守雒城，备进军围之。任勒兵出战于雁桥，军败任死。"胡

注:“雁江在雒县南,曾有金雁,故名为雁桥。”是金雁桥实为有本,深愧史学之疏,乃知郇书市剧,亦有益也。考雒为今四川成都府之汉川,去成都仅九十里,无山川之险,而当日先主亲自攻围至一年有余,庞统死焉,知循等之守,必有以过人者。陈《志》简略,故事多湮没,使无裴注,则任之志节不传矣。

(《小说小话》)小说感应社会之效果,殆莫过于《三国演义》一书矣。异姓联昆弟子好,辄曰桃园;帷幄侈运用之才,动言诸葛。此犹影响之小者也;太宗之去袁崇焕,即公瑾赚蒋干之故智。(太祖一生,用兵未尝败衄,惟攻广宁不下,颇挫精锐,故切齿于袁崇焕,遗命必去之。详见《啸亭杂录》等书。)海兰察目不知书,而所向无敌,动合兵法,而自言得力于绎本《三国演义》。左良玉之举兵南下,则柳麻子援衣带诏故事怂恿成之也。李定国与孙可望同为张献忠义子,其初脍肝越货,所过皆屠戮,与可望无殊焉;说书人金光以《三国演义》中诸葛,关,张之忠义相激动,遂幡然束身归明,尽忠永历,力与可望抗,又累建殊勋,使兴朝连殒名王,屡摧劲旅,日落虞渊,鲁戈独奋,为明代三百年忠臣功臣之殿,即与瞿何二公鼎峙,亦无愧色,不可谓非演义之力焉。张献忠,李自成及近世张格尔,洪秀全等初起,众皆乌合,羌无纪律,其后攻城略地,伏险设防,渐有机智,遂成滔天巨寇,闻其皆以《三国演义》中战案为玉帐唯一之秘本,则此书不特为紫阳《纲目》张一帜,且有通俗伦理学实验战术学之价值也。书中人物,最幸者莫如关壮缪,最不幸者莫如魏武帝。历稽史册,壮缪仅以勇称,亦不过贲,育,英,彭流亚耳;至于死敌手,通书史,古今名将,能此者正不乏人,非真可据以为超群绝伦也。魏武雄才大略,奄有众长,草创英雄中,亦当占上座,虽好用权谋,然从古英雄,岂有全不用权谋而成事者,况其对待孱王,始终守臣节,较之萧道成,高欢之徒,尚不失其为忠厚,无论莽卓矣。乃自此书一行,而壮缪之人格,互相推崇,极于无上,祀典方诸郊禘,荣名媲于尼山,虽由吾国崇拜英雄宗教之积习,(秦汉时尊杜伯,六朝尊蒋子文,唐时尊项王,伍胥,此我国神道权位之兴替焉。自宋后,特尊壮缪,以上诸人,皆有积薪之欢矣。虽方士之吕岩,释家之观自在,术数家之鬼谷子,航海家之天妃,无以尚之也。)而演义亦一大主动力也。若魏武之名,则几与穷奇,梼杌,桀,纣,幽,厉同为恶德之代表;社会月旦,凡人之奸诈伪阴险凶残者,辄目之为曹操。今试比人以古帝王,虽傲者谦不敢居;若称以曹操,则屠沽厮养,必怫然不受,即语以魏主之尊贵,且多才,子具文武才,亦不能动之也。文人学士,虽心知其故,而亦徇世俗之曲说,不敢稍加辨正。嘻,小说之力,有什伯千万于《春秋》之所谓华衮斧钺者,岂不异哉?

隋唐演义

(《两般秋雨盦随笔》七)《隋唐演义》,小说也,叙炀帝、明皇宫闱事甚悉,而皆有所本。其叙土木之功,御女之车,矮民王义及侯夫人自经诗词,则见于《迷楼记》。其叙杨素密谋,西苑十六院名号,美人名姓,泛舟北海遇陈后主,杨梅玉李开花,及司马戡逼帝,朱贵儿殉节等事,并见于《海山记》。其叙宫中阅广陵图,麻叔谋开河食小儿,冢中见宋襄公,狄去邪入地穴,皇甫君击大鼠,殿脚女挽龙舟等事,并见于《开河记》。(三记皆韩僵撰)其叙唐宫事,则杂采刘悚《隋唐嘉话》,曹邺《梅妃传》,郑处海《明皇杂录》,柳理《常侍言旨》,郑棨《开天传信记》,王仁裕《开元天宝遗事》,无名氏《大唐传载》,李德裕《次柳氏旧闻》,史官乐史之《太真外传》,陈鸿之《长恨歌传》,复纬之以本纪列传而成者,可谓无一字无来历矣。

案:《迷楼》《海山》《山河》三记,皆不知何人作,明人始妄以韩偓当之;《梅妃传》亦本无撰人名,题曹邺者,乃顾氏《文房小说》本,《唐人说荟》仍之,梁氏盖甚为此等坊本所误。

(《浪迹续谈》六)《唐书高祖诸子传》:"高祖二十二子。窦皇后生建成,太宗,元吉,元霸。元霸字大德,幼辨惠,隋大业十年薨,年十六,无子;武德元年,追王及谥曰卫怀王。"按今小说家所言元霸勇力事,正史俱无之。

(《茶香室丛钞》十七)唐刘餗《隋唐嘉话》云:"英公始与单雄信俱臣李密,结为兄弟。密既亡,雄信降王世充;勣来归国。后与海陵王元吉围雒阳,元吉恃其膂力,每亲行围;王世充召雄信告之,雄信驰马而出,枪不及海陵者尺。勣惶遽,连呼曰:'阿兄阿兄。'雄信揽辔而止。"按世俗相传以为救太宗,不知实救元吉也。

国朝宋长白《柳亭诗话》云:"贯休作《怀素草书歌》曰:'忽如鄂公捉住单雄信,秦王身上搭著枣木槊。"'史称"敬德善避稍,与元吉斗胜,尝三夺之。后秦王与王世充战,雄信跃马奋槊,几及秦王,敬德横刺雄信坠马。"盖实事也。

三遂平妖传

(《居易录》二十五)今小说演义记贝州王则事,其中人亦多有依据,如马遂击贼被杀是也。其云成都神医严三点者,江西人,能以三指间知六脉之受病,以是得名,见《癸辛杂识》。

(《香祖笔记》十)《平妖传》多目神,借用吕文靖事。指使马遂,乃北寺留守贾魏公所遣,借作潞公耳。郑毅夫有《马遂传》。严三点已详予《居易录》。

(《古夫于亭杂录》三)元至正间,有范益者,京师名医也。一日,有妪携二女求诊。曰:"此非人脉,必异类也,当实告我!"妪泣拜曰:"我西山老狐也。"与之药而去。今小说《平妖传》实借用其事。而所谓严三点,则南昌神医也,予已别记于《居易录》。又传中杜七圣与蜑子和尚斗法斩葫芦事,见《五杂组》,乃明嘉隆间事,皆非杜撰也。

(《古夫于亭杂录》六)《平妖传》载蜑子和尚三盗猿公法,亦有所本。广州有大溪,山有一洞,每岁五月始见。土人预备墨沈纸刷入其中,以手扪石壁上有若镌刻者,急榻出;洞亦随闭。持印纸视之,或咒语,或药方,无不神验者。见焦尊生《说楛》。不仅严三点、杜七圣、马遂之有所本也。

(《茶香室丛钞》十七)《齐东野语》云:"近世江西有善医严三点,以三指点间知六脉之受病,世以为奇。"按小说中有严三点事,未始无本,然其人似是南宋时人,非北宋时也。

剪灯新话剪灯余话

(《百川书志》六史部小史)《剪灯新话》四卷,附录一卷。钱塘瞿佑宗吉著,古传记之派也。托事兴辞,共记十一段。但取其文采词华,非求其实也。……国朝人。

(同上)《剪灯余话》四卷。广西左布政使庐陵李昌祺续著。

(《听雨纪谈》)泉唐瞿宗吉佑著《剪灯新话》,多载鬼怪淫亵之事。同时,庐陵李昌期复著《剪灯余话》续之。二书今盛行市井。予尝闻嘉兴周先生鼎云:"《新话》非宗吉著。元末有富某者,宋相郑公之后,家杭州吴山上。杨廉夫在杭,尝之其家,富生以事他出,值大雪,廉夫留旬日,戏为傚此,将以贻主人也。宗吉少时为富氏养婿,尝侍廉夫,得其稿,后遂掩为已有,惟《秋香亭记》一篇,乃其自笔。"今观《新话》之文,不类廉夫,周先生之言,岂别有本耶?昌期名桢,登永乐甲申进士,官至河南布政使,致仕.卒。其为人清谨,所著诗有《运甓漫稿》。景泰间,韩都宪雍巡抚江西,以庐陵乡贤祀学宫,昌期独以作《余话》不得人。著述可不慎欤?

(《七修类稿》三十三)吾杭元末瞿存斋先生名佑,字宗吉,生值兵火,流于四明、姑苏，明《春秋》，淹贯经史百家。入国朝为仁和山长，历宜阳，临安二学，寻取相藩，藩屏有过，先生以辅导失职，坐系锦衣狱，罪窜保安为民，太师英国张公辅，起以教读家塾，晚回钱塘，以疾卒。所著有《通鉴集览镌误》，《香台集》，《剪灯新话》，《乐府遗音》，《归田诗话》，《兴观诗》，《顺承稿》，《存斋遗稿》，《咏物诗》，《屏山佳趣》，《乐全稿》，《余清曲谱》，皆见存者。闻尚有《玉机云锦》，《游艺录》，《大藏搜奇》，《学海遗珠》，不可复得也。予家又有《香台续咏》，《香台新咏》各一百首，皆亲笔，有序。观此，则所失尤多也。昨因当道欲得先生事实书集，询之子孙，所答十止二三，志铭亦亡之矣，因述其梗概。又尝闻其《旅事》一律云："过却春光独掩门，浇愁漫有酒盈樽，孤灯听雨心多感，一剑横空气尚存；射虎何年随李广，闻鸡中夜舞刘琨，平生家国萦怀抱，湿尽青衫总泪痕。"读此亦知先生也，噫！

（《七修类稿》二十三）《剪灯新话》乃杨廉夫所著，惟后《秋香亭记》乃瞿宗吉撰也。观其词气不类，可知矣。

（《西湖游览志余》十二）宗吉尝著《翦灯新话》一编，粉饰闺情，假托冥报.虽属情妖丽，游戏翰墨之间，而劝百讽一，尚有可采。或谓《秋香亭记》乃宗吉事，使其果然，亦元微之《会真》意也。

英烈传

（《七修类稿》二十四）元末僭窃虽多，独陈友谅兵力强大，与我师鄱阳湖之战，相持昼夜，势不两存矣。时郭英子兴兄弟侍上侧，进火攻之策。友谅势迫，启窗视师，英望见异常，开弓射之，箭贯其颅及睛而死。至今人知友谅死于流矢，不知郭所发也。《功臣录》中亦含糊载云：有言英之箭者；《传信录》又误以为子兴之箭。不知观太祖闻友谅死，喜甚，曰："郭四兄弟一箭，胜十万师，功何可当！"是矣。盖子兴乃英之兄，行二；而英行四，太祖每称郭四者英也。且友谅之死，两军莫知，铁冠道人望气而后知之，语上，作文望空以祭，陈军夺气，于时方败去。因移日未知英箭，英亦不大居功，故人不知也。独《忠烈传》中明载。

（《野获编》五）初，勋以附会张永嘉议大礼，因相倚，互为援，骤得上宠，谋晋爵上公，乃出奇计，自撰开国通俗纪传名《英烈传》者，内称其始祖郭英战功，几埒开平、中山。而鄱阳之战，陈友谅中流矢死，当时本不知何人，乃云郭英所射。令内官之职平话者，日唱

演于上前,且谓此相传旧本。上因惜英功大赏薄,有意崇进之。会勋人直撰青词,大得上眷,几出陆武惠、仇咸宁之上,遂用工程功,峻拜太师,后又加翊国公世袭,则伪造纪传,与有力焉。此通俗书今传播于世。

(《野获编》五)太祖混一规模,成于鄱阳之战。今世谓战酣时,郭英射死伪汉主陈友谅,以此我师大捷。审果尔,即后来之配食太祖,亦不为忝。然而其时射者自是巩昌侯郭子兴,非英也,与英同姓,故郭勋遂冒窃其功。今俗说《英烈传》一书,皆勋所自造,以故世宗惑之,然其设谋则久矣。当武宗朝,勋撰《三家世典》,已暗藏射友谅一事于卷中矣。三家者,中山王、黔宁王及其高祖追封营国公英也;序文出杨文襄一清笔。其配庙妄想,已非一日;嘉靖初,大礼议起,勋乘机遘会,奋袂而起,窃附张璁,得伸夙志,亦小人之魁杰也。

绣榻野史闲情别传

(《曲律》四)郁蓝生吕姓,讳天成,字勤之,别号棘津,亦余姚人。……童年便有声律之嗜;既为诸生,有名,兼工古文词。……所著传奇,始工绮丽,才藻煜然,后最服膺词隐,改辙从之,稍流质易,然工调字句平仄,兢兢毖昚,不少假借。……制作甚富;至摹写丽情亵语,尤称绝技,世所传《绣榻野史》《闲情别传》,皆其少年游戏之笔。……勤之风貌玉立,才名籍甚,青云在襟袖间,而如此人曾不得四十,一夕溘先,风流顿尽,悲夫!……

(同上)勤之《曲品》所载,搜罗颇博,而门户太多。……

(同上)同舍有吕公子勤之曰郁蓝生者,从髫年便解摛掞,如《神女》,《金合》,《戒珠》,《神镜》,《三星》,《双栖》,《双阁》,《四相》,《四元》,《二窑》,《神剑》以迨小剧,共二三十种,惜玉树早摧,赍志未竟。……

案:前一种曾于十年前见上海翻印本,文笔庸秽,殆赝作也。

华光天王传

(《五杂组》十五)小说载华光天王之母,以喜食人入饿鬼狱。经数百年,其子得道,乃拔而出之。甫出狱门,即求人肉。其子泣谏,母怒曰:"不孝之子如此!若无人食,何用救吾出来?”世之为恶者,往往如此矣。

案:《五显灵官华光天王传》今亦名《南游记》,在《四游记》中。明代且演此种故事为戏文,沉德符(《野获编》二十五)云:“华光显圣,目连人冥,大圣收魔之属,则太妖诞”是也。

西游记

(天启《淮安府志》十六《人物志》二近代文苑)吴承恩性敏而多慧,博览群书,为诗文下笔立成,清雅流丽,有秦少游之风。复善谐剧,所著杂记几种,名震一时。数奇,竟以明经授县贰,未久,耻折腰,遂拂袖而归,放浪诗酒,卒。有文集存于家;丘少司徒汇而刻之。

(天启《淮安府志》十九《艺文志》一《淮贤文目》)吴承恩《射阳集》四册□卷,《春秋列传序》,《西游记》。

案:康熙《淮安府志》卷十一《文苑传》及卷十二《艺文志》所载吴承恩事迹及著作,并与天启《淮安府志》同。

(同治《山阳县志》十二人物二)吴承恩字汝忠,号射阳山人,工书,嘉靖中岁贡生,官长兴县丞。英敏博洽,为世所推,一时金石之文,多出其手。家贫无子,遗稿多散失;邑人邱正纲收拾残缺,分为四卷,刊布于世,太守陈文烛为之序,名曰《射阳存稿》。又《续稿》一卷,盖存其什一云。

案:《同志卷》五职官门明太守条下云:“黄国华,隆庆二年任;陈文烛,字玉叔,沔阳人,进士,隆庆初任;邵元哲,万历初任。”

(同治《山阳县志》十八艺文)吴承恩《射阳存稿》四卷,《续稿》一卷。

案:《西游记》不著于录自此始,光绪《淮安府志》卷二十八《人物志》卷三十八《艺文志》所载,并与此同。

(《明诗综》四十八)吴承恩字汝忠,淮安山阳人,长兴县丞,有《射阳先生存稿》。汝忠沦诗,谓近时学者徒欲谢朝华之已披,而不知漱六艺之芳润,纵诗溢缥囊,难矣。故其所作,习气悉除,一时殆鲜其匹。《杨柳青》云:“村旗夸酒莲花白,津鼓开帆杨柳青,壮岁惊心频客路,故乡回首几长亭,春深水涨嘉鱼味,海近风多健鹤翎,谁向高楼横玉笛,《落梅》愁绝醉中听。”

(《晚学集》五)《唐高僧传》:“三藏法师元奘,陈留人,姓陈氏。贞观初,肇自咸京,誓往西国，穷览圣迹。经六载，至摩伽陀城。凡十二年，备历圣君，龙廷之文，鹫岭之秘，皆研机睹奥矣。又造迦叶结集之墟，千圣道成之树，虔心顶礼，焚香散花，设大施会，于是五天亿众，十八国王，献毡投珠，积如山岳，咸称法师为大乘也。及东归，太宗诏留于宏福道场，乃诏明德僧灵润等二十人译梵，自《菩萨戒》至《摩诃般若》，总七十四部一千三百余轴。法师身长八尺，眉目疏朗，凡所游历，一百二十八国。"馥案许白云《西游记》，由此而作。

案：世既妄指《西游记》小说为邱处机作，此又误为许谦。

（《石亭记事续编淮阴脞录自序》）……《癸辛杂识》载龚圣予《水浒三十六赞》并序；阮唇山《淮故》称龚高士画宋江等三十六像，吴承恩为之赞，大误，《赞》乃高士所自为也。承恩，明嘉靖时岁贡生，所著有《西游记》，载康熙旧志《艺文目》。钱竹汀《潜研堂集》谓《长春真人西游记》二卷，别自为书，小说《西游演义》乃明人所作，而不知为吾乡吴承恩作也。……

（《石亭记事续编书西游记后》）《潜研堂集跋西游记》云："《长春真人西游记》二卷，其弟子李志常所述，于西域道里风俗，颇足资考证，而世鲜传本，予始于《道藏》钞得之。小说《西游演义》乃明人所作，萧山毛大可据《辍耕录》以为出邱处机之手，真郢书燕说矣。"晏案钱氏谓明人作，甚是。记中如祭赛国之锦衣卫；朱紫国之司礼监；灭法国之东城兵马司；唐太宗之大学士，翰林院，中书科；皆明代官制。邱真人乃元初人，安得有此官，其为明人作无疑也。及考吾郡康熙初旧志《艺文书目》，吴承恩下有《西游记》一种。承恩字汝忠，吾乡人，明嘉靖中岁贡生，官长兴县丞。旧志《文苑传》称"承恩性慧而多敏，博览群书，复善谐剧，所著杂记几种，名震一时。"《西游记》即其一也。今记中多吾乡方言，足征其为淮人作。《西游》虽虞初之流，然脍炙人口，其推衍五行，颇契道家之旨，故特表而出之，以见吾乡之小说家，尚有明金丹奥旨者，岂第秋夫之针鬼，瞽仙之精算哉？且使别于真人之记，各自为书，钱氏之说，得此证而益明矣。

案：《西游记》中多明代官制，故非邱长春作，纪昀已于《如是我闻》卷三假客问乩仙语以发之矣。其说云："吴云岩家扶乩，其仙亦云邱长春。一客问曰：'《西游记》果仙师所作，以演金丹奥旨乎？'批曰：'然。'又问：'仙师书作于元初，其中祭赛国之锦衣卫，朱紫国之司礼监，灭法国之东城兵马司，唐太宗之大学士，翰林院，中书科，皆同明制，何也？'乩忽不动，再问之不复答，知已词穷而遁矣。然则《西游记》为明人依托无疑也。"

（《冷庐杂识》四）《西游记》推衍五行之旨，视他演义书为胜。相传出元邱真人处机之手；山阳丁俭卿舍人晏据淮安府康熙初旧志《艺文书目》，谓是其乡嘉靖中岁贡生官长兴县丞吴承恩所作；且谓记中所述大学士、翰林院、中书科、锦衣卫、兵马司、司礼监，皆明代官制；又多淮郡方言，此足以正俗传之讹。（邱氏自有《西游记》见《道藏》。）

（《山阳志遗》四）嘉靖中，吴贡生承恩字汝忠，号射阳山人，吾淮才士也。英敏博洽，凡一时金石碑版嘏祝赠送之词，多出其手，荐绅台阁诸公，皆倩为捉刀人；顾数奇不偶，仅以岁贡官长兴县丞。贫老乏嗣，遗稿多散佚失传；邱司徒正纲收拾残缺，得其友人马清溪，马竹泉所手录，又益之以乡人所藏，分为四卷，刻之，名曰《射阳存稿》，（又有《续稿》一卷）五岳山人陈文烛为之序。其略云："陈子守淮安时，长兴徐子与过淮。往汝忠丞长兴，与子与善，三人者呼酒韩侯祠内，酒酣，论文论诗不倦也。汝忠谓文自六经后，惟汉魏为近古，诗自三百篇后，惟唐人为近古；近时学者，徒谢朝华而不知畜多识，去陈言而不知漱芳润，即欲敷文陈诗，难矣。徐先生与予深韪其言。今观汝忠之作，缘情而绮丽，体物而浏亮，其词微而显，其旨博而深，收百代之阙文，采千载之遗韵，沈辞渊深，浮藻云骏，张文潜以后，一人而已。"其推许之者可谓至极。读其遗集，实吾郡有明一代之冠。惜其书刊板不存。予初得一抄本，纸墨已渝敝，后陆续收得刻本四卷，并续集一卷。余尽登其诗人《山阳耆旧集》。择其杰出者，各体裁一二首于此，以志瓣香之意云。（《对月感秋》四首之二）四时总一气，秋气何晶明？天空万里碧，助我悠然情。萍水香烟晚，清风拂衣轻。徘徊度群壑，树树松争鸣，援琴对明月，试写松风声。（又）湘波卷桃笙，齐纨扇方歇。秋来本无形，潜报梧桐叶。啼蛩代蝉鸣，其声亦何切。繁霜结珠露，忽已如初雪。六龙驱日车，羲和不留辙。群生总如梦，独尔惊豪杰。大笑仰青天，停杯问明月。（《二郎搜山图歌》）李在唯闻画山水，不谓兼能貌神鬼，笔端变幻真骇人，意态如生状奇诡。少年都美清源公，指挥部从扬灵风，星飞电掣各奉命，搜罗要使山林空。名鹰攫拿犬腾啮，大剑长刀莹霜雪，猴老难延欲断魂，狐娘空洒娇啼血。江翻海搅走六丁，纷纷水怪无留踪，青锋一下断狂虺，金锁交缠擒毒龙。神兵猎妖犹猎兽，探穴捣巢无逸寇，平生气焰安在哉，爪牙虽存敢驰骤？我闻古圣开鸿濛，命官绝地天之通，轩辕铸镜禹铸鼎，四方民物俱昭融。后来群魔出孔窍，白昼搏人繁聚啸，终南进士老钟馗，空向宫闱陷虚耗。民灾翻出衣冠中，不为猿鹤为沙虫，坐观宋室用五鬼，不见虞廷诛四凶。野夫有怀多感激，无事临风三叹息，胸中磨损斩邪刀，欲起平之恨无力。救日有矢救月弓，世间岂谓无英雄。谁能为我致麟凤，长享万年保合清宁功？（《秋夕》）络纬啼金井，芙蓉敛石房，寒松静生籁，仙桂妙闻香；竹火煎茶市，菱歌载酒航，人间秋夕好，第一是钱塘。（《冬日送友暮发》）群动各求息，嗟君行未央，马蹄鸣冻雪，鸦腹射残阳；旅闷凭诗拨，孤身有剑防，袖中书一纸，早晚献明光。（《画松》）画尔知非庸画师，画中无处著胭脂，风云暗淡藏灵气，月露庄严有异姿；

猿下欲摇垂涧影，鹤归应认出云枝，生来自与繁华别，不待平章雪霰时。(《平河桥》)短篷倦向河桥泊，独对青旗枕臂眠，日落牛蓑归牧笛，潮来鱼米集商船；绕篱野菜平临水，隔岸村炊互起烟，会向此中谋二顷，间揞藜杖听鸣蝉。(《杨柳青》)村旗夸酒莲花白，津鼓开帆杨柳青，壮岁惊心频客路，故乡回首几长亭；春深水涨嘉鱼味，海近风多健鹤翎。谁向高楼横玉笛，《落梅》愁绝醉中听。(《秋兴》二首之一)露桐风竹淡生辉，草阁斋心暑气微，河汉白榆秋历历，江湖玄鸟晚飞飞；佳人异国音书断，多病离群啸咏违，短褐长外鋺元不恶，南山黄犊近应肥。(《买得云林画竹，上有油污，诗以浣之》)云林戏墨阿谁收，寒具犹沾旧日油，雨洗风吹消不得，湿云遮断渭川秋。(《堤上》)平湖渺渺漾天光，泻入溪桥喷玉凉，一片蝉声万杨柳，荷花香里据胡床。天启旧《志》列先生为近代文苑之首，云："性敏而多慧，博极群书，为诗文下笔立成，复善谐谑，所著杂记几种，名震一时。"初不知杂记为何等书，及阅《淮贤文目》，载《西游记》为先生著。考《西游记》旧称为证道书，谓其合于金丹大旨；元虞道园有序，称此书系其国初邱长春真人所撰。而郡志谓出先生手，天启时去先生未远，其言必有所本。意长春初有此记，至先生乃为之通俗演义，如《三国志》本陈寿，而演义则称罗贯中也。书中多吾乡方言，其出淮人手无疑。或云有《后西游记》，为射杨先生撰。

案：此与李志常所记之《长春真人西游记》，自是二书，吴盖未见李志常记，故有此说。芥子园刻本《西游记》小说，辄从虞集《道园集》取《长春真人西游记序》冠其首，世人遂愈不能辨矣。

(《五杂组》九)置狙于马厩，令马不疫。《西游记》谓天帝封孙行者为弼马温，盖戏词也。

(《古夫子亭杂录》二)《书弈》云："小说载人参果，亦有据。大食王遣人之海上，见一方石，石上有树，枝赤叶青，总生小儿，手足著枝上，不能语笑。"(《书弈》黄秉石著。)

(《剧说》四)元人吴昌龄《西游》词，与俗所传《西游记》小说小异。

案：《少室山房笔丛》(四十一)云："《辍耕录》记元人杂剧，有《唐三藏》一段，今其曲尚传，第不知即陶所记本否？世俗以为陈姓，且演为戏文，极可笑；然亦不甚虚也。三藏即唐僧玄奘。《独异志》云：'沙门玄奘，俗姓陈，偃师县人也。幼聪慧，有操行，唐武德初，往西域取经。行至罽宾国，道险虎豹不可过。奘不知为计，乃锁房门而坐，至夕开门，见一老僧，头面疮痍，身体脓血，床上独坐，莫知来由。奘乃礼拜勤求，僧口授《多心经》一卷，令奘诵之，遂得山川平易，道路开辟，虎豹藏形，魔鬼潜迹。至佛国，取经六百余部而归；其《多心经》至今诵之。'据此，皆与今颇合。又元人散套亦有西域取经等事，盖附会起子胜国，不始于今。而三藏之名，则又始于宋时，不始胜国。东坡《艾子小说》云：'艾子好饮，少醒日，忽一日大饮而哕，门人密抽彘肠致哕中，持以示曰："凡人具五脏方能活，今公因饮而出一脏，止四脏矣，何以生耶？"艾子熟视而笑曰："唐三脏犹可活，况有四耶？"此虽戏语，然宋世所称可见。盖因唐僧不空号无畏三藏，讹为玄奘耳。（《艾子》疑非东坡，然其目已见《通考》，要亦出宋人。《圣教序》虽有三藏要文等语，匪玄奘号也。）"《唐三藏》及《西游》词全本，今未见。《纳书楹曲谱》有关于西游之剧本三种，一曰《唐三藏》，录《回回》一段，记三藏到西夏，回回皈依事，在续集卷二，一曰《俗西游记》，录《思春》一段，在外集卷二。二事皆为《西游》小说所无。一曰《西游记》，在补遗卷一，中所录凡四段。一为《饯行》，皆尉迟敬德唱。二为《定心》，记收孙悟空事，有"花果山有神祇，水帘洞影幽微。""一筋斗，十万八千里，势如飞鬃"，及加戒箍"恰便似钉钉人头皮，胶粘在鬃髻。你那凡心若再起，敢着你魄散魂飞。为足下常有杀人机，因此上与你师父留下这防身计"等语，与小说所叙相同。三为《揭钵》，述鬼子母揭钵事，有云："告世尊，肯发慈悲力。我着唐三藏西游便回。火孩儿妖怪，放生了他。到前面，须得二圣郎救了你。"小说中无之，然其火焰山红孩儿，与此极相类。四为《女国》，有云："俺女王岂用猴为将？俺女王也不用猪为相，"欲独留三藏，则又为小说所有也。此《西游记》，或即焦循所以为吴昌龄作。

（《扬州梦》四）《西游记》有齐天大圣，鹿力大仙，旧城竟建祠同祀。庙主言："说部多诬，大圣本渔人子，形类猴狲，得奇书成道。因以驺虞为虎，杀伤过多，谪尘世为武官，颇传兵法。宋高时为大将，围金军久不下，或言其惰，意不摇；又有议其奢豪，携女子军中者。其实布帛菽粟，甚自收敛，遇事有作用，又能保藏。金军退，朝廷怒之，死犹坐刑。上帝念其旧德，使复位。大仙本汉末书生，甚有文望，著《九河论》，宗白圭。为户曹转饷官，言'车行迂缓，不如舟行速。'又谏酒税：'无私禁，官自开槽，任民自贩。'事皆未成，既而自悔曰：'我说势不行，行则河必溃，车夫酒户，皆无着落，又为国家增乱民矣，即此亦当受杀生报。'后果陷于兵，二妾幽一载始逃。上帝怜其惨死，使掌鹿山。猫来捕鹿，大仙思前事，不忍伤生，挟鹿避之，仁人也。"其说不经。较《西游》更甚。

案：此种俗说，当起于《西游记》盛行之后。

（《茶香室丛钞》十七）宋周密《齐东野语》云："有某郡倅，江行遇盗，杀之。其妻有色，盗胁之曰：'能从我乎？'妻曰：'吾事夫十年，仅有一儿，才数月，吾欲浮之江中，庶有遗种；吾然后从汝。'盗许之。乃以黑漆圆盒盛此儿，藉以文褓，且置银二片其旁，使随流去。如是十余年，盗至鄂舣舟，挟其妻入某寺设供，至一僧房，黑盒在焉。妻乘间问僧：'何从得此？'僧言：'某年月日得于水滨，有婴儿白金在焉，吾收育之，今在此年长矣。'呼视之，酷肖其父。乃为僧言始末。僧为报尉，一掩获之，遂取其子以归。"按《西游演义》述玄奘事，似本此也。

（《等不等观杂录》四《大藏总经目录辨》）尝见行脚禅和佩带小摺经目，奉为法宝，阅其名目卷数，与藏内多不相符，欲究其根源而未得也。一日检《西游记》，见有唐僧取经目次，即此摺所由来矣。按《西游记》系邱长春借唐僧取经名相，演道家修炼内丹之术，其于经卷数目，不过借以表五千四十八黄道耳，所以任意摭拾，全未考核也。乃后人不察，以此为实，居然钞出刊行，广宣流布，虽禅林修士，亦莫辨其真伪，良可浩叹。

（又《一藏数目辨》）今时僧俗持诵经咒，动称一藏。问其数，则云，五千四十八也。尝考历代藏经目录，惟《开元释教录》有五千四十八卷之数，余则增减不等，至今乃有七千二百余卷矣。世俗执者五千四十八者，乃依《西游记》之说耳。……

案：《少室山房笔丛》（四十七）云："大藏经四千五十余卷，而诸家书目所载仅百数十种，盖唱偈疏忏等，于文义相远，不得尽收也。然以西天经总较之，直百之一耳。因录此广异闻。不必论其有无：

《涅槃经》四千八百卷，四十卷在唐；《菩萨经》一部二千一百卷，三十六卷在唐；《虚空藏经》一部四百卷，二卷在唐；《首楞严经》一部一百一十卷，十卷在唐；《恩意经大集》一部五十卷，四卷在唐；《决定经》一部一百四十卷，四卷在唐；《宝藏经》一部一百四十卷，二卷在唐；《华严经》一部二万三千卷，八十一卷在唐；《李真经》一部九十卷，三卷在唐；《大般若经》一部一千六百卷，六卷在唐；《金光明品经》一部一千卷，十卷在唐；《未曾有经》一部一千五百卷，五十卷在唐；《维摩经》一部一百七十卷，三卷在唐；《三论别经》一部二百七十卷，十二卷在唐；《金刚经》一部一百卷，一卷在唐；《正法轮经》一部一百二十卷，二卷在唐；《佛本行经》一部一千八百卷，六十卷在唐；《五龙经》一部三十二卷，二卷在唐；《菩萨戒经》一部一百一十六卷，十六卷在唐；《大集经》一部一千二百卷，三卷在唐；《摩羯经》一部三百五十卷，四十卷在唐；《法华经》一部一百卷，七卷在唐；《瑜伽经》一部一百卷，三卷在唐；《宝常经》一部一千卷，七十卷在唐；《西天论经》一部三千三百卷，三卷在唐；《僧祇经》一部五百七十卷，十卷在唐；《西天佛国杂经》一部九千五百卷，三十卷在唐；《起信论经》一部二千卷，五十卷在唐：《大智度经》一部一百八十卷，十卷在唐；《宝藏经》一部四千五百二十卷，一百四十卷在唐；《本阁经》一部八百五十卷，二十卷在唐；《正律文经》一部二千卷，十卷在唐；《因名论经》一部二千二百卷，五十卷在唐；《唯识论经》一部一百卷，十卷在唐；《具舍论经》一部二千卷，十卷在唐。"

《西游记》第九十八回玄奘从西天持归经目与此同，惟《李真经》作《礼真如经》，《因名论经》作《大孔雀经》;又多增益在唐之一卷为十卷,共五千零四十八卷,以合《开元释教录》之数而已。因疑明代原有此等荒唐经目,流行世间,即胡氏《笔丛》所钞,亦即《西游记》所本,初非《西游》广行之后,世俗始据以钞橥此目也。

西游补

(《觚剩续编》二)吴兴董说字若雨,华阀懿孙,才情恬旷,淑配称闺阁之贤,佳儿获芝兰之秀,中年以后,一旦捐弃,独皈净域,自号月涵,所至之地,缁素宗仰,于是海内无不推月涵为禅门尊宿矣。月涵于传钵开堂飞锡住山之辈,视若蔑如,而身心融悟,得之典籍,每一出游,则有书五十担随之,虽僻谷之深,洪涛之险,不暂离也。余幼时曾见其《西游补》一书,俱言孙悟空梦游事,凿天驱山,出入《庄》《老》,而未来世界历日先晦后朔,尤奇。

(《乾隆乌程县志》六引《蓬窝杂稿》)董说字若雨,斯张子。少补弟子员,长工古文词,江左名士争相倾倒;未几,罹闯祸,屏迹丰草庵,宗亲莫睹其面,以蹇自名,改氏曰林,精研五经,尤邃于《易》。丙申秋,削发灵岩,时往来浔川,甲子母亡,遂不复至,寓吴之夕香庵,一当事屏舆从访之,闻声避匿,当事叹息而去。

(《明诗综》八十一上)董说字若雨,乌程人。晚为僧,号南潜,字宝云,有《丰草庵》等十八集。若雨腹笥便便,未免有才多之恨,至其硬语涩体,绝不犹人,方诸涪翁不足,比于饶德操有余。《南邮秋鬼谣》云:"妖狐拜月霜花青,髑髅骑马空中行。秋魂吹作塔铃语,叫断东流一溪水。鬼车晓唤精灵去,绿灯移过江枫树。"《春日》云:"煮茶烟透绿荫中,遮屋黄茅间瓦松,但遣异书供研北,不妨野语听齐东。香拈细雨招新梦,门闭春风仗短童,秋色今年应更好,小窗移得碧梧桐。《梦华潭口听客话嘉隆间大内旧事》云:"月华门外转灵旗,照夜银盘碧藕肥,祠罢天孙桐叶落,君王新赐鹊桥衣。江南风景药王湾,雾縠单衣绿玉环,红芍药边棋局罢,自裁团扇画秋山。"

(《甲申朝事小纪》一)董公讳说字若雨,生于万历庚申,甫三岁,尝趺坐自语,父遐周先生甚爱之。五岁读书,师教之总不开口,时董玄宰、陈眉公在座,问他:"喜读何书?"忽开口曰:"要读《圆觉经》。"闻者甚怪之。遐周先生依其言,曰:"吾教之自得域外之方也。"读《圆觉》毕,即读四书五经,十岁能文,十三岁入泮,十六岁补廪,二十余岁善观天象。崇祯年间闻中原流贼之乱,从此无意功名矣。先生家道丰腴,房屋巍焕,园亩膏腴;

忽以为富饶非乱世之福，值岁荒，出金珠米谷，周给饥寒之家。沧桑之变，先生剪发不剃头，头巾道袍，盖丰草庵，足不越户，有《丰草集》千余章，诗词乐府十余卷。生六子，曰樵，曰牧，曰耒，曰舫，曰渔，曰村。于三十四岁走见灵岩继和尚，打七参不与万物侣者是什么人，第三日即豁然，因随灵岩披剃，法名南潜，字月涵，尧封，宝云；因瓦破霜飞，又别号漏霜。有《上堂晚参唱酬语录》。事师最孝；不接见宾客，其侄董楚望高发谒师，不许相见。直俟灵岩圆寂之后，在西洞庭，紫石山，葛公泉诸处住静，每日礼坐或吟诗，不喜见冠盖。一日，偶在夕香避暑；其时慕抚台祖道尊企慕欲见，再三嘱华山僧鉴和尚指引求见。鉴曰："若遇先通知，必不肯见，今在夕香，乞二公减从，同片舟去，即可相见矣。"同至夕香叩门，僧鉴先入，祖慕二公尾行。师曰："请少坐，吾去穿道服。"从篱门逃至湖边，搭便船过洞庭去矣。其高致如此。师弃现在田园，沧桑后即剪发作头陀；及出家三十余年，唯与黄九烟先生深谈。生平目不较柴米，手不粘银钱，足不履城市，或与樵叟渔父交谈，而纨裤市井，从不相对。方外之清高，谁可与匹俦哉！

（《春在堂随笔》九）董若雨说《楝花矶随笔》，但有钞本，沈谷臣庶常以示余，字迹皆草草，殆村学中童子所书也。其中载朱文公《祝融峰》诗云："我来万里驾长风，绝壑层云许荡胸，浊酒三杯豪气发，朗吟飞下祝融峰。"有校者云："下当作上。"余案头无《朱文公集》，未知孰是。然以愚见论之，作下者殊胜。盖既御风而行，则抟扶摇而上，背负苍天，视祝融峰转在下矣，故云飞下祝融峰也。若作上，则与芒鞋藜杖，攀援而上者何异？一字之分，仙凡顿别矣。当与谷臣言之，未知以为然否？又董若雨世皆以为明人，而《楝花矶随笔》有一则云："庚申二月，在鹧鸪溪艇子上见阳明先生书迹，念先师所许一凝字及补山堂一凉字，皆书苑未发之秘。旧吴释南潜题。"然则此老为僧后，至康熙十九年犹在，入本朝不可谓不久矣。顾亭林，王船山皆明之遗老，而卒于本朝，则皆本朝人物也。董若雨亦可援此例乎？考汪谢城《南浔志》，董若雨卒于康熙二十五年丙寅，年六十七。则明亡时才二十五岁耳，其为本朝人无疑。《浔志》列入明人，是论其志，非论其世。

《楝花矶随笔》有一则云："客有戴星叩余门云云。此客出门，遍告市人，曰高晖生直是退财白虎。"余按汪谢城《南浔志董说传》所载，名字甚多：初名说，字若雨，号西庵，自称鹧鸪生，又称斯张子；闻谷大师锡名智龄；国变后改姓林，名蹇，字远游，号南村，亦称林胡子，又称槁木林；灵岩大师名之曰元潜，字俟庵；为僧后更名南潜，字月涵，一作月岩，号补樵，一号枫庵，又名本以。而无高晖生之名。此可补《浔志》之缺。

案：乾隆《乌程县志》谓说为董斯张之子，非自号也，疑曲园误。然案头无汪曰桢《南浔志》，无以定之。

金瓶梅玉娇李

(《野获编》二十五)袁中郎《觞政》以《金瓶梅》配《水浒传》为外典,予恨未得见。丙午,遇中郎京邸,问:“曾有全帙否?”曰:“第睹数卷,甚奇快;今惟麻城刘延白承禧家有全本,盖从其妻家徐文贞录得者。”又三年,小修上公车,已携有其书,因与借抄挈归。吴友冯犹龙见之惊喜,怂恿书坊以重价购刻;马仲良时榷吴关,亦劝予应梓人之求,可以疗饥。予曰:“此等书必遂有人板行,但一刻则家传户到,坏人心术,他日阎罗究诘始祸,何辞置对,吾岂以刀锥博泥犁哉?”仲良大以为然,遂同箧之。未几时,而吴中悬之国门矣。然原本实少五十三回至五十七回,遍觅不得,有陋儒补以入刻,无论肤浅鄙俚,时作吴语,即前后血脉,亦绝不贯串,一见知其赝作矣。闻此为嘉靖间大名士手笔,指斥时事,如蔡京父子则指分宜,林灵素则指陶仲文,朱勔则指陆炳,其他各有所属云。中郎又云:“尚有名《玉娇李》者,亦出此名士手,与前书各设报应因果。武大后世化为淫夫,上蒸下报;潘金莲亦作河间妇,终以极刑;西门庆则一骏憨男子,坐视妻妾外遇,以见轮回不爽。”中郎亦耳剽,未之见也。去年抵輦下,从邱工部六区(志充)得寓目焉,仅首卷耳,而秽黩百端,背伦灭理,几不忍读。其帝则称完颜大定,而贵溪分宜相搆亦暗寓焉。至嘉靖辛丑庶常诸公,则直书姓名,尤可骇怪,因弃置不复再展,然笔锋恣横酣畅,似尤胜《金瓶梅》。邱旋出守去,此书不知落何所。

(《茶香室丛钞》十七)今《金瓶梅》尚有流传本,而《玉娇李》则不闻有此书矣。余从前在书肆中见有名《隔帘花影》者,云是《金瓶梅》后本。余未披览,不知是否此书也。

(《消夏闲记摘钞》上)太仓王忬家藏《清明上河图》,化工之笔也。严世蕃强索之;忬不忍舍,乃觅名手摹赝者以献。先是,忬巡抚两浙,遇裱工汤姓,流落不偶,携之归,装潢书画,旋荐于世蕃。当献画时,汤在侧,谓世蕃曰:“此图某所目睹。是卷非真者,试观麻雀小脚,而踏二瓦角,即此便知其伪矣。”世蕃恚甚,而亦鄙汤之为人,不复重用。会俺答入寇大同,忬方总督蓟辽,鄢懋卿嗾御史方辂劾忬御边无术,遂见杀。后范长白公(允临)作《一捧雪传奇》,改名莫怀古,盖戒人勿怀古董也。忬子凤洲(世贞)痛父冤死,图报无由,一日偶谒世蕃,世蕃问:“坊间有好看小说否?”答曰:“有。”又问“何名?”仓促之间,凤洲见金瓶中供梅,遂以《金瓶梅》答之,但字迹漫灭,容钞正送览。退而构思数日,借《水浒传》西门庆故事为蓝本,缘世蕃居西门,乳名庆,暗讥其闺门淫放。而世蕃不知,观之大悦，把玩不置。相传世蕃最喜修脚，凤洲重赂修工，乘世蕃专心阅书，故意微伤脚迹，阴擦烂药，后渐溃腐，不能入直。独其父嵩在阁，年衰迟钝，票本拟批，不称上旨。上浸厌之，宠日以衰。御史邹应龙等乘机劾奏，以至于败。噫，怨毒之于人，甚矣哉！

案：凤洲复仇之说，极不近情理可笑噱，而世人往往信而传之，异说尚多，今不复录。

（《劝戒四录》四）钱塘汪棣香（福臣）曰："苏扬两郡城书店中，皆有《金瓶梅》版。苏城版藏杨氏，杨故长者，以鬻书为业，家藏《金瓶梅》版，虽销售甚多，而为病魔所困，日夕不离汤药，娶妻多年，尚未有子，其友人戒之，……杨为惊悟，立取《金瓶梅》版劈而焚之。……其扬州之版，为某书贾所藏，某家小康，开设书坊三处，尝以是版获利，人屡戒之，终不毁。……某既死，有儒士捐金买版，始就毁于吴中。……"

续金瓶梅

（《今世说》六）丁野鹤官椒邱广文，忽念京师旧游，策长耳驴，冒风雪，日驰三四百里，至华严寺陆舫中，召诸贵游山人琴师剑客，杂坐酣饮，笑谑怒骂，笔墨淋漓；兴尽，策驴而返。（丁名耀亢，山东诸城人，襟期旷朗，读书好奇节，高谭惊坐，目无古人。）

（又七）丁野鹤在椒邱，每晏起不冠，搦管倚树，高哦得佳句，呼酒秃发酣叫，旁若无人。间以示椒邱诸生，多不解，因抵地，直上床蒙被而睡。

（乾隆《诸城志》三十六文苑）丁耀亢，字野鹤，少孤，负奇才，倜傥不羁。弱冠为诸生，走江南，游董其昌门，与陈古白、赵凡夫、徐闇公辈联文社。既归，郁郁不得志，取历代吉凶诸事类，作《天史》十卷，以献益都钟羽正，羽正奇之。明季乡国盗起，时益都王遵坦用刘泽清兵捕土贼，耀亢素善遵坦，遇于日照境，更为募数千人，解安邱围。顺治四年入京师，由顺天籍拔贡充镶白旗教习，其时名公卿王铎、傅掌雷、张坦公、刘正宗、龚鼎孳皆与结交，日赋诗陆舫中，名大噪。陆舫者，耀亢所筑室，而正宗名之者也。后为容城教谕；迁惠安知县，以母老不赴。为诗踔厉风发，少作即饶丰韵，晚年语更壮浪，开一邑风雅之始，县中诸诗人皆推为先辈。六旬后病目，自署木鸡道人，更著《听山草》；卒，年七十二。诗甚多，李澄中尝为选择，序曰："余取其言之昌明博大者，以与世相见云。"

（又十三艺文考）丁耀亢《逍遥游》一卷，《陆舫诗草》五卷，《椒邱诗》二卷，《江干草》一卷，《归山草》二卷，《听山亭草》一卷，《天史》十卷，《西湖扇传奇》一卷，《化人游传奇》一卷，《蚺蛇胆传奇》一卷，《赤松游传奇》一卷。

（《四库全书总目》一百八十二集部别集类存目九）《丁野鹤诗钞》十卷（江西巡抚采进本）。国朝丁耀亢撰。耀亢字西生，号野鹤，诸城人，顺治中由贡生官至惠安县知县。是集凡分五种：曰《椒邱集》二卷，起甲午，终戊戌，官容城教谕时所作；曰《陆舫诗草》五卷，起戊子，终癸巳，皆其入都以后所作；曰《江干草》一卷，起己亥，终庚子；曰《归山草》一卷，起壬寅，终丙午；曰《听山亭草》一卷，起丁未，止己酉。自《陆舫诗草》以前，耀亢所自刻，《江干草》以下，皆其子慎行所续刻也。耀亢少负儁才，中更变乱，栖迟羁旅，时多激楚之音；自入都以后，交游渐广，声气日盛，而性情之故亦曰薄。王士祯《池北偶谈》载其陶令儿郎诸葛妻一律，谓："野鹤晚游京师，与王文安诸公唱和，其诗亢厉，无此风致。"盖亦有所不满矣。

（《聊斋志异》吕湛恩注十六）野鹤公名耀光，字西生，贡生，明侍御少滨公子，官容城教谕，迁惠安知县。著有《陆舫》，《椒邱》，《江干》，《归山》，《听山》等诗集行世。

案：丁名耀亢，作光误。

三保太监西洋记

（《七修类稿》十二）永乐丁亥，命太监郑和、王景弘、侯显三人往东南诸国赏赐宣谕。今人以为三保太监下西洋，不知郑和旧名三保，皆靖难内臣有功者；若王彦旧名狗儿等，后俱擢为边藩镇守督阵以报之。镇守自此始耳。

郑和下西洋

（《浪迹丛谈》六）前明三保太监下西洋，至今滨海之区，熟在人口。不知当日何以能

长驾远驭，陆砻水栗如是？案《明史郑和传》载："郑和，云南人，世所谓三保太监者也。成祖疑惠帝亡海外，欲踪迹之，且欲耀兵异域，示中国富强，永乐三年，命郑和及其侪王景宏等通使西洋。治大舶，修四十四丈，广十八丈者六十有二，将士卒二万七千八百余人，自苏州刘家河泛海至福建，复自福建五虎门扬帆。首达占城，以次偏历诸番国，宣天子诏，赍金帛给赐其君长，不服，则以武临之。和经事三朝，先后凡七奉使，星槎所历，三十余国。第一次在永乐三年六月，命郑和，王景宏等，至五年九月还，诸国使者随和朝见，献所俘三佛齐酋长，戮之。第二次在永乐六年九月，再使往锡兰山，截破其城，禽其王；九年六月，献俘于朝，赦不诛，释归国。第三次在永乐十年十一月，再使往苏门答剌，禽其伪王，并俘其妻子，以十三年七月还。第四次在永乐十四年，满剌加，古里等十九国咸遣使朝贡，因命和等往赐其君长，十七年七月还。第五次在永乐十九年春，和等复往，二十年八月还。第六次在永乐二十二年正月，旧港（即三佛齐）酋长请袭宣慰使职，又使和赍敕印赐之，冬还，成祖已晏驾。第七次在宣德五年六月，又使和等历往忽鲁谟斯等十七国而还。前后所得珍奇贡物，如真腊国（即今之柬埔寨）贡金缕衣，象五十九；阿丹国贡麒麟；苏禄国贡大珠，重七两有奇；忽鲁谟斯国贡麒麟，又贡狮子；麻林国贡麒麟，天马，神鹿之类，不能悉数，而中国之耗费亦不赀矣。自宣德以还，远方时有至者，而和亦老且死。自和后，凡将命海表者，莫不盛称和以夸外番，故俗传三保太监下西洋，为明初盛事"云。

（《春在堂随笔》七）《明史宦官传》："郑和，云南人，世所谓三保太监者也。永乐三年，命和及其侪王景宏等通使西洋，将士卒二万七千八百余人，多赍金帛。造大舶，修四十四丈，广十八丈者六十二，自苏州刘家河泛海至福建，复自福建五虎门扬帆。首达占城，以次遍历诸番国，宣天子诏，因给赐其君长，不服，则以武慑之。先后七奉使，所历凡三十余国，所取无名宝物不可胜计，而中国耗费亦不资。自和后，凡将命海表者，莫不盛称和以夸外番，故俗传三保太监下西洋，为明初盛事云。"是郑和之事，在明代固赫然在人耳目间。光绪辛巳岁，老友吴平斋假余《西洋记》一书，即敷衍此事。作者为罗懋登，乃万历间人。其书视太公封神，玄奘取经尤为荒诞，而笔意恣肆则似过之。乃彼皆盛行而此顾不甚著，何也？文章之传不传，若有数存，虽平话亦然欤？平斋曰："此必明季人所为，以媚权奄者。"余谓不然。读其序云："今者东事倥偬，何如西戎即叙，当事者尚兴抚髀之思乎？"然则此书之作，盖以嘉靖以后，倭患方殷，故作此书，寓思古伤今之意，纾忧时感事之忱，三复其文，可为长太息矣。书中却有一二异闻。如术家有金木水火土五行遁法，见于诸书者，字皆作遁，此独作囤，未详其义。又如世俗所传八仙，此书则无张果，何仙姑，而别有风僧寿，元壶子，不知何许人，岂明代有此异说欤？《图画见闻录》孟蜀张素卿画八仙真形，有曰长寿仙者，或即此风僧寿乎？书虽浅陋，而历年数百，便有可备考证者，未可草草读过也。

世间有《牙牌数》一书，言近而指远，占之亦时有巧合者。余闻许子社言，杭人有为之笺注者，惟其中有五鬼闹判一语，不知所出；以问余，亦无以应也。今乃知出于《西洋记》，第九十回云灵曜府五鬼闹判，即其事也。开卷有益，信夫。

（《茶香室丛钞》十四）明人有《西洋记》一书，载三保太监郑和下西洋事。中有八仙：一汉钟离，二吕洞宾，三李铁拐，四风僧寿，五蓝采和，六元壶子，七曹国舅，八韩湘子。无张果，何仙姑，而别有风僧寿，元壶子，亦异闻也。

（《茶香室续钞》十七）明朗瑛《七修类稿》云："太祖建都南京，和尚金碧峰启之，见《客座新闻》。"案明代坊间有《西洋记》一书，叙三保太监事，书中有金碧峰和尚。

封神传衍义

（《两般秋雨庐随笔》六）《封神演义》一书，可谓诞且妄矣，然亦有所本。《旧唐书礼仪志》引《六韬》云："武王伐纣，雪深丈余。五车二马，行无辙迹，诣营求谒。武王怪而问焉，太公对曰：'此必五方之神，来受事耳。'遂以其名召入，各以其职命焉。"案五车二马，乃四海之神祝融，句芒，颛顼，蓐收，河伯，风伯，雨师也。又《史记封禅书》："八神将，太公以来作之。"则俗传不尽诬矣。今凡人家门户上多贴姜太公在此，诸神回避，亦由此也。

（《浪迹续谈》六）余于剧筵喜演《封神传》，谓尚是三代故事也。忆吾乡林樾亭先生尝与余谈，《封神传》一书，是前明一名宿所撰，意欲与《西游记》，《水浒传》鼎立而三，因偶读《尚书武成》篇'唯尔有神尚克相予'语，演成此传。其封神事，则隐据《六韬》（《旧唐书礼仪志》引），《阴谋》（《太平御览》引），《史记封禅书》，《唐书礼仪志》各书，铺张俶诡，非尽无本也。我少时尝欲仿此书演成黄帝战蚩尤事，而以九天玄女兵法经纬其间；继欲演伯禹治水事，而以《山海经》所纪助其波澜；又俗演周穆王八骏巡行事，而以《穆天子传》所书作为质干，再各博采古书以附益之，亦可为小说大观，惜老而无及矣。

（《归田琐记》七）吾乡林樾亭先生言，昔有士人罄家所有，嫁其长女者，次女有怨色，士人慰之曰："无忧贫也。"乃因《尚书武成篇》"唯尔有神尚克相予"语，演为《封神传》，以稿授女；后其婿梓行之，竟大获利云云。按《史记封禅书》云："八神将，太公以来作之。"《旧唐书礼仪志》一引《六韬》云："武王伐纣，雪深丈余。有五车二马，行无辙迹，诣营求

谒。武王怪而问焉，太公曰：‘此必五方之神，来受命耳。’遂以其名召入，各以其职命焉。”《太平御览》十二引《阴谋》所载，与此略同，而以祝融，玄冥，句芒，蓐收为四海神名，冯修为河伯神名，使谒者各以其名召之，五神皆惊云云。则知太公封神，古有此说。今人于门户每书“姜太公在此，百无禁忌”，亦非无所本矣。

水浒后传

（《茶香室续钞》十三）沈登瀛《南浔备志》云：“陈雁宕忱，前明遗老，生平著述并佚，惟《后水浒》一书，乃游戏之作，托宋遗民刊行。”按此书余曾见之，不知为陈雁宕作也。

（《明诗综》八十）陈忱字遐心，乌程人。唐罗隐诗中称钱缪为尚父。遐心诗云：“余杭山水役精魂，末世才人眼界昏，憔悴感恩依尚父，可怜尚父事朱温。”

（《国朝诗人征略》二编四引《听松庐诗话》）阅罗隐诗，议论自佳。但罗昭谏曾劝钱镠讨朱温，未可以此诮昭谏也。

案：清初浙江有两陈忱：一即雁宕山樵，字遐心，乌程人；一字用直，秀水人，著《诚斋诗集》《不出户庭录》《读史随笔》《同姓名录》诸书，见《两浙輶轩录补遗》（一）及《光绪嘉兴府志》（五十三秀水文苑）。清《四库全书总目》（卷一百四十三子部小说家类存目）中有《读史随笔》六卷，提要云：“国朝陈忱撰，忱字遐心，秀水人”云云，乃误合两人为一人也。近胡适作《水浒后传序》，引汪曰桢《南浔镇志》，所记雁宕山樵事迹及著作颇详。汪志谓道光中范来庚所修《南浔镇志》，亦云忱又有《读史随笔》，其误与《四库书目提要》正等。

今古奇观

（《茶香室丛钞》十七）明祝允明《野记》云：“吴邑朱生，宣德中商湖、湘，泊舟官河下。有名妓新王二者，一优偕来。其船密比生舟，凡生言笑动静，娼罔不密察，使优邀之饮，潜告生曰：‘君但言延我入舟，我欲有言于君耳。’生从之，娼入生舟，戚戚无欢容，中夜，低语生曰：‘我淮安蔡指挥女也。吾父调襄阳卫，挈家以行，舟人王贼，乘父醉挤之水，并母死焉。以我色，独留犯之，呼为妻。吾父资素丰，贼厚载欲商于他，复为盗劫，罄焉。遂以余资买小舟,俾我学歌舞为娼。君能复我仇,我终身事君耳。'生许诺。翌日,优来曰:'二姐未起乎?'生骂曰:'贼不知死所,尚觅二姐乎!'优知事泄,投于水,生持娼归家。"案小说有蔡女忍辱报仇一事,即此也。

(《茶香室续钞》十六)国朝赵吉士《寄园寄所寄》引《鸿书》云:"昆山舟师杨姓者,与金姓者善。金死,有子曰三,年十七,杨怜之,招入府,杨一女年相若,因以妻三。岁余,三沾疾旭羸,杨悔恨。一日,江行泊孤岛下,赚其拾薪,弃之去。三欲归无路,转入林中,有八大箧,盖盗所劫财。三更临江滨,适有他舟,三招之来,悉以箧入舟,抵仪真,启视皆金珠也,即售得如干,服食起居非故矣。一日行过河下,杨舟适在,三使人顾其舟。先是,杨弃三时,女哭不欲生,父母强之更纳婿,不从。及三登舟,女窃视,惊曰:'客状甚似吾婿。'母詈之,遂不敢言。三顾女佯谓舟人曰:'何不向船尾取破毡笠戴之?'盖三初登舟有是言也。于是妻觉之,出见,相与抱哭,欢如平生。杨夫妇罗拜请罪,三亦不之较,寻同归三家。会剧寇刘六,刘七叛入吴,三出金帛募死士,直捣狼山之穴,缚其渠魁,授武骑尉,妻亦从封"云。案小说中有宋金郎事,即此。但据此,则金其姓而非名,殆传闻之异乎?

今古奇闻

(《春在堂随笔》十)南宋临安有刘贵者,字君荐,妻王氏,妾陈氏。一日携其妻往祝妻父寿,妻父王翁以其贫也,予钱十五贯,使营什一,留女而遣婿先归,途遇其友,同饮而醉。及归,妾见所负钱,问其故。刘贵醉后戏之曰:"吾因家贫,不能共活,已赁汝于人矣,此赁钱也。明日当送去。"言已就枕,即入睡乡。妾思告知其父母,乃之邻人朱三老家,告以故,且寄宿焉,黎明即行;而刘贵固孰睡未醒。有贼入其家,窃其钱;刘警觉,起而追之。适地下有斧,贼即取斧,斫刘杀之,尽负钱去。次日,邻人见其门久而不启,入视得状。朱三老乃言夜间其妾借宿事,因共追寻。妾行路未半,力疲少憩;有崔宁者自城中卖丝,亦得钱十五贯,与之同憩。追者至,并要之归,闻于官,谓妾与崔有奸,杀其夫,窃资偕亡也,竟尸于市。后其妻以夫死家贫,其父王翁使人迎之归,途遇大雨,避入林中,为资所得,据为妻。偶言及数年前曾为贼入人家,杀其主人,得钱十五贯。妻乃知杀其夫者即此盗也,乘间出告于临安府,事乃白。杀盗,没其家资,以其半给其妻,妻遂入尼庵以终。按此事不知出何书,余于国初人所作小说曰《今古奇闻》者见之,与今梨园所演《十五贯》事绝异,且事在南宋,非明时也。疑自宋相传有十五贯冤狱,后人改易其本末,附会作沉太守事耳。《十五贯》传奇乃国朝吴县朱素臣作,去况远矣。

案:《十五贯戏言成大祸》一篇,盖取自《醒世恒言》之卷三十三。原本大祸作巧祸,下有注云:"宋本作《错斩崔宁》。可知此篇本宋人作;曾有单行本,见钱曾《也是园书目》卷十宋人词话类,亦在缪荃孙所刻残本《京本通俗小说》卷十五中。余所见《今古奇闻》二十二卷,为王冶梅翻刻日本国本,中有发逆字,当为清咸丰同治时书,曲园乃云清初人作,岂王氏翻本又有所增益欤?

聊斋志异

(《国朝诗人征略》十四)蒲松龄字留仙,号柳泉,山东淄川人,诸生,有《聊斋集》。

(又引《山左诗钞》)柳泉屡试不利,遂肆力于古文,以余闲搜抉奇怪,著为《志异》一书。

(又引《松轩随笔》)小说家谈狐说鬼之书,以《聊斋》为第一。渔洋有《聊斋志异书后》一绝云:"姑妄育之妄听之,豆棚瓜架雨如丝,料应厌作人间语,爱听秋坟鬼唱时。"

(《冷庐杂识》六)蒲氏松龄《聊斋志异》流播海内,几于家有其书。相传渔洋山人爱重此书,欲以五百金购之不能得。此说不足信。蒲氏书固雅令,然其描绘狐鬼,多属寓言,荒幻浮华,奚裨后学?视渔洋所著《香祖笔记》《居易录》等书,足以扶翼风雅,增益见闻者,体裁迥殊。而谓渔洋乃欲假以传耶?

(《桐阴清话》一)国朝小说家谈狐说鬼之书,以淄川蒲留仙(松龄)《聊斋志异》为第一。闻其书初成,就正于王渔洋,王欲以百千市其稿,蒲坚不与,因加评骘而还之,并书后一绝云:"姑妄言之妄听之,豆棚瓜架雨如丝,料应厌作人间语,爱听秋坟鬼唱时。"余谓得狐为妻,得鬼为友,亦事之韵者。

(《虫鸣漫录》二)《聊斋》为蒲留仙殚精竭虑之作,为本朝稗史必传之书。其中未及检点者颇多。最可笑者,《贾奉雉》一段,贾既坐蒲团百余年,其妻大睡不醒,迨其归来,已是曾元之世,又复应试为官,行部至海滨,见一舟,笙歌沸腾,接引而去。贾之识为郎生,固宜,何以云仆识其人,盖郎生也?夫此仆为贾生归后所用,不得识郎生,为贾未遇仙时所用,则早与其子孙沦灭矣。文人逞才,率多漏笔,此类是也。

(《春在堂随笔》六)蒲留仙《聊斋志异》一书,脍炙人口久矣;然世所传本皆十六卷,但云湖前辈评本亦然。乃今又见乾隆间余历亭、王约轩摘钞本,分十八卷,以类相从,首考,次弟,终仙鬼狐妖,凡分门类二十有六;字句微有异同,且有一二条为今本所无者。卷首有乾隆丁亥横山王金范序,其略云:“柳泉蒲子,以玩世之意,作觉世之言,其书汗漫,亥豕既多,甲乙紊乱;又以未经付梓,抄写传讹,寖失其旧。辛巳春,余给事历亭,同姓约轩,假得曾氏家藏抄本,删繁就简,分门别类,几阅寒暑,始得成帙。”然则其书亦旧本也,其异同处多不如今本,不知谁是留仙真迹。至所分门类,则无甚深意,殊觉无谓。又删异史氏曰四字,其评语亦不全。惟今本所无诸条,好事者宜录补之。

(同上八)纪文达公尝言:“《聊斋志异》一书,才子之笔,非著书者之笔也。”先君子亦云:“蒲留仙,才人也,其所藻缋,未脱唐宋小说窠臼;若纪文达《阅微草堂五种》,专为劝惩起见,叙事简,说理透,不屑屑于描头画角,非留仙所及。”余著《右台仙馆笔记》,以《阅微》为法,而不袭《聊斋》笔意,秉先君子之训也。然《聊斋》藻缋,不失为古艳,后之继《聊斋》而作者,则俗艳而已。其或庸恶不甚人目,犹自诩为步武《聊斋》,何留仙之不幸也。留仙有文集,世罕知之;朱兰坡前辈《国朝古文汇钞》曾录其文二篇,其用意,其造句,均以纤巧胜,犹之乎《志异》也。留仙之子名立德,字东石,亦有文集,笔意颇肖其父云。

案:俞鸿渐语在《印雪轩随笔》中,今录入《阅微草堂笔记》目下。

(同上九)《搜神记》载:“吴时有徐光者,尝行术于市里,从人乞瓜,其主勿与,便从索瓣,杖地种之。俄而瓜生,蔓延生花成实,乃取食之,因赐观者。鬻者反视所出卖,皆亡耗矣。”案蒲留仙《聊斋志异》有术人种桃事即本此,乃知小说家多依仿古事而为之也。

(同上十)定远方浚颐《梦园丛说》云:“叔平言吾邑(案谓桐城)地当孔道,明季张献忠八次来犯不能破,良由官民戮力,众志成城故也。时邑侯为直隶进士杨公尔铭,年甫弱冠,丰姿玉映,貌如处子,而折狱明决,善治军事,赏罚无私,战守有法,兵民皆严惮之。每出巡城,著小靴,长不及六寸,扶仆从肩,缓缓而行,人多疑为女子,即《聊斋》所志易钗而弁之颜氏也。大约颜杨音近而讹传之耳。又得凤阳巡抚史可法,庐州守将靖南伯黄得功为外援,献贼相戒不再犯桐城。邑侯杨公以行取入都,代者为张公,忘其名,办善后亦极有法。今杨公,张公,史公,黄公皆各有专祠。”案《聊斋》所记颜氏事,初以为小说家装点语耳,今乃知其力守危城,身当大敌,至今犹庙食一方,洵奇女子哉。案头无《聊斋志异》,俟假得其书,当更证之。

(《茶香室丛钞》十七)国朝周春《辽诗话》附载《染庄社记》,金至宁中兴平路猛安蒲察孟里撰,出《水平府志》。其事甚奇,云:“契丹时,辽兴军凬龚者,行货,路收一卵,归置锦囊系脐下。月余,出蛇如簪,饲之以肉,渐长盈丈,围将尺许,乃纵之于野。尝命以名曰雅;雅知人,恋恋然,但不能言而去。数岁益大,始食野禽,继而噬人。有司募能捕者;龚

知其必雅，乃抵放处，呼其名而至，叙故旧而数其罪。蛇遂俯首伏诛，其血流及近村，土石悉染红，而庄以名。庄老以㢊能施恩除害而祀之，雅能知恩伏罪而配焉。”案《聊斋志异》所载大青，小青事，似即本此。凨㢊姓名甚奇。周云：“凨疑即凨，古风字；㢊疑尧字之讹。”

国朝宋长白《柳亭诗话》云：“西山潭柘寺有巨蛇二，呼大青，小青，闻磬声即出。”是蛇名大青，小青，实有之也。

又云：“王梧溪《题虎树亭》诗：‘舟泊东西客，诗招大小青。’注云：‘宋聪禅师住华亭时，有二虎噬人，师降伏之，命名曰大青，小青。师卒，虎亦死，弟子瘞之塔旁，逾年生银杏树二。今主僧隐公辟亭树间，扁曰虎树。’”是虎亦有大青，小青之名。

案《水经浊漳水》篇注：“武强渊之西南侧有武强县故治。耆宿云：‘邑人有行于途者，见一小蛇，疑其有灵，持而养之，名曰担生。长而吞噬人，里中患之，遂捕系狱；担生负而奔，邑沦为湖。’”是古有此事，雅与二青，均因此附会也。

（《茶香室三钞》七）宋钱易《南部新书》云：“吉顼之父哲为冀州长史，与顼娶南宫县丞崔敬女。崔不许，因有故胁之，花车卒至，崔妻郑氏抱女大哭曰：‘我家门户底，不曾有吉郎。’女坚卧不起；小女自当，登车而去。顼后入相。”案近人小说中有姊妹易嫁事，观此乃知此等事古已有之。

（《茶香室三钞》二十九）国朝龚炜《巢林笔谈》云：“明季如皋令王蚪，性好蝶，案下得笞罪者，许以输蝶免，每饮客，辄纵之以为乐。”案蒲留仙《聊斋志异》载此，为长山王进士蚪生事。

（《荀学斋日记》己集下）《双槐岁钞》有《陈御史断狱》一条云：“武昌陈御史孟机（智）按闽，有张生者，杀人，当死。疑其有冤，询之。生曰：‘邻居王妪许女我，已纳聘矣。父母殁，我贫无资，彼遂背盟；女执不从，阴遣婢期我某所，归我金币，俾成礼。谋诸同舍杨生，杨生力止我，不果赴。是夕，女与婢皆被杀。妪执我送官，不胜考掠，故诬服。’即遣人执杨生至，色变股栗，遂伏罪，张生获释，人以为神智。有声宣正间，至右都御史。”案此即梨园院本《钗钏记》所从出也。小说之《聊斋志异》有《胭脂》一事，云是施愚山为山东提学道，辨济南诸生秋隼冤狱，又弋腔演剧有《拾钏记》，亦曰《法门寺》，谓刘瑾所出冤狱者，疑皆由此附会。

（《三借庐笔谈》十）蒲留仙先生《聊斋志异》，用笔精简，寓意处全无迹相，盖脱胎于诸子，非仅抗手于左史龙门也。相传先生居乡里，落拓无偶，性尤怪僻，为村中童子师，食贫自给，不求于人。作此书时，每临晨，携一大磁罂，中贮苦茗，具淡巴菰一包，置行人大道旁；下陈芦衬，坐于上，烟茗置身畔。见行道者过，必强执与语，搜奇说异，随人所知，渴则饮以茗,或奉以烟,必令畅谈乃已。偶闻一事,归而粉饰之。如是二十余寒暑,此书方告蒇,故笔法超绝。王阮亭闻其名,特访之,避不见,三访皆然。先生尝曰:“此人虽风雅,终有贵家气,田夫不惯作缘也。”其高致如此。既而渔洋欲以三千金售其稿,代刊之,执不可。又托人数请,先生鉴其诚,令急足持稿往,阮亭一夜读竟,略加数评,使者仍持归。时人服先生之高,品为落落难合云。

(《新世说》二)蒲留仙研精训典,究心古学,目击清初乱离时事,思欲假借狐鬼,纂成一书,以抒孤愤而谂识者。历二十年,遂成《聊斋志异》十六卷,就正于王阮亭,王欲以重金易其稿,而公不肯,因加评语以还之,并书后一绝云:“姑妄言之姑听之,豆棚瓜架雨如丝,料应厌作人间语,爱听秋坟鬼唱诗。”(蒲名松龄,山东淄川人,康熙辛卯岁贡,以文章风节著一时。顾以不得志于有司,乃决然舍去,一肆力于古文词,悲愤感慨,自成一家言。其书不为《四库全书》说部所收者,盖以《罗刹海市》一则,含有讥讽满人,非刺时政之意,如云女子效男儿装,乃言旗俗,遂与美不见容,丑乃愈贵诸事,同遭摈斥也。)

(同上六)蒲留仙居乡里,落拓无偶,性尤怪诞,为村中童子师以自给,不求于人。其作《聊斋志异》时,每临晨,携一大瓷甖,中贮苦茗,又具淡巴菰一包,置行人大道旁;下陈芦席,坐于上,烟茗置身畔。见行者过,必强执与语,搜奇说异,随人所知,渴则饮以茗,或奉以炯,必令畅谈乃已。偶闻一事,归而润色之。如是二十余年,此书方告成,故笔法超绝。王阮亭闻其名而访之,避不见,曰:“此人虽风雅,终有贵家气,田夫不惯作缘也。”

案:王渔洋欲市《聊斋志异》稿及蒲留仙强执路人使说异闻二事,最为无稽,而世人偏艳传之,可异也。余所见关于蒲氏事迹之文,尚有张元所撰《墓表》,附《聊斋文集》末,及《淄川县志》之《蒲松龄传》,在吕湛恩《详注聊斋志异》卷端。李桓《耆献类征》(四百二三十一文艺九)蒲松龄下所录,亦止《淄川县志》及张维屏《诗人征略》引《江左诗钞》;惟末有注云:“按蒲先生又著有《省身录》,《怀刑录》,《历字文》,《日用俗字》,《农桑经》等书。”

女仙外史

(《通俗编》三十七)《明史成祖纪》:“永乐十八年二月,蒲台妖妇唐赛儿作乱,安远侯柳升帅师讨之,三月辛巳,败贼于卸石,赛儿逸去。甲申,山东都指挥佥事卫青败贼于安邱,指挥王真败贼于诸城,献俘京师。”杂说:“唐赛儿夫死,祭墓径山麓,见石罅露出石匣,发视得妖书，取以究习，遂得通诸术。削发为尼，以其教施于村里，凡衣食财物，随须以术运至。细民翕然从之，渐至数万。官军不能获，朝命集数路击之，屡战，杀伤甚众。既而捕得，将伏法，刃不能入。不得已，复下狱，三木被体，铁絙系足，俄皆自解脱，竟遁去，不知所终。"好事者演其事，谓之《女仙外史》。

案：《野获编》（二十九）所载，与此所谓杂说者颇不同。其文云："永乐十八年，山东鱼台县妖妇唐赛儿，本县民林三妻，少诵佛经，自号佛母，诡言能知前后成败事。又能剪纸为人马相斗；往来益都，诸城，安邱，莒州，即墨，寿光诸州县，拥众先据益都。指挥高凤等讨之，俱陷殁。上命使驰驿招抚之，不报。乃遣总兵安远侯柳升等讨之，贼众败去；余党渐俘至京师，而贼首不得。上以赛儿久稽大刑，虑削发为尼，或遁女道士中，命北京，山东境内尼及女道士悉逮至京师面讯；既又命在外有司，凡军民妇女出家为尼及道姑者，悉送之京师，而赛儿终不获。一云，赛儿至故夫林三墓所，发土得一石匣，中有兵书宝剑。赛儿秘之，因以叛，后终逸去，盖神人所祐助云。"

（《茶香室丛钞》十七）国朝刘廷玑《在园杂志》云："吴人吕文兆熊性情孤冷，举止怪僻。所演《女仙外史》百回，亦荒诞，而平生学问心事，皆寄托于此。"案《女仙外史》一书，余在京师曾见之，不知为吕文兆所作也。

案：本书有陈弈禧序，刘廷玑品题及作者序跋，可略知吕熊事迹及成书时代，今最录之。逸田叟吕熊字文兆，文章经济，精奥卓拔，奇士也，其生平著述，如《诗经六艺辨》，《明史断》，《续广舆志》，发明三唐六义，并诗古文诸稿几数百卷（陈序）。康熙四十年，刘廷玑之任江西学使，八月望维舟龙游，熊从玉出来见，云将作《女仙外史》。四十一年，熊客于江西学使署。四十二年，廷玑落职，冬，旅于清江浦。次年，熊自南来，云《外史》已成（品题）。其自序当为此时作，自称古稀，则生于明末或清初也。四十七年，陈弈禧补江西南安守，遇熊于淮南，延之修郡乘；熊以《外史》示之，请序（陈序）。五十年，遂梓行（自跋）。

儒林外史

（《茶香室续钞》十三）国朝叶名澧《桥西杂记》云："坊间所刊《儒林外史》五十卷，全椒吴敬梓所著也。字敏轩，一字文木，乾隆间人，尝以博学鸿词荐，不赴。袭父祖业，甚富，素不习治生，性复豪上，不数年而产尽，醉中辄诵樊川"人生直合扬州死"之句，后竟如所言。程鱼门吏部为作传。”按嘉兴李富孙《鹤征后录》载不就试者二十五人,无吴敬梓,唯有吴檠字青然,全椒人,乃与试而未用者,恐非其人也。

(《关陇舆中偶忆编》)小说家如《儒林外史》,臧否人物,隐有所指,可与《聊斋》,《谐铎》并传。

(《茶香室丛钞》十七)唐冯翊《桂苑丛谈》云:“进士张祜自称豪侠,一夕有非常人装饰甚武,腰剑,手囊贮一物,流血于外,入门谓曰:‘此非张侠士居乎?’曰:‘然。’客曰:‘有一仇人,十年莫得,今夜获之,喜不可已。’指囊曰:‘此其首也。’问张曰:‘有酒否?’张命酒饮之。客曰:‘此去三数里有一义士,余欲报之,则平生恩仇毕矣。闻公气义,可假余十万缗,立欲酬之。此后赴汤蹈火无所惮。’张深喜其说,乃倾囊与之。客曰:‘陕哉,无所恨也!’乃留囊首而去,期以却回;及期不至。张虑囊首为累,遣家人埋之,乃豕首也。”案今稗官家有敷衍此事者,莫知其本此,故记之。

野叟曝言

(《江阴艺文志》凡例)夏二铭先生之《野叟曝言》。

(《光绪江阴县志》十文苑传)夏敬渠字懋修,诸生,英敏绩学,通史经,旁及诸子百家礼乐兵刑天文算数之学,靡不淹贯。壮游京师,有贵显闻而致焉,议偶不合,指斥不稍避,致为动容加礼,欲延致宾馆,敬渠谢弗往。生平足迹几遍海内,所交尽贤豪。著有《纲目举正》,《经史余论》,《全史约编》,《学古编》,涛文集若干卷。

案:志列敬渠于赵曦明之后,凤应韶之前,则乾隆时人也。所著四种之外,金武祥《江阴艺文志》(下)又举有《唐诗臆解》,《亦吾吟》,《鼠肝集》,《五都吟》,《吴欲吟》,《瓠𪗋吟》,《鞢韉吟》,《浣玉集诗钞》二卷续四卷。注云:“见《江上诗钞》。”《小说小话》云:“二铭有《种玉堂集》。”半农见借《浣玉轩集》一部,凡四卷,题曾侄孙子沐辑校。首有《浣玉轩著书目》,为《纲目举正》四卷;《全史约论》无卷数;《医学发蒙》四卷;《浣玉轩文集》四卷,即合《经史余沦》及《学古编》等所成;《浣玉轩诗集》二卷,则辑《亦吾吟》,《向日吟》,《五都吟》,《鼠肝吟》,《吴歈吟》,《鞢韉吟》,《瓠𪗋吟》等编为一者也;又有《唐诗臆解》二卷。诸书为嘉庆间其子祖耀所辑,今皆不存。《纲目举正》下有祖耀按语云:“是书既成,携入闽中,祈故友福建抚军富公纲奏呈,未果;归,遇乾隆丙午南巡,赴苏迎銮,拟躬进献,又有所阻”云云。今俗传二铭将献《野叟曝言》,为其女设谋阻止者,盖即由此误传。

红楼梦

(《随园诗话》二)康熙间,曹练亭为江宁织造,每出,拥八驺,必携书一本,观玩不辍。人问"公何好学?"曰:"非也。我非地方官,百姓见我必起立;我心不安,故藉此遮目耳。"素与江宁太守陈鹏年不相得;及陈获罪,乃密疏荐陈,人以此重之。其子雪芹,撰《红楼梦》一书,备记风月繁华之盛;明我斋读而羡之。当时红楼中有某校书,尤艳,我斋题云:"病容憔悴胜桃花,午汗潮回热转加,犹恐意中人看出,强言今日较差些。""威仪棣棣若山河,应把风流夺绮罗,不似小家拘束态,笑时偏少默时多。"

案:曹寅字楝亭,雪芹之祖也,此误。

(《国朝诗人征略》二编九引《听松庐诗话》)容若原名成德,大学士明珠子,世所传《红楼梦》贾宝玉,盖即其人也。《红楼梦》所云,乃其髫龄时事。其诗善言情.又好言愁,摘录两首,可想见其人。……"幽谷有美人,无言若有思。含颦但斜睇,吁嗟怜者谁?予本多情人,寸心聊自持,私心托远梦,初日照帘帷。"诗中美人,即林黛玉耶?

(同上引《松轩随笔》)容若《无题》起句云:"是谁看月是谁愁?"余为做出句云:"同我惜花同我病。"两句中皆有黛玉在。

(《劝戒四录》四)《红楼梦》一书,诲淫之甚者也。乾隆五十年以后,其书始传。为演说故相明珠家事:以宝玉隐明珠之名,以甄(真)宝玉贾(假)宝玉乱其绪,以开卷之秦氏为人情之始,以卷终之小青为点睛之笔。摹写柔情,婉娈万状,启人淫窦,导人邪机。自是而有《续红楼梦》,《后红楼梦》,《红楼后梦》,《红楼重梦》,《红楼复梦》,《红楼再梦》,《红楼幻梦》,《红楼圆梦》诸刻,曼衍支离,不可究诘。评者尚嫌其手笔远逊原书,而不知原书实为厉阶,诸刻特衍诲淫之谬种,其弊一也。满洲玉研农先生(麟),家大人座主也,尝语家大人曰:"《红楼梦》一书,我满洲无识者流,每以为奇宝,往往向人夸耀,以为助我铺张。甚至串成戏出,演作弹词,观者之为感叹唏嘘,声泪俱下,谓此曾经我所在场目击者。其实毫无影响,自欺欺人,不值我在旁齿冷也。其稍有识者,无不以此书为诬蔑我满人,可耻可恨。若果尤而效之,岂但书所云骄奢淫逸,将由恶终者哉?我做安徽学政时,曾经出示严禁,而力量不能及远,徒唤奈何。有一庠士颇擅才笔,私撰《红楼梦节要》一书,已付书坊剞劂,经我访出,曾褫其衿,焚其版,一时观听,颇为肃然;惜他处无有仿而行之者。那绎堂先生亦极言《红楼梦》一书为邪说诐行之尤,无非糟蹋旗人,实堪痛恨,我拟奏请通行禁绝，又恐立言不能得体，是以隐忍未行，则与我有同心矣。”此书全部中无一人是真的；惟属笔之曹雪芹实有其人，然以老贡生槁死牖下，徒抱伯道之嗟，身后萧条，更无人稍为矜恤，则未必非编造淫书之显报矣。

（《桐阴清话》七）《樗散轩丛谈》载：“《红楼梦》实才子书也，或言是康熙间京师某府西宾常州某孝廉手笔。巨家间有之，然皆抄录，无刊本；乾隆某年，苏大司寇家因是书被鼠伤，付琉璃厂书坊装订，坊中人借以抄出，刊板刷印渔利。其书一百二十回；第原书仅止八十回，余所目击，后四十回不知何人所续”云云。案《红楼梦》八十回以后，皆高兰墅（鹗）所补，见《船山诗注》。

（《粟香随笔》五）容若名性德，原名成德，满洲人，十八举乡试，十九成进士，大学士明珠子，生长华阀，勤于学问，《通志堂经解》即其所刻，又辑《全唐诗选》，自著有《通志堂集》。有绝句云：“绿槐荫转小阑干，八尺龙须玉簟寒，自把红窗开一扇，放他明月枕边看。”张南山谓其最近韩冬郎。

（《燕下乡脞录》五）姜西溟太史与其同年李修撰蟠，同典康熙己卯顺天乡试，获咎。……时盖因士论沸腾，有“老姜全无辣气，小李大有甜头”之谣，风闻于上，以致被逮；姜竟卒于请室。第前辈多纪述此事，而不能定其关节之有无。昔读《鲒琦亭集》先生墓表称满朝臣僚皆知先生之无罪，而王新城亦有“我为刑官，令西溟以非罪死，何以谢天下”之语，知同时公论，早以西溟之连染为冤。嗣闻先师徐柳泉先生云：“小说《红楼梦》一书，即记故相明珠家事；金钗十二，皆纳兰侍御所奉为上客者也。宝钗影高澹人；妙玉即影西溟先生，妙为少女，姜亦妇人之美称，如玉如英，义可通假，妙玉以看经入园，犹先生以借观藏书就馆相府，以妙玉之孤洁而横罹盗窟，并被以丧身失节之名，以先生之贞廉而瘦死圜扉，并加以嗜利受赇之谤，作者盖深痛之也。”徐先生言之甚详，惜余不尽记忆。……

案：《脞录》后改名《郎潜纪闻二笔》，此条在卷三。

（《郎潜纪闻三笔》一）康熙己卯夏四月，上南巡回驭，驻跸于江宁织造曹寅之署。曹世受国恩，与亲臣世臣之列，爰奉母孙氏朝谒。上见之色喜，且劳之曰：“此吾家老人也。”赏赉甚渥，会庭中萱花盛开，遂御书萱瑞堂三字以赐。考史，大臣母高年召见者，或给扶，或赐币，或称老福，从无亲洒翰墨之事。曹氏母子，洵昌黎所云上祥下瑞无休期矣。

案：此与《红楼梦》无大关系，惟曹寅之母姓孙，又曾朝谒得厚赉，则为考雪芹家世者所未道及，故拈出之。

（《茶香室三钞》七）国朝朱彝尊《静志居诗话》云：“赵彩姬字今燕，名冠北里。时曲中有刘，董，罗，葛，段，赵，何，蒋，王，杨，马，褚，先后齐名，所称十二钗也。”案此，则今小

说中所称金陵十二钗,亦非无本。

(同上九)国朝礼亲王昭裢《啸亭杂录》云:“明太傅广置田产,市买奴仆,厚加赏赉,使其充足,无事外求;立主家,长司理家务,奴隶有不法者,许主家立毙杖下。所逐出之奴,皆无容之者,曰:‘伊于明府尚不能存,何况他处也?’故其下爱戴,罔敢不法。其后田产丰盈,日进斗金,子孙历世富豪。至成安时,以倨傲和相故婴法网,籍没其产,有天府所未有者。”

世传《红楼梦》小说为演说明珠家事,今观此,则明珠之子纳兰成德至成安籍没时,几及百年矣,于事固不合也。

《啸亭杂录》又载癸酉之变云:“有侍卫那伦者,纳兰太傅明珠后也。少时,家巨富,凡涤面银器,日易其一,晚年贫窭,一冠数年,人多笑之。是日应值太和门,闻警趋人,遂被害。……”案此亦可见明珠家之久富矣。

又云:“纳兰侍卫宁秀,为明珠太传曾孙,生时有髭数十茎,罗罗颐下。年弱冠,颜貌苍老,宛如四五十人,未三十即下世;其家因之日替,亦一异也。”小说所称生有异征者,岂即斯人欤?

夜谭随录

(《啸亭续录》三)有满州县令(和邦额)著《夜谈随录》行世,皆鬼怪不经之事,效《聊斋志异》之辙,文笔粗犷,殊不及也。其中有记与狐为友者云,与若辈为友,终为所害,用意已属狂谬。至陆生楠之事,直为悖逆之词,指斥不法,乃敢公然行世,初无所论劾者,亦侥幸之至矣。

耳食录

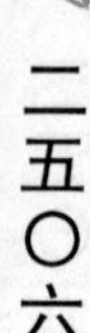

(《国朝诗人征略》五十五)乐钧初名宫谱,字元淑,号莲裳,江西临川人,嘉庆六年举人,有《青芝山馆诗文集》。

(《国朝诗人征略》五十五引《听松庐文钞》)莲裳初名宫谱,少日喜为奇丽之文,曾撰《耳食录》一书。壮岁韵语益工,兼工骈体。既登贤书,屡试不第。忆辛未春闱后,访余于万明寺,既而彼此报罢出都,遂不复相见。闻其橐笔江湖,为诸侯客,郁郁不得志,竟侘傺以终。才士偃蹇,自古叹之。然其诗文足以传世,珠光剑气,讵受尘埋。以之位置于蓉裳,芙初之间,允堪伯仲。

(同上二编五十三引《听松庐诗话》)江西诗家,蒋苕生后,当推乐莲裳、吴兰雪。两人同为江西人,同为孝廉,同为翁覃谷先生弟子,同以才名遨游王侯公卿间。莲裳久居幕府,兰雪久居京师,晚岁诗名,吴盛于乐。然合两集观之,香苏应酬投赠,外心较多,不如青芝多内心也。

阅微草堂笔记

(《印雪轩随笔》二)《聊斋志异》一书,脍炙人口,而余所醉心者,尤在《阅微草堂五种》。盖蒲留仙才人也,其所藻缋,未脱唐宋人小说窠臼;若《五种》,专为劝惩起见,叙事简,说理透,垂戒切,初不屑于描头画角,而敷宣妙义,舌可生花,指示群迷,头能点石,非留仙所及也。微嫌其中排击宋儒语过多,然亦自有平情之论,令人首肯。至若《谐铎》,《夜谈随录》等书,皆欲步武留仙者。饭后茶余,尚可资以解闷,降而至于袁随园之《子不语》,则直付之一炬可矣。

(《国朝诗人征略》三十五引《听松庐文钞》)或言:“纪文达公博览淹贯,何以不著书?”余曰:“文达一生精力,具见于《四库全书提要》,又何必更著书?今人目中所见书不多,故偶有一知半解,便自矜为创获,不知其说或为古人所已言,或为昔人所已驳,其不为床上之床,屋下之屋者,盖亦鲜矣。文达之不轻著书,正以目逾万卷,胸有千秋故也。”或又言:“文达不著书,何以喜撰小说?”余曰:“此文达之深心也,盖考据辩论诸书,至于今已大备,且其书非留心学问者多不寓目;而稗官小说,搜神志怪,谈狐说鬼之书,则无人不乐观之。故文达即于此寓劝诫之方,含箴规之意。托之于小说而其书易行,出之以谐谈而其言易入。然则《阅微草堂笔记》数种,其觉梦之清钟,迷津之宝筏乎?观者慎无以小说忽之。”

(《射鹰楼诗话》二十)河间纪文达公著《滦阳销夏录》,《槐西杂记》,《如是我闻》,《姑妄听之》四种,总名曰《阅微草堂集》。其托狐鬼以劝世可也,而托狐鬼以讽刺宋儒则不可。宋儒虽不无可议,不妨直言其弊,托狐鬼以讽刺之,近于狎侮前人,岂君子所出此乎?建宁吴厚园茂才诗云:“莫易雌黄前辈错,寸心也自细评量。”真和易之言。

(《吹网录》五)纪文达公《滦阳续录》载其座师介野园宗伯丁丑年所作《恩荣宴》诗曰:“鹦鹉新班宴御园,摧颓老鹤也乘轩,龙津桥上黄金榜,四见门生作状元。”文达自言鹦鹉新班不知出典,当时拟问公。竟因循忘之。郭频伽明经《灵芬馆诗话》谓:“元遗山《探花词》五首中有句云:‘殿前鹦鹉唤新班,’是此公所本,然去一唤字,于理未协。”(此以唤字属鹦鹉,故谓去之未协。)余偶检《中州集》,第八卷即载前诗,是金吏部尚书张大节所作,题为《同新进士吕子成辈宴集状元楼》。诗中所异者,御园为杏园,摧颓为不妨,四见为三见,作状元为是状元耳。介公殆见此诗,事颇类已,偶书之而略改数字,见者误为公作欤?至鹦鹉新班,当是金源故事,尚须博考。频伽亦以此诗为介公作,故谓遗山句是其所本。若就金人而言,据《中州集》小传,张大节于明昌初已请老,计在遗山之前数十年,应是遗山诗本之张句,唤字之可去与否,亦难以臆定也。(考元初王鹗《汝南遗事》总论注“吕子成名造,承安二年辞赋状元。”核之《遗山年谱》,是年才八岁耳。雷甘溪浚曰:“元遗山《探花词》:‘禁里苍龙启九阙,殿前鹦鹉唤新班。’似只是鹦鹉唤人意,并无所本;唤字自不可去。鹦鹉新班当别有出,二说各不相涉。”)

(《国朝先正事略》二十《纪文达公事略》)公于书无所不通,尤深汉《易》,力辟图书之谬。一生精力,备注于《四库提要》及《目录》,不复自为撰著。今人所见狭,偶有一得,辄自矜创获,而不知皆古人所已言,或为其所已辟。公胸有千秋,故不轻著书,其所欲言,悉于《四库书目》发之,而唯以觉世之心,自托于小说稗官之列,其感人为易入。自文集外,所著《阅微草堂笔记》凡七种,中多见道之言。

(《新庵笔记》四)今之文学家,类各有一笔记,而所记往往不足观。近百年来,惟纪氏之《阅微草堂笔记》用笔流畅,剖理透辟,洵称杰构。而其全集所传,转少出奇之文,则其平日载笔,意匠经营,煞费苦衷而不以轻心掉之,概可想见。虽狐鬼蛇神,教忠教孝诸条,过于迂腐,要亦时势限之。……

(《新世说》二)纪晓岚于书无所不通,尤深汉《易》,力辟图书之谬。一生精力,备注于《四库提要》一书,此外不复为撰著。尝谓今人所见狭,偶有一得,辄自矜创获,而不知皆古人所已言,或为其所已辟。故公胸有千秋,而不轻著一书,其所欲言者,悉于《四库提要》中阐发之,而唯以觉世之心,自托于小说稗官之列。(公文集外,所著为《阅微草堂笔记》七种。)

案:笔记实止五种,此承李元度《先正事略》之误。

六合内外琐言蟫史

(《玉尘集》上)屠进士绅弱冠即通籍。其为诗有隽才,余最爱其《佳禾篇赠何明府》云云,《七古送陈伯玉》云云,《十月朔偕黄仲则饮旗亭》云云,《忆上人某》云云。近体亦佳,记其一联云:"风雨十年留铁瓮,云山千古话铜官。"有《笏岩近稿》,余及赵君味辛为之序。

(《北江诗话》)屠州守绅诗如栽盆红药,蓄沼文鱼。

(同上)屠刺史绅生平好色,正室至四五娶,妾媵仍不在此数,卒以此得暴疾,卒。余久之,哭以诗云:"闲情究累韩光政,醇酒终伤魏信陵。"盖伤之也。

(《客窗偶笔》一)余家半里许西观村屠氏,世业农。乾隆壬午癸未,屠氏子名绅字笏岩,乡会联捷,授云南师宗令,擢寻甸州牧,今任广州别驾。……笏岩幼孤,资质聪敏,蚤擅才名,年十三游邑庠,十九捷乡荐,二十成进士。……岁丁未,笏岩迁寻甸州刺史,入觐回滇,过常郡,余与晤于蒋颍州太守立庵斋,灯昏画烛,鼓打谯楼,为余歌《赤壁赋》,余填《凤凰台上忆吹箫》赠之。……迄今鱼雁音乖,云山望杳,四方奔走,故我依然,而每忆浩歌,犹觉洋洋盈耳也。

(《习园藏稿鹗亭诗话合序》)……余先生恳挚周洽,相对如老经师。屠先生则负不可一世之概,挥金如土,避俗若仇,于今人中皆不能多见者。辛酉春夏间,予以选人赴吏部,屠先生适候补入都,饮酒赋诗,晨夕相往来。予出京十二日,而先生顿卒于客寓。遗爱云亡,老成凋谢,晨星零雨,愈用黯然。……

(《江阴县志》十四选举表)屠绅,乾隆二十七年壬午乡举,乾隆二十八年癸未甲科。字贤书,寻甸州知州。

(《粟香随笔》二)屠笏岩刺史名绅,又号贤书,所居西贯,与余居前后相望。先曾祖《客窗笔记》中《屠氏善报》一条,即纪其先代积累之由,今则式微甚矣。所著有《六合内外琐言》二十卷,署黍余裔孙编,《蟫史》二十卷,署磊砢山人撰。近年上海以洋版刷印,流传颇广。洪稚存太史言其诗如蓄沼文鱼,栽盆红药。庚申乱后,迄未见其诗集也。余《杂忆乡居》诗云:"州守风流忆往时,忽焉旧泽鲜留遗,《琐言》《蟫史》犹传遍,不见文鱼红药诗。"

(《粟香三笔》五)陆祁生先生《崇百药斋五哀诗》,《哀广州通判屠君绅》云:"心期郁郁向谁陈，论定斯人我最真，游戏文章都奥衍，狷狂意气剧酸辛，怜才热泪倾如水，垂老柔乡葬此身，却悔临歧殊草草，危言含意未全伸。”即咏笏岩刺史也。其所著《六合内外琐言》初名《璅蛣杂记》，吴谷人祭酒有序，乃以吴锡麒署姬金麟，其诙诡如此。

《六合内外琐言》及《蟫史》二种，县志皆不载；仅载其《酌酒与储玉琴》诗一首云：“当筵那复问悲欢，念尔茫茫感百端，风雨十年家铁瓮，云山一夕话铜官，谁怜冷锻嵇康灶，我愧虚弹贡禹冠，今夜蓉城好明月，醉中犹得坐团圆。”余见《亦有生斋集》有《屠贤书诗序》，称其旷朗出尘，时得神解，惜无由见其全集也。

燕山外史

（《光绪嘉兴府志》五十三《秀水艺术传》）陈球字蕴斋，诸生。家贫，以卖画自给。工骈俪，喜传奇，尝取明冯祭酒梦桢叙窦生事，演成《燕山外史》，事属野稗，才华淹博。《墨香居画识》称其善山水。（新纂）

（又八十二《经籍志》子部小说家）陈球《燕山外史》八卷。

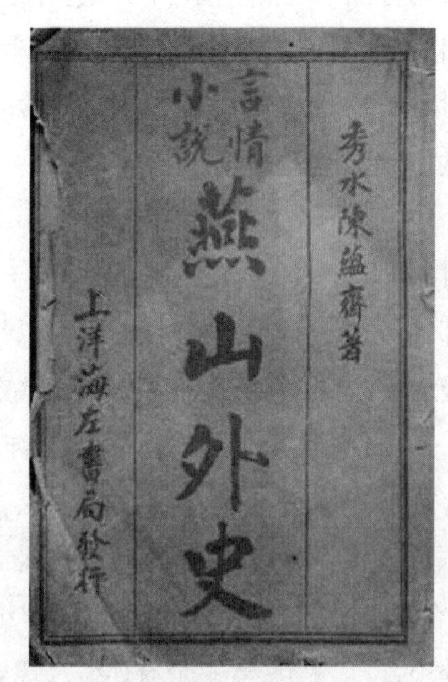

《燕山外史》书影

品花宝鉴

（《梦华琐簿》）常州陈少逸撰《品花宝鉴》，用小说演义体，凡六十回。此体自元人《水浒传》《西游记》始，继之以《三国志演义》，至今家传户诵，盖以其通俗易晓，市井细人多乐之。又得金圣叹诸人为野狐教主，以之论禅悦，论文法，张皇扬诩，耳食者几奉为金科玉律矣。《红楼梦》《石头记》出，尽脱窠臼，另辟蹊径，以小李将军金碧山水楼台树石人物之笔，描写闺房小儿女喁喁私语，绘影绘声，如见其人，如闻其语。《竹枝词》所云：“开谈不说《红楼梦》，纵读诗书也枉然。”记一时风气，非真有所不足于此书也。余自幼酷嗜《红楼梦》，寝馈以之。十六七岁时，每有所见，记于别纸，积日既久，遂得二千余签，拟汰而存之，更为补苴掇拾，葺成《红楼梦注》，凡朝章国典之外，一切鄙言琐事，与是书关涉者，悉汇而记之，不贤者识其小者，似不无小补焉。其禅悦文法，托诸空言，概在所屏，似与耳食者不同。今匆匆十余年，未能脱稿，殊自惭也。嘉庆间，新出《镜花缘》一书，《韵鹤轩笔谈》亟称之，推许过当，余独窃不谓然：作者自命为博物君子，不惜獭祭填写，是何不径作类书，而必为小说耶？即如放榜谒师之日，百人群饮，行令纠酒，乃至累三四卷不能毕其一日之事，阅者昏昏欲睡矣，作者犹津津有味，何其不惮烦也？《红楼梦》叙述儿女子事，真天地间不可无一不可有二之作；陈君乃师其意而变其体，为诸伶人写照，吾每谓文人以择题为第一义，正谓此也。正如《金瓶梅》极力摹绘市井小人，《红楼梦》反其意而师之，极力摹绘阀阅大家，如积薪然，后来者居上矣。顾余有私见。欲献而商之者，《宝鉴》中所称士大夫，我辈为尊亲贤者讳，礼固宜之。至其中小人如奚老土之类，夫也不良，歌以谇之，不忍斥言，亦忠厚之至。独至杜琴言等十伶官，亦另立名目，此大不必。若辈方幸得附骥尾而名益显，奈何忍使湮没弗彰乎？桐仙为余言，杜琴言即桐仙也，书中推为第一，未知信否？其十人者，曰杜琴言，袁宝珠，苏蕙芳，陆素兰，金漱芳，林春喜，李玉林，王兰保，桂保，秦琪官。十人者皆不知何所指，不能求其人以实之。素兰，春喜，玉林虽有其人，皆与此书所述不称，必别有所谓也。余丁酉夏从严州友吴立臣（达）案头见之，迫欲借抄，未得其便。闻季卿言，少逸馆内城一尚书郎家，咫尺天涯，未能一握手为笑，殊恨无缘。暇日作尺一书致少逸，述鄙见质之，方把笔而难作，书未及达也。立臣亦缘事论城旦。所谓《品花宝鉴》者，不知落谁何人之手，或者如欧公文，有蛟龙妒且护之耶？（《宝鉴》是年仅成前三十回；及己酉，少逸游广西归京，乃足成六十卷。余壬子乃见其刊本。戊辰九月，掌生记。）

案：少逸，名森，见所作《梅花梦传奇》，今有手稿影印本。

花月痕

（《睹棋山庄文集》五《魏子安墓志铭》）咸丰中，予归自永安，羸病几死。稍间，或言曰："魏子安至自蜀矣。"予跃然，乃就君而谒焉。君时困甚，授徒不足以自给，而意气自若，一见如旧，踪迹日益亲。其后各饥驱奔走，不常相聚。今年春，予之漳州。君挈家之延平，予与君约："予幸得早归，当买舟西上，作十日欢。"乃君解装不及旬，而竟长往矣。悲夫！君名秀仁，字子安，一字子敦，侯官人。父本唐，历官教职，有重名，世所称为魏解元者。君其长子，尽传其家学，而独权奇有气。少不利童试，年二十八，始补弟子员，即连举丙午乡试。当是时，教谕君官于外，夫人持家务，诸妇佐饔飧，兄弟抱书，互相师友，家门方隆盛。君复才名四溢，倾其侪辈，当路能言之士，多折节下交，而君独居深念，忽高视远瞩，若有不得于其意者。既累应春官不第，乃游晋，游秦，游蜀。故乡先达，与一时能为祸福之人，莫不爱君重君，而卒不能为君大力。君见时事多可危，手无尺寸，言不见异，而亢脏抑郁之气，无所发舒，因遁为稗官小说，托于儿女子之私，名其书曰：《花月痕》。其言绝沉痛。阅者讶之，而君初不以自明，益与为惝恍诙谲，而人终莫之测。最后主讲成都之芙蓉书院。于是君年四十矣。剧贼起粤西、蹂躏湖南、北，盘踞金陵，浙闽皆警，闻问累月不通。君悬目万里，生死皆疑。既而弟殉难；既而父弃养。欲归无路，仰天椎胸，不自存济。而蜀寇蠢动。焚掠残酷，资装俱尽。挟其残书稚妾，寄命一舟，侦东伺西，与贼上下。君愤廉耻之不立，刑赏之不平，吏治之坏，而兵食战守之无可恃也，乃出其闻见，指陈利弊，慎择而谨发之，为《咄咄录》。复依准邸报，博考名臣章奏，通人诗文，集为诗话，相辅而行。君著书满家，而此二书，为尤不朽：盖时务之蓍龟；功罪之金鉴；春秋之义；变《风》，变《雅》之旨也！后世必有取焉。然而世乃不甚传，独传其《花月痕》。嗟乎，知君固亦不易耶？君既归，益寂寞无所向，米盐琐碎，百忧劳心。叩门请乞，苟求一饱。又以其间修治所著书，晨抄暝写，汲汲顾影若不及。一年数病，头童齿豁；而忽遭母夫人之变，形神益复支离。卒，年五十有六。葬于某山之原。君性疏直不龌龊，既数与世龃龉，乃摧方为圆，见俗客亦谬为恭敬，周旋唯恐不当，顾其人方出户，君或讥诮随之。家无隔宿粮。得钱，辄置酒欢会。穷交数辈，抵掌高论，君目光如电，声如洪钟，嬉笑谐谑，千人皆废。遇素所心折者，则出其书相质证，或能指瑕蹈隙，君敬听唯唯，退，即篝灯点窜，不如意，则尽弃其旧：盖其知人善下，精进不吝，有如此者！予之闻君名也，由于芑川。芑川实未见君，见所为《荔枝词》而善之。今芑川殁矣，君又继之，使余以悲芑川者悲君，君如有知，能无憾耶？然君书俱在，谓非后死者之责耶？乃录其部目，而系之铭。畀君弟若子，使刻于石，以诏来者。

《陔南石经考》四卷《熹平石经遗文考》一卷

《正始石经遗文考》一卷《开成石经校文》十二卷

《石经订顾录》二卷《西蜀石经残本》一卷

《北宋石经残本》一卷《南宋石经残本》一卷

《洛阳汉魏石经考》一卷《西安开成石经考》一卷

《益都石经考》一卷《开封石经考》一卷

《临安石经考》一卷《陔南山馆诗话》十卷

《咄咄录》四卷《蹇蹇录》二卷

《彤史拾遗》四卷《三朝说论》四卷

《故我论诗录》二卷《论诗琐录》二卷

《丹铅杂识》四卷《榕阴杂掇》二卷

《蚕桑琐录》一卷《湖壖闲话》一卷

《惩恶录》一卷《幕录》二卷

《巴山哓音录》一卷《春明摭录》四卷

《铜仙残泪》一卷《陔南山馆文录》四卷

《陔南山馆骈体文抄》一卷《陔南山馆诗集》二卷

《碧花凝唾集》一卷

铭曰:有美一人黔而丰,腰脚不健精神充。胸有炉锤笔有风,百炼元气贯当中。蚩蚩者婆醉者翁,秃乌狡兔争西东。傍立侧睨让乃公,笑骂非慢拜非恭。大声疾呼宜不聪,著书百卷完天功。

(《课余续录》一)子安为魏丈又瓶(本唐)教授之长子。教授五子,次子愉(秀孚)秀才,长于礼,三子寿(起)秀才,长于书,皆有遗著。而制作之才,子安为最,撰述宏富,详予所作墓志铭。然而今之盛传者,则在其《花月痕》小说。是时子安旅居山西,就太原知府保眠琴太守馆。太守延师课子,不一人,亦不一途:课经,课史,课诗,课文,课字画,课骑射,下而课弹唱,课拳棒,亦皆有师,人占一时,课毕即退。子安则课诗之师也,巳时登席,授五言四韵一首,命题拟一首,事毕矣。岁修三百金。以故子安多暇日;欲读书,又苦丛杂,无聊极,乃创为小说,以自写照。其书中所称韦莹字痴珠者,即子安也。方草一两回,适太守入其室,见之,大欢喜。乃与子安约;十日成一回.一回成,则张盛席,招菊部,为先生润笔寿。于是浸淫数十回,成巨帙焉。是《花月痕》者,乃子安花天月地,沉酣醉梦中,嬉笑怒骂,而一泻其肮脏不平之气者也。虽曰《虞初》之续,实为玩世之雄,子安既没,予谓子愉曰:"《花月痕》虽小说,毕竟是才人吐属。其中诗文,词赋,歌曲,无一不备,且皆娴雅,市侩大腹贾未必能解。若载之京华,悬之五都之市;落拓之京员,需次之穷宦,既无力看花,又无量饮酒,昏闷欲死,一见此书,必且破其炭敬别敬之余囊,乱掷金钱,负之而趋矣。于是捆载而归,为子安刻他书,岂不妙哉!"子愉亦以为然,逡巡未及行,其同宗或取而刻之,闻亦颇获利市;近又闻上海已有翻本矣。子安所著书,以《石经》为大宗,其《订顾录》二卷,是为亭林诤友。而予尤赏其《陔南涛话》十卷,附《咄咄录》四卷,是为庀史,必传之作。是时子安游秦,居同乡王文勤公节署。子安,文勤之年家子也。文勤爱重其才,招人幕府。《石经》既近在咫尺,朝夕可以摩挲,故考订较精。节署四方文报所集,而一时名人诗文集亦易备,子安据以成编,其中夷务,海寇,发贼,回逆,捻匪;时政得失,无不罗列。虽传闻异词,而大略可以根据。惟采诗过繁,不无玉石杂糅之患。予题其后曰:“诗史一笔兼,孤愤固无两,扁舟养羁魂,乱离忆畴曩,匪惟大事记,变风此遗响。”又哭子安句云:“忧乐兼家国,千夫气不如,乱离垂死地,功罪敢言书。”云云,亦为此发也。盖子安客川陕十余年,身经丧乱,事多目击,固异日金匮石渠,编摩之所不废也。……

包公案

(《茶香室三钞》二十三)明郑仲夔《耳新》云:“周季侯令仁和,有神君之称。尝出行,忽怪风起,吹所张盖,卷落纱帽翅。执盖人请罪曰:‘小人因张清风,随至冒触。’周沉思良久,属能干捕差二人,令往拘张清风,两人商曰:‘捕风捉影,安有此理?’乃相与登酒楼,楼上有谈某疾笃,诸医无效。一人曰:‘若请张青峰去,必有生理。’二差因问张青峰状,潜往其家,值张远出,拘其妻至县。周讯之,妇曰:‘渠本非吾夫。吾夫病,请渠调治,渠见妾姿容,投毒致夫死,复谋娶妾。一日渠酒后自吐真情,妾即欲寻死,因念无人申冤,偷生至此;今遇天台,冤伸有日。但渠为某氏延去,须就其处拘之。’周命前差往拘至,一讯果服。”案今小说家演包孝肃事,有捕落帽风一事,不知其本此也。

施公案

(《燕下乡脞录》四)少时即闻父老言施世纶为清官;入都后,则闻院曲盲词有演唱其政绩者,盖由小说中刻有《施公案》一书,比公为宋之包孝肃,明之海忠介,故俗口流传,至今不泯也。案公当官,实廉强能恤下。初,知江南秦州,值淮安下河被水,诏遣两大臣莅州督堤工,从者驿骚闾里,白其不法者治之。湖广兵变,援剿官兵过境,沿途攘夺,公具刍粮以应,而令人各持一梃,列而待,有犯者治之,兵皆敛手去。守扬州江宁,所至民怀,以父忧去(案公为靖海侯琅次子),乞留者万人,不得请,乃人投一文钱,建双亭于府限衙前,名一文亭。累迁督漕运。奉命勘陕西灾,全陕积储多虚耗,而西安凤翔为甚,将具疏,总督鄂海以公子知会宁也，微词要挟，公笑曰："吾自入官，身且不顾，何有子？"卒劾之，鄂以失察罢。公平生得力在不侮鳏寡，不畏强御二语，盖二百年茅檐妇孺之口，不尽无凭也。

三侠五义

(《小说小话》)《三侠五义》一书，曲园俞氏就石玉昆本序行，易其名为《七侠五义》。(书中三侠，谓南侠，北侠，双侠也。曲园因其人数为四，疑有错误，遂凑入智化等，又改小义士艾虎为小侠而称七侠。常笑曲园赅博而不知有三王[禹汤文武亦四人，三侠盖用其例]，岂非怪事？)此书人物地址称谓，多寓游戏，作者亦无一定宗旨。(俗本《龙图公案》中有五鼠闹东京一事，作者殆恶其荒陋而另出机杼，借题发挥，章回小说家本有此一种。如元人《二郎神》杂剧，因杨戬擅作威福，比之灌口神而作；而《西游记》《封神榜》即以灌口神为杨戬，侈叙其神通。《水浒记》有西门潘氏通奸一段，而《金瓶梅》之百余回洋洋大篇，即从此出，皆其一例也。)然豪情壮采，可集《剑侠传》之大成，排《水浒记》之壁垒。而又有一特色，为二书所不及者，则自始至终百万余言，除梦兆冤魂以外，绝无神怪妖妄之谈(如《水浒记》高唐州芒砀山诸回，实耐庵败笔)，而摹写人情冷暖，世途险恶，亦曲尽其妙，不独为侠义添颊毫也。宜其为鸿儒欣赏，而刺激社会之力，至今未衰焉。

青楼梦

(《三借庐笔谈》四)余幼做客，历馆胥门，几及十年，所交亦众，惟趋炎逐热，俱非同心，独吟香一人可共患难。君姓俞名达，自号慕真山人，中年累于情，比来扬州梦醒，志在山林，而尘绁羁牵，遽难摆脱，甲申初夏，遽以风疾亡。著有《醉红轩笔话》，《花间棒》，《吴中考古录》，《闲鸥集》等书。诗亦清新不俗，《夜过青浦》云："一擢长驱去，篷窗兴不孤，港收陈墓镇，风送淀山湖，樯影月扶直，船闻浪激粗，鱼龙多变幻，放眼亦仙乎。"《游磨盘山》云"鸟道盘盘壁万寻，支筇选胜独登临，寺余半角佛犹古，径转j叉云更深，夕照淡扶孤塔直，西风寒酿暮钟沉，题诗一笑留鸿爪，要与山林证素心。"《舟次浒关》云："篷窗屈指算征邮，犹听吴音到耳柔，吩咐征帆迟一夕，要留明日别苏州。"《遨游真娘墓》云："何处埋香土一坯，墓前短碣没蒿莱，芳魂地下曾知否，踏遍斜阳我独来。"杂句如《晚眺》

云:“一湾流水环溪曲,半角斜阳落塔尖。”《遣怀》云:“贫惹人嫌休算辱,愁须自遣不妨瞒。"《题虎邱寺壁》云:“坏塔风凄铃语寂,荒池水澈剑光浮。”《纵笔》云:“唯有痴情难学佛,独无媚骨不如人。”五言如《山中》云:“林深酣鸟乐,山静笑人忙。”《流太湖》云:“势挟鱼龙壮,声骄鹰隼呼。”《梦中得句》云:“花浓忙乱蝶,波静稳闲鸥。”皆佳。

官场现形记

(《新庵笔记》三)昔南亭亭长李伯元征君创《游戏报》,一时靡然从风,效颦者踵相接也。南亭乃喟然曰:“何善步趋而不知变哉?”遂设《繁华报》,别树一帜,一纸风行,千言日试,虽滑稽玩世之文,而识者咸推重之。丙午三月,征君赴修文之召,惜秋生欧阳巨源继之。……

二十年目睹之怪现状

(《我佛山人笔记》一)果报之说,儒者不谈,然有时相值之巧,虽欲谓之非果报而不得者,使非余亲见之,犹未敢以为信也。临桂某甲,讳其姓名,本宦家子,与其弟同寓上海,瞰其弟之私蓄,欲分之,弟不可。甲父宦天津,甲惑于妇言,密达书于父,诬其弟以秽事。父得书大怒,驰书促其少子死。甲得父书,持以迫其弟;弟泣求免,不可,遂仰药。甲即谋鬻其弟妇,弟妇惧,奔余求救,余许以明日往责甲,及明日往,其弟妇已在妓院矣。即走妓院威其鸨,迫令退还,为之择配,谓事已了矣。不数日,有人走告余,谓:“甲妇为人拐逃,甲已悔恨而为僧。”以甲之非人也,一笑置之。阅数月,又有以异事来告者,谓:“某乙利甲妇之储藏,诱拐之,既尽所有,狂恣凌虐,妇不堪其苦,已奔某妓院,俨然娼矣。某妓院,即甲鬻弟妇处也。”初不信,访之果然。妇且笑语承迎,略不自愧。呜呼,请君入瓮,其报何酷且速哉!此事余引入所撰《二十年目睹之怪现状》中,而变易其姓名,彰其恶而讳其人,存厚道也。

(《新庵笔记》三)《涤庵丛话》载:“曾见某报刊娄西任庸子投函云:‘吴趼人先生小说巨子,其在横滨则著《痛史》,在歇浦则作《上海游骖录》与《怪现状》,识者敬之。不意其晚年作一《还我灵魂记》,又何说也?因作挽联曰,百战文坛真福将,十年前死是完人。’评说确切，盖棺定论，研人有知，当亦俯首矣”云云。按趼人元字茧人，某女士为画扇，误署茧仁，趼人啃曰："僵蚕我矣！"亟易为趼人，盖茧研音同也。《涤庵丛话》竟体误作趼人，则涤庵、庸子二子之所以知趼人者，亦云仅矣。趼人性强毅，平生不欲下人，坐是坎壈没身，死而有知，讵俯首于此一二无聊之语，吾知其必不然矣。趼人先生及余皆尝任横滨新小说社译著事，自沪邮稿，虽后先东渡日本，然别有所营，非事著书也。其在沪所成小说，无虑三十余种，《游骖录》《怪现状》特九牛之一毛。且所著因人因地因时，各有变态，触类旁通，辄以命笔，一无成见，而文章自臻妙境。其为读者敬爱，讵止此三作乎哉？不可与言安而与之言，失言，先生为市侩作《还我灵魂记》，犹是失言之过。所作酬应文字，类此者不知凡几，殆亦文人通病，乌得以咎趼人？是记另辟蹊径，文致殊佳，惜天不永年，遂使此药与斯文同腐，于先生何憾焉。同时日报主笔如病鸳、云水，玉声诸君，且受庸药肆剧场，专事歌颂，则又何说？古之人有为文谀墓以致重金者，今人独不可以谀药邪？《还我灵魂记》甫脱稿，市侩立奉三百金以去；先生即资以寿老母，开筵称觞，名流毕集。李怀霜先生尝为骈俪之文，庆其有古稀现存，刊载《天铎报》，信而有征。为人子者苟同此心，何必前死十年，始为完人？夫完人界说，亦至泛滥，将以功业盖世，声施烂然，无纤毫疵病者为完人乎？则凡人之所难，趼人非其类也。将以乡鄙自好，无毁无誉者为完人乎？则趼人怒目翕张，不屑为也。瑕瑜互见，即非完人，则势必胥纳天下人于伪君子之途而后可，是岂趼人先生之所自许哉？余知趼人最稔，不得不写其真以告涤庵、庸子。其行谊，则怀霜先生《我佛山人传》言之綦详，不更赘一辞。

（《我佛山人笔记序》）南海吴趼人先生以小说名于世，每有撰述，无不倾动一时。余于清光绪丙午丁未之际，创刊《月月小说》，延先生主笔政。此报颇有名；后未几，先生即归道山，报亦停刊。先生著述，以《二十年目睹之怪现状》一书为最著，固妇孺能道之。其他零星文字，散逸不收，市上有拾其遗稿为之刊布者，曰《趼廛笔记》，曰《我佛山人札记小说》，约数种。或自报纸采录，或且杂以伪作，要非先生所乐为刊布者也。……民国四年三月，休宁汪维甫序。

（《新世说》四）吴趼人自号我佛山人，神宇轩然，望而知为高逸之士，惟目甚短视。每有所著述，下笔万言，不加点窜，然恒以静夜为之，昧爽乃少休。以酒为粮，或逾月不一饭。（吴名沃尧，广东南海人，光绪时以小说名于沪。）

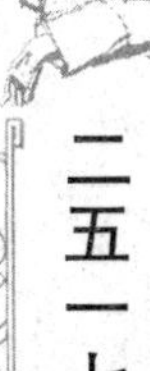

源流

(《七修类稿》二十二)小说起宋仁宗时。盖时太平盛久,国家闲暇,日欲进一奇怪之事以娱之,故小说得胜头回之后,即云:"话说赵宋某年。"问阎淘真之本之起,亦曰:"太祖太宗真宗帝,四帝仁宗有道君。"国初瞿存斋过汴之诗,有"陌头盲女无愁恨,能拨琵琶说赵家。"皆指宋也。若夫近时苏刻几十家小说者,乃文章家之一体,诗话传记之流也,又非如此之小说。

(《两般秋雨庐随笔》一)小说起于宋仁宗时,太平已久,国家闲暇,日进一奇怪之事以娱之,名曰小说;而今之小说,则记载矣。传奇者,裴铏著小说,多奇异可以传示,故号传奇;而今之传奇,则曲本矣。

(《归田琐记》七)小说九百,本自虞初,此子部之支流也。而吾乡村里,辄将故事编成七言可弹可唱者,通谓之小说。据《七修类稿》云:"起于宋时。宋仁宗朝,太平盛久,国家闲暇,日欲进一奇怪之事以娱之,故小说兴。如云'话说赵宋某年,'又云'太祖太宗真宗帝,四帝仁宗有道君,瞿存斋诗所谓'陌头盲女无愁恨,能拨琵琶说赵家。''"则其来亦古矣。

案:宋时市井间所谓小说,乃杂剧中说话之一种,详见《都城纪胜》,《东京梦华录》,《梦梁录》及《古杭梦游录》,非因进讲宫中而起也,郎瑛说非,二梁更承其误。

(《通俗编》七)《新论》,小说家合丛残小语,近取譬谕,以作短书。案古凡杂说短记,不本经典者,概比小道,谓之小说,乃诸子杂家之流,非若今之秽诞言也。《辍耕录》言,宋有诨词小说,乃始指今小说矣。《水东日记》,书坊射利之徒,伪为小说杂书,农工商贩,抄写绘画,家蓄而人有之;痴骏妇女,尤所酷好,因目为女《通鉴》。《七修类稿》,小说起宋仁宗时,盖时太平日久,国家闲暇,欲进新奇之事以娱之,故小说每得胜头回之后,即云话说赵宋某年。

(《九九消夏录》十二)《永乐大典》有平话一门,所收至伙,皆优人以前代轶事敷衍而口说之。见《四库全书提要》杂史类附注。按《七修类稿》云:"小说起宋仁宗时,国家闲暇,日欲进一奇怪之事以娱之,故小说得胜头回之后,即云话'说赵宋某年'云云。此即平话也。《永乐大典》所收,必多此等书;如得见之,亦足销闲而娱老矣。

宋刘斧所著《青琐高议》,每条各有七字标目,如《张乖崖明断分财》,《回处士磨镜题诗》之类，颇与平话体例相近。明万历间，播州宣慰使杨应龙叛，郭子章巡抚贵州，与李化龙同讨平之。化龙时巡抚四川，进总督四川湖广贵州军务；事平，化龙有《平播全书》之作。其后一二武弁，造作平话，以播事全归化龙一人之功。子章不平，作《平播始末》二卷以辨其诬。据此，知明人于时事亦有平话也。

（同上）明杨东明所绘《河南饥民图》，至今犹有刻本，乃东明万历中所上也。图凡十有四，前十三图绘饥民之状，各系以说；末一图乃东明拜疏之象，亦有说曰："这望阙叩头的就是刑科右给事中小臣杨东明。"诸说皆俚俗之语，冀人主阅之，易于动听，亦深费苦心矣。

明薛梦李《教家类纂》一书，首以图说，绘画故事而系之以说云："这一个门内站的人是某朝某人"云云。疑明代通行小说平话，有此体也。

评刻

（《书影》一）叶文通名昼，无锡人，多读书，有才情，留心二氏学，故为诡异之行。迹其生平，多似何心隐。或自称锦翁，或自称叶五叶，或称叶不夜，最后名梁无知，谓梁溪无人知之也。当温陵《焚藏书》盛行时，坊间种种借温陵之名以行者，如《四书第一评》，《第二评》，《水浒传》，《琵琶》，《拜月》诸评，皆出文通手。文通自有《中庸颂》，《法海雪》，《悦容编》诸集；今所传者，独《悦容编》耳。文通甲子乙丑间游吾梁，与雍邱侯五汝戡倡为海金社，合八郡知名之士，人镌一集以行。中州文社之盛，自海金社始。后误纳一丽质，为其夫殴死。文通气息仅属，犹鸣冤邑令前，惜乎无有白其事者。侯汝戡言，其遗骸至今旅泊雍邱郭外。

案：尝见《水浒传》二种：一曰《忠义水浒传》，凡一百回，有李贽序，一曰《新镌李氏藏本忠义水浒全书》，凡一百二十回，有楚人杨定见序。卷中并有批语，称出李卓吾手，而肤陋殊甚，殆即叶文通辈所为。

（《劝戒四录》四）汪棣香曰："施耐庵成《水浒传》，奸盗之事，描写如画，子孙三世皆哑。金圣叹评而刻之，复评刻《西厢记》等书，卒陷大辟，并无子孙。盖《水浒传》诲盗，《西厢记》诲淫，皆邪书之最可恨者。"

（《茶香室丛钞》十七）国朝刘廷玑在《在园杂识》云："《三国演义》叙述不乖正史，而桃园结义，战阵回合，不脱稗官窠臼。杭永年一仿圣叹笔意批之，似属效颦，然亦有开生面处。《西游》为证道之书，邱长春借说金丹奥旨，汪澹漪批注处，大半摸索皮毛，即《通书》之太极无极，何能一语道破邪？《金瓶梅》以淫说法，彭城张竹坡为之先总大纲，次则逐卷逐段分注批点，可以继武圣叹。按金圣叹评《水浒》，人人知之。至《三国演义》为杭永年评，《西游》为汪澹漪评，《金瓶梅》为张竹坡评，则知者鲜矣。"《金瓶梅》余未寓目，至《西游记》，每回必有悟一子评，其即"汪澹漪"乎？惟邱长春别有《西游记》，非此书也。刘氏沿袭俗说，失之。

禁黜

(《癸巳存稿》九)顺治七年正月，颁行清字《三国演义》。此如明时文渊阁书，有《黄氏女书》也。《黄氏女书》为念佛，《三国演义》为关圣，一时人心所向，不以书之真伪论。其小说之禁，顺治九年题准，琐语淫词通行严禁。康熙四十八年六月议准，淫词小说及各种秘药，地方官严禁。五十三年四月九卿议定，坊肆小说淫词严查禁绝，板与书尽销毁，违者治罪，印者流，卖者徒。乾隆元年复准，淫词秽说，迭架盈箱，列肆租赁，限文到三日销毁；官故纵者照禁止邪教不能察缉例，降二级调用。嘉庆七年禁坊肆不经小说，此后不准再行编造。十五年六月御史伯依保奏禁《灯草和尚》，《如意君传》，《浓情快史》，《株林野史》，《肉蒲团》等。谕旨不得令吏胥等藉端坊市纷纷搜查，致有滋扰。十八年十月，又禁止淫词小说。

(《十驾斋养新录》十八)唐士大夫多浮薄轻佻，所作小说，虽非奇诡妖艳之事，任意编造，诳惑后辈。而牛僧孺《周秦行纪》尤为狂诞，至称德宗为沈婆儿，则几于大不敬矣。李卫公《穷愁志》载其文，意在族灭其家而始快，虽怨毒之词，未免过当，而僧孺之妄谈，实有以招之也。(或云僧孺本无此记，卫公门客伪造耳。)宋元以后，士之能自立者，皆耻而不为矣。而市井无赖，别有说书一家，演义盲词，日增月益，诲淫劝杀，为风俗人心之害，较之唐人小说，殆有甚焉。

(《求益斋文集》五《佩雅堂书目》小说类序)昔许文正公有言："弓矢所以待盗也，使盗得之，亦将待人。信哉斯言，自文字作而简策兴，圣贤遗训，借以不坠，而惑世诬民之书，亦因是得传。有为书至陋若嬉戏不足道，而亦能为害者，如小说是已。虞初齐谐，其来已久，魏晋至唐，作者寖广，宋以后尤多，其诡诞鄙亵亦曰益甚。观者犹且废时失业，放荡心气，况于为之者哉？下至闾巷小人，转相慕效，更为传奇演义之类，蛊诳愚蒙，败坏风俗,流毒尤甚。夫人幸而读书,能文辞,既不能立言,有补于世,汲汲焉思以著述取名,斯已陋矣。然亦何事不可为者?何致降而为小说,敝神劳思,取媚流俗,甘为识者所耻笑,甚矣其不自重也!然亦学术之衰,无良师友教诲规益之助,故邪辟污下,至于此极而不自悟其非。呜呼,可哀也已!魏晋以来小说,传世既久,余家亦间有之,其辞或稍雅驯,姑列于目;而论其失,以为后戒焉。

(《啸亭杂录》十)案纪晓岚宗伯《滦阳续录》载五火神事,力辨其妄。因思委巷琐谈,虽不足与辩,然使村夫野妇闻之,足使颠倒黑白。如关公释曹操,潘美陷杨业,此显然者。近有《承运传》,载朱棣纂逆事,乃以铁景二公为奸佞。又有《正统传》,以于忠肃为元恶大憝。又本朝《佛抚院》盲词,以李文襄公(之芳)为奸臣,包庇其弟。此皆以忠为奸,使人竖发。不知作俑者始自何人?任使流传后世,不加禁止,亦有司之过也。

(《啸亭续录》二)自金圣叹好批小说,以为其文法毕具,逼肖龙门,故世之续编者,汗牛充栋,牛鬼蛇神,至士大夫家几上无不陈《水浒传》《金瓶梅》以为把玩。余以小说初无一佳者;其他庸劣者无足论,即以前二书论之。《水浒传》官阶地里,虽皆本之宋代,然桃花山既为鲁达由代郡之汴京路,何以三山聚义时,反在青州?北京之汴,不过数程,杨志奚急行数十日尚未至,又纡至山东郓城,何也?此皆地理未明之故。一百八人原难铺排,然亦必各见圭角,始为著书体裁,如太史公《汉兴诸王侯》是也。今于鲁达林冲,详为铺叙,至卢俊义、关胜辈,乃天罡著名者,反皆草率成章,初无一见长者。又于马麟蒋敬等四五人,层见迭出,初不能辨其眉目。太史公之笔,固如是乎?至三打祝家庄后,文字益加卑鄙,直与《续传》无异,此善读书人必能辨别者。《金瓶梅》其淫亵不待言;至叙宋代事,除《水浒》所有外,俱不能得其要领,以宋明二代官名羼乱其间,最属可笑。是人尚未见商辂《宋元通鉴》者,无论宋金正史,弇州山人何至简陋若此,必为赝作无疑也。世人于古今经史,略不过目,而津津于淫邪庸鄙之书,称赞不已,甚无谓也。

杂说

(《五杂组》十五)小说野俚诸书,稗官所不载者,虽极幻妄无当,然亦有至理存焉。如《水浒传》无论已。《西游记》蔓延虚诞,而其纵横变化,以猿为心之神,以猪为意之驰,其始之放纵,上天下地,莫能禁制,而归于紧箍一咒,能使心猿驯伏,至死靡他,盖亦求放心之喻,非浪作也。《华光》小说则皆五行生克之理,火之炽也,亦上天下地,莫之扑灭,而

真武以水制之，始归正道。其他诸传记之寓言者，亦皆有可采。惟《三国演义》与《钱塘记》《宣和遗事》《杨六郎》等书，俚而无味矣。何者，事太实则近腐，可以悦里巷小儿，而不足为士君子道也。

凡为小说及杂剧戏文，须是虚实相半，方为游戏三昧之笔，亦要景情造极而止，不必问其有无也。古今小说家如《西京杂记》《飞燕外传》《天宝遗事》诸书，《虬髯》《红线》《隐娘》《白猿》诸传，杂剧家如《《荆钗》《蒙正》等词，岂必真有是事哉？近来作小说稍涉怪诞，人便笑其不经。而新出杂剧，若《浣纱》《青衫》《义乳》《孤儿》等作，必事事考之正史，年月不合，姓字不同，不敢作也。如此，则看史传足矣，何名为戏？

聂隐娘

（《觚胜续编》一）传奇演义，即诗歌纪传之变而为通俗者，哀艳奇恣，各有专家。其文章近于游戏，大约空中结撰，寄姓氏于有无之间有征其诡幻。然博考之，皆有所本。如《水浒传》三十六天罡，本于龚圣与之《三十六赞》；其《赞》首呼保义宋江终扑天雕李应，《水浒》名号，悉与相符，惟易尺八腿刘唐为赤发鬼，易铁天王晁盖为托塔天王，则与龚《赞》稍异耳。《琵琶记》所称牛丞相，即僧孺。僧孺子牛蔚与同年友邓敞相善，强以女弟妻之。而牛氏甚贤，邓原配李氏亦婉顺有谦德；邓携牛氏归，牛李二人各以门第年龄相让，结为姊妹。其事本《玉泉子》，作者以归伯喈，盖憾其有愧于忠，而以不尽孝讥之也，古以孝称者，莫著于王氏，哀祥其首也。若夫万里寻亲，则《滇南恸哭记》亦系王绅之事。故近时传奇行世者，两孝子皆姓王。岂无所本而命意乎？

（《香祖笔记》十）小说演义，亦各有所据。如《水浒传》《平妖传》之类，予尝详之《居易录》中。又如《警世通言》有《拗相公》一篇，述王安石罢相归金陵事，极快人意，乃因卢多逊谪岭南事而稍附益之耳。故野史传奇，往往存三代之直，反胜秽史曲笔者倍蓰。前辈谓村中儿童听说三国事，闻昭烈帝败则颦蹙，曹操败则欢喜踊跃，正此谓也。礼失而求之野，惟史亦然。

（《茶香室丛钞》十七）《平妖传》，《禅真逸史》，《金瓶梅》，皆平话也。《倭袍》，《珍珠塔》，《三笑姻缘》，皆弹词也。乃《曲海》所载，则皆有曲本。学问无穷，即此可见矣。

(《小说小话》)闻罗贯中有十七史演义,今惟《三国演义》流行最广(据陈鼎《黔滇纪游·关索岭考》,则以《三国演义》为王实甫作,不知何本),其次则《隋唐演义》亦稍传布,余无可稽矣。兹据余少时所见而能追忆者,依历史时代,不问良劣,略次于左——

《开辟传》颟顸无可观。

《禹会涂山记》点窜古书,颇见赅博,惟大战防风氏一段,未脱俗套。闻此书系某名士与座客赌胜,穷一日夜之力所成,不知是原本否?

《采女传》系叙彭祖兴霸,娶八十一妻,生百五十子,皆擅才智。殷不能制,物色得采女,进于彭祖,以房中术杀之。设想颇奇,但多淫秽语。

《封神榜》相传为一老儒所作,以板值代奁赠嫁女者。

《西周志》铺张昭王南征,穆王见西王母及平徐偃王事。较《列国志》稍有变化,而语多不根。

《东周列国志》亦见经营惨淡之功,惟《左》《国》《史记》之叙事,妙绝千古,妄为变换铺张,不免点金成铁。

《前后七国志》恶劣。

《西汉演义》平衍。

《昭阳趣史》本《飞燕外传》,不脱通常色情小说习气。

《东汉演义》与《西汉演义》如出一手。

《班定远平西记》杜撰无理,不如近人所著杂剧也。

《三国演义》武人奉为孙吴,伧父信逾陈裴,重译者数国,颇见价值。

《后三国志》恶劣。

《两晋演义》平衍。

《南北史演义》稍有兴味,惟装点鬼怪,殊为蛇足。

《禅真逸史》有前后篇。书中主人公前编为林澹然,后编为瞿琰,至点缀以薛举、杜伏威诸人之三生因果,凭空结撰,不知其命意何在。

《梁武帝外传》与《东西汉演义》伯仲。

《隋炀艳史》不俗。

《隋唐演义》证引颇宏富,自隋平陈至唐玄宗复辟止,贯穿百数十年事迹,一丝不紊,颇见力量,信足与《三国演义》抗行。

《说唐》《征东》《征西》皆恶劣。盖《隋唐演义》词旨渊雅,不合社会之程度,黠者另编此等书,以徇俗好。凡余所评为恶劣者,皆最得社会之欢迎,所谓都都平丈我,学生满堂坐，俗情大抵如是，岂止叶公之好龙哉！

《锦香亭》以雷万春甥女为主，而间以睢阳守城事，不伦不类，亦恶札也。

《反唐》《绿牡丹》与《说唐》等略同。

《则天外史》颇有依据，笔亦姚冶，可与《隋炀艳史》相匹；非《浓情快史》，《如意君传》，《狄公案》等所能望其项背也。

《残唐演义》《飞龙传》《太祖下南唐》《金枪传》《万花楼》《平南传》《平西传》皆恶劣。

《平妖传》虽涉神怪，然王则本以妖妄煽乱，非节外生枝。

而如张鸾、严三点、赵无暇、诸葛遂，多目神事，皆有所本。

叙次亦明爽，不可与《许旌阳传》《升仙传》《四游记》诸书、鬼笑灵谭，绝无意识者等观。

《水浒传》已有专论。

《英雄谱》即罗贯中之《续水浒》。笔墨亦远不如前集，无论宗旨，宜金采之极口诋斥也。

《水浒后传》处处模仿前传，而失之毫厘，谬以千里。《荡寇志》警绝处几欲驾耐庵而上之（如陈丽卿、杨腾蛟诸传，及高平山采药，荀冠仙指迷各段，皆耐庵屐齿所未经），惜通体不相称；而一百八人之因果，虽针锋相对，未免过露痕迹。

《精忠传》平衍。

《岳传》较《精忠传》稍有兴会，而失之荒俚。岳忠武为我国武士道中之山海麟凤.即就其本传铺张，已足震烁古今，此书多设支节，反令忠武减色。凡通俗历史小说中，于第一流人物，辄暗加抑置，谓并世似彼者有若而人，胜彼者有若而人。

如《说唐》中之秦琼、尉迟恭，《英烈传》中之常开平，此书之忠武，皆若侥幸成名者。意谓天下之大，成名者不过数人，其无名之英雄，沦落不偶者，盖不知凡几焉，然而矫诬亦甚矣。

《后精忠传》以孟珙为主人翁，程度与《岳传》相似，而稍有新意。

《采石战记》书中虽以叙虞允文战功为主，而多记完颜亮秽乱事，直海陵之外史耳。

《雪窖冰天录》即《阿计替南渡录》而变为章回小说。然著者熟于宋人稗史，其增益者颇有所依据。

《贾平章外传》其叙述娴静，即为《红梅阁传奇》所本。襄樊城守数回，涉及神怪，殊觉无谓。

《双忠记》以张顺、张贵为主人翁，虽寥寥短简，尚能传二张忠勇之神。

《楚材晋用记》以谭峭为仙人，而张元、吴昊、叩马书生、施宜生、张宏范等，皆出其门下，作者之用意，盖不胜其沉痛也。

《大元龙兴记》铺扬蒙古功德，诚觍然无耻。然崇拜番僧回将，虏丑毕陈；而侈述元之发祚，较苍猿白鹿尤觉可笑，亦可谓不善献媚者矣。

《庚申君外传》大半采《演揲儿传》，加以装点，无甚历史小说价值，然宫禁秘事，多有所本。

《奇男子传》元末群盗，史多不详，此书足补其阙。唯以常开平与扩廓为伍胥、申胥变相，未免拟不于伦。

《英烈传》一称《云合奇踪》。相传为郭勋觊觎袭爵，使人为此书以张其祖功。书甚恶劣，尚不能出《东西汉演义》上，而托名天池，抑何可笑。

《真英烈传》似因反对前书而作。开国诸将中，于郭英多所痛诋，而盛述傅友德、胡德济（即平话中之王于），邵荣（即平话中之蒋忠）功业。平川之役，特表万胜，而所谓飞天将铁甲将者，亦多有来历，胜前书多矣（今日说平话者，当即以此为蓝本）。又此书中谓沐黔国为高后私生子，而懿文与永乐则皆畜养于中宫者。永乐为庚申君遗腹，其母瓮妃，蓝玉北征时俘获，太祖纳诸宫中，而玉曾染指焉。故玉之祸，不仅为长乐之功狗，且因于长信之奇货也。以上散见于明人野史中；而瓮妃一事，张岱《陶庵梦忆》，刘献廷《广阳杂记》中皆载之，未必尽委巷之谈也。

《女仙外史》青州唐赛儿之乱，奉惠帝年号，而《石匮奇书》（即谷应泰《明史纪事本末》原本）中，更盛述赛儿奇迹，即是书所本也。作者江南吕某，书中军师吕律，即作者自命。国初王士祯、刘廷玑辈，皆诧为说部中之奇作。平心论之，其言魔仙佛并称三教，理想殊奇特；而即以成祖惨酷刑法，对待一辈靖难功臣，请君入瓮，痛快无似。至全书结构，则仍未脱四大奇书之窠臼也。

《西洋记》记郑和出使海外事。国土方物，尚不谬于史乘，而仙佛鬼怪，随手扭捏，较《封神榜》，《西游记》尤荒唐矣。近时硕儒有推崇此书而引以考据者，毋亦好奇之过欤？

《鱼服记》惠帝遁荒一事，千古疑案。此书事迹，作者谓得诸程济后人，殆与今日亲见福尔摩斯之子而得闻奇案者同一可笑（作者为本朝人而言遇程济子）。惟所记山川方物，颇有可观，而组织处亦见苦心。

《鸱鸮记》其体格颇特别，似分非分，似连非连，（章回小说有两体，平常皆以一人一事联络，而中分回目。若《今古奇观》《贪欢报》《国色天香》之类，皆一事为一回。）此书自高煦称兵，以及寘鐇宸濠而至靖江王为止，或数回叙一事，或一回叙数事，虽事有详略，不能匀称，然亦见其力量之弱矣。《太妃北征录》此书余未见首尾，约有百余回，笔意颇恣肆。太妃不知指何人，盖合周天后辽萧后为一人者。而清唐国招亲一段，尤极怪异。《正统传》大约系石亨，曹吉祥之党徒所为。书中以于忠肃为元凶大憝，可谓丧心病狂。然明人小说，以私怨背公理，是其积习；唯此书与《承运传》(亦记靖难事者，痛诋方、练、景、铁诸公，不留余地)，颠倒是非为尤甚耳。若以张江陵为巨奸，杨武陵为大忠者，固数见不鲜矣。《野叟曝言》作者江阴夏某(名二铭，著有《种玉堂集》，亦多偏驳。此书原缺数回，不知何人补全，先后词气多不贯)，文白即其自命，盖析夏字为姓名也。康熙中，当道诸公争尚程朱学说，而排斥陆王，作者曾从某相国讲学，故雅意迎合，书中所谓时太师者、虽若影射彭时，实指某相国也。其平生至友为王某、徐某，则所谓匡无外、余双人者是也。同邑仇家周某，则所谓吴天门者是也。夫小说虽无所不包，然终须天然凑合，方有情趣。若此书之忽而讲学，忽而说经，忽而谈兵论文，忽而诲淫语怪，语录不成语录，史论不成史论，经解不成经解，诗话不成诗话，小说不成小说，《杂事秘辛》与昌黎《原道》同编，香奁妆品与庙堂礼器并设，《阳阿》《激楚》与《云门》《咸池》共奏，岂不可厌？且作文最患其尽，小说兼文学美术两性质，更不宜尽；而作者乃以尽之一字为其唯一之妙诀，真别有肺肠也。其竭力贡献尊王法圣之奴隶性，以取媚于权要者，固无足深论矣。《萃忠录》表扬于忠肃诸公大节，与《正统传》正相反。然笔下枯槁无味，视盲词中《再造天》，直一丘之貉耳。《玉蟾记》亦似为夺门案中诸忠吐气，然庸劣特甚。《武皇西巡记》作者署名江南旧吏。观其序言，大约乾隆中官江南，因供应巡幸不善而被议者，故作此以指斥。词采颇丰蔚，所叙事实亦似得之躬历，非叔孙通绵蕞所习之强作解事者比。《豹房秘史》妖艳在《隋炀艳史》上。唯《艳史》皆有所依据，而此书则多凭空结撰，犹《金瓶梅》之借《水浒》武松传中一事而发抒其胸中怨毒耳。《伟人传》以徐武功、韩襄毅、王新建、王威宁四人为主，盖小说中之合传体也。然事迹多不经，全乖于本传。又四人功业虽可颉颃，而以人格论，则不免老子、韩非之诮。

明人小说，以序述武宗荒晏，宸濠举兵，及江浙倭乱，严氏奸恶者为最伙，然多无甚价值，故不备列。

《金齿余生录》署名为用修自著，然未必真出其手，因词气多不类也。叙述议大礼事，亦多与史矛盾，唯记苗族风尚，颇瑰异可观。

《骖鸾录》叙世宗崇道事，盖《周穆》《汉武内外传》之流。唯书中李福、建陶仲文、蓝道行，皆实有其人，事迹则出之装点耳。

《青词宰相传》夏贵溪亦佞幸一流，人格在张孚敬下，幸为严氏所倾陷，死非其罪，故

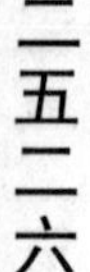

世多惜之；又得《鸣凤记》等为之极力推崇，俨然蹇蹇老臣矣。此书则极力丑诋之，无异章惇、蔡京，又未免太过。扬之则登天，抑之则置渊，文人之笔锋，诚可畏哉！小说，犹其小焉者也。

《绿野仙踪》盖神怪小说而点缀以历史者也。其叙神仙之变化飞升，多未经人道语；而以大盗，市侩，浪子，猿，狐为道器，其愤世尤深，烧丹一节，虽以唐小说中《杜子春传》为蓝本，而能别出机杼，且合之近日催眠学家所实验者，固确有此理，非若《女仙外史》之好强作解事而实毫无根据者比也。唯平倭一节，诋胡梅林不留余地，不知何意？梅林将业，虽不足观，然功过尚足相掩，在当时节镇中，不可谓非佼佼者，正未容一笔抹杀也。相如江陵，将如梅林，而明人小说中每痛毁之，盖必别有不满意于当时社会者在焉。

《东楼秽史》笔力恣肆，尤出《金瓶梅》上，所不及《金瓶梅》者，彼洋洋百余回，全叙家人琐屑，不涉门外事，而此则国政，兵务，神仙，鬼怪，掺杂其间，不及五十回，已成强弩之末矣。

《大红袍》笔颇整饬，非今日坊间通行之本；而一传一不传，殊觉可怪。我国章回小说界中，每一书出，辄有真赝两本，如此书及《隋唐演义》与《说唐》是也。然真而雅者，每乏赏音，赝而俗者，易投时好；一小说也，而其遭际如此，亦可以觇我国民之程度矣。尚有所谓《福寿大红袍》者，盲词也，盖就赝本更翻者，则其庸恶陋劣，无待言矣。

《梼杌闲评》魏忠贤之外史也，亦有奇伟可喜处。唯以傅应星为忠贤所生，且极口推崇之，不知其命意所在。今坊间翻刻，易其名曰《明珠缘》。

《护国录》书中所谓张阁老、朱国公者，不知指何人。叙三案事，尚未全失实，唯颇不满意于沉四明及王之寀；而文致郑国泰，视为梁冀一流，虽下流所归，而不知郑之庸劣，实不足以当之。欲甚其罪，而反重其身价，世间事往往有此。

《卖辽东传》曾见传钞残本，虽多落窠臼，而颇多逸闻。惟冯布政父子奔逃一回，即涿州与东林搆怨之一原因者，则阙之矣。

《瑶华传》平空搆一福藩女为主，亦能别出手眼者。虽荒诞秽亵，不可究诘，然较之《隔帘花影》，《绮楼重梦》等蝇矢污璧者，倜乎远矣。

《甲申痛史》书中以怀宗为成祖后身，流寇则靖难诸臣转世报仇者。其荒邈无稽，与《续水浒》之宋江为杨幺，卢俊义为王魔，及《三分梦》之韩、彭、英布转世为昭烈、操、权者，如出一辙。此固小说家之陋习，而亦可见我国民因果报应之说，中于心者深也。（成祖转生为怀宗之说，《霜猿集》等亦载之，而以流寇为胡蓝案中人，则《西堂乐府》亦有此类怪谈，彼稗官家，固元足责也。）

《陆沉纪事》自萨尔浒之战起至睿忠亲王入关止。其事迹皆魏源《开国龙兴纪》所不及知者。虽多道路流传语，而作者见闻较近，且无忌讳，亦不能尽指为齐东语也。书中于辽东李氏、佟氏逸事，特多铺张；而九莲菩萨会文殊一回，稽之礼亲王《啸亭杂录》，亦非全出傅会也。

《铁冠图》此书共有三本。今所通行之《新史奇观》，即其中之一，而亦不完全，盖因有所触忌而窜改也。其一则全言因果报应，与《甲申痛史》大致相同。其一以毛文龙为主人翁，吴、耿、孔、尚皆其偏裨（耿、孔、尚确系文龙养孙）。而以洪辽阳为出毛门下，因至长白山，拟师边大绶故智，为神所呵，遂知天命有在，幡然归顺（此事于明人野史中亦曾见之，盖顾亭林逸事），殊极荒谬。唯五龙会一节（五龙盖谓世祖、明怀宗、唐王及闯、献皆逃禅，就一师受记），尚有所本，今说评话者，似即据此为蓝本。

《海角遗编》记常熟严械等举兵事。原本有四卷，后附题赞书中诸人诗一卷，今传钞者，仅有首二卷也。

《江阴城守记》即《荆驼逸史》中之一种，而易为通俗小说。书中四王八将，皆有姓氏，而稽之别种记载，几若亡是公。且国初王之阵亡者，仅有尼堪与孔有德，事在滇粤，不在江阴也。大约所谓王者，系军中绰号，如流寇中混世王，小秦王之类耳，非封爵也。又当鼎革时，草泽之投诚者，每要求高爵，或权宜假借，以戢反侧，虽未经奏请，而相呼以自贵，亦未可知。苏郡之变，有所谓八大王者，亦其伦也。

《殷顽志》专记大岚山朱三太子、一念和尚等之变，而于各处举义旗者多不及，名殊未称。闻尚有《沙溪妖乱志》一书，亦记朱三、一念事，余未之见也。

《鲸鲵录》此书搜罗颇广，自鲁监国，越中水师及闽之郑氏，太湖之吴易、黄蜚等义兵，而群盗如赤脚张三等亦附列焉。惟满家峒伏莽，地占平原，而谓有隧道可通莱州入海，则真齐东之语矣。《投笔集》中有所谓阮姑娘者，当即此书中阮进之妹，飞龙、飞蛟，不知谁属。

《台湾外纪》此延平别传也。从飞黄椎埋以至克塽舆榇，首尾数十年事迹甚详备。作者见闻较近，当有所根据，惟叙次散漫，多近乎断烂朝报，不甚合章回小说体裁焉。

《前后十叛王记》国初武略，世多侈言前后三藩，而此书独称十王。盖于宏光、隆武、永历之外，加入鲁王及李定国、孙可望为前六王，而以孙延龄为孔有德婿，更其姓为孔延龄，而附于吴、尚、耿为后四王。然明之三藩，不可云叛，而孙李人格，绝然相反，又岂可并列，亦好奇之过也。然书中所记张勇激变王辅臣、傅宏烈伪降，及射猎杀孙可望事，皆与刘献廷《广阳杂记》所载相合，亦非漫无根据者。

《毗舍耶小劫记》记朱一贵之乱也。一贵本明裔（见日本人《朱一贵事》）。所谓鸭母，其实龙孙也。唯一贵骤起骤灭，荡平不过旬月，书中时间，未免延长。又以杜君英为郑忠英，指为克塽之后，不知何本。

《平台记》事迹与前书略同。惟词意多鄙倍，蓝鼎元《平台纪略序》中所指，当即是书。

《年大将军平西记》脱胎于《封神榜》《西洋记》，而魄力远逊之；然较《征东》《平南》诸书，则倜平远矣。惟合金山，青海为一地，又以噶尔丹，策妄布坦拉为罗卜藏、丹津将帅，及以哈敦为阿奴名，本朝人演本朝事，而颠倒纰缪至此，殊令人齿冷。我乡徐太史兆韦素推重是书，大约因书中神怪各节，所谓阵图法宝者皆有寓意而偏嗜之，然不免好奇之过也。

《蟫史》此小说中之协律郎诗，《魁纪公》文也。书中主人甘鼎，盖指傅鼎，傅之财力，在明韩襄毅、王威宁右，而未竟其用，举世悼惜，故好事者撰为是书，以同时一切战绩，归传一身，致崇拜之意。但惧干忌讳，故出之以度词隐语，饰之以牛鬼蛇神，以炫阅者之耳目。但细考之，书中人物事迹，仍历历显露。（如玉石之为琅玕，余舜佐之为李侍尧，斛斯贵之为福康安，贺兰观之为海兰察，龙木兰之为龙幺妹，木宏纲之为柴大纪，梅飒采、严多稼之为林爽文、庄大田。其余若群网、鸳鸞二城，则诸罗、凤山也。青黄黑赤自五苗，则九股十三姓诸种也。五斗米贼，则川陕各号之白莲教匪也。当时朝议甚惜齐王氏之才，有欲抚之使平苗自赎者，故尊之为锁骨菩萨，别树一帜，不混于五斗米贼中。陈文述曾令常熟，为诸名士所推服，所谓都毛子者，殆即其人也。余不备述。）虽章回小说乎，而有如《庄》《列》者，有如《竹书》《路史》者，有如《易林》《太玄》者，有如《山海》《岳渎》《神异经》者，有如《杂事秘辛》《飞燕外传》《周秦行记》者。盖奄有《水浒记》《西游记》《金瓶梅》诸特色，而无一语袭其窠臼，虽好用词藻，及侈陈五行机祥，而乏真情逸致，然不可谓非奇作也。小说界中之富于特别思想者，除《西游补》外，无能逮者，但不便于通俗耳。按此书笔意，颇与说部中《璅蛣杂记》（一名《六合内外琐言》）相似，但彼系散篇，此为长本，劳逸难易固不同也。乾嘉中文字，能为此狡狯伎俩者，惟舒位、王昙，究不知谁作也。（或即舒位所作。盖舒参戎幕时，曾与龙幺妹有情愫，其赠诗所谓"上马一双金齿屐，乘鸾十八玉腰奴"者是也。书中盛述木兰神通，若有味乎其言之，当非无故。而所谓桑蠋生者，意即作者自指焉。）

《鼎盛万年青》此书有真赝二本。真本事迹与《南巡纪事》相出入，尚有稗乘价值。今坊间所发行者，盖赝本也，三四集下，尤恶劣万状，则赝之赝者也。（古今伪书极多，心劳日拙，已觉无谓。而章回小说之下乘者，亦复袭其风气［如此书及《说唐》《大红袍》《铁冠图》之类]，是可见人心之日下，挟叶公之好者日多，而冯贽、杨慎等作俑之流极无已焉。)

吾国小说，具历史性质者，正指不胜屈。而鄙人见闻浅狭，且记忆力日减退，有志其书名而事迹不能追省者，亦有事迹了然而忘其书名者，随手掇拾，挂一漏万。海内博雅君子见之，宁无辽豕之诮？

(《新世说》二)乾隆时小说盛行，其言之雅驯者，言情之作则莫如曹雪芹之《红楼梦》，讥世之书则莫如吴文木之《儒林外史》。曹以婉转缠绵胜，思理精妙，神与物游，有将军欲以巧胜人，盘马弯弓故不发之致；吴以精刻廉悍胜，穷形尽相，惟妙惟肖，有箭在弦上不得不发之势，所谓各造其极也。(曹名未详，江南上元人。吴名敬梓，安徽全椒人，)

引用书目

都穆《听雨纪谈》一卷

朗瑛《七修类稿》五十一卷《续稿》七卷

高儒《百川书志》二十卷

田汝成《西湖游览志余》二十六卷

王圻《续文献通考》二百五十四卷

周弘祖《古今书刻》二卷

胡应麟《少室山房笔丛》四十八卷

沈德符《野获编》三十卷《补遗》四卷

谢肇淛《五杂组》十六卷

王骥德《曲律》四卷

天启《淮安府志》二十四卷

徐树丕《识小录》四卷

以上明人著作

周亮工《因树书屋书影》十卷

康熙《淮安府志》十三卷

王晫《今世说》八卷

钮琇《觚胜》八卷《续编》四卷

王士祯《居易录》三十四卷《香祖笔记》十二卷《古夫于亭杂录》六卷

朱彝尊《明诗综》一百卷

钱曾《也是园书目》十卷

洪亮吉《玉尘集》二卷《北江诗话》二卷

顾公燮《消夏闲记摘抄》三卷

袁枚《随园诗话》十六卷

桂馥《晚学集》八卷

金捧阊《客窗偶笔》四卷二笔一卷

钱大昕《十驾斋养新录》二十卷

翟灏《通俗编》三十八卷

焦循《剧说》六卷

师范《习园藏稿鹗亭诗话合序》

之江抱阳生《甲申朝事小纪》八卷

沈涛《交翠轩笔记》四卷

梁绍壬《两般秋雨盦随笔》八卷

张维屏《国朝诗人征略》六十卷《二编》六十四卷

杨懋建《梦华琐簿》一卷

俞鸿渐《印雪轩随笔》四卷

梁章钜《浪迹丛谈》十卷《续谈》八卷《归田琐记》八卷

丁晏《石亭记事续编》一卷

俞正燮《癸巳存稿》十五卷

梁拱辰《劝戒近录》《续录》《三录》《四录》各六卷

姚元之《竹叶亭杂记》八卷

林昌彝《射鹰楼诗话》二十四卷

张祥河《关陇舆中偶忆编》一卷

陆以湉《冷庐杂识》八卷

倪鸿《桐阴清话》八卷

焦东周生《扬州梦》四卷

叶廷琯《吹网录》六卷

王侃《江州笔谈》二卷

谢章铤《赌棋山庄文集》七卷《课余续录》五卷

同治《山阳县志》二十一卷

严元照《蕙櫋杂记》一卷

吴玉搢《山阳志遗》四卷

李元度《国朝先正事略》六十卷

采蘅子《虫鸣漫录》二卷

光绪《江阴县志》三十卷

光绪《嘉兴府志》八十八卷

昭梿《啸亭杂录》十卷《续录》三卷

陈康祺《郎潜纪闻》十四卷《燕下乡脞录》十六卷《郎潜纪闻》三笔十二卷

光绪《淮安府志》四十卷

俞樾《春在堂随笔》十卷《茶香室丛钞》二十三卷《续钞》二十五卷《三钞》二十九卷

《九九消夏录》十四卷

邹弢《三借庐笔谈》十二卷

金武祥《粟香随笔》至《五笔》各八卷《江阴艺文志》一卷

李慈铭《荀学斋日记》十卷

杨文会《等不等观杂录》八卷

以上清人著作

周桂笙《新庵笔记》四卷

吴沃尧《我佛山人笔记》四卷

《小说小话》

易宗夔《新世说》八卷

唐宋传奇集

序例

东越胡应麟在明代,博涉四部,尝云:“凡变异之谈,盛于六朝,然多是传录舛讹,未必尽幻设语。至唐人,乃作意好奇,假小说以寄笔端。如《毛颖》《南柯》之类尚可,若《东阳夜怪》称成自虚,《玄怪录》元无有,皆但可付之一笑,其文气亦卑下亡足论。宋人所记,乃多有近实者,而文彩无足观。”其言盖几是也。厌于诗赋,旁求新途,藻思横流,小说斯灿。而后贤秉正,视同土沙,仅赖《太平广记》等之所包容,得存什一。顾复缘贾人贸利,撮拾雕镌,如《说海》,如《古今逸史》,如《五朝小说》,如《龙威秘书》,如《唐人说荟》,如《艺苑捃华》,为欲总目烂然,见者眩惑,往往妄制篇目,改题撰人,晋唐稗传,黥劓几尽。夫蚊子惜鼻,固犹香象,嫫母护面,讵逊毛嫱,则彼虽小说,夙称卑卑不足厕九流之列者乎,而换头削足,仍亦骇心之厄也。昔尝病之,发意匡正。先辑自汉至隋小说,为《钩沉》五部讫;渐复录唐宋传奇之作,将欲汇为一编,较之通行本子,稍足凭信。而屡更颠沛,不遑理董,委诸行箧,分饱蟫蠹而已。今夏失业,幽居南中,偶见郑振铎君所编《中国短篇小说集》,扫荡烟埃,斥伪返本,积年堙郁,一旦霍然。惜《夜怪录》尚题王洙,《灵应传》未删于逖,盖于故旧,犹存眷恋。继复读大兴徐松《登科记考》,积微成昭,钩稽渊密,而于李徵及第,乃引李景亮《人虎传》作证。此明人妄署,非景亮文。弥叹虽短书俚说,一遭篡乱,固贻害于谈文,亦飞灾于考史也。顿忆旧稿,发箧谛观,黯淡有加,渝敝则未。乃略依时代次第,循览一周。谅哉,王度《古镜》,犹有六朝志怪余风,而大增华艳。千里《杨倡》,柳珵《上清》,遂极庳弱,与诗运同。宋好劝惩,摭实而泥,飞动之致,眇不可期,传奇命脉,至斯以绝。惟自大历以至大中中,作者云蒸,郁术文苑,沈既济,许尧佐擢秀于前,蒋防,元稹振采于后,而李公佐,白行简,陈鸿,沈亚之辈,则其卓异也。特《夜怪》一录,显托空无,逮今允成陈言，在唐实犹新意，胡君顾贬之至此，窃未能同耳。自审所录，虽无秘文，而曩曾用心，仍自珍惜。复念近数年中，能恳恳顾及唐宋传奇者，当不多有。持此涓滴，注彼说渊，献我同流，比之芹子，或亦将稍减其考索之劳，而得玩绎之乐耶。于是杜门摊书，重加勘定，匝月始就，凡八卷，可校印。结愿知幸，方欣已歉：顾旧乡而不行，弄飞光于有尽，嗟夫，此亦岂所以善吾生，然而不得已也。犹有杂例，并缀左方：

一、本集所取资者，为明刊本《文苑英华》；清黄晟刊本《太平广记》，校以明许自昌刻本；涵芬楼影印宋本《资治通鉴考异》；董康刻士礼居本《青琐高议》，校以明张梦锡刊本及旧抄本；明翻宋本《百川学海》；明钞本原本《说郛》；明顾元庆刊本《文房小说》；清胡珽排印本《琳琅秘室丛书》等。

一、本集所取，专在单篇。若一书中之一篇，则虽事极煊赫，或本书已亡，亦不收采。如袁郊《甘泽谣》之《红线》，李复言《续玄怪录》之《杜子春》，裴铏《传奇》之《昆仑奴》《聂隐娘》等是也。皇甫枚《飞烟传》，虽亦是《三水小牍》逸文，然《太平广记》引则不云出于何书，似曾单行，故仍入录。

一、本集所取，唐文从宽，宋制则颇加决择。凡明清人所辑丛刊，有妄作者，辄加审正，黜其伪欺，非敢刊落，以求信也。日本有《游仙窟》，为唐张文成作，本当置《白猿传》之次，以章矛尘君方图版行，故不编入。

一、本集所取文章，有复见于不同之书，或不同之本，得以互校者，则互校之。字句有异，惟从其是。亦不历举某字某本作某，以省纷烦。倘读者更欲详知，则卷末具记某篇出于何书何卷，自可覆检原书，得其究竟。

一、向来涉猎杂书，遇有关于唐宋传奇，足资参证者，时亦写取，以备遗忘。比因奔驰，颇复散失。客中又不易得书，殊无可作。今但会集丛残，稍益以近来所见，并为一卷，缀之末简，聊存旧闻。

一、唐人传奇，大为金元以来曲家所取资，耳目所及，亦举一二。第于词曲之事，素未用心，转贩故书，谅多讹略，精研博考，以俟专家。

一、本集篇卷无多，而成就颇亦匪易。先经许广平君为之选录，最多者《太平广记》中文。惟所据仅黄晟本，甚虑讹误。去年由魏建功君校以北京大学图书馆所藏明长洲许自昌刊本，乃始释然。逮今缀缉杂札，拟置卷末，而旧稿潦草，复多沮疑，蒋径三君为致书籍十余种，俾得检寻，遂以就绪。至陶元庆君所作书衣，则已贻我于年余之前者矣。广赖众力，才成此编，谨借空言，普铭高谊云尔。

中华民国十有六年九月十日，鲁迅校毕题记。时大夜弥天，璧月澄照，饕蚊遥叹，余在广州。

唐宋传奇集卷一

古镜记

王度撰

隋汾阴侯生,天下奇士也。王度常以师礼事之。临终,赠度以古镜,曰:“持此,则百邪远人。”度受而宝之。镜横径八寸,鼻作麒麟蹲伏之象。绕鼻列四方,龟龙凤虎,依方陈布。四方外又设八卦,卦外置十二辰位,而具畜焉。辰畜之外,又置二十四字,周绕轮廓,文体似隶,点画无缺,而非字书所有也。侯生云:“二十四气之象形。”承日照之,则背上文画,墨入影内,纤毫无失。举而扣之,清音徐引,竟日方绝。嗟乎,此则非凡镜之所同也。宜其见赏高贤,自称灵物。侯生常云:“昔者吾闻黄帝铸十五镜,其第一,横径一尺五寸,法满月之数也。以其相差各校一寸,此第八镜也。”虽岁祀攸远,图书寂寞,而高人所述,不可诬矣。昔杨氏纳环,累代延庆;张公丧剑,其身亦终。今度遭世扰攘,居常郁快,王室如毁,生涯何地,宝镜复去,哀哉!今具其异迹,列之于后,数千载之下,倘有得者,知其所由耳。

大业七年五月,度自御史罢归河东,适遇侯生卒,而得此镜。至其年六月,度归长安,至长乐坡,宿于主人程雄家。雄新受寄一婢,颇甚端丽,名曰鹦鹉。度既税驾,将整冠履,引镜自照。鹦鹉遥见,即便叩首流血,云:“不敢往。”度因召主人问其故。雄云:“两月前,有一客携此婢从东来。时婢病甚,客便寄留,云‘还日当取’。比不复来,不知其婢之由也。”度疑精魅,引镜逼之。便云:“乞命,即变形。”度即掩镜曰:“汝先自叙,然后变形,当舍汝命。”婢再拜自陈云:“某是华山府君庙前长松下千岁老狸,大行变惑,罪合至死。遂为府君捕逐,逃于河渭之间,为下邦陈思恭义女,蒙养甚厚。嫁鹦鹉与同乡人柴华。鹦鹉与华意不相惬,逃而东;出韩城县,为行人李无傲所执。无傲,粗暴丈夫也,遂将鹦鹉游行数岁,昨随至此,忽尔见留。不意遭逢天镜,隐形无路。”度又谓曰:“汝本老狐,变形为人,岂不害人也?”婢曰:“变形事人,非有害也。但逃匿幻惑,神道所恶,自当至死耳。”度又谓曰:“欲舍汝,可乎?”鹦鹉曰:“辱公厚赐,岂敢忘德。然天镜一照,不可逃形。但久为人形，羞复故体。愿缄于匣，许尽醉而终。”度又谓曰：“缄镜于匣，汝不逃乎？”鹦鹉笑曰：“公适有美言，尚许相舍。缄镜而走，岂不终恩？但天镜一临，窜迹无路，惟希数刻之命，以尽一生之欢耳。”度登时为匣镜；又为致酒，悉召雄家邻里，与宴谑。婢顷大醉，奋衣起舞而歌曰：“宝镜宝镜！哀哉予命！自我离形，于今几姓？生虽可乐，死必不伤。何为眷恋，守此一方！”歌讫，再拜，化为老狸而死。一座惊叹。大业八年四月一日，太阳亏。度时在台直，昼卧厅阁，觉日渐昏。诸吏告度以日蚀甚。整衣时，引镜出，自觉镜亦昏昧，无复光色，度以宝镜之作，合于阴阳光景之妙。不然，岂合以太阳失曜而宝镜亦无光乎？叹怪未已，俄而光彩出，日亦渐明。比及日复，镜亦精朗如故。自此之后，每日月薄蚀，镜亦昏昧。其年八月十五日，友人薛侠者，获一铜剑，长四尺。剑连于靶；靶盘龙凤之状，左文如火焰，右文如水波，光彩灼烁，非常物也。侠持过度，曰：“此剑侠常试之，每月十五日，天地清朗，置之暗室，自然有光，傍照数丈。侠持之有日月矣。明公好奇爱古，如饥如渴，愿与君今夕一试。”度喜甚。其夜，果遇天地清霁。密闭一室，无复脱隙，与侠同宿。度亦出宝镜，置于座侧。俄而镜上吐光，明照一室，相视如昼。剑横其侧，无复光彩。侠大惊，曰：“请内镜于匣。”度从其言，然后剑乃吐光，不过一二尺耳。侠抚剑叹曰：“天下神物，亦有相伏之理也。”是后每至月望，则出镜于暗室，光尝照数丈。若月影入室，则无光也。岂太阳太阴之耀，不可敌也乎？其年冬，兼著作郎，奉诏撰国史，欲为苏绰立传。度家有奴曰豹生，年七十矣。本苏氏部曲，颇涉史传，略解属文，见度传草，因悲不自胜。度问其故。谓度曰：“豹生常受苏公厚遇，今见苏公言验，是以悲耳。郎君所有宝镜，是苏公友人河南苗季子所遗苏公者。苏公爱之甚。苏公临亡之岁，戚戚不乐，常召苗生谓曰：‘自度死日不久，不知此镜当入谁手？今欲以蓍筮一卦，先生幸观之也。’便顾豹生取蓍，苏公自揲布卦。卦讫，苏公曰：‘我死十余年，我家当失此镜，不知所在。然天地神物，动静有征。今河汾之间，往往有宝气，与卦兆相合，镜其往彼乎？’季子曰：‘亦为人所得乎？’苏公又详其卦，云：‘先入侯家，复归王氏。过此以往，莫知所之也。”豹生言讫涕泣。度问苏氏，果云旧有此镜，苏公薨后，亦失所在，如豹生之言。故度为苏公传，亦具言其事于末篇，论苏公蓍筮绝伦，默而独用，谓此也。大业九年正月朔旦，有一胡僧，行乞而至度家。弟勣出见之。觉其神彩不俗，更邀入室，而为具食，坐语良久。胡僧谓勣曰：“檀越家似有绝世宝镜也。可得见耶？”勣曰：“法师何以得知之？”僧曰：“贫道受明录秘术，颇识宝气。檀越宅上，每日常有碧光连日，绛气属月，此宝镜气也。贫道见之两年矣。今择良日，故欲一观。”勣出之。僧跪捧欣跃，又谓勣曰：“此镜有数种灵相，皆当未见。但以金膏涂之，珠粉拭之，举以照日，必影彻墙壁。”僧又叹息曰：“更作法试，应照见腑脏。所恨卒无药耳。但

以金烟薰之，玉水洗之，复以金膏珠粉如法拭之，藏之泥中，亦不晦矣。”遂留金烟玉水等法，行之无不获验，而胡僧遂不复见。其年秋，度出兼芮城令。令厅前有一枣树，围可数丈，不知几百年矣。前后令至，皆祠谒此树，否则殃祸立及也。度以为妖由人兴，淫祀宜绝。县吏皆叩头请度。度不得已，为之以祀。然阴念此树当有精魅所托，人不能除，养成其势。乃密悬此镜于树之间。其夜二鼓许，闻其厅前磊落有声，若雷霆者。遂起视之，则风雨晦暝，缠绕此树，电光晃耀，忽上忽下。至明，有一大蛇，紫鳞赤尾，绿头白角，额上有王字，身被数创，死于树。度便下收镜。命吏出蛇，焚于县门外。仍掘树，树心有一穴，于地渐大，有巨蛇蟠泊之迹。既而坟之，妖怪遂绝。其年冬，度以御史带芮城令，持节河北道，开仓粮赈给陕东。时天下大饥，百姓疾病，蒲陕之间，疠疫尤甚。有河北人张龙驹，为度下小吏，其家良贱数十口，一时遇疾。度悯之，赍此入其家，使龙驹持镜夜照。诸病者见镜，皆惊起，云；“见龙驹持一月来相照。光阴所及，如冰著体，冷彻腑脏。”即时热定，至晚并愈。以为无害于镜，而所济于众，令密持此镜，遍巡百姓。其夜，镜于匣中冷然自鸣，声甚彻远，良久乃止。度心独怪。明早，龙驹来谓度曰：“龙驹昨忽梦一人，龙头蛇身，朱冠紫服，谓龙驹：我即镜精也，名曰紫珍。常有德于君家，故来相托。为我谢王公，百姓有罪，天与之疾，奈何使我反天救物！且病至后月，当渐愈，无为我苦。”度感其灵怪，因此志之。至后月，病果渐愈，如其言也。大业十年，度弟勣自六合丞弃官归，又将遍游山水，以为长往之策。度止之曰：“今天下向乱，盗贼充斥，欲安之乎？且吾与汝同气，未尝远别。此行也，似将高蹈。昔尚子平游五岳，不知所之。汝若追踵前贤，吾所不堪也。”便涕泣对勣，勣曰：“意已决矣，必不可留。兄今之达人，当无所不体。孔子曰：‘匹夫不夺其志矣。’人生百年，忽同过隙，得情则乐，失志则悲，安遂其欲，圣人之义也。”度不得已，与之决别。勣曰：“此别也，亦有所求。兄所宝镜，非尘俗物也。勣将抗志云路，栖踪烟霞，欲兄以此为赠。”度曰：“吾何惜于汝也。”即以与之。勣得镜，遂行，不言所适。至大业十三年夏六月，始归长安，以镜归，谓度曰：“此镜真宝物也！辞兄之后，先游嵩山少室，降石梁，坐玉坛。属日暮，遇一嵌岩，有一石堂，可容三五人，勣栖息止焉。月夜二更后，有两人：一貌胡，须眉皓而瘦，称山公；一面阔，白须，眉长，黑而矮，称毛生。谓勣曰：‘何人斯居也？’勣曰：‘寻幽探穴访奇者。’二人坐与勣谈久，往往有异义出于言外。勣疑其精怪，引手潜后，开匣取镜。镜光出而二人失声俯伏。矮者化为龟，胡者化为猿。悬镜至晓，二身俱殒。龟身带绿毛，猿身带白毛。即入箕山，渡颍水，历太和，视玉井。井傍有池，水湛然绿色。问樵夫，曰：‘此灵湫耳。村间每八节祭之，以祈福祐。若一祭有阙，即池水出黑云，大雹浸堤坏阜。’劫引镜照之，池水沸涌，有雷如震。忽尔池水腾出，池中不遗涓滴。可行二百余步，水落于地。有一鱼，可长丈余，粗细大于臂，首红额白，身作青黄间色，无鳞有涎，龙形蛇角，嘴尖，状如鲟鱼，动而有光，在于泥水，困而不能远去。勣谓鲛也，失水而无能为耳。刃而为炙，甚膏，有味，以充数朝口腹。遂出于宋汴。汴主人张珂家有女子患，入夜，哀痛之声，实不堪忍。勣问其故。病来已经年岁，白日即安，夜常如此。勣停一宿，及闻女子声，遂开镜照之。病者曰：'戴冠郎被杀！'其病者床下，有大雄鸡，死矣，乃是主人七八岁老鸡也。游江南，将渡广陵扬子江，忽暗云覆水，黑风波涌，舟子失容，虑有覆没。勣携镜上舟，照江中数步，明朗彻底，风云四敛，波涛遂息，须臾之间，达济天堑。跻摄山麴芳岭，或攀绝顶，或入深洞，逢其群鸟环人而噪，数熊当路而蹲，以镜挥之，熊鸟奔骇。是时利涉浙江，遇潮出海，涛声振吼，数百里而闻。舟人曰：'涛既近，未可渡南。若不回舟，吾辈必葬鱼腹。'勣出镜照，江波不进，屹如云立。四面江水豁开五十余步，水渐清浅，鼋鼍散走。举帆翩翩，直入南浦。然后却视，涛波洪涌，高数十丈。而至所渡之所也，遂登天台，周览洞壑。夜行佩之山谷，去身百步，四面光彻，纤微皆见，林间宿鸟，惊而乱飞。还履会稽，逢异人张始鸾，授勣《周髀九章》及明堂六甲之事。与陈永同归。更游豫章，见道士许藏秘，云是旌阳七代孙，有咒登刀履火之术。说妖怪之次，更言丰城县仓督李敬慎家有三女，遭魅病，人莫能识。藏秘疗之无效。勣故人曰赵丹，有才器，任丰城县尉。勣因过之。丹命祇承人指勣停处。勣谓曰：'欲得仓督李敬慎家居止。'丹遽命敬为主，礼勣。因问其故。敬曰：'三女同居堂内阁子，每至日晚，即靓妆炫服。黄昏后，即归所居阁子，灭灯烛。听之，窃与人言笑声。及至晓眠，非唤不觉。日日渐瘦，不能下食。制之不令妆梳，即欲自缢投井。无奈之何。'勣谓敬曰：'引示阁子之处。'其阁东有窗。恐其门闭固而难启，遂昼日先刻断窗棂四条，却以物支柱之，如旧。至日暮，敬报勣曰：'妆梳入阁矣。'至一更，听之，言笑自然。勣拔窗棂子，持镜入阁，照之。三女叫云：'杀我婿也！'初不见一物。悬镜至明，有一鼠狼，首尾长一尺三四寸，身无毛齿；有一老鼠，亦无毛齿，其肥大可重五斤；又有守宫，大如人手，身披鳞甲，焕烂五色，头上有两角，长可半寸，尾长五寸已上，尾头一寸色白，并于壁孔前死矣。从此疾愈。其后寻真至庐山，婆娑数月，或栖息长林，或露宿草莽，虎豹接尾，豺狼连迹，举镜视之，莫不窜伏。庐山处士苏宾，奇识之士也，洞明《易》道，藏往知来，谓勣曰：'天下神物，必不久居人间。今宇宙丧乱，他乡未必可止，吾子此镜尚在，足下卫，幸速归家乡也。'勣然其言，即时北归。便游河北，夜梦镜谓勣曰：'我蒙卿兄厚礼，今当舍人间远去，欲得一别，卿请早归长安也。'勣梦中许之。及晓，独居思之，恍恍发悸，即时西首秦路。今既见兄，勣不负诺矣。终恐此灵物亦非兄所有。"数月，勋还河东。大业十三年七月十五日，匣中悲鸣，其声纤远，俄而渐大，若龙咆虎

吼；良久乃定。开匣视之，即失镜矣。

补江总白猿传

梁大同末，遣平南将军蔺钦南征，至桂林，破李师古陈彻。别将欧阳纥略地至长乐，悉平诸洞，罙入深阻。纥妻纤白，甚美。其部人曰："将军何为挈丽人经此？地有神，善窃少女，而美者尤所难免。宜谨护之。"纥甚疑惧，夜勒兵环其庐，匿妇密室中，谨闭甚固，而以女奴十余伺守之。尔夕，阴风晦黑，至五更，寂然无闻。守者怠而假寐，忽若有物惊悟者，即已失妻矣。关扃如故，莫知所出。出门山险，咫尺迷闷，不可寻逐。迫明，绝无其迹。纥大愤痛，誓不徒还。因辞疾，驻其军，日往四遐，即深陵险以索之。既逾月，忽于百里之外丛篆上，得其妻绣履一只，虽侵雨濡，犹可辨识。纥尤凄悼，求之益坚。选壮士三十人，持兵负粮，岩栖野食。又旬余，远所舍约二百里，南望一山，葱秀迥出。至其下，有深溪环之，乃编木以度。绝岩翠竹之间，时见红彩，闻笑语音，扪萝引缰，而陟其上，则嘉树列植，间以名花，其下绿芜，丰软如毯。清迥岑寂，杳然殊境。东向石门有妇人数十，帔服鲜泽，嬉游歌笑，出入其中。见人皆慢视迟立，至则问曰："何因来此？"纥具以对。相视叹曰："贤妻至此月余矣。今病在床，宜遣视之。"入其门，以木为扉。中宽辟若堂者三。四壁设床，悉施锦荐。其妻卧石榻上，重茵累席，珍食盈前。纥就视之。回眸一睇，即疾挥手令去。诸妇人曰："我等与公之妻，比来久者十年。此神物所居，力能杀人，虽百夫操兵，不能制也。幸其未返，宜速避之。但求美酒两斛，食犬十头，麻数十斤，当相与谋杀之。其来必以正午。慎勿太早。以十日为期。"因促之去。纥亦遽退。遂求醇醪与麻犬，如期而往。妇人曰："彼好酒，往往致醉。醉必骋力，俾吾等以彩练缚手足于床，一踊皆断。尝纫三幅，则力尽不解。今麻隐帛中束之，度不能矣。遍体皆如铁，唯脐下数寸，常护蔽之，此必不能御兵刃。"指其旁一岩曰："此其食廪。当隐于是，静而伺之。酒置花下，犬散林中，待吾计成，招之即出。"如其言，屏气以俟。日晡，有物如匹练，自他山下，透至若飞，径入洞中。少选，有美髯丈夫长六尺余，白衣曳杖，拥诸妇人而出。见犬惊视，腾身执之，披裂吮咀，食之致饱。妇人竟以玉杯进酒，谐笑甚欢。既饮数斗，则扶之而去。又闻嬉笑之音。良久，妇人出招之，乃持兵而入。见大白猿，缚四足于床头，顾人蹙缩，求脱不得，目光如电。竞兵之，如中铁石，刺其脐下，即饮刃，血射如注。乃大叹咤曰："此天杀我，岂尔之能。然尔妇已孕，勿杀其子，将逢圣帝，必大其宗。"言绝乃死，搜其藏，宝器丰积，珍羞盈品，罗列几案。凡人世所珍，靡不充备，名香数斛，宝剑一双。妇人三十辈，皆绝其色。久者至十年。云：色衰必被提去，莫知所置。又捕采唯止其身，更无党类。旦盥洗，著帽，加白袷，被素罗衣，不知寒暑。遍身白毛，长数寸。所居常读木简，字若符篆，了不可识；已，则置石磴下。晴昼或舞双剑，环身电飞，光圆若月。其饮食无常，喜啖果栗，尤嗜犬，咀而饮其血。日始逾午，即欻然而逝。半昼往返数千里，及晚必归，此其常也。所须无不立得。夜就诸床嬲戏，一夕皆周，未尝寐。言语淹详，华旨会利。然其状，即猳玃类也。今岁木落之初，忽怆然曰："吾为山神所诉，将得死罪。亦求护之于众灵，庶几可免。"前月哉生魄，石磴生火，焚其简书。怅然自失曰："吾已千岁，而无子。今有子，死期至矣。"因顾诸女，汍澜者久，且曰："此山复绝，未尝有人至。上高而望，绝不见樵者。下多虎狼怪兽。今能至者，非天假之何耶？"纥即取宝玉珍丽及诸妇人以归，犹有知其家者。纥妻周岁生一子，厥状肖焉。后纥为陈武帝所诛。素与江总善。爱其子聪悟绝人，常留养之，故免于难。及长，果文学善书，知名于时。

离魂记

陈玄祐撰

天授三年，清河张镒，因官家于衡州。性简静，寡知友。无子，有女二人。其长早亡，幼女倩娘，端妍绝伦。镒外甥太原王宙，幼聪悟，美容范。镒常器重，每曰："他时当以倩娘妻之。"后各长成，宙与倩娘常私感想于寤寐，家人莫知其状。后有宾寮之选者求之，镒许焉。女闻而郁抑；宙亦深恚恨，托以当调，请赴京，止之不可，遂厚遣之。宙阴恨悲恸，决别上船。日暮，至山郭数里。夜方半，宙不寐，忽闻岸上有一人行声甚速，须臾至船。问之，乃倩娘徒行跣足而至。宙惊喜发狂，执手问其从来。泣曰："君厚意如此，寝梦相感。今将夺我此志，又知君深情不易，思将杀身奉报，是以亡命来奔。"宙非意所望，欣跃特甚。遂匿倩娘于船，连夜遁去。倍道兼行，数月至蜀。凡五

离魂记

年，生两子，与镒绝信。其妻常思父母，涕泣言曰："吾曩日不能相负，弃大义而来奔君。向今五年，恩慈间阻，覆载之下，胡颜独存也？"宙哀之，曰："将归，无苦。"遂俱归衡州。既至，宙独身先至镒家，首谢其事，镒曰："倩娘病在闺中数年，何其诡说也！"宙曰："见在舟中！"镒大惊，促使人验之。果见倩娘在船中，颜色怡畅，讯使者曰，"大人安否？"家人异之，疾走报镒。室中女闻喜而起，饰妆更衣，笑而不语，出与相迎，翕然而合为一体，其衣裳皆重。其家以事不正，秘之。惟亲戚间有潜知之者。后四十年间，夫妻皆丧。二男并孝廉擢第，至丞尉。玄祐少常闻此说，而多异同，或谓其虚。大历末，遇莱芜县令张仲规，因备述其本末。镒则仲规堂叔，而说极备悉，故记之。

枕中记

沈既济撰

开元七年，道士有吕翁者，得神仙术，行邯郸道中，息邸舍，摄帽弛带，隐囊而坐。俄见旅中少年，乃卢生也。衣短褐，乘青驹，将适于田，亦止于邸中，与翁共席而坐，言笑殊畅。久之，卢生顾其衣装敝亵，乃长叹息曰："大丈夫生世不谐，困如是也！"翁曰："观子形体，无苦无恙，诙谐方适，而叹其困者，何也？"生曰："吾此苟生耳。何适之谓？"翁曰："此不谓适，而何谓适？"答曰："士之生世，当建功树名，出将入相，列鼎而食，选声而听，使族益昌而家益肥，然后可以言适乎。吾尝志于学，富于游艺，自惟当年，青紫可拾。今已适壮，犹勤畎亩，非困而何？"言讫，而目昏思寐。时主人方蒸黍。翁乃探囊中枕以授之，曰："子枕吾枕，当令子荣适如志。"其枕青甆，而窍其两端。生俯首就之，见其窍渐大，明朗。乃举身而入，遂至其家。数月，娶清河崔氏女。女容甚丽，生资愈厚。生大悦，由是衣装服驭，日益鲜盛。明年，举进士，登第；释褐秘校；应制，转渭南尉；俄迁监察御史；转起居舍人，知制诰。三载，出典同州，迁陕牧。生性好土功，自陕西凿河八十里，以济不通。邦人利之，刻石纪德。移节汴州，领河南道采访使，征为京兆尹。是岁，神武皇帝方事戎狄，恢宏土宇。会吐蕃悉抹逻及烛龙莽布支攻陷瓜沙，而节度使王君㚟新被杀，河湟震动。帝思将帅之才，遂除生御史中丞，河西道节度。大破戎虏，斩首七千级，开地九百里，筑三大城以遮要害。边人立石于居延山以颂之。归朝册勋，恩礼极盛。转吏部侍郎，迁户部尚书兼御史大夫。时望清重，群情翕习。大为时宰所忌，以飞语中之，贬为端州刺史。三年，征为常侍。未几，同中书门下平章事。与萧中令嵩，裴侍中光庭同执大政十余年，嘉谟密命,一日三接,献替启沃,号为贤相。同列害之,复诬与边将交结,所图不轨。下制狱。府吏引从至其门而急收之。生惶骇不测,谓妻子曰:“吾家山东,有良田五顷,足以御寒馁,何苦求禄?而今及此,思衣短褐,乘青驹,行邯郸道中,不可得也。”引刃自刎。其妻救之,获免。其罹者皆死,独生为中官保之,减罪死,投马灌 州。数年,帝知冤,复追为中书令,封燕国公,恩旨殊异。生五子,曰俭,曰传,曰位,曰倜,曰倚,皆有才器。俭进士登第,为考功员外;传为侍御史;位为大常丞;倜为万年尉;倚最贤,年二十八,为左襄。其姻媾皆天下望族。有孙十余人。两窜荒徼,再登台铉,出入中外,徊翔台阁,五十余年,崇盛赫奕。性颇奢荡,甚好佚乐,后庭声色,皆第一绮丽。前后赐良田,甲第,佳人,名马,不可胜数。后年渐衰迈,屡乞骸骨,不许。病,中人候问,相踵于道,名医上药,无不至焉。将殁,上疏曰:“臣本山东诸生,以田圃为娱。偶逢圣运,得列官叙。过蒙殊奖,特秩鸿私,出拥节旌,入升台辅。周旋中外,绵历岁时。有忝天恩,无裨圣化。负乘贻寇,履薄增忧,日惧一日,不知老至。今年逾八十,位极三事,钟漏并歇,筋骸俱耄,弥留沉顿,待时益尽。顾无成效,上答休明,空负深思,永辞圣代。无任感恋之至。谨奉表陈谢。”诏曰:“卿以俊德,作朕元辅。出拥藩翰,人赞雍熙,升平二纪,实卿所赖。比婴疾疹,日谓痊平。岂斯沉痼,良用悯恻。今令骠骑大将军高力士就第候省。其勉加针石,为予自爱。犹冀无妄,期于有瘳。”是夕,薨。卢生欠伸而悟,见其身方偃于邸舍,吕翁坐其旁,主人蒸黍未熟,触类如故。生蹶然而兴,曰:“岂其梦寐也?”翁谓生曰;“人生之适,亦如是矣。”生怃然良久,谢曰:“夫宠辱之道,穷达之运,得丧之理,死生之情,尽知之矣。此先生所以窒吾欲也。敢不受教。”稽首再拜而去。

任氏传

沈既济撰

任氏,女妖也。有韦使君者,名崟 ,第九,信安王祎之外孙。少落拓,好饮酒。其从父妹婿曰郑六,不记其名。早习武艺,亦好酒色,贫无家,托身于妻族。与崟相得,游处不闲。天宝九年夏六月,崟 与郑子偕行于长安陌中,将会饮于新昌里。至宣平之南,郑子辞有故,请间去,继至饮所。崟乘白马而东。郑子乘驴而南,入升平之北门。偶值三妇人行于道中,中有白衣者,容色姝丽。郑子见之惊悦,策其驴,忽先之,忽后之,将挑而未敢。白衣时时盼睐,意有所受。郑子戏之曰:“美艳若此,而徒行,何也?”白衣笑曰:“有乘不解相假，不徒行何为？"郑子曰："劣乘不足以代佳人之步，今辄以相奉。某得步从，足矣。"相视大笑。同行者更相眩诱，稍已狎昵。郑子随之东，至乐游园，已昏黑矣。见一宅，土垣车门，室宇甚严。白衣将人，顾曰"愿少踟蹰"而入。女奴从者一人，留于门屏间，问其姓第。郑子既告，亦问之。对曰："姓任氏，第二十。"少顷，延入。郑絷驴于门，置帽于鞍。始见妇人年三十余，与之承迎，即任氏姊也。列烛置膳，举酒数觞。任氏更妆而出，酣饮极欢。夜久而寝，其妍姿美质，歌笑态度，举措皆艳，殆非人世所有。将晓，任氏曰："可去矣。某兄弟名系教坊，职属南衙，晨兴将出，不可淹留。"乃约后期而去。既行，及里门，门扃未发。门旁有胡人鬻饼之舍，方张灯炽炉。郑子憩其帘下，坐以候鼓，因与主人言。郑子指宿所以问之曰："自此东转，有门者，谁氏之宅？"主人曰："此隤墉弃地，无第宅也。"郑子曰："适过之，曷以云无？"与之固争。主人适悟，乃曰："吁！我知之矣。此中有一狐，多诱男子偶宿，尝三见矣。今子亦遇乎？"郑子赧而隐曰："无。"质明，复视其所，见土垣车门如故。窥其中，皆蓁荒及废圃耳。既归，见崟 。崟责以失期。郑子不泄，以他事对。然想其艳冶，愿复一见之，心尝存之不忘。经十许日，郑子游，入西市衣肆，瞥然见之，曩女奴从。郑子遽呼之。任氏侧身周旋于稠人中以避焉。郑子连呼前迫，方背立，以扇障其后，曰："公知之，何相近焉？"郑子曰："虽知之，何患？"对曰："事可愧耻，难施面目。"郑子曰："勤想如是，忍相弃乎？"对曰："安敢弃也，惧公之见恶耳。"郑子发誓，词旨益切。任氏乃回眸去扇，光彩艳丽如初，谓郑子曰："人间如某之比者非一，公自不识耳，无独怪也。"郑子请之与叙欢。对曰："凡某之流，为人恶忌者，非他，为其伤人耳。某则不然。若公未见恶，愿终已以奉巾栉。"郑子许与谋栖止。任氏曰："从此而东，大树出于栋间者，门巷幽静，可税以居。前时自宣平之南，乘白马而东者，非君妻之昆弟乎？其家多什器，可以假用。"是时崟 伯叔从役于四方，三院什器，皆贮藏之。郑子如言访其舍，而诣崟假什器。问其所用。郑子曰："新获一丽人，已税得其舍，假其以备用。"崟笑曰："观子之貌，必获诡陋。何丽之绝也。"崟 乃悉假帷榻席之具，使家僮之惠黠者，随以觇之。俄而奔走返命，气吁汗洽。崟迎问之："有乎？"又问"容若何？"曰："奇怪也！天下未尝见之矣。"崟 姻族广茂，且夙从逸游，多识美丽。乃问曰："孰若某美？"僮曰："非其伦也！"崟 遍比其佳者四五人，皆曰"非其伦"。是时吴王之女有第六者，则崟之内妹，称艳如神仙，中表素推第一。崟问曰："孰与吴王家第六女美？"又曰："非其伦也。"崟抚手大骇曰："天下岂有斯人乎？"遽命汲水澡颈，巾首膏唇而往。既至，郑子适出。崟入门，见小僮拥篲方扫，有一女奴在其门，他无所见。征于小僮。小僮笑曰："无之。"崟周视室内，见红裳出于户下。迫而察焉，见任氏戢身匿于扇间。崟引出就明而观之，殆过于所传矣。崟爱之发狂，乃拥而

凌之，不服。崟以力制之，方急，则曰："服矣。请少回旋。"既从，则捍御如初，如是者数四。崟乃悉力急持之。任氏力竭，汗若濡雨。自度不免，乃纵体不复拒抗，而神色惨变。崟问曰："何色之不悦？"任氏长叹息曰："郑六之可哀也！"崟曰："何谓？"对曰："郑生有六尺之躯，而不能庇一妇人，岂丈夫哉！且公少豪侈，多获佳丽，遇某之比者众矣。而郑生，穷贱耳。所称惬者，唯某而已。忍以有余之心，而夺人之不足乎？哀其穷馁，不能自立，衣公之衣，食公之食，故为公所系耳。若糠糗可给，不当至是。"崟豪俊有义烈，闻其言，遽置之。敛衽而䣢曰："不敢。"俄而郑子至，与崟相视咍乐。自是，凡任氏之薪粒牲饩，皆崟给焉。任氏时有经过，出入或车马舆步，不常所止。崟日与之游，甚欢。每相狎暱，无所不至，唯不及乱而已。是以崟爱之重之，无所怪惜；一食一饮，未尝忘焉。任氏知其爱己，因言以谢曰："愧公之见爱甚矣。顾以陋质，不足以答厚意。且不能负郑生，故不得遂公欢。某，秦人也，生长秦城；家本伶伦，中表姻族，多为人宠媵，以是长安狭斜，悉与之通。或有姝丽，悦而不得者，为公致之可矣。愿持此以报德。"崟曰："幸甚！"鄽中有鬻衣之妇曰张十五娘者，肌体凝洁，崟常悦之。因问任氏识之乎。对曰："是某表娣妹，致之易耳。"旬余，果致之。数月厌罢。任氏曰："市人易致，不足以展效。或有幽绝之难谋者，试言之，愿得尽智力焉。"崟曰："昨者寒食，与二三子游于千福寺。见刁将军缅张乐于殿堂。有善吹笙者，年二八，双鬟垂耳，娇姿艳绝。当识之乎？"任氏曰："此宠奴也。其母即妾之内姊也。求之可也。"崟拜于席下。任氏许之。乃出入刁家。月余，崟促问其计。任氏愿得双缣以为赂。崟依给焉。后二日，任氏与崟方食，而缅使苍头控青骊以迓任氏。任氏闻召，笑谓崟曰："谐矣。"初，任氏加宠奴以病，针饵莫减。其母与缅忧之方甚，将征诸巫。任氏密赂巫者，指其所居，使言从就为吉。及视疾，巫曰："不利在家，宜出居东南某所，以取生气。"缅与其母详其地，则任氏之第在焉。缅遂请居。任氏谬辞以逼狭，勤请而后许。乃辇服玩，并其母偕送于任氏。至，则疾愈。未数日，任氏密引崟以通之，经月乃孕。其母惧，遽归以就缅，由是遂绝。他日，任氏谓郑子曰："公能致钱五六千乎？将为谋利。"郑子曰："可。"遂假求于人，获钱六千。任氏曰："鬻马于市者，马之股有疵，可买以居之。"郑子如市，果见一人牵马求售者，青在左股。郑子买以归。其妻昆弟皆嗤之，曰："是弃物也。买将何为？"无何，任氏曰："马可鬻矣。当获三万。"郑子乃卖之。有酬二万，郑子不与。一市尽曰："彼何苦而贵买，此何爱而不鬻？"郑子乘之以归，买者随至其门，累增其估，至二万五千也。不与，曰："非三万不鬻。"其妻昆弟聚而诟之。郑子不获已，遂卖登三万。既而密伺买者，征其由。乃昭应县之御马疵股者，死三岁矣，斯吏不时除籍。官征其估，计钱六万。设其以半买之，所获尚多矣。若有马以备数，则三年刍粟之估，皆吏得之。

且所偿盖寡，是以买耳。任氏又以衣服故弊，乞衣于崟。崟将买全彩与之。任氏不欲，曰："愿得成制者。"崟召市人张大为买之，使见任氏，问所欲。张大见之，惊谓崟曰："此必天人贵戚，为郎所窃。且非人间所宜有者，愿速归之，无及于祸。"其容色之动人也如此。竟买衣之成者而不自纫缝也，不晓其意。后岁余，郑子武调，授槐里府果毅尉，在金城县。时郑子方有妻室，虽昼游于外，而夜寝于内，多恨不得专其夕。将之官，邀与任氏俱去。任氏不欲往，曰："旬月同行，不足以为欢。请计给粮饩，端居以迟归。"郑子恳请，任氏愈不可。郑子乃求崟资助。崟与更劝勉，且诘其故。任氏良久，曰："有巫者言某是岁不利西行，故不欲耳。"郑子甚惑也，不思其他，与崟大笑曰："明智若此，而为妖惑，何哉！"固请之，任氏曰："倘巫者言可征，徒为公死，何益？"二子曰："岂有斯理乎？"恳请如初。任氏不得已，遂行。崟以马借之，出祖于临皋，挥袂别去。信宿，至马嵬。任氏乘马居其前，郑子乘驴居其后，女奴别乘，又在其后。是时西门圉人教猎狗于洛川，已旬日矣。适值于道，苍犬腾出于草间。郑子见任氏歘然坠于地，复本形而南驰。苍犬逐之。郑子随走叫呼，不能止。里余，为犬所获。郑子衔涕出囊中钱，赎以瘗之，削木为记。回睹其马，啮草于路隅，衣服悉委于鞍上，履袜犹悬于镫间，若蝉蜕然。唯首饰坠地，余无所见。女奴亦逝矣。旬余，郑子还城。崟见之喜，迎问曰："任子无恙乎？"郑子泫然对曰："殁矣。"崟闻之亦恸，相持于室，尽哀。徐问疾故。答曰："为犬所害。"崟曰："犬虽猛，安能害人？"答曰："非人。"崟骇曰："非人，何者？"郑子方述本末。崟惊讶叹息不能已。明日，命驾与郑子俱适马嵬，发瘗视之，长恸而归。追思前事，唯衣不自制，与人颇异焉。其后郑子为总监使，家甚富，有枥马十余匹。年六十五，卒。大历中，沈既济居钟陵，尝与崟游，屡言其事，故最详悉。后崟为殿中侍御史，兼陇州刺史，遂殁而不返。嗟乎，异物之情也有人焉！遇暴不失节，徇人以至死，虽今妇人，有不如者矣。惜郑生非精人，徒悦其色而不征其情性。向使渊识之士，必能揉变化之理，察神人之际，著文章之美，传要妙之情，不止于赏玩风态而已。惜哉！建中二年，既济自左拾遗于金吾将军裴冀，京兆少尹孙成，户部郎中崔需，右拾遗陆淳，皆适居东南，自秦徂吴，水陆同道。时前拾遗朱放，因旅游而随焉。浮颍涉淮，方舟沿流，昼宴夜话，各征其异说。众君子闻任氏之事，共深叹骇，因请既济传之，以志异云。沈既济撰。

唐宋传奇集卷二

编次郑钦悦辨大同古铭论

李吉甫撰

天宝中，有商洛隐者任升之，尝贻右补阙郑钦悦书，曰："升之白。顷退居商洛，久阙披陈，山林独往，交亲两绝。意有所问，别日垂访。升之五代祖仕梁为太常。初仕南阳王帐下，于钟山悬岸圯圹之中得古铭，不言姓氏。小篆文云：'龟言土，蓍言水，甸服黄钟启灵址。瘗在三上庚，堕遇七中巳，六千三百浃辰交，二九重三四百圯。'文虽剥落，仍且分明。大雨之后，才堕而获。即梁武大同四年。数日，遇盂兰大会，从驾同泰寺。录示史官姚訾并诸学官，详议数月，无能知者。筐笥之内，遗文尚在。足下学乃天生而知，计舍运筹而会，前贤所不及，近古所未闻。愿采其旨要，会其归趣，著之遗简，以成先祖之志，深所望焉。乐安任升之白。"数日，钦悦即复书曰："使至，忽辱简翰，用浣襟怀。不遗旧情，俯见推访。又示以大同古铭。前贤未达，仆非远识，安敢轻言，良增怀愧也。属在途路，无所披求，据鞍运思，颇有所得。发圹者未知谁氏之子，卜宅者实为绝代之贤，藏往知来，有若指掌，契终论始，不差锱铢，隗炤之预识龚使，无以过也。不说葬者之岁月，先识圯时之日辰，以圯之日，却求初兆，事可知矣。姚史官亦为当世达识，复与诸儒详之，沉吟月余，竟不知其指趣，岂止于是哉。原卜者之意，隐其事，微其言，当待仆为龚使耳。不然，何忽见顾访也？谨稽诸历术，测以微词，试一探言，庶会微旨。当梁武帝大同四年，岁次戊午。言'甸服'者，五百也；'黄钟'者，十一也。五百一十一年而圯。从大同四年，上求五百一十一年，得汉光武帝建武四年戊子岁也。'三上庚'，三月上旬之庚也。其年三月辛巳朔，十日得庚寅，是三月初葬于钟山也。'七中巳'，乃七月戊午朔，十二日得己巳，是初圯堕之日，是日己巳可知矣。'浃辰'，十二也。从建武四年三月至大同四年七月，总六千三百一十二月，每月一交，故云'六千三百浃辰交'也。'二九'为十八，'重三'为六。末言'四百'，则六为千，十八为万可知。从建武四年三月十日庚寅初葬，至大同四年七月十二日己巳初圯，计一十八万六千四百日，故云'二九重三四百圯'也。其所言者，但说年月日数耳。据年，则五百一十一，会于甸服黄钟；言月，则六千三百一十二，会于六千三百浃辰交，论日，则一十八万六千四百，会于二九重三四百圮。从三上庚至于七中巳，据历计之，无所差也。所言年则月日，但差一数，则不相照会矣。原卜者之意，当待仆言之。吾子之问，契使然也。从吏已久，艺业荒芜，古人之意，复难远测。足下更询能者，时报焉。使还，不代。郑钦悦白记。”贞元中，李吉甫任尚书屯田员外郎，兼太常博士。时宗人巽为户部郎中，于南宫暇日，语及近代儒术之士，谓吉甫曰：“故右补阙集贤殿直学士郑钦悦，于术数研精，思通玄奥，盖僧一行所不逮。以其夭阏，当世名不甚闻。子知之乎？”吉甫对曰：“兄何以覈诸。”巽曰：“天宝中，商洛隐者任升之自言五代祖仕梁为太常。大同四年，于钟山下获古铭。其文隐秘，博求时儒，莫晓其旨。因缄其铭，诫诸子曰：‘我代代子孙，以此铭访于通人。倘有知者，吾无所恨。’至升之，颇耽道博雅。闻钦悦之名，即告以先祖之意。钦悦曰：‘子当录以示我。我试思之。’升之书遗其铭。会钦悦适奉朝使，方授驾于长乐驿。得铭而绎之，行及滋水，凡二十里，则释然悟矣。故其书曰：‘据鞍运思，颇有所得。’不亦异乎？”辛未岁，吉甫转驾部员外郎，钦悦子克钧自京兆府司录授司门员外郎，吉甫数以巽之说质焉。虽且符其言，然克钧自云亡其草。每想其微言至赜，而不获见，吉甫甚惜之。壬申岁，吉甫贬明州长史。海岛之中，有隐者姓张，名玄阳，以明《易经》为州将所重，召置阁下。因讲《周易》卜筮之事，即以钦悦之书示吉甫。吉甫喜得其书，忭逾获宝，即编次之。仍为著论，曰：夫一邱之土，无情也。遇雨而圮，偶然也。穷象数者，已悬定于十八万六千四百日之前。矧于理乱之运，穷达之命，圣贤不逢，君臣偶合。则姜牙得璜而尚父，仲尼无凤而旅人，傅说梦达于岩野，子房神授于圮上，亦必定之符也。然而孔不暇暖其席，墨不俟黔其突，何经营如彼？孟去齐而接淅，贾造湘而投吊，又眷恋如此。岂大圣大贤，犹惑于性命之理欤？将逸身存教，示人道之不可废欤？余不可得而知也。钦悦寻自右补阙历殿中侍御史，为时宰李林甫所恶，斥摈于外，不显其身。故余叙其所闻，系于二篇之后，以著蓍筮之神明，聪哲之悬解，奇偶之有数，贻诸好事，为后学之奇玩焉。时贞元九年十一月二十八日，赵郡李吉甫记。

柳氏传

许尧佐撰

天宝中，昌黎韩翊有诗名，性颇落托，羁滞贫甚。有李生者，与翊友善，家累千金，负气爱才。其幸姬曰柳氏，艳绝一时，喜谈谑，善讴咏。李生居之别第，与翊为宴歌之地。

而馆翊于其侧。翊素知名，其所候问，皆当时之彦。柳氏自门窥之，谓其侍者曰："韩夫子岂长贫贱者乎！"遂属意焉。李生素重翊，无所吝惜。后知其意，乃具膳请翊饮，酒酣，李生曰："柳夫人容色非常，韩秀才文章特异。欲以柳荐枕于韩君，可乎？"翊惊栗，避席曰："蒙君之恩，解衣辍食久之。岂宜夺所爱乎？"李坚请之。柳氏知其意诚，乃再拜，引衣接席。李坐翊于客位，引满极欢。李生又以资三十万，佐翊之费。翊仰柳氏之色，柳氏慕翊之才，两情皆获，喜可知也。明年，礼部侍郎杨度擢翊上第，屏居间岁。柳氏谓翊曰："荣名及亲，昔人所尚。岂宜以濯浣之贱，稽采兰之美乎？且用器资物，足以待君之来也。"翊于是省家于清池。岁余，乏食，鬻妆具以自给。天宝末，盗覆二京，士女奔骇。柳氏以艳独异，且惧不免，乃剪发毁形，寄迹法灵寺。是时候希逸自平卢节度淄青，素藉翊名，请为书记。宣皇帝以神武返正，翊乃遣使间行求柳氏，以练囊盛麸金，题之曰："章台柳，章台柳！昔日青青今在否？纵使长条似旧垂，亦应攀折他人手。"柳氏捧金呜咽，左右凄悯，答之曰："杨柳枝，芳菲节，所恨年年赠离别。一叶随风忽报秋，纵使君来岂堪折！"无何，有蕃将沙吒利者，初立功，窃知柳氏之色，劫以归第，宠之专房。及希逸除左仆射，入觐，翊得从行。至京师，已失柳氏所止，叹想不已。偶于龙首冈见苍头以骏牛驾辎軿，从两女奴。翊偶随之。自车中问曰："得非韩员外乎？某乃柳氏也。"使女奴窃言失身沙吒利，阻同车者，请诘旦幸相待于道政里门。及期而往，以轻素结玉合，实以香膏，自车中授之，曰："当遂永诀，愿置诚念。"乃回车，以手挥之，轻袖摇摇，香车辚辚，目断意迷，失于惊尘，翊大不胜情。会淄青诸将合乐酒楼，使人请翊。翊强应之，然意色皆丧，音韵凄咽。有虞候许俊者，以材力自负，抚剑言曰："必有故。愿一效用。"翊不得已，具以告之。俊曰："请足下数字，当立致之。"乃衣缦胡，佩双鞬，从一骑，径造沙吒利之第。候其出行里余，乃被衽执辔，犯关排闼，急趋而呼曰："将军中恶，使召夫人！"仆侍辟易，无敢仰视。遂升堂，出翊札示柳氏，挟之跨鞍马，逸尘断鞅，倏忽乃至。引裾而前曰："幸不辱命。"四座惊叹。柳氏与翊执手涕泣，相与罢酒。是时沙吒利恩宠殊等，翊俊惧祸，乃诣希逸。希逸大惊曰："吾平生所为事，俊乃能尔乎？"遂献状曰："检校尚书金部员外郎兼御史韩翊，久列参佐，累彰勋效，顷从乡赋。有妾柳氏，阻绝凶寇，依止名尼。今文明抚运，遐迩率化。将军沙吒利凶恣挠法，凭恃微功，驱有志之妾，干无为之政。臣部将兼御史中丞许俊，族本幽蓟，雄心勇决，却夺柳氏，归于韩翊。义切中抱，虽昭感激之诚，事不先闻，固乏训齐之令。"寻有诏，柳氏宜还韩翊，沙吒利赐钱二百万。柳氏归翊，翊后累迁至中书舍人。然即柳氏，志防闲而不克者；许俊，慕感激而不达者也。向使柳氏以色选，则当熊辞辇之诚可继，许俊以才举，则曹柯渑池之功可建。夫事由迹彰，功待事立。惜郁堙不偶，义勇徒激，皆不入于正。斯岂变之正乎？盖所遇然也。

柳毅传

李朝威撰

仪凤中,有儒生柳毅者,应举下第,将还湘滨。念乡人有客于泾阳者,遂往告别。至六七里,鸟起马惊,疾逸道左。又六七里,乃止。见有妇人,牧羊于道畔。毅怪视之,乃殊色也。然而蛾脸不舒,巾袖无光,凝听翔立,若有所伺。毅诘之曰:“子何苦而自辱如是?”妇始楚而谢,终泣而对曰:“贱妾不幸,今日见辱问于长者。然而恨贯肌骨,亦何能愧避,幸一闻焉。妾,洞庭龙君小女也。父母陪嫁泾川次子,而夫婿乐逸,为婢仆所惑,日以厌薄,既而将诉于舅姑,舅姑爱其子,不能御。迨诉频切,又得罪舅姑。舅姑毁黜以至此。”言讫,歔欷流涕,悲不自胜。又曰:“洞庭于兹,相远不知其几多也？长天茫茫,信耗莫通。心目断尽,无所知哀。闻君将还吴,密通洞庭。或以尺书,寄托侍者,未卜将以为可乎?”毅曰:“吾义夫也。闻子之说,气血俱动,恨无毛羽,不能奋飞。是何可否之谓乎！然而洞庭,深水也。吾行尘间,宁可致意耶？唯恐道途显晦,不相通达,致负诚托,又乖恳愿。子有何术,可导我邪?”女悲泣且谢,曰:“负载珍重,不复言矣。脱获回耗,虽死必谢。君不许,何敢言。既许而问,则洞庭之与京邑,不足为异也。”毅请闻之。女曰:“洞庭之阴,有大橘树焉,乡人谓之社橘。君当解去兹带,束以他物。然后叩树三发,当有应者。因而随之,无有碍矣。幸君子书叙之外,悉以心诚之话倚托,千万无渝！”毅曰:“敬闻命矣,女遂于襦间解书,再拜以进,东望愁泣,若不自胜,毅深为之戚。乃置书囊中,因复问曰:“吾不知子之牧羊,何所用哉？神祇岂宰杀乎?”女曰:“非羊也,雨工也。”“何为雨工?”曰:“雷霆之类也。”毅顾视之,则皆矫顾怒步,饮龁甚异。而大小毛角,则无别羊焉。毅又曰:“吾为使者,他日归洞庭,幸勿相避。”女曰:“宁止不避,当如亲戚耳。”语竟,引别东去。不数十步,回望女与羊,俱亡所见矣。其夕,至邑而别其友。月余到乡。还家,乃访于洞庭。洞庭之阴果有社橘。遂易带向树,三击而止。俄有武夫出于波间,再拜请曰:“贵客将自何所至也?”毅不告其实,曰:“走谒大王耳。”武夫揭水指路,引毅以进。谓毅曰:“当闭目,数息可达矣。”毅如其言,遂至其宫。始见台阁相向,门户千万,奇草珍木,无所不有。夫乃止毅,停于大室之隅,曰:“客当居此以伺焉。”毅曰:“此何所也?”夫曰:“此灵虚殿也。”谛视之,则人间珍宝,毕尽于此。柱以白璧,砌以青玉,床以珊瑚,帘以水精,雕琉璃于翠楣，饰琥珀于虹栋。奇秀深杳，不可殚言。然而王久不至。毅谓夫曰：“洞庭君安在哉？”曰：“吾君方幸玄珠阁，与太阳道士讲《火经》，少选当毕。”毅曰：“何谓《火经》？”夫曰：“吾君，龙也。龙以水为神，举一滴可包陵谷。道士，乃人也。人以火为神圣，发一灯可燎阿房。然而灵用不同，玄化各异。太阳道士精于人理，吾君邀以听焉。”语毕而宫门辟。景从云合，而见一人，披紫衣，执青玉。夫跃曰：“此吾君也！”乃至前以告之。君望毅而问曰：“岂非人间之人乎？”毅对曰：“然。”毅而设拜，君亦拜，命坐于灵虚之下。谓毅曰：“水府幽深，寡人暗昧，夫子不远千里，将有为乎？”毅曰：“毅，大王之乡人也。长于楚，游学于秦。昨下第，闲驱泾水之涘，见大王爱女牧羊于野，风鬟雨鬓，所不忍视。毅因诘之。谓毅曰：‘为夫婿所薄，舅姑不念，以至于此。’悲泗淋漓，诚怛人心。遂托书于毅。毅许之，今以至此。”因取书进之。洞庭君览毕，以袖掩面而泣曰：“老父之罪，不诊坚听，坐贻聋瞽，使闺窗孺弱，远罹捧害。公，乃陌上人也，而能急之。幸被齿发，何敢负德！”词毕，又哀咤良久。左右皆流涕。时有宦人密视君者，君以书授之，令达宫中。须臾，宫中皆恸哭。君惊谓左右曰：“疾告宫中，无使有声。怕钱塘所知。”毅曰，“钱塘，何人也？”曰：“寡人之爱弟。昔为钱塘长，今则致政矣。”毅曰：“何故不使知？”曰：“以其勇过人耳。昔尧遭洪水九年者，乃此子一怒也。近与天将失意，塞其五山。上帝以寡人有薄德于古今，遂宽其同气之罪。然犹縻系于此，故钱塘之人，日日候焉。”语未毕，而大声忽发，天拆地裂，宫殿摆簸，云烟沸涌。俄有赤龙长千余尺，电目血舌，朱鳞火鬣，项掣金琐，锁牵玉柱，千雷万霆，激绕其身，霰雪雨雹，一时皆下。乃擘青天而飞去。毅恐蹶仆地。君亲起持之曰：“无惧。固无害。”毅良久稍安，乃获自定。因告辞曰：“愿得生归，以避复来。”君曰：“必不如此。其去则然，其来则不然。幸为少尽缱绻。”因命酌互举，以款人事。俄而祥风庆云，融融怡怡，幢节玲珑，箫韶以随。红装千万，笑语熙熙，后有一人，自然蛾眉，明珰满身，绡縠参差。迫而视之，乃前寄辞者。然若喜若悲，零泪如丝。须臾，红烟蔽其左，紫气舒其右，香气环旋，入于宫中。君笑谓毅曰：“泾水之囚人至矣。”君乃辞归宫中，须臾，又闻怨苦，久而不已。有顷，君复出，与毅饮食。又有一人，披紫裳，执青玉，貌耸神溢，立于君左。君谓毅曰：“此钱塘也。”毅起，趋拜之。钱塘亦尽礼相接，谓毅曰：“女侄不幸，为顽童所辱。赖明君子信义昭彰，致达远冤。不然者，是为泾陵之土矣。飨德怀恩，词不悉心。”毅㧑为退辞谢，俯仰唯唯。然后回告兄曰：“向者辰发灵虚，巳至泾阳，午战于彼，未还于此。中间驰至九天，以告上帝。帝知其冤，而宥其失。前所谴责，因而获免。然而刚肠激发，不遑辞候。惊扰宫中，复忤宾客。愧惕惭惧，不知所失。”因退而再拜。君曰：“所杀几何？”曰：“六十万。”“伤稼乎？”曰：“八百里。”“无情郎安在？”曰：“食之矣。”

君怃然曰："顽童之为是心也，诚不可忍。然汝亦太草草。赖上帝显圣，谅其至冤，不然者，吾何辞焉。从此已去，勿复如是。"钱塘复再拜。是夕，遂宿毅于凝光殿。明日，又宴毅于凝碧宫。会友戚，张广乐，具以醪醴，罗以甘洁。初，笳角鼙鼓，旌旗剑戟，舞万夫于其右。中有一夫前曰："此《钱塘破阵乐》。"旌铓杰气，顾骤悍栗，坐客视之，毛发皆竖。复有金石丝竹，罗绮珠翠，舞千女于其左。中有一女前进曰："此《贵主还宫乐》。"清音宛转，如诉如慕，坐客听之，不觉泪下。二舞既毕，龙君大悦，锡以纨绮，颁于舞人。然后密席贯坐，纵酒极娱。酒酣，洞庭君乃击席而歌曰："大天苍苍兮，大地茫茫，人各有志兮，何可思量。狐神鼠圣兮，薄社依墙。雷霆一发兮，其孰敢当。荷贞人兮信义长，令骨肉兮还故乡。齐言惭愧兮何时忘！"洞庭君歌罢，钱塘君再拜而歌曰："上天配合兮，生死有途。此不当妇兮，彼不当夫。腹心辛苦兮，泾水之隅。风霜满鬓兮，雨雪罗襦。赖明公兮引素书，令骨肉兮家如初。永言珍重兮无时无。"钱塘君歌阕，洞庭君俱起，奉觞于毅。毅踧踖而授爵，饮讫，复以二觞奉二君。乃歌曰："碧云悠悠兮，泾水东流。伤美人兮，雨泣花愁。尺书远达兮，以解君忧。哀冤果雪兮，还处其休。荷和雅兮感甘羞。山家寂寞兮难久留。欲将辞去兮悲绸缪。"歌罢，皆呼万岁。洞庭君因出碧玉箱，贮以开水犀；钱塘君复出红珀盘，贮以照夜玑，皆起进毅。毅辞谢而受。然后宫中之人，咸以绡彩珠璧，投于毅侧。重叠焕赫，须臾埋没前后。毅笑语四顾，愧揖不暇。洎酒阑欢极，毅辞起，复宿于凝光殿。翌日，又宴毅于清光阁。钱塘因酒，作色，踞谓毅曰："不闻猛石可裂不可卷，义士可杀不可羞邪？愚有衷曲，欲一陈于公。如可，则俱在云霄；如不可，则皆夷粪壤。足下以为何如哉？"毅曰："请闻之。"钱塘曰："泾阳之妻，则洞庭君之爱女也。淑性茂质，为九姻所重。不幸见辱于匪人。今则绝矣。将欲求托高义，世为亲戚。使受恩者知其所归，怀爱者知其所付，岂不为君子始终之道者？"毅肃然而作，欻然而笑曰："诚不知钱塘君孱困如是！毅始闻跨九州，怀五岳，泄其愤怒；复见断锁金，掣玉柱，赴其急难。毅以为刚决明直，无如君者。盖犯之者不避其死，感之者不爱其生，此真丈夫之志。奈何箫管方洽，亲宾正和，不顾其道，以威加人？岂仆之素望哉！若遇公于洪波之中，玄山之间，鼓以鳞须，被以云雨，将迫毅以死，毅则以禽兽视之，亦何恨哉。今体被衣冠，座谈礼义，尽五常之志性，负百行之微旨，虽人世贤杰，有不如者。况江河灵类乎？而欲以蠢然之躯，悍然之性，乘酒假气，将迫于人，岂近直哉！且毅之质，不足以藏王一甲之间。然而敢以不伏之心，胜王不道之气。惟王筹之！"钱塘乃逡巡致谢曰："寡人生长宫房，不闻正论。向者词述疏狂，妄突高明。退自循顾，戾不容责。幸君子不为此乖间可也。"其夕，复欢宴，其乐如旧。毅与钱塘，遂为知心友。明日，毅辞归。洞庭君夫人别宴毅于潜景殿。男女仆妾等，悉出预会。夫人泣谓毅曰:"骨肉受君子深恩,恨不得展愧戴,遂至睽别。"使前泾阳女当席拜毅以致谢。夫人又曰:"此别岂有复相遇之日乎?"毅其始虽不诺钱塘之请,然当此席,殊有叹恨之色。宴罢,辞别,满宫凄然。赠遗珍宝,怪不可述。毅于是复循途出江岸,见从者十余人,担囊以随,至其家而辞去。毅因适广陵宝肆,鬻其所得。百未发一,财以盈兆。故淮右富族,咸以为莫如。遂娶于张氏,亡,又娶韩氏。数月,韩氏又亡。徙家金陵,常以鳏旷多感,或谋新匹。有媒氏告之曰:"有卢氏女,范阳人也。父名曰浩,尝为清流宰,晚岁好道,独游云泉,今则不知所在矣。母曰郑氏。前年适清河张氏,不幸而张夫早亡。母怜其少,惜其慧美,欲择德以配焉。不识何如?"毅乃卜日就礼。既而男女二姓,俱为豪族,法用礼物,尽其丰盛。金陵之士,莫不健仰。居月余,毅因晚入户,视其妻,深觉类于龙女,而逸艳丰厚,则又过之。因与话昔事。妻谓毅曰:"人世岂有如是之理乎?然君与余有一子。"毅益重之。既产,逾月,乃秾饰换服,召亲戚。相会之间,笑谓毅曰:"君不忆余之于昔也?"毅曰:"夙为洞庭君女传书,至今为忆。"妻曰:"余即洞庭君之女也。泾川之冤,君使得白。衔君之恩,誓心求报。洎钱塘季父论亲不从,遂至睽违,天各一方,不能相问。父母欲陪嫁于濯锦小儿某。唯以心誓难移,亲命难背,既为君子弃绝,分无见期。而当初之冤,虽得以告诸父母,而誓报不得其志,复欲驰白于君子。值君子累娶,当娶于张,已而又娶于韩。迨张韩继卒,君卜居于兹,故余之父母乃喜余得遂报君之意。今日获奉君子,咸善终世,死无恨矣。"因呜咽,泣涕交下。对毅曰:"始不言者,知君无重色之心。今乃言者,知君有感余之意。妇人菲薄,不足以确厚永心。故因君爱子,以托相生。未知君意如何?愁惧兼心,不能自解。君附书之日,笑谓妾曰:'他日归洞庭,慎无相避。'诚不知当此之际,君岂有意于今日之事乎?其后季父请于君,君固不许。君乃诚将不可邪,抑愤然邪?君其话之!"毅曰:"似有命者。仆始见君子,长泾之隅,枉抑憔悴,诚有不平之志。然自约其心者,达君之冤,余无及也。以言慎勿相避者,偶然耳,岂有意哉。洎钱塘逼迫之际,唯理有不可直,乃激人之怒耳。夫始以义行为之志,宁有杀其婿而纳其妻者邪?一不可也。善素以操真为志尚,宁有屈于己而伏于心者乎?二不可也。且以率肆胸臆,酬酢纷纶,唯直是图,不遑避害。然而将别之日,见君有依然之容,心甚恨之。终以人事扼束,无由报谢。吁,今日,君,卢氏也,又嫁于人间。则吾始心未为惑矣。从此以往,永奉欢好,心无纤虑也。"妻因深感娇泣,良久不已。有顷,谓毅曰:"勿以他类,遂为无心,固当知报耳。夫龙寿万岁,今与君同之。水陆无往不适。君不以为妄也。"毅嘉之曰:"吾不知国客乃复为神仙之饵。"乃相与觐洞庭。既至,而宾主盛礼,不可具纪。后居南海,仅四十年,其邸第舆马珍鲜服玩,虽侯伯之室,无以加也。毅之族咸遂濡泽。以其春秋积序，容状不衰，南海之人，靡不惊异。洎开元中，上方属意于神仙之事，精索道术。毅不得安，遂相与归洞庭。凡十余岁，莫知其踪。至开元末，毅之表弟薛嘏为京畿令，谪官东南。经洞庭，晴昼长望，俄见碧山出于远波。舟人皆侧立，曰："此本无山，恐水怪耳。"指顾之际，山与舟相逼，乃有彩船自山驰来，迎问于嘏。其中有一人呼之曰："柳公来候耳。"嘏省然记之，乃促至山下，摄衣疾上。山有宫阙如人世，见屹立于宫室之中，前列丝竹，后罗珠翠，物玩之盛，殊倍人间。毅词理益玄，容颜益少。初迎嘏于砌，持嘏手曰："别来瞬息，而发毛已黄。"嘏笑曰："兄为神仙，弟为枯骨，命也。"。毅因出药五十丸遗嘏，曰："此药一丸可增一岁耳。岁满复来，无久居人世，以自苦也。"欢宴毕，嘏乃辞行。自是已后，遂绝影响。嘏常以是事告于人世。殆四纪，嘏亦不知所在。陇西李朝威叙而叹曰：五虫之长，必以灵者，别斯见矣。人，裸也，移信鳞虫。洞庭含纳大直，钱塘迅疾磊落，宜有承焉。嘏咏而不载，独可邻其境。愚义之，为斯文。

李章武传

李景亮撰

李章武，字飞，其先中山人。生而敏博，遇事便了。工文学，皆得极致。虽弘道自高，恶为洁饰，而容貌闲美，即之温然。与清河崔信友善。信亦雅士，多聚古物。以章武精敏，每访辩论，皆洞达玄微，研究原本，时人比晋之张华。贞元三年，崔信任华州别驾，章武自长安诣之。数日，出行，于市北街见一妇人，甚美。因绐信云："须州外与亲故知闻。"遂赁舍于美人之家。主人姓王，此则其子妇也。乃悦而私焉。居月余日所，计用直三万余，子妇所供费倍之。既而两心克谐，情好弥切。无何，章武系事，告归长安，殷勤叙别。章武留交颈鸳鸯绮一端，仍赠诗曰："鸳鸯绮，知结几千丝。别后寻交颈，应伤未别时。"子妇答白玉指环一，又赠诗曰："捻指环相思，见环重相忆。愿君永持玩，循环无终极。"章武有仆杨果者，子妇赍钱一千以奖其敬事之勤。既别，积八九年。章武家长安，亦无从与之相闻。至贞元十一年，因友人张元宗寓居下邦县，章武又自京师与元会。忽思曩好，乃回车涉渭而访之。日暝，达华州，将舍于王氏之室。至其门，则阒无行踪，但外有宾榻而已，章武以为下里或废业即农，暂居郊野，或亲宾邀聚，未始归复。但休止其门，将别适他舍。见东邻之妇，就而访之。乃云："王氏之长老，皆舍业而出游，其子妇殁已再周矣。"又详与之谈，即云："某姓杨，第六，为东邻妻。"复访郎何姓。章武具语之。又云："曩曾有傔姓杨

名果乎?”曰:“有之。”因泣告曰:“某为里中妇五年,与王氏相善。尝云:‘我夫室犹如传舍,阅人多矣。其于往来见调者,皆殚财穷产,甘辞厚誓,未尝动心。顷岁有李十八郎,曾舍于我家。我初见之,不觉自失。后遂私侍枕席,实蒙欢爱。今与之别累年矣。思慕之心,或竟日不食,终夜无寝。我家人故不可托。复被彼夫东西,不时会遇。脱有至者,愿以物色名氏求之。如不参差,相托祗奉,并语深意。但有仆夫杨果,即是。’不二三年,子妇寝疾,临终,复见托曰:‘我本寒微,曾辱君子厚顾,心常感念。久以成疾,自料不治。曩所奉托,万一至此,愿申九泉衔恨,千古睽离之叹。仍乞留止此,冀神会于仿佛之中。”章武乃求邻妇为开门,命从者市薪刍食物。方将具絪席,忽有一妇人,持帚,出房扫地。邻妇亦不之识。章武因访所从者,云是舍中人。又逼而诘之,即徐曰:“王家亡妇感郎恩情深,将见会。恐生怪怖,故使相闻。”章武许诺,云:“章武所由来者,正为此也。虽显晦殊途,人皆忌惮,而思念情至,实所不疑。”言毕,执帚人欣然而去,逡巡映门,即不复见。乃具饮馔,呼祭。自食饮毕,安寝。至二更许,灯在床之东南,忽尔稍暗,如此再三。章武心知有变,因命移烛背墙,置室东西隅。旋闻室北角悉窣有声,如有人形,冉冉而至。五六步,即可辨其状。视衣服,乃主人子妇也。与昔见不异,但举止浮急,音调轻清耳。章武下床,迎拥携手,款若平生之欢。自云:“在冥录以来,都忘亲戚。但思君子之心,如平昔耳。”章武倍与狎昵,亦无他异。但数请令人视明星,若出,当须还,不可久住。每交欢之暇,即恳托在邻妇杨氏,云“非此人,谁达幽恨?”至五更,有人告可还。子妇泣下床,与章武连臂出门,仰望天汉,遂呜咽悲怨,却入室,自于裙带上解锦囊,囊中取一物以赠之,其色绀碧,质又坚密,似玉而冷,状如小叶。章武不之识也。子妇曰:“此所谓‘靺鞨宝’,出昆仑玄圃中。彼亦不可得。妾近于西岳与玉京夫人戏,见此物在众宝珰上,爱而访之。夫人遂假以相授,云:‘洞天群仙,每得此一宝,皆为光荣。’以郎奉玄道,有精识,故以投献,常愿宝之,此非人间之有。”遂赠诗曰:“河汉已倾斜,神魂欲超越。愿郎更回抱,终天从此诀。”章武取白玉宝簪一以酬之,并答诗曰:“分从幽显隔,岂谓有佳期。宁辞重重别,所叹去何之。”因相持泣,良久。子妇又赠诗曰:“昔辞怀后会,今别便终天。新悲与旧恨,千古闭穷泉。”章武答曰:“后期杳无约,前恨已相寻。别路元行信,何因得寄心。”款曲叙别讫,遂却赴西北隅。行数步,犹回顾拭泪云:“李郎无舍,念此泉下人。”复哽咽伫立,视天欲明,急趋至角,即不复见。但空室窗然,寒灯半灭而已。章武乃促装,却自下邦归长安武定堡。下邽郡官与张元宗携酒宴饮,既酣,章武怀念,因即事赋诗曰:“水不西归月暂圆,令人惆怅古城边。萧条明早分歧路,知更相逢何岁年。”吟毕,与郡官别。独行数里,又自讽诵。忽闻空中有叹赏,音调凄恻。更审听之,乃王氏子妇也。自云:“冥中各有地分。今于此别，无日交会。知郎思眷，故冒阴司之责，远来奉送。千万自爱！”章武愈感之。及至长安，与道友陇西李助话，亦感其诚而赋曰：“石沉辽海阔，剑别楚天长，会合知无日，离心满夕阳。”章武既事东平丞相府，因间，召玉工视所得靺鞨宝，工亦不知，不敢雕刻。后奉使大梁，又召玉工，粗能辨，乃因其形，雕作槲叶象。奉使上京，每以此物贮怀中。至市东街，偶见一胡僧，忽近马叩头云：“君有宝玉在怀，乞一见尔。”乃引于静处开视。僧捧玩移时，云：“此天上至物，非人间有也”，章武后往来华州，访遗杨六娘，至今不绝。

霍小玉传

蒋防撰

大历中，陇西李生名益，年二十，以进士擢第。其明年，拔萃，俟试于天官。夏六月，至长安，舍于新昌里。生门族清华，少有才思，丽词佳句，时谓无双。先达丈人，翕然推伏。每自矜风调，思得佳偶，博求名妓，久而未谐。长安有媒鲍十一娘者，故薛驸马家青衣也，折券从良，十余年矣。性便辟，巧言语，豪家戚里，无不经过，追风挟策，推为渠帅。常受生诚托厚赂，意颇德之。经数月，李方闲居舍之南亭。申未间，忽闻扣门甚急，云是鲍十一娘至。摄衣从之，迎问曰：“鲍卿，今日何故忽然而来？”鲍笑曰：“苏姑子做好梦也未？有一仙人，谪在下界，不邀财货，但慕风流。如此色目，共十郎相当矣。”生闻之惊跃，神飞体轻，引鲍手且拜且谢曰：“一生作奴，死亦不惮。”因问其名居。鲍具说曰：“故霍王小女，字小玉，王甚爱之。母曰净持。净持即王之宠婢也。王之初薨，诸弟兄以其出自贱庶，不甚收录。因分与资财，遣居于外，易姓为郑氏，人亦不知其王女。姿质浓艳，一生未见，高情逸态，事事过人，音乐诗书，无不通解。昨遣谋求一好儿郎，格调相称者。某具说十郎。他亦知有李十郎名字，非常欢惬。住在胜业坊古寺曲，甫上车门宅是也。已与他作期约。明日午时，但至曲头觅桂子，即得矣。”鲍既去，生便备行计。遂令家僮秋鸿，于从兄京兆参军尚公处假青骊驹，黄金勒。其夕，生浣衣沐浴，修饰容仪，喜跃交并，通夕不寐。迟明，巾帻，引镜自照，惟惧不谐也。徘徊之间，至于亭午，遂命驾疾驱，直抵胜业。至约之所，果见青衣立候，迎问曰：“莫是李十郎否？”即下马，令牵入屋底，急急锁门。见鲍果从内出来，遥笑曰：“何等儿郎，造次入此？”生调诮未毕，引入中门，庭间有四樱桃树，西北悬一鹦鹉笼，见生人来，即语曰：“有人入来，急下帘者！”生本性雅淡，心犹疑惧，忽见鸟语，愕然不敢进。逡巡，鲍引净持下阶相迎，延入对坐。年可四十余，绰约多姿，谈笑甚媚，因谓生曰："素闻十郎才调风流，今又见容仪雅秀，名下固无虚士。某有一女子，虽拙教训，颜色不至丑陋，得配君子，颇为相宜。频见鲍十一娘说意旨，今亦便令承奉箕帚。"生谢曰："鄙拙庸愚，不意顾盼，倘垂采录，生死为荣。"遂命酒馔，即令小玉自堂东阁子中而出。生即拜迎。但觉一室之中，若琼林玉树，互相照耀，转盼精彩射人，既而遂坐母侧。母谓曰："汝尝爱念'开帘风动竹，疑是故人来'。即此十郎诗也。尔终日吟想，何如一见。"玉乃低鬟微笑，细语曰："见面不如闻名。才子岂能无貌？"生遂连起拜曰："小娘子爱才，鄙夫重色。两好相映，才貌相兼。"母女相顾而笑，遂举酒数巡。生起，请玉唱歌，初不肯，母固强之。发声清亮，曲度精奇。酒阑，及暝，鲍引生就西院憩息。闲庭邃宇，帘幕甚华。鲍令侍儿桂子浣沙与生脱靴解带。须臾，玉至，言叙温和，辞气宛媚。解罗衣之际，态有余妍，低帏匿枕，极其欢爱。生自以为巫山洛浦不过也。中宵之夜，玉忽流涕观生曰："妾本倡家，自知非匹。今以色爱，托其仁贤。但虑一旦色衰，恩移情替，使女萝无托，秋扇见捐。极欢之际，不觉悲至。"生闻之，不胜感叹，乃引臂替枕，徐谓玉曰："平生志愿，今日获从，粉身碎骨，誓不相舍。夫人何发此言！请以素缣，著之盟约。"玉因收泪，命侍儿樱桃褰幄执烛，授生笔砚。玉管弦之暇，雅好诗书，筐箱笔砚，皆王家之旧物。遂取绣囊，出越姬乌丝栏素缣三尺以授生。生素多才思，援笔成章，引谕山河，指诚日月，句句恳切，闻之动人。染毕，命藏于宝箧之内。自尔婉娈相得，若翡翠之在云路也。如此二岁，日夜相从。其后年春，生以书判拔萃登科，授郑县主簿。至四月，将之官，便拜庆于东洛。长安亲戚，多就筵饯。时春物尚余，夏景初丽。酒阑宾散，离思萦怀。玉谓生曰："以君才地名声，人多景慕，愿结婚媾，固亦众矣。况堂有严亲，室无冢妇，君之此去，必就佳姻。盟约之言，徒虚语耳。然妾有短愿，欲辄指陈。永委君心，复能听否？"生惊怪曰："有何罪过，忽发此辞？试说所言，必当敬奉。"玉曰："妾年始十八，君才二十有二，迨君壮室之秋，犹有八岁。一生欢爱，愿毕此期。然后妙选高门，以谐秦晋，亦未为晚。妾便舍弃人事，剪发披缁，夙昔之愿，于此足矣。"生且愧且感，不觉涕流。因谓玉曰："皎日之誓，死生以之，与卿偕老，犹恐未惬素志，岂敢辄有二三。固请不疑，但端居相待。至八月，必当却到华州，寻使奉迎，相见非远。"更数日，生遂诀别东去。到任旬日，求假往东都觐亲。未至家日，太夫人已与商量表妹卢氏，言约已定。太夫人素严毅，生逡巡不敢辞让。遂就礼谢，便有近期。卢亦甲族也，嫁女于他门，聘财必以百万为约，不满此数，义在不行。生家素贫，事需求贷，便托假故，远投亲知，涉猎江淮，自秋及夏。生自以辜负盟约，大愆回期。寂不知闻，欲断其望。遥托亲故，不遗漏言。玉自生逾期，数访音信。虚词诡说，日日不同。博求师巫，遍询卜筮，怀忧抱恨，周岁有余。羸卧空闺，遂成沉疾。虽生之书题竟绝，而玉之想望不移，赂遣亲知，使通消息。寻求既切，资用屡空，往往私令侍婢潜卖箧中服玩之物，多托于西市寄附铺侯景先家货卖。曾令侍婢浣沙将紫玉钗一只，诣景先家贷之。路逢内作老玉工，见浣沙所执，前来认之曰："此钗，吾所作也。昔岁霍王小女将欲上鬟，令我作此，酬我万钱。我尝不忘。汝是何人，从何而得？"浣沙曰："我小娘子，即霍王女也。家事破散，失身于人。夫婿昨向东都，更无消息。悒怏成疾，今欲二年。令我卖此，赂遗于人，使求音信。"玉工凄然下泣曰："贵人男女，失机落节，一至于此。我残年向尽，见此盛衰，不胜伤感。"遂引至延先公主宅，具言前事。公主亦为之悲叹良久，给钱十二万焉。时生所定卢氏女在长安，生既毕于聘财，还归郑县。其年腊月，又请假入城就亲。潜卜静居，不令人知。有明经崔允明者，生之中表弟也。性甚长厚，昔岁常与生同欢于郑氏之室，杯盘笑语，曾不相间。每得生信，必诚告于玉。玉常以薪刍衣服，资给于崔。崔颇感之。生既至，崔具以诚告玉。玉恨叹曰："天下岂有是事乎！"遍请亲朋，多方召致。生自以愆期负约，又知玉疾候沉绵，惭耻忍割，终不肯往。晨出暮归，欲以回避。玉日夜涕泣，都忘寝食，期一相见，竟无门由。冤愤益兴，委顿床枕。自是长安中稍有知者。风流之士，共感玉之多情，豪侠之伦，皆怒生之薄行。时已三月，人多春游。生与同辈五六人诣崇敬寺玩牡丹花，步于西廊，递吟诗句。有京兆韦夏卿者，生之密友，时亦同行。谓生曰："风光甚丽，草木荣华。伤哉郑卿，衔冤空室！足下终能弃置，实是忍人。丈夫之心，不宜如此。足下宜为思之！"叹让之际，忽有一豪士，衣轻黄纡衫，挟朱弹，丰神隽美，衣服轻华，唯有一剪头胡雏从后，潜行而听之。俄而前揖生曰："公非李十郎者乎！某族本山东，姻连外戚。虽乏文藻，心尝乐贤。仰公声华，常思观止。今日幸会，得睹清扬。某之敝居，去此不远，亦有声乐，足以娱情。妖姬八九人，骏马十数匹，唯公所欲。但愿一过。"生之侪辈，共聆斯语，更相叹美。因与豪士策马同行，疾转数坊，遂至胜业。生以近郑之所止，意不欲过，便托事故，欲回马首。豪士曰："敝居咫尺，忍相弃乎？"乃挽挟其马，牵引而行。迁延之间，已及郑曲。生神情恍惚，鞭马欲回。豪士遽命奴仆数人，抱持而进。疾走推入车门，便令锁却，报云："李十郎至也！"一家惊喜，声闻于外。先此一夕，玉梦黄衫丈夫抱生来，至席，使玉脱鞋。惊寤而告母。因自解曰："鞋者，谐也。夫妇再合。脱者，解也。既合而解，亦当永诀。由此征之，必遂相见，相见之后，当死矣。"凌晨，请母妆梳。母以其久病，心意惑乱，不甚信之。黾勉之间，强为妆梳。妆梳才毕，而生果至。玉沉绵日久，转侧须人。忽闻生来，欻然自起，更衣而出，恍若有神。遂与生相见，含怒凝视，不复有言。羸质娇姿，如不胜致"时复掩袂，返顾李生。感物伤人，坐皆唏嘘。顷之，有酒肴数十盘，自外而来。一座惊视，遽问其故，悉是豪士之所致也。因遂陈设，相就而坐。玉乃侧身转面，斜视生良久，遂举杯酒，酹地曰："我为女子，薄命如斯。君是丈夫，负心若此。韶颜稚齿，饮恨而终。慈母在堂，不能供养。绮罗弦管，从此永休。征痛黄泉，皆君所致。李君李君，今当永诀！我死之后，必为厉鬼，使君妻妾，终日不安！"乃引左手握其臂，掷杯于地，长恸号哭数声而绝。母乃举尸，置于生怀，令唤之，遂不复苏矣。生为之缟素，旦夕哭泣甚哀。将葬之夕，生忽见玉繐帷之中，容貌艳丽，宛若平生。著石榴裙，紫植裆，红绿帔子。斜身倚帷，手引绣带，顾谓生曰："愧君相送，尚有余情。幽冥之中，能不感叹。"言毕，遂不复见。明日，葬于长安御宿原。生至墓所，尽哀而返。后月余，就礼于卢氏。伤情感物，郁郁不乐。夏五月，与卢氏偕行，归于郑县。至县旬日，生方与卢氏寝，忽帐外叱叱作声。生惊视之，则见一男子，年可二十余，姿状温美，藏身映幔，连招卢氏。生惶遽走起，绕幔数匝，倏然不见。生自此心怀疑恶，猜忌万端，夫妻之间，无聊生矣。或有亲情，曲相劝喻。生意稍解。后旬日，生复自外归，卢氏方鼓琴于床，忽见自门抛一斑犀钿花合子，方圆一寸余，中有轻绢，作同心结，坠于卢氏怀中。生开而视之，见相思子二，叩头虫一，发杀觜一，驴驹媚少许。生当时愤怒叫吼，声如豺虎，引琴撞击其妻，诘令实告。卢氏亦终不自明。尔后往往暴加捶楚，备诸毒虐，竟讼于公庭而遣之。卢氏既出，生或侍婢媵妾之属，蹔同枕席，便加妒忌。或有因而杀之者。生尝游广陵，得名姬，曰营十一娘，容态润媚，生甚悦之，每相对坐，尝谓营曰："我尝于某处得某姬，犯某事，我以某法杀之。"日日陈说，欲令惧己，以肃清闺门。出则以浴斛覆营于床，周回封署，归必详视，然后乃开。又畜一短剑，甚利，顾谓侍婢曰："此信州葛溪铁，唯断作罪过头！"大凡生所见妇人，辄加猜忌，至于三娶，率皆如初焉。

唐宋传奇集卷三

古岳渎经

李公佐撰

贞元丁丑岁，陇西李公佐泛潇湘苍梧。偶遇征南从事弘农杨衡，泊舟古岸，淹留佛寺，江空月浮，征异话奇。杨告公佐云："永泰中，李汤任楚州刺史时，有渔人，夜钓于龟山之下。其钓因物所制，不复出。渔者健水，疾沉于下五十丈。见大铁锁，盘绕山足，寻不知极。遂告汤。汤命渔人及能水者数十，获其锁，力莫能制。加以牛五十余头。锁乃振动，稍稍就岸。时无风涛，惊浪翻涌。观者大骇。锁之末见一兽，状有如猿，白首长鬐，雪牙金爪，闯然上岸，高五丈许。蹲踞之状若猿猴。但两目不能开，兀若昏昧。目鼻水流如泉，涎沫腥秽，人不可近。久，乃引颈伸欠，双目忽开，光彩若电。顾视人焉。欲发狂怒。观者奔走。兽亦徐徐引锁拽牛，入水去，竟不复出。时楚多知名士，与汤相顾愕栗，不知其由。乃渔者时知锁所，其兽竟不复见。"公佐至元和八年冬，自常州饯送给事中孟简至朱方，廉使薛公苹馆待礼备。时扶风马植，范阳卢简能，河东裴蘧，皆同馆之，环炉会语终夕焉。公佐复说前事，如杨所言。至九年春，公佐访古东吴，从太守元公锡泛洞庭，登包山，宿道者周焦君庐。入灵洞，探仙书。石穴间得古《岳渎经》第八卷，文字古奇，编次蠹毁，不能解。公佐与焦君共详读之："禹理水，三至桐柏山，惊风走雷，石号木鸣，五伯拥川，天老肃兵，不能兴。禹怒，召集百灵，搜命夔龙。桐柏千君长稽首请命。禹因囚鸿蒙氏，章商氏，兜卢氏，犁娄氏。乃获淮涡水神，名无支祁，善应对言语，辨江淮之浅深，原隰之远近。形若猿猴，缩鼻高额，青躯白首，金目雪牙。颈伸百尺，力逾九象，搏击腾踔疾奔，轻利倏忽，闻视不可久。禹授之章律，不能制；授之鸟木由，不能制；授之庚辰，能制。鸱脾桓木魅水灵山袄石怪，奔号聚绕，以数千载。庚辰以战逐去。颈锁大索，鼻穿金铃，徙淮阴之龟山之足下。俾淮水永安流注海也。庚辰之后，皆图此形者，免淮涛风雨之难。"即李汤之见，与杨衡之说，与《岳渎经》符矣。

南柯太守传

李公佐撰

东平淳于棼，吴楚游侠之士。嗜酒使气，不守细行。累巨产，养豪客。曾以武艺补淮南军裨将，因使酒忤帅，斥逐落魄，纵诞饮酒为事。家住广陵郡东十里。所居宅南有大古槐一株，枝干修密，清阴数亩。淳于生日与群豪，大饮其下。贞元七年九月，因沉醉致疾。时二友人于坐扶生归家，卧于堂东庑之下。二友谓生曰："子其寝矣！余将秣马濯足，俟子小愈而去。"生解巾就枕，昏然忽忽，仿佛若梦。见二紫衣使者，跪拜生曰："槐安国王遣小臣致命奉邀。"生不觉下榻整衣，随二使至门。见青油小车，驾以四牡，左右从者七八，扶生上车，出大户，指古槐穴而去。使者即驱入穴中。生意颇甚异之，不敢致问。忽见山

川风候，草木道路，与人世甚殊。前行数十里，有郛郭城堞。车舆人物，不绝于路。生左右传车者传呼甚严，行者亦争辟于左右。又入大城，朱门重楼，楼上有金书，题曰："大槐安国。"执门者趋拜奔走。旋有一骑传呼曰："王以驸马远降，令且息东华馆。"因前导而去。俄见一门洞开，生降车而入。彩槛雕楹，华木珍果，列植于庭下；几案茵褥，帘帏肴膳，陈设于庭上。生心甚自悦。复有呼曰："右相且至。"生降阶祗奉。有一人紫衣象简前趋，宾主之仪敬尽焉。右相曰："寡君不以弊国远僻，奉迎君子，托以姻亲。"生曰："某以贱劣之躯，岂敢是望。"右相因请生同诣其所。行可百步，入朱门。矛戟斧钺，布列左右，军吏数百，辟易道侧。生有平生酒徒周弁者，亦趋其中。生私心悦之，不敢前问。右相引生升广殿，御卫严肃，若至尊之所。见一人长大端严，居正位，衣素练服，簪朱华冠。生战栗，不敢仰视，左右侍者令生拜。王曰："前奉贤尊命，不弃小国，许令次女瑶芳奉事君子。"生但俯伏而已，不敢致词。王曰："且就宾宇，续造仪式。"有旨，右相亦与生偕还馆舍。生思念之，意以为父在边将，因没虏中，不知存亡。将谓父北蕃交通，而致兹事。心甚迷惑，不知其由。是夕，羔雁币帛，威容仪度，妓乐丝竹，肴膳灯烛，车骑礼物之用，无不咸备。有群女，或称华阳姑，或称青溪姑，或称上仙子，或称下仙子，若是者数辈。皆侍从数千，冠翠凤冠，衣金霞帔，采碧金钿，目不可视。遨游戏乐，往来其门，争以淳于郎为戏弄。风态妖丽，言词巧艳，生莫能对。复有一女谓生曰："昨上巳日，吾从灵芝夫人过禅智寺，于天竺院观右延舞《婆罗门》。吾与诸女坐北牖石榻上，时君少年，亦解骑来看。君独强来亲洽，言调笑谑。吾与穷英妹结绛巾，挂于竹枝上，君独不忆念之乎？又七月十六日，吾于孝感寺侍上真子，听契玄法师讲《观音经》。吾于讲下舍金凤钗两只，上真子舍水犀合子一枚。时君亦讲筵中于师处请钗合视之。赏叹再三，嗟异良久。顾余辈曰：'人之与物，皆非世间所有。'或问吾民，或访吾里。吾亦不答。情意恋恋，瞩盼不舍。君岂不思念之乎？"生曰："中心藏之，何日忘之。"群女曰："不意今日与君为眷属。"复有三人，冠带甚伟，前拜生曰："奉命为驸马相者。"中一人与生且故。生指曰："子非冯翊田子华乎？"田曰："然。"生前，执手叙旧久之。生谓曰："子何以居此？"子华曰："吾放游，获受知于右相武成侯段公，因以栖托。"生复问曰："周弁在此，知之乎？"

南柯一梦

子华曰："周生，贵人也。职为司隶，权势甚盛。吾数蒙庇护。"言笑甚欢。俄传声曰："驸马可进矣。"三子取剑佩冕服，更衣之。子华曰："不意今日获睹盛礼，无以相忘也。"有仙姬数十，奏诸异乐，婉转清亮，曲调凄悲，非人间之所闻听。有执烛引导者，亦数十。左右见金翠步障，彩碧玲珑，不断数里。生端坐车中，心意恍惚，甚不自安。田子华数言笑以解之。向者群女姑娣，各乘风翼辇，亦往来其间。至一门，号"修义宫"。群仙姑姊亦纷然在侧，令生降车辇拜，揖让升降，一如人间，彻障去扇，见一女子，云号金枝公主。年可十四五，俨若神仙。交欢之礼，颇亦明显。生自尔情义日洽，荣耀日盛。出入车服，游宴宾御，次于王者。王命生与群寮备武卫，大猎于国西灵龟山。山阜峻秀，川泽广远，林树丰茂，飞禽走兽，无不蓄之。师徒大获，竟夕而还。生因他日，启王曰："臣顷结好之日，大王云奉臣父之命。臣父顷佐边将，用一兵失利，陷没胡中。尔来绝书信十七八岁矣。王既知所在，臣请一往拜观。"王遽谓曰："亲家翁职守北土，信问不绝。卿但具书状知闻，未用便去。"遂命妻致馈贺之礼，一以遣之。数夕还答。生验书本意，皆父平生之迹。书中忆念教诲，情意委曲，皆如昔年。复问生亲戚存亡，闾里兴废。复言路道乖远，风烟阻绝。词意悲苦，言语哀伤。又不令生来觐，云："岁在丁丑，当与女相见。"生捧书悲咽，情不自堪。他日，妻谓生曰："子岂不思为政乎?"生曰："我放荡不习政事。"妻曰："卿但为之。余当奉赞。"妻遂白于王。累日，谓生曰："吾南柯政事不理，太守黜废。欲借卿才，可曲屈之。便与小女同行。"生敦授教命。王遂敕有司，备太守行李。因出金锦绣，箱奁仆妾车马，列于广衢，以饯公主之行。生少游侠，曾不敢有望，至是甚悦。因上表曰："臣将门余子，素无艺术，猥当大任，必败朝章。自卑负乘，坐致覆𫓧。今欲广求贤哲，以赞不逮。伏见司隶颍川周弁，忠亮刚直，守法不回，有毗佐之器。处士冯翊田子华，清慎通变，达政化之源。二人与臣有十年之旧，备知才用，可托政事。周请署南柯司宪，田请署司农。庶使臣政绩有闻，宪章不紊也。"王并依表以遣之。其夕，王与夫人饯于国南。王谓生曰："南柯国之大郡，土地丰壤，人物豪盛，非惠政不能以治之。况有周田二赞。卿其勉之，以副国念。"夫人戒公主曰："淳于郎性刚好酒，加之少年。为妇之道，贵乎柔顺。尔善事之，吾无忧矣。南柯虽封境不遥，晨昏有间。今日睽别，宁不沾巾。"生与妻拜首南去，登车拥骑，言笑甚欢。累夕达郡。郡有官吏，僧道，耆老，音乐，车舆，武卫，銮铃，争来迎奉。人物阗咽，钟鼓喧哗，不绝十数里。见雉堞台观，佳气郁郁。入大城门，门亦有大榜，题以金字，曰"南柯郡城"。见朱轩棨户，森然深邃。生下车，省风俗，疗病苦，政事委以周田，郡中大理。自守郡二十载，风化广被，百姓歌谣，建功德碑，立生祠宇。王甚重之。赐食邑，锡爵位，居台辅。周田皆以政治著闻，递迁大位。生有五男二女。男以门荫授官，女亦娉于王族。荣耀显赫，一时之盛，代莫比之。是岁，有檀萝国者，来伐是郡。王命生练将训师以征之。乃表周弁将兵三万，以拒贼之众于瑶台城。弁刚勇轻敌，师徒败绩。弁单骑裸身潜遁，夜归城。贼亦收辎重铠甲而还。生因囚弁以请罪，王并舍之。是月，司宪周弁疽发背，卒。生妻公主遘疾，旬日又薨。生因请罢郡，护丧赴国。王许之。便以司农田子华行南柯太守事。生哀恸发引，威仪在途，男女叫号，人吏奠馔，攀辕遮道者不可胜数。遂达于国。王与夫人素衣哭于郊，候灵轝之至。谥公主曰："顺仪公主"。备仪仗羽葆鼓吹，葬于国东十里盘龙冈。是月，故司宪子荣信，亦护丧赴国，生久镇外藩，结好中国，贵门豪族，靡不是洽。自罢郡还国，出入无恒，交游宾从，威福日盛。王意疑惮之。时有国人上表云："玄象谪见，国有大恐。都邑迁徙，宗庙崩坏。衅起他族，事在萧墙。"时议以生侈僭之应也。遂夺生侍卫，禁生游从，处之私第。生自恃守郡多年，曾无败政，流言怨悖，郁郁不乐。王亦知之，因命生曰："姻亲二十余年，不幸小女夭枉，不得与君子偕老，良用痛伤。"夫人因留孙自鞠育之。又谓生曰："卿离家多时，可暂归本里，一见亲族。诸孙留此，无以为念。后三年，当令迎卿。"生曰："此乃家矣，何更归焉？"王笑曰："卿本人间，家非在此。"生忽若昏睡，懵然久之，方乃发悟前事，遂流涕请还。王顾左右以送生。生再拜而去，复见前二紫衣使者从焉。至大户外，见所乘车甚劣，左右亲使御仆，遂无一人，心甚叹异。生上车，行可数里，复出大城。宛是昔年东来之途，山川原野，依然如旧。所送二使者，甚无威势。生逾怏怏。生问使者曰："广陵郡何时可到？"二使讴歌自若，久乃答曰："少顷即至。"俄出一穴，见本里闾巷，不改往日，潸然自卑，不觉流涕。二使者引生下车，入其门，升其阶，己身卧于堂东庑之下。生甚惊畏，不敢前进。二使因大呼生之姓名数声，生遂发寤如初。见家之僮仆拥篲于庭，二客濯足于榻，斜日未隐于西垣，余樽尚湛于东牖。梦中倏忽，若度一世矣。生感念嗟叹，遂呼二客而语之。惊骇，因与生出外，寻槐下穴。生指曰："此即梦中所惊入处。"二客将谓狐狸木媚之所为祟。遂命仆夫荷斤斧，断臃肿，折查卉，寻穴究源。旁可袤丈。有大穴，根洞然明朗，可容一榻。上有积土壤以为城郭台殿之状。有蚁数斛，隐聚其中。中有小台，其色若丹。二大蚁处之，素翼朱首，长可三寸。左右大蚁数十辅之，诸蚁不敢近。此其王矣。即槐安国都也。又穷一穴，直上南枝可四丈，宛转方中，亦有土城小楼，群蚁亦处其中，即生所领南柯郡也。又一穴，西去二丈，磅礴空圬，嵌窞异状。中有一腐龟壳，大如斗。积雨浸润，小草丛生，繁茂翳荟，掩映振壳，即生所猎灵龟山也。又穷一穴，东去丈余，古根盘屈，若龙虺之状。中有小土壤，高尺余，即生所葬妻盘龙冈之墓也。追想前事，感叹于怀，披阅穷迹，皆符所梦。不欲二客坏之，遽令掩塞如旧。是夕，风雨暴发。旦视其穴，遂失群蚁，莫知所去。故先言"国有大恐，都邑迁徙。”此其验矣。复念檀萝征伐之事，又请二客访迹于外。宅东一里有古涸涧，侧有大檀树一株，藤萝拥织，上不见日。旁有小穴，亦有群蚁隐聚其间。檀萝之国，岂非此耶。嗟乎！蚁之灵异，犹不可穷，况山藏木伏之大者所变化乎？时生酒徒周弁田子华并居六合县，不与生过从旬日矣。生遽遣家僮疾往候之。周生暴疾已逝，田子华亦寝疾于床。生感南柯之浮虚，悟人世之倏忽，遂栖心道门，绝弃酒色。后三年，岁在丁丑，亦终于家。时年四十七，将符宿契之限矣。公佐贞元十八年秋八月，自吴之洛，暂泊淮浦，偶觌淳于生棼，询访遗迹，翻覆再三，事皆摭实，辄编录成传，以资好事。虽稽神语怪，事涉非经，而窃位著生，冀将为戒。后之君子，幸以南柯为偶然，无以名位骄于天壤间云。

前华州参军李肇赞曰：

贵极禄位，权倾国都，达人视此，蚁聚何殊。

庐江冯媪传

李公佐撰

冯媪者，庐江里中啬夫之妇，穷寡无子，为乡民贱弃。元和四年，淮楚大歉。媪逐食于舒，途经牧犊墅。值风雨，止于桑下。忽见路隅一室，灯烛荧荧。媪因诣求宿。见一女子，年二十余，容服美丽，携三岁儿，倚门悲泣。前，又见老叟与媪，据床而坐。神气惨戚，言语咕嗫，有若征索财物，追逐之状。见冯媪至，叟媪默然舍去。女久乃止泣，入户备饩食，理床榻，邀媪食息焉。媪问其故。女复泣曰：“此儿父，我之夫也。明日别娶。”媪曰：“向者二老人，何人也？于汝何求，而发怒？”女曰：“我舅姑也。今嗣子别娶，征我筐筥刀尺祭祀旧物，以授新人。我不忍与，是有斯责。”媪曰：“汝前夫何在？”女曰：“我淮阴令梁倩女，适董氏七年。有二男一女。男皆随父，女即此也。今前邑中董江，即其人也。江官为酂丞，家累巨产。”发言不胜呜咽，媪不之异；又久困寒饿，得美食甘寝，不复言。女泣至晓。媪辞去，行二十里，至桐城县。县东有甲第，张帘帷，具羔雁，人物纷然，云今夕有官家礼事。媪问其郎，即董江也。媪曰：“董有妻，何更娶焉？”邑人曰：“董妻及女亡矣。”媪曰：“昨宵我遇雨，寄宿董妻梁氏舍，何得言亡？”邑人询其处，即董妻墓也。询其二老容貌，即董江之先父母也。董江本舒州人，里中之人皆得详之。有告董江者，董以妖妄罪之，令部者迫逐媪去。媪言于邑人，邑人皆为感叹。是夕，董竟就婚焉。元和六年夏五月，江淮从事李公佐使至京，回次汉南，与渤海高钺，天水赵儹，河南宇文鼎会于传舍，宵话征异，各尽见闻。钺具道其事，公佐因为之传。

谢小娥传

李公佐撰

小娥，姓谢氏，豫章人，估客女也。生八岁，丧母，嫁历阳侠士段居贞。居贞负气重义，交游豪俊。小娥父畜巨产，隐名商贾间，常与段婿同舟货，往来江湖。时小娥年十四，始及笄。父与夫俱为盗所杀，尽掠金帛。段之弟兄，谢之生侄，与童仆辈数十，悉沉于江。小娥亦伤胸折足，漂流水中，为他船所获，经夕而活。因流转乞食至上元县，依妙果寺尼净悟之室。初，父之死也，小娥梦父谓曰："杀我者，车中猴，门东草。"又数日，复梦其夫谓曰："杀我者，禾中走，一日夫。"小娥不自解悟，常书此语，广求智者辨之，历年不能得。至元和八年春，余罢江西从事，扁舟东下，淹泊建业，登瓦官寺阁。有僧齐物者，重贤好学，与余善。因告余曰："有孀妇名小娥者，每来寺中，示我十二字谜语，某不能辨。"余遂请齐公书于纸，乃凭槛书空，凝思默虑。坐客未倦，了悟其文。令寺童疾召小娥前至，询访其由。小娥呜咽良久，乃曰："我父及夫，皆为贼所杀。迩后尝梦父告曰：'杀我者，车中猴，门东草。'又梦夫告曰：'杀我者，禾中走，一日夫。'岁久无人悟之。"余曰："若然者，吾审详矣。杀汝父是申兰，杀汝夫是申春。且车中猴，车字去上下各一画，是申字；又申属猴，故曰车中猴。草下有门，门中有东，乃兰字也。又，禾中走是穿田过，亦是申字也。一日夫者，夫上更一画，下有日，是春字也。杀汝父是申兰，杀汝夫是申春，足可明矣。"小娥恸哭再拜，书申兰，申春四字于衣中，誓将访杀二贼，以复其冤。娥因问余姓氏官族，垂涕而去。尔后小娥便为男子服，佣保于江湖间。岁余，至浔阳郡，见竹户上有纸榜子，云："召佣者。"小娥乃应召诣门，问其主，乃申兰也。兰引归，娥心愤貌顺，在兰左右，甚见亲爱。金帛出入之数，无不委娥。已二岁余，竟不知娥之女人也。先是谢氏之金宝锦绣，衣物器具，悉掠在兰家，小娥每执旧物，未尝不暗泣移时。兰与春，宗昆弟也。时春一家住大江北独树浦，与兰往来密洽。兰与春同去经月，多获财帛而归。每留娥与兰妻兰氏同守家室，酒肉衣服，给娥甚丰。若一日，春携文鲤兼酒诣兰，娥私叹曰："李君精悟玄鉴，皆符梦言。此乃天启其心，志将就矣。"是夕，兰与春会群贼，毕至酣饮。暨诸凶既去，春沉醉，卧于内室，兰亦露寝于庭。小娥潜锁春于内，抽佩刀先断兰首，呼号邻人并至，春擒于内，兰死于外，获赃收货，数至千万。初，兰春有党数十，暗记其名，悉擒就戮。时浔阳太守张公，善其志行，为具其事上旌表，乃得免死。时元和十二年夏岁也。复父夫之仇毕，归本里，见亲属。里中豪族争求聘，娥誓心不嫁。遂剪发披褐，访道于牛头山，师事大士尼将律师。娥志坚行苦，霜舂雨薪，不倦筋力，十三年四月，始受具戒于泗州开元寺，竟以小娥为法号，不忘本也。其年夏月，余始归长安，途经泗滨，过善义寺谒大德尼令。操戒新见者数十，净发鲜帔，威仪雍容，列侍师之左右。中有一尼问师曰："此官岂非洪州李判官二十三郎者乎？"师曰："然。"曰："使我获报家仇，得雪冤耻，是判官恩德也。"顾余悲泣。余不之识，询访其由。娥对曰："某名小娥，顷乞食孀妇也。判官时为辨申兰，申春二贼名字，岂不忆念乎？"余曰："初不相记，今即悟也。"娥因泣，具写记申兰，申春，复父夫之仇，志愿粗毕，经营终始艰苦之状。小娥又谓余曰："报判官恩，当有日矣。"岂徒然哉！嗟乎，余能辨二盗之姓名，小娥又能竟复父夫之仇冤，神道不昧，昭然可知。小娥厚貌深辞，聪敏端特，炼指跛足，誓求真如。爰自入道，衣无絮帛，斋无盐酪，非律仪禅理，口无所言。后数日，告我归牛头山，扁舟泛淮，云游南国，不复再遇。君子曰："誓志不舍，复父夫之仇，节也。佣保杂处，不知女人，贞也。女子之行，唯贞与节能终始全之而已。如小娥，足以儆天下逆道乱常之心，足以观天下贞夫孝妇之节。"余备详前事，发明隐文，暗与冥会，符于人心。知善不录，非《春秋》之义也。故作传以旌美之。

李娃传

白行简撰

汧国夫人李娃，长安之倡女也，节行瑰奇，有足称者，故监察御史白行简为传述。天宝中，有常州刺史荥阳公者，略其名氏，不书。时望甚崇，家徒甚殷。知命之年，有一子，始弱冠矣，隽朗有辞藻，迥然不群，深为时辈推伏。其父爱而器之，曰："此吾家千里驹也。"应乡赋秀才举，将行，乃盛其服玩车马之饰，计其京师薪储之费，谓之曰："吾观尔之才，当一战而霸。今备二载之用，且丰尔之给，将为其志也。"生亦自负，视上第如指掌。自毗陵发，月余抵长安，居于布政里。尝游东市还，自平康东门人，将访友于西南。至鸣珂曲，见一宅，门庭不甚广，而室宇严邃。阖一扉，有娃方凭一双鬟青衣立，妖姿要妙，绝代未有。生忽见之，不觉停骖久之，徘徊不能去。乃诈坠鞭于地，候其从者，勅取之。累眄于娃，娃回眸凝睇，情甚相慕。竟不敢措辞而去。生自尔意若有失，乃密征其友游长安之熟者，以讯之。友曰："此狭邪女李氏宅也。"曰："娃可求乎？"对曰："李氏颇赡。前与

通之者贵戚豪族，所得甚广。非累百万，不能动其志也。"生曰："苟患其不谐，虽百万，何惜。"他日，乃洁其衣服，盛宾从，而往扣其门。俄有侍儿启扃。生曰："此谁之第耶？"侍儿不答，驰走大呼曰："前时遗策郎也！"娃大悦曰："尔姑止之。吾当整妆易服而出。"生闻之私喜。乃引至萧墙间，见一姥垂白上偻，即娃母也。生跪拜前致辞曰："闻兹地有隙院，愿税以居，信乎？"姥曰："惧其浅陋湫隘，不足以辱长者所处，安敢言直耶。"延生于迟宾之馆，馆宇甚丽。与生偶坐，因曰："某有女娇小，技艺薄劣，欣见宾客，愿将见之。"乃命娃出。明眸皓腕，举步艳冶。生遽惊起，莫敢仰视，与之拜毕，叙寒燠，触类妍媚，目所未睹。复坐，烹茶斟酒，器用甚洁。久之，日暮，鼓声四动。姥访其居远近。生绐之曰："在延平门外数里。"冀其远而见留也。姥曰："鼓已发矣。当速归，无犯禁。"生曰："幸接欢笑，不知日之云夕。道里辽阔，城内又无亲戚，将若之何？"娃曰："不见责僻陋，方将居之，宿何害焉。"生数目姥。姥曰："唯唯。"生乃召其家僮，持双缣，请以备一宵之馔。娃笑而止曰："宾主之仪，且不然也。今夕之费，愿以贫窭之家，随其粗粝以进之。其余以俟他辰。"固辞，终不许。俄徙坐西堂，帷幙帘榻，焕然夺目；妆奁衾枕，亦皆侈丽。乃张烛进馔，品味甚盛。彻馔，姥起。生娃谈话方切，诙谐调笑，无所不至，生曰："前偶过卿门，遇卿适在屏间。厥后心常勤念，虽寝与食，未尝或舍。"娃答曰："我心亦如之。"生曰："今之来，非直求居而已，愿偿平生之志。但未知命也若何？"言未终，姥至，询其故，具以告。姥笑曰："男女之际，大欲存焉。情苟相得，虽父母之命，不能制也。女子固陋，曷足以荐君子之枕席？"生遂下阶，拜而谢之曰："愿以己为厮养。"姥遂目之为郎，饮酣而散。及旦，尽徙其囊橐，因家于李之第。自是生屏迹戢身，不复与亲知相闻。日会猖优侪类，狎戏游宴。囊中尽空，乃鬻骏乘，及其家童。岁余，资才仆马荡然。迩来姥意渐怠，娃情弥笃。他日，娃谓生曰："与郎相知一年，尚无孕嗣。常闻竹林神者，报应如响，将致荐酹求之，可乎？"生不知其计，大喜。乃质衣于肆，以备牢醴，与娃同谒祠宇而祷祝焉，信宿而返。策驴而后，至里北门，娃谓生曰："此东转小曲中，某之姨宅也。将憩而覲之，可乎？"生如其言，前行不逾百步，果见一车门。窥其际，甚弘敞。其青衣自车后止之曰："至矣。"生下，适有一人出访曰："谁？"曰："李娃也。"乃入告，俄有一妪至，年可四十余，与生相迎，曰："吾甥来否？"娃下车，妪逆访之曰："何久疏绝？"相视而笑。娃引生拜之。既见，遂偕入西戟门偏院。中有山亭，竹树葱茜，池榭幽绝。生谓娃曰："此姨之私第耶？"笑而不答，以他语对。俄献茶果，甚珍奇。食顷，有一人控大宛，汗流驰至，曰："姥遇暴疾颇甚，殆不识人。宜速归。"娃谓姨曰："方寸乱矣。某骑而前去，当令返乘，便与郎偕来。"生拟随之。其姨与侍儿偶语，以手挥之，令生止于户外，曰："姥且殁矣。当与某议丧事以济其急。奈何遽相随而

去?”乃止,共计其凶仪斋祭之用。日晚,乘不至。姨言曰:“无复命,何也?郎骤往觇之,某当继至。”生遂往,至旧宅,门扃钥甚密,以泥缄之。生大骇,诘其邻人。邻人曰:“李本税而居,约已周矣。第主自收。姥徙居,而且再宿矣。”征“徙何处?”曰:“不详其所。”生将驰赴宣阳,以诘其姨,日已晚矣,计程不能达。乃弛其装服,质馔而食,赁榻而寝。生恚怒方甚,自昏达旦,目不交睫。质明,乃策蹇而去。既至,连扣其扉,食顷无人应。生大呼数四,有宦者徐出。生遽访之:“姨氏在乎?”曰:“无之。”生曰:“昨暮在此,何故匿之?”访其谁氏之第。曰:“此崔尚书宅。昨者有一人税此院,云迟中表之远至者。未暮去矣。”生惶惑发狂,罔知所措,因返访布政旧邸。邸主哀而进膳。生怨懑,绝食三日,遘疾甚笃,旬余愈甚。邸主惧其不起,徙之于凶肆之中。绵缀移时,合肆之人共伤叹而互饲之。后稍愈,杖而能起。由是凶肆日假之,令执繐帷,获其直以自给。累月,渐复壮,每听其哀歌,自叹不及逝者,辄呜咽流涕,不能自止。归则效之。生,聪敏者也。无何,曲尽其妙,虽长安无与伦比。初,二肆之佣凶器者,互争胜负。其东肆,车舆皆奇丽,殆不敌,唯哀挽劣焉。其东肆长知生妙绝,乃醵钱二万索顾焉。其党耆旧,共较其所能者,阴教生新声,而相赞和。累旬,人莫知之。其二肆长相谓曰:“我欲各阅所佣之器于天门街,以较优劣。不胜者罚直五万,以备酒馔之用,可乎?”二肆许诺。乃邀立符契,署以保证,然后阅之。士女大和会,聚至数万。于是里胥告于贼曹,贼曹闻于京尹。四方之士,尽赴趋焉,巷无居人。自旦阅之,及亭午,列举辇舆威仪之具,西肆皆不胜,师有惭色。乃置层榻于南隅,有长髯者拥铎而进,翊卫数人。于是奋髯扬眉,扼腕顿颡而登,乃歌《白马》之词。恃其夙胜,顾眄左右,旁若无人。齐声赞扬之,自以为独步一时,不可得而屈也。有顷,东肆长于北隅上设连榻,有乌巾少年,左右五六人,秉翣而至,即生也。整衣服,俯仰甚徐,申喉发调,容若不胜。乃歌《薤露》之章,举声清越,响振林木,曲度未终,闻者歔欷掩泣。西肆长为众所消,益惭耻。密置所输之直于前,乃潜遁焉。四座愕眙,莫之测也。先是,天子方下诏,俾外方之牧,岁一至阙下,谓之入计。时也,适遇生之父在京师,与同列者易服章,窃往观焉。有老竖,即生乳母婿也,见生之举措辞气,将认之而未敢,乃泫然流涕。生父惊而诘之。因告曰:“歌者之貌,酷似郎之亡子。”父曰:“吾子以多财为盗所害。奚至是耶?”言讫,亦泣。及归,竖间驰往,访于同党曰:“向歌者谁?若斯之妙欤?”皆曰:“某氏之子。”征其名,且易之矣。竖凛然大惊;徐往,迫而察之。生见竖,色动回翔,将匿于众中。竖遂持其袂曰:“岂非某乎?”相持而泣,遂载以归。至其室,父责曰:“志行若此,污辱吾门。何施面目,复相见也?”乃徒行出,至曲江西杏园东,去其衣服,以马鞭鞭之数百。生不胜其苦而毙。父弃之而去。其师命相狎匿者阴随之,归告同党,共加伤叹。令二人苇席瘗焉。至，则心下微温。举之，良久，气稍通。因共荷而归，以苇筒灌勺饮，经宿乃活。月余，手足不能自举。其楚挞之处皆溃烂，秽甚。同辈患之。一夕，弃于道周。行路咸伤之，往往投其余食，得以充肠。十旬，方杖策而起。被布裘，裘有百结，缢缕如悬鹑。持一破瓯，巡于闾里，以乞食为事。自秋徂冬，夜入于粪壤窟室，昼则周游廛肆。一旦大雪，生为冻馁所驱，冒雪而出，乞食之声甚苦。闻见者莫不凄恻。时雪方甚，人家外户多不发。至安邑东门，循理垣北转第七八，有一门独启左扉，即娃之第也。生不知之，遂连声疾呼"饥冻之甚"，音响凄切，所不忍听。娃自阁中闻之，谓侍儿曰："此必生也。我辨其音矣。"连步而出。见生枯瘠疥厉，殆非人状。娃意感焉，乃谓曰："岂非某郎也？"生愤懑绝倒，口不能言，颔颐而已。娃前抱其颈，以绣襦拥而归于西厢。失声长恸曰："令子一朝及此，我之罪也！"绝而复苏。姥大骇，奔至，曰："何也？"娃曰："某郎。"姥遽曰："当逐之。奈何令至此？"娃敛容却睇曰："不然。此良家子也。当昔驱高车，持金装，至某之室，不逾期而荡尽。且互设诡计，舍而逐之，殆非人行。令其失志，不得齿于人伦。父子之道，天性也。使其情绝，杀而弃之。又困踬若此。天下之人尽知为某也。生亲戚满朝，一旦当权者熟察其本末，祸将及矣。况欺天负人，鬼神不佑，无自贻其殃也。某为姥子，迄今有二十岁矣。计其赀，不啻值千金。今姥年六十余，愿计二十年衣食之用以赎身，当与此子别卜所诣。所诣非遥，晨昏得以温凊。某愿足矣。"姥度其志不可夺，因许之。给姥之余，有百金。北隅四五家，税一隙院。乃与生沐浴，易其衣服；为汤粥，通其肠；次以酥乳润其脏。旬余，方荐水陆之馔。头巾履袜，皆取珍异者衣之。未数月，肌肤稍腴；卒岁，平愈如初。异时，娃谓生曰："体已康矣，志已壮矣。渊思寂虑，默想曩昔之艺业，可温习乎？"生思之，曰："十得二三耳。"娃命车出游，生骑而从。至旗亭南偏门鬻《坟典》之肆，令生拣而市之，计费百金，尽载以归。因令生斥弃百虑以志学，俾夜作昼，孜孜矻矻。娃常偶坐，宵分乃寐。伺其疲倦，即谕之缀诗赋。二岁而业大就，海内文籍，莫不该览。生谓娃曰："可策名试艺矣。"娃曰："未也。且令精熟，以俟百战。"更一年，曰："可行矣。"于是遂一上登甲科，声振礼闱。虽前辈见其文，罔不敛衽敬羡，愿友之而不可得。娃曰："未也。今秀士苟获擢一科第，则自谓可以取中朝之显职，擅天下之美名。子行秽迹鄙，不侔于他士。当砻淬利器，以求再捷。方可以连衡多士，争霸群英。"生由是益自勤苦，声价弥甚。其年，遇大比，诏征四方之隽，生应直言极谏科，策名第一，授成都府参军。三事以降，皆其友也。将之官，娃谓生曰："今之复子本躯，某不相负也。愿以残年，归养老姥。君当结媛鼎族，以奉蒸尝。中外婚媾，无自黩也。勉思自爱。某从此去矣。"生泣曰："子若弃我，当自刭以就死。"娃固辞不从，生勤请弥恳。泣曰："送子涉江，至于剑门，当令我回。"生许

诺。月余，至剑门。未及发而除书至，生父由常州诏入，拜成都尹，兼剑南采访使。浃辰，父到。生因投刺，谒于邮亭。父不敢认，见其祖父官讳，方大惊，命登阶，抚背恸哭移时，曰："吾与尔父子如初。"因诘其由，具陈其本末。大奇之，诘娃安在。曰："送某至此，当令复还。"父曰："不可。"翌日，命驾，与生先之成都，留娃于剑门，筑别馆以处之。明日，命媒氏通二姓之好，备六礼以迎之，遂如秦晋之偶。娃既备礼，岁时伏腊，妇道甚修，治家严整，极为亲所眷。向后数岁，生父母偕殁，持孝甚至。有灵芝产于倚庐，一穗三秀。本道上闻。又有白燕数十，巢其层甍。天子异之，宠锡加等。终制，累迁清显之任。十年间，至数郡。娃封汧国夫人。有四子，皆为大官，其卑者犹为太原尹。弟兄姻媾皆甲门，内外隆盛，莫之与京。嗟乎，倡荡之姬，节行如是，虽古先烈女，不能逾也。焉得不为之叹息哉！予伯祖尝牧晋州，转户部，为水陆运使。三任皆与生为代，故暗详其事。贞元中，予与陇西公佐话妇人操烈之品格，因遂汧国之事。公佐拊掌竦听，命予为传。乃握管濡翰，疏而存之。时乙亥岁秋八月，太原白行简云。

三梦记

白行简撰

人之梦，异于常者有之：或彼梦有所往而此遇之者，或此有所为而彼梦之者，或两相通梦者。天后时，刘幽求为朝邑丞。常奉使，夜归。未及家十余里，适有佛堂院，路出其侧。闻寺中歌笑欢洽。寺垣短缺，尽得睹其中。刘俯身窥之，见十数人儿女杂坐，罗列盘馔，环绕之而共食。见其妻在座中语笑。刘初愕然，不测其故。久之，且思其不当至此，复不能舍之。又熟视容止言笑，无异。将就察之，寺门闭，不得入。刘掷瓦击之，中有罍洗，破迸走散，因忽不见。刘逾垣直入，与从者同视，殿庑皆无人，寺扃如故。刘讶益甚，遂驰归。比至其家，妻方寝，闻刘至，乃叙寒暄讫，妻笑曰："向梦中与数十人游一寺，皆不相识，会食于殿庭。有人自外以瓦砾投之，杯盘狼藉，因而遂觉。"刘亦具陈其见。盖所谓彼梦有所往而此遇之也。

元和四年，河南元微之为监察御史，奉使剑外。去逾旬，予与仲兄乐天，陇西李夕直同游曲江。诣慈思佛舍，偏历僧院，淹留移时。日已晚，同诣夕直修行里第，命酒对酬，甚欢畅。兄停杯久之，曰："微之当达梁矣。"命题一篇于屋壁。其词曰："春来无计破春愁，醉折花枝作酒筹。忽忆故人天际去，计程今日到梁州。"实二十一日也。十许日，会梁州

使适至，获微之书一函，后寄《纪梦》诗一篇，其词曰："梦君兄弟曲江头，也入慈恩院里游，属吏唤人排马去，觉来身在古梁州。"日月与游寺题诗日月率同。盖所谓此有所为而彼梦之者矣。

贞元中，扶风窦质与京兆韦旬同自亳入秦，宿潼关逆旅。窦梦至华岳祠，见一女巫，黑而长，青裙素襦，迎路拜揖，请为之祝神。窦不获已，遂听之。问其姓，自称赵氏。及觉，具告于韦。明日，至祠下，有巫迎客，容资妆服，皆所梦也。顾谓韦曰："梦有征也。"乃命从者视囊中，得钱二银，与之。巫抚掌大笑，谓同辈曰："如所梦矣！"韦惊问之。对曰："昨梦二人从东来，一髯而短者祝酹，获钱二银焉。及旦，乃遍述于同辈。今则验矣。"窦因问巫之姓。同辈曰："赵氏。"自始及末，若合符契。盖所谓两相通梦者矣。

行简曰：《春秋》及子史，言梦者多，然未有载此三梦者也。世人之梦亦众矣，亦未有此三梦。岂偶然也，抑亦必前定也？予不能知。今备记其事，以存录焉。

长恨传

陈鸿撰

开元中，泰阶平，四海无事。玄宗在位岁久，倦于旰食宵衣，政无大小，始委于右丞相，稍深居游宴，以声色自娱。先是，元献皇后、武淑妃皆有宠，相次即世。宫中虽良家子千数，无可悦目者。上心忽忽不乐。时每岁十月，驾幸华清宫，内外命妇，熠耀景从，浴日余波，赐以汤沐，春风灵液，谈荡其间。上心油然，若有所遇，顾左右前后，粉色如土。诏高力士潜搜外宫，得弘农杨玄琰女于寿邸，既笄矣。鬓发腻理，纤裱中度，举止娴雅，如汉武帝李夫人。别疏汤泉，诏赐藻莹。既出水，体弱力微，若不任罗绮。光彩焕发，转动照人。上甚悦。进见之日，奏《霓裳羽衣曲》以导之；定情之夕，授金钗钿合以固之。又命戴步摇，垂金珰。明年，册为贵妃，半后服用。由是冶其容，敏其词，婉娈万态，以中上意。上益嬖焉。时省风九州，泥金五岳，骊山雪夜，上阳春朝，与上行同辇，居同室，宴专席，寝专房。虽有三夫人，九嫔，二十七世妇，八十一御妻，暨后宫才人，乐府妓女，使天子无顾盼意。自是六宫无复进幸者。非徒殊艳尤态致是，盖才智明慧，善巧便佞，先意希旨，有不可形容者。叔父昆弟皆列位清贵，爵为通侯。姊妹封国夫人，富埒王宫，车服邸第，与大长公主侔矣。而恩泽势力，则又过之，出入禁门不问，京师长吏为之侧目。故当时谣咏有云："生女勿悲酸，生男勿喜欢。"又曰："男不封侯女作妃，看女却为门上楣。"其人心羡慕如此。天宝末，兄国忠盗丞相位，愚弄国柄。及安禄山引兵响阙，以讨杨氏为词。潼关不守，翠华南幸，出咸阳，道次马嵬亭。六军徘徊，持戟不进。从官郎吏伏上马前，请诛晁错以谢天下。国忠奉氂缨盘水，死于道周。左右之意未快。上问之。当时敢言者，请以贵妃塞天下怨。上知不免，而不忍见其死，反袂掩面，使牵之而去。仓皇辗转，竟就死于尺组之下。既而玄宗狩成都，肃宗受禅灵武。明年，大赦改元，大驾还都。尊玄宗为太上皇，就养南宫。自南宫迁于西内。时移事去，乐尽悲来。每至春之日、冬之夜，池莲夏开，宫槐秋落，梨园弟子，玉琯发音，闻《霓裳羽衣》一声，则天颜不怡，左右嘘唏。三载一意，其念不衰。求之梦魂，杳不能得。适有道士自蜀来，知上皇心念杨妃如是，自言有李少君之术。玄宗大喜，命致其神。方士乃竭其术以索之，不至。又能游神驭气，出天界、没地府以求之，不见。又旁求四虚上下，东极天海，跨蓬壶。见最高仙山，上多楼阙，西厢下有洞户，东向，阖其门，署曰："玉妃太真院。"方士抽簪叩扉，有双鬟童女，出应其门。方士造次未及言，而双鬟复入。俄有碧衣侍女又至，诘其所从。方士因称唐天子使者，且致其命。碧衣云："玉妃方寝，请少待之。"于时云海沉沉，洞天日晓，琼户重阖，悄然无声。方士屏息敛足，拱手门下。久之，而碧衣延入，且曰："玉妃出。"见一人冠金莲，披紫绡，佩红玉，曳凤舄，左右侍者七八人，揖方士问皇帝安否，次问天宝十四载已还事。言讫悯然，指碧衣取金钗钿合，各折其半，授使者曰："为我谢太上皇，谨献是物，寻旧好也。"方士受辞与信，将行，色有不足。玉妃固征其意。复前跪致辞："请当时一事，不为他人闻者，验于太上皇。不然，恐钿合金钗，负新垣平之诈也。"玉妃茫然退立，若有所思，徐而言曰："昔天宝十载，侍辇避暑于骊山宫。秋七月，牵牛织女相见之夕，秦人风俗，是夜张锦绣，陈饮食，树瓜华，焚香于庭，号为乞巧。宫掖间尤尚之。时夜殆半，休侍卫于东西厢，独侍上。上凭肩而立，因仰天感牛女事，密相誓心，愿世世为夫妇。言毕，执手各呜咽。此独君王知之耳。"因自卑曰："由此一念，又不得居此。复堕下界，且结后缘。若为天，或为人，决再相见，好合如旧。"因言："太上皇亦不久人间，幸惟自安，无自苦耳。"使者还奏太上皇，皇心震悼，日日不豫。其年夏四月，南宫晏驾。元和元年冬十二月，太原白乐天自校书郎尉于盩厔。鸿与琅邪王质夫家于是邑，暇日相携游仙游寺，话及此事，相与感叹。质夫举酒于乐天前曰："夫希代之事，非遇出世之才润色之，则与时消没，不闻于世。乐天，深于诗，多于情者也。试为歌之。如何？"乐天因为《长恨歌》。意者不但感其事，亦欲惩尤物，窒乱阶，垂于将来者也。歌既成，使鸿传焉。世所不闻者，予非开元遗民，不得知。世所知者，有《玄宗本纪》在。今但传《长恨歌》云尔：

汉皇重色思倾国，御宇多年求不得。杨家有女初长成，养在深闺人未识。天生丽质难自弃，一朝选在君王侧。回头一笑百媚生，六宫粉黛无颜色。春寒赐浴华清池，温泉水滑洗凝脂，侍儿扶起娇无力，始是新承恩泽时。云鬓花冠金步摇，芙蓉帐里暖春宵。春宵苦短日高起，从此君王不早期。承欢侍寝无容暇，春从春游夜专夜。后宫佳丽三千人，三千宠爱在一身，金屋妆成娇侍夜，玉楼宴罢醉和春。姊妹弟兄皆列土，可怜光彩生门户，遂令天下父母心，不重生男重生女。骊宫高处入青云，仙乐风飘处处闻。缓歌曼舞凝丝竹，尽日君王听不足。渔阳鞞鼓动地来，惊破《霓裳羽衣曲》。九重城阙烟尘生，千乘万骑西南行。翠华摇摇行复止，西出都门百余里，六军不发知奈何，宛转娥眉马前死。花钿委地无人收，翠翘金雀玉搔头，君王掩面救不得，回看血泪相和流。黄埃散漫风萧索，云栈萦回登剑阁。峨眉山上少行人，旌旗无光日色薄。蜀江水碧蜀山青，圣主朝朝暮暮情，行宫见月伤心色，夜雨闻铃肠断声。天旋地转回龙驭，到此踌躇不能去，马嵬坡下尘土中，不见玉颜空死处。君臣相顾尽沾衣，东望都门信马归。归来池苑皆依旧，太液芙蓉未央柳。芙蓉如面柳如眉，对此如何不泪垂？春风桃李花开日，秋雨梧桐叶落时。西宫南内多秋草，落叶满阶红不扫。梨园弟子白发新，椒房阿监青娥老。夕殿萤飞思悄然，秋灯挑尽未成眠，迟迟钟漏初长夜，耿耿星河欲曙天。鸳鸯瓦冷霜华重，旧枕故衾谁与共？悠悠生死别经年，魂魄不曾来入梦。临邛方士鸿都客，能以精神致魂魄。为感君王辗转恩，遂教方士殷勤觅。排空驭气奔如电，升天入地求之遍，上穷碧落下黄泉，两处茫茫皆不见。忽闻海上有仙山，山在虚无缥缈间。楼殿玲珑五云起，其间绰约多仙子。中有一人名玉妃，雪肤花貌参差是。金阙西厢叩玉肩，转教小玉报双成。闻道汉家天子使，九华帐下梦中惊。揽衣推枕起徘徊，珠箔银钩迤逦开。云髻半偏新睡觉，花冠不整下堂来。风吹仙袂飘飘举，犹似《霓裳羽衣》舞，玉容寂寞泪阑干，梨花一枝春带雨。含情凝睇谢君王，一别音容两渺茫，昭阳殿里恩爱绝，蓬莱宫中日月长。回头下问人寰处，不见长安见尘雾。空持旧物表深情，钿合金钗寄将去。钗留一股合一扇，钗擘黄金合分钿。但教心似金钿坚，天上人间会相见。临别殷勤重寄词，词中有誓两心知，七月七日长生殿，夜半无人私语时。在天愿为比翼鸟，在地愿为连理枝。天长地久有时尽，此恨绵绵无尽期！

东城老父传

陈鸿撰

老父，姓贾名昌，长安宣阳里人。开元元年癸丑生。元和庚寅岁，九十八年矣。视听不衰，言甚安徐，心力不耗，语太平事历历可听。父忠，长九尺，力能倒曳牛，以材官为中宫幕士。景龙四年，持幕竿随玄宗入大明宫，诛韦氏，奉睿宗朝群后，遂为景云功臣，以长刀备亲卫。诏徙家东云龙门。昌生七岁，矫捷过人，能抟柱乘梁，善应对，解鸟语音。玄宗在藩邸时，乐民间清明节斗鸡戏。及即位，治鸡坊于两宫间。索长安雄鸡，金毫铁距高冠昂尾千数，养于鸡坊。选六军小儿五百人，使驯扰教饲。上之好之，民风尤甚。诸王世家、外戚家、贵主家、侯家，倾帑破产市鸡，以偿鸡直。都中男女，以弄鸡为事；贫者弄假鸡。帝出游，见昌弄木鸡于云龙门道旁，召入，为鸡坊小儿，衣食右龙武军。三尺童子，入鸡群，如狎群小，壮者、弱者、勇者、怯者，水谷之时，疾病之候，悉能知之。举二鸡，鸡畏而驯，使令如人。护鸡坊中谒者王承恩言于玄宗，召试殿庭，皆中玄宗意。即日为五百小儿长。加之以忠厚谨密，天子甚爱幸之。金帛之赐，日至其家。开元十三年，笼鸡三百，从封东岳。父忠死太山下，得子礼奉尸归葬雍州。县官为葬器丧车，乘传洛阳道。十四年三月，衣斗鸡服，会玄宗于温泉。当时天下号为“神鸡童”。时人为之语曰：“生儿不用识文字，斗鸡走马胜读书。贾家小儿年十三，富贵荣华代不如；能令金距期胜负，白罗绣衫随软举，父死长安千里外，差夫持道挽丧车。”昭成皇后之在相王府，诞圣于八月五日。中兴之后，制为千秋节。赐天下民牛酒乐三日，命之曰酺，以为常也。大合乐于宫中，岁或酺于洛。元会与清明节，率皆在骊山。每至是日，万乐具举，六宫毕从。昌冠雕翠金华冠，锦袖绣襦袴，执铎佛道。群鸡叙立于广场，顾眄如神，指挥风生。树毛振翼，砺吻磨距，抑怒待胜，进退有期，随鞭指低昂，不失昌度。胜负既决，强者前，弱者后，随昌雁行，归于鸡坊。角觚万夫，跳剑寻橦，蹴毬踏绳，舞于竿颠者，索气沮色，逡巡不敢入，岂教猱扰龙之徒欤？二十三年，玄宗为娶梨园弟子潘大同女，男服佩玉，女服绣襦，皆出御府。昌男至信，至德。天宝中，妻潘氏以歌舞重幸于杨贵妃。夫妇席宠四十年，恩泽不渝，岂不敏于伎，谨于心乎？上生于乙酉鸡辰，使人朝服斗鸡，兆乱于太平矣。上心不悟。十四载，胡羯陷洛，潼关不守。大驾幸成都，奔卫乘举。夜出便门，马踣道弃。伤足，不能进，杖入南山。每进鸡之日，则向西南大哭。禄山往年朝于京师，识昌于横门外。及乱二京，以千金购昌长安洛阳市。昌变姓名，依于佛舍，除地击钟，施力于佛。洎太上皇归兴庆宫，肃宗受命于别殿，昌还旧里。居室为兵掠，家无遗物。布衣顦顇，不复得入禁门矣。明日，复出长安南门，道见妻儿于招国里，菜色黯焉。儿荷薪，妻负故絮。昌聚哭，诀于道。遂长逝，息长安佛寺，学大师佛旨。大历元年，依资圣寺大德僧运平住东市海池，立陀罗尼石幢。书能纪姓名；读释氏经，亦能了其深义至道，以善心化市井人。建僧房佛舍，植美草甘木。昼把土拥根，汲水灌竹，夜正观于禅室。建中三年，僧运平人寿尽。服礼毕，奉舍利塔于长安东门外镇国寺东偏，手植松柏百株。构小舍，居于塔下，朝夕焚香洒扫，事师如生。顺宗在东宫，舍钱三十万，为昌立大师影堂及斋舍。又立外屋，居游民，取佣给。昌因日食粥一杯，浆水一升，卧草席，絮衣。过是，悉归于佛。妻潘氏后亦不知所往。贞元中，长子至信衣并州甲，随大司徒燧入觐，省昌于长寿里。昌如已不生，绝之使去。次子至德归，贩缯洛阳市，来往长安间，岁以金帛奉昌，皆绝之。遂俱去，不复来。元和中，颍川陈洪祖携友人出春明门，见竹柏森然，香烟闻于道，下马觐昌于塔下。听其言，忘日之暮。宿鸿祖于斋舍，话身之出处，皆有条贯。遂及王制。鸿祖问开元之理乱。昌曰："老人少时，以斗鸡求媚于上。上倡优畜之，家于外宫，安足以知朝廷之事。然有以为吾子言者。老人见黄门侍郎杜暹出为碛西节度，摄御史大夫，始假风宪以威远。见哥舒翰之镇凉州也，下石堡，戍青海城，出白龙，逾葱岭，界铁关，总管河左道，七命始摄御史大夫。见张说之领幽州也，每岁入关，辄长辕挽辐车，辇河间蓟州佣调缯布，驾轊连軏，坌入关门。输于王府，江淮绮縠，巴蜀锦绣，后宫玩好而已。河州敦煌道，岁屯田，实边食，余粟转输灵州，漕下黄河，入太原仓，备关中凶年。关中粟米，藏于百姓。天子幸五岳，从官千乘万骑，不食于民。老人岁时伏腊得归休，行都市间，见有卖白衫白叠布。行邻比鄽间，有人禳病，法用皂布一匹，持重价不克致，竟以幞头罗代之。近者，老人扶杖出门，阅街衢中，东西南北视之，见白衫者不满百。岂天下之人皆执兵乎？开元十二年，诏三省侍郎有缺，先求曾任刺史者。郎官缺，先求曾任县令者。及老人见四十，三省郎吏，有理刑才名，大者出刺郡，小者镇县。自老人居大道旁，往往有郡太守休马于此，皆惨然不乐朝廷沙汰使治郡。开元取士，孝弟理人而已。不闻进士宏词拔萃之为其得人也。大略如此。"因泣下。复言曰："上皇北臣穹卢，东臣鸡林，南臣滇池，西臣昆夷，三岁一来会。朝觐之礼容，临照之恩泽，衣之锦絮，饲之酒食，使展事而去，都中无留外国宾。今北胡与京师杂处，娶妻生子。长安中少年，有胡心矣。吾子视首饰靴服之制，不与向同，得非物妖乎？"鸿祖默不敢应而去。

开元升平源

吴兢撰

姚元崇初拒太平得罪，上颇德之。既诛太平，方任元崇以相，进拜同州刺史。张说素不叶，命赵彦昭骤弹之，不许。居无何，上将猎于渭滨，密召元崇会于行所。初，元崇闻上讲武于骊山，谓所亲曰："准式，车驾行幸，三百里内刺史合朝觐。元崇必为权臣所挤，若何？"参军李景初进曰："某有儿母者，其父即教坊长入内。相公傥致厚赂，使其冒法进状，可达。"公然之。辄效。燕公说使姜皎入曰："陛下久卜十河东总管，重难其人。臣有所得，何以见赏？"上曰："谁邪？如惬，有万金之赐。"乃曰："冯翊太守姚元崇，文武全才，即其人也。"上曰："此张说意也。卿罔上，当诛。"皎首服万死。即诏中官追赴行在。上方猎于渭滨。公至，拜首。上言"卿颇知猎乎？"元崇曰："臣少孤，居广成泽，目不知书，唯以射猎为事。四十年，方遇张憬藏，谓臣当以文学备位将相，无为自弃。尔来折节读书。今虽官位过忝，至于驰射，老而犹能。"于是呼鹰放犬，迟速称旨。上大悦。上曰："朕久不见卿，思有顾问，卿可于宰相行中行！"公行犹后。上纵辔久之，顾曰："卿行何后？"公曰："臣官疏贱，不合参宰相行。"上曰："可兵部尚书同平章事！"公不谢，上顾讶焉。至顿，上命宰臣坐。公跪奏："臣适奉作弼之诏不谢者，欲以十事上献。有不可行，臣不敢奉诏。"上曰："悉数之！朕当量力而行，然后定可否。"公曰："自垂拱已来，朝廷以刑法理天下。臣请圣政先仁义，可乎？"上曰："朕深心有望于公也。"又曰："圣朝自丧师青海，未有牵复之悔。臣请三数十年不求边功，可乎？"上曰："可。"又曰："自太后临朝以来，喉舌之任，或出于阉人之口。臣请中官不预公事，可乎？"上曰："怀之久矣。"又曰："自武氏诸亲，猥侵清切权要之地，继以韦庶人，安乐太平用事，班序荒杂。臣请国亲不任台省官。凡有斜封待阙员外等官，悉请停罢，可乎？"上曰："朕素志也。"又曰："比来近密佞幸之徒，冒犯宪纲者，皆以宠免。臣请行法，可乎？"上曰："朕切齿久矣。"又曰："比因豪家戚里，贡献求媚，延及公卿方镇，亦为之。臣请除租、庸，赋税之外，悉杜塞之，可乎？"上曰："愿行之。"又曰："太后造福先寺，中宗造圣善寺，上皇造金仙，玉真观，皆费钜百万，耗蠹生灵。凡寺观宫殿，臣请止绝建造，可乎？"上曰："朕每睹之，心即不安，而况敢为者哉！"又曰："先朝亵狎大臣，或亏君臣之敬。臣请陛下接之以礼，可乎？"上曰："事诚当然。有何不可？"又曰："自燕钦融，韦月将献直得罪，由是谏臣沮色。臣请凡在臣子，皆得触龙鳞，犯忌讳,可乎?”上曰:“朕非唯能容之,亦能行之。”又曰:“吕氏产禄,几危西京,马邓阎梁,亦乱东汉,万古寒心,国朝为甚。臣请陛下书之史册,永为殷鉴,作万代法,可乎?”上乃潸然良久曰:“此事真可为刻肌刻骨者也!”公再拜曰:“此诚陛下致仁政之初,是臣千年一遇之日,臣敢当弼谐之地。天下幸甚,天下幸甚!”又再拜,蹈舞称万岁者三。从官千万,皆出涕。上曰:“坐!”公坐于燕公之下。燕公让不敢坐。上问。对曰:“元崇是先朝旧臣,合首座。”公曰:“张说是紫微宫使,今臣是客宰相,不合首座。”上曰:“可紫微宫使居首坐!”

唐宋传奇集卷四

莺莺传

元稹撰

贞元中,有张生者,性温茂,美风容,内秉坚孤,非礼不可入。或朋从游宴,扰杂其间,他人皆汹汹拳拳,若将不及,张生容顺而已,终不能乱。以是年二十三未尝近女色。知者诘之。谢而言曰:“登徒子非好色者,是有凶行。余真好色者,而适不我值。何以言之?大凡物之尤者,未尝不留连于心,是知其非忘情者也。”诘者识之。无几何,张生游于蒲,蒲之东十余里,有僧舍曰普救寺,张生寓焉。适有崔氏孀妇,将归长安,路出于蒲,亦止兹寺。崔氏妇,郑女也。张出于郑,绪其亲,乃异派之从母。是岁,浑城薨于蒲。有中人丁文雅,不善于军,军人因丧而扰,大掠蒲人。崔氏之家,财产甚厚,多奴仆。旅寓惶骇,不知所托。先是,张与蒲将之党有善,请吏护之,遂不及于难。十余日,廉使杜确将天子命以总戎节,令于军,军由是戢。郑厚张之德甚,因饰馔以命张,中堂宴之。复谓张曰:“姨之孤嫠未亡,提携幼稚。不幸属师徒大溃,实不保其身。弱子幼女,犹君之生。岂可比常恩哉!今俾以仁兄礼奉见,冀所以报恩也。”命其子,曰欢郎,可十余岁,容甚温美。次命女:“出拜尔兄,尔兄活尔。”久之,辞疾。郑怒曰:“张兄保尔之命。不然,尔且掳矣。能复远嫌乎?”久之,乃至。常服睟容,不加新饰,垂鬟接黛,双脸销红而已。颜色艳异,光辉动人。张惊,为之礼。因坐郑旁,以郑之抑而见也,凝睇怨绝,若不胜其体者。问其所纪。郑曰:“今天子甲子岁之七月,终今贞元庚辰,生年十七矣。”张生稍以词导之,不对。终席而罢。张自是惑之,愿致其情,无由得也。崔之婢曰红娘。生私为之礼者数四,乘间遂道

张生与崔莺莺

其衷。婢果惊沮,腆然而奔。张生悔之。翼日,婢复至。张生乃羞而谢之,不复云所求矣。婢因谓张曰:“郎之言,所不敢言,亦不敢泄。然而崔之姻族,君所详也。何不因其德而求娶焉?”张曰:“余始自孩提,性不苟合。或时纨绮间居,曾莫流盼。不为当年,终有所蔽。昨日一席问,几不自持。数日来行忘止,食忘饱,恐不能逾旦暮,若因媒氏而娶,纳采问名,则三数月间,索我于枯鱼之肆矣。尔其谓我何?”婢曰:“崔之贞慎自保,虽所尊不可以非语犯之。下人之谋,固难入矣。然而善属文,往往沉吟章句,怨慕者久之。君试为喻情诗以乱之。不然,则无由也。”张大喜,立缀《春词》二首以授之。是夕,红娘复至,持彩笺以授张,曰:“崔所命也。”题其篇曰《明月三五夜》。其词曰:“待月西厢下,迎风户半开,拂墙花影动,疑是玉人来。”张亦微喻其旨。是夕,岁二月旬有四日矣。崔之东有杏花一株,攀援可逾。既望之夕,张因梯其树而逾焉。达于西厢,则户半开矣。红娘寝于床。生因惊之。红娘骇曰:“郎何以至?”张因绐之曰:“崔氏之笺召我也。尔为我告之。”无几,红娘复来,连曰:“至矣,至矣!”张生且喜且骇,必谓获济。及崔至,则端服严容,大数张曰:“兄之恩,活我之家,厚矣。是以慈母以弱子幼女见托。奈何因不令之婢,致淫逸之词。始以护人之乱为义,而终掠乱以求之。是以乱易乱,其去几何?诚欲寝其词,则保人之奸,不义。明之于母,则背人之惠,不祥。将寄于婢仆,又惧不得发其真诚。是用托短章,愿自陈启。犹惧兄之见难,是用鄙靡之词,以求其必至。非礼之动,能不愧心。特愿以礼自持。无及于乱!”言毕,翻然而逝。张自失者久之。复逾而出,于是绝望。数夕,张生临轩独寝,忽有人觉之。惊骇而起,则红娘敛衾携枕而至,抚张曰:“至矣,至矣!睡何为哉!”并枕重衾而去。张生拭目危坐久之,犹疑梦寐。然而修谨以俟。俄而红娘捧崔氏而至。至,则娇羞融冶,力不能运支体,曩时端庄,不复同矣。是夕,旬有八日也。斜月晶

莹，幽辉半床。张生飘飘然，且疑神仙之徒，不谓从人间至矣。有顷，寺钟鸣，天将晓。红娘促去。崔氏娇啼宛转，红娘又捧之而去，终夕无一言。张生辨色而兴，自疑曰："岂其梦邪？"及明，睹妆在臂，香其衣，泪光莹莹然，犹莹于茵席而已。是后又十余日，杳不复知。张生赋《会真诗》三十韵，未毕，而红娘适至，因授之，以贻崔氏。自是复容之。朝隐而出，暮隐而入，同安于曩所谓西厢者，几一月矣。张生常诘郑氏之情。则曰："我无可奈何矣。"因欲就成之。无何，张生将之长安，先以情谕之。崔氏宛无难词，然而愁怨之容动人矣。将行之再夕，不可复见，而张生遂西下。数月，复游于蒲，会于崔氏者又累月。崔氏甚工刀札，善属文。求索再三，终不可见。往往张生自以文挑，亦不甚睹览。大略崔之出人者，艺必穷极，而貌若不知；言则敏辩，而寡于酬对。待张之意甚厚，然未尝以词继之。时愁艳幽邃，恒若不识，喜愠之容，亦罕形见。异时独夜操琴，愁弄凄恻。张窃听之。求之，则终不复鼓矣。以是愈惑之。张生俄以文调及期，又当西去。当去之夕，不复自言其情，愁叹于崔氏之侧。崔已阴知将诀矣，恭貌怡声，徐谓张曰："始乱之，终弃之，固其宜矣。愚不敢恨。必也君乱之，君终之，君之惠也。则殁身之誓，其有终矣。又何必深感于此行？然而君既不怿，无以奉宁。君常谓我善鼓琴，向时羞颜，所不能及。今且往矣，既君此诚。"因命拂琴，鼓《霓裳羽衣序》，不数声，哀音怨乱，不复知其是曲也。左右皆嘘唏。崔亦遽止之，投琴，泣下流连，趋归郑所，遂不复至。明旦而张行。明年，文战不胜，张遂止于京。因贻书于崔，以广其意。崔氏缄报之词，粗载于此，曰："捧览来问，抚爱过深。儿女之情，悲喜交集，兼惠花胜一合，口脂五寸，致耀首膏唇之饰。虽荷殊恩，谁复为容？睹物增怀，但积悲叹耳。伏承使于京中就业，进修之道，固在便安。但恨僻陋之人，永以遐弃。命也如此，知复何言！自去秋已来，常忽忽如有所失。于喧哗之下，或勉为语笑，闲宵自处，无不泪零。乃至梦寐之间，亦多感咽，离忧之思，绸缪缱绻，暂若寻常。幽会未终，惊魂已断。虽半衾如暖，而思之甚遥。一昨拜辞，倏逾旧岁。长安行乐之地，触绪牵情。何幸不忘幽微，眷念无斁。鄙薄之志，无以奉酬。至于终始之盟，则固不忒。鄙昔中表相因，或同宴处。婢仆见诱，遂致私诚。儿女之心，不能自固。君子有援琴之挑，鄙人无投梭之拒。及荐寝席，义盛意深。愚陋之情，永谓终托。岂期既见君子，而不能定情。致有自献之羞，不复明侍巾帻。没身永恨，含叹何言！倘仁人用心，俯遂幽眇，虽死之日，犹生之年。如或达士略情，舍小从大，以先配为丑行，以要盟为可欺。则当骨化形销，丹诚不泯，因风委露，犹托清尘。存没之诚，言尽于此。临纸呜咽，情不能申。千万珍重，珍重千万！玉环一枚，是儿婴年所弄，寄充君子下体所佩。玉取其坚润不渝，环取其终始不绝。兼乱丝一绚，文竹茶碾子一枚。此数物不足见珍。意者欲君子如玉之真，弊志如环

不解。泪痕在竹,愁绪萦丝。因物达情,永以为好耳。心迩身遐,拜会无期。幽愤所钟,千里神合。千万珍重!春风多厉,强饭为嘉。慎言自保,无以鄙为深念。”张生发其书于所知,由是时人多闻之。所善杨巨源好属词,因为赋《崔娘诗》一绝云:“清润潘郎玉不如,中庭蕙草雪销初。风流才子多春思,肠断萧娘一纸书。”河南元稹亦续生《会真诗》三十韵,诗曰:“微月透帘栊,萤光度碧空。遥天初缥缈,低树渐葱胧。龙吹过庭竹,鸾歌拂井桐。罗绡垂薄雾,环佩响轻风。绛节随金母,云心捧玉童。更深人悄悄,晨会雨濛濛。珠莹光文履,花明隐绣龙。瑶钗行彩凤,罗帔掩丹虹。言自瑶华浦,将朝碧玉宫。因游洛城北,偶向宋家东。戏调初微拒,柔情已暗通。低鬟蝉影动,回步玉尘蒙。转面流花雪,登床抱绮丛。鸳鸯交颈舞,翡翠合欢龙。眉黛羞偏聚,唇朱暖更融。气清兰蕊馥,肤润玉肌丰。无力慵移腕,多娇爱敛躬。汗流珠点点,发乱绿葱葱。方喜千年会,俄闻五夜穷。留连时有恨,缱绻意难终。慢脸含愁态,芳词誓素衷。赠环明运合,留结表心同。啼粉流宵镜,残灯远暗虫。华光犹苒苒,旭日渐曈曈。乘鹜还归洛,吹箫亦上嵩。衣香犹染麝,枕腻尚残红。幂幂临塘草,飘飘思渚蓬。素琴鸣怨鹤,清汉望归鸿。海阔诚难渡,天高不易冲。行云无处所,箫史在楼中。”张之友闻之者莫不耸异之,然而张志亦绝矣。稹特与张厚,因征其词。张曰:“大凡天之所命尤物也,不妖其身,必妖于人。使崔氏子遇合富贵,秉宠娇,不为云,不为雨,为蛟为螭,吾不知其所变化矣。昔殷之辛,周之幽,据百万之国,其势甚厚。然而一女子败之。溃其众,屠其身,至今为天下谬笑。予之德不足以胜妖孽,是用忍情。”于时坐者皆为深叹。后岁余,崔已委身于人,张亦有所娶。适经所居,乃因其夫言于崔,求以外兄见。夫语之,而崔终不为出。张怨念之诚,动于颜色。崔知之,潜赋一章,词曰:“自从消瘦减容光,万转千回懒下床。不为旁人羞不起,为郎憔悴却羞郎。”竟不之见。后数日,张生将行,又赋一章以谢绝云:“弃置今何道,当时且自亲。还将旧时意,怜取眼前人。”自是,绝不复知矣。时人多许张为善补过者。予常于朋会之中,往往及此意者,夫使知者不为,为之者不惑。贞元岁九月,执事李公垂宿于予靖安里第,语及于是。公垂卓然称异,遂为《莺莺歌》以传之。崔氏小名莺莺,公垂以命篇。

周秦行纪

牛僧孺撰

余贞元中举进士落第,归宛叶间。至伊阙南道鸣皋山下,将宿大安民舍。会暮,失道，不至，更十余里，行一道，甚易。夜月始出，忽闻有异香气，因趋进行，不如近远。见火明，意谓庄家。更前驱，至一大宅。门庭若富豪家。有黄衣阍人曰："郎君何至？"余答曰："僧孺，姓牛，应进士落第往家。本往大安民舍，误道来此。直乞宿，无他。"中有小髻青衣出，责黄衣曰："门外谁何？"黄衣曰："有客。"黄衣入告，少时，出曰："请郎君入。"余问谁氏宅。黄衣曰："第进，无须问。"入十余门，至大殿。殿蔽以珠帘，有朱衣紫衣人百数，立阶陛间。左右曰："拜殿下。"帘中语曰："妾汉文帝母薄太后。此是庙，郎不当来，何辱至？"余曰："臣家宛下，将归，失道。恐死豺虎，敢托命乞宿，太后幸听受。"太后遣轴帘，避席曰："妾故汉文君母，君唐朝名士，不相君臣，幸希简敬，便上殿来见。"太后着练衣，状貌瑰玮，不甚妆饰。劳余曰："行役无苦乎？"召坐。食顷间，殿内庖厨声。太后曰："今夜风月甚佳，偶有二女伴相寻。况又遇嘉宾，不可不成一会。"呼左右"屈两个娘子出见秀才。"良久，有女二人从中至，从者数百。前立者一人，狭腰长面，多发不妆，衣青衣，仅可二十余。太后曰："此高祖戚夫人。"余下拜，夫人亦拜。更有一人，圆题柔脸稳身，貌舒态逸，光彩射远近，时时好膑，多服花绣，年低薄后。后顾指曰："此元帝王嫱。"余拜如戚夫人，王嫱复拜。各就座。坐定，太后使紫衣中贵人曰："迎杨家潘家来。"久之，空中见五色云下，闻笑语声浸近。太后曰："杨潘至矣。"忽车音马迹相杂，罗绮焕耀，旁视不给。有二女子从云中下，余起立于侧。见前一人纤腰身修，睟容，甚闲暇，衣黄衣，冠玉冠，年三十以来。太后顾指曰："此是唐朝太真妃子。"予即伏谒，肃拜如臣礼。太真曰："妾得罪先帝（先帝谓肃宗也），皇朝不置妾在后妃数中。设此礼，岂不虚乎？不敢受。"却答拜。更一人厚肌敏视，身小，材质洁白，齿极卑，被宽博衣。太后顾而指曰："此齐潘淑妃。"余拜如王昭君，妃复拜。既而太后命进馔。少时，馔至，芳洁万端，皆不得名字。粗欲之腹，不能足食。已，更具酒。其器尽宝玉。太后语太真曰："何久不来相看？"太真谨容对曰："三郎（天宝中，宫人呼玄宗多曰三郎）数幸华清宫，扈从不暇至。"太后又谓潘妃曰："子亦不来，何也？"潘妃匿笑不禁，不成对。太真乃视潘妃而对曰："潘妃向玉奴（太真名也）说，懊恼东昏侯疏狂，终日出猎，故不得时谒耳。"太后问余："今天子为谁？"余对曰："今皇帝名适，代宗皇帝长子。"太真笑曰："沈婆儿作天子也，大奇！"太后曰："何如主？"余对曰："小臣不足以知君德。"太后曰："然无嫌，但言之。"余曰："民间传英明圣武。"太后首肯三四。太后命进酒加乐，乐妓皆年少女子。酒环行数周，乐亦随辍。太后请戚夫人鼓琴。夫人约指以玉环，光照于手（《西京杂记》云："高祖与夫人百炼金环，照见指骨也"），引琴而鼓，声甚怨。太后曰："牛秀才邂逅逆旅到此，诸娘子又偶相访，今无以尽平生欢。牛秀才固才士。盍各赋诗言志，不亦善乎？"遂各授予笺笔，逡巡诗成。太后诗曰："月寝花宫

得奉君，至今犹愧管夫人，汉家旧日笙歌地，烟草几经秋又春。"王嫱诗曰："雪里穹庐不见春，汉衣虽旧泪长新，如今犹恨毛延寿，爱把丹青错画人。"戚夫人诗曰："自别汉宫休楚舞，不能妆粉恨君王，无金岂得迎商叟，吕氏何曾畏木缰。"太真诗曰："金钗堕地别君王，红泪流珠满御床，云雨马嵬分散后，骊宫无复听《霓裳》。"潘妃诗曰："秋月春风几度归，江山犹是邺宫非，东昏旧作莲花地，空想曾拖金缕衣。"再三趣余作诗。余不得辞，遂应教作诗曰："香风引到大罗天，月地云阶拜洞仙，共道人间惆怅事，不知今夕是何年。"别有善笛女子，短鬟，衫吴带，貌甚美，多媚，潘妃偕来。太后以接坐居之，时令吹笛，往往亦及酒。太后顾而谓曰："识此否？石家绿珠也。潘妃养作妹，故潘妃与俱来。"太后因曰："绿珠岂能无诗乎？"绿珠拜谢，作诗曰："此地原非昔日人，笛声空怨赵王伦，红残绿碎花楼下，金谷千年更不春。"诗毕，酒既至。太后曰："牛秀才远来，今夕谁人与伴？"戚夫人先起辞曰："如意儿长成，固不可。且不宜如此。况实为非乎？"潘妃辞曰："东昏以玉儿(妃名)，身死国除，玉儿不拟负他。"绿珠辞曰："石卫尉性严忌，今有死，不可及乱。"太后曰："太真今朝先帝贵妃，不可言其他。"乃顾谓王嫱曰："昭君始嫁呼韩单于，复为株垒若鞮单于妇，固自用。且苦寒地胡鬼何能为？昭君幸无辞。"昭君不对，低眉羞恨。俄各归休。余为左右送人昭君院，会将旦，侍人告起得也。昭君泣以持别。忽闻外有太后命，余遂出见太后。太后曰："此非郎君久留地，宜亟还。便别矣。幸无忘向来欢。"更索酒。酒再行，戚夫人，潘妃，绿珠皆泣下，竟辞去。太后使朱衣人送往大安，抵西道，旋失使人所在，时始明矣。余就大安里，问其里人。里人云："去此十余里有薄后庙。"余却回，望庙宇，荒毁不可人。非向者所见矣。余衣上香经十余日不歇，竟不知其如何。

湘中怨辞并序

沈亚之撰

《湘中怨》者，事本怪媚，为学者未尝有述。然而淫溺之人，往往不寤。今欲概其论，以著诫而已。从生韦敖，善撰乐府，故牵而广之，以应其咏。

垂拱年中，驾幸上阳宫。大学进士郑生，晨发铜驼里，乘晓月度洛桥。闻桥下有哭声，甚哀。生下马，循声索之。见有艳女，翳然蒙袖曰："我孤，养于兄。嫂恶，常苦我。今欲赴水，故留哀须臾。"生曰："能遂我归之乎？"女应曰："婢御无悔！"遂与居，号曰氾人。能诵楚人《九歌》，《招魂》，《九辩》之书，亦尝拟其调，赋为怨句，其词丽绝，世莫有属者。

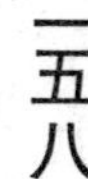

因撰《光风词》，曰："隆佳秀兮昭盛时。播薰绿兮淑华归。愿室荑与处萼兮，潜重房以饰姿。见雅态之韶羞兮，蒙长霭以为帏。醉融光兮渺弥。迷千里兮涵洇湄，晨陶陶兮暮熙熙。舞婑娜之秾条兮，娉盈盈以披迟。酡游颜兮倡蔓卉，縠流电兮石发髓施。"生居贫，氾人尝解箧，出轻缯一端，与卖，胡人酬之千金。居数岁，生游长安。是夕，谓生曰："我湘中蛟宫之娣也，谪而从君。今岁满，无以久留君所，欲为诀耳。"即相持啼泣。生留之，不能，竟去。后十余年，生之兄为岳州刺史。会上巳日，与家徒登岳阳楼，望鄂渚，张宴。乐酣，生愁吟曰："情无垠兮荡洋洋，怀佳期兮属三湘。"声未终，有画舻浮漾而来。中为彩楼，高百尺余，其上施帏帐，栏笼画饰。帷褰，有弹弦鼓吹者，皆神仙蛾眉，被服烟霓，裾袖皆广长。其中一人起舞，含嚬凄怨，形类氾人。舞而歌曰："溯青山兮江之隅。拖湘波兮袅绿裾。荷卷卷兮未舒。匪同归兮将焉如！"舞毕，敛袖，翔然凝望。楼中纵观方怡。须臾，风涛崩怒，遂迷所往。元和十三年，余闻之于朋中，因悉补其词，题之曰《湘中怨》，盖欲使南昭嗣《烟中之志》，为偶倡也。

异梦录

沈亚之撰

元和十年，亚之以记室从陇西公军泾州。而长安中贤士，皆来客之。五月十八日，陇西公与客期，宴于东池便馆。既坐，陇西公曰："余少从邢凤游，得记其异，请语之。"客曰："愿备听。"陇西公曰："凤帅家子，无他能。后寓居长安平康里南，以钱百万质得故豪家洞门曲房之第，即其寝而昼偃。梦一美人，自西楹来，环步从容，执卷且吟。为古妆，而高鬟长眉，衣方领，绣带修绅，被广袖之襦。凤大说曰：'丽者何自而临我哉？'美人笑曰：'此妾家也。而君容妾宇下，焉有自邪？'凤曰：'愿示其书之目。'美人曰：'妾好诗，而常缀此。'凤曰：'丽人幸少留，得观览。'于是美人授诗，坐西床。凤发卷，示其首篇，题之曰《春阳曲》，才四句。其后他篇，皆累数十句。美人曰：'君必欲传之，无令过一篇。'凤即起，从东庑下几上取彩笺，传《春阳曲》。其词曰：'长安少女踏春阳，何处春阳不断肠。舞袖弓弯浑忘却，罗衣空换九秋霜。'凤卒诗，谓曰：'何谓弓弯？'曰：'昔年父母使妾教此舞。'美人乃起，整衣张袖，舞数拍，为弓弯以示凤。既罢，美人泫然良久，即辞去。凤曰：'愿复少留。'须臾间，竟去。凤亦觉，昏然忘有所记。及更衣，于襟袖得其词，惊眎复省所梦。事在贞元中。后凤为余言如是。"是日，监军使兴宾府郡佐，及宴客陇西独孤铉，范阳卢简辞，常山张又新，武功苏涤，皆叹息曰："可记。"故亚之退而著录。明日，客有后至者，渤海高允中，京兆韦谅，晋昌唐炎，广汉李瑀，吴兴姚合，洎亚之，复集于明玉泉，因出所著以示之。于是姚合曰："吾友王炎者，元和初，夕梦游吴，侍吴王久。闻宫中出辇，鸣笳箫击鼓，言葬西施。王悼悲不止，立诏词客作挽歌。炎遂应教，诗曰：'西望吴王国，云书凤字牌，连江起珠帐，择水葬金钗，满地红心草，三层碧玉阶，春风无处所，凄恨不胜怀。'词进，王甚嘉之。及寤，能记其事。炎，本太原人也。"

秦梦记

沈亚之撰

太和初，沈亚之将之邠，出长安城，客橐泉邸舍。春时，昼梦入秦，主内史廖家。内史廖举亚之。秦公召之殿，膝前席曰："寡人欲强国，愿知其方。先生何以教寡人？"亚之以昆彭齐桓对。公悦，遂试补中涓（秦官名），使佐西乞伐河西（晋秦郊也）。亚之帅将卒前，攻下五城。还报，公大悦，起劳曰："大夫良苦，休矣。"居久之，公幼女弄玉婿萧史先死。公谓亚之曰："微大夫，晋五城非寡人有。甚德大夫。寡人有爱女，而欲与大夫备洒扫，可乎？"亚之少自立，雅不欲幸臣蓄之。固辞，不得请，拜左庶长，尚公主，赐金二百斤。民间犹谓萧家公主。其日，有黄衣中贵骑疾马来，迎亚之入，宫阙甚严。呼公主出，鬒发，著偏袖衣，装不多饰。其芳姝明媚，笔不可模样。侍女祗承，分立左右者数百人。召见亚之便馆，居亚之于宫。题其门曰"翠微宫"，宫人呼"沈郎院"。虽备位下大夫，由公主故，出入禁卫。公主喜凤箫，每吹箫，必翠微宫高楼上，声调远逸，能悲人，闻者莫不自废。公主七月七日生，亚之尝无贶寿。内史廖曾为秦以女乐遗西戎，戎主与廖水犀小合。亚之从廖得以献公主。主悦，尝爱重，结裙带之上。穆公遇亚之礼兼同列，恩赐相望于道。复一年春，秦公之始平，公主忽无疾卒。公追伤不已。将葬咸阳原，公命亚之作挽歌，应教而作曰："泣葬一枝红，生同死不同，金钿坠芳草，香绣满春风；旧日闻箫处，高楼当月中，梨花寒食夜，深闭翠微宫。"进公，公读词，善之。时宫中有出声若不忍者，公随泣下。又使亚之作墓志铭，独忆其铭，曰："白杨风哭兮石鬣髯莎。杂英满地兮春色烟和。珠愁粉瘦兮不生绮罗。深深埋玉兮其恨如何！"亚之亦送葬咸阳原，宫中十四人殉之。亚之以悼惆过戚，被病，卧在翠微宫。然处殿外室，不入宫中矣。居月余，病良已。公谓亚之曰："本以小女相托久要，不谓不得周奉君子，而先物故。敝秦区区小国，不足辱大夫。然寡人每见子,即不能不悲悼。大夫盍适大国乎?”亚之对曰:“臣无状,肺腑公室,待罪右庶长,不能从死公主。幸免罪戾,使得归骨父母国,臣不忘君恩,如今日。”将去,公追酒高会,声秦声,舞秦舞,舞者击髆拊髀呜呜,而音有不快,声甚怨。公执酒亚之前曰:“予顾此声少善。愿沈郎赓扬歌以塞别。”公命遂进笔砚。亚之受命,立为歌,辞曰:“击体舞,恨满烟光无处所,泪如雨,欲拟著辞不成语。金凤啣红旧绣衣,几度宫中同看舞。人闲春日正欢乐,日暮东风何处去?”歌卒,授舞者,杂其声而道之,四座皆泣。既,再拜辞去。公复命至翠微宫,与公主侍人别。重入殿内时,见珠翠遗碎青阶下,窗纱檀点依然。宫人泣对亚之。亚之感咽良久,因题宫门,诗曰:“君王多感放东归,从此秦宫不复期,春景自伤秦丧主,落花如雨泪胭脂。”竟别去。公命车驾送出函谷关。出关已,送吏曰:“公命尽此。且去。”亚之与别,未卒,忽惊觉,卧邸舍。明日,亚之与友人崔九万具道。九万,博陵人,谙古。谓余曰:“《皇览》云:‘秦穆公葬雍橐泉祈年宫下。’非其神灵凭乎?”亚之更求得秦时地志,说如九万云。呜呼!弄玉既仙矣,恶又死乎?

无双传

薛调撰

王仙客者,建中中朝臣刘震之甥也。初,仙客父亡,与母同归外氏。震有女曰无双,小仙客数岁,皆幼稚,戏弄相狎。震之妻常戏呼仙客为王郎子。如是者凡数岁,而震奉孀姊及抚仙客尤至。一旦,王氏姊疾,且重,召震约曰:“我一子,念之可知也。恨不见其婚室。无双端丽聪慧,我深念之。异日无令归他族。我以仙客为托。尔诚许我,瞑目无所恨也。”震曰:“姊宜安静自颐养,无以他事自挠。”其姊竟不痊。仙客护丧,归葬襄邓。服阕,思念:“身世孤孑如此,宜求婚娶,以广后嗣。无双长成矣。我舅氏岂以位尊官显,而废旧约耶?”于是饰装抵京师。时震为尚书租庸使,门馆赫奕,冠盖填塞。仙客既觐,置于学舍,弟子为伍。舅甥之分,依然如故,但寂然不闻选取之议。又于窗隙间窥见无双,姿质明艳,若神仙中人。仙客发狂,唯恐姻亲之事不谐也。遂鬻囊橐,得钱数百万。舅氏舅母左右给使,达于厮养,皆厚遗之。又因复设酒馔,中门之内,皆得人之矣。诸表同处,悉敬事之。遇舅母生日,市新奇以献,雕镂犀玉,以赤首饰。舅母大喜,又旬日,仙客遣老妪,以求亲之事闻于舅母。舅母曰:“是我所愿也。即当议其事。”又数夕,有青衣告仙客曰:“娘子适以亲情事言于阿郎,阿郎云:‘向前亦未许之。’模样云云,恐是参差也。”仙客闻之，心气俱丧，达旦不寐，恐舅氏之见弃也。然奉事不敢懈怠。一日，震趋朝，至日初出，忽然走马入宅，汗流气促，唯言："锁却大门，锁却大门！"一家惶骇，不测其由，良久，乃言："泾原兵士反，姚令言领兵入含元殿，天子出苑北门，百官奔赴行在。我以妻女为念，略归部署。疾召仙客与我勾当家事。我嫁与尔无双。"仙客闻命，惊喜拜谢。乃装金银罗锦二十驮，谓仙客曰："汝易衣服，押领此物出开远门，觅一深隙店安下。我与汝舅母及无双出启夏门，绕城续至。"仙客依所教。至日落，城外店中待久不至。城门自午后扃锁，南望目断。遂乘骢，秉烛绕城至启夏门。门亦锁。守门者不一，持白棓，或立，或坐。仙客下马，徐问曰："城中有何事如此？"又问："今日有何人出此？"门者曰："朱太尉已作天子。午后有一人重戴，领妇人四五辈，欲出此门。街中人皆识，云是租庸使刘尚书。门司不敢放出。近夜，追骑至，一时驱向北去矣。"仙客失声恸哭，却归店。三更向尽，城门忽开，见火炬如昼。兵士皆持兵挺刃，传呼斩斫使出城，搜城外朝官。仙客舍辎骑惊走，归襄阳，村居三年。后知克复，京师重整，海内无事。乃入京，访舅氏消息。至新昌南街，立马彷徨之际，忽有一人马前拜，熟视之，乃旧使苍头塞鸿也。鸿本王家生，其舅常使得力，遂留之。握手垂涕。仙客谓鸿曰："阿舅舅母安否？"鸿云："并在兴化宅。"仙客喜极云："我便过街去。"鸿曰："某已得从良，客户有一小宅子，贩缯为业。今日已夜，郎君且就客户一宿。来早同去未晚。"遂引至所居，饮馔甚备。至昏黑，乃闻报曰："尚书受伪命官，与夫人皆处极刑。无双已入掖庭矣。"仙客哀冤号绝，感动邻里。谓鸿曰："四海至广，举目无亲戚，未知托身之所。"又问曰："旧家人谁在？"鸿曰："唯无双所使婢采苹者，今在金吾将军王遂中宅。"仙客曰："无双固无见期。得见采苹，死亦足矣。"由是乃刺谒，以从侄礼见遂中，具道本末，愿纳厚价以赎采苹。遂中深见相知，感其事而许之。仙客税屋，与鸿苹居。塞鸿每言："郎君年渐长，合求官职。悒悒不乐，何以遣时？"仙客感其言，以情恳告遂中。遂中荐见仙客于京兆君李齐运。齐运以仙客前衔，为富平县尹，知长乐驿。累月，忽报有中使押领内家三十人往园陵，以备洒扫，宿长乐驿，毡车子十乘下讫。仙客谓塞鸿曰："我闻宫嫔选在掖庭，多是衣冠子女。我恐无双在焉。汝为我一窥，可乎？"鸿曰："宫嫔数千，岂便及无双。"仙客曰："汝但去，人事亦未可定。"因令塞鸿假为驿吏，烹茗于帘外。仍给钱三千，约曰："坚守茗具，无暂舍去。忽有所睹，即疾报来。"塞鸿唯唯而去。宫人悉在帘下，不可得见之，但夜语喧哗而已。至夜深，群动皆息。塞鸿涤器掬火，不敢辄寐。忽闻帘下语曰："塞鸿，塞鸿，汝争得知我在此耶？郎健否？"言讫，呜咽。塞鸿曰："郎君见知此驿。今日疑娘子在此，令塞鸿问候。"又曰："我不久语。明日我去后，汝于东北舍阁子中紫褥下，取书送郎君。"言讫，便去。忽闻帘下极闹，云："内家中恶。"中使索汤药甚急，乃无双也。塞鸿疾告仙客，仙客惊曰："我何得一见？"塞鸿曰："今方修渭桥。郎君可假作理桥官，车子过桥时，近车子立。无双若认得，必开帘子，当得瞥见耳。"仙客如其言。至第三车子，果开帘子，窥见，真无双也。仙客悲感怨慕，不胜其情。塞鸿于阁子中褥下得书送仙客。花笺五幅，皆无双真迹，词理哀切，叙述周尽，仙客览之，茹恨涕下。自此永诀矣。其书后云："常见敕使说富平县古押衙人间有心人。今能求之否？"仙客遂申府，请解驿务，归本官。遂寻访古押衙，则居于村墅。仙客造谒，见古生。生所愿，必力致之，缯彩宝玉之赠，不可胜纪。一年未开口。秩满，闲居于县。古生忽来，谓仙客曰："洪一武夫，年且老，何所用？郎君于某竭分。察郎君之意，将有求于老夫。老夫乃一片有心人也。感郎君之深恩，愿粉身以答效。"仙客泣拜，以实告古生。古生仰天，以手拍脑数四，曰："此事大不易。然与郎试求，不可朝夕便望。"仙客拜曰："但生前得见，岂敢以迟晚为限耶。"半岁无消息。一日，扣门，乃古生送书。书云："茅山使者回。且来此。"仙客奔马去。见古生，生乃无一言。又启使者。复云："杀却也。且吃茶。"夜深，谓仙客曰："宅中有女家人识无双否？"仙客以采苹对。仙客立取而至。古生端相，且笑且喜云："借留三五日。郎君且归。"后累日，忽传说曰："有高品过，处置园陵宫人。"仙客心甚异之。令塞鸿探所杀者，乃无双也。仙客号哭，乃叹曰："本望古生。今死矣！为之奈何！"流涕歔欷，不能自已。是夕更深，闻叩门甚急。及开门，乃古生也。领一篼子入，谓仙客曰："此无双也。今死矣。心头微暖，后日当活，微灌汤药，切须静密。"言讫，仙客抱入阁子中，独守之。至明，遍体有暖气。见仙客，哭一声遂绝。救疗至夜，方愈。古生又曰："暂借塞鸿于舍后掘一坑。"坑稍深，抽刀断塞鸿头于坑中。仙客惊怕。古生曰："郎君莫怕。今日报郎君恩足矣，此闻茅山道士有药术。其药服之者立死，三日却活。某使人专求，得一丸。昨令采苹假作中使，以无双逆党，赐此药令自尽。至陵下，托以亲故，百缣赎其尸。凡道路邮传，皆厚赂矣，必免漏泄。茅山使者及舁篼人，在野外处置讫。老夫为郎君，亦自刎。君不得更居此。门外有檐子一十人，马五匹，绢两百匹。五更挈无双便发，变姓名，浪迹以避祸。"言讫，举刀。仙客救之，头已落矣。遂并尸盖覆讫。未明发，历四蜀下峡，寓居于渚宫。悄不闻京兆之耗，乃挈家归襄邓别业，与无双偕老矣。男女成群。噫，人生之契阔会合多矣，罕有若斯之比。常谓古今所无。无双遭乱世籍没，而仙客之志，死而不夺。卒遇古生之奇法取之，冤死者十余人。艰难走窜后，得归故乡，为夫妇五十年，何其异哉！

上清传

柳珵撰

贞元壬申岁春三月，相国窦公居光福里第，月夜闲步于中庭。有常所宠青衣上清者，乃曰："今欲启事。郎须到堂前，方敢言之。"窦公亟上堂。上清曰："庭树上有人，恐惊郎，请谨避之。"窦公曰："陆贽久欲倾夺吾权位。今有人在庭树上，吾祸将至。且此事将奏与不奏皆受祸，必窜死于道路。汝在辈流中，不可多得。吾身死家破，汝定为宫婢。圣君若顾问，善为我辞焉。"上清泣曰："诚如是，死生以之！"窦公下阶，大呼曰："树上君子，应是陆贽使来。能全老夫性命，敢不厚报！"树上应声而下，乃衣缞粗者也。曰："家有大丧。贫甚，不办葬礼。伏知相公推心济物，所以卜夜而来。幸相公无怪。"公曰："某罄所有，堂封绢千匹而已。方拟修私庙次。今且辍赠，可乎？"缞者拜谢。窦公答之，如礼。又曰："便辞相公。请左右赍所赐绢，掷于墙外。某先于街中俟之。"窦公依其请。命仆，使偵其绝踪且久，方敢归寝。翌日，执金吾先奏其事。窦公得次，又奏之。德宗厉声曰："卿交通节将，蓄养侠刺。位崇台鼎，更欲何求？"窦公顿首曰："臣起自刀笔小才，官以至贵。皆陛下奖拔，实不由人。今不幸至此，抑乃仇家所为耳。陛下忽震雷霆之怒，臣便合万死。"中使下殿宣曰："卿且归私第，待候进止。"越月，贬郴州别驾。会宣武节度刘士宁通好于郴州，廉使条疏上闻。德宗曰："交通节将，信而有征。"流窦公于驩州，没入家资。一簪不着身，竟未达流所，诏自尽。上清果隶名掖庭。后数年，以善应对，能煎茶，数得在帝左右。德宗谓曰："宫掖间人数不少。汝了事。从何得至此？"上清对曰："妾本故宰相窦参家女奴。窦某妻早亡，故妾得陪扫洒。及窦某家破，幸得填宫。既侍龙颜，如在天上。"德宗曰："窦某罪不止养侠刺，亦甚有脏污。前时纳官银器至多。"上清流涕而言曰："窦某自御史中丞，历度支，户部，盐铁三使，至宰相。首尾六年，月入数十万。前后非时赏赐，当亦不知纪极。乃者郴州所送纳官银物，皆是恩赐。当部录日，妾在郴州，亲见州县希陆贽意旨，刮去所进银器，上刻作藩镇官衔姓名，诬为脏物。伏乞下验之。"于是宣索窦某没官银器覆视，其刮字处，皆如上清言。时贞元十二年。德宗又问蓄养侠刺事。上清曰："本实无。悉是陆贽陷害，使人为之。"德宗怒陆贽曰："这獠奴！我脱却伊绿衫，便与紫衫着。又常唤伊作陆九。我任使窦参，方称意次，须教我枉杀却他。及至权入伊手，其为软弱，甚于泥团。"乃下诏雪窦参。时裴延龄探知陆贽恩衰，得恣行媒孽。贽竟受谴不回。后上

清特敕丹书度为女道士，终嫁为金忠义妻。世以陆贽门生名位多显达者，世不可传说，故此事绝无人知。

杨娼传

房千里撰

杨娼者，长安里中之殊色也，态度甚都，复以冶容自喜。王公钜人享客，竟邀致席上。虽不饮者，必为之引满尽欢。长安诸儿，一造其室，殆至亡生破产而不悔。由是娼之名冠诸籍中，大售于时矣。岭南帅甲，贵游子也。妻本戚里女，遇帅甚悍。先约：设有异志者，当取死白刃下。帅幼贵，喜媱，内苦其妻，莫之措意。乃阴出重赂，削去娼之籍，而挈之南海。馆之他舍，公余而同，夕隐而归。娼有慧性，事帅尤谨。平居以女职自守，非其理不妄发。复厚帅之左右，咸能得其欢心。故帅益嬖之。会间岁，帅得病，且不起。思一见娼，而惮其妻。帅素与监军使厚，密遣导意，使为方略。监军乃绐其妻曰："将军病甚，思得善奉侍煎调者视之，瘳当速矣。某有善婢，久给事贵室，动得人意。请夫人听以婢安将军四体，如何？"妻曰："中贵人，信人也。果然，于吾无苦耳。可促召婢来。"监军即命娼冒为婢以见帅。计未行而事泄。帅之妻乃拥健婢数十，列白梃，炽膏镬于廷而伺之矣。须其至，当投之沸鬲。帅闻而大恐，促命止娼之至。且曰："此自我意，几累于渠。今幸吾之未死也，必使脱其虎喙。不然，且无及矣。"乃大遗其奇宝，命家僮榜轻舠，卫娼北归。自是，帅之愤益深，不逾旬而物故。娼之行，适及洪矣。问至，娼乃尽返帅之赂，设位而哭，曰："将军由妾而死。将军且死，妾安用生为？妾岂孤将军者耶？"即撤奠而死之。夫娼，以色事人者也，非其利则不合矣。而杨能报帅以死，义也；却帅之赂，廉也。虽为娼，差足多乎。

飞烟传

皇甫枚撰

临淮武公业，咸通中任河南府功曹参军。爱妾曰飞烟，姓步氏，容止纤丽，若不胜绮罗，善秦声，好文笔，尤工击瓯，其韵与丝竹合。公业甚嬖之。其比邻，天水赵氏第也，亦衣缨之族，不能斥言。其子曰象，秀端有文，才弱冠矣。时方居丧礼。忽一日，于南垣隙中窥见飞烟，神气俱丧，废食忘寐。乃厚赂公业之阍，以情告之。阍有难色，复为厚利所动。乃令其妻伺飞烟间处，具以象意言焉。飞烟闻之，但含笑凝睇而不答。门媪尽以语象。象发狂心荡，不知所持，乃取薛涛笺，题绝句曰："一睹倾城貌，尘心只自猜，不随箫史去，拟学阿兰来。"以所题密缄之，祈门媪达飞烟。烟读毕，吁嗟良久，谓媪曰："我亦曾窥见赵郎，大好才貌。此生薄福，不得当之。"盖鄙武生粗悍，非良配耳。乃复酬篇，写于金凤笺，曰："绿惨双娥不自持，只缘幽恨在新诗，郎心应似琴心怨，脉脉春情更拟谁。"封付门媪，令遗象。象启缄，吟讽数四，拊掌喜曰："吾事谐矣。"又以剡溪玉叶纸，赋诗以谢，曰："珍重佳人赠好音，彩笺芳翰两情深，薄于蝉翼难供恨，密似蝇头未写心；疑是落花迷碧洞，只思轻雨洒幽襟，百回消息千回梦，裁作长谣寄绿琴。"诗去旬日，门媪不复来。象忧恐事泄，或飞烟追悔。春夕，于前庭独坐，赋诗曰："绿暗红藏起暝烟，独将幽恨小庭前，沉沉良夜与谁语，星隔银河月半天。"明日，晨起吟际，而门媪来。传飞烟语曰："勿讶旬日无信，盖以微有不安。"因授象以连蝉锦香囊并碧苔笺，诗曰："强力严妆倚绣栊，暗题蝉锦思难穷，近来赢得伤春病，柳弱花欹怯晓风。"象结锦香囊于怀，细读小简，又恐飞烟幽思增疾，乃剪乌丝简为回缄，曰："春景迟迟，人心悄悄。自因窥觏，长役梦魂。虽羽驾尘襟，难于会合，而丹诚皎日，誓以周旋。昨日瑶台青鸟忽来，殷勤寄语。蝉锦香囊□赠，芬馥盈怀，佩服徒增，翘恋弥切。况又闻乘春多感，芳履乖和，耗冰雪之妍姿，郁蕙兰之佳气。忧抑之极，恨不翻飞。企望宽情，无至憔悴。莫孤短愿，宁爽后期。惝恍寸心，书岂能尽？兼持菲什，仰继华篇。伏惟试赐弟睐。"诗曰："应见伤情为九春，想封蝉锦绿蛾颦。叩头为报烟卿道，第一风流最损人。"阍媪既得回报，径赍诣飞烟阁中。武生为府掾属，公务繁伙，或数夜一直，或竟日不归。此时恰值生入府曹。飞烟拆书，得以款曲寻绎。既而长太息曰："丈夫之志，女子之情，心契魂交，视远如近也。"于是阖户垂幌，为书曰："下妾不幸，垂髫而孤。中间为媒妁所欺，遂匹合于琐类。每至清风明月，移玉柱以增怀。秋帐冬釭，泛金徽而寄恨。岂谓公子，忽贻好音。发华缄而思飞，讽丽句而目断。所恨洛川波隔，贾午墙高。连云不及于秦台，荐梦尚遥于楚岫。犹望天从素恳，神假微机，一拜清光，九殒无恨。兼题短什，用寄幽怀。伏惟特赐吟讽也。"诗曰："画帘春燕须同宿，兰浦双鸳肯独飞，长恨桃源诸女伴，等闲花里送郎归。"封讫，召阍媪，令达于象。象览书及诗，以飞烟意稍切，喜不自持，但静室焚香虔祷以俟息。一日将夕，阍媪促步而至，笑且拜曰："赵郎愿见神仙否?”象惊。连问之。传飞烟语曰:“值今夜功曹府直,可渭良时。妾家后庭,即君之前垣也。若不渝惠好,专望来仪。方寸万重,悉候晤语。”既曛黑,象乃乘梯而登,飞烟已令重榻于下。既下,见飞烟靓妆盛服,立于庭前。交拜讫,俱以喜极不能言。乃相携自后门入堂中,遂背釭解幌,尽缱绻之意焉。及晓钟初动,复送象于垣下,飞烟执象手曰:“今日相遇,乃前生姻缘耳。勿谓妾无玉洁松贞之志,放荡如斯。直以郎之风调,不能自顾。愿深鉴之。”象曰:“挹希世之貌,见出人之心。已誓幽庸,永奉欢洽。”言讫,象逾垣而归。明日,托阍媪赠飞烟诗曰:“十洞三清虽路阻,有心还得傍瑶台,瑞香风引思深夜,知是芷宫仙驭来。”飞烟览诗微笑,复赠象诗曰:“相思只怕不相识,相见还愁却别君,愿得化为松上鹤,一双飞去入行云。”封付阍媪,仍令语象曰:“赖值儿家有小小篇咏。不然,君作几许大才面目?”兹不盈旬,常得一期于后庭矣。展幽微之思,罄宿昔之心。以为鬼鸟不知,人神相助。或景物寓目,歌咏寄情,来往便繁,不能悉载。如是者周岁。无何,飞烟数以细过挞其女奴,奴阴衔之,乘间尽以告公业。公业曰:“汝慎勿扬声!我当伺察之。”后至当赴直日,乃密陈状请假。迨夜,如常入直,遂潜于里门。街鼓既作,匍伏而归。循墙至后庭,见飞烟方倚户微吟,象则据垣斜睇。公业不胜其愤,挺前欲擒。象觉,跳去。业搏之,得其半襦。乃入室,呼飞烟诘之。飞烟色动声战,而不以实告。公业愈怒,缚之大柱,鞭楚血流。但云:“生得相亲,死亦何恨。”深夜,公业怠而假寐。飞烟呼其所爱女仆曰:“与我一杯水。”水至,饮尽而绝。公业起,将复笞之,已死矣。乃解缚,举置阁中,连呼之,声言飞烟暴疾致殒。数日,窆之北邙。而里巷间皆知其强死矣。象因变服,易名远,窜江浙间。洛中才士有著《飞烟传》者,传中崔李二生,常与武掾游处,崔诗末句云:“恰似传花人饮散,空床抛下最繁枝。”其夕,梦飞烟谢曰:“妾貌虽不迨桃李,而零落过之。捧君佳什,愧仰无已。”李生诗末句云:“艳魄香魂如有在,还应羞见坠楼人。”其夕,梦飞烟戟手而詈曰:“士有百行,君得全乎?何至务矜片言,苦相诋斥。当屈君于地下面证之。”数日,李生卒。时人异焉。远后调授汝州鲁山县主簿,陇西李垣代之。咸通末,予复代垣,而与远少相狎,故洛中秘事,亦知之。而垣复为手记,故得以传焉。三水人曰:噫,艳冶之貌,则代有之矣;洁朗之操,则人鲜闻乎。故士矜才则德薄,女衒色则情私。若能如执盈,如临深,则皆为端士淑女矣。飞烟之罪虽不可逭,察其心,亦可悲矣。

虬髯客传

杜光庭撰

隋炀帝之幸江都也，命司空杨素守西京。素骄贵，又以时乱，天下之权重望崇者，莫

虬髯客

我若也，奢贵自奉，礼异人臣。每公卿入言，宾客上谒，未尝不踞床而见，令美人捧出。侍婢罗列，颇僭于上。末年愈甚，无复知所负荷，有扶危持颠之心。一日，卫公李靖以布衣上谒，献奇策。素亦踞见。公前揖曰："天下方乱，英雄竞起。公为帝室重臣，须以收罗豪杰为心，不宜踞见宾客。"素敛容而起，谢公，与语，大悦，收其策而退。当公之骋辩也，一妓有殊色，执红拂，立于前，独目公。公既去，而执拂者临轩指吏曰："问去者处士第几？住何处？"公具以对。妓诵而去。公归逆旅。其夜五更初，忽闻叩门而声低者，公起问焉。乃紫衣戴帽人，杖揭一囊。公问谁。曰："妾，杨家之红拂妓也。"公遽延入。脱衣去帽，乃十八九佳丽人也。素面画衣而拜。公惊答拜。曰："妾侍杨司空久，阅天下之人多矣。无如公者，丝萝非独生，愿托乔木，故来奔耳。"公曰："杨司空权重京师，如何？"曰："彼尸居余气，不足畏也。诸妓知其无成，去者众矣。彼亦不甚逐也。计之详矣。幸无疑焉。"问其姓。曰："张"。问其伯仲之次。曰："最长。"观其肌肤，仪状，言词，气性，真天人也。公不自意获之，愈喜愈惧，瞬息万虑不安。而窥户者无停屦。数日，亦闻追讨之声，意亦非峻。乃雄服乘马，排闼而去，将归太原。行次灵石旅舍，既设床，炉中烹肉且熟。张氏

以发长委地，立梳床前。公方刷马。忽有一人，中形，赤髯而虬，乘蹇驴而来。投革囊于炉前，取枕欹卧，看张梳头。公怒甚，未决，犹刷马。张熟视其面，一手握发，一手映身摇示公，令勿怒。急急梳头毕，敛衽前问其姓。卧客笑曰："姓张。"对曰："妾亦姓张。合是妹。"遽拜之。问第几。曰："第三。"因问妹第几。曰："最长。"遂喜曰："今多幸，逢一妹。"张氏遥呼"李郎且来见三兄！"公骤拜之。遂环坐。曰："煮者何肉？"曰："羊肉，计已熟矣。"客曰："饥。"公出市胡饼，客抽腰间匕首，切肉共食。食竟，余肉乱切送驴前食之，甚速。客曰："观李郎之行，贫士也。何以致斯异人？"曰："靖虽贫，亦有心者焉。他人见问，故不言。兄之问，则不隐耳。"具言其由。曰："然则将何之？"曰："将避地太原。"曰："然吾故非君所致也。"曰："有酒乎？"曰："主人西，则酒肆也。"公取酒一斗。既巡，客曰："吾有少下酒物，李郎能同之乎？"曰："不敢。"于是开革囊，取一人头并心肝，却头囊中，以匕首切心肝，共食之。曰："此人天下负心者，衔之十年，今始获之。吾憾释矣。"又曰："观李郎仪形器宇，真丈夫也。亦闻太原有异人乎？"曰："尝识一人，愚谓之真人也，其余，将帅而已。"曰："何姓？"曰。"靖之同姓。"曰："年几？"曰："仅二十。"曰："今何为？"曰："州将之子。"曰："似矣。亦须见之。李郎能致吾一见乎？"曰："靖之友刘文静者，与之狎。因文静见之可也。然兄何为？"曰："望气者言太原有奇气，使访之。李郎明发，何日到太原？"靖计之日。曰："达之明日日方曙，候我于汾阳桥。"言讫，乘驴而去，其行若飞，回顾已失。公与张氏且惊且喜，久之，曰："烈士不欺人。固无畏。"促鞭而行。及期，入太原。果复相见。大喜，偕诣刘氏。诈谓文静曰："以善相者思见郎君，请迎之。"文静素奇其人，一旦闻有客善相，遽致使迎之。使回而至，不衫不履，裼裘而来，神气扬扬，貌与常异。虬髯默居末坐，见之心死，饮数杯，招靖曰："真天子也！"公以告刘，刘益喜，自负。既出，而虬髯曰："吾得十八九矣。然须道兄见。李郎宜与一妹复入京，某日午时，访我于马行东酒楼下。下有此驴及瘦驴，即我与道兄俱在其上矣。到即登焉。"又别而去。公与张氏复应之。及期访焉。宛见二乘。揽衣登楼，虬髯与一道士方对饮，见公惊喜，召坐。围饮十数巡，曰："楼下柜中有钱十万。择一深隐处驻一妹。某日复会我于汾阳桥。"如期至，即道士与虬髯已到矣。俱谒文静。时方弈棋，揖而话心焉。文静飞书迎文皇看棋。道士对弈，虬髯与公傍侍焉。俄而文皇到来，精采惊人，长揖而坐，神气清朗，满坐风生，顾盼炜如也。道士一见惨然，下棋子曰："此局全输矣！于此失却局哉！救无路矣！复奚言！"罢弈而请去。既出，谓虬髯曰："此世界非公世界。他方可也。勉之，勿以为念。"因共入京。虬髯曰："计李郎之程，某日方到。到之明日，可与一妹同诣某坊曲小宅相访。

李郎相从一妹，悬然如磬。欲令新妇祗谒，兼议从容，无前却也。”言毕，吁嗟而去。公策马而归。即到京，遂与张氏同往。乃一小版门子，叩之，有应者，拜曰：“三郎令候李郎，一娘子久矣。”延入重门，门愈壮。婢四十人，罗列廷前。奴二十人，引公入东厅。厅之陈设，穷极珍异，箱中妆奁冠镜首饰之盛，非人间之物。巾栉妆饰毕，请更衣，衣又珍异。既毕，传云：“三郎来！”乃虬髯纱帽裼裘而来，亦有龙虎之状，欢然相见，催其妻出拜，盖亦天人耳。遂延中堂，陈设盘筵之盛，虽王公家不侔也。四人对馔讫，陈女乐二十人，列奏于前，似从天降，非人间之曲。食毕，行酒。家人自东堂舁出二十床，各以锦绣帕覆之。既陈，尽去其帕，乃文簿钥匙耳。虬髯曰：“此尽宝货泉贝之数。吾之所有，悉以充赠。何者？欲于此世界求事.当龙战三二十载，建少功业。今既有主，住亦何为？太原李氏，真英主也。三五年内，即当太平。李郎以奇特之才，辅清平之主，竭心尽善，必极人臣。一妹以天人之姿，蕴不世之艺，从夫之贵，以盛轩裳。非一妹不能识李郎，非李郎不能荣一妹.起陆之贵，际会如期，虎啸风生，龙吟云萃，固非偶然也。持余之赠，以佐真主，赞功业也，勉之哉！此后十年，当东南数千里外有异事，是吾得事之秋也。一妹与李郎可沥酒东南相贺。”因命家童列拜，曰：“李郎，一妹，是汝主也！”言讫，与其妻从一奴，乘马而去。数步，遂不复见。公据其宅，乃为豪家，得以助文皇缔构之资，遂匡天下。贞观十年，公以左仆射平章事。适南蛮入奏曰：“有海船千艘，甲兵十万，入扶余国，杀其主自立。国已定矣。”公心知虬髯得事也。归告张氏，具衣拜贺，沥酒东南祝拜之。乃知真人之兴也，非英雄所冀。况非英雄乎？人臣之谬思乱者，乃螳臂之拒走轮耳。我皇家垂福万叶，岂虚然哉。或曰：“卫公之兵法，半乃虬髯所传耳。”

唐宋传奇集卷五

冥音录

庐江尉李侃者，陇西人，家于洛之河南。太和初，卒于官。有外妇崔氏，本广陵娼家。生二女，既孤且幼，孀母抚之以道，近于成人。因寓家庐江。侃既死，虽侃之宗亲，居显要者，绝不相闻。庐江之人，咸哀其孤藐而能自强。崔氏性酷嗜音，虽贫苦求活，常以弦歌

自娱。有女弟茝奴，风容不下，善鼓筝，为古今绝妙，知名于时。年十七，未嫁而卒。人多伤焉。二女幼传其艺。长女适邑人丁玄夫，性识不甚聪慧。幼时，每教其艺，小有所未至，其母辄加鞭箠，终莫究其妙。每心念其姨，曰："我，姨之甥也。今乃死生殊途，恩爱久绝。姨之生乃聪明，死何蔑然，而不能以力祐助，使我心开目明，粗及流辈哉？"每至节朔，辄举觞酹地，哀咽流涕。如此者八岁。母亦哀而悯焉。开成五年四月三日，因夜寐，惊起号泣，谓其母曰："向者梦姨执手泣曰：'我自辞人世，在阴司簿属教坊，授曲于博士李元凭。元凭屡荐我于宪宗皇帝。帝召居宫。一年，以我更直穆宗皇帝宫中，以筝导诸妃，出入一年。上帝诛郑注，天下大酺。唐氏诸帝宫中互选妓乐，以进神尧太宗二宫。我复得侍宪宗。每一月之中，五日一直长秋殿。余日得肆游观，但不得出宫禁耳。汝之情恳，我乃知也。但无由得来。近日襄阳公主以我为女，思念颇至，得出入主第，私许我归，成汝之愿。汝早图之！阴中法严，帝或闻之，当获大谴。亦上累于主。'"复与其母相持而泣。翼日，乃洒扫一室，列虚筵，设酒果，仿佛如有所见。因执筝就座，闭目弹之，随指有得。初，授人间之曲，十日不得一曲。此一日获十曲。曲之名品，殆非生人之意。声调哀怨，幽幽然鸦啼鬼啸，闻之者莫不歔欷。曲有《迎君乐》（正商调二十八叠），《槲林叹》（分丝调四十四叠），秦王赏金歌（小石调二十八叠），《广陵散》（正商调二十八叠），《行路难》（正商调二十八叠），《上江虹》（正商调二十八叠），《晋城仙》（小石调二十八叠），《丝竹赏金歌》（小石调二十八叠），《红窗影》（双柱调四十叠）。十曲毕，惨然谓女曰："此皆宫闱中新翻曲，帝尤所爱重。《槲林叹》，《红窗影》等，每宴饮，即飞球舞盏，为佐酒长夜之欢。穆宗敕修文舍人元稹，撰其词数十首，甚美。宴酣，令宫人递歌之。帝亲执玉如意，击节而和之。帝秘其调极切，恐为诸国所得，故不敢泄。岁摄提，地府当有大变，得以流传人世。幽明路异，人鬼道殊，今者人事相接，亦万代一时，非偶然也。会以吾之十曲，献阳地天子，不可使无闻于明代。"于是县白州，州白府。刺史崔寿亲召试之。则丝桐之音，铯钬可听。其差琴调不类秦声。乃以众乐合之，则宫商调殊不同矣。母令小女再拜求传十曲，亦备得之。至暮，诀去。数日复来，曰："闻扬州连帅欲取汝。恐有谬误，汝可一一弹之。"又留一曲曰《思归乐》。无何，州府果令送至扬州，一无差错。廉使故相李德裕议表其事。女寻卒。

东阳夜怪录

前进士王洙,字学源,其先琅琊人。元和十三年春擢第。尝居邹鲁间名山习业。洙自云,前四年时,因随籍入贡,暮次荥阳逆旅。值彭城客秀才成自虚者,以家事不得就举,言旋故里。遇洙,因话辛勤往复之意。自虚字致本,语及人间目睹之异。是岁,自虚十有一月八日东还(乃元和八年也)。翼日,到渭南县,方属阴曀,不知时之早晚。县宰黎谓留饮数巡。自虚恃所乘壮,乃命僮仆辎重,悉令先于赤水店俟宿,聊踟蹰焉。东出县郭门,则阴风刮地,飞雪雾天,行未数里,迨将昏黑。自虚僮仆,既悉令前去,道上又行人已绝,无可问程。至是不知所届矣。路出东阳驿南,寻赤水谷口道。去驿不三四里,有下坞。林月依微,略辨佛庙,自虚启扉,投身突入。雪势愈甚。自虚窃意佛宇之居,有住僧,将求委焉,则策马入。其后才认北横数间空屋,寂无灯烛。久之倾听,微似有人喘息声。遂击马于西面柱,连问:"院主和尚,今夜慈悲相救。"徐闻人应:"老病僧智高在此。适僮仆已出使村中教化,无从以致火烛。雪若是,复当深夜,客何为者?自何而来?四绝亲邻,何以取济?今夕脱不恶其病秽,且此相就,则免暴露。兼撤所籍刍藁分用,委质可矣。"自虚他计既穷,闻此内亦颇喜。乃问:"高公生缘何乡?何故栖此?又俗云何?既接恩容,当还审其出处。"曰:"贫道俗姓安(以本身肉鞍之故也),生在碛西。本因舍力,随缘来诣中国。到此未几,房院疏芜。秀才卒降,无以供待,不垂见怪为幸。"自虚如此问答,颇忘前倦。乃谓高公曰:"方知探宝化城,如来非妄立喻。今高公是我导师矣。高公本宗,固有如是降伏其心之教。"俄则沓沓然若数人联步而至者。遂闻云:"极好雪。师丈在否?"高公未应间,闻一人云:"曹长先行。"或曰:"朱八丈合先行。"又闻人曰:"路甚宽,曹长不合苦让,偕行可也。"自虚窃谓人多,私心益壮。有顷,即似悉造座隅矣。内谓一人曰:"师丈,此有宿客乎?"高公对曰:"适有客来诣宿耳。"自虚昏昏然,莫审其形质。唯最前一人俯簷映雪,仿佛若见着皂裘者,背及肋有搭白补处。其人先发问自虚云:"客何故踽踽(丘主反)然犯雪昏夜至此?"自虚则具以实告。其人因请自虚姓名。对曰:"进士成自虚。"自虚亦从而语曰:"暗中不可悉揖清扬,他日无以为子孙之旧。请各称其官及名氏。"便闻一人云:"前河阴转运巡官,试左骁卫胄曹参军卢倚马。"次一人云:"桃林客,副轻车将军朱中正。"次一人曰:"去文,姓敬。"次一人曰:"锐金,姓奚。"此时则似周坐矣。初,因成

公应举，倚马旁及论文。倚马曰："某儿童时，即闻人咏师丈《聚雪为山》诗，今犹记得。今夜景象宛在目中。师丈，有之乎？"高公曰："其词谓何？试言之。"倚马曰："所记云：'谁家扫雪满庭前，万壑千峰在一拳。吾心不觉侵衣冷，曾向此中居几年。'"自虚茫然如失，口呿眸眙，尤所不测。高公乃曰："雪山是吾家山。往年偶见小儿聚雪，屹有峰峦山状，西望故国，怅然因作是诗。曹长大聪明，如何记得。贫道旧时恶句，不因曹长诚念在口，实亦遗忘。"倚马曰："师丈骋逸步于遐荒，脱尘机（机当为羁）于维絷，巍巍道德，可谓首出侪流。如小子之徒，望尘奔走，曷（曷当为褐，用毛色而讥之）敢窥其高远哉！倚马今春以公事到城，受性顽钝，阙下柱玉，煎迫不堪，旦夕羁（羁当为饥）旅，虽勤劳夙夜，料入况微，负荷非轻，常惧刑责。近蒙本院，转一虚衔（谓空驱作替驴），意在苦求脱免。昨晚出长乐城下宿，自悲尘中劳役，慨然有山鹿野麋之志。因寄同侣，成两篇恶诗。对诸作者，辄欲口占，去就未敢。"自虚曰："今夕何夕，得闻佳句。"倚马又谦曰："不揆荒浅。况师丈文宗在此，敢呈丑拙邪？"自虚苦请曰："愿闻，愿闻！"倚马因朗吟其诗曰："长安城东洛阳道，车轮不息尘浩浩。争利贪前竞着鞭，相逢尽是尘中老。（其一）日晚长川不计程，离群独步不能鸣。赖有青青河畔草，春来犹得慰（慰当作喂）羁（羁当作饥）情。"合座成曰："大高作！"倚马谦曰："拙恶，拙恶！"中正谓高公曰："比闻朔漠之士，吟讽师丈佳句绝多。今此是颍川，况侧聆卢曹长所念，开洗昏鄙，意爽神清。新制的多，满座渴咏。岂不能见示三两首，以沃群瞩。"高公请俟他日。中正又曰："眷彼名公悉至，何惜兔园。雅论高谈，抑一时之盛事。今去市肆苦远，夜艾兴余，杯觞固不可求，炮炙无由而致。宾主礼阙，惭恧空多。吾辈方以观心朵颐（谓龁草之性与师丈同），而诸公通宵无以充腹，赧然何补。"高公曰："吾闻嘉话可以忘乎饥渴。只如八郎，力济生人，动循轨辙，攻城犒士，为己所长。但以十二因缘，皆从触起。茫茫苦海，烦恼随生。何地而可见菩提（提当为蹄）？何门而得离火宅（亦用事讥之）？"中正对曰："以愚所谓：覆辙相寻，轮回恶道，先后报应，事甚分明。引领修行，义归于此。"高公大笑，乃曰："释氏尚其清净，道成则为正觉（觉当为角）。觉则佛也。如八郎向来之谈，深得之矣。"倚马大笑。自虚又曰："适来朱将军再三有请和尚新制。在小生下情，实愿观宝。和尚岂以自虚远客，非我法中而见鄙之乎？且和尚器识非凡，岸谷深峻，必当格韵才思，贯绝一时，妍妙清新，摆落俗态。岂终秘咳唾之余思，不吟一两篇以开耳目乎？"高公曰："深荷秀才苦请，事则难于固违。况老僧残疾衰羸，习读久废，章句之道，本非所长。却是朱八无端挑抉吾短。然于病中，偶有两篇自述，匠石能听之乎？"曰："愿闻。"其诗曰："拥褐藏名无定踪，流沙千里度衰容，传得南宗心地后，此身应便老双峰。为有阎浮珍重因，远离西国越咸秦，自从无力休行道，且作头陀不系身。”又闻满座称好声，移时不定。去文忽于座内云：“昔王猷访戴安道于山阴，雪夜皎然，及门而返。遂传‘何必见戴’之论。当时皆重逸兴。今成君司谓以文会友，下视袁安蒋诩。吾少年时颇负隽气，性好鹰鹯。曾于此时，畋游驰骋。吾故林在长安之巽维，御宿川之东畤（此处地名苟家觜也）。咏雪有献曹州房一篇，不觉诗狂所攻，辄污泥高鉴耳。”因吟诗曰：“‘爱此飘飖六出公，轻琼洽絮舞长空。当时正逐秦丞相，腾踯川原喜北风。’献诗讫，曹州房颇甚赏仆此诗，因难云：‘呼雪为公，得无检束乎？’余遂征古人尚有呼竹为君，后贤以为名论，用以证之。曹州房结舌莫知所对。然曹州房素非知诗者。乌大尝谓吾曰：‘难得臭味同。’斯言不妄。今涉彼远官，参东州军事，（义见《古今注》）相去数千。苗十（以五五之数故第十）气候哑吒，凭恃群亲，索人承事。鲁无君子者，斯焉取诸！”锐金曰：“安敢当。不见苗生几日？”曰：“涉旬矣。”“然则苗子何在？”去文曰：“亦应非远。知吾辈会于此，计合解来。”居无几，苗生遽至。去文伪为喜意，拊背曰：“适我愿兮！”去文遂引苗生与自虚相揖。自虚先称名氏。苗生曰：“介立姓苗。”宾主相谕之词，颇甚稠沓。锐金居其侧，曰：“此时则苦吟之矣。诸公皆由，老奚诗病又发，如何如何？”自虚曰：“向者承奚生眷与之分匪浅，何为尚吝瑰宝，大失所望。”锐金退而逡巡曰：“敢不贻广席一噱乎？”辄念三篇近诗云：“舞镜争鸾彩，临场定鹘拳。正思仙仗日，翘首仰楼前。养斗形如木，迎春质似泥，信如风雨在，何惮迹卑栖。为脱田文难，常怀纪涓恩，欲知疏野态，霜晓叫荒村。”锐金吟讫，暗中亦大闻称赏声。高公曰：“诸贤勿以武士见待朱将军。此公甚精名理，又善属文。而乃犹无所言。皮里臧否吾辈，抑将不可。况成君远客，一夕之聚，空门所谓多生有缘，宿鸟同树者也。得不因此留异时之谈端哉！”中正起曰：“师丈此言，乃与中正树荆棘耳。苟众情疑阻，敢不唯命是听。然虑探手作事，自贻伊戚，如何？”高公曰：“请诸贤静听。”中正诗曰：“乱鲁负虚名，游秦感宁生，候惊丞相喘，用识葛卢鸣；黍稷兹农兴，轩车乏道情，近来筋力退，一志在归耕。”高公叹曰：“朱八文华若此，未离散秩，引驾者又何人哉！屈甚，屈甚！”倚马曰：“扶风二兄偶有所系（意属自虚所乘），吾家龟兹，苍文毙甚，乐喧厌静，好事挥霍，兴在结束，勇于前驱（谓般轻货首队头驴）。此会不至，恨可知也。”去文谓介立曰：“胃家兄弟，居处匪遥，莫往莫来，安用尚志。《诗》云‘朋友攸摄’，而使尚有遐心。必须折简见招，鄙意颇成其美。”介立曰：“某本欲访胃大去，方以论文兴酣，不觉迟迟耳。敬君命予。今且请诸公不起。介立略到胃家即回。不然，便拉胃氏昆季同至，可乎？”皆曰：“诺。”介立乃去。无何。去文于众前窃是非介立曰：“蠢兹为人，有甚爪距，颇闻洁廉，善主仓库。其如蜡姑之丑，难以掩于物论何？”殊不知介立与胃氏相携而来，及门，瞥闻其说。介立攘袂大怒曰：“天生苗介立，斗伯比之直下。得姓于楚远祖棼皇茹，分二十族，祀典配享，至于《礼经》（谓《郊特牲》八蜡迎虎迎猫也。）奈何一敬去文，盘瓠之余，长细无别，非人伦所齿，只合驯狎稚子，狞守酒旗，谄同妖狐，窃脂媚龟，安敢言人之长短。我若不呈薄艺，敬子谓我咸秩无文，使诸人异日藐我。今对师丈念一篇恶诗，且看如何？”诗曰：“为惭食肉主恩深，日晏蟠蜿卧锦衾，且学志人知白黑，那将好爵动吾心。”自虚颇甚佳叹。去文曰：“卿不详本末，厚加矫诬。我实春秋向戌之后。卿以我为盘瓠裹，如辰阳比房，于吾殊所华阔。”中正深以两家献酬未绝为病，乃曰：“吾愿作宜僚以释二忿，可乎？昔我逢丑父实与向家棼皇，春秋时屡同盟会。今座上有名客，二子何乃互毁祖宗，语中忽有绽露。是取笑于成公齿冷也。且尽吟咏，固请息喧。”于是介立即引胃氏昆仲与自虚相见。初檐檐然若白色。二人来前，长曰胃藏瓠，次曰藏立。自虚亦称姓名。藏瓠又巡座云：“令兄令弟。”介立乃于广众延誉胃氏昆弟：“潜迹草野，行著及于名族，上参列宿，亲密内达肝胆。况秦之八水，实贯天府，故林二十族，多是咸京。闻弟新有《题旧业》诗，时称甚美。如何，得闻乎？”藏瓠对曰：“小子谬厕宾筵，作者云集，欲出口吻，先增惭怍。今不得已，尘污诸贤耳目。”诗曰：“鸟鼠是家川，周王昔猎贤。一从离子卯，（鼠兔皆变为蝟也），应见海桑田。”介立称好。“弟他日必负重名，公道若存，斯文不朽。”藏瓠敛躬谢曰：“藏瓠幽蛰所宜，幸陪群彦。兄揄扬太过。小子谬当重言，若负芒刺。”座客皆笑。时自虚方聆诸客嘉什，不暇自念己文。但曰：“诸公清才绮靡，皆是目牛游刃。”中正将谓有讥，潸然遁去。高公求之，不得，曰：“朱八不告而退，何也？”倚马对曰：“朱八世与炮氏为仇，恶闻发硎之说而去耳。”自虚谢不敏。此时去文独与自虚论诘，语自虚曰：“凡人行藏卷舒，君子尚其达节，摇尾求食，猛虎所以见几。或为知己吠鸣，不可以主人无德而废斯义也。去文不才，亦有两篇言志奉呈。”诗曰：“事君同乐义同忧，那校糟糠满志休，不是守株空待兔，终当逐鹿出林邱。”“少年尝负饥鹰用，内愿曾无宠鹤心，秋草殴除思去宇，平原毛血兴从禽。”自虚赏激无限，全忘一夕之苦。方俗自夸旧制，忽闻远寺撞钟，则比膊锢然声尽矣。注目略无所睹。但觉风雪透窗，臊秽扑鼻。唯窣飒如有动者，而厉声呼问，绝无由答。自虚心神恍惚，未敢遽前扪摸。退寻所系之马，宛在屋之西隅。鞍鞯被雪，马则龁柱而立。迟疑间，晓色已将辨物矣。乃于屋壁之北，有橐驼一，䀪 腹跪足，儑耳齝口。自虚觉夜来之异，得以遍求之。室外北轩下，俄又见一瘁瘠乌驴，连脊有磨破三处，白毛茁然将满。举视屋之北拱，微若振迅有物，乃见一老鸡蹲焉。前及设像佛宇塌座之北，东西有隙地数十步。牖下皆有彩画处，土人曾以麦𪌉之长者，积于其间。见一大驳猫儿眠于上。咫尺又有盛饷田浆破瓠一，次有牧童所弃破笠一。自虚因蹴之，果获二刺猬，蠕然而动。自虚周求四顾，悄未有人。又不胜一夕之冻乏，乃揽辔振雪，上马而去。周出村之北道，左经柴栏旧圃，睹一牛踣雪吃草。次此不百余步，合村悉辇粪幸此蕴祟。自虚过其下，群犬喧吠。中有一犬，毛悉齐髁，其状甚异，睥睨自虚。自虚驱马久之，值一叟，辟荆扉，晨兴开径雪。自虚驻马讯焉。对曰："此故友右军彭特进庄也。郎君昨宵何止？行李间有似迷途者。"自虚语及夜来之见。叟倚篲惊讶曰："极差，极差！昨晚天气风雪，庄家先有一病橐驼，虑其为所毙，遂复之佛宇之北，念佛社屋下。有数日前，河阴官脚过，有乏驴一头，不任前去。某哀其残命未舍，以粟斛易留之，亦不羁绊。彼栏中瘠牛，皆庄家所畜。适闻此说，不知何缘如此作怪。"自虚曰："昨夜已失鞍驮，今馁冻且甚。事有不可率话者。大略如斯，难于悉述。"遂策马奔去。至赤水店，见僮仆方讶其主之相失，始忙于求访。自虚慨然，如丧魂者数日。

灵应传

泾州之东二十里，有故薛举城。城之隅有善女湫，广袤数里，蒹葭丛翠，古木萧疏。其水湛然而碧，莫有测其浅深者。水族灵怪，往往见焉。乡人立祠于旁，曰九娘子神。岁之水旱祓禳，皆得祈请焉。又州之西二百余里，朝那镇之北有湫神。因地而名，曰朝那神。其肸蚃灵应，则居善女之右矣。乾符五年，节度使周宝在镇日，自仲夏之初，数数有云气，状如奇峰者，如美女者，如鼠，如虎者，由二湫而兴。至于激迅风，震雷电，发屋拔树，数刻而止。伤人害稼，其数甚多。宝责躬励己，谓为政之未敷，致阴灵之所谴也。至六月五日，府中视事之暇，昏然思寐，因解巾就枕。寝犹未熟，见一武士，冠鍪被铠，持钺而立于阶下，曰："有女客在门，欲申参谒，故先听命。"宝曰："尔为谁乎？"曰："某即君之阍者，效役有年矣。"宝将诘其由，已见二青衣，历阶而升，长跪于前曰："九娘子自郊墅特来告谒，故先使下执事致命于明公。"宝曰："九娘子非吾通家亲戚，安敢造次相面乎？"言犹未终，而见祥云细雨，异香袭人。俄有一妇人，年可十七八，衣裙素淡，容质窈窕，凭空而下，立庭庑之间。容仪绰约，有绝世之貌。侍者十余辈，皆服饰鲜洁，有如妃主之仪。顾步徊翔，渐及卧所。宝将少避之，以候其意。侍者趋进而言曰："贵主以君之高义，可申诚信之托,故将冤抑之怀,诉诸明公。明公忍不救其急难乎?”宝遂命升阶相见。宾主之礼,颇甚肃恭。登榻而坐,祥烟四合,紫气充庭,敛态低鬟,若有忧戚之貌。宝命酌醴设馔,厚礼以待之。俄而敛袂离席,逡巡而言曰:“妾以寓止郊园,绵历多祀,醉酒饱德,蒙惠诚深。虽以孤枕寒床,甘心没齿。茕嫠有托,负荷逾多。但以显晦殊途,行止乖互。今乃迫于情礼,岂暇缄藏。倘鉴幽情,当敢披露。”宝曰:“愿闻其说。所冀识其宗系。苟可展分,安敢以幽显为辞。君子杀身以成仁,狥其毅烈,蹈赴汤火,旁雪不平,乃宝之志也。”对曰:“妾家世会稽之鄮县,卜筑于东海之潭。桑榆坟陇,百有余代。其后遭世不造,瞰室贻灾。五百人皆遭庾氏焚炙之祸,纂绍几绝。不忍戴天,潜遁幽岩,沉冤莫雪。至梁天监中,武帝好奇,召人通龙宫,入枯桑岛,以烧燕奇味,结好于洞庭君宝藏主第七女,以求异宝。寻闻家仇庾毗罗,自鄮县白水郎弃官解印,欲承命请行,阴怀不道,因使得入龙宫,假以求货,覆吾宗嗣。赖杰公敏鉴,知渠挟私请行,欲肆无辜之害。虑其反贻伊戚,辱君之命,言于武帝,武帝遂止。乃令合浦郡落黎县欧越罗子春代行。妾之先宗,羞共戴天,虑其后患,乃率其族,韬光灭迹,易姓变名,避仇于新平真宁县安村。披榛凿穴,筑室于兹。先人弊庐,殆成胡越。今三世卜居,先为灵应君,寻受封应圣侯。后以阴灵普济,功德及民,又封普济王。威德临人,为世所重。妾即王之第九女也。笄年配于象郡石龙之少子。良人以世袭猛烈,血气方刚,宪法不拘,严父不禁,残虐视事,礼教蔑闻。未及期年,果贻天谴,覆宗绝嗣,削迹除名。唯妾一身,仅以获免。父母抑遣再行,妾终违命。王侯致聘,接轸交辕。诚愿既坚,遂欲自劓。父母怒其刚烈,遂遣屏居于兹土之别邑。音问不通,于今三纪。虽慈颜未复,温凊久违,离群索居,甚为得志。近年为朝那小龙,以季弟未婚,潜行礼聘。甘言厚币,峻阻复来。灭性毁形,殆将不可。朝那遂通好于家君,欲成其事。遂使其季弟权徙于王畿之西,将货于我王,以成姻好。家君知妾之不可夺,乃令朝那纵兵相逼。妾亦率其家僮五十余人,付以兵仗,逆战郊原。众寡不敌,三战三北。师徒倦弊,犄角无怙。将欲收拾余烬,背城借一,而虑晋阳水急,台城火炎,一旦攻下,为顽童所辱。纵没于泉下,无面石氏之子。故《诗》云:‘泛彼柏舟,在彼中河。髧彼两髦,实维我仪。之死矢靡他。母也天只,不谅人只。’此卫世子孀妇自誓之词。又云:‘谁谓鼠无牙?何以穿我墉。谁谓女无家?何以速我讼。虽速我讼,亦不女从。’此邵伯听讼,衰乱之俗微,贞信之教兴,强暴之男,不能侵凌贞女也。今则公之教可以精通幽显,贻范古今。贞信之教,故不为姬爽之下者。幸以君之余力,少假兵锋,挫彼凶狂,存其鳏寡。成贱妾终天之誓,彰明公赴难之心。辄具志诚,幸无见阻。”宝心虽许之,讶其辨博,欲拒以他事,以观其词。

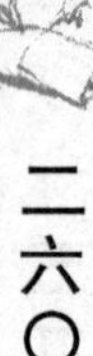

乃曰:“边徼事繁,烟尘在望。朝廷以西陲陷虏,芜没者三十余州。将议举戈,复其土壤。晓夕恭命,不敢自安。匪夕伊朝,前茅即举。空多愤悱,未暇承命。”对曰:“昔者楚昭王以方城为城,汉水为池,尽有荆蛮之地。借父兄之资,强国外连,三良内助。而吴兵一举,鸟进云奔,不暇婴城,迫于走兔。宝玉迁徙,宗社凌夷,万乘之灵,不能庇先王之朽骨。至申胥乞师于嬴氏,血泪污于秦庭,七日长号,昼夜靡息。秦伯悯其祸败,竟为出师,复楚退吴,仅存亡国。况芈氏为春秋之强国,申胥乃衰楚之大夫,而以矢尽兵穷,委身折节,肝脑涂地,感动于强秦。矧妾一女子,父母斥其孤贞,狂童凌其寡弱,缀旒之急,安得不少动仁人之心乎?”宝曰:“九娘子灵宗异派,呼吸风云,蠢尔黎元,固在掌握。又焉得示弱于世俗之人,而自困如是者哉?”对曰:“妾家族望,海内咸知。只如彭蠡洞庭,皆外祖也。陵水罗水,皆中表也。内外昆季,百有余人。散居吴越之间,各分地土。咸京八水,半是宗亲。若以遣一介之使,飞咫尺之书,告彭蠡洞庭,召陵水罗水,率维扬之轻锐,征八水之鹰扬。然后檄冯夷,说巨灵,鼓子胥之波涛,混阳侯之鬼怪,鞭驱列缺,指挥丰隆,扇疾风,翻暴浪,百道俱进,六师鼓行。一战而成功,则朝那一鳞,立为齑粉。泾城千里,坐变污潴。言下可观,安敢谬矣。顷者,泾阳君与洞庭外祖世为姻戚,后以琴瑟不调,弃掷少妇,遭钱塘之一怒,伤生害稼,怀山襄陵。泾水穷鳞,寻毙外祖之牙齿。今泾上车轮马迹犹在,史传具存,固非谬也。妾又以夫族得罪于天,未蒙上帝昭雪,所以销声避影,而自困如是。君若不悉诚款,终以多事为词,则向者之言,不敢避上帝之责也。”宝遂许诺。卒爵撤馔,再拜而去。宝及晡方寤,耳闻目览,恍然如在。翼日,遂遣兵士一千五百人,戍于湫庙之侧。是月七日,鸡初鸣,宝将晨兴,疏牖尚暗。忽于帐前有一人,经行于帷幌之间,有若侍巾栉者。呼之命烛,竟无酬对。遂厉而叱之。乃言曰:“幽明有隔,幸不以灯烛见迫也。”宝潜知异,乃屏气息音,徐谓之曰:“得非九娘子乎?”对曰:“某即九娘子之执事者也。昨日蒙君假以师徒,救其危患。但以幽显事别,不能驱策。苟能存其始约,幸再思之。”俄而纱窗渐白,注目视之,悄无所见。宝良久思之,方达其义。遂呼吏,命按兵籍,选亡没者名,得马军五百人,步卒一千五百人;数内选押衙孟远,充行营都虞候,牒送善女湫神。是月十一日,抽回戍庙之卒。见于厅事之前,转旋之际,有一甲士仆地,口动目瞬,问无所应,亦不似暴卒者。遂置于廊庑之间,天明方悟。遂使人诘之。对曰:“某初见一人,衣青袍,自东而来,相见甚有礼。谓某曰:‘贵主蒙相公莫大之恩,拯其焚溺。然亦未尽诚款。假尔明敏,再通幽情。幸无辞免也。’某急以他词拒之。遂以袂相连,懵然颠仆。但觉与青衣者继踵偕行,俄至其庙。促呼连步,至于帷薄之前。见贵主谓某云:‘昨蒙相公悯念孤危,

俾尔戍于弊邑。往返途路，得无劳止？余蒙相公再借兵师，深惬诚愿。观其士马精强，衣甲铦利。然都虞侯孟远才轻位下，甚无机略。今月九日，有游军三千余，来掠我近郊。遂令孟远领新到将士，邀击于平原之上。设伏不密，反为彼军所败。甚思一权谋之将。俾尔速归，达我情素。'言讫。拜辞而出，昏然似醉。余无所知矣。"宝验其说，与梦相符。意欲质前事，遂差制胜关使郑承符以代孟远。是月三日晚衙，于后毬场，沥酒焚香，牒请九娘子神收管。至十六日，制胜关申云："今月十三日夜三更已来，关使暴卒。"宝惊叹息，使人驰视之。至则果卒。唯心背不冷，暑月停尸，亦不败坏。其家甚异之。忽一夜，阴风惨冽，吹砂走石，发屋拔树，禾苗尽偃，及晓而止。云雾四布，连夕不解。至暮，有迅雷一声，划如天裂。承符忽呻吟数息，其家剖棺视之，良久复苏。是夕，亲邻咸聚，悲喜相仍，信宿如故。家人诘其由。乃曰："余初见一人，衣紫绶，乘骊驹，从者十余人。至门，下马，命吾相见。揖让周旋，手捧一牒授吾云：'贵主得吹尘之梦，知君负命世之才，欲尊南阳故事，思殄邦仇。使下臣持兹礼币，聊展敬于君子，而翼再康国步。幸不以三顾为劳也。'余不暇他辞，唯称不敢。酬酢之际，已见聘币罗于阶下，鞍马器甲锦采服玩櫜鞬之属，咸布列于庭。吾辞不获免，遂再拜受之。即相促登车。所乘马异常骏伟，装饰鲜洁，仆御整肃。倏忽行百余里。有甲马三百骑已来，迎候驱殿，有大将军之行李，余亦颇以为得志。指顾间，望见一大城，其雉堞穹崇，沟洫深濬。余惚恍不知所自。俄于郊外备帐乐，设享。宴罢入城，观者如堵，传呼小吏，交错其间。所经之门，不记重数。及至一处，如有公署。左右使余下马易衣，趋见贵主。贵主使人传命，请以宾主之礼见。余自谓既受公文器甲临戎之具，即是臣也。遂坚辞，具戎服入见。贵主使人复命，请去櫜鞬，宾主之间，降杀可也。余遂舍器仗而趋入，见贵主坐于厅上。余拜谒，一如君臣之礼。拜讫，连呼登阶。余乃再拜，升自西阶。见红妆翠眉，蟠龙髻立者，数十余辈。弹弦握管，浓花异服而执役者，又数十辈。腰金拖紫，曳组攒簪而趋隅者，又非止一人也。轻裘大带，白玉横腰，而森罗于阶下者，其数甚多。次命女客五六人，各有侍者十数辈，差肩接迹，累累而进。余亦低视长揖，不敢施拜。坐定，有大校数人，皆令预坐。举乐进酒。酒至，贵主敛袂举觞，将欲兴词，叙向来征聘之意。俄闻烽燧四起，叫噪喧呼云：'朝那贼步骑数万人，今日平明攻破堡塞，寻已入界。数道齐进，烟火不绝。请发兵救应。'侍坐者相顾失色。诸女不及叙别，狼狈而散。及诸校降阶拜谢，伫立听命。贵主临轩谓余曰：'吾受相公非常之惠，悯其孤惸，继发师徒，拯其患难。然以车甲不利，权略是思。今不弃弊陋，所以命将军者，正为此危急也。幸不以幽僻为辞，少匡不逮。'遂别赐战马二匹，黄金甲一副，旌旗旄钺珍宝器用,充庭溢目,不可胜计。彩女二人,给以兵符,锡赍甚丰。余拜捧而出,传呼诸将,指挥部伍,内外响应。是夜,出城。相次探报,皆云:‘贼势渐雄。’余素谙其山川地里,形势孤虚。遂引军夜出,去城百余里,分布要害。明悬赏罚,号令三军。设三伏以待之。迟明,排布已毕。贼汰其前功,颇甚轻进,犹谓孟远之统众也。余自引轻骑,登高视之。见烟尘四合,行阵整肃。余先使轻兵搦战,示弱以诱之。接以短兵,且战且行。金革之声,天裂地坼。余引兵诈北,彼亦尽锐前趋。鼓噪一声,伏兵尽起。千里转战,四面夹攻。彼军败绩,死者如麻。再战再奔,朝那狡童,漏刃而去。从亡之卒,不过十余人。余选健马三十骑追之,果生置于麾下。由是血肉染草木,脂膏润原野,腥秽荡空,戈甲山积。贼帅以轻车驰送于贵主,贵主登平朔楼受之。举国士民,咸来会集,引于楼前,以礼责问。唯称‘死罪’,竟绝他词。遂令押赴都市腰斩。临刑,有一使乘传,来自王所,持急诏令,促赦之。曰:‘朝那之罪,吾之罪也。汝可赦之,以轻吾过。’贵主以父母再通音问,喜不自胜,谓诸将曰:‘朝那妄动,即父之命也。今使赦之,亦父之命也。昔吾违命,乃贞节也。今若又违,是不祥也。’遂命解缚,使单骑送归。未及朝那,包羞而卒于路。余以克敌之功,大被宠锡。寻备礼拜平难大将军,食朔方一万三千户。别赐宅第,舆马,宝器,衣服,婢仆,园林,邸第,旌旜,铠甲。次及诸将,赏赉有差。明日,大宴,预坐者不过五六人。前者六七女皆来侍坐,风姿艳态,愈更动人。竟夕酣饮,甚欢。酒至,贵主捧觞而言曰:‘妾之不幸,少处空闺。天赋孤贞,不从严父之命。屏居于此三纪矣。蓬首灰心,未得其死。邻童迫胁,几至颠危。若非相公之殊恩,将军之雄武,则息国不言之妇,又为朝那之囚耳。永言期惠,终天不忘。’遂以七宝锺酌酒,使人持送郑将军。余因避席再拜而饮。余自是颇动归心,词理恳切,遂许给假一月。宴罢,出。明日,辞谢讫,拥其麾下三十余人,返于来路。所经之处,但闻鸡犬,颇甚酸辛。俄顷到家,见家人聚泣,灵帐俨然。麾下一人,令余促入棺缝之中。余欲前,而为左右所耸。俄闻震雷一声,醒然而悟。”承符自此不事家产,唯以后事付妻孥。果经一月,无疾而终。其初欲暴卒时,告其所亲曰:“余本机钤入用,效节戎行。虽奇功蔑闻,而薄效粗立。洎遭衅累,谴谪于兹。平生志气,郁而未申。丈夫终当扇长风,摧巨浪,举太山以压卵,决东海以沃萤。奋其鹰犬之心,为人雪不平之事。吾朝夕当有所受。与子分襟,固不久矣。”其月十三日,有人自薛举城晨发十余里,天初平晓,忽见前有车尘竞起,旌旗焕赤,甲马数百人。中拥一人,气概洋洋然,逼而视之,郑承符也。此人惊讶移时,因伫于路左。见瞥如风云,抵善女湫,俄顷,悄无所见。

隋遗录卷(上)

唐颜师古撰

大业十二年,炀帝将幸江都,命越王侑留守东都。宫女半不随驾,争泣留帝。言辽东小国,不足以烦大驾,愿择将征之。攀车留惜,指血染鞅。帝意不回,因戏以帛题二十字赐守宫女云:"我梦江南好,征辽亦偶然,但存颜色在,离别只今年。"车驾既行,师徒百万前驱。大桥未就,别命云屯将军麻叔谋,浚黄河入汴堤,使胜巨舰。叔谋衔命,甚酷,以铁脚木鹅试彼浅深,鹅止,谓浚河之夫不忠,队伍死水下。至今儿啼,闻人言"麻胡来",即止。其讹言畏人皆若是。帝离都旬日,幸宋何妥所进牛车。车前只轮高广,疏钉为刃,后只轮庳(皮秘反)下,以柔榆为之,使滑劲不滞,使牛御焉(车名见《何妥传》)。自都抵汴郡,日进御车女。车辘(许偃反)垂鲛绡网,杂缀片玉鸣铃,行摇玲珑,以混车中笑语,翼左右不闻也。长安贡御车女袁宝儿,年十五,腰肢纤堕,騃冶多态。帝宠爱之特厚。时洛阳进合蒂迎辇花,云得之嵩山坞中,人不知名。采者异而贡之。会帝驾适至,因以迎辇名之。花外殷紫,内素腻菲芬,粉蕊心深红,跗争两花。枝干烘翠类通草,无刺,叶圆长薄。其香浓芬馥,或惹襟袖,移日不散,嗅之令人多不睡。帝命宝儿持之,号曰司花女。时诏虞世南草《征辽指挥德音敕》于帝侧,宝儿注视久之。帝谓世南曰:"昔传飞燕可掌上舞,朕常谓儒生饰于文字,岂人能若是乎?及今得宝儿,方昭前事。然多憨态。今注目于卿。卿才人,可便嘲之。"世南应诏为绝句曰:"学画鸦黄半未成,垂肩亸袖太憨生。缘憨却得君王惜,长把花枝傍辇行。"上大悦。至汴,上御龙舟,萧妃乘凤舸,锦帆彩缆,穷极侈靡。舟前为舞台,台上垂蔽日帘。帘即蒲择国所进,以负山蛟睫纫莲根丝,贯小珠,间睫编成,虽晓日激射,而光不能透。每舟择妍丽长白女子千人,执雕版镂金楫,号为殿脚女。一日,帝将登凤舸,凭殿脚女吴绛仙肩。喜其柔丽,不与群辈齿,爱之甚,久不移步。绛仙善画长蛾眉。帝色不自禁,回辇召绛仙,将拜婕妤。适值绛仙下嫁为玉工万群妻,故不克谐。帝寝兴罢,擢为龙舟首楫,号曰崆峒夫人。由是殿脚女争效为长蛾眉。司官吏日给螺子黛五斛，号为蛾绿。螺子黛出波斯国，每颗直十金。后征赋不足，杂以铜黛给之，独绛仙得赐螺黛不绝。帝每倚帘视绛仙，移时不去，顾内谒者云："古人言'秀色若可餐'。如绛仙，真可疗饥矣。"因吟《持楫篇》赐之，曰："旧曲歌桃叶，新妆艳落梅，将身倚轻楫，知是渡江来。"诏殿脚女千辈唱之。时越溪进耀光绫，绫纹突起，时有光彩。越人乘樵风舟，泛于石帆山下，收野茧缲之。缲丝女夜梦神人告之曰："禹穴三千年一开。汝所得茧，即江淹文集中壁鱼所化也。丝织为裳，必有奇文。"织成果符所梦，故进之。帝独赐司花女洎绛仙，他姬莫预。萧妃恚妒不怿，由是二姬稍稍不得亲幸。帝常醉游诸宫.偶戏官婢罗罗者。罗罗畏萧妃，不敢迎帝，且辞以有程妃之疾，不可荐寝。帝乃嘲之曰："个人无赖是横波，黛染隆颅簇小蛾。幸好留侬伴成梦，不留侬住意如何？"帝自达广陵，宫中多效吴言，因有侬语也。帝昏湎滋深，往往为妖祟所惑，尝游吴公宅鸡台，恍惚间与陈后主相遇，尚唤帝为殿下。后主戴轻纱皂帻，青绰袖，长裾，绿锦纯缘紫纹方平履。舞女数十许，罗侍左右。中一人迥美，帝屡目之。后主云："殿下不识此人耶？即丽华也。每忆桃叶山前乘战舰与此子北渡。尔时丽华最恨，方倚临春阁试东郭㕙紫毫笔，书小砑红绡作答江令'璧月'句。诗词未终，见韩擒虎跃青骢驹，拥万甲直来冲入，都不存去就，便至今日。"俄以绿文测海蠡，酌红粱新醒劝帝。帝饮之甚欢，因请丽华舞《玉树后庭花》。丽华辞以抛掷岁久，自井中出来，腰肢依拒，无复往时姿态。帝再三索之，乃徐起，终一曲。后主问帝："萧妃何如此人？"帝曰："春兰秋菊，各一时之秀也。"后主复诗十数篇，帝不记之，独爱《小窗》诗及《寄侍儿碧玉》诗。《小窗》云："午睡醒来晚，无人梦自惊。夕阳如有意，偏傍小窗明。"《寄碧玉》云："离别肠犹断，相思骨合销，愁云若飞散，凭仗一相招。"丽华拜帝，求一章。帝辞以不能。丽华笑曰："尝闻'此处不留侬，会有留侬处。'安可言不能？"帝强为之操觚曰："见面无多事，闻名亦许时，坐来生百媚，实个好相知。"丽华捧诗，赧然不怿。后主问帝："龙舟之游乐乎？始谓殿下致治在尧舜之上，今日复此逸游。大抵人生各图快乐，曩时何见罪之深耶？三十六封书，至今使人怏怏不悦。"帝忽悟，叱之云："何今日尚目我为殿下，复以往事讯我邪？"随叱声恍然小见。

隋遗录卷（下）

唐颜师古撰

帝幸月观，烟景清朗。中夜，独与萧妃起临前轩。帘掩不开，左右方寝。帝凭妃肩，说东宫时事。适有小黄门映蔷薇丛调宫婢,衣带为蔷薇罥结,笑声吃吃不止。帝望见腰支纤弱,意为宝儿有私。帝披单衣亟行擒之,乃宫婢雅娘也,回入寝殿,萧妃诮笑不知止。帝问曰:“往年私幸妥娘时,情态正如此。此时虽有性命,不复惜矣。后得月宾,被伊作意态不彻。是时侬怜心,不减今日对萧娘情态。曾效刘孝绰为《杂忆》诗,常念与妃。妃记之否?”萧妃承问,即念云:“忆睡时,待来刚不来。卸妆仍索伴,解佩更相催。博山思结梦,沉水未成灰。”又云:“忆起时,投籤初报晓。被惹香黛残,枕隐金钗袅。笑动上林中,除却司晨鸟。”帝听之,咨嗟云:“日月遄逝,今来已是几年事矣。”妃因言:“闻说外方群盗不少,幸帝图之。”帝曰:“侬家事,一切已托杨素了。人生能几何?纵有他变,侬终不失作长城公。汝无言外事也!”帝尝幸昭明文选楼,车驾未至,先命宫娥数千人升楼迎侍。微风东来,宫娥衣被风绰,直拍肩项。帝睹之,色荒愈炽。因此乃建迷楼,择下俚稚女居之,使衣轻罗单裳,倚槛望之,势若飞举。又爇名香于四隅.烟气霏霏,常若朝雾未散,谓为神仙境不我多也。楼上张四宝帐,帐各异名:一名散春愁,二曰醉忘归,三曰夜酣香,四曰延秋月。妆奁寝衣,帐各异制。帝自达广陵,沉湎失度,每睡,须摇顿四体,或歌吹齐鼓,方就一梦。侍儿韩俊娥尤得帝意,每寝必召,命振耸支节,然后成寝,别赐名为“来梦儿”。萧妃尝密讯俊娥曰:“帝常不舒,汝能安之,岂有他媚?”俊娥畏威,进言:“妾从帝自都城来,见帝常在何妥车。车行高下不等,女态自摇。帝就摇怡悦。妾今幸承皇后恩德,侍寝帐下,私效车中之态以安帝耳,非他媚也。”他日,萧后诬罪去之,帝不能止。暇日登迷楼,忆之,题东南柱二篇云:“黯黯愁侵骨,绵绵病欲成。须知潘岳鬓,强半为多情。”又云:“不信长相忆,丝从鬓里生。闲来倚楼立,相望几含情。”殿脚女自至广陵,悉命备月观行宫,由是绛仙等亦不得亲侍寝殿。有郎将自瓜州宜事回,进合欢水果一器。帝命小黄门以一双驰骑赐绛仙,遇马急摇解。绛仙拜赐私恩,附红笺小简上进曰:“驿骑传双果,君王宠念深。宁知辞帝里,无复合欢心。”帝省章不悦,顾黄门曰:“绛仙如何?何来辞怨之深也?”黄门惧,拜而言曰:“适走马摇动,及月观,果已离解,不复连理。”帝意不解,因言曰:“绛仙不独貌可观,诗意深切,乃女相如也。亦何谢左贵嫔乎?”帝于宫中尝小会,为拆字令,取左右离合之意。时杳娘侍侧。帝曰:“我取杳字为十八日。”杳娘复解罗字为四维。帝顾萧妃曰:“尔能拆朕字乎?不能当醉一杯。”妃徐曰:“移左画居右,岂非渊字乎?”时人望多归唐公,帝闻之不怿,乃言:“吾不知此事,岂为非圣人耶?”于是奸蠹起于内,盗贼生于外,值阁裴虔通,虎贲郎将司马德勤等,引左右屯卫将军宇文化及将谋乱,因请放官奴,分直上下。帝可奏,即宣诏云:“门下!寒暑迭用,所以成岁功也。日月代明,所以均劳逸也。故士子有游息之谈，农夫有休劳之节。咨尔髡众，服役甚勤，执劳无怠。埃埴溢于爪发，虮虱结于兜鍪。朕甚悯之，俾尔休番从便。噫戏！无烦方朔滑稽之请，而从卫士递上之文。朕于侍从之间，可谓恩矣。可依前件事！”是有焚草之变。

右《大业拾遗妃》者，上元县南朝故都，梁建瓦棺寺阁。阁南隅有双阁，闭之，忘记岁月。会昌中，诏拆浮图，因开之。得荀笔千余头，中藏书一帙，虽皆随手靡溃，而文字可纪者，乃《隋书》遗藁也。中有生白藤纸数幅，题为《南部烟花录》，僧志彻得之。及焚释氏群经，僧人惜其香轴，争取纸尾拆去。视轴，皆有鲁郡文忠颜公名，题云手写。是录即前之荀笔，可不举而知也。志彻得录前事，及取《隋书》校之，多隐文，特有符会，而事颇简脱。岂不以国初将相，争以王道辅政，颜公不欲华靡前迹，因而削乎？今尧风已还，德车斯驾。独惜斯文湮没，不得为辞人才子谈柄，故编云《大业拾遗记》。本文缺落，凡十七八，悉从而补之矣。

隋炀帝海山记（上）

余家世好蓄古书器，惟炀帝事详备，皆他书不载之文。乃编以成记，传诸好事者，使闻其所未闻故也。

炀帝生于仁寿二年，有红光竟天，宫中甚惊，是时牛马皆鸣。帝母先是梦龙出身中，飞高十余里，龙坠地，尾辄断。以其事奏于文帝，文帝沉吟默塞不答。帝三岁，戏于文帝前。文帝抱之临轩爱玩，亲之甚久，曰：“是儿极贵，恐破吾家。”文帝白兹虽爱而不意于勇。帝十岁，好观书，古今书传，至于药方天文地理伎艺术数，无不通晓。然而性偏忍，阴默疑忌，好用钩赜人情深浅焉。时杨素有战功，方贵用，帝倾意结之。文帝得疾，内外莫有知者。时后亦不安，旬余日不通两宫安否。帝坐便室，召素谋曰：“君国之元老。能了吾家事者君也。”乃私执素手曰：“使我得志，我亦终身报公。”素曰：“待之。当自有谋。”素入问疾，文帝见素，起坐，谓素曰：“吾常亲锋刃，冒矢石，出入死生，与子同之，方享今日之贵。吾自惟不免此疾，不能临天下。倘吾不讳，汝立吾儿勇为帝。汝背吾言，吾去世亦杀汝。此事吾不语人，汝立吾族中人，吾之死目不合。”帝因愤懑，乃大呼左右曰：“召吾儿勇来！”力气哽塞，回面向内不言。素乃出语帝曰：“事未可，更待之。”有顷，左右出报素曰：“帝呼不应，喉中呦呦有不足。”帝拜素：“愿以终身累公。”素急入，帝已崩已。乃不发。明日，素袖遗诏立帝。时百官犹未知，素执圭谓百官曰："文帝遗诏立帝。有不从者，戮于此！"左右扶帝上殿，帝足弱，欲倒者数四，不能上。素下，去左右，以手扶接帝。帝执之，乃上。百官莫不嗟叹。素归，谓家人辈曰："小儿子吾已提起，教作大家。即不知了当得否？"素恃有功，见帝多呼为郎君。侍宴内殿，宫人偶覆酒污素衣，素怒，叱左右引下殿，加挞焉。帝颇恶之，隐忍不发。一日，帝与素钓鱼于池，与素并坐，左右张伞以遮日色。帝起如厕，回见素坐赭伞下，风骨秀异，堂堂然。帝大疑忌。帝多欲，有所不谐，为素请而抑之，由是愈有害素意。会素死，帝曰："使素不死，夷其九族。"先，素欲入朝，出，见文帝执金钺，逐之曰："此贼！吾不欲立勇，汝竟不从吾言。今必杀汝！"素惊呼入室，召子弟二人而语之曰："吾必死，以见文帝出语也。"不够时，素死。帝自素死，益无惮，乃辟地，周二百里，为西苑，役民力常百万数。苑内为十六院，聚土石为山，凿池为五湖四海。诏天下境内所有鸟兽草木，驿至京师。

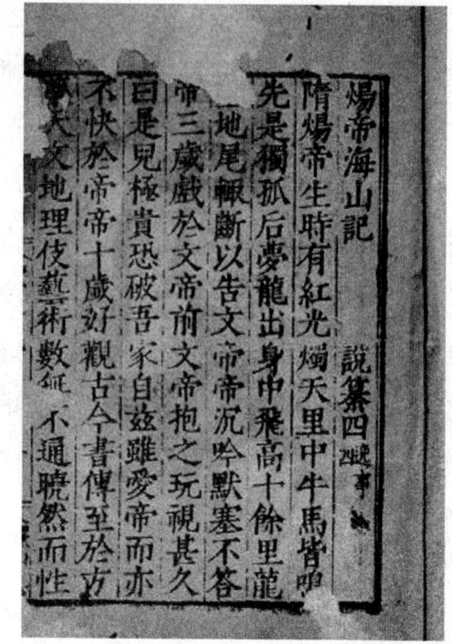
煬帝海山記　說集四　逸事

隋煬帝生時有紅光燭天里中牛馬皆鳴
先是獨孤后夢龍出身中飛高十餘里龍
墜地尾輒斷以告文帝帝沉吟默塞不答
帝三歲戲於文帝前文帝抱之玩視甚久
曰是兒極貴恐破吾家自茲雖愛帝而亦
不快於帝十歲好觀古今書傳至於方
藥天文地理伎藝術數無不通曉然而性

《炀帝海山记》书影

铜台进梨十六种：

黄色梨紫色梨玉乳梨 脸色梨甘棠梨 轻消梨蜜味梨堕水梨园梨木唐梨坐国梨天下梨水全梨玉沙梨沙味梨火色梨

陈留进十色桃：

金色桃油光桃银桃乌蜜桃饼 桃 粉红桃胭脂桃迎冬桃昆仑桃脱核锦纹桃

青州进十色枣：

三心枣紫纹枣圆爱枣三寸枣金槌枣 牙美枣凤眼枣酸味枣蜜波枣缺

南留进五色樱桃：

粉樱桃蜡樱桃紫樱桃朱樱桃大小木樱桃

蔡州进三种栗：

巨栗紫栗小栗

酸枣进十色李：

玉李横枝李蜜甘李牛心李绿纹李半斤李红垂李麦熟李紫色李不知熟李

扬州进：

杨梅 枇杷

江南进：

银杏榧子

湖南进三色梅：

红纹梅弄黄梅二圆成梅

闽中进五色荔枝：

绿荔枝紫纹荔枝赭色荔枝丁香荔枝浅黄荔枝

广南进八般木：

龙眼木梭木榕木橘木胭脂木桂木杶木 柑木

易州进二十四相牡丹：

赭红赭木鞓红坏红浅红飞来红袁家红起州红醉妃红起台红云红天外黄一拂黄软条黄冠子黄延安黄先春红颤风娇

天下共进花卉草木鸟兽鱼虫，莫知其数，此不具载。诏起西苑十六院：

景明一迎晖二栖鸾三晨光四明霞五翠华六文安七积珍八影纹九仪风十仁智十一清修十二宝林十三和明十四绮阴十五绛阳十六

皆帝自制名。院有二十人，皆择宫中嫔丽谨厚有容色美人实之。每一院，选帝常幸御者为之首。每院有宦者，主出入市易。又凿五湖，每湖方四十里。

南曰迎阳湖东曰翠光湖西曰金明湖北曰洁水湖中日广明湖

湖中积土石为山，构亭殿，曲屈盘旋广袤数千间，皆穷极人间华丽。又凿北海，周环四十里。中有三山，效蓬莱方丈瀛洲，上皆台榭回廊。水深数丈，开沟通五湖四海。沟尽通行龙凤舸。帝常泛东湖。帝因制《湖上曲望江南》八阕：

湖上月，偏照列仙家。水浸寒光铺象簟，浪摇晴影走金蛇。偏称泛灵槎。光景好，轻彩望中斜。清露冷侵银兔影，西风吹落桂枝花。开宴思无涯。

湖上柳，烟里不胜垂。宿露洗开明媚眼，东风摇弄好腰肢。烟雨更相宜。环曲岸，阴覆画桥低。线拂行人春晚后，絮飞晴雪暖风时。幽意更依依。

湖上雪，风急堕还多。轻片有时敲竹户，素华无韵入澄波。烟水玉相磨。湖水远，天地色相和。仰面莫思梁苑赋，朝尊且听玉人歌。不醉拟如何？

湖上草，碧翠浪通津。修带不为歌舞绶，浓铺堪作醉人茵。无意衬香衾。晴霁后，颜色一般新。游子不归生满地，佳人远意寄青春。留咏卒难伸。

湖上花，天水浸灵葩。浸蓓水边匀玉粉，浓苑天外剪明霞。只在列仙家。开烂熳，插鬓若相遮。水殿春寒微冷艳，玉轩清照暖添华，清赏思何赊。

湖上女，精选正宜身。轻恨昨离金殿侣，相将今是采莲人。清唱满频频。轩内好，嬉戏下龙津。玉琯朱弦闻昼夜，踏青斗草事青春。玉辇是群真。

湖上酒，终日助清欢。檀板轻声银线暖，醅浮春米玉蛆寒。醉眼暗相看。春殿晓，仙艳奉杯盘。湖上风烟光可爱，醉乡天地就中宽，帝主正清安。

湖上水，流绕禁园中。斜日暖摇清翠动，落花香缓众纹红。萍末起清风。闲纵目，鱼跃小莲东。泛泛轻舟兰棹稳，沉沉寒影上仙宫。远意更重重。

帝常游湖上，多令宫中美人歌此曲。

隋炀帝海山记（下）

大业六年，后苑草木鸟兽繁息茂盛。桃蹊李径，翠荫交合，金猿青鹿，动辄成群。自大内开为御道，通西苑，夹道植长松高柳。帝多幸苑中，无时，宿御多夹道而宿，帝往往中夜即幸焉。一夕，帝泛舟游北海，惟宫人数十辈。帝升海山殿，是时月初朦胧，晚风轻软，浮浪无声，万籁俱息。俄水上有一小舟，只容两人。帝谓十六院中美人。洎至，有一人先登赞道，唱："陈后主谒帝。"帝意恍惚，亦忘其死。帝幼年于后主甚善，乃起迎之。后主再拜，帝亦鞠躬劳谢。既坐，后主曰："忆昔与帝同队戏，情爱甚于同气。今陛下富有四海，令人钦服。始者谓帝将致理于三王之上，今乃甚取当时乐以快平生，亦甚美事。闻陛下已开隋渠，引洪河之水，东游维扬，因作诗来奏。"乃探怀出诗，上帝。诗曰：

隋室开兹水，初心谋太奢。一千里力役，百万民吁嗟。

水殿不复反，龙舟兴已遐。鹢流催白浪，触浪喷黄沙。

两人迎客遡，三月柳飞花。日脚沉云外，榆梢噪暝鸦。

如今投子欲，异日便无家。且乐人间景，休寻汉上槎。

东喧舟艤岸，风细锦帆斜。莫言无后利，千古壮京华。

帝观书，拂然愠曰："死生，命也。兴亡，数也。尔安知吾开河为后人之利？"帝怒叱之。后主曰:“子之壮气,能得几日?其终始更不若吾。”帝乃起而逐之。后主走,曰:“且去且去。后一年,吴公台下相见。”乃投于水际。帝方悟其死。帝兀坐不自知,惊悸移时。一日,明霞院美人杨夫人喜报帝曰:“酸枣邑所进玉李,一夕忽长,阴横数亩。”帝沉默甚久,曰:“何故而忽茂?”夫人云:“是夕,院中闻空中若有千百人,语言切切,云‘李木当茂’。洎晓看之,已茂盛如此。”帝欲伐去。左右或奏曰:“木德来助之应也。”又一夕,晨光院周夫人来奏云:“杨梅一夕忽尔繁盛。”帝喜,问曰:“杨梅之茂,能如玉李乎?”或曰:“杨梅虽茂,终不敌玉李之盛。”帝自于两院观之,亦自见玉李至繁茂。后梅李同时结实,院妃来献。帝问二果孰胜,院妃曰:“杨梅虽好,味清酸,终不若玉李之甘。苑中人多好玉李。”帝叹曰:“恶杨好李,岂人情哉,天意乎!”后帝将崩扬州,一日,院妃报杨梅已枯死。帝果崩于扬州。异乎!一日,洛水渔者获生鲤一尾,金鳞赤尾,鲜明可爱。帝问渔者之姓。姓解,未有名。帝以朱笔于鱼额书“解生”字以记之,乃放之北海中。后帝幸北海,其鲤已长丈余,浮水见帝,其鱼不没。帝时与萧院妃同看,鱼之额朱字犹存,排解字无半,尚隐隐角字存焉。萧后曰:“鲤有角,乃龙也。”帝曰:“朕为人主,岂不知此意?”遂引弓射之。鱼乃沉。大业四年,道州贡矮民王义,眉目浓秀,应对甚敏。帝尤爱之。常从帝游,终不得入宫。帝曰:“尔非宫中物。”义乃自宫。帝由是愈加怜爱,得出入。帝卧内寝,义多卧榻下;帝游湖海回,义多宿十六院。一夕,帝中夜潜入栖鸾院。时夏气暄烦,院妃牛庆儿卧于帘下。初月照轩,颇明朗。庆儿睡中惊魇,若不救者。帝使义呼庆儿,帝自扶起,久方清醒。帝曰:“汝梦中何苦如此?”庆儿曰:“妾梦中如常时。帝握妾臂,游十六院。至第十院,帝入坐殿上。俄而火发,妾乃奔走。回视帝坐烈焰中。妾惊呼人救帝。久方睡觉。”帝性自强,解曰:“梦死得生。火有威烈之势,吾居其中,得威者也。”大业十年,隋乃亡。入第十院,帝居火中,此其应也。龙舟为杨玄感所烧。后敕扬州刺史再造,制度又华丽,仍长广于前舟。舟初来进,帝东幸维扬,后宫十六院皆随行。西苑令马守忠别帝曰:“愿陛下早还都辇,臣整顿西苑以待乘舆之来。西苑风景台殿如此,陛下岂不思恋,舍之而远游也?”又泣下。帝亦怆然,谓守忠曰“为吾好看西苑,无令后人笑吾不解装景趣也!”左右亦疑讶。帝御龙舟,中道,夜半,闻歌者甚悲。其歌曰:

我兄征辽东,饿死青山下。今我挽龙舟,又困隋堤道。
方今天下饥,路粮无些少。前去三十程,此身安可保。
寒骨惋荒沙,幽魂泣烟草。悲损闺内妻,望断吾家老。
安得义男儿,悯此无主尸。引其孤魂回,负其白骨归。

帝闻其歌，遂遣人求其歌者，至晓不得其人。帝颇徊徨，通夕不寝。扬州朝百官，天下朝贡使无一人至。有来者在路，乃兵夺其贡物。帝犹与群臣议，诏十三道起兵，诛不朝贡者。帝知世祚已去，意欲遂幸永嘉，群臣皆不愿从。帝未遇害前数日，帝亦微识玄象，多夜起观天。乃召太史令袁充，问曰："天象如何？"充伏地泣涕曰："星文太恶，贼星逼帝坐甚急。恐祸起旦夕，愿陛下遽修德灭之。"帝不乐，乃起，入便殿挽膝俯首不语。乃顾王义曰："汝知天下将乱乎？汝何故省言而不告我也？"义泣对曰："臣远方废民，得蒙上恩，自入深宫，久膺圣泽。又常自宫，以近陛下。天下大乱，固非今日，履霜坚冰，其来久矣。臣料大祸，事在不救。"帝曰："子何不早教我也？"义曰："臣不早言。言，即臣死久矣。"帝乃泣下，曰："卿为我陈成败之理。朕贵知也。"翌日，义上书云："臣本出南楚卑薄之地，逢圣明为治之时。不爱此身，愿从人贡。臣本侏儒，性尤蒙滞。出入金马，积有岁华，浓被圣私，皆逾素望，侍从乘舆，周施台阁。臣虽至鄙，酷好穷经，颇知善恶之本源，少识兴亡之所自。还往民间，颇知利害。深蒙顾问，方敢敷陈。自陛下嗣守元符，体临大器，圣神独断，谏诤莫从，独发睿谋，不容人献。大兴西苑，两至辽东，龙舟逾于万艘，宫阙遍于天下，兵甲常役百万，士民穷乎山谷。征辽者百不存十，没葬者十未有一。帑藏全虚，谷粟踊贵。乘舆竟往，行幸无时，兵士时从，常逾万人。遂令四方失望，天下为墟。方今百姓之赋，存者可计。子弟死于兵役，老弱困于蓬蒿，兵尸如岳，饿殍盈郊，狗彘厌人之肉，鸟鸢食人之余。闻臭千里，骨积高山，膏血野草，狐鼠尽肥，阴风无人之墟，鬼哭寒草之下。目断乎野，千里无烟。残民削落，莫保朝昏，父遗幼子，妻号故夫。孤苦何多，饥荒尤甚。乱罹方始，生死孰知。人主爱人，一何如此？陛下情性毅然，孰敢上谏。或有鲠言，又令赐死，臣下相顾，钤结自全。龙逄复生，安敢议奏？上位近臣，阿谀顺旨，迎合帝意，造作拒谏。皆出此途，乃逢富贵。陛下过恶，从何得闻？方今又败辽师，再幸东土，社稷危于春雪，干戈遍于四方，生民方入涂炭，官吏犹未敢言。陛下自惟，若何为计？陛下欲幸永嘉，坐延岁月。神武威严，一何消烁？陛下欲兴师则兵吏不顺，欲行幸则侍卫莫从。帝当此时，如何自处？陛下虽欲发愤惰德，特加爱民。圣慈虽切救时，天下不可复得。大势已去，时不再来。巨厦将颠，一木不能支，洪河已决，掬壤不能救。臣本远人，不知忌讳，事忽至此，安敢不言？臣今不死，后必死兵，敢献此书，延颈待尽。"帝省义奏，曰："自古安有不亡之国，不死之主乎？"义曰："陛下尚犹蔽饰己过。陛下平日，常言吾当跨三皇，超五帝，下视商周，使万世不可及。今日其势如何？能自复回都辇乎？"帝乃泣下，再三加叹。义曰："臣昔不言，诚爱生也。今既具奏，愿以死谢也。天下方乱，陛下自爱。"少选，报云：

"义已自刎矣。"帝不胜悲伤,特命厚葬焉。不数日,帝遇害。时中夜,闻外切切有声。帝急起,衣冠御内殿。坐未久,左右伏兵俱起,司马戡携刃向帝。帝叱之曰:"吾终年重禄养汝。吾无负汝,汝何负我!"帝常所幸朱贵儿在帝旁,谓戡曰:"三日前,帝虑侍卫薄衣小寒,有诏:宫人悉絮袍裤。帝自临视之。数千袍两日毕工。前日赐公。第岂不知也?尔等何敢逼胁乘舆?"乃大骂戡。戡曰:"臣实负陛下。但目今二京已为贼据,陛下归亦无路,臣死亦无门。臣已萌逆节,虽欲复已,不可得也。愿得陛下首以谢天下。"乃携剑上殿。帝复叱曰:"汝岂不知诸侯之血人地尚大旱,况人主乎?"戡进帛。帝入内阁自绝。贵儿犹大骂不息,为乱兵所杀耳。

迷楼记

炀帝晚年,尤沉迷女色。他日,顾谓近侍曰:"人主享天地之富,亦欲极当年之乐,自快其意。今天下安富无外事,此吾得以遂其乐也。今宫殿虽壮丽显敞,苦无曲房小室,幽轩短槛。若得此,则吾期老于其中也。"近侍高昌奏曰:"臣有友项升,浙人也,自言能构宫室。"翌日,召而问之。升曰:"臣先乞奏图。"后数日,进图。帝披览,大悦。即日诏有司,供其材木。凡役夫数万,经岁而成。楼阁高下,轩窗掩映。幽房曲室,玉栏朱楯,互相连属,回环四合,曲屋自通。千门万户,上下金碧。金虬伏于栋下,玉兽蹲乎户旁,壁砌生光,琐窗射日。工巧云极,自古无有也。费用金玉,帑库为之一虚。人误入者,虽终日不能出。帝幸之,大喜,顾左右曰:"使真仙游其中,亦当自迷也。可目之曰迷楼。"诏以五品官赐升,仍给内库帛千匹赏之。召选后宫良家女数千,以居楼中。每一幸,有经月不出。是月,大夫何稠进御童女车。车之制度绝小,只容一人,有机处于其中,以机碍女子手足,纤毫不能动。帝以处女试之,极喜。召何稠语之曰:"卿之巧思,一何神妙如此?"以千金赠之,旌其巧也。何稠出,为人言车之机巧。有识者曰:"此非盛德之器也。"稠又进转关车,用挽之,可以升楼阁如行平地。车中御女则自摇动,帝尤喜悦。帝语稠曰:"此车何名也?"稠曰:"臣任意造成,未有名也。愿帝赐佳名。"帝曰:"卿任其巧意以成车,朕得之,任其意以自乐,可名任意车也。"何稠再拜而去。帝令画工绘士女会合之图数十幅,悬于阁中。上官时自江外得替回,铸乌铜扉八面,其高五尺而阔三尺,磨以成鉴,为屏,可环于寝所,诣阙投进。帝以屏内迷楼,而御女于其中,纤毫皆入于鉴中。帝大喜曰,"绘画得其象耳。此得人之真容也,胜绘画万倍矣。”又以千金赐上官时。帝日夕沉荒于迷楼,罄竭其力,亦多倦怠。顾谓近侍曰:“朕忆初登极日,多辛苦无睡,得妇人枕而借之,方能合目。才似梦,则又觉。今睡则冥冥不知返,近女色则惫,何也?”它日,矮民王义上奏曰:“臣田野废民,作事皆不胜人。生于恩薄绝远之域,幸因入贡,得备后宫扫除之役。陛下特加爱遇,臣尝一自宫以侍陛下。自兹出入卧内,周旋宫室,方今亲信,无如臣者。臣由是窃览殿中简编,反复玩味,微有所得。臣闻精气为人之聪明。陛下当龙潜日,先帝勤俭,陛下鲜亲声色,日近善人。陛下精实于内,神清于外,故曰夕无寝。陛下自数年声色无数,盈满后宫,陛下日夕游宴于其中。非元日大辰,陛下何尝御前殿?其余多不受朝。设或引见远人,非时庆贺,亦曰宴坐朝,曾未移刻,则圣躬起入后宫。夫以有限之体而投无尽之欲,臣固知其惫也。臣闻古者有野叟独歌舞于盘石之上。人询之曰:‘子何独乐之多也?’叟曰:“吾有三乐,子知之乎?’‘何也?’叟曰:‘人生难遇太平世。吾今不见兵革,此一乐也。人生难得支体全完。吾今不残疾,此二乐也。人生难得老寿。吾今年八十矣,此三乐也。’其人叹赏而去。陛下享天下之富贵,圣貌轩逸,章龙姿风,而不自爱重,其思虑固出于野叟之外。臣蕞尔微躯,难图报效,罔知忌讳,上朔天颜。”因俯伏泣涕。帝乃命引起。翌日,召义语之曰:“朕昨夜思汝言,极有深理。汝真爱我者也。”乃命义后宫择一静室,而帝居其中,宫女皆不得入。居二日,帝忿然而出曰:“安能悒悒居此乎?若此,虽寿千万岁,将安用也。”乃复入迷楼。宫女无数,后宫不得进御者亦极众。后宫女侯夫人有美色,一日,自经于栋下。臂悬锦囊,中有文。左右取以进帝,乃诗也。《自感》三首云:“庭绝玉辇迹,芳草渐成科。隐隐闻箫鼓,君恩何处多?”“欲泣不成泪,悲来翻强歌。庭花方烂漫,无计奈春何。”“春阴正无际,独步意如何?不及闲花柳,翻承雨露多。”《看梅》二首云:“砌雪无消日,卷帘时自颦。庭梅对我有怜意,先露枝头一点春。”“香清寒艳好,谁识是天真,玉梅谢后阳和至,散与群芳自在春。”《妆成》云:“妆成多自惜,梦好却成悲。不及杨花意,春来到处飞。”《遣意》云:“秘洞扃仙卉,雕窗锁玉人。毛君真可戮,不肯写昭君。”《自伤》云:“初入承明日,深深报未央。长门七八载,无复见君王。春寒入骨清,独臣愁空房,飒履步庭下,幽怀空感伤。平日新爱惜,自待聊非常。色美反成弃,命薄何可量?君恩实疏远,妾意徒彷徨。家岂无骨肉,偏亲老北堂。此身无羽翼,何计出高墙?性命诚所重,弃割良可伤。悬帛朱栋上,肝肠如沸汤。引颈又自惜,有若丝牵肠。毅然就死地,从此归冥乡!”帝见其诗,反复伤感。帝往视其尸,曰:“此已死,颜色犹美如桃李。”乃急召中使许廷辅曰:“朕向遣汝入后宫择女入迷楼,何故独弃此人也?”乃令廷辅就狱,赐自尽,厚礼葬侯夫人。帝日诵诗,酷好其文,乃令乐府歌之。帝又于后宫亲择女百人入迷楼。大业八年,方士□千进大丹,帝服之,荡思愈不可制,日夕御女数十人。入夏,帝烦躁,日引饮数百杯,而渴不止。医丞莫君锡上奏曰:“帝心脉烦盛,真元太虚,多引饮,即大疾生焉。”因进剂治之。仍乞置冰盘于前,俾帝日夕朝望之,亦治烦躁之一术也。自兹诸院美人各市冰以为盘,望行幸,京师冰为之踊贵,藏冰之家,皆获千金。大业九年,帝将再幸江都。有迷楼宫人静夜抗歌云:“河南杨柳谢,河北李花荣。杨花飞去去何处?李花结果自然成。”帝闻其歌,披衣起听,召宫女问之云:“孰使汝歌也?汝自歌之耶?”宫女曰:“臣有弟,民间得此歌,曰:‘道途儿童多唱此歌。’”帝默然久之,曰:“天启之也,人启之也!”帝因索酒,自歌云:“宫木阴浓燕子飞,兴衰自古漫成悲。它日迷楼更好景,宫中吐艳变红辉。”歌竟,不胜其悲。近侍奏:“无故而悲,又歌,臣皆不晓。”帝曰:“休问。它日自知也。”后帝幸江都。唐帝提兵号令入京,见迷楼,大惊曰:“此皆民膏血所为也!”乃命焚之。经月火不灭,前谣前诗皆见矣。方知世代兴亡,非偶然也。

开河记

睢阳有王气出,占天耿纯臣奏:“后五百年当有天子兴。炀帝已昏淫,不以为信。时游木兰庭,命袁宝儿歌《柳枝词》。因观殿壁上有《广陵图》,帝瞪目视之,移时不能举步。时萧后在侧,谓帝曰:“知他是甚图画,何消皇帝如此挂意。”帝曰:“朕不爱此画,只为思旧游之处。”于是帝以左手凭后肩,右手指图上山水及人烟村落寺宇,历历皆如目前,谓后曰:“朕为陈王时,守镇广陵,旦夕游赏。当此之时,以云烟为美景,视荣贵若深冤。岂期久有临轩,万机在务,使不得豁于怀抱也。”言讫,圣容惨然。后曰:“帝意欲在广陵,何如一幸?”帝闻,心中豁然。翌日与大臣议,欲泛巨舟自洛入河,自河达海入淮,方至广陵。群臣皆言似此程途,不啻万里,又孟津水紧,沧海波深,若泛巨舟,事有不测。时有谏议大夫萧怀静(乃萧后弟)奏曰:“臣闻秦始皇时,金陵有王气,始皇使人凿断砥柱,王气遂绝。今睢阳有王气,又陛下意在东南,欲泛孟津,又虑危险。况大梁西北有故河道,乃是秦将王离畎水灌大梁之处,欲乞陛下广集兵夫,于大梁起首开掘,西自河阴,引孟津水入,东至淮口,放孟津水出。此间地不过千里,况于睢阳境内过,一则路达广陵,二则凿穿王气。”帝闻奏大喜,群臣皆默。帝乃出敕,朝堂如有谏朕不开河者,斩之。诏以征北大总管麻叔谋为开河都护，以荡寇将军李渊为副使。渊称疾不赴，即以左屯卫将军令狐辛达代李渊为开渠副使都督。自大梁起首，于乐台之北建修渠新所署，命之为卞渠（古只有此卞字，开封城乃卞邑），因名其府署为卞渠上源传舍也（传舍，驿名。因卞渠此处起首，故号卞渠上源也）。诏发天下丁夫，男年十五已上者至，如有隐匿者斩三族。帝以河水经于卞，乃赐卞字加水。丁夫计三百六十万人。乃更五家出一人，或老，或少，或妇人等供馈饮食。又令少年骁卒五万人，各执杖为督工夫，如节级队长之类，共五百四十三万余人。叔谋乃令三分中取一分人，自上源而西，至河阴，通连古河道（乃王离浸城处），迤逦趋愁思台而至北去。又令二分丁夫，自上源驿而东去。其年乃隋大业五年，八月上旬建功。畚锸既集，东西横布数千里。才开断，未及丈余，得古堂室，可数间，莹然肃净。漆灯晶煌，照耀如昼。四壁皆有彩画花竹龙鬼之像，中有棺柩，如豪家之葬。其促工吏闻于叔谋。命启棺，一人容貌如生，肌肤洁白如玉而肥。其发自头而出，覆其面，过腹胸下裹其足，倒生而上，及其背下而方止。搜得一石铭，上有字，如仓颉鸟迹之篆。乃召夫中有识者免其役。有一下邳民，读曰："我是大金仙，死来一千年。数满一千年，背下有流泉。得逢麻叔谋，葬我在高原。发长至泥丸，更候一千年，方登兜率天。"叔谋乃自备棺椁，葬于城西隅之地（今大佛寺是也）。次开掘陈留。帝遣使持御署玉祝，并白璧一双，具少牢之奠，祭于留侯庙以假道。祭讫，忽有大风，出于殿内窗牖间，吹铄人面。使者退。自陈留果开掘东去，往来负担拖锹者，风驰电激。远近之人，蹂践如蜂屯蚁聚。数日，达雍邱。时有一夫，乃中牟人，偶患伛偻之疾，不能前进，堕于队后，伶仃而行。是夜月色澄静，闻呵殿声甚严。夫鞠躬俟道左，良久，见清道继至，仪卫莫述。一贵人戴侯冠，衣王者衣，乘白马。命左右呼夫至前，谓曰："与吾言你十二郎，还白璧一双。尔当宾于天（炀帝有天下十二年）。"言毕，取璧以授。夫跪受讫，欲再拜，贵人跃马西去。届雍邱，以献于麻都护，熟视，乃帝献留侯物也，诘其夫，夫具道。叔谋性贪，乃匿璧。又不晓其言，虑夫泄于外，乃斩以灭口。然后于雍邱起工。至大林，林中有小祠庙。叔谋访问村叟。曰："古老相传，呼为隐士墓，其神甚灵。"叔谋不以为信，将茔域发掘。数尺，忽凿一窍，嵌空，群夫下窥，有灯火荧荧。无人敢入者。乃指使将官武平郎将狄去邪者，请入探之。叔谋喜曰："真荆聂之辈也。"命系去邪腰，下钓，约数十丈，方及地。去邪解其索，行约百步，入一石室。东北各有四石柱，铁索二条系一兽，大如牛。熟视之，一巨鼠也。须臾，石室之西有一石门洞开。一童子出，曰："子非狄去邪乎？"曰："然也。"童子曰："皇甫君坐来已久。"乃引入。见一人朱衣，顶云冠，居高堂之上。去邪再拜。其人不言，亦不答拜。绿衣吏引去邪立于堂之西阶

下。良久，堂上人呼力士牵取阿赓来（阿麽，炀帝小字）。武夫数人，形貌丑异魁奇，控所见大鼠至。去邪本乃廷臣，知帝小字，莫究其事，但屏气而立。堂上人责鼠曰：“吾遣尔暂脱毛皮，为国中主。何虐民害物，不遵天道？”鼠但点头摇尾而已。堂上人益怒，令武士以大棒挝其脑。一击，捽然有声如墙崩，其鼠大叫若雷吼。方欲举杖再击，俄一童子捧天符而下。堂上惊跃，降阶俯伏听命。童子乃宣言曰：“阿麽数本一纪，今已七年。更候五年，当以练巾系颈死。”童子去，堂上人复令系鼠于旧室中。堂上人谓去邪曰，“与吾语麻叔谋：‘谢你不伐吾域，来岁奉尔二金刀，勿谓轻酬也。”言讫，绿衣吏引去邪于他门出。约行十数里，入一林，蹑石攀藤而行。回顾，已失使者。又行三里余，见草舍，一老父坐土榻上。去邪访其处。老父曰：“此乃嵩阳少室山下也。”老父问去邪所至之处，去邪一一具言。老父遂细解去邪。去邪知炀帝不永之事。且曰：“子能免官，即脱身于虎口也。”去邪东行，回视茅屋，已失所在。时麻都护已至宁阳县。去邪见叔谋，具言其事。元来去邪入墓后，其墓自崩。将谓去邪已死，今日却来。叔谋不信，将谓狂人。去邪乃托狂疾，隐终南山。时炀帝以患脑痛，月余不视朝。访其因，皆言帝梦中为人挝其脑，遂发痛数日。乃是去邪见鼠之日也。叔谋既至宁陵县，患风痒，起坐不得。帝令太医令巢元方往治之。曰：“风入腠理，病在胸臆。须用嫩羊肥者蒸熟，糁药食之，则瘥。”叔谋取半年羊羔，杀而取腔，以和药，药未尽而病已痊。自后每令杀羊羔，日数枚。同杏酪五味蒸之，置其腔盘中，自以手脔擘而食之，谓曰含酥脔。乡村献羊羔者日数千人，皆厚酬其直。宁陵下马村民陶郎儿，家中巨富，兄弟皆凶狠。以祖父茔域傍河道二丈余，虑其发掘。乃盗他人孩儿年三四岁者，杀之，去头足，蒸熟，献叔谋。咀嚼香美，迥异于羊羔，爱慕不已。召诘郎儿，郎儿乘醉泄其事。及醒，叔谋乃以金十两与郎儿，又令役夫置一河曲以护其茔域。郎儿兄弟自后每盗以献，所获甚厚。贫民有知者，竟窃人家子以献，求赐。襄邑宁陵睢阳所失孩儿数百，冤痛哀声，旦夕不辍。虎贲郎将段达为中门使，掌四方表奏事，叔谋令家奴黄金窟将金一埒赠予。凡有上表及讼食子者，不讯其词理，并令笞背四十，押出洛阳。道中死者，十有七八。时令狐辛达知之，潜令人收孩骨，未及数日，已盈车。于是城市村坊之民有孩儿者，家做木柜，铁里其缝。每夜，置母子于柜中，锁之，全家秉烛围守。至天明，开柜见子，即长幼皆贺。既达睢阳界，有濠寨使陈伯恭言此河道，若取直路，径穿透睢阳城，如要回护，即取令旨。叔谋怒其言回护，令推出腰斩。令狐辛达救之。时睢阳坊市豪民一百八十户，皆恐掘穿其宅并茔域，乃以醵金三千两，将献叔谋，未有梯媒可达。忽穿至一大林，中有墓，故老相传云宋司马华元墓。掘透一石室，室中漆灯棺柩帐幕之类，遇风皆化成灰烬。得一石铭，曰："睢阳土地高，汴水可为濠，若也不回避，奉赠二金刀。"叔谋曰："此乃诈也。不足信。"是日，叔谋梦使者召至一宫殿上，一人衣绛绡，戴进贤冠。叔谋再拜，王亦答拜。拜毕，曰："寡人宋襄公也。上帝命镇此方，二千年矣。倘将军借其方便，回护此城，即一城老幼皆荷恩德也。"叔谋不允，又曰："适来护城之事，盖非寡人之意。况奉上帝之命，言此地候五百年间，当有王者建万世之基。岂可偶为逸游，致使掘穿王气。"叔谋亦不允。良久，有使者入奏云："大司马华元至矣。"左右引一人，紫衣，戴进贤冠，拜觐于王前。王乃叙护城之事。其人勃然大怒曰："上怒有命.臣等无心。叔谋愚昧之夫，不晓天命。"大呼左右，令置拷讯之物，王曰："拷讯之事，何法最苦?"紫衣人曰："铜汁灌之口，烂其肠胃，此为第一。"王许之。乃有数武夫拽叔谋，脱去其衣，唯留犊鼻，缚铁柱上，欲以铜汁灌之。叔谋魂胆俱丧。殿上人连止之曰："护城之事如何?"叔谋连声言："谨依上命。"遂令解缚，与本衣冠。王令引去，将行，紫衣人曰："上帝赐叔谋金三千两，取于民间。"叔谋性贪，谓使者曰："上帝赐金，此何言也?"使者曰："有睢阳百姓献与将军，此阴注阳受也。"忽如梦觉，但觉神不住体。睢阳民果赂黄金窟而献金三千两。叔谋思梦中事，乃收之。立召陈伯恭，令自睢阳西穿渠，南北回屈，东行过刘赵村，连延而去。令狐辛达知之，累上表，亦为段达抑而不献。至彭城，路经大林，中有偃王墓。掘数尺，不可掘，乃铜铁也。四面掘去其土，唯见铁墓。旁安石门，扃锁甚严。用鄮阳民计，撞开墓门。叔谋自入墓中，行百余步，二童子当前云："偃王颙候久矣。"乃随而入。见宫殿，一人戴通天冠，衣绛绡衣，坐殿上。叔谋拜，王亦拜，曰："寡人茔域，当于河道。今奉与将军玉宝，遣君当有天下。倘然护之，丘山之幸也。"叔谋许之。王乃令使者持一玉印与叔谋。叔谋视之，印文乃"百代帝王受命玉印"也。叔谋大喜。王又曰："再三保惜，乃刀刀之兆也。"(刀刀者，隐语，亦二金刀之意也。)叔谋出，令兵夫曰："护其墓。"时炀帝在洛阳，忽失国宝，搜访宫闱，莫知所在，隐而不宣。帝督功甚急。叔谋乃自徐州，朝夕无暇，所役之夫已少一百五十余万，下寨之处，死尸满野。帝在观文殿读书，因览《史记》，见秦始皇筑长城之事，谓宰相宇文述曰："始皇时至此已及千年，料长城已应摧毁。"宇文述顺帝意，奏曰："陛下偶然续秦皇之事，建万世之业，莫若修其城，坚其壁。"帝大喜。乃诏以舒国公贺若弼为修城都护，以谏议大夫高颎为副使，以江，淮，吴，楚，襄，邓，陈，蔡，并开拓诸州丁夫一百二十万修长城。诏下，弼谏曰："臣闻始皇筑长城于绝塞，连延一万里，男死女旷，妇寡子孤，其城未就，父子俱死。陛下欲听狂夫之言，学亡秦之事，但恐社稷崩离，有同秦世。"帝大怒，未发其言。宇文述在侧，乃掇曰："尔武夫狂卒，有何知，而乱其大谋?"弼怒，以象简击宇文述。帝怒，令囚若弼于家，是夜饮鸩死。高颎亦不行。宇文述乃举司农卿宇文弼为修城都护，以民部侍郎宇文恺为副使。时叔谋开汴渠盈灌口，点检丁夫，约折二百五十万人。其部役兵士旧五万人，折二万三千人。工既毕，上言于帝。遣决汴口，注水入汴渠。帝自洛阳迁驾大渠。诏江淮诸州造大船五百只。使命至，急如星火。民间有配盖造船一只者，家产破用皆尽，犹有不足，枷项笞背，然后鬻货男女，以供官用。龙舟既成，泛江沿淮而下。至大梁，又别加修饰，砌以七宝金玉之类。于吴越间取民间女年十五六岁者五百人，谓之殿脚女。至于龙舟御舰，即每船用彩缆十条，每条用殿脚女十人，嫩羊十口，令殿脚女与羊相间而行，牵之。时恐盛暑，翰林学士虞世基献计，请用垂柳栽于汴渠两堤上，一则树根四散，鞠护河堤；二乃牵船之人，护其阴凉；三则牵舟之羊食其叶。上大喜，诏民间有柳一株，赏一缣。百姓竟献之。又令亲种，帝自种一株，群臣次第种，方及百姓。时有谣言曰："天子先栽，然后万姓栽。"栽毕，帝御笔写赐垂杨柳姓杨，曰杨柳也。时舳舻相继，连接千里，自大梁至淮口，连绵不绝。锦帆过处，香闻千里。既过雍邱，渐达宁陵界。水势渐紧，龙舟阻碍，牵驾之人，费力转甚。时有虎贲郎将鲜于俱罗为护缆使，上言水浅河窄，行舟甚难。上以问虞世基。曰："请为铁脚木鹅，长一丈二尺，上流放下，如木鹅住，即是浅。"帝依其言，乃令右翊将军刘岑验其水浅之处。自雍邱至灌口，得一百二十九处。帝大怒，令根究本处人吏姓名。应是木鹅住处，两岸地分之人皆缚之，倒埋于岸下，曰："令教生为开河夫，死作抱沙鬼。"又埋却五万余人。既达睢阳，帝问叔谋曰："坊市人烟，所掘几何？"叔谋曰："睢阳地灵，不可干犯。若掘之，必有不祥。臣已回护其城。"帝怒，令刘岑乘小舟根访屈曲之处，比直路较二十里。帝益怒，乃令擒出叔谋，囚于后狱。急使宣令狐辛达询问其由，辛达奏："自宁陵便为不法，初食羊腐，后啖婴儿；养贼陶郎儿，盗人之子；受金三千两，于睢阳擅易河道。乃取小儿骨进呈。"帝曰："何不达奏？"辛达曰："表章数上，为段达扼而不进。"帝令人搜叔谋囊橐间，得睢阳民所献金，又得留侯所还白璧及受命宝玉印。上惊异，谓宇文述曰："金与璧皆微物。寡人之宝，何自而得乎？"宇文述曰："必是遣贼窃取之矣。"帝瞪目而言曰："叔谋今日窃吾宝，明日盗吾首矣。"辛达在侧，奏曰："叔谋常遣陶郎儿盗人之子，恐国宝郎儿所盗也。"上益怒，遣荣国公来护儿，内使李百药，太仆卿杨义臣推鞠叔谋，置台署于睢阳。并收陶郎儿全家，令郎儿具招入内盗宝事。郎儿不胜其苦，乃具事招款。又责段达所收令狐辛达秦章即不奏之罪。案成进上，帝问丞相宇文述。述曰："叔谋有大罪四条：食人之子，受人之金，遣贼盗宝，擅移开河道。请用峻法诛之。其子孙取圣旨。"帝曰："叔谋有大罪。为开河有功，免

其子孙。"只令腰斩叔谋于河侧。时来护儿受敕未至间，叔谋梦一童子自天而降，谓曰："宋襄公与大司马华元遣我来，感将军护城之惠意，往年所许二金刀，今日奉还。"叔谋觉，曰："据此先兆，不祥。我腰领难存矣。"言未毕，护儿至，驱于河之北岸，斩为三段。郎儿兄弟五人，并家奴黄金窟并鞭死。中门使段达免死，降官为洛阳监门令。

唐宋传奇集卷七

绿珠传

史官乐史撰

绿珠者，姓梁，白州博白县人也。州则南昌郡，古越地，秦象郡，汉合浦县地。唐武德初，削平萧铣，于此置南州；寻改为白州，取白江为名。州境有博白山，博白江，盘龙洞，房山，双角山，大荒山。山上有池，池中有婢妾鱼。绿珠生双角山下，美而艳。越俗以珠为上宝，生女为珠娘，生男为珠儿。绿珠之字，由此而称。晋石崇为交趾采访使，以珍珠三斛致之。崇有别庐在河南金谷涧。涧中有金水，自太白源来。崇即川阜，置园馆。绿珠能吹笛，又善舞《明君》。（明君，昭君也。避晋文帝讳，改昭为明）。明君者，汉妃也。汉元帝时，匈奴单于入朝，诏王嫱配之，即昭君也。及将去，入辞，光彩射人，天子悔焉，重难改更。汉人怜其远嫁，为作此歌。崇以此曲教之，而自制新歌曰："我本良家子，将适单于庭。辞别未及终，前驱已抗旌。仆御流涕别，辕马悲且鸣。哀郁伤五内，涕泣沾珠缨。行行日已远，遂造匈奴城。延伫于穹庐，加我阏（于连切）氏（音支）名。殊类非所安，虽贵非所荣。父子见陵辱，对之惭且惊。杀身良不易，默默以苟生。苟生亦何聊，积思常愤盈。愿假飞鸿翼，乘之以遐征。飞鸿不我顾，伫立以屏营。昔为匣中玉，今为粪上英。朝华不足欢，甘与秋草并。传语后世人：远嫁难为情。"崇又制《懊恼曲》以赠绿珠。崇之美艳者千余人，择数十人，妆饰一等，使忽视之，不相分别。刻玉为倒龙佩，萦金为凤凰钗，结袖绕楹而舞。欲有所召者，不呼姓名，悉听佩声，视钗色。佩声轻者居前，钗色艳者居后，以为行次而进。赵王伦乱常，贼类孙秀使人求绿珠。崇方登凉观，临清水，妇人侍侧。使者以告，崇出侍婢数百人以示之，皆蕴兰麝而披罗縠。曰："任所择。"使者曰："君侯服御，丽矣。然受命指索绿珠。不知孰是？”崇勃然曰：“吾所爱，不可得也。”秀因是谮伦族之。收兵忽至，崇谓绿珠曰：“我今为尔获罪。”绿珠泣曰：“愿效死于君前。”崇因止之，于是坠楼而死。崇弃东市。时人名其楼曰绿珠楼。楼在步广里，近狄泉。狄泉在正城之东。绿珠有弟子宋祎，有国色，善吹笛。后入晋明帝宫中。今白州有一派水，自双角山出，合容州江，呼为绿珠江。亦犹归州有昭君滩，昭君村，昭君场；吴有西施谷，脂粉塘，盖取美人出处为名。又有绿珠井，在双角山下。耆老传云：“汲此井饮者，诞女必多美丽。里闾有识者以美色无益于时，因以巨石镇之。尔后虽有产女端妍者，而七窍四肢多不完具。”异哉！山水之使然。昭君村生女皆炙破其面，故白居易诗曰：“不取往者戒，恐贻来者冤。至今村女面，烧灼成瘢痕。”又以不完具而惜焉。牛僧孺《周秦行纪》云：“夜宿薄太后庙，见戚夫人，王嫱，太真妃，潘淑妃，各赋诗言志。别有善笛女子，短鬟，窄衫具带，貌甚美，与潘氏偕来。太后以接坐居之，令吹笛，往往亦及酒。太后顾而谓曰：‘识此否？石家绿珠也。潘妃养作妹。’太后曰：‘绿珠岂能无诗乎？’绿珠拜谢，作曰：‘此日人非昔日人，笛声空怨赵王伦。红残钿碎花楼下，金谷千年更不春。’太后曰：‘牛秀才远来，今日谁人与伴？’绿珠曰：‘石卫尉性严忌。今有死，不可及乱。’”然事虽诡怪，聊以解颐。噫，石崇之败，虽自绿珠始，亦其来有渐矣。崇常刺荆州，劫夺远使，沉杀客商，以致巨富。又遗王恺鸩鸟，共为鸩毒之事。有此阴谋，加以每邀客宴集，令美人行酒，客饮不尽者，使黄门斩美人。王丞相与大将军尝共访崇，丞相素不能饮，辄自勉强，至于沉醉。至大将军，故不饮以观其变，已斩三人。君子曰：“祸福无门，唯人所召。”崇心不义，举动杀人，乌得无报也。非绿珠无以速石崇之诛，非石崇无以显绿珠之名。绿珠之坠楼，侍儿之有贞节者也。比之于古，则有田六出。六出者，王进贤侍儿也。进贤，晋愍太子妃。洛阳乱，石勒掠进贤渡孟津，欲妻之。进贤骂曰：“我皇太子妇，司徒公女。胡羌小子，敢于我乎？”言毕投河，六出曰：“大既有之，小亦宜然。”复投河中。又有窈娘者，武周时乔知之宠婢也。盛有姿色，特善歌舞。知之教读书，善属文，深所爱幸。时武承嗣骄贵，内宴酒酣，迫知之将金玉赌窈娘。知之不胜，便使人就家强载以归。知之怨悔，作《绿珠篇》以叙其怨。词曰：“石家金谷重新声，明珠十斛买娉婷。此日可怜无复比，此时可爱得人情。君家闺阁未曾难，尝持歌舞使人看。富贵雄豪非分理，骄矜势力横相干。辞君去君终不忍，徒劳掩面伤红粉。百年离别在高楼，一旦红颜为君尽。”知之私属承嗣家阍奴传诗于窈娘。窈娘得诗悲泣，投井而死。承嗣令汲出，于衣中得诗，鞭杀阍奴。讽吏罗织知之，以至杀焉。悲夫，二子以爱姬示人，掇丧身之祸。所谓倒持太阿，授人以柄。《易》曰：“慢藏诲盗，冶容诲淫。"其此之谓乎。其后诗人题歌舞妓者,皆以绿珠为名。庾肩吾曰:"兰堂上客至,绮席清弦抚,自作《明君辞》,还教绿珠舞。"李元操云:"绛树摇歌扇,金谷舞筵开,罗袖拂归客,留欢醉玉杯。"江总云:"绿珠含泪舞,孙秀强相邀。"绿珠之没已数百年矣,诗人尚咏之不已,其故何哉?盖一婢子,不知书,而能感主恩,奋不顾身,其志烈懔懔,诚足使后人仰慕歌咏也。至有享厚禄,盗高位,亡仁义之性,怀反复之情,暮四朝三,惟利是务,节操反不若一妇人,岂不愧哉。今为此传,非徒述美丽,窒祸源,且欲惩戒辜恩背义之类也。季伦死后十日,赵王伦败。左卫将军赵泉斩孙秀于中书,军士赵骏剖秀心食之。伦囚金墉城,赐金屑酒。伦惭,以巾覆面曰:"孙秀误我也。"饮金屑而卒。皆夷家族。南阳生曰:"此乃假天之报怨。不然,何枭夷之立见乎!"

杨太真外传卷(上)

史官乐史撰

杨贵妃小字玉环,弘农华阴人也。后徙居蒲州永乐之独头村。高祖令本,金州刺史;父玄琰,蜀司户。贵妃生于蜀。尝误坠池中,后人呼为落妃池。池在导江县前。(亦如王昭君生于峡州,今有昭君村;绿珠生于白州,今有绿珠江。)妃早孤,养于叔父河南府士曹玄璬家。开元二十二年十一月,归于寿邸。二十八年十月,玄宗幸温泉宫,(自天宝六载十月,复改为华清宫。)使高力士取杨氏女于寿邸,度为女道士,号太真,住内太真宫。天宝四载七月,册左卫中郎将韦昭训女配寿邸。是月,于凤凰园册太真宫女道士杨氏为贵妃,半后服用。进见之日,奏《霓裳羽衣曲》。(《霓裳羽衣曲》者,是玄宗登三乡驿,望女几山所作也。故刘禹锡诗有云:"伏睹玄宗皇帝望《女几山诗》,小臣斐然有感:开元天子万事足,惟惜当时光景促,三乡驿上望仙山,归作《霓裳羽衣曲》。仙心从此在瑶池,三清八景相追随。天上忽乘白云去,世间空有《秋风词》。"又《逸史》云:"罗公远天宝初侍玄宗,八月十五日夜,宫中玩月,曰:'陛下能从臣月中游乎?'乃取一枝桂,向空掷之,化为一桥,其色如银。请上同登,约行数十里,遂至大城阙。公远曰:'此月宫也。'有仙女数百,素练宽衣,舞于广庭。上前问曰:'此何曲也?'曰:'《霓裳羽衣》也。'上密记其声调,遂回桥,却顾,随步而灭。旦谕伶官,象其声调,作《霓裳羽衣曲》。"以二说不同,乃备录于此。)是夕,授金钗钿合。上又自执丽水镇紫库磨金琢成步摇,至妆阁,亲与插鬓。上喜甚,谓后宫人曰:“朕得杨贵妃,如得至宝也。”乃制曲子曰《得宝子》,又曰《得鞛(方孔反)子》。先是,开元初,玄宗有武惠妃,王皇后。后无子。妃生子,又美丽,宠倾后宫。至十三年,皇后废,妃嫔无得与惠妃比。二十一年十一月,惠妃即世。后庭虽有良家子,无悦上目者,上心凄然。至是得贵妃,又宠甚于惠妃。有姊三人,皆丰硕修整,工于谑浪,巧会旨趣,每入宫中,移晷方出。宫中呼贵妃为娘子,礼数同于皇后。册妃日,赠其父玄琰济阴太守,母李氏陇西郡夫人。又赠玄琰兵部尚书,李氏凉国夫人。叔玄珪为光禄卿银青光禄大夫。再从兄钊拜为侍郎,兼数使。兄铦又居朝列。堂弟锜尚太华公主。是武惠妃生,以母,见遇过于诸女,赐第连于宫禁。自此杨氏权倾天下,每有嘱请,台省府县,若奉诏敕。四方奇货,僮仆,驼马,日输其门。时安禄山为范阳节度,恩遇最深,上呼之为儿。尝于便殿与贵妃同宴乐,禄山每就座,不拜上而拜贵妃。上顾而问之:“胡不拜我而拜妃子,意者何也?”禄山奏云:“胡家不知其父,只知其母。”上笑而赦之。又命杨铦以下,约禄山为兄弟姊妹,往来必相宴饯,初虽结义颇深,后亦权敌,不叶。五载七月,妃子以妒悍忤旨。乘单车,令高力士送还杨铦宅。及亭午,上思之不食,举动发怒。力士探旨,奏请载还,送院中宫人衣物及司农米面酒馔百余车。诸姊及铦初则惧祸聚哭,及恩赐浸广,御馔兼至,乃稍宽慰。妃初出,上无聊,中宫趋过者,或笞挞之。至有惊怖而亡者。力士因请就召,既夜,遂开安兴坊,从太华宅以入。及晓,玄宗见之内殿,大悦。贵妃拜泣谢过。因召两市杂戏以娱贵妃。贵妃诸姊进食作乐。自兹恩遇日深,后宫无得进幸矣。七载,加钊御史大夫,权京兆尹,赐名国忠。封大姨为韩国夫人,三姨为虢国夫人,八姨为秦国夫人。同日拜命,皆月给钱十万,为脂粉之资。然虢国不施妆粉,自炫美艳,常素面朝天。当时杜甫有诗云:“虢国夫人承主恩,平明上马入宫门,却嫌脂粉涴颜色,淡扫蛾眉朝至尊。”又赐虢国照夜玑,秦国七叶冠,国忠巢子帐,盖希代之珍,其恩宠如此。铦授银青光禄大夫鸿胪卿,将列棨戟,特授上柱国,一日三诏。与国忠五家于宣阳里,甲第洞开,僭拟宫掖,车马仆从,照耀京邑。递相夸尚,每造一堂,费逾千万计,见制度宏壮于己者,则毁之复造,土木之工,不舍昼夜,上赐御食,及外方进献,皆颁赐五宅。开元以来,豪贵荣盛,未之比也。上起动必与贵妃同行,将乘马,则力士执辔授鞭。宫中掌贵妃刺绣织锦七百人,雕镂器物又数百人,供生日及时节庆。续命杨益往岭南。长吏日求新奇以进奉。岭南节度张九章,广陵长史王翼,以端午进贵妃珍玩衣服,异于他郡,九章加银青光禄大夫,翼擢为户部侍郎。九载二月,上旧置五王帐,长枕大被,与兄弟共处其间。妃子无何窃宁王紫玉笛吹。故诗人张祜诗云:“梨花静院无人见,闲把宁王玉笛吹。”因此又忤旨,放出。

时吉温多与中贵人善,国忠惧,请计于温。遂入奏曰:"妃,妇人,无智识。有忤圣颜,罪当死。既尝蒙恩宠,只合死于宫中。陛下何惜一席之地,使其就戮?安忍取辱于外乎?"上曰:"朕用卿,盖不缘妃也。"初,令中使张韬光送妃至宅,妃泣谓韬光曰:"请奏:妾罪合万死。衣服之外,皆圣思所赐。唯发肤是父母所生。今当即死,无以谢上。"乃引刀剪其发一缭,附韬光以献。妃既出,上怃然。至是,韬光以发搭于肩上以奏。上大惊惋,遽使力士就召以归,自后益嬖焉。又加国忠遥领剑南节度使。十载上元节,杨氏五宅夜游,遂与广宁公主骑从争西市门。杨氏奴挥鞭误及公主衣,公主堕马。驸马程昌裔扶公主,因及数挝。公主泣奏之,上令决杀杨家奴一人,昌裔停官,不许朝谒。于是杨家转横,出入禁门不问,京师长吏,为之侧目。故当时谣曰:"生女勿悲酸,生男勿喜欢。"又曰:"男不封侯女作妃,君看女却是门楣。"其天下人心羡慕如此。上一旦御勤政楼,大张声乐。时教坊有王大娘,善戴百尺竿,上施木山,状瀛洲,方丈,令小儿持绛节,出入其间,而舞不辍。时刘晏以神童为秘书省正字,十岁,惠悟过人。上召于楼中,贵妃坐于膝上,为施粉黛,与之巾栉。贵妃令咏王大娘戴竿,晏应声曰:"楼前百戏竞争新,唯有长竿妙入神。谁谓绮罗翻有力,犹自嫌轻更著人。"上与妃及嫔御皆欢笑移时,声闻于外,因命牙笏黄纹袍赐之。上又宴诸王于木兰殿,时木兰花发,皇情不悦。妃醉中舞《霓裳羽衣》一曲,天颜大悦,方知回雪流风,可以回天转地。上尝梦十仙子,乃制《紫云回》(玄宗尝梦仙子十余辈,御卿云而下,各执乐器,悬奏之。曲度清越,真仙府之音。有一仙人曰:"此神仙《紫云回》。今传授陛下,为正始之音。"上喜而传受。寤后,余响犹在。旦,命玉笛习之,尽得其节奏也。)并梦龙女,又制《凌波曲》。(玄宗在东都,梦一女,容貌艳异,梳交心髻,大袖宽衣,拜于床前。上问:"汝何人?"曰:"妾是陛下凌波池中龙女。卫宫护驾,妾实有功,今陛下洞晓钧天之音,乞赐一曲以光族类。"上于梦中为鼓胡琴,拾新旧之曲声,为《凌波曲》。龙女再拜而去。及觉,尽记之。会禁乐,自御琵琶,习而翻之。与文武臣僚,于凌波宫临池奏新曲,池中波涛涌起。复有神女出池心,乃所梦之女也。上大悦,语于宰相,因于池上置庙,每岁命祀之。)二曲既成,遂赐宜春院及梨园弟子并诸王。时新丰初进女伶谢阿蛮,善舞。上与妃子钟念,因而受焉。就按于清元小殿,宁王吹玉笛,上羯鼓,妃琵琶,马仙期方响,李龟年觱篥,张野狐箜篌,贺怀智拍。自旦至午,欢洽异常。时唯妃女弟秦国夫人端坐观之。曲罢,上戏曰:"阿瞒(上在禁中,多自称也)乐籍,今日幸得供养夫人。请一缠头!"秦国曰:"岂有大唐天子阿姨,无钱用耶?"遂出三百万为一局焉。乐器皆非世有者,才奏而清风习习,声出天表。妃子琵琶逻逻檀,寺人白季贞使蜀还献。其木温润如玉,光耀可鉴，有金镂红文，蹙成双凤。弦乃末诃弥罗国永泰元年所贡者，渌水蚕丝也，光莹如贯珠瑟瑟。紫玉笛乃姮娥所得也。禄山进三百事管色，俱用媚玉为之。诸王，郡主，妃之姊妹，皆师妃，为琵琶弟子。每一曲彻，广有献遗。妃子是日问阿蛮曰：'尔贫，无可献师长，待我与尔为。"命侍儿红桃娘取红粟玉臂支赐阿蛮。妃善击磬，拊搏之音泠泠然，多新声，虽太常梨园之妓，莫能及之。上命采蓝田绿玉，琢成磬；上方造簴，流苏之属，以金钿珠翠饰之，铸金为二狮子，以为趺，彩缯缛丽，一时无比。先，开元中，禁中重木芍药，即今牡丹也，(《开元天宝花木记》云："禁中呼木芍药为牡丹"也。)得数本红紫浅红通白者，上因移植于兴庆池东沉香亭前。会花繁开，上乘照夜白，妃以步辇从。诏选梨园弟子中尤者，得乐十六色。李龟年以歌擅一时之名，手捧檀板，押众乐前，将欲歌之。上曰："赏名花，对妃子，焉用旧乐词为。"遽命龟年持金花笺，宣赐翰林学士李白立进《清平乐词》三篇。承旨，犹苦宿酲，因援笔赋之。第一首："云想衣裳花想容，春风拂槛露华浓，若非群玉山头见，会向瑶台月下逢。"第二首："一枝红艳露凝香，云雨巫山枉断肠，借问汉宫谁得似？可怜飞燕倚新妆。"第三首："名花倾国两相欢，长得君王带笑看，解释春风无限恨，沉香亭北倚栏干。"龟年捧词进，上命梨园弟子略约词调，抚丝竹，遂促龟年以歌。妃持玻璃七宝杯，酌西凉州葡萄酒，笑领歌，意甚厚。上因调玉笛以倚曲。每曲遍将换，则迟其声以媚之。妃饮罢，敛绣巾再拜。上自是顾李翰林尤异于他学士。会力士终以脱靴为耻，异日，妃重吟前词，力士戏曰："始为妃子怨李白深入骨髓，何翻拳拳如是耶！"妃子惊曰："何学士能辱人如斯？"力士曰："以飞燕指妃子，贱之甚矣。"妃深然之。上尝三欲命李白官，卒为宫中所捍而止。上在百花院便殿，因览《汉成帝内传》，时妃子后至，以手整上衣领，曰："看何文书？"上笑曰："莫问。知则又殢人。"觅去，乃是"汉成帝获飞燕，身轻欲不胜风。恐其飘翥，帝为造水晶盘，令宫人掌之而歌舞。又制七宝避风台，间以诸香，安于上，恐其四肢不禁"也。上又曰："尔则任吹多少。"盖妃微有肌也，故上有此语戏妃。妃曰："《霓裳羽衣》一曲，可掩前古。"上曰："我才弄，尔便欲嗔乎？忆有一屏风，合在，待访得，以赐尔。"屏风乃虹霓为名，雕刻前代美人之形，可长三寸许。其间服玩之器，衣服，皆用众宝杂厕而成。水精为地，外以玳瑁水犀为押，络以珍珠瑟瑟。间缀精妙，迨非人力所制。此乃隋文帝所造，赐义成公主，随在北胡。贞观初，灭胡，与萧后同归中国，因而赐焉。(妃归卫公家，遂持去。安于高楼上，未及将归。国忠日午偃息楼上，至床，睹屏风在焉。才就枕，而屏风诸女悉皆下床前，各通所号，曰："裂缯人也。""定陶人也。""穹庐人也。""当垆人也。""亡吴人也。""步莲人也。""桃源人也。""斑竹人也。""奉五官人也。"

"温肌人也。""曹氏投波人也。""吴宫无双返香人也。""拾翠人也。""窃香人也。""金屋人也。""解佩人也。""为云人也。""董双成也。""为烟人也。""画眉人也。""吹箫人也。""笑蹙人也。""垓中人也。""许飞琼也。""赵飞燕也。""金谷人也。""小鬟人也。""光发人也。""薛夜来也。""结绮人也。""临春阁人也。""扶风女也。"国忠虽开目,历历见之,而身体不能动,口不能发声。诸女各以物列坐。俄有纤腰妓人近十余辈,曰:"楚章华踏谣娘也。"乃连臂而歌之,曰:"三朵芙蓉是我流,大杨造得小杨收。"复有二三妓,又曰:"楚宫弓腰也。何不见《楚辞别序》云:'绰约花态,弓身玉肌?,"俄而递为本艺。将呈讫,一一复归屏上。国忠方醒,惶惧甚,遽走下楼,急令封鏁之。贵妃知之,亦不欲见焉。禄山乱后,其物犹存。在宰相元载家,自后不知所在。)

杨太真外传卷(下)

史官乐史撰

初,开元末,江陵进乳柑橘,上以十枚种于蓬莱宫。至天宝十载九月秋,结实。宣赐宰臣,曰:"朕近于宫内种柑子树数株,今秋结实一百五十余颗,乃与江南及蜀道所进无别,亦可谓稍异者。"宰臣表贺曰:"伏以自天所育者不能改有常之性,旷古所无者,乃可谓非常之感。是知圣人御物,以元气布和,大道乘时,则殊方叶致。且橘柚所植,南北异名,实造化之有初,匪阴阳之有革。陛下玄风真纪,六合一家,雨露所均,混天区而齐被,草木有性,凭地气以潜通。故兹江外之珍果,为禁中之佳实。绿蒂含霜,芳流绮殿,金衣烂日,色丽彤庭。云云。"乃颁赐大臣,外有一合欢实,上与妃子互相持玩。上曰:"此果似知人意,朕与卿固同一体,所以合欢。"于是促坐,同食焉。因令画图,传之于后。妃子既生于蜀,嗜荔枝。南海荔枝,胜于蜀者,故每岁驰驿以进。然方暑热而熟,经宿则无味。后人不能知也。上与妃采戏,将北,唯重四转败为胜。连叱之,骰子宛转而成重四,遂命高力士赐绯,风俗因而不易。广南进白鹦鹉,洞晓言词,呼为雪衣女。一朝飞上妃镜台上,自语:"雪衣女昨夜梦为鸷鸟所搏。"上令妃授以《多心经》,记诵精熟。后上与妃游别殿,置雪衣女于步辇竿上同去。瞥有鹰至,搏之而毙。上与妃叹息久之,遂瘗于苑中,呼为鹦鹉塚。交趾贡龙脑香,有蝉蚕之状,五十枚。波斯言老龙脑树节方有。禁中呼为瑞龙脑,上赐妃十枚。妃私发明驼使,(明驼使腹下有毛,夜能明,日驰五百里。)持三枚遗禄山。妃又常遗禄山金平脱装具,玉合,金平脱铁面碗。十一载,李林甫死。又以国忠为相,带四十余使。十二载,加国忠司空。长男暄,先尚延和郡主,又拜银青光禄大夫,太常卿,兼户部侍郎。小男朏,尚万春公主。贵妃堂弟秘书少监鉴,尚承荣郡主。一门一贵妃,二公主,三郡主,三夫人。十二载,重赠玄琰太尉,齐国公。母重封梁国夫人。官为造庙,御制碑,及书。叔玄珪又拜工部尚书。韩国婿秘书少监崔峋女为代宗妃;虢国男裴徽尚代宗女延光公主,女为让帝男妻;秦国婿柳澄男钧尚长清县主,澄弟潭尚肃宗女和政公主。上每年冬十月,幸华清官,常经冬还宫阙,去即与妃同辇。华清宫有端正楼,即贵妃梳洗之所;有莲花汤,即贵妃澡沐之室。国忠赐第在宫东门之南,虢国相对。韩国秦国,甍栋相接。天子幸其第,必过五家,赏赐燕乐。扈从之时,每家为一队,队着一色衣。五家合队相映,如百花之焕发。遗钿,坠舄,瑟瑟,珠翠,灿于路岐,可掬。曾有人俯身一窥其车,香气数日不绝。驼马千余头匹。以剑南旌节器仗前驱。出有饯饮,还有软脚。远近饷遗珍玩狗马,阉侍歌儿,相望于道。及秦国先死,独虢国韩国国忠转盛。虢国又与国忠乱焉。略无仪检,每入朝谒,国忠与韩虢连辔,挥鞭骤马,以为谐谑。从官嬿妪百余骑。秉烛如昼,鲜装袨服而行,亦无蒙蔽。衢路观者如堵,无不骇叹。十宅诸王男女婚嫁,皆资韩虢绍介;每一人纳一千贯,上乃许之。十四载六月一日,上幸华清宫,乃贵妃生日。上命小部音声,(小部者,梨园法部所置,凡三十人,皆十五已下。)于长生殿奏新曲,未有名,会南海进荔枝,因以曲名《荔枝香》。左右欢呼,声动山谷。其年十一月,禄山反幽陵,(禄山本名轧荦山,杂种胡人也。母本巫师。禄山晚年益肥,垂肚过膝,自秤得三百五十斤。于上前胡旋舞,疾如风焉。上尝于勤政楼东间设大金鸡障,施一大榻,卷去帘,令禄山坐。其下设百戏,与禄山看焉。肃宗谏曰:"历观今古,未闻臣下与君上同坐阅戏。"上私曰:"渠有异相,我禳之故耳。"又尝与夜燕,禄山醉卧,化为一猪而龙首。左右遽告帝。帝曰:"此猪龙,无能为。"终不杀。卒乱中国。)以诛国忠为名。咸言国忠虢国贵妃三罪,莫敢上闻。上欲以皇太子监国,盖欲传位,自亲征。谋于国忠,国忠大惧,归谓姊妹曰:"我等死在旦夕。今东宫临国,当与娘子等并命矣。"姊妹哭诉于贵妃。妃衔土请命,事乃寝。十五载六月,潼关失守。上幸巴蜀,贵妃从。至马嵬,右龙武将军陈玄礼惧兵乱,乃谓军士曰:"今天下崩离,万乘震荡。岂不由杨国忠割剥甿庶,以至于此。若不诛之,何以谢天下。"众曰:"念之久矣。"会吐蕃和好使在驿门遮国忠诉事。军士呼曰:"杨国忠与蕃人谋叛!"诸军乃围驿四合,杀国忠,并男暄等。(国忠旧名钊,本张易之子也。天授中,易之恩幸莫比。每归私第,诏令居楼,仍去其梯,围以束棘,无复女奴侍立。母恐张氏绝嗣,乃置女奴

嫔妹于楼复壁中。遂有娠,而生国忠。后嫁于杨氏。)上乃出驿门劳六军。六军不解围,上顾左右责其故。高力士对曰:“国忠负罪,诸将讨之。贵妃即国忠之妹,犹在陛下左右,群臣能无忧怖?伏乞圣虑裁断。”(一本云:“贼根犹在,何敢散乎?”盖斥贵妃也。)上回入驿,驿门内傍有小巷,上不忍归行宫,于巷中倚杖欹首而立。圣情昏默,久而不进。京兆司录韦锷(见素男也)进曰:“乞陛下割恩忍断,以宁国家。”逡巡,上入行宫。抚妃子出于厅门,至马道北墙口而别之,使力士赐死。妃泣涕呜咽,语不胜情,乃曰:“愿大家好住。妾诚负国恩,死无恨矣。乞容礼佛。”帝曰:“愿妃子善地受生。”力士遂缢于佛堂前之梨树下。才绝,而南方进荔枝至。上睹之,长号数息,使力士曰:“与我祭之。”祭后,六军尚未解围。以绣衾覆床,置驿庭中,敕玄礼等入驿视之。玄礼抬其首,知其死,曰:“是矣。”而围解。瘗于西郭之外一里许道北坎下。妃时年三十八。上持荔枝于马上谓张野狐曰:“此去剑门,鸟啼花落,水绿山青,无非助朕悲悼妃子之由也。”初,上在华清宫日,乘马出宫门,欲幸虢国夫人之宅。玄礼曰:“未宣敕报臣,天子不可轻去就。”上为之回辔。他年,在华清宫,逼上元,欲夜游。玄礼奏曰:“宫外即是旷野,须有预备,若欲夜游,愿归城阙。”上又不能违谏。及此马嵬之诛,皆是敢言之有便也。先是,术士李遐周有诗曰:“燕市人皆去,函关马不归,若逢山下鬼,环上系罗衣。”燕市人皆去,禄山即蓟门之士而来。函关马不归,哥舒翰之败潼关也。若逢山下鬼,嵬字,即马嵬驿也。环上击罗衣,贵妃小字玉环,及其死也,力士以罗巾缢焉。又妃常以假髻为首饰,而好服黄裙。天宝末,京师童谣曰:“义髻抛河里,黄裙逐水流。”至此应矣。初,禄山尝于上前应对,杂以谐谑。妃常在座,禄山心动。及闻马嵬之死,数日叹惋。虽林甫养育之,国忠激怒之,然其有所自也。是时虢国夫人先至陈仓之官店。国忠诛问至,县令薛景仙率吏人追之。走入竹林下,以为贼军至,虢国先杀其男徽,次杀其女。国忠妻裴柔曰:“娘子何不借我方便乎?”遂并其女杀之。已而自刎,不死。载于狱中,犹问人曰:“国家乎?贼乎?”狱吏曰:“互有之。”血凝其喉而死。遂并坎于东郭十余步道北杨树下。上发马嵬,行至扶风道。道旁有花,寺畔见石楠树团圆,爱玩之,因呼为端正树,盖有所思也。又至斜谷口,属霖雨涉旬,于栈道雨中闻铃声隔山相应。上既悼念贵妃,因采其声为《雨霖铃曲》,以寄恨焉。至德二年,既收复西京。十一月,上自成都还,使祭之。后欲改葬,李辅国等不从。时礼部侍郎李揆奏曰:“龙武将士以杨国忠反,故诛之。今改葬故妃,恐龙武将士疑惧。”肃宗遂止之。上皇密令中官潜移葬之于他所。妃之初瘗,以紫褥裹之。及移葬,肌肤已消释矣。胸前犹有香囊在焉。中官葬毕以献,上皇置之怀袖。又令画工写妃形于别殿,朝夕视之而歔欷焉。

上皇既居南内，夜阑登勤政楼，凭栏南望，烟月满目。上因自歌曰：“庭前琪树已堪攀，塞外征人殊未还。”歌歇，闻里中隐隐如有歌声者。顾力士曰：“得非梨园旧人乎？迟明，为我访来。”翌日，力士潜求于里中，因召与同去，果梨园弟子也。其后，上复与妃侍者红桃在焉。歌《凉州》之词，贵妃所制也。上亲御玉笛，为之倚曲。曲罢相视，无不掩泣。上因广其曲。今《凉州》留传者益加焉。至德中，复幸华清宫。从官嫔御，多非旧人。上于望京楼下，命张野狐奏《雨霖铃曲》。曲半，上四顾凄凉，不觉流涕。左右亦为感伤。新丰有女伶谢阿蛮，善舞《凌波曲》，旧出入宫禁，贵妃厚焉。是日，诏令舞。舞罢，阿蛮因进金粟装臂环，曰：“此贵妃所赐。”上持之，凄然垂涕曰：“此我祖大帝破高丽，获二宝：一紫金带，一红玉支。朕以岐王所进《龙池篇》，赐之金带。红玉支赐妃子。后高丽知此宝归我，乃上言‘本国因失此宝，风雨愆时，民离兵弱。’朕寻以为得此不足为贵，乃命还其紫金带。唯此不还。汝既得之于妃子，朕今再睹之，但兴悲念矣。”言讫，又涕零。至乾元元年，贺怀智又上言，曰：“昔上夏日与亲王棋，令臣独弹琵琶，（其琵琶以石为槽，鹍鸡筋为弦，用铁拨弹之。）贵妃立于局前观之。上数枰子将输，贵妃放康国猧子上局乱之，上大悦。时风吹贵妃领巾于臣巾上，良久，回身方落。及归，觉满身香气。乃卸头帻，贮于锦囊中。今辄进所贮幞头。”上皇发囊，且曰：“此瑞龙脑香也。吾曾施于暖池玉莲朵，再幸尚有香气宛然。况乎丝缕润腻之物哉。”遂凄怆不已。自是圣怀耿耿，但吟：“刻木牵丝作老翁，鸡皮鹤发与真同。须臾舞罢寂无事，还似人生一世中。”

流红记

有道士杨通幽自蜀来，知上皇念杨贵妃，自云：“有李少君之术。”上皇大喜，命致其神。方士乃竭其术以索之，不至。又能游神驭气，出天界，入地府求之，竟不见。又旁求四虚上下，东极，绝大海，跨蓬壶。忽见最高山，上多楼阁，洎至，西厢下有洞户，东向，阖其门，额署曰“玉妃太真院。”方士抽簪叩扉，有双鬟童女出应门。方士造次未及言，双鬟复入。俄有碧衣侍女至，诘其所从来。方士因称天子使者，且致其命。碧衣云：“玉妃方寝，请少待之。”逾时，碧衣延入，且引曰：“玉妃出。”冠金莲，帔紫绡，佩红玉，拽凤舄。左右侍女七八人。揖方士，问皇帝安否，次问天宝十四载以还。言讫悯然，指碧衣女取金钗钿合，折其

半授使者曰:“为我谢太上皇,谨献是物,寻旧好也。”方士将行,色有不足,玉妃因征其意,乃复前跪致辞:“请当时一事,不闻于他人者,验于太上皇。不然,恐金钩钿合,负新垣平之诈也。”玉妃忙然退立,若有所思,徐而言曰:“昔天宝十载,侍辇避暑骊山宫。秋七月,牵牛织女相见之夕,上凭肩而望。因仰天感牛女事,密相誓心:‘愿世世为夫妇。’言毕,执手各呜咽。此独君王知之耳。”因悲曰“由此一念,又不得居此,复堕下界,且结后缘。或为天,或为人,决再相见,好合如旧。”因言“太上皇亦不久人间,幸唯自爱,无自苦耳。”使者还,具奏太上皇。皇心震悼。及至移入大内甘露殿,悲悼妃子,无日无之。遂辟谷服气,张皇后进樱桃蔗浆,圣皇并不食。常玩一紫玉笛,因吹数声,有双鹤下于庭,徘徊而去,圣皇语侍儿宫爱曰:“吾奉上帝所命,为元始孔升真人,此期可再会妃子耳,笛非尔所宝,可送大收。”(大收,代宗小字。)即令具汤沐。“我若就枕,慎勿惊我。”宫爱闻睡中有声,骇而视之,已崩矣。妃子死日,马嵬媪得锦拗袜一只。相传过客一玩百钱,前后获钱无数。悲夫,玄宗在位久,倦于万机,常以大臣接对拘检,难徇私欲。自得李林甫,一以委成。故绝逆耳之言,恣行燕乐。衽席无别,不以为耻,由林甫之赞成矣。乘舆迁播,朝廷陷没,百僚系颈,妃王被戮,兵满天下,毒流四海,皆国忠之召祸也。

史臣曰:夫礼者,定尊卑,理家国。君不君,何以享国?父不父,何以正家?有一于此,未或不亡。唐明皇之一误,贻天下之羞,所以禄山叛乱,指罪三人。今为外传,非徒拾杨妃之故事,且惩祸阶而已。

唐宋传奇集卷八

流红记

魏陵张实子京撰

唐僖宗时,有儒士于祐,晚步禁衢间。于时万物摇落,悲风素秋,颓阳西倾,羁怀增感。视御沟,浮叶续续而下。祐临流浣手。久之,有一脱叶,差大于他叶,远视之,若有墨迹载于其上。浮红泛泛,远意绵绵。祐取而视之,果有四句题于其上。其诗曰:

流水何太急,深宫尽日闲。

殷勤谢红叶，好去到人间。

祐得之，蓄于书笥，终日咏味，喜其句意新美，然莫知何人作而书于叶也。因念御沟水出禁掖，此必宫中美人所作也。祐但宝之，以为念耳，亦时时对好事者说之。祐自此思念，精神俱耗。一日，友人见之，曰，"子何清削如此？必有故，为吾言之。"祐曰："吾数月来，眠食俱废。"因以红叶句言之。友人大笑曰："子何愚如是也，彼书之者，无意于子。子偶得之，何置念如此。子虽思爱之勤，帝禁深宫，子虽有羽翼，莫敢往也。子之愚，又可笑也。"祐曰："天虽高而听卑，人苟有志，天必从人愿耳。吾闻牛仙客遇无双之事，卒得古生之奇计。但患无志耳，事固未可知也。"祐终不废思虑，复题二句，书于红叶上云：

曾闻叶上题红怨，叶上题诗寄阿谁？置御沟上流水中，俾其流入宫中。人为笑之，亦为好事者称道。有赠之诗者，曰：

君恩不禁东流水，流出宫情是此沟。

祐后累举不捷，迹颇羁倦，乃依河中贵人韩泳门馆，得钱帛稍稍自给，亦无意进取。久之，韩泳召祐谓之曰："帝禁宫人三千余得罪，使各适人。有韩夫人者，吾同姓，久在宫。今出禁庭，来居吾舍。子今未娶，年又逾壮，困苦一身，无所成就，孤生独处，吾甚怜汝。今韩夫人箧中不下千缗，本良家女，年才三十，姿色甚丽。吾言之，使聘子，何如？"祐避席伏地曰："穷困书生，寄食门下，昼饱夜温，受赐甚久。恨无一长，不能图报，早暮愧惧，莫知所为。安敢复望如此。"泳乃令人通媒妁，助祐进羔雁，尽六礼之数，交二姓之欢。祐就吉之夕，乐甚。明日，见韩氏装橐甚厚，姿色绝艳。祐本不敢有此望，自以为误入仙源，神魂飞越。既而韩氏于祐书笥中见红叶，大惊曰："此吾所作之句，君何故得之？"祐以实告。韩氏复曰："吾于水中亦得红叶，不知何人作也。"乃开笥取之，乃祐所题之诗。相对惊叹感泣久之。曰："事岂偶然哉？莫非前定也。"韩氏曰："吾得叶之初，尝有诗，今尚藏箧中。"取以示祐。诗云：

独步天沟岸，临流得叶时，

此情谁会得，肠断一联诗。

闻者莫不叹异惊骇。一日，韩泳开宴召祐洎韩氏。泳曰："子二人今日可谢媒人也。"韩氏笑答曰："吾为祐之合，乃天也，非媒氏之力也。"泳曰："何以言之？"韩氏索笔为诗，曰：

一联佳句题流水，十载幽思满素怀，

今日却成鸾凤友，方知红叶是良媒。

泳曰："吾今知天下事无偶然者也。"僖宗之幸蜀，韩泳令祐将家僮百人前导。韩以宫人得见帝，具言适祐事。帝曰："吾亦微闻之。"召祐，笑曰："卿乃朕门下旧客也。"祐伏地拜，谢罪。帝还西都，以从驾得官，为神策军虞候。韩氏生五子三女。子以力学俱有官，女配名家。韩氏治家有法度，终身为命妇。宰相张濬作诗曰：

长安百万户，御水日东注。水上有红叶，子独得佳句。

子复题脱叶，流入宫中去。深宫千万人，叶归韩氏处。

出宫三千人，韩氏籍中数。回首谢君恩，泪洒胭脂雨。

寓居贵人家，方与子相遇。通媒六礼具，百岁为夫妇。

儿女满眼前，青紫盈门户。兹事自古无，可以传千古。

议曰：流水，无情也。红叶，无情也。以无情寓无情而求有情，终为有情者得之，复与有情者合，信前世所未闻也。夫在天理可合，虽胡越之远，亦可合也。天理不可，则虽比屋邻居，不可得也。悦于得，好于求者，观此，可以为诫也。

赵飞燕别传

谯川秦醇子复撰

余里有李生，世业儒术。一日，家事零替，余往见之。墙角破筐中有古文数册，其间有《赵后别传》，虽编次脱落，尚可观览。余就李生乞其文以归，补正编次以成传，传诸好事者。

赵后腰骨尤纤细，善踽步行。若人手执花枝，颤颤然，他人莫可学也。生在主家时，号为飞燕。入宫复引援其妹，得幸，为昭仪。昭仪尤善笑语，肌骨秀滑。二人皆天下第一，色倾后宫。自昭仪入宫，帝亦希幸东宫。昭仪居西宫，太后居中宫。后日夜欲求子，为自固久远计，多用小犊车载年少子与通。帝一日惟从三四人往后宫。后方与人乱，不知。左右急报，后遽惊出迎帝。后冠发散乱，言语失度，帝固亦疑焉。帝坐未久，复闻壁衣中有人嗽声，帝乃出。由是帝有害后意，以昭仪隐忍未发。一日，帝与昭仪方饮，帝忽攘袖瞋目，直视昭仪，怒气怫然不可犯。昭仪遽起，避席伏地，谢曰："臣妾族孤寒下，无强近之爱。一旦得备后庭驱使之列，不意独承幸御，浓被圣私，立于众人之上。恃宠邀爱，众谤来集。加以不识忌讳，冒触威怒。臣妾愿赐速死，以宽圣抱。"因泪交下。帝自引昭仪曰："汝复坐，吾语汝。"帝曰："汝无罪。汝之姊，吾欲枭其首，断其手足，置于溷中，乃快吾意。"昭仪曰："何缘而得罪？"帝言壁衣中事。昭仪曰："臣妾缘后得备后宫。后死，则妾安能独生？陛下无故而杀一后，天下有以窥陛下也。愿得身实鼎镬，体膏斧钺。"因大恸，以身投地。帝惊，遽起持昭仪曰："吾以汝之故，固不害后，第言之耳。汝何自恨若是。"久之，昭仪方就座。问壁衣中人，帝阴穷其迹，乃宿卫陈崇子也。帝使人就其家杀之，而废陈崇。昭仪往见后，言帝所言，且曰："姊曾忆家贫饥寒无聊，姊我与邻家女为草履，入市货履市米。一日得米归，遇风雨无火可炊。饥寒甚，不能成寐，使我拥姊背，同泣。此事姊岂不忆也？今日幸富贵，无他人次我，而自毁如此。脱或再有过，帝复怒，事不可救，身首异地，为天下笑。今日，妾能拯救也。存没无定，或尔妾死，姊尚谁攀乎？"乃涕泣不已，后亦泣焉，自是帝不复往后宫，承幸御者，昭仪一人而已。昭仪方浴，帝私视。侍者报昭仪，昭仪急趋烛后避。帝瞥见之，心愈眩惑。他日昭仪浴，帝默赐侍者，特令不言。帝自屏罅觇，兰汤滟滟，昭仪坐其中，若三尺寒泉浸明玉。帝意思飞荡，若无所主。帝语近诗曰："自古人主无二后，若有，则吾立昭仪为后矣。"赵后知帝见昭仪浴，益加宠幸，乃具汤浴，请帝以观。既往，后入浴。后裸体，以水沃帝，愈亲近而帝愈不乐，不终幸而去。后泣曰："爱在一身，无可奈何。"后生日，昭仪为贺，帝亦同往。酒半酣，后欲感动帝意，乃泣数行。帝曰："它人对酒而乐，子独悲，岂不足耶？"后曰："妾昔在后宫时，帝幸其第。妾立主后，帝时视妾不移目，甚久。主知帝意，遣妾侍帝，竟承更衣之幸。下体常污御服，妾欲为帝浣去。帝曰：'留以为忆。'不数日，备后宫。时帝齿痕犹在妾颈。今日思之，不觉感泣。"帝恻然怀旧，有爱后意，顾视嗟叹。昭仪知帝欲留，昭仪先辞去。帝逼暮方离后宫。后因帝幸，心为奸利，上器主受，经三月，乃诈托有孕，上笺奏云："臣妾久备掖庭，先承幸御，遣赐大号，积有岁时。近因始生之日，复加善祝之私，特屈乘舆，俯临东掖，久侍宴私，再承幸御。臣妾数月来，内宫盈实，月脉不流，饮食甘美，不异常日。知圣躬之在体，辨天日之入怀。虹初贯日，应是珍符，龙据妾胸，兹为佳瑞。更期蕃育神嗣，抱日趋庭，瞻望圣明，踊跃临贺。谨此以闻。"帝时在西宫，得奏喜动颜色，答云："因阅来奏，喜庆交集。夫妇之私，义均一体，社稷之重，嗣续其先，妊体方初，何绥宜厚。药有性者勿举，食无毒者可亲。有恳来上，无烦笺奏，口授宫便可矣。"两宫候问。宫使交至，后虑帝幸，见其诈，乃与宫使王盛谋自为之计。盛谓后曰："莫若辞以有妊者不可近人，近人则有所触焉，触则孕或败。"后乃遣王盛奏帝。帝不复见后，第遣使问安否。而甫及诞月，帝具浴子之仪。后召王盛及宫中人曰："汝自黄衣郎出入禁掖，吾引汝父子俱富贵。吾欲为自利长久计,托孕乃吾之私意,实非也。言已及期。子能为我谋焉？若事成,子万世有后利。”盛曰:“臣为后取民间才生子,携入宫为后子。但事密不泄,亦无害。”后曰:“可。”盛于都城外有生子者,才数日,以百金售之。以物囊之,入宫见后。既发器,则子死。后惊曰:“子死,安用也?”盛曰:“臣今知矣。载子之器气不泄,此子所以死也。臣今求子,载之器,穴其上,使气可出入,则子不死。”盛得子,趋宫门欲入,则子惊啼尤甚,盛不敢入。少选,复携之趋门,于复如此,盛终不敢入宫。后宫守门吏严密,因向壁衣事,故帝令加严之甚。盛来见后,具言惊啼事。后泣曰:“为之奈何?”时已逾十二月矣。帝颇疑讶。或奏帝曰:“尧之母十四月而生尧。后所妊当是圣人。”后终无计,乃遣人奏帝云:“臣妾昨梦龙卧,不幸圣嗣不育。”帝但叹惋而已。昭仪知其诈,乃遣人谢后曰:“圣嗣不育,岂日月不满也？三尺童子尚不可欺,况人主乎？一日手足俱见,妾不知姊之死所也。”时后庭掌茶宫女朱氏生子。宦者李守光奏帝。帝方与昭仪共食,昭仪怒,言于帝曰:“前者帝言自中宫来。今朱氏生子,从何而得也?”乃以身投地,大恸。帝自持昭仪起坐。昭仪呼官吏祭规曰。“急为取子来!”规取子上。昭仪语规曰:“为我杀之。”规疑虑。昭仪怒骂曰:“吾重禄养汝,将安用也？不然,吾并录汝!”规以子击殿础死,投之后宫。宫人孕子者尽杀之。后帝行步迟涩,颇气惫,不能御昭仪。有方士献大丹。其丹养于火百日,乃成。先以瓮贮水,满,即置丹于水中;即沸,又易去,复以新水。如是十日,不沸,方可服。帝日服一粒,颇能幸昭仪。一夕,在大庆殿,昭仪醉进十粒。初夜,绛帐中拥昭仪,帝笑声吃吃不止。及中夜,帝昏昏,知不可,将起坐,夜或仆卧。昭仪急起,秉烛自视帝,精出如泉溢。有顷,帝崩。太后遣人理昭仪且急,穷帝得疾之端。昭仪乃自绝。后居东宫,久失御。一夕后寝,惊啼甚久,侍者呼问,方觉。乃言曰:“适吾梦中见帝。帝自云中赐吾坐。帝命进茶。左右奏帝:‘后向日侍帝不谨,不合啜此茶。’吾意既不足。吾又问:‘昭仪安在?’帝曰:‘以数杀吾子,今罚为巨鼋,居北海之阴水穴间,受千岁冰寒之苦。”乃大恸。后北鄙大月王猎于海,见一巨鼋出于穴上,首犹贯玉钗,颙望波上,倦倦有恋人之意。大月王遣使问梁武帝,武帝以昭仪事答之。

谭意歌传

谯郡秦醇子复撰

谭意歌小字英奴,随亲生于英州。丧亲,流落长沙,今潭州也。年八岁,母又死,寄养小工张文家。文造竹器自给。一日，官妓丁婉卿过之，私念苟得之，必丰吾屋。乃召文饮，不言而去。异日复以财帛贶文，遗颇稠叠。文告婉卿曰："文廛市贱工，深荷厚意。家贫，无以为报。不识子欲何图也？子必有告。幸请言之。愿尽愚图报，少答厚意。"婉卿曰："吾久不言，诚恐激君子之怒。今君恳言，吾方敢发。窃知意哥非君之子。我爱其容色。子能以此售我，不唯今日重酬子，异日亦获厚利。无使其居子家，徒受寒饥。子意若何？"文曰："文揣知君意久矣，方欲先白。如是，敢不从命。"是时方十岁，知文与婉卿之意，怒诘文曰："我非君之子，安忍弃于娼家乎？子能嫁我，虽贫穷家，所愿也。"文竟以意归婉卿。过门，意哥大号泣曰："我孤苦一身，流落万里，势力微弱，年龄幼小。无人怜救，一得从良人。"闻者莫不嗟恸。婉卿日以百计诱之。以珠翠饰其首，轻煖披其体，甘鲜足其口，既久益勤，若慈母之待婴儿。辰夕浸没，则心自爱夺，情由利迁。意哥忘其初志，未及笄，为择佳配。肌清骨秀，发绀眸长，荑手纤纤，宫腰搦搦，独步于一时。车马骈溢，门馆如市。加之性明敏慧，解音律，尤工诗笔。年少千金买笑，春风唯恐居后，郡官宴聚，控骑迎之。时运使周公权府会客，意先至府，医博士及有故至府，升厅拜公。及美髯可爱，公因笑曰："有句，子能对乎？"及曰："愿闻之。"公曰："医士拜时须拂地。"及未暇对答，意从旁曰："愿代博士对。"公曰："可。"意曰："郡侯宴处幕侵天。"公大喜。意疾既愈，庭见府官，多自称诗酒于刺。蒋田见其言，颇笑之。因令其对句，指其面曰："冬瓜霜后频添粉。"意乃执其公裳袂，对曰："木枣秋来也著绯。"公且惭且喜，众口嗡然称赏。魏谏议之镇长沙，游岳麓时，意随轩。公知意能诗，呼意曰："子可对吾句否？"公曰："朱衣吏，引登青障。"意对曰："红袖人，扶下白云。"公喜，因为之立名文婉，字才姬。意再拜曰："某，微品也。而公为之名字，荣逾万金之赐。"刘相之镇长沙，云一日登碧湘门纳凉，幕官从焉。公呼意对。意曰："某，贱品也，安敢敌公之才。公有命，不敢拒。"尔时迤逦望江外湘渚间，竹屋茅舍，有渔者携双鱼入修巷。公相曰："双鱼入深巷。"意对曰："尺素寄谁家。"公喜，赞美久之。他日，又从公轩游岳麓，历抱黄洞望山亭吟诗，坐客毕和，意为诗以献曰：

真仙去后已千载，此构危亭四望赊，
灵迹几迷三岛路.凭高空想五云车：
清猿啸月千岩晓，古木吟风一径斜，
鹤驾何时还古里，江城应少旧人家。

公见诗愈惊叹，坐客传观，莫不心服。公曰："此诗之妖也。"公问所从来，意哥以实对。公怆然悯之。意乃告曰："意人籍驱使迎候之列有年矣，不敢告劳。今幸遇公，倘得

脱籍为良人箕帚之役，虽死必谢。”公许其脱。异日，诣投牒，公诺其请。意乃求良匹，久而未遇。会汝州民张正字为潭茶官，意一见谓人曰：“吾得婿矣。”人询之，意曰：“彼风调才学，皆中吾意。”张闻之，亦有意。一日，张约意会于江亭。于时亭高风怪，江空月明。陡帐垂丝，清风射牖，疏帘透月，银鸭喷香。玉枕相连，绣衾低覆，密语调簧，春心飞絮。如仙葩之并蒂，若双鱼之同泉，相得之欢，虽死未已。翌日，意尽挈其装囊归张。有情者赠之以诗曰：

才识相逢方得意，风流相遇事尤佳。

牡丹移入仙都去，从此湘东无好花。

后二年，张调官，复来见。意乃治行，饯之郊外。张登途，意把臂嘱曰：“子本名家，我乃娼类，以贱偶贵，诚非佳婚。况室无主祭之妇，堂有垂白之亲。今之分袂，绝无后期。”张曰：“盟誓之言，皎如日月，苟或背此，神明非欺。”意曰：“我腹有君之息数月矣。此君之体也，君宜念之。”相与极恸，乃舍去。意闭户不出，虽比屋莫见意面。既久，意为书与张云：

阴老春回，坐移岁月。羽伏鳞潜，音问两绝。首春气候寒热，切宜保爱。逆旅都辇，所见甚多。但幽远之人，摇心左右，企望回辕，度日如岁。因成小诗，裁寄所思。兹外千万珍重。

其诗曰：

潇湘江上探春回，消尽寒冰落尽梅，

愿得儿夫似春色，一年一度一归来。

逾岁，张尚未回，亦不闻张娶妻。意复有书曰：

相别入此新岁，湘东地暖，得春尤多。溪梅堕玉，槛杏吐红，旧燕初归，暖莺已啭。对物如旧，感事自伤。或勉为笑语，不觉泪冷。数月来颇不喜食，似病非病，不能自愈。孺子无恙（意子年二岁），无烦流念。向尝面告，固匪自欺。君不能违亲之言，又不能废己之好，仰结高援，其无□焉。或俯就微下，曲为始终，百岁之恩，没齿何报。虽亡若存，摩顶至足，犹不足答君意。反覆其心，虽秃十兔毫，罄三江楮，亦不能□兹稠叠，上免君听。执笔不觉堕泪几砚中。郁郁之意，不能自已。千万对时善育，无或以此为至念也。短唱二阕，固非君子齿牙间可吟，盖欲摅情耳。曲名《极相思令》一首：

湘东最是得春先，和气暖如绵。清明过了，残花巷陌，犹见鞦韆。对景感时情绪乱，这密意，翠羽空传。风前月下，花时永昼，洒泪何言。

又作《长相思令》一首：

旧燕初归，梨花满院，迤逦天气融和。新晴巷陌，是处轻车轿马，禊饮笙歌。旧赏人非，对佳时，一向乐少愁多。远意沉沉，幽闺独自颦蛾。正消黯无言，自感凭高远意，空寄烟波。从来美事，因甚天教两处多磨？开怀强笑，向新来宽却衣罗。似恁地人怀憔悴，甘心总为伊呵。

张得意书辞，情悰久不快，亦私以意书示其所亲，有情者莫不嗟叹。张内逼慈亲之教，外为物议之非，更期月，亲已约孙贳殿丞女为姻。定问已行，媒妁素定，促其吉期，不日佳赴。张回肠危结，感泪自零。好天美景，对乐成悲，凭高怅望，默然自已。终不敢为记报意，逾岁，意方知，为书云：

妾之鄙陋，自知甚明。事由君子，安敢深扣。一入闺帏，克勤妇道，晨昏恭顺，岂敢告劳。自执箕帚，三改岁□。苟有未至，固当垂诲。遽此见弃，致我失图。求之人情，似伤薄恶，揆之天理，亦所不容。业已许君，不可贻咎。有义则合，常风服于前书，无故见离，深自伤于微弱。盟顾可欺，则不复道。稚于今已三岁；方能移步。期于成人，此犹可待。妾囊中尚有数百缗，当售附郭之田亩，日与老农耕耨别穰，卧漏复毳，凿井灌园。教其子知诗书之训，礼义之重。愿其有成，终身休庇妾之此身，如此而已。其他清风馆宇，明月亭轩，赏心乐事，不致如心久矣。今有此言，君固未信，俟在他日，乃知所怀。燕尔方初，宜君子之多喜，拔葵在地，徒向日之有心。自兹弃废，莫敢凭高。思入白云，魂游天末。幽怀蕴积，不能穷极。得官何地，因风寄声。固无他意，贵知动止。饮泣为书，意绪无极。千万自爱。

张得意书，日夕叹怅。后三年，张之妻孙氏谢世，湖外莫通信耗。会有客自长沙替归，遇于南省书理间。张询客意哥行没。客抚掌大骂曰："张生乃木人石心也。使有情者见之，罪不容诛。"张曰："何以言之？"客曰："意自张之去，则掩户不出，虽比屋莫见其面，闻张已别娶，意之心愈坚，方买郭外田百亩以自给。治家清肃，异议纤毫不可入。亲教其子。吾谓古之李住满女，不能远过此。吾或见张，当唾其面而非之。"张惭忸久之，召客饮于肆，云："吾乃张生。子责我皆是。但子不知吾家有亲，势不得已。"客曰："吾不知子乃张君也。"久乃散。张生乃如长沙。数日，既至，则微服游于肆，询意之所为。言意之美者不容刺口。默询其邻，莫有见者。门户潇洒，庭宇清肃。张固已恻然。意见张，急闭户不出。张曰："吾无故涉重河，跨大岭，行数千里之地，心固在子。子何见拒之深也，岂昔相待之薄欤？"意云："子已有室，我方端洁以全其素志。君宜去，无浼我。"张云："吾妻已亡矣。曩者之事，君勿复为念，以理推之可也。吾不得子，誓死于此矣。”意云：“我向慕君，忽遽人君之门，则弃之也容易。君若不弃焉，君当通媒妁，为行吉礼，然后口敢闻命。不然，无相见之期。”竟不出。张乃如其请，纳彩问名，一如秦晋之礼焉。事已，乃挈意归京师。意治闺门，深有礼法，处亲族皆有恩意，内外和睦，家道已成。意后又生一子，以进士登科，终身为命妇。夫妇偕老，子孙繁茂。呜呼，贤哉！

王幼玉记

淇上柳师尹撰

王生名真姬，小字幼玉，一字仙才。本京师人，随父流落于湖外，与衡州女弟女兄三人皆为名娼，而其颜色歌舞，甲于伦辈之上。群妓亦不敢与之争高下。幼玉更出于二人之上，所与往还皆衣冠士大夫。舍此，虽巨商富贾，不能动其意。夏公酉（夏贤良名噩字公酉）游衡阳，郡侯开宴召之。公酉曰：“闻衡阳有歌妓名王幼玉，妙歌舞，美颜色，孰是也？”郡侯张郎中公起乃命幼玉出拜。公酉见之，嗟吁曰：“使汝居东西二京，未必在名妓之下。今居于此，其名不得闻于天下。”顾左右取笺，为诗赠幼玉。其诗曰：

真宰无私心，万物逞殊形。嗟尔兰蕙质，远离幽谷青。

清风暗助秀，雨露濡其泠。一朝居上苑，桃李让芳馨。

由是益有光，但幼玉暇日常幽艳愁寂，寒芳未吐。人或询之。则曰：“此道非吾志也。”又询其故。曰：“今之或工或商或农或贾或道或僧，皆足以自养。唯我侪涂脂抹粉，巧言令色，以取其财。我思之愧赧无限。逼于父母姊弟，莫得脱此。倘从良人，留事舅姑，主祭祀，俾人回指曰：‘彼人妇也。’死有埋骨之地。”会东都人柳富字润卿，豪俊之士。幼玉一见曰：“兹吾夫也。”富亦有意室之。富方倦游，凡于风前月下，执手恋恋，两不相舍。既久，其妹窃知之。一日，诟富以语曰：“子若复为向时事，吾不舍子，即讼子于官府。”富从是不复往。一日，遇幼玉于江上。幼玉泣曰：“过非我造也。君宜以理推之。异时幸有终身之约，无为今日之恨。”相与饮于江上，幼玉云：“吾之骨，异日当附子之先陇。”又谓富曰：“我平生所知，离而复合者甚众。虽言爱勤勤，不过取其财帛，未尝以身许之也。我发委地，宝之若金玉，他人无敢窥觇，于子无所惜。”乃自解鬟，剪一缕以遗富。富感悦深至，去又羁思不得会为恨，因而伏枕。幼玉日夜怀思，遣人侍病。既愈，富为长歌赠之云：

紫府楼阁高相倚，金碧户牖红晖起。其间燕息皆仙子，绝世妖姿妙难比。偶然思念起尘心，几年谪向衡阳市。阳娇飞下九天来，长在娼家偶然耳。天姿才色拟绝伦，压到花衢众罗绮。绀发浓堆巫峡云，翠眸横剪秋江水。素手纤长细细圆，春笋脱向青云里。纹履鲜花窄窄弓，凤头翘起红裙底。有时笑倚小栏杆，桃花无言乱红委。王孙逆目似劳魂，东邻一见还羞死。自此城中豪富儿，呼僮控马相追随。千金买得歌一曲，暮雨朝云镇相续。皇都年少是柳君，体段风流万事足。幼玉一见苦留心，殷勤厚遣行人祝。青羽飞来洞户前，惟郎苦恨多拘束。偷身不使父母知，江亭暗共才郎宿。犹恐恩情未甚坚，解开鬟髻对郎前。一缕云随金剪断，两心浓更密如绵。自古美事多磨隔，无时两意空悬悬。清宵长叹明月下，花时洒泪东风前。怨入朱弦危更断，泪如珠颗自相连。危楼独倚无人会，新书写恨托谁传。奈何幼玉家有母，知此端倪蓄嗔怒。千金买醉嘱佣人，密约幽欢镇相误。将刃欲加连理枝，引弓欲弹鹣鹣羽。仙山只在海中心，风逆波紧无船渡。桃源去路隔烟霞，咫尺尘埃无觅处。郎心玉意共殷勤，同指松筠情愈固。愿郎誓死莫改移，人事有时自相遇。他日得郎归来时，携手同上烟霞路。

富因久游，亲促其归。幼玉潜往别，共饮野店中。玉曰："子有清才，我有丽质。才色相得，誓不相舍，自然之理。我之心，子之意，质诸神明，结之松筠久矣。子必异日有潇湘之游，我亦待君之来。"于是二人共盟，焚香，致其灰于酒中，共饮之。是夕同宿江上。翌日，富作词别幼玉，名《醉高楼》，词曰：

人间最苦，最苦是分离。伊爱我，我怜伊。青草岸头人独立，画船东去橹声迟。楚天低，回望处，两依依。后会也知俱有愿，未知何日是佳期。心下事，乱如丝。好天良夜还虚过，辜负我，两心知。愿伊家，衷肠在，一双飞。

富唱其曲以沽酒，音调辞意悲惋，不能终曲。乃饮酒，相与大恸。富乃登舟。富至辇下，以亲年老，家又多故，不得如约，但对镜洒涕。会有客自衡阳来，出幼玉书，但言幼玉近多病卧。富遽开其书疾读，尾有二句云：

春蚕到死丝方尽，蜡炬成灰泪始干。

富大伤感，遗书以见其意，云：

忆昔潇湘之逢，令人怆然。尝欲拿舟，泛江一往。复其前盟，叙其旧契。以副子念切之心，适我生平之乐。奈因亲老族重，心为事夺，倾风结想，徒自潇然，风月佳时，文酒胜处，他人怡怡，我独惚惚如有所失。凭酒自释，酒醒，情思愈彷徨。几无生理。古之两有

情者，或一如意，一不如意，则求合也易。今子与吾，两不如意，则求偶也难。君更待焉，事不易知，当如所愿。不然，天理人事，果不谐，则天外神姬，海中仙客，犹能相遇，吾二人独不得遂，岂非命也。子宜勉强饮食，无使真元耗散，自残其体，则子不吾见，吾何望焉。子书尾有二句，吾为子终其篇。云：

临流对月暗悲酸，瘦立东风自怯寒，
湘水佳人方告疾，帝都才子亦非安；
春蚕到死丝方尽，蜡炬成灰泪始干，
万里云山无路去，虚劳魂梦过湘滩。

一日，残阳沉西，疏帘不卷。富独立庭帏，见有半面出于屏间。富视之，乃幼玉也。玉曰："吾以思君得疾，今已化去。欲得一见，故有是行。我以平生无恶，不陷幽狱。后日当生衮州西门张遂家，复为女子。彼家卖饼。君子不忘昔日之旧，可过见我焉。我虽不省前世事，然君之情当如是。我有遗物在侍儿处，君求之以为验。千万珍重。"忽不见。富惊愕，但终叹惋。异日有过客自衡阳来，言幼玉已死，闻未死前嘱侍儿曰："我不得见郎，死为恨。郎平日爱我手发眉眼。他皆不可寄附，吾今剪发一缕，手指甲数个，郎来访我，子与之。"后数日，幼玉果死。

议曰：今之娼，去就狥利，其他不能动其心。求潇女霍生事，未尝闻也。今幼玉爱柳郎，一何厚耶？有情者观之，莫不怆然。善谐音律者广以为曲，俾行于世，使系于牙齿之间，则幼玉虽死不死也。吾故叙述之。

王榭传

唐王榭，金陵人，家巨富，祖以航海为业。一日，榭具大舶，欲之大食国。行逾月，海风大作，惊涛际天，阴云如墨，巨浪走山。鲸龟出没，鱼龙隐现，吹波鼓浪，莫知其数。然风势益壮，巨浪一来，身若上于九天，大浪既回，舟如堕于海底。举舟之人，兴而复颠，颠而又仆。不久，舟破。独榭一板之附，又为风涛飘荡。开目则鱼怪出其左，海兽浮其右，张目呀口，欲相吞噬。榭闭目待死而已。三日，抵一洲。舍板登岸。行及百步，见一翁媪，皆皂衣服，年七十余，喜曰："此吾主人郎也。何由至此？"榭以实对，乃引到其家。坐未久，曰："主人远来，必甚馁。"进食，□肴皆水族。月余，榭方平复，饮食如故。翁曰："□

吾国者,必先见君。向以郎□倦,未可往。今可矣。”榭诺。翁乃引行三里,过阛阓民居,亦甚烦会。又过一长桥,方见宫室台榭,连延相接,若王公大人之居。至大殿门,阍者入报。不久,一妇人出,服颇美丽,传言曰:“王召君人见。”王坐大殿,左右皆女人立。王衣皂袍,乌冠。榭即殿阶。王曰:“君北渡人也,礼无统制,无拜也。”榭曰:“既至其国,岂有不拜乎?”王亦折躬劳谢。王喜,召榭上殿,赐座,曰:“卑远之国,贤者何由及此?”榭以风涛破舟,不意及此,惟祈王见矜。曰:“君舍何处?”榭曰:“见居翁家。”王令急召来。翁至,□曰:“此本乡主人也,凡百无令其不如意。”王曰:“有所须,但论。”乃引去,复寓翁家。翁有一女,甚美色。或进茶饵,帘牖间偷视私顾,亦无避忌。翁一日召榭饮。半酣,白翁曰:“某身居异地,赖翁母存活,旅况如不失家,为德甚厚。然万里一身,怜悯孤苦,寝不成寐,食不成甘,使人郁郁。但恐成疾伏枕,以累翁也。”翁曰:“方欲发言。又恐轻冒。家有小女,年十七,此主人家所生也。欲以结好,少适旅怀,如何?”榭答:“甚善。”翁乃择日备礼。王亦遗酒肴彩礼,助结姻好。成亲,榭细视女,俊目狭腰,杏脸绀鬓,体轻欲飞,妖姿多态。榭询其国名。曰:“乌衣国也。”榭曰:“翁常目我主人郎。我亦不识者,所不役使,何主人云也?”女曰:“君久即自知也。”后常饮燕,帏衽席之间,女多泪眼畏人,愁眉蹙黛。榭曰:“何故?”女曰:“恐不久暌别。”榭曰:“吾虽萍寄,得子亦忘归。子何言离意?”女曰:“事由阴数,不由人也。”王召榭,宴于宝墨殿,器皿陈设俱黑,亭下之乐亦然。杯行乐作,亦甚清婉,但不晓其曲耳。王命玄玉杯劝酒,曰:“至吾国者,古今只两人,汉有梅成,今有足下。愿得一篇,为异日佳话。”给笺。榭为诗曰:

基业祖来兴大舶,万里梯航惯为客。今年岁运顿衰零,中道偶然罹此厄。飓风迅急若追兵,千叠云阴如墨色。鱼龙吹浪洒面腥,全舟尽葬鱼龙宅。阴火连空紫焰飞,直疑浪与天相拍。鲸目光连半海红,龟头波涌掀天白。桅樯倒折海底开,声若雷霆以分别。随我神助不沉沦,一板漂来此岸侧。君恩虽重赐宴频,无奈旅人自凄恻。引领乡原涕泪零,恨不此身生羽翼。

王览诗欣然,曰:“君诗甚好。无苦怀家,不久令归。虽不能羽翼,亦令君跨烟雾。”宴回,各人作□诗。女曰:“末句何相讥也?”榭亦不晓。不久,海上风和日暖。女泣曰:“君归有日矣。”王遣人谓曰:“君某日当回,宜与家人叙别。”女置酒,但悲泣不能发言,雨洗娇花,露沾弱柳,绿惨红愁。香消腻瘦。榭亦悲感。女作别诗曰:

从来欢会惟忧少,自古恩情到底稀,

此夕孤帏千载恨,梦魂应逐北风飞。

又曰:“我自此不复北渡矣。使君见我非今形容,且将憎恶之,何暇怜爱。我见君亦有嫉妒之情。今不复北渡,愿老死于故乡。此中所有之物,郎俱不可持去。非所惜也。”令侍中取丸灵丹来,曰:“此丹可以召人之神魂,死未逾月者,皆可使之更生。其法用一明镜致死者胸上,以丹安于项,以东南艾枝作柱灸之,立活。此丹海神秘惜,若不以昆仑玉盒盛之,即不可逾海。”适有玉盒,并付以系榭左臂,大恸而别。王曰:“吾国无以为赠。”取笺,诗曰:

昔向南溟浮大舶,漂流偶作吾乡客,

从兹相见不复期,万里风烟云水隔。

榭辞拜。王命取飞云轩来。既至,乃一乌毡兜子耳。命榭入其中,复命取化羽池水,洒之其毡乘。又召翁妪,扶持榭回。王戒榭曰:“当闭目,少息即至君家。不尔,即堕大海矣。”榭合目,但闻风声怒涛。既久,开目,已至其家,坐堂上。四顾无人,惟梁上有双燕呢喃。榭仰视,乃知所止之国,燕子国也。须臾,家人出相劳问,俱曰:“闻为风涛破舟,死矣。何故遽归?”榭曰:“独我附板而生。”亦不告所居之国。榭唯一子,去时方三岁。不见,乃问家人。曰:“死已半月矣。”榭感泣,因思灵丹之言,命开棺取尸,如法灸之,果生。至秋,二燕将去,悲鸣庭户之间。榭招之,飞集于臂。乃取纸细书一绝,系于尾,云:

误到华胥国里来,玉人终日重怜才,

云轩飘去无消息,泪洒临风几百回。

来春燕来,径泊榭臂,尾有小柬。取视,乃诗也。□有一绝,云:

昔日相逢真数合,而今睽隔是生离,

来春纵有相思字,三月天南无燕飞。

榭深自恨。明年,亦不来。其事流传众人口,因目榭所居处为乌衣巷。刘禹锡《金陵五咏》有《乌衣巷》诗云:

朱雀桥边野草花,乌衣巷口夕阳斜,

旧时王谢堂前燕,飞入寻常百姓家。

即知王榭之事非虚矣。

梅妃传

梅妃,姓江氏,莆田人。父仲逊,世为医。妃年九岁,能诵《二南》,语父曰:“我虽女子，期以此为志。”父奇之，名之曰采苹。开元中，高力士使闽粤，妃笄矣。见其少丽，选归，侍明皇，大见宠幸。长安大内大明兴庆三宫，东都大内上阳两宫，几十万人，自得妃视如尘土。宫中亦自以为不及。妃善属文，自比谢女。淡妆雅服，而姿态明秀，笔不可描画。性喜梅，所居阑槛，悉植数株，上榜曰梅亭。梅开赋赏，至夜分尚顾恋花下不能去。上以其所好，戏名曰梅妃。妃有《萧兰》，《梨园》，《梅花》，《凤笛》，《玻杯》，《剪刀》，《绮窗》七赋。是时承平岁久，海内无事，上于兄弟间极友爱，日从燕间，必妃侍侧。上命破橙往赐诸王，至汉邸，潜以足蹑妃履，妃登时退阁。上命连宣，报言：“适履珠脱缀，缀竟当来。”

梅妃

久之，上亲往命妃。妃拽衣迓上，言胸腹疾作，不果前也。卒不至，其恃宠如此。后上与妃斗茶，顾诸王戏曰：“此梅精也。吹白玉笛，作惊鸿舞，一座光辉。斗茶今又胜我矣。”妃应声曰：“草木之戏，误胜陛下。设使调和四海，烹饪鼎鼐，万乘自有宪法，贱妾何能较胜负也。”上大喜。会太真杨氏入侍，宠爱日夺，上无疏意。而二人相嫉，避路而行。上方之英皇，议者谓广狭不类，窃笑之。太真忌而智，妃性柔缓，亡有胜。后竟为杨氏迁于上阳东宫。后上忆妃，夜遣小黄门灭烛，密以戏马召妃至翠华西阁，叙旧爱，悲不自胜。继而上失寤，侍御惊报曰：“妃子已届阁前，当奈何？”上披衣，抱妃藏夹幕间。太真既至，问：“梅精安在？”上曰：“在东宫。”太真曰：“乞宣至，今日同浴温泉。”上曰：“此女已放屏，无并往也。”太真语益坚，上顾左右不答。太真大怒曰：“肴核狼藉，御榻下有妇人遗舄，夜来何人侍陛下寝，惧醉至于日出不视朝？陛下可出见群臣。妾止此阁俟驾回。”上愧甚，拽衾向屏假寐，曰：“今日有疾，不可临朝。”太真怒甚，径归私第。上顷觅妃所在，已为小黄门送令步归东宫。上怒斩之。遗舄并翠钿命封赐妃。妃谓使者曰：“上弃我之深乎？”使曰：“上非弃妃，诚恐太真恶情耳。”妃笑曰：“恐怜我则动肥婢情，岂非弃也？”妃以千金寿高力士，求词人拟司马相如为《长门赋》，欲邀上意。力士方奉太真，且畏其势，报曰：“无人解赋。”妃乃自作《楼东赋》，略曰：

玉鉴尘生，凤奁香殄，懒惮鬓之巧梳，闲缕衣之轻练。苦寂寞于蕙宫，但凝思乎兰殿。

信摞落之梅花,隔长门而不见。况乃花心飏恨,柳眼弄愁,暖风习习,春鸟啾啾。楼上黄昏兮,听风吹而回首,碧云日暮兮,对素月而凝眸。温泉不到,忆拾翠之旧游,长门深闭,嗟青鸾之信修。忆昔太液清波,水光荡浮,笙歌赏燕,陪从宸旒。奏舞鸾之妙曲,乘画鹢之仙舟。君情缱绻,深叙绸缪。誓山海而常在,似日月而无休。奈何嫉色庸庸,妒气冲冲,夺我之爱幸,斥我乎幽宫。思旧欢之莫得,想梦著乎朦胧。度花朝与月夕,羞懒对乎春风。欲相如之奏赋,奈世才之不工。属愁吟之未尽,已响动乎疏钟。空长叹而掩袂,踌躇步于楼东。

太真闻之,谓明皇曰:"江妃庸贱,以廋词宣言怨望,愿赐死。"上默然。会岭表使归,妃问左右:"何处驿使来,非梅使耶?"对曰:"庶邦贡杨妃荔实使来。"妃悲咽泣下。上在花萼楼,会夷使至,命封珍珠一斛密赐妃。妃不受,以诗付使者,曰:"为我进御前也。"曰:

柳叶双眉久不描,残妆和泪湿红绡。长门自是无梳洗,何必珍珠慰寂寥。

上览诗,怅然不乐。令乐府以新声度之,号《一斛珠》,曲名始此也。后禄山犯阙,上西幸,太真死。及东归,寻妃所在,不可得。上悲谓兵火之后,流落他处。诏有得之,官二秩,钱百万。搜访不知所在。上又命方士飞神御气,潜经天地,亦不可得。有宦者进其画真,上言似甚,但不活耳。诗题于上,曰:

忆昔娇妃在紫宸,铅华不御得天真。霜绡虽似当时态,争奈娇波不顾人。

读之泣下,命模像刊石。后上暑月昼寝,仿佛见妃隔竹间泣,含涕障袂,如花朦雾露状。妃曰:"昔陛下蒙尘,妾死乱兵之手,哀妾者埋骨池东梅株傍。"上骇然流汗而寤。登时令往太液池发视之,不获。上益不乐,忽悟温泉池侧有梅十余株,岂在是乎?上自命驾,令发视。才数株,得尸,裹以锦裀,盛以酒槽,附土三尺许。上大恸,左右莫能仰视。视其所伤,胁下有刀痕。上自制文诔之,以妃礼易葬焉。

赞曰:"明皇自为潞州别驾,以豪伟闻.驰骋犬马鄠杜之间,与侠少游。用此起支庶,践尊位,五十余年,享天下之奉,穷极奢侈,子孙百数,其阅万方美色众矣,晚得杨氏,变易三纲,浊乱四海,身废国辱,思之不少悔。是固有以中其心,满其欲矣。江妃者,后先其间,以色为所深嫉,则其当人主者,又可知矣。议者谓或覆宗,或非命,均其娼忌自取。殊不知明皇耄而忮忍,至一日杀三子,如轻断蝼蚁之命。奔窜而归,受制昏逆,四顾嫔嫱,斩亡俱尽,穷独苟活,天下哀之,《传》曰:"'以其所不爱及其所爱。'盖天所以酬之也。报复之理,毫发不差,是岂特两女子之罪哉?"

汉兴,尊《春秋》,诸儒持《公》《谷》角胜负,《左传》独隐而不宣,最后乃出。盖古书历久始传者极众。今世图画美人把梅者，号《梅妃》，泛言唐明皇时人，而莫详所自也。盖明皇失邦，咎归杨氏，故词人喜传之。梅妃特嫔御擅美，显晦不同，理应尔也。此传得自万卷朱遵度家，大中二年七月所书，字亦媚好。其言时有涉俗者。惜乎史逸其说。略加修润而曲循旧语，惧没其实也。惟叶少蕴与余得之，后世之传，或在此本。又记其所从来如此。

李师师外传

李师师者，汴京东二厢永庆坊染局匠王寅之女也。寅妻既产女而卒，寅以菽浆代乳乳之，得不死，在襁褓未尝啼。汴俗，凡男女生，父母爱之，必为舍身佛寺。寅怜其女，乃为舍身宝光寺。女时方知孩笑。一老僧目之曰："此何地，尔乃来耶?"女至是忽啼。僧为摩其顶，啼乃止。寅窃喜，曰："是女真佛弟子。"为佛弟子者，俗呼为师，故名之曰师师。师师方四岁，寅犯罪系狱死。师师无所归，有倡籍李姥者收养之。比长，色艺绝伦，遂名冠诸坊曲。徽宗帝即位，好事奢华，而蔡京章惇王黼之徒，遂假绍述为名，劝帝复行青苗诸法。长安中粉饰为饶乐气象。市肆酒税，日计万缗，金玉缯帛，充溢府库。于是童贯朱勔辈，复导以声色狗马宫室，苑囿之乐。凡海内奇花异石，搜采殆遍。筑离宫于汴城之北，名曰艮岳。帝般乐其中，久而厌之。更思微行，为狎邪游。内押班张迪者，帝所亲幸之寺人也。未宫时为长安狎客，往来诸坊曲，故与李姥善。为帝言陇西氏色艺双绝，帝艳心焉。翼日，命迪出内府紫茸二匹，霞毡二端，瑟瑟珠二颗，白金廿镒，诡云大贾赵乙，愿过庐一顾。姥利金币，喜诺。暮夜，帝易服杂内寺四十余人中，出东华门，二里许，至镇安坊。镇安坊者，李姥所居之里也。帝麾止余人，独与迪翔步而入。堂户卑庳。姥出迎，分庭抗礼，慰问周至。进以时果数种，中有香雪藕，水晶苹婆，而鲜枣大如卵，皆大官所未供者。帝为各尝一枚。姥复款洽良久，独未见师师出拜，帝延伫以待。时迪已辞退，姥乃引帝至一小轩。棐几临窗，缥缃数帙，窗外新篁，参差弄影。帝悠然兀坐，意兴闲适，独未见师师出侍。少顷，姥引帝到后堂。陈列鹿炙，鸡酢、鱼脍、羊签等肴，饭以香子稻米，帝为进一餐。姥侍旁，款语移时，而师师终未出见。帝方疑异，而姥忽复请浴，帝辞之。姥至帝前，耳语曰："儿性好洁，勿忤。"帝不得已，随姥至一小楼下湢室中浴竟。姥复引帝坐后堂，肴核水陆，杯盏新洁，劝帝欢饮，而师师终未一见。良久，姥才执烛引帝至房。帝搴帷而入，一灯荧然，亦绝无师师在。帝益异之，为倚徙几榻间。又良久，见姥拥一姬姗姗而来。淡妆不施脂粉，衣绢素，无艳服。新浴方罢，娇艳如出水芙蓉。

见帝，意似不屑，貌殊倨，不为礼。姥与帝耳语曰："儿性颇愎，勿怪。"帝于灯下凝睇物色之，幽姿逸韵，闪烁惊眸。问其年，不答。复强之，乃迁坐于他所。姥复附帝耳曰："儿性好静坐。唐突勿罪。"遂为下帷而出。师师乃起，解玄绢褐袄，衣轻绨，卷右袂，援壁间琴，隐几端坐而鼓《平沙落雁》之曲。轻拢慢捻，流韵淡远。帝不觉为之倾耳，遂忘倦。比曲三终，鸡唱矣。帝亟披帷出。姥问，亦起，为进杏酥饮，枣羔，饦饦诸点品。帝饮杏酥杯许，旋起去。内侍从行者皆潜候于外，即拥卫还宫。时大观三年八月十七日事也。姥私语师师曰："赵人礼意不薄，汝何落落乃尔？"师师怒曰："彼贾奴耳。我何为者？"姥笑曰："儿强项，可令御史里行也。"而长安人言籍籍，皆知驾幸陇西氏。姥闻大恐，日夕惟涕泣。泣语师师曰："洵是，夷吾族矣。"师师曰："无恐。上肯顾我，岂忍杀我？且畴昔之夜，幸不见逼，上意必怜我。惟是我所窃自悼者，实命不犹，流落下贱，使不洁之名，上累至尊，此则死有余辜耳。若夫天威震怒，横被诛戮，事起佚游，上所深讳，必不至此，可无虑也。"次年正月，帝遣迪赐师师蛇跗琴。蛇跗琴者，琴古而漆黝，则有纹如蛇之跗，盖大内珍藏宝器也。又赐白金五十两。三月，帝复微行如陇西氏。师师仍淡妆素服，俯伏门阶迎驾。帝喜，为执其手令起。帝见其堂户忽华敞，前所御处，皆以蟠龙锦绣覆其上。又小轩改造杰阁，画栋朱阑，都无幽趣。而李姥见帝至，亦匿避，宣至，则体颤不能起，无复向时调寒送暖情态。帝意不悦，为霁颜，以老娘呼之，谕以一家子无拘畏。姥拜谢，乃引帝至大楼。楼初成，师师伏地叩帝赐额。时楼前杏花盛放，帝为书"醉杏楼"三字赐之。少顷置酒，师师侍侧，姥匍匐传樽为帝寿。帝赐师师隅坐，命鼓所赐蛇跗琴，为弄《梅花三叠》。帝衔杯饮听，称善者再。然帝见所供肴馔皆龙凤形，或镂或绘，悉如宫中式。因问之，知出自尚食房厨夫手，姥出金钱倩制者。帝亦不怿，谕姥今后悉如前，无矜张显著。遂不终席，驾返。帝尝御画院，出诗句试诸画工，中式者岁间得一二。是年九月，以"金勒马嘶芳草地，玉楼人醉杏花天"名画一幅赐陇西氏。又赐藕丝灯、煖雪灯、芳苡灯、火凤衔珠灯各十盏；鸬鹚杯，琥珀杯，琉璃盏，镂金偏提各十事；月团，凤团，蒙顶等茶百斤；饦饦、寒具、银饮饼数盒。又赐黄白金各千两。时宫中已盛传其事，郑后闻而谏曰："妓流下贱，不宜上接圣躬。且暮夜微行，亦恐事生叵测。愿陛下自爱。"帝颔之。阅岁者再，不复出。然通问赏赐，未尝绝也。宣和二年，帝复幸陇西氏。见悬所赐画于醉杏楼，观玩久之。忽回顾见师师，戏语曰："画中人乃呼之竟出耶？"即日赐师师辟寒金钿，映月珠环，舞鸾青镜，金虬香鼎。次日，又赐师师端鸡凤味砚，李廷珪墨，玉管宣毫笔，剡溪纹绫纸。又赐李姥钱百千缗。迪私言于上曰："帝幸陇西，必易服夜行，故不能常继。今艮岳离宫东偏有官地袤延二三里，直接镇安坊。若于此处为潜道，帝驾往还殊便。"帝曰："汝图之。"于是迪等疏言:“离宫宿卫人,向多露处。臣等愿捐赀若干,于官地营室数百楹,广筑围墙,以便宿卫。”帝可其奏。于是羽林巡军等,布列至镇安坊止,而行人为之屏迹矣。四年三月,帝始从潜道幸陇西,赐藏阄双陆等具。又赐片玉棋盘,碧白二色玉棋子,画院宫扇,九折五花之簟,鳞文蓐叶之席,湘竹绮帘,五彩珊瑚钩。是日,帝与师师双陆不胜,围棋又不胜,赐白金两千两。嗣后师师生辰,又赐珠钿金条脱各二事,玑琲一箧,毳锦数端,鹭毛缯翠羽缎百匹,白金千两。后又以灭辽庆贺,大赍州郡,加恩宫府,乃赐师师紫绡绢幕,五彩流苏,冰蚕神锦被,却尘锦褥,麸金千两,良酝则有桂露,流霞,香蜜等名。又赐李姥大府钱万缗。计前后赐金银钱,缯帛,器用,食物等,不下十万。帝尝于宫中集宫眷等宴坐,韦妃私问曰:“何物李家儿,陛下悦之如此?”帝曰:“无他,但令尔等百人,改艳妆,服玄素,令此娃杂处其中,迥然自别。其一种幽姿逸韵,要在色容之外耳。”无何,帝禅位,自号为道君教主,退处太乙宫。佚游之兴,于是衰矣。师师语姥曰:“吾母子嘻嘻,不知祸之将及。”姥曰:“然则奈何?”师师曰:“汝第勿与知,唯我所欲。”时金人方启衅,河北告急。师师乃集前后所赐金钱,呈牒开封尹,愿入官,助河北饷。复赂迪等代请于上皇,愿弃家为女冠。上皇许之,赐北郭慈云观居之,未几,金人破汴。主师闼懒索师师,云:“金主知其名,必欲生得之。”乃索之累日不得。张邦昌等为踪迹之,以献金营。师师骂曰:“吾以贱妓,蒙皇帝眷,宁一死无他志。若辈高爵厚禄,朝廷何负于汝,乃事事为斩灭宗社计?今又北面事丑虏,冀得一当,为呈身之地。吾岂作若辈羔雁贽耶?”乃脱金簪自刺其喉,不死;折而吞之,乃死。道君帝在五国城,知师师死状,犹不自禁其涕泣之汍澜也。

论曰:李师师以娼妓下流,猥蒙异数,所谓处非其据矣。然观其晚节,烈烈有侠士风,不可谓非庸中佼佼者也。道君奢侈无度,卒召北辕之祸,宜哉。

唐宋传奇集卷末

稗边小缀

鲁迅纂

《古镜记》见《太平广记》卷二百三十,改题《王度》,注云:“出《异闻集》。”《太平御览》(九百十二)引其程雄家婢一事,作隋王度《古镜记》,盖缘所记皆隋时事而误。《文苑英华》(七百三十七)顾况《戴氏广异记》序云:“国朝燕公《梁四公记》,唐临《冥报记》,王度《古镜记》,孔慎言《神怪志》,赵自勤《定命录》,至如李庾成、张孝举之徒,互相传说。”则度实已入唐,故当为唐人。惟《唐书》及《新唐书》皆无度名。其事迹之可借本文考见者,如下:

大业七年五月,自御史罢归河东;六月,归长安。八年四月,在台;冬,兼著作郎,奉诏撰国史。九年秋,出兼芮城令;冬,以御史带芮城令,持节河北道,开仓赈给陕东。十年,弟勣自六合丞弃官归,复出游。十三年六月,勣归长安。

由隋入唐者有王绩,绛州龙门人,《唐书》(一九六)《隐逸传》云:“大业中,举孝悌廉洁,不乐在朝,求为六合丞。以嗜酒不任事,时天下亦乱,因劾,遂解去。叹曰:‘罗网在天下,吾且安之!’乃还乡里。……初,兄凝为隋著作郎,撰《隋书》,未成,死。绩续余功,亦不能成。”则《唐书》之绩及凝,即此文之勣及度,或度一名凝,或《唐书》字误,未能详也。《新唐书》(一九二)亦有绩传,云:“贞观十八年卒。”时度已先殁,然不知在何年。宋晁公武《郡斋读书志》(十四)类书类有《古镜记》一卷,云:“右未详撰人,纂古镜故事。”或即此。《御览》所引一节,文字小有不同。如“为下邽陈思恭义女”下有“思恭妻郑氏”五字,“遂将鹦鹉”之“将”作“劫”,皆较《广记》为胜。

《补江总白猿传》据明长洲顾氏《文房小说》复刊宋本录,校以《太平广记》四百四十四所引,改正数字。《广记》题曰《欧阳纥》,注云:“出《续江氏传》。”是亦据宋初单行本也。此传在唐宋时盖颇流行,故史志屡见著录:

《新唐书艺文志》子部小说家类:《补江总白猿传》一卷。

《郡斋读书志》史部传记类:《补江总白猿传》一卷。右不详何人撰。述梁大同末欧阳纥妻为猿所窃,后生子询。《崇文目》以为唐人恶询者为之。

《直斋书录解题》子部小说家类:《补江总白猿传》一卷。无名氏。欧阳纥者,询之父也。询貌猕猿,盖常与长孙无忌互相嘲谑矣。此传遂因其嘲广之,以实其事。托言江总,必无名子所为也。《宋史艺文志》子部小说类:《集补江总白猿传》一卷。

长孙无忌嘲欧阳询事,见刘𫗧《隋唐嘉话》(中)。其诗云:“耸髆成山字,埋肩不出头,谁家麟阁上,画此一猕猴!”盖询耸肩缩项,状类猕猴。而老玃窃人妇生子,本旧来传说。汉焦廷寿《易林》(坤之剥)已云:“南山大玃,盗我媚妾。”晋张华作《博物志》,说之甚详(见卷三《异兽》)。唐人或妒询名重,遂牵合以成此传。其曰“补江总”者,谓总为欧阳纥之友,又尝留养询,具知其本末,而未为作传,因补之也。

《离魂记》见《广记》三百五十八，原题《王宙》，注云出《离魂记》。即据以改题。“二男并孝廉擢第，至丞尉”句下，原有“事出陈玄祐《离魂记》云”九字，当是羡文，今删。玄祐，大历时人，余未知其审。

《枕中记》今所传有两本，一在《广记》八十二，题作《吕翁》，注云：“出《异闻集》。”一见于《文苑英华》八百八十三，篇名撰人名毕具。而《唐人说荟》竟改称李泌作，莫喻其故也。沈既济，苏州吴人（《元和姓纂》云吴兴武康人），经学该博，以杨炎荐，召拜右拾遗史馆修撰。贞元时，炎得罪，既济亦贬处州司户参军。后入朝，位礼部员外郎，卒。撰《建中实录》十卷，人称其能。《新唐书》（百三十二）有传。既济为史家，笔殊简质，又多规诲，故当时虽薄传奇文者，仍极推许。如李肇，即拟以庄生寓言，与韩愈之《毛颖传》并举（《国史补》下）。《文苑英华》不收传奇文，而独录此篇及陈鸿《长恨传》，殆亦以意主箴规，足为世戒矣。

在梦寐中忽历一世，亦本旧传。晋干宝《搜神记》中即有相类之事。云“焦湖庙有一玉枕，枕有小坼。时单父县人杨林为贾客，至庙祈求。庙巫谓曰：君欲好婚否？林曰：‘幸甚。’巫即遣林近枕边，因入坼中。遂见朱楼琼室，有赵太尉在其中。即嫁女与林，生六子，皆为秘书郎。历数十年，并无思归之志。忽如梦觉，犹在枕旁，林怆然久之。”（见宋乐史《太平寰宇记》百二十六引。现行本《搜神记》乃后人钞合，失收此条。）盖即《枕中记》所本。明汤显祖又本《枕中记》以作《邯郸记》传奇，其事遂大显于世。原文吕翁无名，《邯郸记》实以吕洞宾，殊误。洞宾以开成年下第入山，在开元后，不应先已得神仙术，且称翁也。然宋时固已溷为一谈，吴曾《能改斋漫录》，赵与旹《宾退录》皆尝辨之。明胡应麟亦有考正，见《少室山房笔丛》中之《玉壶遐览》。

《太平广记》所收唐人传奇文，多本《异闻集》。其书十卷，唐末屯田员外陈翰撰，见《新唐书艺文志》，今已不传。据《郡斋读书志》（十三）云：“以传记所载唐朝奇怪事，类为一书。”及见收于《广记》者察之，则为撰集前人旧文而成。然照以他书所引，乃同是一文，而字句又颇有违异。或所据乃别本，或翰所改定，未能详也。此集之《枕中记》，即据《文苑英华》录，与《广记》之采自《异闻集》者多不同。尤甚者如首七句《广记》作“开元十九年，道者吕翁经邯郸道上，邸舍中设榻施席，（案沉钞本作解。）担囊而坐”。“主人方蒸黍”作“主人蒸黄粱为馔”。后来凡言“黄粱梦”者，皆本《广记》也。此外尚多，今不悉举。

《任氏传》见《广记》四百五十二，题曰《任氏》，不著所出，盖尝单行。“天宝九年”上原有“唐”字。案《广记》取前代书，凡年号上著国号者，大抵编录时所加，非本有，今删。

他篇皆仿此。右第一分

李吉甫《编次郑钦悦辨大同古铭论》,清赵钺及劳格撰之《唐御史台精舍题名考》(三)云:"见于《文苑英华》。先未写出,适又无《文苑英华》可借,因据《广记》三百九十一录其文,本题《郑钦悦》,则复依赵钺劳格说改也。文亦原非传奇;而《广记》注云出《异闻记》。盖其事奥异,唐宋人固已以小说视之,因编于集。李吉甫字弘宪,赵人,贞元初,为太常博士;累仕至翰林学士中书舍人。元和二年,以中书侍郎同中书门下平章事,出为淮南节度使,旋复入相。九年十月,暴疾卒,年五十七。赠司空,谥忠懿。两《唐书》(旧一四八新一四六)皆有传。郑钦悦则《新唐书》(二百)附见《儒学赵冬曦传》中,云开元初,繇新津丞请试五经擢第,授巩县尉,集贤院校理,右补阙,内供奉。雅为李林甫所恶。韦坚死,钦悦时位殿中侍御史,尝为坚判官,贬夜郎尉,卒。

《柳氏传》出《广记》四百八十五,题下注云:"许尧佐撰。"《新唐书》(二百)《儒学许康佐传》云:"贞元中,举进士宏辞,连中之。……其诸弟皆擢进士第,而尧佐最先进;又举宏辞,为太子校书郎。八年,康佐继之。尧佐位谏议大夫。"柳氏事亦见于孟棨《本事诗》(《情感》第一),自云开成中在梧州闻之大梁夙将赵唯,乃其目击。所记与尧佐传并同,盖事实也。而述翃复得柳氏后事较详审,录之:

后罢府闲居,将十年。李相勉镇夷门,又署为幕吏。时韩已迟暮,同列皆新进后生,不能知韩,举目为"恶诗"。韩邑邑不得意,多辞疾在家。唯末职韦巡官者,亦知名士,与韩独善。一日,夜将半,韦叩门急。韩出见之,贺曰:"员外除驾部郎中,知制诰。"韩大愕然曰:"必无此事,定误矣。"韦就座曰:"留邸状报制诰阙人。中书两进名,御笔不点出。又请之,且求圣旨所与。德宗批曰:'与韩翃。'时有与翃同姓名者,为江淮刺史。又具二人同进。御笔复批曰:'春城无处不飞花,寒食东风御柳斜。日暮汉宫传蜡烛,轻烟散入五侯家。'又批曰:'与此韩翃。'"韦又贺曰:"此非员外诗耶?"韩曰:"是也。是知不误矣。"质明,而李与僚属皆至。时建中初也。

后来取其事以作剧曲者,明有吴长孺《练囊记》,清有张国寿《章台柳》。

《柳毅传》见《广记》四百十九卷,注云:"出《异闻集》。"原题无传字,今增。据本文,知为陇西李朝威作,然作者之生平不可考。柳毅事则颇为后人采用,金人已摭以作杂剧(语见董解元《弦索西厢》);元尚仲贤有《柳毅传书》,翻案而为《张生煮海》;李好古亦有《张生煮海》;明黄说仲有《龙箫记》。用于诗篇,亦复时有。而胡应麟深恶之,曾云:"唐人小说如柳毅传书洞庭事,极鄙诞不根,文士亟当唾去,而诗人往往好用之。夫诗中用

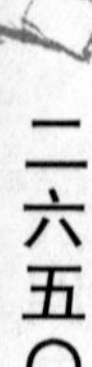

事，本不论虚实，然此事特诳而不情。造言者至此，亦横议可诛者也。何仲默每戒人用唐宋事，而有‘旧井潮深柳毅祠’之句，亦大鲁莽。今特拈出，为学诗之鉴。”（《笔丛》三十六）申绎此意，则为凡汉晋人语，倘或近情，虽诳可用。古人欺以其方，即明知而乐受，亦未得为笃论也。

《李章武传》出《广记》卷三百四十。原题无传字，篇末注云：“出李景亮为作传。”今据以加。景亮，贞元十年详明政术可以理人科擢第，见《唐会要》，余未详。

《霍小玉传》出《广记》四百八十七，题下注云：“蒋防撰。”防字子征（《全唐文》作微），义兴人，澄之后。年十八，父诫令做《秋河赋》，援笔即成。于简隧妻以子。李绅即席命赋《韝上鹰》诗。绅荐之。后历翰林学士中书舍人（明凌迪知《古今万姓统谱》八十六）。长庆中，绅得罪，防亦自尚书司封员外郎知制诰贬汀州刺史《唐书敬宗纪》，寻改连州。李益者，字君虞，系出陇西，累官右散骑常侍。太和中，以礼部尚书致仕。时又有一李益，官太子庶子，世因称君虞为“文章李益”以别之，见《新唐书》（二百三）《李益传》。益当时大有诗名，而今遗集苓落，清张澍曾裒集为一卷，刻《二酉堂丛书》中，前有事辑，收罗李事甚备。《霍小玉传》虽小说，而所记盖殊有因，杜甫《少年行》有句云：“黄衫年少宜来数，不见堂前东逝波。”即指此事。时莆在蜀，殆亦从传闻得之。益之友韦夏卿，字云客，京兆万年人，亦两《唐书》（旧一六五，新一六二）皆有传。李肇（《国史补》中）云：“散骑常侍李益少有疑病。”而传谓小玉死后，李益乃大猜忌，则或出于附会，以成异闻者也。明汤海若尝取其事做《紫箫记》。右第二分

李公佐所作小说，今有四篇在《太平广记》中，其影响于后来者甚巨，而作者之生平顾不易详。从文中所自述，得以考见者如次：

贞元十三年，泛潇湘苍梧。（《古岳渎经》）十八年秋，自吴之洛，暂泊淮浦。（《南柯太守传》）

元和六年五月，以江淮从事受使至京，回次汉南。（《冯媪传》）八年春，罢江西从事，扁舟东下，淹泊建业。（《谢小娥传》）冬，在常州。（《经》）九年春，访古东吴，泛洞庭，登包山。（《经》）十三年夏月，始归长安，经泗滨。（《谢传》）

《全唐诗》末卷有李公佐仆诗。其本事略谓公佐举进士后，为钟陵从事。有仆夫执役勤瘁，迨三十年。一旦，留诗一章，距跃凌空而去。诗有“颛蒙事可亲”之语，注云：“公佐字颛蒙。”疑即此公佐也。然未知《全唐诗》采自何书，度必出唐人杂说，而寻检未获。《唐书》（七十）《宗室世系表》有千牛备身公佐，为河东节度使说子，灵盐朔方节度使公度

弟，则别一人也。《唐书宣宗纪》载有李公佐，会昌初，为杨府录事，大中二年，坐累削两任官，却似颛蒙。然则此李公佐盖生于代宗时，至宣宗初犹在，年几八十矣。惟所见仅孤证单文，亦未可遽定。

《古岳渎经》出《广记》四百六十七，题为《李汤》，注云："出《戎幕闲谈》。"《戎幕闲谈》乃韦绚作，而此篇是公佐之笔甚明。元陶宗仪《辍耕录》（二十九）云："东坡《濠州涂山》诗'川锁支祁水尚浑'注，'程演曰：《异闻集》载《古岳渎经》：禹治水，至桐柏山，获淮涡水神，名曰巫支祁。'"其出处及篇名皆具，今即据以改题，且正《广记》所注之误。《经》盖公佐拟作，而当时已被其淆惑。李肇《史国补》（上）即云："楚州有渔人，忽于淮中钓得古铁锁，挽之不绝。以告官。刺史李汤大集人力，引之。锁穷，有青猕猴跃出水，复没而逝。后有验《山海经》云：'水兽，好为害，禹锁于军山之下，其名曰无支祁。"'验今本《山海经》无此语，亦不似逸文。肇殆为公佐此作所误，又误记书名耳。且亦非公佐据《山海经》逸文，以造《岳渎经》也，至明，遂有人径收之《古逸书》中。胡应鳞（《笔丛》三十二）亦有说，以为"盖即六朝人踵《山海经》体而赝作者。或唐文士滑稽玩世之文，命名《岳渎》可见。以其说颇诡异，故后世或喜道之。宋太史景濂亦稍檃栝集中，总之以文为戏耳。罗泌《路史》辩有《无支祁》；世又讹禹事为泗州大圣，皆可笑。"所引文亦与《广记》殊有异同：禹理水作禹治淮水；走雷作迅雷；石号作水号；五伯作土伯；搜命作授命；千作等山；白首作白面；奔轻二字无；闻字无；章律作童律，下重有童律二字；鸟木由作乌木由，下亦重有三字，庚辰下亦重有庚辰字；桓下有胡字；聚作丛；以数千载作以千数；大索作大械；末四字无。颇较顺利可诵识。然未审元瑞所据者为善本，抑但以意更定也，故不据改。

朱熹《楚辞辩证》（下）云："《天问》，鲧窃帝之息壤以湮洪水，特战国时俚俗相传之语，如今世俗僧伽降无之祁，许逊斩蛟蜃精之类。本无依据，而好事者遂假托撰造以实之。"是宋时先讹禹为僧伽。王象之《舆地纪胜》（四十四，淮南东路盱眙军）云："水母洞在龟山寺，俗传泗州僧伽降水母于此。"则复讹巫支祁为水母。褚人获《坚瓠续集》（二）云："《水经》载禹治水至淮，淮神出见。形一猕猴，爪地成水。禹命庚辰执之。遂锁于龟山之下，淮水乃平。至明，高皇帝过龟山，令力士起而视之。因拽铁索盈两舟，而千人拔之起。仅一老猿，毛长盖体，大吼一声，突入水底。高皇帝急令羊豕祭之，亦无他患。"是又讹此文为《水经》，且坚嫁李汤事于明太祖矣。

《南柯太守传》出《广记》四百七十五，题《淳于棼》，注云出《异闻录》，传是贞元十八年作，李肇为之赞，即缀篇末。而元和中肇作《国史补》乃云"近代有造谤而著者，《鸡眼》

《苗登》二文；有传蚁穴而称者，李公佐《南柯太守》；有乐伎而工篇什者，成都薛涛，有家僮而善章句者，郭氏奴（不记名）。皆文之妖也。”（卷下）约越十年，遂诋之至此，亦可异矣。《梦》事亦颇流传，宋时，扬州已有南柯太守墓，见《舆地纪胜》（三十七淮南东路）引《广陵行录》。明汤显祖据以作《南柯记》，遂益广传至今。

《庐江冯媪传》出《广记》三百四十三，注云："出《异闻录》。"事极简略，与公佐他文不类。然以其可考见作者踪迹，聊复存之。《广记》旧题无传字，今加。

《谢小娥传》出《广记》四百九十一，题李公佐撰。不著所从出，或尝单行欤，然史志皆不载。唐李复言作《续玄怪录》，亦详载此事，盖当时已为人所艳称。至宋，遂稍讹异，《舆地纪胜》（三十四，江南西路）记临江军人物，有谢小娥，云："父自广州部金银纲，携家入京，舟过萧滩，遇盗，全家遇害。小娥溺水，不死，行乞于市。后佣于盐商李氏家，见其所用酒器，皆其父物，始悟向盗乃李也。心衔之，乃置刀藏之，一夕，李生置酒，举室酣醉。娥尽杀其家人，而闻于官。事闻诸朝，特命以官。娥不愿，曰：'已报父仇，他无所事，求小庵修道。'朝廷乃建尼寺，使居之，今金地坊尼寺是也。"事迹与此传似是而非，且列之李邈与傅雱之间，殆已以小娥为北宋末人矣。明凌濛初作通俗小说（《拍案惊奇》十九），则据《广记》。

贞元十一年，太原白行简作《李娃传》，亦应李公佐之命也。是公佐不特自制传奇，且亦促侪辈作之矣。《传》今在《广记》卷四百八十四，注云："出《异闻集》。"元石君宝作《李亚仙花酒曲江池》，明薛近兖作绣襦记，皆本此。胡应麟（《笔丛》四十一）论之曰："娃晚收李子，仅足赎其弃背之罪，传者亟称其贤，大可哂也。"以《春秋》决传奇狱，失之。行简字知退（《新唐书宰相世系表》云："字退之"）。居易弟也。贞元末，登进士第。元和十五年，授左拾遗，累迁司门员外郎主客郎中。宝历二年冬，病卒。两《唐书》皆附见居易传（旧一六六，新一一九）。有诗二十卷，今不存。传奇则尚有《三梦记》一篇，见原本《说郛》卷四。其刘幽求一事尤广传，胡应麟（《笔丛》三十六）又云："《太平广记》梦类数事绵类此。此盖实录，余悉祖此假托也。"案清蒲松龄《聊斋志异》中之《凤阳士人》，盖亦本此。

《说郛》于《三梦记》后，尚缀《纪梦》一篇，亦称行简作。而所记年月为会昌二年六月，时行简卒已十七年矣。疑伪造，或题名误也。附存以备检：

行简云：长安西市帛肆，有贩粥求利而为之平者，姓张，不得名。家富于财，居光德里。其女，国色也。尝因昼寝，梦至一处，朱门大户，棨戟森然。由门而入，望其中堂，若

设燕张乐之为,左右廊皆施帏幄,有紫衣吏引张氏于西廊幕次,见少女如张等辈十许人,花容绰约,花钿照耀。既至,吏促张妆饰,诸女迭助之理泽傅粉。有顷,自外传呼:“侍郎来!”自隙间窥之,见一紫绶大官。张氏之兄尝为其小吏,识之,乃言曰:“吏部沈公也。”俄又呼曰:“尚书来!”又有识者,并帅王公也。逡巡,复连呼曰:“某来!”“某来!”皆郎官以上,六七个坐厅前。紫衣吏曰:“可出矣。”群女旋进,金石丝竹铿鍧,震响中署。酒酣,并州见张氏而视之,尤属意。谓之曰:“汝习何艺能?”对曰:“未尝学声音。”使与之琴,辞不能。曰:“第操之!”乃抚之而成曲。予之筝,亦然;琵琶,亦然。皆平生所不习也。王公曰:“恐汝或遗。”乃令口受诗:“鬟梳闹埽学宫妆,独立闲庭纳夜凉,手把玉簪敲砌竹,清歌一曲月如霜。”张曰:“且归辞父母,异日复来。”忽惊啼,寤,手扪衣带,谓母曰:“尚书诗遗矣!”索笔录之。问其故,泣对以所梦,且曰:“殆将死乎?”母怒曰:“汝作魇耳。何以为辞?乃出不祥言如是。”因卧病累日。外亲有持酒肴者,又有将食味者。女曰:“且须膏沐澡瀹。”母听,良久,艳妆盛色而至。食毕,乃偏拜父母及坐客,曰,“时不留,某今往矣。”自授衾而寝。父母环伺之,俄尔遂卒。会昌二年六月十五日也。

二十年前,读书人家之稍豁达者,偶亦教稚子诵白居易《长恨歌》。陈鸿所作传,因连类而显,忆《唐诗三百首》中似即有之。而鸿之事迹颇晦,惟《新唐书艺文志》小说类有陈鸿《开元升平源》一卷,注云:“字大亮,贞元主客郎中。”又《唐文粹》(九十五)有陈鸿《大统纪序》云:“少学乎史氏,志在编年。贞元丁(案当作乙)酉岁,登太常第,始闲居遂志,乃修《大统纪》三十卷。……七年,书始成,故绝笔于元和六年辛卯。”《文苑英华》(三九二)有元稹撰《授丘纾陈鸿员外郎制》,云:“朝议郎行太常博士上柱国陈鸿,坚于讨论,可以事举,可虞部员外郎。”可略知其仕历。《长恨传》则有三本。一见于《文苑英华》七百九十四;明人又附刊一篇于后,云:“出《丽情集》及《京本大曲》。”文句甚异,疑经张君房辈增改以便观览,不足据。一在《广记》四百八十六卷中,明人掇以实丛刊者皆此本,最为广传。而与《文苑》本亦颇有异同,尤甚者如“其年夏四月”至篇末一百七十二字,《广记》止作“至宪宗元和元年,盩厔尉白居易为歌以言其事。并前秀才陈鸿作传,冠于歌之前,目为《长恨歌传》”而已。自称前秀才陈鸿,为《文苑》本所无,后人亦决难臆造,岂当时固有详略两本欤,所未详也。今以《文苑英华》较不易见,故据以入录。然无诗,则以载于《白氏长庆集》者足之。

《五色线》(下)引陈鸿《长恨传》云:“贵妃赐浴华清池,清澜三尺中洗明玉,既出水,力微不胜罗绮。”今三本中均无第二三语。惟《青琐高议》(七)中《赵飞燕别传》有云:“兰汤滟滟，昭仪坐其中，若三尺寒泉浸明玉。"宋秦醇之所作也。盖引者偶误，非此传逸文。

本此传以作传奇者，有清洪嗙思之《长生殿》，今尚广行。蜗寄居士有杂剧曰《长生殿补阙》，未见。

《东城老父传》出《广记》四百八十五。《宋史艺文志》史部传记类著录陈鸿《东城老父传》一卷，则曾单行。传末贾昌述开元理乱，谓"当时取士，孝悌理人而已，不闻进士宏词拔萃之为其得人也"。亦大有叙"开元升平源"意。又记时人语云："生儿不用识文字，斗鸡走马胜读书。贾家小儿年十三，富贵荣华代不如。"同出于陈鸿所作传，而远不如《长恨传》中"生女勿悲酸，生男勿喜欢"之为世传诵，则以无白居易为作歌之为之也。

《资治通鉴考异》卷十二所引有《升平源》，云世以为吴兢所撰，记姚元崇借骑射邀恩，献纳十事，始奉诏作相事。司马光驳之曰："果如所言，则元崇进不以正。又当时天下之事，止此十条，须因事启沃，岂一旦可邀。似好事为之，依托兢名，难以尽信。"案兢，汴州浚仪人，少励志，贯知经史。魏元忠荐其才堪论撰，诏直史馆，修国史。私撰《唐书》《唐春秋》，叙事简核，人以董狐目之。有传在《唐书》（旧一百二，新一三二）。《开元升平源》，《唐志》本云陈鸿作，《宋史艺文志》史部故事类始著吴兢《贞观政要》十卷，又《开元升平源》一卷。疑此书本不著撰人名氏，陈鸿，吴兢，并后来所题。二人于史皆有名，欲假以增重耳。今姑置之《东城老父传》之后，以从《通鉴考异》写出，故仍题兢名。右第三分

元稹字微之，河南河内人，以校书郎累仕至中书舍人，承旨学士。由工部侍郎入相，旋出为同州刺史，改越州，兼浙东观察使。太和初，入为尚书左丞，检校户部尚书，兼鄂州刺史武昌军节度使。五年七月，卒于镇，年五十三。两《唐书》（旧一六六，新一七四）皆有传。于文章亦负重名，自少与白居易唱和。当时言诗者称"元白"，号为"元和体"。有《元氏长庆集》一百卷，《小集》十卷，今惟《长庆集》六十卷存。《莺莺传》见《广记》四百八十八。其事之震撼文林，为力甚大。当时已有杨巨源，李绅辈作诗以张之；至宋，则赵令畤拈以制《商调蝶恋花》（《在侯鲭录》中）；金有董解元作《弦索西厢》；元有王实甫《西厢记》，关汉卿《续西厢记》；明有李日华《南西厢记》，陆采亦有《南西厢记》，周公鲁有《翻西厢记》；至清，查继佐尚有《续西厢》杂剧云。

因《莺莺传》而作之杂剧及传奇，曩惟王关本易得。今则刘氏暖红室已刊《弦索西厢》，又聚赵令畤《商调蝶恋花》等较著之作十种为《西厢记十则》。市肆中往往而有，不难致矣。

《莺莺传》中已有红娘及欢郎等名，而张生独无名字。王楙《野客丛书》（二十九）云：

"唐有张君瑞,遇崔氏女于蒲。崔小名莺莺。元稹与李绅语其事,作《莺莺歌》。"客中无赵令畤《侯鲭录》,无从知《商调蝶恋花》中张生是否已具名字。否则宋时当尚有小说或曲子,字张为君瑞者。漫识于此,俟有书时考之。

《周秦行纪》余所见凡三本。一在《广记》卷四百八十九;一在顾氏《文房小说》中,末一行云"宋本校行";一附于《李卫公外集》内,是明刊本。后二本较佳,即据以互校转写,并从《广记》补正数字。三本皆题牛僧孺撰。僧孺,字思黯,本陇西狄道人。居宛叶间。元和初,以贤良方正对策第一,条指失政,鲠讦不避权贵,因不得意。后渐仕至御史中丞,以户部侍郎同中书门下平章事。又累贬为循州刺史。宣宗立,乃召还,为太子少师。大中二年,年六十九卒,赠太尉,谥文简。两《唐书》(旧一七二,新一七四)皆有传。僧孺性坚僻,与李德裕交恶,各立门户,终生不解。又好作志怪,有《玄怪录》十卷,今已佚,惟辑本一卷存。而《周秦行纪》则非真出僧孺手。晁公武(《郡斋读志书》十三)云:"贾黄中以为韦瓘所撰。瓘,李德裕门人,以此诬僧孺"者也。案是时有两韦瓘,皆尝为中书舍人。一年十九入关,应进士举,二十一进士状头,榜下除左拾遗,大中初任廉察桂林,寻除主客分司。见莫休符《桂林风土记》。一字茂宏,京兆万年人,韦夏卿弟正卿之子也。"及进士第,仕累中书舍人。与李德裕善。李宗闵恶之,德裕罢,贬为明州长史。"见《新唐书》(一六二)《夏卿传》,则为作《周秦行纪》者。胡应麟(《笔丛》三十二)云:"中有'沈婆儿作天子'等语,所为根蒂者不浅。独怪思黯罹此巨谤,不亟自明,何也?牛李二党曲直,大都鲁卫间。牛撰《玄怪》等录,亡只词构李,李之徒顾作此以危之。于戏,二子者,用心睹矣!牛迄功名终,而子孙累叶贵盛。李挟高世之才,振代之绩,卒沦海岛,非忌刻忮害之报耶?辄因是书,播告夫世之工谮诉者。"乞灵于果报,殊未足以餍心。然观李德裕所作《周秦行纪论》,至欲持此一文,致僧孺于族灭,则其阴谲险狠,可畏实甚。弃之者众,固其宜矣。论犹在集(外集四)中,移录于后:

言发于中,情见乎辞。则言辞者,志气之来也。故察其言而知其内,玩其辞而见其意矣。余尝闻太牢氏(凉国李公尝呼牛僧孺为太牢。梁公名不便,故不书。)好奇怪其身,险易其行。以其姓应国家受命之谶,曰:"首尾三鳞六十年,两角犊子恣狂颠,龙蛇相斗血成川。"及见著《玄怪录》,多造隐语,人不可解。其或能晓一二者,必附会焉。纵司马取魏之渐,用田常有齐之由。故自卑秩,至于宰相,而朋党若山,不可动摇。欲有意摆撼者,皆遭诬坐,莫不侧目结舌,事具史官刘轲《日历》。余得太牢《周秦行纪》,反复睹其太牢以身与帝王后妃冥遇,欲证其身非人臣相也,将有意于"狂颠"。及至戏德宗为"沈婆儿",以代宗皇后为"沈婆"，令人骨战。可谓无礼于其君甚矣！怀异志于图谶明矣！余少服臧文仲之言曰："见无礼于其君者，如鹰鹯之逐鸟雀也。"故贮太牢已久。前知政事，欲正刑书，力未胜而罢。余读国史，见开元中，御史汝南子谅弹奏牛仙客，以其姓符图谶。虽似是，而未合"三麟六十"之数。自裴晋国与余凉国（名不便），彭原（程），赵郡（绅）诸从兄，嫉太牢如仇，颇类余志。非怀私忿，盖恶其应谶也。太牢作镇襄州日，判复州刺史乐坤《贺武宗监国状》曰："闲事不足为贺。"则恃姓敢如此耶！会余复知政事，将欲发觉，未有由。值平昭义，得与刘从谏交结书，因窜逐之。嗟乎，为人臣阴怀逆节，不独人得诛之，鬼得诛矣。凡与太牢胶固，未尝不是薄流无赖辈，以相表里。意太牢有望，而就佐命焉，斯亦信符命之致。或以中外罪余于太牢爱憎，故明此论，庶乎知余志。所恨未暇族之，而余又罢。岂非王者不死乎？遗祸胎于国，亦余大罪也。倘同余志，继而为政，宜为君除患。历既有数，意非偶然，若不在当代，必在于子孙。须以太牢少长，咸置于法，则刑罚中而社稷安，无患于二百四十年后。嘻！余致君之道，分隔于明时。嫉恶之心，敢辜于早岁？因援毫而摅宿愤。亦书《行纪》之迹于后。

论中所举刘轲，亦李德裕党。《日历》具称《牛羊日历》，牛羊，谓牛僧孺，杨虞卿也，甚毁此二人。书久佚，今有辑本，缪荃荪刻之《藕香零拾》中。又有皇甫松，著《续牛羊日历》，亦久佚。《资治通鉴考异》（卷二十），引一则，于《周秦行纪》外，且痛诋其家世，今节录之：

太牢早孤。母周氏，冶荡无检。乡里云："兄弟羞赧，乃令改醮。"既与前夫义绝矣，及贵，请以出母追赠。《礼》云："庶氏之母死，何为哭于孔氏之庙乎？"又曰："不为伋也妻者，是不为白也母。"而李清心妻配牛幼简，是夏侯铭所谓"魂而有知，前夫不纳于幽壤，殁而可作，后夫必诉于玄穹。"使其母为失行无适从之鬼，上罔圣朝，下欺先父，得曰忠孝智识者乎？作《周秦行纪》，呼德宗为"沈婆儿"，谓睿真皇太后为"沈婆"。此乃无君甚矣！

盖李之攻牛，要领在姓应图谶，心非人臣，而《周秦行纪》之称德宗为"沈婆儿"，尤所以证成其罪。故李德裕既附之论后，皇甫松《续历》亦严斥之。今李氏《穷愁志》虽尚存（《李文饶外集》卷一至四，即此），读者盖寡；牛氏《玄怪录》亦早佚，仅得后人为之辑存。独此篇乃屡刻于丛书中，使世间由是更知僧孺名氏。时世既迁，怨亲俱泯，后之结果，盖往往非当时所及料也。

李贺《歌诗编》（一）有《送沈亚之歌》，序言元和七年送其下第归吴江，故诗谓"吴兴才人怨春风，桃花满陌千里红，紫丝竹断骢马小，家住钱塘东复东。"中复云"春卿拾才白日下，掷置黄金解龙马，携笈归江重入门，劳劳谁是怜君者”也。然《新唐书》已不详亚之行事，仅于《文苑传序》一举其名。幸《沈下贤集》迄今尚存，并考宋计有功《唐诗纪事》，元辛文房《唐才子传》，犹能知其概略。亚之字下贤，吴兴人。元和十年，进士及第，历殿中侍御史内供奉。太和初，为德州行营使者柏耆判官。耆贬，亚之亦谪南康尉；终郢州掾。其集本九卷，今有十二卷，盖后人所加。中有传奇三篇。亦并见《太平广记》，皆注云：“出《异闻集》。”字句往往与集不同。今者据本集录之。

《湘中怨辞》出《沈下贤集》卷二。《广记》在二百九十八，题曰《太学郑生》，无序及篇末“元和十三年”以下三十六字。文句亦大有异，殆陈翰编《异闻集》时之所删改欤。然大抵本集为胜。其“遂我”作“逐我”，则似《广记》佳。惟亚之好作涩体，今亦无以决之。故异同虽多，悉不复道。

《异梦录》见集卷四。唐谷神子已取以入《博异志》。《广记》则在二百八十二，题曰《邢凤》，较集本少二十余字，王炎作王生。炎为王播弟，亦能诗，不测《异闻集》何为没其名也。《沈下贤集》今有长沙叶氏观古堂刻本，及上海涵芬楼影印本。二十年前则甚希觏。余所见者为影钞小草斋本，既录其传奇三篇，又以丁氏八千卷楼钞本校改数字。同是十二卷本《沈集》，而字句复颇有异同，莫知孰是。如王炎诗“择水葬金钗”，惟小草斋本如此，他本皆作“择土”。顾亦难遽定“择水”为误。此类甚多，今亦不备举。印本已渐广行，易于入手，求详者自可就原书比勘耳。

梦中见舞弓弯，亦见于唐时他种小说。段成式《酉阳杂俎》（十四）云：“元和初，有一士人，失姓字，因醉卧厅中。及醒，见古屏上妇人等悉于床前踏歌。歌曰：‘长安女儿踏春阳，无处春阳不断肠，舞袖弓腰浑忘却，蛾眉空带九秋霜。’其中双鬟者问曰：‘如何是弓腰？’歌者笑曰：‘汝不见我做弓腰乎？’乃反首，髻及地，腰势如规焉。士人惊惧，因叱之。忽然上屏，亦无其他。”其歌与《异梦录》者略同，盖即由此蔓延。宋乐史撰《杨太真外传》，卷上注中记杨国忠卧睹屏上诸女下床自称名，且歌舞。其中有“楚宫弓腰”，则又由《酉阳杂俎》所记而传讹。凡小说流传，大率渐广渐变，而推究本始，其实一也。

《秦梦记》见集卷二，及《广记》二百八十二，题曰《沈亚之》，异同不多。“击体舞”当作“击髀舞”，“追酒”当作“置酒”，各本俱误。“如今日”之“今”字，疑衍，小草斋本有，他本俱无。

《无双传》出《广记》四百八十六，注云：“薛调撰。”调，河中宝鼎人，美姿貌，人号为“生菩萨”。咸通十一年，以户部员外郎加驾部郎中，充翰林承旨学士，次年，加知制诰。

郭妃悦其貌，谓懿宗曰："驸马盍若薛调乎。"顷之，暴卒，年四十三，时咸通十三年二月二十六日也。世以为中鸩云（见《新唐书宰相世系表》，《翰苑群书》及《唐语林》四）。胡应麟（《笔丛》四十一）云："王仙客……事大奇而不情，盖润饰之过。或乌有，无是类，不可知。"案范摅《云溪友议》（上）载："有崔郊秀才者，寓居于汉上，蕴精文艺，而物产罄悬。亡何，与姑婢通，每有阮咸之从。其婢端丽，饶彼音律之能，汉南之最也。姑鬻婢于连帅，帅爱之，以类无双，给钱四十万，宠眄弥深。郊思慕不已，即强亲府署，愿一见焉。其婢因寒食来从事家，值郊立于柳荫，马上连泣，誓若山河。崔生赠以诗曰：'公子王孙逐后尘，绿珠垂泪滴罗巾，侯门一入深如海，从此萧郎是路人"。'诗闻于师，遂以归崔。无双下原有注云："即薛太保之爱妾，至今图画观之。"然则无双不但实有，且当时已极艳传。疑其事之前半，或与崔郊姑婢相类；调特改薛太尉家为禁中，以隐约其词。后半则颇有增饰，稍乖事理矣。明陆采尝拈以作《明珠记》。

柳理《上清传》见《资治通鉴考异》卷十九。司马光驳之云："信如此说，则参为人所劫，德宗岂得反云'蓄养侠刺'。况陆贽贤相，安肯为此。就使欲陷参，其术固多，岂肯为此儿戏。全不近人情。"亦见于《太平广记》卷二百七十五，题曰《上清》，注云："出《异闻集》。""相国窦公"作"丞相窦参"，后凡"窦公"皆只作一"窦"字；"隶名掖庭"下有"且久"二字；"怒陆贽"上有"至是大悟因"五字；"这"作"老"；"恣行媒孽"下有"乘间攻之"四字；"特敕"下有"削"字。余尚有小小异同，今不备举。此篇本与《刘幽求传》同附《常侍言旨》之后。《言旨》亦理作，《郡斋读书志》（十三）云："记其世父柳芳所谈。"芳，蒲州河东人；子登，冕；登子璟，见《新唐书》（一三二）。理盖璟之从兄弟行矣。

《杨娼传》出《广记》四百九十一，原题房千里撰。千里字鹄举，河南人，见《新唐书宰相世系表》。《艺文志》有房千里《南方异物志》一卷，《投荒杂录》一卷，注云："太和初进士第，高州刺史。"是其所终官也。此篇记叙简率，殊不似作意为传奇。《云溪友议》（上）又有《南海非》一篇，谓房千里博士初上第，游岭徼。有进士韦滂，自南海致赵氏为千里妾。千里倦游归京，暂为南北之别。过襄州遇许浑，托以赵氏。浑至，拟给以薪粟，则赵已从韦秀才矣。因以诗报房，云："春风白马紫丝缰，正值蚕眠未采桑，五夜有心随暮雨，百年无节待秋霜；重寻绣带朱藤合，却认罗裙碧草长，为报西游减离恨，阮郎才去嫁刘郎。"房闻，哀恸几绝云云。此传或即作于得报之后，聊以寄慨者欤。然韦縠《才调集》（十）又以浑诗为无名氏作，题云："客有新丰馆题怨别之词，因诘传吏，尽得其实，偶作四韵嘲之。"

《飞烟传》出《说郛》卷三十三所录之《三水小牍》，皇甫枚撰。亦见于《广记》四百九十一，飞烟作非烟。《三水小牍》本三卷，见《宋史艺文志》及《直斋书录解题》。今止存二卷，刻于卢氏《抱经堂丛书》及缪氏《云自在龛丛书》中。就书中可考见者，枚字遵美，安定人。三水，安定属邑也。咸通末，为汝州鲁山令；光启中，僖宗在梁州，赴调行在。明姚咨跋云："天佑庚午岁，旅食汾晋，为此书。"今书中不言及此，殆出于枚之自序，而今失之。缪氏刻本有逸文一卷，收《非烟传》，然仅据《广记》所引，与《说郛》本小有异同，且无篇末一百十余字。《广记》不云出于何书，盖尝单行也，故仍录之。

《虬髯客传》据明顾氏《文房小说》录，校以《广记》百九十三所引《虬髯传》，互有详略，异同，今补正二十余字。杜光庭字宾至，处州缙云人。先学道于五台山，仕唐为内供奉。避乱入蜀，事王建，为金紫光禄大夫，谏议大夫，赐号广成先生。后主立，以为传真天师，崇真观大学士。后解官，隐青城山，号东瀛子。年八十五卒。著书甚多，有《谏书》一百卷，《历代忠谏书》五卷，《道德经广圣义疏》三十卷，《录异记》十卷，《广成集》一百卷，《壶中集》三卷。此外言道教仪则，应验，及仙人，灵境者尚二十余种，八十余卷。今惟《录异记》流传。光庭尝作《王氏神仙传》一卷，以悦蜀主。而此篇则以窥视神器为大戒，殆尚是仕唐时所为。《宋史艺文志》小说类著录作"《虬髯客传》一卷"。宋程大昌《考古编》（九）亦有题《虬须传》者一则，云："李靖在隋，常言高祖终不为人臣。故高祖入京师，收靖，欲杀之。太宗救解，得不死。高祖收靖，史不言所以，盖讳之也。《虬须传》言靖得虬须客资助，遂以家力佐太宗起事。此文士滑稽，而人不察耳。又杜诗言'虬须似太宗'。小说亦辨人言太宗虬须，须可挂角弓。是虬须乃太宗矣。而谓虬须授靖以资，使佐太宗，可见其为戏语也。"髯皆作须。今为虬髯者，盖后来所改。惟高祖之所以收靖，则当时史实未尝讳言。《通鉴考异》（八）云："柳芳《唐历》及《唐书靖传》云：'高祖击突厥于塞外。靖察高祖，知有四方之志。因自锁上变，将诣江都，至长安，道塞不通而止。'案太宗谋起兵，高祖尚未知；知之，犹不从。当击突厥之时，未有异志，靖何从察知之？又上变当乘驿取疾，何为自锁也？今依《靖行状》云：'昔在隋朝，曾经忤旨。及兹城陷，高祖追责旧言，公伉慨直论，特蒙宥释。'"柳芳唐人，记上变之嫌，即知城陷见收之故矣。然史实常晦，小说辄传，《虬髯传》亦同此例，仍为人所乐道，至绘为图，称曰"三侠"。取以作曲者，则明张凤翼，张太和皆有《红拂记》，凌初成有《虬髯翁》。右第四分

《冥音录》出《广记》四百八十九。中称李德裕为"故相"，则大中或咸通后作也。《唐人说荟》题朱庆余撰，非。

《东阳夜怪录》出《广记》四百九十。叙王洙述其所闻于成自虚，夜中遇精魅，以隐语相酬答事。《唐人说荟》即题洙作，非也。郑振铎(《中国短篇小说集》)云："所叙情节，类似朱僧孺的《元无有》，也许这两篇是同出一源的。"案《元无有》本在玄怪录中，全书已佚。此条《广记》三百六十九引之：

宝应中，有元无有，常以仲春末，独行维扬郊野。值日晚，风雨大至。时兵荒后，人户多逃。遂人路旁空庄。须臾霁止，斜月方出。无有坐北窗，忽闻西廊有行人声。未几，见月中有四人，衣冠皆异，相与诙谐吟咏甚畅。乃云："今夕如秋，风月若此，吾辈岂不为一言，以展平生之事也?"其一人即曰云云。吟咏既朗，无有听之具悉。其一衣冠长人，即先吟曰："齐纨鲁缟如霜雪，寥亮高声予所发。"其二黑衣冠短陋人，诗曰："嘉宾良会清夜时，煌煌灯烛我能持。"其三故敝黄衣冠人，亦短陋，诗曰："清冷之泉候朝汲，桑绠相牵常出入。"其四故黑衣冠人，诗曰："爨薪贮泉相煎熬，充他口腹我为劳。"无有亦不以四人为异，四人亦不虞无有之在堂隍也，递相褒赏。观其自负，则虽阮嗣宗《咏怀》，亦若不能加矣。四人迟明方归旧所。无有就寻之，堂中唯有故杵，灯台，水桶，破铛。乃知四人，即此物所为也。

《灵应传》出《广记》四百九十二，无撰人名氏。《唐人说荟》以为于逖作，亦非。传在记龙女之贞淑，郑承符之智勇，而亦取李朝威《柳毅传》中事，盖受其影响，又稍变易之。泾原节度使周宝字上珪，平州卢龙人。在镇务耕力，聚粮二十万石，号良将。黄巢据宣歙，乃徙宝镇海军节度使，兼南面招讨使。后为钱镠所杀。《新唐书》(一八六)有传。

右第五分

《隋遗录》上下卷，据原本《说郛》七十八录出，以《百川学海》本校之。前题唐颜师古撰。末有无名氏跋，谓会昌中，僧志彻得于瓦棺寺阁南双阁之荀笔中。题《南部烟花录》，为颜公遗稿。取《隋书》校之，多隐文，后乃重编为《大业拾遗记》。原本缺落，凡十七八，悉从而补之矣云云。是此书本名《南部烟花录》，既重编，乃称《大业拾遗记》。今又作《隋遗录》，跋所未言，殆复由后来传刻者所改欤。书在宋元时颇已流行，《郡斋读书志》及《通考》并著《南部烟花录》；《通志》著《大业拾遗录》；《宋史艺文志》史部传记类亦有颜师古《大业拾遗》一卷，子部小说类又有颜师古《隋遗录》一卷，盖同书而异名，所据凡两本也。本文与跋，词意荒率，似一手所为。而托之师古，其术与葛洪之《西京杂记》，谓钞自刘歆之《汉书》遗稿者正等。然才识远逊，故罅漏殊多，不待吹求，已知其伪。清《四库全书总目》(一四三)云："王得臣《麈史》称其'极恶可疑'。姚宽《西溪丛语》亦曰：

‘《南部烟花录》文极俚俗。又载陈后主诗云,夕阳如有意,偏傍小窗明。此乃唐人方域诗,六朝语不如此。唐《艺文志》所载《烟花录》,记幸广陵事,此本已亡,故流俗伪作此书云云。’然则此亦伪本矣。今观下卷记幸月观时与萧后夜话,有‘依家事一切已托杨素了’之语,是时素死久矣。师古岂疏谬至此乎?其中所载炀帝诸作,及虞世南赠袁宝儿作,明代辑六朝诗者,往往采掇,皆不考之过也。”

《炀帝海山记》上下卷,出《青琐高议》后集卷五,先据明张梦锡刻本录,而校以董氏所刻士礼居本。明钞原本《说郛》三十二卷中亦有节本一卷,并取参校。篇题下原有小注,上卷云:“说炀帝宫中花木。”下卷云:“记炀帝后苑鸟兽。”皆编者所加,今削。其书盖欲侈陈炀帝奢靡之迹,如郭氏《洞冥》,苏鹗《杜阳》之类,而力不逮。中有《望江南》调八阕,清《四库目》云,乃李德裕所创,段安节《乐府杂录》述其缘起甚详,亦不得先于大业中有之。

《炀帝迷楼记》录自原本《说郛》三十二。明焦竑作《国史经籍志》,并《海山记》皆著录,盖尝单行。清《四库目》(一四三)谓“亦见《青琐高议》。……竟以迷楼为在长安,乖谬殊甚。”然《青琐高议》中实无有,殆纪昀等之误也。周中孚(《郑堂读书记》)更推阐其评语,以为“后称‘大业九年,帝幸江都,有迷楼’。而末又云:‘帝幸江都,唐帝提兵号令入京,见迷楼,大惊曰:“此皆民膏血所为也!”乃命焚之。经月,火不灭。’则竟以迷楼为在长安,等诸项羽之焚阿房,乖谬殊极”云。

《炀帝开河记》从原本《说郛》卷四十四录出。《宋史艺文志》史部地理类著录一卷,注云:“不知作者。”清《四库目》以为“词尤鄙俚,皆近于委巷之传奇,同出依托,不足道。”按唐李匡义《资暇集》(下)云:“俗怖婴儿曰‘麻胡来!’不知其源者,以为多髯之神而验刺者,非也。隋将军麻祜,性酷虐。炀帝令开汴河,威棱既盛,至稚童望风而畏,互相恐吓曰‘麻祜来!’稚童语不正,转祜为胡。”末有自注云:“麻祜庙在睢阳。鄜方节度李丕即其后。丕为重建碑。”然则叔谋虐焰,且有其实,此篇所记,固亦得之口耳之传,非尽臆造矣。惜李丕所立碑文,今未能见,否则当亦有足资参证者。至冢中诸异,乃颇似本《西京杂记》所叙广陵王刘去疾发冢事,附会蔓延作之。

右四篇皆为《古今逸史》所收。后三篇亦见于《古今说海》,不题撰人。至《唐人说荟》,乃并云:“韩”撰。偓致尧生唐末,先则颠沛危朝,后乃流离南裔,虽赋艳诗,未为稗史,所作惟《金銮密记》一卷,诗二卷,《香奁集》一卷而已。且于史事,亦不至荒陋如是。此盖特里巷稍知文字者所为,真所谓街谈巷议,然得冯犹龙掇以入《隋炀艳史》,遂弥复纷传于世。至今世俗心目中之隋炀，殊犹是昼游西苑，夜止迷楼者也。

明钞原本《说郛》一百卷，虽多脱误，而《迷楼记》实佳。以其尚存俗字，如“你”之类，刻本则大率改为“尔”或“汝”矣，世之雅人，憎恶口语，每当纂录校刊，虽故书雅记，间亦施以改定，俾弥益雅正。宋修《唐书》，于当时恒言，亦力求简古，往往大减神情，甚或英明本意。然此犹撰述也。重刊旧文，辄亦不赦，即就本集所收文字而言，宋本《资治通鉴考异》所引《上清传》中之“这獠奴”，明清刻本《太平广记》引则俱作“老獠奴”矣；顾氏校宋本《周秦行纪》中之“屈两个娘子”及“不宜负他”，《广记》引则作“屈二娘子”及“不宜负也”矣。无端自定为古人决不作俗书，拚命复古，而古意乃寝失也。

右第六分

《绿珠传》一卷出《琳琅秘室丛:书》。其所据为旧抄本，又以别本校之。末有胡珽跋，云：“旧本无撰人名氏。案马氏《经籍考》题‘宋史官乐史撰’。宋人《续谈助》亦载此传，而删节其半。后有西楼北斋跋云：‘直史馆乐史，尤精地理学，故此传推考山水为详，又皆出于地志杂书者。’余谓绿珠一婢子耳，能感主恩而奋不顾身，是宜刊以风世云。咸丰三年八月，仁和胡珽识。”今再勘以《说郛》三十八所录，亦无甚异同。疑所谓旧抄本或别本者，即并从《说郛》出尔。旧校稍烦，其必改“越”为“粤”之类，尤近自扰，今悉不取。

《杨太真外传》二卷，取自顾氏《文房小说》。署史官乐史撰，《唐人说荟》收之，诬谬甚矣。然其误则始于陶宗仪《说郛》之题乐史为唐人。此两本外，又尝见京师图书馆所藏丁氏八千卷楼旧抄本，称为“善本”，然实凡本而已，殊无佳处也。《宋史艺文志》史部传记类著录“曾致尧《广中台记》八十卷，又《绿珠传》一卷，颇似传亦曾致尧作；又有“《杨妃外传》一卷，”注云：“不知作者。”又有“乐史《滕王外传》一卷，又《李白外传》一卷，《洞仙集》一卷，《许迈传》一卷，《杨贵妃遗事》二卷，”注云：“题岷山叟上。”书法函胡，殆不可以理析。然《续谈助》一跋而外，尚有《郡斋读书志》(九，传记类)云：“《绿珠传》一卷，右皇朝《乐史》撰。”又“《杨贵妃外传》二卷，右皇朝乐史撰。叙唐杨妃事迹，讫孝明之崩。”而《直斋书录解题》(七，传记类)亦云：“杨妃外传一卷，直史馆临川乐史子正撰。”则绿珠杨妃二传，皆乐史之作甚明。《杨妃传》卷数，宋时已分合不同，今所传者盖晁氏所见二卷本也。但书名又小变耳。

乐史，抚州宜黄人，自南唐入宋，为著作佐郎，出知陵州。以献赋召为三馆编修，迁著作郎，直史馆。观绿珠太真二传结衔，则皆此时作。后转太常博士，出知舒黄商三州，再人文馆，掌西京磨勘司，赐金紫。景德四年卒，年七十八。事详《宋史》(三百六)《乐黄目

传》首。史多所著作,在三馆时,曾献书至四百二十余卷,皆叙科第孝悌神仙之事。又有《太平寰宇记》二百卷,征引群书至百余种,今尚存。盖史既博览,复长地理,故其辑述地志,即缘滥于采录,转成繁芜。而撰传奇如《绿珠》《太真传》,又不免专拾旧文,如《语林》,《世说新语》,《晋书》,《明皇杂录》,《开天传信记》,《长恨传》,《酉阳杂俎》,《安禄山事迹》等,稍加排比,且常拳拳于山水也。

右第七分

宋刘斧秀才作《翰府名谈》二十五卷,又《摭遗》二十卷,《青琐高议》十八卷,见《宋史艺文志》子部小说类。今唯存《青琐高议》。有明张梦锡刊本,前后集各十卷,颇难得。近董康校刊士礼居写本,亦二十卷,又有别集七卷,《宋志》所无。然宋人即时有引《青琐摭遗》者,疑即今所谓别集。《宋志》以为《翰府名谈》之《摭遗》,盖亦误尔。其书杂集当代人志怪及传奇,漫无条贯,间有议,亦殊浅率。前有孙副枢序,不称名而称官,甚怪;今亦莫知为何人。此但选录其较整饬曲折者五篇。作者三人:曰魏陵张实子京,曰谯川秦醇子复(或作子履),曰淇上柳师尹。皆未考始末。一篇无撰人名。

《流红记》出前集卷五,题下原有注云:"红叶题诗取韩氏",今删。唐孟棨《本事诗》(《情感》第一)有顾况于洛乘门苑水中得大梧叶,上有题诗,况与酬答事。"帝城不禁东流水,叶上题诗欲寄谁"者,况和诗也。范摅《云溪友议》(下)又有《题红怨》,言卢渥应举之岁,于御沟得红叶,上有绝句,置于巾箱。及宣宗放宫人,渥获其一。"睹红叶而吁嗟久之,曰:'当时偶题随流,不谓郎君收藏巾箧。'验其书,无不讶焉。诗曰:'水流何太急,深宫尽日闲。殷勤谢红叶,好去到人间。"'宋人作传奇,始回避时事,拾旧闻附会牵合以成篇,而文意并瘁。如《流红记》,即其一也。

《赵飞燕别传》出前集卷七,亦见于原本《说郛》三十三,今参校录之。胡应麟(《笔丛》二十九)云:"戊辰之岁,余偶过燕中书肆,得残刻十数纸,题《赵飞燕别集》。阅之,乃知即《说郛》中陶氏删本。其文颇类东京,而末载梁武答昭仪化鼋事。盖六朝人作,而宋秦醇子复补缀以传者也。第端临《通考》渔仲《通志》并无此目。而文非宋所能。其闲叙才数事,多俊语,出伶玄右,而淳质古健弗如。惜全帖不可见也。"又特赏其"兰汤滟滟"等三语,以为"百世之下读之,犹勃然兴。"然今所见本皆作别传,不作集;《说郛》本亦无删节,但较《高议》少五十余字,则或写生所遗耳。《高议》中录秦醇作特多,此篇及《谭意歌传》外,尚有《骊山记》及《温泉记》。其文芜杂,亦间有俊语。倘精心作之,如此篇者,尚亦能为。元瑞虽精鉴,能作《四部正讹》,而时伤嗜奇,爱其动魄,使勃然兴,则辄冀其为真古书以增声价。犹今人闻伶玄《飞燕外传》及《汉杂事秘辛》为伪书，亦尚有怫然不悦者。

《谭意歌传》出别集卷二，本无“传”字，今加。有注云：“记英奴才华秀色。”今削。意歌，文中作意哥，未知孰是。唐有谭意哥，盖薛涛李冶之流，辛文房《唐才子传》曾举其名，然无事迹。秦醇此传，亦不似别有所本，殆窃取《莺莺传》《霍小玉传》等为前半，而以团员结之尔。

《王幼玉记》出前集卷十，题下有注云：“幼玉思柳富而死”，今删。

《王榭》出别集卷四，有注云：“风涛飘入乌衣国。”今删；而于题下加“传”字。刘禹锡《乌衣巷》诗，本云：“朱雀桥边野草花，乌衣巷口夕阳斜。旧来王谢堂前燕，飞入寻常百姓家。”此篇改谢成榭，指为人名，且以乌衣为燕子国号，殊乏意趣。而宋张敦颐《六朝事迹编类》乃已引为典据，此真所谓“俗语不实流为丹青”者矣。因录之，以资谈助。

《梅妃传》出《说郛》三十八，亦见于顾氏《文房小说》，取以相校，《说郛》为长。二本皆不云何人作，《唐人说荟》取之，题曹邺者，妄也。唐宋史志亦未见著录。后有无名氏跋，言“得于万卷朱遵度家，大中二年七月所书。”又云“惟叶少蕴与予得之。”案朱遵度好读书，人目为“朱万卷”。子昂，称“小万卷”，由周入宋，为衡州录事参军，累仕至水部郎中。景德四年卒，年八十三。《宋史》(四三九)《文苑》有传。少蕴则叶梦得之字，梦得为绍圣四年进士，高宗时终于知福州，是南北宋间人。年代远不相及，何从同得朱遵度家书。盖并跋亦伪，非真识石林者之所作也。今即次之宋人著作中。

《李师师外传》出《琳琅秘室丛书》，云所据为旧抄本。后有黄廷鉴跋云：“《读书敏求记》云，吴郡钱功甫秘册藏有《李师师小传》，牧翁曾言悬百金购之而不获见者。偶闻邑中萧氏有此书，急假录一册。文殊雅洁，不类小说家言。师师不第色艺冠当时，观其后慷慨捐生一节，饶有烈丈夫概。亦不幸陷身倡贱，不得与坠崖断臂之俦，争辉彤史也。张端义《贵耳集》载有师师佚事二则，传文例举其大，故不载，今并附录于后。又《宣和遗事》载有师师事，亦与此传不尽合，可并参观之。琴六居士书。”《贵耳集》二则，今仍迻录于后，然此篇未必即端义所见本也。

道君北狩，在五国城或在韩州，凡有小小凶吉丧祭节序，北人必有赐赉，一赐必要一谢表。北人集成一帙，刊在榷场中。传写四五十年，士大夫皆有之，余曾见一本。更有《李师师小传》，同行于时。

道君幸李师师家，偶周邦彦先在焉。知道君至，遂匿于床下。道君自携新橙一颗，云：“江南初进来。”遂与师师谑语。邦彦悉闻之，檃栝成《少年游》云：“并刀如水，吴盐胜雪,纤手破新橙。”后云:“城上已三更,马滑霜浓,不如休去,直是少人行。”李师师因歌此词。道君问谁作。李师师奏云:“周邦彦词。”道君大怒,坐朝宣谕蔡京云:“开封府有监税周邦彦者,闻课额不登,如何京尹不案发来?”蔡京罔知所以,奏云:“容臣退朝呼京尹叩问,续得复奏。”京尹至,蔡以御前圣旨谕之。京尹云:“惟周邦彦课额增羡。”蔡云:“上意如此,只得迁就。”将上,得旨:“周邦彦职事废弛,可日下押出国门!”隔一二日,道君复幸李师师家,不见李师师。问其家,知送周监税。道君方以邦彦出国门为喜,既至,不遇。坐久至更初,李始归,愁眉泪睫,憔悴可掬。道君大怒云:“尔往那里去?”李奏:“臣妾万死,知周邦彦得罪,押出国门,略致一杯相别。不知官家来。”道君问:“曾有词否?”李奏云:“有《兰陵王》词。”今“柳阴直”者是也。道君云:“唱一遍看。”李奏云:“容臣妾奉一杯,歌此词为官家寿。”曲终,道君大喜,复召为大晟乐正。后官至大晟乐乐府待制。邦彦以词行,当时皆称美成词;殊不知美成文笔,大有可观,作《汴都赋》。如笺奏杂著,皆是杰作,可惜以词掩其他文也。当时李师师家有二邦彦,一周美成,一李士美,皆为道君狎客。士美因而为宰相。吁,君臣遇合于娼优下贱之家,国之安危治乱,可想而知矣。

右第八分终